王春雨
主编

文化
自信
与中国外国文学
话语建设

Cultural

Confindence and

Discourse

Construction of

Chinese Foreign

Literature

社会科学文献出版社
SOCIAL SCIENCES ACADEMIC PRESS (CHINA)

目　录

外国文论研究

作家作品研究

中外文学交流和比较研究

"中国高等教育学会外国文学专业委员会 2017 年年会暨文化自信与外国文学 研究学术研讨会"会议纪要

（代前言）

2017 年 9 月 23 日至 24 日，"中国高等教育学会外国文学专业委员会 2017 年年会暨文化自信与外国文学研究学术研讨会"在西北师范大学外国语学院召开。来自北京大学、中国人民大学、清华大学、复旦大学、浙江大学、四川大学、南京大学、南开大学、上海交通大学、东北师范大学、西北师范大学等 80 多所高校的 130 余位专家学者应邀出席会议。

西北师范大学外国语学院院长曹进教授主持会议开幕式。西北师范大学党委副书记刘玉泉教授和学会会长、东北师范大学刘建军教授分别致欢迎词和开幕词。刘玉泉教授认为此次研讨会将加强全国高校外国文学教师之间的学术联系，也将对西北师范大学相关学科的建设和发展起到积极作用。刘建军会长指出，学会作为中国高等教育学会下属的二级学会和常务理事单位，接受中国高等教育学会的领导、管理和约束，此次学会换届选举工作正是在高等教育学会章程指导下开展的，规范化的管理体制更加有利于学会的长远发展。

在为期两天的大会发言、青年专场和小组讨论中，与会代表围绕文化自信主题展开了充分研讨，学者们的观点大致可以归纳为三个方面。

一　文化自信与外国文学研究中国话语建构的理论思考

刘建军教授认为，中国的外国文学研究要建立文化自信，需要理论建设自觉和话语建设自觉，要站在中国的立场，亦即人类命运共同体的立场，吸收一切优秀文化，进行观念更新和方法更新，建设好中国自己的学术话语。北京大学刘意青教授认为，在我国当下的民族振兴运动中，外国文学研究要更加重视中外文学和文化比较，更多地帮助我国文学界向外推介，配合汉语和中华文学、文化走向世界。北京大学刘树森教授认为，文化自信是中华文明在 21 世纪延续和发展的基础，外国文学的教学与研究者应自觉地认识与把握中国立场，从中国的视角进行教学与研究，辅导学生从中国视角学习和认识外国文学的发展历史。华东师范大学陈建华教授指出，我们当前是外国文学研究的大国但不是强国，要积累文化自信还需要做扎实的学问。天津师范大学孟昭毅教授探讨了当前外国文学研究中的区域倾向问题，指出区域研究的兴趣在一定程度上源于人类由近及远的认识问题的方式，也是文化自信的一种体现。南开大学王立新教授表示，文化自信绝不是封闭的概念，我们要像先辈那样"两脚踏中国文化，一心评宇宙文章"，用实事求是、客观严谨的学术研究确立起真正坚实的文化自信。南京师范大学汪介之教授呼吁国内学界高度重视外国文学批评史的教学和研究，寻求积极有效的路径推进我国的外国文学研究事业。上海师范大学朱振武教授认为，过多从西方话语出发，疏离本土经验和本国读者的现象，使国内的文学创作和研究不能登高望远，走出国门，文化自觉和文化自信成为当下迫切需要解决的问题。山东师范大学王化学教授认为，一个国家对包括文学在内的精神领域的看法如果失去了主体性是难以想象的，我们应培养建立外国文学研究中国学派的自觉意识。

二　外国文学具体研究领域的中国学术话语建构

华中师范大学苏晖教授表示，由中国学者提出并倡导的文学伦理学批评，彰显出具有时代特征的"中国特色"和"中国风格"，使得我国的文学批评得以摆脱西方批评理论的桎梏。浙江大学周启超教授以法国当代批评家巴斯卡尔·卡萨诺瓦的《文学世界共和国》为重点，介绍了外国文学研究的新视界，强调中国学界要多方位地看世界。四川大学刘亚丁教授认为，俄罗斯的中国儒学研究大体经历了由基本肯定到排斥，直至学术性的研究全面展开三个阶段。广州大学冉东平教授指出，中国在戏剧的对外交流中并非强国，倡导推动中国戏剧走出去，获得文化话语权。上海交通大学尚必武教授分析了叙事学和文学伦理学在发展历史上鲜有交叉的原因，指出叙事学的伦理转向正是二者相互补充的可能性及具体路径。北京师范大学刘洪涛教授认为，《简·爱》是一个具有丰富政治隐喻的文本，作品中的英格兰乡村世界、以伦敦和巴黎为代表的都市世界、爱尔兰世界和海外殖民地世界，勾画出了 19 世纪大英帝国全盛时期其臣民的世界想象。河南大学李伟昉教授认为，朱东润的 4 篇《莎氏乐府谈》是现存篇幅最长、论述最细致、最早独立成章的完整的莎士比亚评论。复旦大学孙建教授认为，我国的北欧文学研究，从拿来主义到本土化、从模仿到创新的过程，体现了中国学者和中国戏剧家的文化自信。天津师范大学黎跃进教授认为，20 世纪我国东方学学者校释整理古代丰富的东方文献，为世界各国的东方学研究提供了丰富的资源。福建师范大学葛桂录教授梳理了中国的英国文学学术史，指出学术史研究应最大限度地发挥其学术传承和现实启示价值。中国人民大学陈世丹教授介绍了后现代西方伦理学对现代性和现代西方伦理学的解构和批判，及其在重建后现代道德价值体系中的作用。清华大学王敬慧教授探讨了库切的翻译观，分析了译者创伤心理的后果及翻译与文学创作的关系问题。东北师范大学袁先来副教授梳理了美国文学视野中摩门教形象的流变，揭示出美国文学对摩门教充满恐惧、焦虑以及有限"认同"的观念和定位。西北师范大学蒋贤萍副教授分析了 A. S. 拜雅特的《隐之书》中连贯一致的叙事对过去历史的重构功能。西北师范大学张宝林副教授考察了现代中国文人生产世界文学知识时明显依傍或搬用外来话语的现象。

三 外国文学教学改革与人才培养的中国立场

天津师范大学郝岚教授分析了"马工程"教材推广使用之后，外国文学教师在《外国文学史》教学中将要面临的知识结构的挑战和理论素养的挑战。为此，郝岚提出了三点制度化的应对措施，即出版配套的《外国文学作品选》、组织编写《外国文学教学辅导书》和建设资源共享网站、开发教学中的各种技术手段。河南大学王鹏副教授认为，国内的外国文学教学与研究者应该用中国的价值观念重定、重估经典，尝试用中国的理论来分析外国作品，以适应国情，长足发展。新疆大学李先游老师认为，外国文学教学中经典文本阐发的例证设计要实现经典的个性化阐释与科学化认知双重效果。浙江外国语学院的马卫红老师主张在外国文学教学中构建"对话"模式。天津师范大学齐欣老师认为大数据时代下高校外国文学课程建设与发展应融入远程协作、校际协作和教育信息技术。大同大学臧新华老师认为外国文学教学应在课堂引入中外文学比较意识和研究方法。天津师范大学张璐老师认为 CBI 主题模式在整合外国文学课程内容、教学活动，提升学生文学理解能力等方面具备独特的优势和推广价值。

本次会议同时进行了换届选举，选举产生了第八届理事会和学会领导机构，东北师范大学刘建军教授当选为新一届中国高等教育学会外国文学专业委员会会长，北京大学刘树森教授、南开大学王立新教授、上海外国语大学郑体武教授、中国人民大学杨慧林教授、北京大学张冰教授、南京大学董晓教授、南京大学杨金才教授、华中师范大学苏晖教授，当选为副会长。会议任命北京大学张冰教授为秘书长，东北师范大学王春雨教授为副秘书长，北京大学魏丽明教授为学会监事。会议增补王诺、汪介之、陈建华、金柄珉、孟昭毅、聂珍钊、郭继德、梅晓云为荣誉理事。会议选举马海良、王芳、王化学、王立新、冉东平、朱振武、刘研、刘亚丁、刘建军、刘树森、刘洪涛、孙建、麦永雄、苏晖、李正荣、李永平、李伟昉、杨丽娟、杨金才、杨莉馨、杨慧林、吴笛、宋炳辉、张冰、林精华、郑体武、查晓燕、董晓、董洪川、傅星寰、葛桂录、蒋承勇、曾思艺、曾艳兵、戴从容、魏丽明等 36 人为常务理事。会议还选举了 82 人为理事（名单后附）。

大会闭幕式上，刘建军会长就与会学者的发言做了全面深入的总结。他强调，建立中国外国文学研究的文化自信，需要我们在理论自觉、学术创新和教书育人等方面做出扎实、持久的努力。会议共收到论文 70 余篇，我们从中选择了 35 篇，编成此论文集，向学界展示一个阶段以来学会会员的研究成果。

中国话语建构理论研究

论欧美文学中国化进程研究的必要性[*]

刘建军

注重实践，善于总结经验，不断提出新的理论（或曰理论创新），是中国共产党人不断地从胜利走向胜利的宝贵经验。我们之所以要研究欧美文学"中国化"以及该领域当代"中国话语"建设的问题，是因为这个问题是与百年来中国的现代化进程紧密联系在一起的，也是与中国百年来的新文化建设密切相关的。同时，它对我们今后的文化建设能更好地前进也是密切相关的。

习近平同志最近提出了实现"中国梦"的思想。所谓中国梦，本质就是中华民族的伟大复兴之梦，就是国家强盛、民族振兴、人民幸福之梦。我们之所以在百多年前就能接受外来文学，就是因为这一文学的引进和我们的国家强盛、民族强盛和文化强盛的伟大进程紧密相连，与我国建设中国特色社会主义文化，引领世界文化前进方向密切相关。

一 欧美文学"中国化"命题的提出是道路自信的必然要求

自从文艺复兴以来，在世界性的现代化进程中，欧美的一些民族国家率先走出了自己的现代社会发展道路。这条道路的大体路径是：在经济上

---

* 本文为国际社会科学研究基金重大项目《百年来欧美文学中国化进程研究》的阶段性成果。项目批准号〔118ZD36〕。

依靠工业革命的进步，并在私有制的自由竞争的基础上形成了资本主义的生产方式和管理方式，导致了社会的物质文明的快速发展，尤其是科学技术的进步和社会文明的快速发展，创造了大量的社会财富。在政治上则建立起了代表资产阶级利益的少数人压迫无产阶级及其广大的劳动者的现代制度。在文化上则以资产阶级的人性论和人道主义为核心，形成了一整套资本主义的思想文化体系，并试图以此来调试日益增长的社会矛盾。诚然，在资本主义发展的历史阶段，资产阶级"曾经起过非常革命的作用"。[①] 诚如著名学者许倬云先生所说："自从欧洲启蒙运动以来，西方文明的发展方向，是依仗着自由主义、民主政治、市场经济、工业生产和现代科技这几根支柱，支撑了西方文明继长增高。近百年来，虽然西方文明的中心不断在迁移，但总的发展方向却是有相当的动力。西方文明维持了自己的霸权，也将整个世界迅速地带向不断进步的方向。"[②] 正是因此，现代很多西方的理论家们常常自诩这是人类社会走向现代化进程的唯一道路和普遍模式。西方世界总是对这一道路以及这一制度充满着自豪感和优越感。

但几乎就在资本主义现代化的道路发展起来的同时，这一制度的一些本质性的缺陷就已开始显现。资本主义制度的本质是少数人剥削多数人的制度，其经济形态中私有制的根本弊端使社会财富日益集中在少数人的手中。特别是 20 世纪以来，资本主义周期性危机使世界历史发展的脚步受阻。再加上 20 世纪所发生的两次世界大战，资本扩张性和在此基础上形成的资产阶级的侵略本性所造成的争夺，更给这个开拓性文明体系，造成了巨大的消耗。同样，资本主义内在矛盾和冲突也扩展到全球的思想文化领域，在传统的基础上形成了新的资本主义文明形态。这诚如马克斯·韦伯所说，现代文明与基督新教的出现有密切的关系。基督新教是在传统的基督教文明中产生发展起来的。对这一点做出深刻揭示的是马克斯·韦伯。韦伯认为，在新教伦理中，神的恩赐和庇佑诚然将许多个别的个人连接成一个社会整体，这正好适应了资本主义的大规模生产的要求。可是，事物

---

① 引自《马克思恩格斯文集》第 2 卷，人民出版社，2009，第 33 页。
② 陈心想：《倚杖听江声——许倬云教授访谈录》，刊载于《书屋》2017 年第 2 期，第 66 页。

总是有着两面性的。随着科技的发展以及与不同文化的广泛接触之后，对于独一真神观念又遭到质疑，神又消失了，个人主义、个性自由等意识更为强盛。在这种情况下，人与人之间没有了天然的互相的情感联系，因此也就没有了彼此的关怀。人与人之间的关系本质上成为物质利益下相互提防和伤害的关系。到了今日，我们可以看到，个人主义已经发展到难以修补的地步：人有充分的自由，但人与人之间则彼此不再信任，尤其是对别人几乎可以没有责任。这一情况，造成了社会将近解体，甚至家庭可以不存在，夫妇、亲子之间缺少亲密的相许。因为"在这种情况下，一个社会将只有满足欲望的掠夺，而没有彼此扶持的互助，这是西方文明正面临的重大缺失"①。

但是，就在资本主义的现代化道路出现了很多问题，很多固有的矛盾难以解决的时候，诚如马克思所言，完成世界历史发展的任务必然由社会主义来担当，社会主义成为世界历史发展和人类进步的必然方向。自从马克思主义诞生以来，人类历史用新的实践证明了马克思的科学判断，世界历史进入了非西方民族国家不断地开辟新的道路和发展路径的时代。而近百年来，在中国的现代化道路的探索过程中，主要是在中国共产党的领导下，走出了一条具有中国特色的现代化发展之路。这是一条与西方资本主义发展道路性质完全不同、路径完全不同、效果也全然不同的崭新道路。这条道路不仅使积贫积弱的旧中国很快变成了初步繁荣富强的社会主义新中国，中华民族重新屹立于世界民族之林，而且在新中国成立以来，特别是 20 世纪 70 年代末以来，当代中国共产党人又以中国特色社会主义的"新道路"实现了对传统社会主义"模式"的转换，从而赋予世界历史新内涵，并有力地推动了世界历史发展的新进程。

中国建设社会主义现代化强国的新道路是中国人对世界最大的贡献之一。中国提供的这个新道路具有鲜明的特征。

首先，我们可以说，1840 年以来的中国，经历了由被动卷入到主动进入世界历史现代化的进程。中国现代化道路的初起发端在 19 世纪后期半封

---

① 陈心想：《倚杖听江声——许倬云教授访谈录》，刊载于《书屋》2017 年第 2 期，第 66~67 页。

建半殖民地的旧中国的土壤上。当时的中国社会经济落后、社会动荡、政治腐败、文化衰微，尤其是不具备西方世界那样经过几次工业革命的洗礼所形成的资本主义自我生长的条件。这是和西方现代化道路明显的不同之处。正是由于西方思想文化和科学知识涌入，加上民族处在危亡之中的严酷现实，使得中国社会中传统思想观念开始变革。在现代的知识体系和科学民主思想开始形成的同时，马克思主义的传入、传播和中国共产党的成立，促使了中国独具特色的现代化道路开始形成。尤其是在以毛泽东同志为核心的第一代中国共产党领导集体的领导下，迈出了中国走向社会主义现代化道路坚实的第一步。也可以说，正是在中国共产党的第一代领导集体的带领下和马克思主义中国化第一次理论成果的指导下，中华民族实现了国家独立，开始独立自主地建设伟大社会主义国家的征程，从而开辟了与西方国家完全不同的走社会主义道路从而实现社会转型并融入世界历史的新进程。20世纪70年代末80年代初以来，当代中国共产党人，开启了改革开放，以经济建设为中心，实现了社会主义发展模式的转换。从此中国社会步入了由传统社会向现代社会转型的新阶段——中国特色社会主义建设阶段，再一次开启"非资本主义道路"走向世界历史的"新道路"阶段。以邓小平同志为核心的党的第二代领导集体，主动引领中国走向现代世界。今天，以习近平同志为核心的党中央，正带领中国人民，进入了我们不仅要走向世界，而且要领导世界的现代化进程的新阶段。因此，有学者认为，实现中国社会主义现代化，实际上就是推进世界历史进程的伟大实践，就是融入世界历史、推动世界历史发展的新历程。

其次，中国的现代化道路是以民主革命和民族解放的政治诉求为主要任务，逐渐发展到以最广大人民群众的政治解放、经济解放和文化解放为根本目的，并在公有制为核心的社会主义制度下以"人们的共同富裕"为目标的道路。这一点，和西方的现代化道路也有着明显的本质不同。前面我们说过，资本主义是建立在财产私有制基础上的，因此，它的现代化道路也是以私有化作为根基的。而中国的现代化建设的道路，是以"共同富裕"和"全面小康"以及为中国社会的全面繁荣富强为基本出发点的。正是这一根本点的不同，导致了中国的现代化道路和欧美现代化道路的不同性质和不同面貌。这也就是作为中国现代化领导核心的中国共产党，为什么要把"全心全意为人民服务"作为其根本宗旨的原因。我们在这里仅举一个现象就可以说明两种道路不同的性质和不同的效果。众所周知，在现代化进程中，转移农村人口，使其进入城市文明之中，是现代化发展的必然趋势。但是，我们看到，在这个进程中，西方的发展道路和中国的发展道路相比而言，弊端极大。我们知道，西方的农村城市化最早是从英国文艺复兴时期开始的。在 14 世纪、15 世纪农奴制解体过程中，由于私有制，英国新兴的资产阶级和新贵族通过暴力把农民从土地上赶走，强占农民份地及公有地，剥夺农民的土地使用权和所有权，限制或取消原有的共同耕地权和畜牧权，把强占的土地圈占起来，变成私有的大牧场、大农场。这就是英国历史上的"圈地运动"。随着圈地运动中农村公用土地残余的消失，一大批农民变成城市中第二、第三产业劳动力的重要来源。换言之，它造成了大量的失地农民并使其变成了无产者。从而导致了资产阶级和无产阶级之间矛盾的加剧，并造就了无产阶级这个资产阶级的掘墓人。除了英国外，法国等欧洲国家的现代化进程也大致如此。不仅发达的资本主义国家，就是那些不发达或欠发达的国家，如墨西哥、埃及、印度等，由于这些国家走的也是资本主义现代化道路，结果导致更大量失地农民涌入城市，成为城市流浪者并造成了贫民窟围城的现象。而中国的现代化道路的优势在于，由于我们实行的是公有制和要为全体人民谋福祉的现代化道路，尽管改革开放以来，大约有四五亿多农村人口进入城市，也出现了一些问题，但都属于局部的、个别的现象，没有引起更大的社会动荡，也没有造成更大的贫富差距。这不能不说我们所选择的以"公有制"和"共同富裕"为核心内涵的社会主义现代化道路更有优势。

再者，中国的现代化道路又是以先进的文化为支撑的道路。我国以当代最先进的科学理论，即马克思主义为指导思想，并在中国传统文化厚重基础上，加上汲取外来文化的优秀成分建立的中国特色的社会主义新文化，有力地推动了中国的现代化进程。试想，在一个具有近十四亿人口的国家，若没有一个把全中国各民族聚集起来的统一思想，那么，就不可能有"万众一心""同心协力"的思想文化基础，就不可能尽快地实现现代化发展的要求。虽然我国在现代的思想文化建设中，还存在着一些问题，也还有很多不尽人意的地方，但不可否认的是，这种上层建筑极大地适应了中国社会经济基础发展。

当代中国社会的高速发展和全面崛起的实践证明，中国特色的社会主义现代化道路，是继西方世界的现代化之路之后，又一种全新的、更适应非欧美国家和民族现代社会发展的道路，是一种今天更具有普遍性价值和意义的道路。尤其是近四十年来，中国的道路更加波澜壮阔，更加成就辉煌，更加被世界各国，尤其是发展中国家所瞩目。

既然中国现代化道路不是简单地重走近代以来西方世界历史进程的发展道路，而是百年来中国几代人立足中国国情，不断探索、创新发展的产物，那么，其中就蕴含着独特的中国智慧和中国经验。因此，深入总结这一现代化发展道路的历史经验，并给予理论上的说明与总结，就成为今天我国学术界的重要任务之一。当前，中国学术界的很多学科领域，都在进行着这方面的深入研究，并从不同学科的角度，对这一问题给予了专业性的回答。那么，伴随着我国对中国特色的现代化道路探索，外来的文化和文学，尤其是欧美的文化和文学，曾经为我们提供了很多有价值的东西。因此，我们也需要认真总结欧美文学进入中国后的发展演进过程以及经验教训，从而为对这一道路的自信做出我们的贡献。这一方面是中国国力强大后的一种文化软实力的必然诉求，同时也是我们对外来文化的一种理论自觉。同样，我们也必须看到，欧美社会在现代化进程中走在了我国的前面，他们对人类历史进程也贡献了很多智慧和思想。他们的这些智慧和思想，在传入中国后，是怎样被我们接受的，又经历了哪些"误读"和改变，这些思想和智慧对中国现代化道路的形成，起了什么样的作用。尤其是在今天又将会给我们提供什么样的思想文化方面的借鉴，也需要我们从专业领域进行回答。

二　欧美文学"中国化"命题的提出是
文化自信的理论自觉

建构中国学术话语体系，建立我们的"文化自信"，是长期以来中国现代学者的不懈追求。近百年来，中国的学人们始终围着这一目标不断奋进前行。随着近40年来改革开放的进一步深化和我国国力的进一步增强，中国学者在中国特色学术的话语体系建构方面，自觉意识越来越强。它说明中国人跟随着外国人研究路子走的时代，已经淡化或趋于终结。也可以说，努力去建设新的"中国学术话语体系"，已经成为今天的自觉追求。

纵观百年来中国现代文化的建设，一直面临着三种状况：一是世界各种不同的文化之间的交流日趋频繁，相互影响与相互融合更加紧密；二是中国强大的传统文化需要新的增长点和转型，以适应现代社会的需要；三是马克思主义作为我们文化建设的指导思想，本身需要新的发展，需要与当前中国发展的实际相结合并与时俱进。如何把这三者有机地结合在一起，形成特色鲜明的中国现代文化，使其既可以适应中国现代化进程的发展，指导中国的现代先进文化建设实践，同时又能够给世界文化建设提供中国的文化理念和文化思想，才是我们今天主要的使命。

首先，建构当代中国话语体系要反映当代中国发展的世界历史视阈。20世纪以来，尤其是21世纪以来，世界的文化变动激烈，大碰撞、大分化、大融合的特征鲜明，尤其呈现出东西方文化、传统与现代、精英与大众等多种冲突形式。在这样的文化大碰撞、大交流、大融合的形势下，我们要充分了解世界文化的发展状况，要充分接受和借鉴外国文化优秀养分，为我们自己的文化建设服务。换言之，如果我们今天建设的文化，没有全球性的视野，就不可能走在世界的前列。这方面的教训是十分深刻的。众所周知，中国在过去的几千年里一直是领先于世界各国，社会发展和文化发展居于世界前列，中国甚至成为"东方霸主"的代名词。但为什么近代中国衰落了呢？一个主要原因是，由于清帝国末期的"闭关锁国"，"抱残守缺"，没有勇气打开国门，也没有胆量去"门外"看看究竟，才导致我们文化上落后的局面。纵观百年来我国新文化建设的过程，可以说，新文化建设的每一个阶段，都与我们引进和借鉴外国文化有关。不论是西方的古典文化还是近代文化，不论是基督教文化还是马克思主义文化乃至各种各样的民间文化以及形形色色的亚文化等，都曾经是我们引进和借鉴的对象。而文学作为社会生活形象化反映，比较全面地、立体化的不同历史时期的社会生活、思想感情、风俗习惯、道德价值取向、审美趣味的内容，其中所包含的思想意识典型地表现了欧美文化的精髓。在某种意义上说，中国近代以来最初汲取外来文化，是从接受欧美文学起步的。因此，我们今天研究百年来欧美文学"中国化"的进程，其实就是在这个与文化紧密相关的"文学"领域，来了解和把握中国人接受世界文化的规律。

其次，百多年来中国的传统文化也经历了一个由封闭到开放、由传统到现代的成长发育过程。我们有博大精深的优秀传统文化，它是我们文化发展的母体，积淀着中华民族最深沉的精神追求。这正如习近平同志最近所说的，中国传统思想文化"体现着中华民族世世代代在生产生活中形成和传承的世界观、人生观、价值观、审美观等，其中最核心的内容已经成为中华民族最基本的文化基因。这些最基本的文化基因，是中华民族和中国人民在修齐治平、尊时守位、知常达变、开物成务、建功立业过程中逐渐形成的有别于其他民族的独特标识"。[1]

但不可否认的是，这些思想文化资源毕竟产生在中国的古代社会，其中还有很多陈旧的和过时的东西，也缺少现代社会需要的文化因子。这就涉及如何将其从传统文化转换为现代文化、由农耕文化转换为工业文化、由封闭文化转向开放文化的过程。应该指出，我们对这个问题并不是一开始就认识得很清楚的。当我们的前辈们从最初引进欧美文化的时候，就出现了两种倾向。一方面有人用"反传统"或"批判传统"的目光来重释中国的传统文化，并对中国文化传统做了基本否定的评价。由此，他们或热衷于原封不动地引进欧美的文化和文学观念，企图全面取代中国的传统文化，或试图用舶来的文学观念"净化"我们的文学传统。另一方面则是有些学者固守传统，试图用中国的传统文化和某些思想来解决新时代出现的问题。甚至直到今天，这两种倾向仍然有一定的表现：如当下仍然有些人企图复活古代文化去突破当下的困境（当然这和继承发扬中国古代优秀的文化遗产是两回事儿，不能混为一谈），还有些人自觉或不自觉地要认为所谓现代的和后现代的东西，对中国现代化进程中的中国更有用处。在这种全部"拿来"不行，全部"恢复"也不行的纠葛中，换言之，在经历了"东倒西歪"的震荡之后，我们突然发现失去了理论方向。很多在理论上本来清晰的东西，在现实的操作中似乎变得模糊起来。例如，今天甚嚣尘

---

① 习近平：《在纪念孔子诞辰 2565 周年国际学术研讨会暨国际儒学联合会第五届会员大会开幕会上的讲话》，刊载于《人民日报》2014 年 9 月 25 日，第 2 版。

上的"国学热",就是如此。在连"国学"究竟是什么都没搞清楚的情况下,就大喊"恢复国学""弘扬国学",这就很成问题了。殊不知,"国学"的概念在晚清时代出现,本身是针对"西学"而言的,是和"西学"对立的产物,是当时的人们人为地将之对立起来的结果。这样,我们现在所进行的研究,就是想通过百年来欧美文学进入中国并和中国传统文化碰撞、融合的中国化进程的研究,来解决这个问题。看它们之间是怎么有机结合的,是如何使我国的文化传统不仅得到了延续,而且还在新的历史条件下获得了巨大发展的规律,从而为世界性的文化提供"中国话语"和中国方案。

再者,马克思主义作为外来的思想体系和文化学说,也经历了从一个具体学派的理论到中国社会的指导思想,从一般意义上的马克思主义引进到中国化的马克思主义的发展过程。这个过程,既是中国人逐渐接受马克思主义的过程,也是马克思主义在中国不断发展创新的过程。其中马克思主义的立场、观点和方法日益深入人心,不断地与中国的具体国情实际相结合,和中国人民伟大的历史实践相结合,有效地推动了中国革命和建设的发展。在思想文化领域,以马克思主义为指导思想所建立起来的上层建筑和意识形态,吸纳了外来文化的有益成分,汲取了中华传统文化的优秀遗产,创造了中国新民主主义和社会主义的新文化。这一文化,以"为人民服务"为主旨,体现了最广大人民群众的立场;以表现中国人的社会生活和社会理想以及中国的革命和建设事业为依据,体现了和中国社会发展进程的紧密联系;以提高全中国人民的思想道德水平为目标,为中华民族的伟大复兴建立文化支撑。可以说,正是在这一指导思想的统筹下,中国现代文化建设取得了辉煌的成就,成为世界文化中的一个醒目的现象。

综上所述,中国现当代文化的先进性,就是因为它是多种文化优秀因子的融合,并在马克思主义先进思想指导下形成的新文化。对此,毛泽东同志早在《中国共产党在民族战争中的地位》一文中,就指出:"我们这个民族有数千年的历史,有它的特点,有它的许多珍贵品。对于这些,我们还是小学生。今天的中国是历史的中国的一个发展;我们是马克思主义的历史主义者,我们不应当割断历史。从孔夫子到孙中山,我们应当给以总结，承继这一份珍贵的遗产。"① 他紧接着就如何继承遗产的问题给出了具体的指导意见："使马克思主义在中国具体化，使之在其每一表现中带着必须有的中国的特性，即是说，按照中国的特点去应用它，成为全党亟待了解并亟须解决的问题。洋八股必须废止，空洞抽象的调头必须少唱，教条主义必须休息，而代之以新鲜活泼的、为中国老百姓所喜闻乐见的中国作风和中国气派。把国际主义的内容和民族形式分离起来，是一点也不懂国际主义的人们的做法，我们则要把二者紧密地结合起来。"② 茅盾先生后来也对毛泽东的这一论述从两个方面进行了深入的阐述。在茅盾看来，所谓的"中国化的文化"，既是"中国的民族形式的"，也是"国际主义的"，即离不开欧美文化的融会与贯通及其借鉴、参考价值。为此茅盾特意强调"中国化"与"中国本位文化"存在本质的区别，后者是"排拒外来思想的"，是"中国为体"的老调子的新装。而中国文化发展的先秦和魏晋南北朝时期证明与外国文化的"交流和醇化"才是真正意义的"中国化"。③ 由此可见，我们当前所建立的文化既不是西方的，也不是中国传统的，更不是一般意义上所说的马克思主义的文化，而是具有中国特色的马克思主义新文化。这种新的中国文化立足当代，根植于中华沃土，汲取中华文明的优秀传统，实现了其创造性的现代转化，展现了人类发展的民族历史继承性。同时，这一新型的中国文化也学习和借鉴了人类文明的优秀成果，彰显了人类文化丰富性。它对推进世界历史文化进程提供了有益经验，为世界历史文化的多样性贡献了新的样本和新意义，也为建构当代中国话语体系提供了新的原创素材。正是有这样的新文化，我们才具有着强烈的文化自信底气。

我们研究欧美文学"中国化"的问题，也正是要通过这个具体的领域来看中国化的马克思主义作为指导思想，是如何把外国文学和中国文学如

① 毛泽东：《中国共产党在民族战争中的地位》，见《毛泽东选集》（一卷横排袖珍本），人民出版社，1968，第499页。
② 毛泽东：《中国共产党在民族战争中的地位》，见《毛泽东选集》（一卷横排袖珍本），人民出版社，1968，第500页。
③ 茅盾：《通俗化、大众化与中国化》，见《茅盾全集》（第22卷·中国文论五集），人民文学出版社，1993，第92页。

何有机地融合在一起，并创造出独具特色的中国新文学和新文化的。因此，百年来欧美文学"中国化"进程的研究，也是我们外国文学界理论自觉和文化自信的表现。

三 欧美文学"中国化"命题的提出是 学科本身发展的必然

研究欧美文学的"中国化"问题，从纯粹的文学学科角度讲，也是为了回应"世界文学时代已经到来"的问题而提出的。说到底是为了建设中国特色的欧美文学（包括外国文学）认知模式服务的，是为了中国人的话语自觉服务的。

我们知道，自从19世纪初期德国伟大作家与诗人歌德提出"世界文学时代已经到来"的论断之后，对"世界文学"概念、内涵、界限、标志以及价值的探索就不绝于耳。百年来，特别是新时期以来我国欧美文学引进和研究获得了显著进步，中国文学和"世界文学"的关系也越来越密切。可以说，仅就中国的欧美文学的引进和研究而言，这一文学现象已经成为"世界文学"的重要组成部分之一。之所以会如此，归结到一点，那就是百年来中国对欧美文学的翻译、引进和解说，已经初步走上了中国特色欧美文学的"话语"建设和发展之路。

但是，当前我国的欧美文学学科与其他学科比较起来，把"世界文学"与欧美文学"中国化"联系在一起进行综合研究和理论解说，很长的时间内都缺乏明晰性和系统性。尤其是在理论体系、理论话语、理论概念以及理论指导实践等方面都处在探索的阶段。当然，这个问题也不是没有涉及。多年来，中国很多从事文学研究的学者（无论是研究中国文学、外国文学还是中外文艺理论的学者），都从不同的角度探讨了外来文化"中国化"以及欧美文学话语的"中国特色"的问题。但总体来说，长期以来，这个问题都缺乏系统的理论说明和专门性的阐释。换言之，现实极其需要理论，而零散的研究和单一学科化的研究又不适应这种需要，为此，在考察欧美文学百年来进入中国的规律基础上，在理论上重新定义"中国的欧美文学"的性质以及构建今天中国特色的欧美文学话语新形态，显得更为必要和急迫。

当前在欧美文学"中国化"和创建具有中国特色欧美文学新话语过程中首先遇到的最大问题是：长期以来，我们始终把中国学术界所从事翻译、研究和讲授的欧美文学（或外国文学）看成"欧美的文学"（或外国的文学）。我们的任务似乎就是翻译、接受和研究欧美及其外国的文学，而没有将其看成这已经是中国化了的"欧美文学"（或外国文学）。例如，我们众多的教科书和外国文学词典都这样定义："外国文学，指的是除了中国人之外的一切外国人写作的文学以及他们所创造的文学现象。"当然，这也不能说就是错误的。但是，这个定义值得商榷，也可以说是很不科学的。我们之所以说它不科学，就是因为没有看到，当这些欧美的或外国的文学作品和文学现象进入到中国的文化语境的时候，已经发生了巨大的变化了。诚然，原初性质的欧美文学，是西方某一个国家的作者运用自己本民族的语言，在自己独特的社会文化语境中，针对自己生存社会中出现的问题所进行的文学实践和审美反映的产物，反映的是其民族特有的思想感情和审美判断。但一旦欧美的文学现象和文学作品进入中国的现实中和文化语境中后，经过中国人的翻译过程、多次阅读理解过程以及研究、讲授过程后，已经在某种程度（甚至在很大的程度）上离开了其原初的意蕴，成了蕴含着中国思维方式，具有中华精神文化特色的第二文本和文学现象了。这也就是说，是中国化了的欧美文学了而不再是原汁原味的欧美文学了。《晏子使楚》中所说的"橘生淮南则为橘，生于淮北则为枳"，就是这个道理。对此，高玉曾指出："'本土经验'是指中国本土的思想方式、心理结构、伦理道德观念、时代语境、语言等。是否接受、接受什么以及如何接受外国文学，深受本土经验的影响和制约。本土经验深刻地影响了外国文学的形态、性质、意义和价值，它使翻译文学不同于原语和原语境的外国文学从而具有中国性，成为中国特色的外国文学。"[1]

这就涉及我们对"世界文学"概念的理解。我认为，理解"世界文学"概念，应在站在动态的、发展的立场上去进行，而不能抱着静态的眼光去看待它。我们说"世界文学"是个动态的概念，是因为世界文学不可

---

[1] 高玉：《本土经验与外国文学接受》，刊载于《外国文学研究》2008 年第 4 期，第 130 页。

能一蹴而就，也不可能是以千人一面，万人一腔的形态构成。它也经历了不同阶段的演进过程。或者说，一个时代有一个时代的世界文学。

一般而言，任何民族的文学都是在古代独立发生的。这和作家们生活的生产力发展较低、地域条件限制、信息封闭以及传播手段低下有关。"不知有汉，无论魏晋"就是当时文化封闭性的典型写照。所以我们才说，全世界的古代的文学都是民族文学或者地域文学，不是今天所谓国家的文学。这正如我们说希腊文学不是古代希腊国家的文学，而是产生在伯罗奔尼撒半岛、克里特岛和小亚细亚东地中海周边地域上产生的文学的统称；我们说但丁的《神曲》是意大利文学，不过是说它是生活在亚平宁地区意大利人创作的民族文学，而不是"意大利国家"的文学是一样的。众所周知，在18世纪及其之前，当时欧洲人们所知道的文学，不过是欧洲范围内（甚至只是西南欧诸民族）的文学而已。反过来说，中国人知道的文学也不过就是中国这块土地上产生的古代文学而已。至于当时在西方产生了重大影响的欧洲希腊罗马乃至中世纪、文艺复兴时期的文学，中国当时也是完全不知道的。至于其他各大洲的民族文学，我们就更是闻所未闻了。那么，在这样的时代，人们是根本不可能提出"世界文学"的概念的。

只有随着不同民族和不同文化间频繁的文学交流的出现，换言之，只有此地人知道彼地人，此民族了解了彼民族的文学的情况下，"世界文学"的观念才能萌芽和出现。当一个民族只有知道了并且了解了其他民族的文学，这样，"对比"或曰"互文"才可能出现。而人们的眼界一旦被打开，文学的视野也就广阔得多了。我猜想，歌德所谓"世界文学时代已经到来"的第一层意思，就是指不同民族、不同地域的人知道了解彼此间文学的时代将要到来了。因为作为一个伟大的文学家的歌德，也是在他看到并研究了东方文学后，才眼界大开的。这才有了1827年1月31日在与其秘书艾克曼的谈话中，首先称赞的是中国传奇小说《风月好逑传》，然后说出了"世界文学"一词的。请看下面的话："每个人都应该对自己说，诗的才能并不那样稀罕，任何人都不应该因为自己写过一首好诗就觉得自己了不起。不过说句实在话，我们德国人如果不跳开周围环境的小圈子朝外面看一看，我们就会陷入上面说的那种学究气的昏头昏脑。所以我喜欢环视四周的外国民族情况，我也劝每个人都这么办。民族文学在现代算不了很大的一回事，世界文学的时代已快来临了。"①

但歌德的伟大就在于，它不仅说出了"世界文学时代已快到来了"的第一层意思，即每个国家和民族都知道和了解彼此的文学的时代快要到来了的意思，而且还说出了"世界文学时代即将到来"的第二层意思，即人们不仅要知道其他民族的文学，而且还要彼此学习和相互借鉴，也即"世界各民族文学相互学习和相互借鉴的时代快要到来了"。由此，歌德才接着说道："我愈来愈深信，诗是人类的共同财产。诗随时随地由成百上千的诗人创作出来。这个诗人比那个诗人写得好一点，在水面上浮游得久一点，不过如此罢了。""现在每个人都应该出力促使它早日来临。不过我们一方面这样重视外国文学，另一方面也不应该拘守某一种特殊的文学，奉它为模范。我们不应该认为中国人或塞尔维亚人、卡尔德隆或尼伯龙根就可以作为模范。如果需要模范，我们就要经常回到古希腊人那里去找，他们的作品所描绘的总是美好的人。对其他一切文学我们都应只用历史眼光去看。碰到好的作品，只要它还有可取之处，就把它吸收过来。"② 正是基于这样的认识，他才陆续出版了《东西方合集》《中德四季晨昏杂咏》，并强调东西方文学之间有着密切的联系和彼此借鉴的关系。所以，我们从中可以看到，在歌德的时代，虽然他还不可能对"世界文学"做出我们今天这样的理解。但就"世界文学"这两层含义的提出，就具有了超越时空的价值了。例如，中国文学融入"世界文学"的进程，也证明了他的正确性。1840 年之后，正是通过翻译和介绍，中国人知道了欧美文学或外国文学，看到了不同文学的面貌。同时也紧接着开始了我们文学的现代化进程。

但时至今日，在世界"全球化"的新形势下，单纯的"了解"和"借鉴"的"世界文学"内涵已经有了巨大的局限，对"世界文学"的理解需要新的要素跟进。换言之，今天我们所说的"世界文学"，已经不仅仅是简单的借鉴和影响的关系，而是相互启发、相互碰撞的互补关系。也可以说，正是在这种交融中，形成了价值取向上渐趋相似的关系。这一

---

① 〔德〕艾克曼辑《歌德谈话录》，朱光潜译，人民文学出版社，1978，第 113 页。
② 〔德〕艾克曼辑《歌德谈话录》，朱光潜译，人民文学出版社，1978，第 113～114 页。

点，歌德在宣布"世界文学的时代即将到来"时候也谈到了。我们也可以把这一点看成歌德所理解的"世界文学"的第三层意思。对此，对于什么是世界文学，他进一步说道："我们大胆宣布有一种欧洲的，甚至是全球的世界文学，这并不是说，各种民族应当彼此了解，应彼此了解他们的产品，因为在这个意义上的世界文学早已存在，而且现在还在继续，并且在不断更新。不，不是指这样的世界文学！我们所说的世界文学是指充满朝气并努力奋进的文学家们彼此间十分了解，并且由于爱好和集体感而觉得自己的活动应具有社会性质。"① 可见，歌德所指的世界文学源自作家思想深处的一种使自己的创作具有社会性质的理想。这种社会性质可以为全人类所接受。歌德并不是要泯灭民族文学的特色，而是要使文学去表现普遍为人接受的东西。

我们知道，在 21 世纪的今天，全球化对文化领域的影响已经成了有目共睹的事实。尤其是信息技术的发展和交通现代化的便利已经影响到了我们生活的方方面面，浸透到我们的社会生活、经济生活和文化生活中。文化在这个全球化的时代才真正成为"处在总体联系中的动态有机体"②。这一趋势直接导致了原有的"国家文学""民族文学"乃至"地域文学"等界限的模糊。因为在全球化进程中，尤其是在信息化高度发展的条件下，那种封闭意义上的"国家""民族"和"地域"文学的内涵已经发生了根本性的变化。我们看到，在全球化时代，一方面是世界各国与欧美文学直接接触的机会越来越多。例如，大量的研究人员的频繁交流，各种国际性研讨会议的召开，海量学术论文的快速传递以及留学人员的数量增长，使不同国家的欧美文学研究者更直接地感受欧美文学成为可能。同样，各国具有欧美文化体验、掌握外语的研究人才的大量涌现为文本旅行的研究提供了人力条件。在中国，随着新时期以来中国人走向世界、走向全球的步伐加快，欧美文学在中国的传播和研究也获得了充分的发展空间。但另外一个方面，世界各国人员的紧密联系，交流的便利性增强，也使得文化间

---

① 〔德〕歌德：《歌德文集》（第 10 卷），范大灿、安书祉、黄燎宇等译，人民文学出版社，1999，第 410 页。

② 刘建军：《关于文化、文明及其比较研究等问题》，刊载于《东北师范大学学报》（哲学社会科学版）2002 第 2 期，第 11 页。

在交流融合的同时，各国自己的话语意识常常消弭在日常方便的交流中。现在我们可以逐渐看到一种倾向，即非欧美作者，包括我国学者写作的欧美文学研究著作，越来越"像"欧美学者写作的东西。无论是思想观点，还是主题意识，抑或是审美倾向乃至行文技巧等，都越来越失去了民族话语的主体性。在这种情况下，世界各国的有识之士明显意识到，一个民族在引进外国文学，尤其是欧美文学的时候，保持自己的"话语权"，建立自己的学术话语成了当务之急。尤其是所谓的西方普世价值观随着欧美文学的话语向外扩张的时候，这一趋势就更加明显。其实这也预示着"世界文学"新的发展时代的到来。

当今的中国毫无疑问应该是更自觉地站在"建立自己欧美文学话语"前列的。这既是我国经济、政治和文化发展的必然要求，也是"世界文学"新时代到来内在需要。赛义德在出版于1983年的《世界、文本和批评家》一书中，论及理论旅行问题。"理论旅行"强调对理论进行动态描述、追踪其传播和演化过程。赛义德把理论的传播比喻成动物和人的迁徙。赛义德指出，理论传播经历四个阶段：理论在某处孕育，这是起点阶段；在各种外力作用下，理论开始了时间和空间的跨越，去寻找新的栖息地；新的环境对于这种舶来的理论或者吸收或者抵制；那些适应环境的理论最后留存下来，不过已经变异，融入了新的环境中。赛义德所说的"经过理论变异融入新的环境中"的东西，其实就是"新的理论话语"。当前中国的欧美文学（包括外国文学）的介绍、引进和研究，已经走过了"知道"和"借鉴"的阶段，开始了用"中国的话语"融入世界文学大花园的第三个阶段。换言之，中国应该用自己的话语参与欧美文学乃至世界文学的发展进程，并为之提供中国人看待欧美乃至世界文学的意见。

（作者单位：东北师范大学）

超越"简化",摈弃"放大"

——关于当代中国的外国文论引介的一点反思与探索

周启超

一

"当代中国的外国文论"这一课题是可以从多种角度来切入的。从基本学理上来说,相对于我们自身的"域外世界",相对于我们中国的"外国",并不能被简化为"西方"。外国文论并不能被简化为"西方文论"。尽管当下我们高校的教材中甚至课程设置上的"外国文论"实际上已经被等同于"西方文论",一如当下我们不少中小学学生家长心目中,"外语"实际上已然被等同于英语。同理,"外国文论"也并不能被简化为"欧美文论"。尽管"欧美文论"是外国文论的主要部分,"欧美文论"毕竟不足以涵盖我们所面对的整个国外文论。从实际发生的情形来看,从当代中国对国外文论的引介与接受的历史与现状来看,比较客观地来切分,国外文论至少还可细分为"欧陆文论""英美文论""俄苏文论""东方文论"这几个板块。我们面对的"外国文论"其实是多形态的。长期以来,我们对多形态的"外国文论"是相当粗放而失之于"简化"的。要超越这种"简化"。基于这一追求,以"当代中国外国文论研究"为题而进行的学术史梳理,其叙述坐标以"俄苏文论""英美文论""欧陆文论""东方文论"为经线。对外国文论的研究,自然是以引介为基础,以研究性的引介为基础。研究性的引介,自然离不开具体的"学人、学说、学刊"这几个基本环节：外国文论的引介，是具体的学者对具体的学说的引介，是某个中国学者通过某个汉语学刊或某部汉语著作对某个国外学者或某个域外学派之文论学说的引介。基于这样的考虑，以"当代中国的外国文论"为题而进行的学术史梳理，其叙述坐标以"学人、学说、学刊"为纬线。一个国家的文论学说经翻译而被传播到另一个国家，在这个国家被接受也被改写，被应用也被化用，这种"理论旅行"必然呈现出思想的命运，戏剧性甚或悲剧性的命运。以"当代中国的外国文论"为题而进行的学术史梳理，一个基本的关切就是回望外国文论的一些学说在当代中国的理论旅行印迹，回望某些外国文论家的思想学说在当代中国所遭遇的命运轨迹。这样一种关切，就是要在学术史层面上实证的梳理来追求思想史层面上问题的反思：在梳理中进入反思，反思当代中国的外国文论引进路径与接受格局上的一些问题。在反思中探索，探索当代中国未来的外国文论引介战略。对这种引介战略的探索，有助于我们的外国文论译介与研究更积极有效地介入当代中国的文学研究实践，更好地深化当代中国的文学理论建设。

正是基于这样一种"在梳理中反思问题，在反思中探索战略"之建设性的动机，2008 年至 2010 年，中国社会科学院外国文学研究所理论室、中国社会科学院"文学理论研究中心"以及"全国外国文论与比较诗学研究会"，连续组织了三次规模不同但旨趣相通的学术研讨会："改革开放与外国文论研究三十年"（北京，外文所，2008 年 12 月 5~7 日，50 位学者与会）、"外国文论六十年"（北京，第二外国语学院，2009 年 9 月 17~20日，80 位学者与会）、"理论的旅行，思想的命运"（广东，深圳大学，2010 年 1 月 9~11 日，110 位学者与会）。"外国文论在当代中国"是这三次学术会议的一个中心议题。这三次学术研讨会上，来自全国各地不同类型的高校与相关科研机构的外国文论教学与研究、译介与出版一线的学者，从不同视角切入外国文论的重要流脉、重大学派、名家名说在当代中国的"旅行"与"命运"。这种回顾性的梳理，反思性的清理，可谓当代中国文学理论学科建设中一项基础性的国情调研。这种回望式的研讨，对于总结当代中国的外国文论学科建设的主要成绩，勘察当代中国的外国文论学科发育中的薄弱环节，制订当代中国的外国文论学科发展规划，都是很有意义的。

经过检阅，可以看到：流行多年的将当代中国对外国文论的引介与接受简化为"西方文论在中国"的做法，显然是以偏概全，有结构性学理性的缺陷。何以如此，这是不是"西方中心主义"思维定式在操控我们的国外文论接受史研究实践呢？将外国文论在当代中国的旅行"一分为二"，分为"苏联文论在中国"与"西方文论在中国"，固然不无道理，但如今看来还是比较粗放的。"苏联文论"有不同的内涵，至少"解冻"之前与"解冻"之后的苏联文论不当被等量齐观；"西方文论"更不是铁板一块，欧陆文论与英美文论在旨趣在路向上其实是很有分野的。若基于历史上实际发生的情形而进行比较细致的梳理，当代中国对外国文论的引介路径大体上可以一分为四，或者说，至少可以分为四大支脉：由俄罗斯文论与苏联文论构成的"俄苏文论"，涵盖法国文论及瑞士文论、德国文论及奥地利文论、意大利文论及古希腊古罗马文论的"欧陆文论"，包括英国文论、美国文论及加拿大文论的"英美文论"，包括日本文论、印度文论以及其他东方国家文论的"东方文论"。

经过检阅，可以看到：当代中国对国外文论的接受格局，大体上是"三十年河东"，言必称希腊；"三十年河西"，言必称罗马。前三十年（1949～1979）主要是以俄苏学界的取向为基本视界来"接受"：主要通过俄语看世界，极言之，大体上是跟定苏联的眼光来移植国外文论理论资源与核心话语。后三十年（1979～2009）主要是以美英学界的取向为基本视界而"拿来"：主要通过英语看世界，极言之，大体上是跟定美国的眼光来移植国外文论的理论资源与核心话语。两个三十年各有成就也各有局限。前三十年里，将原本就是多形态的国外文论简化为"苏俄文论"，显然是一种历史的局限；后三十年里，将原本就是多形态的国外文论简化为"美英文论"，难道不也是一种历史的局限？诚然，历史在进步，在发展。然而，达尔文的进化论用于人文科学就不一定时时处处行得通。以"后三十年"的"辉煌成就"来否定"前三十年"的"历史失误"是不是会背离历史真实？如今将"美英模式"放大为整个国外文论，一如当年将"苏俄模式"放大为整个外国文论一样，同样会使外国文论图像失真，同样导致国外文论引介与研究实践中的"话语生态危机"与"范式生态危机"。

基于这一认识，以"当代中国的外国文论研究"为题的学术史梳理，有必要对基本入思路径加以反思。外国文论在当代中国的接受历程，通常被切分成两段：以改革开放的新时期之降临为界标，一分为二，即（1949～1979）与（1979～2009）。这样的划分固然不无道理。然而，对历史事实的"原生态"更为细致而客观的检阅告诉我们，当代中国对外国文论的引介路程是曲折的，选择取舍是复杂的。譬如，在前三十年对外国文论的引介与接受实践中，俄苏文论并不是像如今某些学人所想象的那样完全"独领风骚"，俄苏文论并没有在整个三十年里一直保持"一家独大"，并不能将改革开放之前中国对外国文论的接受简化为所谓的"苏联模式一统天下"。事实上，当代中国对于俄苏文论的引进热潮早在20世纪50年代末60年代初即苏联的"解冻"岁月开始之际就遭遇降温，甚至反倒进入"冰冻"季节了；又譬如，1966～1976年这个史称"十年浩劫"时期，外国文论在中国的旅行遭遇的命运固然是悲惨的，但中国学者即使在这个艰难岁月也并非完全中止了外国文论研究与翻译园地的艰辛耕耘，这个十年里中国对外国文论的引介固然进入困境，但也并非全然是一片空白，新时期伊始就面世的一些外国文论译著其实就是在"十年文革"期间悄悄完成的。基于这一史实，以"当代中国外国文论研究"为课题而进行的学术史梳理，努力直面历史的原生态，竭力走进国外文论引介与接受的"原生态"，姑且以每个十年为一个自然时段。也就是说，以6个十年之"自然时段"来具体地充实两个三十年之历史"大时段"。

由是，我们对"当代中国外国文论研究"的梳理，采取了"两编六章加引言与结语"这种8个节拍的结构形式。再将《外国文学理论重要名著汉译目录（1949～2009）》［自《文艺理论学习小译丛》（1952）至中国社会科学院外国文学理论学科新近编选翻译的外国文论名著（1996）等15种主要译丛中的"外国文论名著或研究资料汉译"］与《主要中文期刊上国外文论译介与研究重要文章目录（1949～2009）》　［自《文学评论》（1957）至《跨文化的文学理论研究》（2006）等24种主要中文期刊上的"国外文论译文与论文"］附录于后，借以实证地展示当代中国对国外文论理论资源与核心话语的引进轨迹。我们认为，这一类目录文献也是国外文论引介与接受之原生态的一个历史缩影。

质言之,作为一项学术史梳理工作,我们努力多层面地呈现"原生态"——恪守书写一段学术史所应有的实证精神——力求最大限度地走进外国文论引介与研究之历史的原生态;我们竭力充分地"摆事实"——记录当代中国几代学人在外国文论引介与接受园地辛勤耕耘的历史足迹。作为一项可以为思想史研究奠定基础的工作,我们竭力通过历史事实的记录来"看问题"——清理出当代中国引介与研究外国文论六十载的经验与教训,以期通过对这一段学术史的重建来为我们未来的"拿来"探寻出更好的战略。

当代中国六十年来对外国文论的引介格局,大体上可以分为"俄苏文论"(俄罗斯与苏联)、"欧陆文论"(法国及瑞士、德国及奥地利、意大利及古希腊古罗马)、"英美文论"(英国、美国及加拿大)以及"东方文论"(日本、印度及其他东方国家)这几个板块。

当代中国六十年来对国外文论的接受格局,基本上是"三十年河东",言必称希腊;"三十年河西",言必称罗马。前三十年主要是以俄苏学界的取向为基本视界来"接受":主要通过俄语看世界,极言之,是跟定苏联的眼光来移植国外文论理论资源与核心话语。后三十年主要是以美英学界的取向为基本视界而"拿来":主要通过英语看世界,极言之,是跟定美国的眼光来移植国外文论的理论资源与核心话语。

反思国外文论译介与研究中的这种格局,就应该看到这一定位显然是有偏执的。诚然,这种格局是历史的选择,自有其历史的必然性与合理性。然而,偏执必定带来偏食,偏食则必然会以健康受损为代价。

在对当代中国对外国文论译介与研究这一历史加以反思之际,某些国内学者动辄就宣称"当代中国学人已经把百年来西方文论的各种思潮都引进来了,已经把百年来的西方文论资源统统引进来了,现在的任务不再是拿来,而是送出了"。面对多形态的国外文论资源,如今果真是到了该与"拿来主义"告别之时了吗?要不要继续"拿来"?我以为,这种"告别论"是相当肤浅的。我们对外国文论的一些重要学人学派学说的深度开采还有很大空间,只看思潮交替流派更迭而不勘察更为隐深的基本范式之生成语境、轴心话语之力量渊源的引介思路,也是很有局限的。若还要"批判地借鉴",还要积极地"拿来",那么,在继续拿来这一引介实践中,作为接受主体的我们中国学界还是要继续跟定一个方位吗？在对国外文论资源的接受移植实践中，我们中国学界还是要一心图谋"与世界接轨"吗？还要"唯西方文论马首是瞻"，还要"唯西方文论的新主义为尊"吗？西方文论界有什么"转向"，尤其是美国文论界有什么转向，我们中国学界就得赶紧跟进赶紧移植，以期"走向世界"，参与"全球化"，否则便是落伍了？在我看来，重要的还是要好好反思我们自身的问题，根据我们自身的健康状况，基于历史的经验与教训，针对理论生态的要求，以我为主，多方位吸纳，有深度开采，积极有效介入当代中国文论建设。当然这里有一个大前提：我们要对我们自身的社会文化语境有充分自省，要对我们自身的社会文化结构有自知之明。我们生活于其中的当下社会已然完全进入了后现代？或者还只是在现代？抑或是"现代、后现代、前现代杂糅并存"的时代？抑或，诚如一位当代哲学家所言：这里的现代性工程远没有完结？！

二

21 世纪以来，中国社会科学院外国文学研究所理论室同仁，坚持以马克思主义指导学术，明确提出以"跨文化"视界抗击"全球化"浪潮，致力于"在清理中反思，在反思中建设"，致力于"多方位吸纳，有深度开采"，致力于"有所开放也有所恪守，有所解构也有所建构"。

针对我们的国外文论话语移植实践中的"简化"与"放大"，我倡导对"三十年河东""三十年河西"的国外文论引介历程与引介战略加以反思；针对我们对"西方文论"亦步亦趋追踪接轨的心态与举动，我倡导立足国内文论的当下生态，有针对性地反思轴心问题，积极有效地介入当代中国的文论建构，积极有为地参与当代中国的文化建设。

多方位地引介当代国外文论教材精品力作。我们努力坚持选材和译文的精品路线（坚持直接译自源语种），多方位引进一批国外文论教材力作。新世纪伊始，我们与北京大学出版社合作，推出《当代国外文论教材精品系列》（第 1 辑 4 种，2006 初版，2007、2009 重印，第 2 辑 4 种，2015、2016）。这一系列的教材翻译，旨在对国外同行在"文学""文学理论"

"文学理论关键词"与"文学理论名家名说"这几个基本环节的反思与梳理、检阅与审视的最新前沿成果,加以比较系统的引介。这一系列颇受高校同行欢迎。

有深度地开辟"跨文化的文学理论研究"探索路向。21世纪第一个十年,我们主要是以主持两大项目、创办一个学刊、创建两个学会,来具体践行"跨文化的文学理论研究"。"比较诗学研究"(国家社科基金"十五"重点项目)含"作者理论研究""文本与作品理论研究""读者理论研究"与"比较诗学概论"四个子课题;"跨文化的文学理论"〔中国社会科学院重大课题(A)项目〕,最终成果为11部专著;学刊《跨文化的文学理论研究》(该学刊以跨文化的视界来检阅当代国外文论,分析其差异性与多形态性、互动性与共通性。专注于法、德、俄苏、英美、意大利、日本以及古希腊、古印度等国文论名家名说与中国文论之多向度跨文化的比较,呈现出我们承接钱锺书先生的遗训,在跨文化的文学理论园地坚守耕耘,在比较诗学的深度拓展上有所作为的最新印迹。2006年出版第1辑,已出7辑);"外国文论与比较诗学研究会"旨在推进"三重会通"——具有互补性交流功能,具有互动性提升效果的三重会通:国内外国文学研究界不同语种的文论研究者之间的会通,外国语言文学界文论研究者与中国语言文学界文论研究者之间的会通,国内文论界与国外文论界之间的会通。自2010年以来,已先后在深圳、上海、西安、北京、哈尔滨、芜湖、成都、广州、集美、吉首举办年会(已举办10届)。学会活动得到国内外高校文论界同行大力支持而颇有活力,效果良好。

为了践行"跨文化的文学理论研究",我们选择从苏联走向法国走向美国走向中国的巴赫金文论之"跨文化旅行"为个案。全国巴赫金研究会在组织这样的跨文化的文学理论研究中发挥着积极的导引作用。巴赫金研究会与南京大学出版社合作,组织国内从事俄罗斯文论、法国文论、英美文论、德国文论、意大利文论的专家,编选出5卷本"跨文化视界中的巴赫金研究丛书"。该丛书分为五卷:《中国学者论巴赫金》《俄罗斯学者论巴赫金》《欧美学者论巴赫金》《对话中的巴赫金》《当代学者心目中的巴赫金》,已由南京大学出版社于2014年推出。这套丛书的旨趣在于以跨文化的视界,对四十年来俄罗斯学界、欧美学界的巴赫金研究精品展开一次系统的译介，对四十年来国外学界、三十年来中国学界的巴赫金研究力作进行一次集中的检阅，以期为当代中国学者的巴赫金研究提供新的参照，开拓新的空间。

为了推进"跨文化的文学理论研究"，我们与河南大学出版社合作，编选、翻译了一套"跨文化的文学理论丛书"。这套丛书旨在对《外国文论在当代中国》《法国理论在美国》《批评理论在俄罗斯与西方》《形式论：从结构到文本及其界外》之跨文化旅行的轨迹，做一次多方位的呈现。这套丛书已由河南大学出版社推出。

启动"当代外国文论核心话语反思"。我们聚焦于几位在当代中国文学研究话语实践中已然留下很深印迹的若干位外国文论大家的轴心话语（譬如，巴赫金的"复调""狂欢""外位性"，巴尔特的"文本"与"作品""书写"和"写作"，伊瑟尔的"文本召唤结构""隐含读者""虚构·想象"，伊格尔顿的"审美意识形态""文学生产""文本科学""政治批评"）。针对我们对这些国外文论大家名说的解读与接受过程中的实绩与问题，展开有深度的反思。我们的探索路径是，聚焦于以挑战性与批判激情著称、以原创性与问题意识名世、思想理论含量大的个案之开掘，而勘探潜隐在深层但又是文学理论建设中基础性与前沿性的问题。从轴心话语的清理入手，深入基本视界的考量，而力求达到主要范式的探析。立足于所要重点研究的外国文论大家之理论文本原著的精读，在精选并依据源语种翻译该理论家的一部文选或研究性读本之基础上，撰写一部视界开阔材料扎实而确有创见的研究著作。我们的目标是要实现双重把握与双重发声。所谓双重把握，指的是既要对所研究对象、所探讨的论题本身的精髓内涵有比较充分的把握，又要对其核心话语在域外尤其是在当代中国的旅行轨迹正负效应有比较全面的把握。所谓双重发声，指的是既要进入对象世界而在对象问题本身的清理上去发现问题，又要走出对象世界而在对象的域外旅程中去勘探问题。要有正本清源的追求，而致力于某一核心话语之原点的学理性辨析与探究，又要有审时度势的追求，而致力于某一轴心话语之嬗变的批判性调查与反思。

创办《外国文论与比较诗学》学刊。承续 20 世纪 50 年代的《文艺理论译丛》，八九十年代的《上海文论》《世界文论》在国外文论引介上的优良传统,我们积极践行"多方位吸纳与有深度开采、开放与恪守并举、解构与建构并行"这一基本理念,放眼于当代国外马克思主义文论、当代欧陆文论、当代英美文论、当代斯拉夫文论以及比较诗学之最新成果与最新态势。这一学刊追求前沿性的译介与基础性的研究并重。该学刊的读者主要定位为国内高校文科师生,尤其是文学院与外文学院的"文艺学""美学""世界文学与比较文学""外国语言文学"等专业的教师与研究生。该学刊第 1 辑 2014 年春面世,目前已出版 4 辑。"前沿视窗"已经刊发埃科、伊格尔顿、卡勒、孔帕尼翁、施米特、秋帕、吉汉诺夫等著名学者以及德国、俄罗斯、瑞士、英国、法国、意大利等国文论界名家的最新力作;"名篇新译"则选译了雅各布森谈形式论学派、穆卡若夫斯基谈结构主义、洛特曼谈巴赫金的演讲、巴尔特论作者之死、伊瑟尔论文本的召唤结构、克里斯特瓦论互文性的名篇。还有对巴赫金、德里达、海德格尔、伊格尔顿、孔帕尼翁、布罗姆、洛奇等文论名家力作或新作的书评。

展开文学理论研究之"元理论"探讨。针对学界对文学理论"身份"与"功能"之认识上的粗放模糊,近年来我们积极倡导展开文学理论的学科定位、文化功能、存在状态的反思与讨论,集中探讨三大命题:作为一门人文科学的文学理论,作为一种话语实践的文学理论,作为一种跨文化旅行的文学理论。反思作为一门人文科学的文学理论,就是对文学理论的学科定位加以反思:文学理论属于"哲学社会科学",还是属于"人文社会科学"?文学理论属于"人文学科",还是属于"人文科学"?反思一种作为话语实践的文学理论,就是要对文学理论的文化功能加以反思:文学理论言说是否可以"介入"现实,是否具有"建构"现实的生产力与文化能量?反思作为跨文化旅行的文学理论,就是要对外国文学理论在当代中国的存在状态加以反思,对外国文论的学说思想在当代中国的旅行轨迹与影响印迹加以检阅,对当代中国几代学人从各自不同的外国语言文化语境中积极"拿来"不懈引介外国文论的接受实践加以梳理,对当代中国主要学刊上的外国文论译介与评论历程加以清理,或者说,对于汉语语境中的外国文论的"形象建构"问题加以审视。作为人文科学的文学理论,作为话语实践的文学理论,作为跨文化旅行的文学理论——堪称文学理论研究面临的三个核心命题。

展开前沿性与基础性兼备的文学理论轴心话题之梳理。针对学界在当代文学理论中一些既具基础性又具前沿性的轴心话题上的"若明若暗"，我们在组织编写具有跨文化视界的文学理论轴心话题"读本"，譬如，以雅各布森的相关言说为起点的《"文学性"理论读本》，由克里斯特瓦的相关言说为起点的《"互文性"理论读本》，以埃科、巴赫金、洛特曼、伊瑟尔、巴尔特、克里斯特瓦、热奈特、伊格尔顿等人的相关言说为基点的《"文本理论"读本》以梵·迪克、巴赫金、福柯、阿尔都塞、佩舍、利科、哈贝马斯等人的相关言说为基点的《"话语"理论读本》。我们以为，"文学性""互文性""文本""话语"——可谓当代文学理论研究的四个值得深度研究的轴心话语。

我们深信，通过这样多方位的吸纳，有深度的开采，通过这样以我为主的积极"拿来"，

我们有可能超越外国文论引介与研究实践中流行多年的"简化"，摈弃习而不察的"放大"，而真正地胸怀世界，直面国外文论探索的"多声部"，进入国外文论资源的"原生态"，批判地借鉴多形态的国外文论的优秀成果，切实有效地参与当代中国文学研究话语体系的构建。

（作者单位：浙江大学）

思想史语境中的文学经典阐释

——问题、路径与窗口

葛桂录

　　文学经典阐释的路径很多，但立足于思想史语境里的经典阐释问题，尚未引起大家的充分关注。对文学经典而言，知其然或许只是一种感觉，知其所以然就进入文学史的解释范畴，而知其所以不然则必然要闯进思想史的领域。钱锺书先生 29 岁当西南联大教授，讲文学尤其重视思想史。研究文学也必须重视思想史，如此才能训练青年人的分析和评论能力。思想史叙述各时期思想、知识、信仰的历史，处理的是较能代表时代特色或较有创造力与影响力的思想资源。文学史面对那些最能体现时代审美趋向，最有精神创造特色的作家作品。我们应该从更广阔的背景了解文学所依持的思维方式、想象逻辑及情感特质，以及这些文学想象和情感方式如何在特定的历史语境中形成带普遍性的社会心理现象。

　　一个时代的哲学思潮如何通过人们的思想，作用于或反作用于"文学"？文学是基于反思所肯定的心灵事实。自然现象仅仅是现象，背后没有思想；文学现象不仅是现象，背后还有思想。英国历史哲学家柯林伍德说过，可能成其为历史知识的对象的，就只有思想，而不能是任何别的东西。人们必须历史地去思想，必须思想古人做某一件事时是怎么想的。对于各种历史现象和景观，历史学家不是在看着它们，而是要"看透"它们，以便识别其中的思想。由此，柯林伍德强调"一切历史都是思想史"，也就是强调历史之成为历史就在于它的思想性，思想史的背后乃是思想的精华，即历史哲学。

联系到文学，文学创作及研究的哲学贫困或思想贫血症，则要引起我们关注。没有充分的"思想"风骨，永不会有经典解读的突破。在某种意义上说，文学史就是且只能是文学思想史，此处指的是，人们在进行文学活动（创作）时，他们头脑中所进行的思想，或他们是在怎么想的。过去所遗留给当下世界的，不仅有遗文、遗物，而且还有其思想方式，即人们迄今仍然借此进行思想的那种思想方式。

循着这样的思路要求，文学经典阐释的语境就要拓展到文学思想史的领域。关于这一问题，我的主要思考是以下几点。

第一，将文学经典置于思想史的场域中考察，或利用思想史的角度理解文学经典，不同于运用单一理论方法讨论文学文本的阐释策略。这是我们讨论问题的背景。

第二，思想史语境能够帮助我们理解传统的文学价值观念，如何凸显在我们现在的精神生活中，以及我们思考这些价值观念的基本方式，并反思在不同时代、不同文化中，人们所做出的对文学经典的一系列选择。这标示着该论题的意义。

第三，从思想史视野切入文学经典阐释，便于揭示经典产生及传播过程中的精神价值，反思文学史上某些作品的"被经典化"问题及其意识形态功能，对照现有文学经典史，找寻文学思想史上的失踪者，并感知文学交流进程中那些思想史文本的独到价值。这是该命题关注的焦点之一。

第四，文学文本只有在思想史语境中才能更好地确认其价值与意义。这是我所论的主导观点之一。

第五，拓展经典阐释的学术思想空间，以思想史语境式的解读与分析，得出有益于当下社会及人生的启示价值，才能称得上有生命力的学术研究。这是问题的关键，经典阐释的意义正基于此。

下面拟从五个方面讨论立足于思想史语境阐释文学经典的问题、路径与窗口。

一　问题的提出："理论＋文本"阐释策略的弊端

我们往往被告知，文本细读是学好文学专业的重要基础。这当然无错。那我们凭借"什么"去对文本加以"细"读，并写出具有专业色彩的文章？可能首先想到的武器就是理论方法。

但是，理论方法的使用是一把双刃剑：①既能深入地解剖文本，将其隐含的意蕴挖掘出来；②又会不经意挑断（或粗暴砍断）遍布文本周身的血管，使之失去活力，变成活死人，像鲁迅警告的那样："会把死人说得更死。"

自 20 世纪 80 年代以来，来自欧美的文学批评、文化理论，成为我们反思文学经典研究的重要武器，并在同西方进行比照的过程中发现了自身文学经验与方法的局限与差距。80 年代中期的方法热、90 年代的文化研究热。由于对西方文学文化尺度的自觉接纳，以及自身学术体制建构的客观需求（特别是外国文学研究与国际接轨心态），我们几乎用二三十年的时间共时地演绎了西方上百年的文学文化观念：从符号学到语言学，从结构主义到解构主义，各路"话语"英雄上阵；新名词、新概念、新"主义"、新"标签"纷至沓来，知识话语繁荣，理论话语膨胀——这种文学批评路径的最大特点就是从既定的概念或理论出发，抽象地演绎、思辨或推理。但渐渐的，人们明智地发现，我们自身思维话语的贫乏以及审美体验的抽离，使我们困惑：难道这种操作起来"方便且省力"的著述路径，其代价就是对文学经验、历史语境、中国立场的放逐？

中国立场、中国问题、中国关怀，这些中国学者在阐释经典（特别是域外文学经典）过程中难以绕开的文化心态，是学术研究充满生机的表现之一。于是，失语症的焦虑以及部分学者的质疑（不是中国传统诗学的失语，而是部分比较诗学研究者自身的失语），都值得我们从学理层面及现实角度上加以考量。就中国传统批评话语与域外文学理论方法而言，两者不能偏废。中国传统诗学方法是"显微镜"，外来的理论话语是"望远镜"。我们不主张：把西方理论当"凸透镜"使用，这样会把文学文本变形，有趣而乏力。更不主张：将西方理论当"哈哈镜"使用，把对文本的阐释，当成一种颠覆式的解构游戏，以吸引人的眼球。也就是说，不能把"理论的消费"（利用），只当作可供我们"消费的理论"看待，应该挖掘理论用之于文本解读而凸显的思想价值，高调体现人文学科的精神向度。重建学院批评的思想空间，提升人文思想的精神魅力，应该成为文学研究

（批评）从业者义不容辞的责任。

学者梁海在《当代文坛》2010 年第 4 期发表文章，指出了学院批评面临失语、失信的危机问题：除了来自社会经济意识形态的外在因素外，文学批评本身缺少原创力。看到的总是德里达、福柯、本雅明、杰姆逊、萨义德，读到的依然是"能指、所指、结构主义、镜像、后现代、后殖民"等众多词汇的繁复堆砌，使我们陷入审美疲劳，不再有撼动体验，震动心灵的感觉。

没有震动心灵的感觉，学术研究就失去了生命力。我们对用某个理论解读（套）文本的做法，都不太提倡。试想一想，如果不靠这些理论术语，你能否讲话？是否会失语？国内外都有一些作家解读文学作品（或在高校开设文学导读性的课程），值得关注。他们的评述或许不"全面"，但一定是有关"文学"的"内在"批评。文学批评、文学研究的目标，应该是以史为鉴，为当前的文学创作、理论建设或人们的精神需要提供资源与养分。如今还有作家在看学院式的文学批评论文吗？文学论著成为学术界、教育界圈子里的智力游戏，难以发挥引领社会风尚的责任，边缘化的趋势难以避免。对此值得反思。

因此，我们希望文学研究能够：①紧贴历史（作品产生的氛围，学术研究史）；②关注现实（立论选题的当下语境）；③撼动人的心灵（深度及表述）。一句话，跳出"理论方法 + 文本批评"的解读框架。或者说，理想的学术研究状态在于：从问题点出发，关注细节，见微知著，以跨学科、语境式的解读与分析，得出有益于当下人生与社会的启示价值。

我们提倡：从文学现象（文本）而不是从模式（理论）着手工作。首先使用显微镜（对言语/parole、文本内容感兴趣），然后再使用望远镜（对语言/langue 规则、历史语境感兴趣）。用显微镜的方法更适合于进行广泛的比较，能够细读出诸文本之间的异同联系来，不至于让行为主体及其语言受某种特定模式的限制。

二　思想史语境解读文学经典的意义

其实，学术研究的空间是逐次展开的，可以展示为以下几组三层次关系。

一是视角问题：文本分析（借助于理论方法）——学术史研究——思想史视野研究。

二是思路问题：知其然——知其所以"然"（加法：何以如此解释）——知其所以"不然"（减法：失落的是何种思想）。

三是史识问题：真（历史本相的追求，还原研究对象）——真、伪（"伪"史料中有真历史，变"假"为真）——真/伪背后的思想意图（伪书中的历史观：福柯式的思想史研究）。

四是寓言问题：蝉（固定的焦"点"：固定靶/经典文本）——螳螂（爬跳出的是一条"线"）——黄雀（飞出的是一个"面"）。

由此可见，思想史研究视野是目前文学研究路径的拓展与提升。在操作层面上，其研究对象的设定可以立足点一个"远"字（时间久远：古代；空间遥远：外国）。对文学历史现象背后思想观念的解读（知其所以"不然"），某种程度上起的是一种解谜揭秘的作用，会对现存观念（意识形态、理论话语）产生一定程度的冲击。反过来说，必须跟后者保持一定距离，才有可能看得（讲得）清楚。

目前，古代中国文学的思想史研究，立足点多为哲学史（思想观念）的研究视角，着眼于学术（思想）史研究的路径。20世纪中国文学的思想史研究，因其跟民族意识形态与国家政权体制的纠结，要真正秉持某种批判立场，尚需假以时日。而对域外文学思想史的探讨，国内学界已有一些研讨会（如北京大学"思想史视野中的19世纪欧洲文学研究"）、著作（陆建德、黄梅、胡家峦、殷企平等教授的相关著述）涉及，但总体上尚未有更大的学术群体介入，在研究理念方法上，尚未能有更自觉的认识（对大多数研究者而言），因而亟待需要推进。思想史视域的文学研究，是未来学术研究理念的新的更深层次的增长点。事实证明，用外来的文学理论批评方法，讨论文学现象，产生了这样那样的问题——这既有对外来理论的全面理解问题，也有对文学文本（本土/外国）的深入理解问题（指在历史维度上的解读）。

因而，把文学放到思想史的场域中考察，或利用思想史的方法角度理解文学现象，会发现许多往往为单纯的"理论方法＋文学研究"遮蔽或忽略的现象。不从思想史的角度与高度切入，学术研究的含金量也会打折扣。但思想史的功夫是深挖（如同新历史主义批评的"厚描"）与提炼，基础是有深度的个案研究，并努力在个案深入的基础上"以点带线"，对专题研究特别合适，对总体史的写作，会有很大挑战。

通过思想史视野我们可以看到什么？可以进一步拓展经典阐释的学术思想空间，揭示经典产生传播过程中的思想意义。某种程度上，文学经典在思想史价值上肯定会散发出无尽的光辉，成为衡量某文本能否成为经典的试金石；文学经典只有在思想史语境中，才能更好地确认其价值与意义。

对文学研究来说，思想史语境能够帮助我们理解传统的文学价值观念，如何凸显在我们现在的精神生活中，以及我们思考这些价值观念的基本方式，并反思在不同时代、不同文化中，人们所做出的对文学经典的一系列选择。这种立足于思想史语境的理解，可以有助于我们从对这些文学价值观念的主导性解释的控制下解放出来，并对它们进行重新理解。

三 文学经典文本解析的路径

对文学思想史历程的考察，首先要梳理并理解历史进程中文学经典形成的动因，借用福柯知识考古学的说法，不断地发掘经典化进程中权力话语和文本知识之间的关系，考证这些文学经典是怎样一步步被建构起来的。文学的思想史研究应该考证权力和知识的不断纠缠，及其如何产生了现在所认为的一些文学经典"常识"。

因而，福柯的"知识考古学"视角对文学思想史研究有启发作用。他的目的在于用考古学及系谱学的方法，揭示我们现在习惯接受的知识、历史、常识、思想等的合法性及合理性。基础如何建立起来的？凭什么得到这些合法性并拥有了合理性？话语建构了知识的"秩序"。福柯知识考古学最重要的启发，即如胡适所言"从不疑处有疑"（这就是问题意识的重要性，不断追问）。

按照福柯知识考古学的思路，思想（文学文本）的位置和重要性本身，并不是问题；但这种位置和重要性的变化过程，成了需要追问的问题。——何时何因浮现或埋没？将这样的一个移动、变化、浮动的历史过程描述出来，就构成了新的（文学）思想史。

学术研究有一个重要目的，即所谓"去伪存真"？何为"真"？有两个层次。

其一，历史事实的"真"，所谓历史现象的客观实存性。

其二，建构者心理、思想观念（研究者）的"真"，阐释主体的"真"。这样，以往所谓"伪/假"的材料，倒反而能体现出思想史演进脉络的"真"来。我们在追溯文学史上的"伪/假"现象，重点是发掘建构者内在的心理"真相"。

那么，如何从思想史切入文学阐释？我想不妨从以下六个方面考虑。

第一，挖掘文学经典发生学意义上的思想价值。

第二，在文学史作品经典过程中，那些被遮蔽的文本（思想史上的失踪者），如何彰显其内在价值？

第三，文学史上某些作品的"被经典化"问题（如《牛虻》），如何在类似的文本中发掘其意义。

第四，吸纳异文化因素思考人类大问题的作品，可称为思想史文本对待。比如歌德、海涅的作品。

第五，文学的经典化过程在思想史上的意义——教育过程；出版发行；媒体宣传；评论著述（含学术讨论、争论）。那种对思想经典化、经典文本整理（选本、文集、全集）以厘定秩序的工作，思想史不能忽视。

第六，学术史的梳理引入思想史的语境，对历史上的研究成果做"同情性的理解"。

与此相关的是，考察文学经典化的过程，也是关于文学问题的评论史的话题。在此进程中可以揭示文学思想的演进轨迹——民族文化的思想、当时主流的思想、文人集团的思想、底层民众的思想——构建一个立体多元的思想史平台。这是人文科学研究的重要目标。"以史为鉴"是我们研究的重要出发点；这个"史"是：点（历史事件）、线（历史事件的连续评价）、面（历史事件的多时空多角度的评价史，即跨文化交流形成的文本空间）——要想使镜子的作用，越宽广越深透，必须立足于"线"与"面"的层面来考虑。如此，思想史的研究视域就会凸显。

冯友兰先生所谓学术研究要：①"跟着讲"——思想史意义上的"停

滞",但不是"断裂";②"接着说"——思想史意义上的"赓续",形成关于某一论题的学术史链条。

问题是:文学里的思想史因素如何发掘?以下这几个方面不妨充分关注。

第一,挖掘文本里的思想史价值,包括异文化因素对作家本人思想认识的转向和文化境界的提升,有何促进?在作家的知识结构内(考察知识信息的来源:教育经历、游学经验、家庭背景、交游圈子等),哪些奠定了他的思想观念基础,哪些促进了他思想的转变?作家的思想立场(历史动态的)如何(核心思想意识)?怎样发生的?

第二,关注文学文本的产生语境(人文愿景、地域文化、时代氛围、作家心态、偶然因素)。

第三,思想史语境里,具体的文学如何产生?文学文本又如何体现"特定"的思想史色彩?有何变异及原因?思想观念的(文学)形象化,或者说,通过文学形象展现思想观念的变异轨迹。所以特别是注意发掘一些够得上是"思想史文本"的文学作品。

第四,慎用"理论+文本"的评述套路,首要提倡归纳推理法(那么多背景信息的归纳,展示文本生成的历程),慎重认知演绎推理方法的优长及缺憾。

第五,文学作品的价值,有娱乐消闲的一面,但更重要的是有没有思想的内涵,这涉及作品能否传承的标准。因为,通过文学传达思想价值(采取的是文学的方式),可能更具有穿透力与延展性。

第六,作家文本中,文本的诗性创造(作家的艺术敏感性),如何与深刻的思想史力度相融?找寻作家广博的文化史知识背景(特别是异域文化知识),以及那些可遇不可求的机缘。

四　激活经典精神内涵的窗口

思想史语境中的文本解读,可以最大限度地激活经典的精神内涵,以及经典的当下意义。

古今中外对话,目的在探询经典著作解读的当代意义,才能如鲁迅所说"我们不应该把死人说得更死";或如法国哲学家雷蒙·阿隆（1905～1980）所说："历史是由活着的人和为了活着的人而重建的死者的生活。"或如20世纪英国历史哲学家柯林伍德所说的"重演"历史：历史事实并不以一种纯粹的形式存在，而总是通过记载历史事实的人的头脑折射出来的；历史学家对于历史人物的见解，要对他们活动背后的思想有一种富于想象力的理解；历史学家须得通过现在的眼睛才能观察和理解过去。①

黑格尔也说："这些历史的东西虽然存在，却是在过去存在的，如果它们和现代生活已经没有什么关联，它们就不是属于我们的，尽管我们对它们很熟悉；我们对于过去事物之所以发生兴趣，并不只是因为它们在一度存在过。历史的事物只有在属于我们自己的民族时，或是只有在我们可以把现在看作过去事件的结果，而所表现的人物或事迹在这些过去事件的联锁中，形成主要的一环时，只有在这种情况之下，历史的事物才是属于我们的。"②

以上所论历史与现实的互动关系，有助于我们思考文学文本精神内涵的现实语境。

英国剑桥学派思想史研究的代表人物斯金纳强调"要将我们所要研究的文本放在一种思想的语境和话语的框架中，以便于我们识别那些文本的作者在写作这些文本时想做什么，用较为流行的话说，我强调文本的语言行动并将之放在语境中来考察。我的意图当然不是去完成进入考察已经逝去久远的思想家的思想这样一个不可能的任务，我只是运用历史研究最为通常的技术去抓住概念，追溯他们的差异，恢复他们的信仰以及尽可能地以思想家自己的方式来理解他们"③。

当然，如果先有一个明确的问题范围和历史观念，就会有限度地寻找历史资料。好比照相，把焦点放在一个地方时，其他的东西就会模糊起来。寻找文献的过程，实际上成了观念观照下的触摸。福柯试图寻找新的

---

① R. G. 科林伍德：《历史的观念》，何兆武、张文杰译，中国社会科学出版社，1986。
② 黑格尔：《美学》第2卷，朱光潜译，商务印书馆，1991，第346页。
③ 昆廷·斯金纳：《政治的视界》三卷本总序，剑桥大学出版社，2002，第8页。转引自凯瑞·帕罗内著《昆廷·斯金纳思想研究》，李宏图、胡传胜译，华东师范大学出版社，2005，中文版序言，第4页。

方法，称为"把文物变成文献，然后使文献说话"。他以为所有的资料背后，存在一种地层关系，首先把文献还原为文物，然后按照地层关系重新安置，使其成为一个知识的系谱。这里有一个怎样重新看待经典文献的问题，在福柯这里，历史资料不再是真伪在先，而是它处于哪一个地层最重要，知道它在哪一个地层，就等于确定了它在系谱里的位置。真、伪问题，都可以说出它那个时代的话来。在历史重建上可能不是很有用，但是在思想史研究中，却很有用。因为，历史学家把伪史本身当作一种史料看（陈寅恪名言"伪史料中有真历史"），只是要让它变成真的（陈作为历史学家，要想办法把伪史料放在合适的地方当真史料用，要"变假为真"）；而思想史家考察的是作伪的原因，不必把它当作真的，因为它背后，同样有当时的心理动机和思想观念，当时人对作伪东西的接受，也有思想观念的作用，这些观念吻合了当时的观念和心理，它就被接受了，好比人们对水货、假名牌的关注与使用。

对文学而言，一部文学作品（经典），把它放在何以会被炮制、被漠视，何以大加解释和赞扬，何以又再次被废弃的某某时代，就可以看出很多思想的变迁，看出话语被权力包装起来，或者被权力放逐到一边儿的历史。这就是学术研究史的思想史脉络。当我们把某些争论当作一个思想史事件，逐层考察，可以发现文学思想的很多有趣的背景。

五 何为有生命力的学术研究？

所谓有生命力的学术研究，是能够在某课题学术史上留下重重痕迹的研究著述，更是刺激当代人神经，引发思考（反思自身文化处境）的著述。只要你的结论是"审慎而非武断"得出来的，就是有活力的学术研究。学者虽然不是立法者，但可能成为社会精神良知的提醒者。

著名历史学者杜维运在谈到历史研究中的归纳方法时说："得出结论，是使用归纳方法所预期的目标，结论愈新颖，愈能满足心理上的欢欣。新颖以外，是否精确，则待商酌。大抵结论愈新颖，其精确的程度愈低。精确的结论，不在其新颖性，惟在其得出时的审慎性。不急于得出结论，不预期一定得出结论，随时修正既得出的结论，随时放弃既得出的结论，态度百般审慎，结论自然大致趋于精确。"① 国内英语文学研究界，陆建德、黄梅、胡家峦、丁宏为、殷企平、周小仪等人的著述值得认真琢磨。尤其是两本"推敲"英国小说的著述②，其研究思路值得关注。

这些著述的研究路径有几个特点。

第一，以文本为出发点，显示了出色的解读文本和人物分析的功夫，特别是把文本的多层次含义一一展现，起到了经典赏析的示范作用。

第二，以中国立场为观念评述的内在参照系，起到了"他者之石"的功效，或者以史为鉴的作用。这种参照系是隐形的，说明中国学者之从事外国文学课题研究的当代（现实）意义。也就是说，把中国背景和中国关怀作为阅读外国文学作品的出发点和旨归，这是我国的英美文学研究领域在新世纪出现了一种可喜的新气象。

正如陆建德在评述黄梅《推敲自我》一书时所说："作者在这一新课题的研究中全面地论证了18世纪英国小说，并充分显示当时的文学作品在反映时代精神的同时也在不断地参与价值观念（不论是道德的还是美学的）建构。作者完全根据自己的阅读经验来展开叙述，概论后面总是有细致精到的文本阅读与分析。尤为难得的是，作者在著述时处处显示出她对当下中国的关怀，并老练地将这种关怀自然融入全书，读了有'撒盐于水，化于无形'之感。"③

黄梅在该书"绪言"中说得很清楚："18世纪是中国清王朝的康乾盛世；也是英国中产阶级新立宪政体巩固、商业社会初步定型和工业革命发端的时代。此后，这两个体制不同的国家经历了截然相反的命运。……历史的对比发人深思。不仅如此，对于正在快速转向市场经济的中国来说，那时的英国在很多方面都是一个极有意义的参照。18世纪英国人的经验和教训也就随着'走向未来'和'强国之路'等大型丛书走进我们的视野，当时英国的政治体制、经济运行方式和哲学思想探索对社会发展的促进，引起了中国人的注意和思索。遗憾的是，有关的讨论在相当程度上忽略了

① 杜维运：《史学方法论》，北京大学出版社，2006，第49页。
② 黄梅：《推敲"自我"：小说在18世纪的英国》，三联书店，2003；殷企平：《推敲"进步"话语——新型小说在19世纪的英国》，商务印书馆，2009。
③ 黄梅：《推敲"自我"：小说在18世纪的英国》封底推荐文字，三联书店，2003。

那个时代的英国人亲身经历的诸多思想危机和痛切感受到的困惑，以及他们对这些活生生的问题所做出的反应和思考。而这些问题，如国内近期不时出现的关于'现代化的陷阱'、关于'诚信为本'、'道德建设'以及所谓'简单主义生活'的讨论所提示的，乃是今天面对'现代'生存的中国人所无法避免的。因此，作者力图在介绍并评议18世纪英国小说的同时，把小说在彼时彼地的'兴起'与'现代社会'的出现联系起来考察，特别注意探究那些作品的意识形态功用，也就是它们与由社会转型引发的思想和情感危机的内在关系。20世纪末，由于诸多思想文化因素的共同作用，英美乃至整个西方对18世纪英国小说的学术兴趣也出现了引人注目的'爆炸'。本书与西方诸多研究18世纪文学文化的新论著有所不同，因为上述潜在的中国背景和中国关怀乃是笔者试图重读18世纪英国小说的出发点和旨归。"①

殷企平著述"前言"里也说："如今的中国正处于社会转型时期，当然有必要参照当年英国在经济腾飞道路上的诸多经验，但是更有必要聆听许多英国有识之士在快速发展的旋涡中所发出的心声。聆听这种心声的最好场所莫过于在相应时代写就的小说——恰如怀特海所说，'如果我们希望发现某代人的内心思想，我们必须求助于文学'。"②

或者说，别人的问题，不是我们急迫所关注的问题点。立足于我们的现实处境，才能发现新问题，体验历史遗产的新启示。这是中国学者研究外国文学应有的姿态，也是人文学者对当下社会应有的责任，参与当下的思想建设和文化反思，而非躲进小楼成一统，在狭窄的学术圈子里做道场。拿来主义，以史为鉴。这样的学术研究才见活力，并有持久的生命力。

第三，行文思路中以前人成果（海外名家定论）为对话的对象，有三种角度：印证、补充、质疑并修正。我们著文也会引用前人的成果，但多为我们的论文思路服务，还是比较被动的。他们这些著述直接参与学术对话，这就将自己的著述置于课题学术史的框架内讨论，而非无源之水、无本之木。

---

① 黄梅：《推敲"自我"：小说在18世纪的英国》，三联书店，2003，第1~2页。
② 殷企平：《推敲"进步"话语——新型小说在19世纪的英国》，商务印书馆，2009，第1~2页。

第四，重视文本的历史语境。挖掘文学作品中展现的当时人的思想情感结构，多为对正统思想的抵制、质疑，以及自身的困惑，矛盾，而这些思想史上的失踪者，他们的情感需要被正史遮蔽了，进不了社会史、政治史、经济史的范畴，所以，文学中的这些思想情感因子活化了当时的历史语境，使历史充满了质感。文学（作品）与历史（著述）的界限，它们之间的空隙，是我们所要关注的地方。这是思想史语境的文学研究所需要特别注意的地方。

殷企平著述讨论 19 世纪"进步"潮流冲击下的英国社会的情感结构如何？通过对几个小说家作品的阅读，他试图证明 19 世纪英国的老百姓对"进步"潮流的实际体验和感受，跟官方/主流话语对现实的解释大相径庭，也证明小说家们在捕捉社会情感结构方面的具体贡献。这些小说都渗透着一种共同的焦虑：一种对狂奔逐猎般的"进步"速度的疑虑，一种对豪气冲天的"进步"话语的反感，一种对"进步"所需沉重代价的担忧……这就是弥漫于 19 世纪英国社会的情感结构。

第五，理论方法的"化"用，即各种理论方法为我所用，而非被某理论自身的预设所左右。

西方文学理论中，语言转向系列（新批评、结构主义、符号学）是文本解读的利器，但对研究者来说，对文本本身需要先有一个历史文化语境的认知。否则，见树不见林，推导及结论就有随意性，而不是审慎推导出来的。其他西方当代文论（精神分析、原型批评、新历史主义、女性主义、生态批评、后殖民主义），在使用过程容易出现夸大其词的说法，而失去审慎的眼光。

综上所述，立足于基本文献上的对文学经典的思想史考察，可以得出属于自己的独特而合理的解释，由此才能生发出有生命力的学术研究成果。思想史语境中的文学经典阐释，是朝着有生命力的学术研究进发的重要路标。

（作者单位：福建师范大学文学院）

外国文学研究呼唤有我之境[*]

朱振武

我国的外国文学经典研究自改革开放以来众声喧哗，并渐入佳境，取得了令人瞩目的成就，但也存在低端、重复、照搬、跟风或对国外特别是西方的研究机械模仿等诸多弊端，出现了从文本到文本（浅层阅读的结果，浅化、窄化）、从理论到文本、从文本到理论（低估作者，高抬理论）、单纯比较和从资料到资料（不读文本，只看资料，其实是伪研究）等简单化、模式化和泛西化倾向，缺少自主意识，缺少批评自觉，进入了"无我之境"，导致话语严重缺失，严重僵化和矮化，不知道批评的立足点何在，也不知道文学批评的旨归何在。当下的文学批评特别需要中国学者的文化自觉和学术自省，亟待摆脱盲目跟风的无我之境，亟待进入有我之境。

一　既要走进经典，也要走出经典

要想做好文学研究，我们首先要进得去，也要出得来。

就事论事，往往流于表层，从文学到文学，往往看不清文学。"横看成岭侧成峰，远近高低各不同，不识庐山真面，只缘身在此山中"[①]，我们

---

[*]　本文系作者在《当代外语研究》编辑部与山东农业大学于 2018 年 5 月 26～27 日联合举办的"五月蔷薇·泰山论剑——外语经典阅读学术研讨会"上的大会主旨演讲。
[①]　苏轼：《苏轼诗集》，王文诰辑注，中华书局，1982。

有些研究往往就事论事，从单一的文学到文学。我们跳不出这个圈子，就没有办法更清楚地看到它的实质，或者说看不到它的其他面。

十年前，我在《四川外语学院学报》上发表了一篇文章，叫《威廉·福克纳小说的建筑理念》①，当时的主编蓝仁哲先生给予很高的评价，后来还获得重庆市论文奖。蓝仁哲先生说："振武啊，你总能 Make it new，总能搞出点儿新意来。"我想这篇文章获奖，有几个原因，其中一个就是论文的确有创新，是完全从不同的角度对福克纳的小说创作进行关怀与关照。还有一个重要原因，就是评奖的时候，很多都是理工科等其他学科出身的评委，他们看到"福克纳小说的建筑理念"这个题目，一定很感兴趣，也觉得很好，因为这篇文章一定程度上打破了单一的文学文本批评的窠臼。

华莱士有一篇东西叫"观察乌鸦的十三种方式"，英文名是"Thirteen Ways of Looking At a Blackbird"。我们对文学进行审视、进行观察、进行研究，可能没有十三种方式，但是有三种或多种方式总是正常的，或者说总是要有不同的方式或视角，才能看出不同的东西。

二　要想有鉴别，必须先有比较

没有比较，哪能有鉴别！

我们首先要有自己的立足点，要有中国文学文化的视角。如果没有这样一个视角，光是从英国（美国）文学到英国（美国）文学，我们就很难跳出西方人思维的窠臼。只懂一种语言，就是不懂语言；只懂一种文学，就是不懂文学；只懂一种文化，就是不懂文化。我们没有参照，怎么对它进行鉴定呢？所以应该要有一个参照系。我们对外国文学进行研究，我们的参照系首先是中国文学；我们要想懂外国文化，我们的参照系首先是中国文化。如果没有这样一个视野，光是看外国人的资料，然后再跟外国人讲外国人的这些东西，实际上意义就不大了，我们也没有办法在世界舞台

---

① 朱振武：《威廉·福克纳小说的建筑理念》，《四川外语学院学报》2005 年第 3 期，第 4 ~ 9 页。

上立足。所以我在这里要强调的是，我们要有起码的文化自觉、批评自觉。如果不自知，我们就没有办法他知。所以我们不能人云亦云，不能随邦唱曲。

就像我在美国讲学的时候，那里的研究生问我："意识流小说是起源于美国，还是起源于英国，是起源于伍尔夫，还是起源于福克纳，还是起源于亨利·詹姆斯，还是起源于法国的杜夏丹？"我说"都不是。意识流起源于中国"。他们笑了。但是我随后给他们解释了，我说在中国文学作品中，老早就有意识流这样类型的作品，比方说明末清初董说的《西游补》① 就已经打破了物理时空，从心理时空角度进行创作。那么意识流小说采用的技巧，无非就像是闻到一种气味，碰到一个东西，听到一种声音，看见一个物件，然后联想、回忆、独白等类似的手法，而这些手法在中国文学作品中都有，所以我讲完了一些例子之后问他们，我说："你们说，这是不是意识流小说？"他们说："是。"我说："那么意识流起源于哪国？"他们大家一起回答："那是中国。"

三　要想看得远，必须站得高

站得高，才能看得远。

李贺有一首诗叫作《梦天》，诗云："老兔寒蟾泣天色，云楼半开壁斜白。玉轮轧露湿团光，鸾佩相逢桂香陌。黄尘清水三山下，更变千年如走马。遥望齐州九点烟，一泓海水杯中泻。"② 我们看他后四句。"黄尘清水三山下，更变千年如走马。"这个时空观，和我们现代派小说里面的时空观非常相似。另外看看他的视角"遥望齐州九点烟，一泓海水杯中泻"，我们看出，这个时空都是相对的。他梦见自己在天上，从天上往下看人

---

① 《西游补》为明末清初小说家董说创作的《西游记》续书之一，讲述了孙悟空被妖怪所迷，渐入梦境，先后穿梭于"青春世界""古人世界""未来世界"中，不同时间空间中的人物如项羽、秦桧、岳飞等轮番登场，情节奇幻曲折。鲁迅曾评价《西游补》"惟其造事遣词，则丰赡多姿，恍惚善幻，奇突之处，实足惊人"（鲁迅：《中国小说史略》，中华书局，2016，第 108 页）。

② 李贺：《李贺诗歌集注》，上海人民出版社，1977。

间，看九州原来是"九点烟"，而黄河就只是"一泓海水杯中泻"，实际上这已经基本具有现代人的时空观了。那么我们说到的柏格森的心理时间观，亨利·詹姆斯的意识流小说理论，实际上都是相类的，我们用不着把西方人的东西都奉为圭臬，如获至宝，动辄互文拼贴，恶搞戏仿，好像这些都是人家西方人的东西，中国人不懂批评，也不会玩文字游戏一样，实际上这些东西中国老祖宗玩得都非常好。没有互文还叫小说吗？没有戏仿还叫文学吗？从《外国文学研究》主编聂珍钊教授提出的"文学伦理学批评"，我们发现，他是站在中外文学理论的制高点，重新审视文学本质和文学现象，他看到的是一番不同的景象，令人钦佩。

聂珍钊老师就"文学伦理学批评"的一些概念，曾经和我通过好几次电话。聂老师在和我讨论时引经据典，我发现聂老师国学功底很好，他把这些东西吃透之后用到西方文学批评上，我们觉得他用得很自如，不是硬要造一个理论出来，所以说"文学伦理学批评"这个理论的出现是必然的。我在《文艺报》上写过一篇文章，题目叫作《批评自觉与文学伦理批评的当下意义》①，专门分析聂珍钊教授提出的"文学伦理学批评"在当下的价值，我非常赞成这样一种理论的提出。我还写过一篇文章叫《翻译活动就是要有文化自觉》②。我们现在想到，广外的黄忠廉教授，他曾经致力

---

① 具体参见《文艺报》2013 年 3 月 22 日第 4 版。这篇文章在接近结尾处说："文学伦理学批评有很强的当下意义。20 世纪 80 年代中后期以来，各种各样的西方文学文化批评理论的引进和译介极大拓展了我们的批评视阈和思考维度，也一定程度上丰富和繁荣了我国的文学与文化，但同时也出现了我们的文学文化批评言必称弗洛伊德、拉康、海德格尔、萨特、巴赫金、德里达、利奥塔、赛义德，等等；或某某理论或某某批评，如形式主义、精神分析批评、直觉主义、存在主义、原型批评、解构主义、结构主义、女权主义批评、现代主义、后现代主义、后殖民主义、东方主义、新历史主义、生态批评，不一而足。语言学不能不提索绪尔和乔姆斯基，翻译学不能不提奈达和德里达，文学不能不提的就更是数不胜数，不这样说似乎就落伍了，就不懂文学批评了，就不会解读作品了。但这些年来我们很多人很多时间是在为西方人的某种或某些学说甚至是某句话做阐释，做解说，做宣传，全然迷失其中而不觉。试想，没有自我意识，特别是自主意识的文学批评还能称得上真正的文学批评吗？这样的文学创作和文学批评能够给学界带来有较大价值的学术贡献吗？有些人说莫言的作品主要是学习了马尔克斯的《百年孤独》等拉美魔幻现实主义和福克纳的《喧哗与骚动》等欧美现代主义意识流小说，其实仔细阅读其文本，莫言向比他大 300 多岁的同乡蒲松龄的《聊斋志异》等中国文学经典学习的东西，远超过他向欧美的前辈和同行们学习的东西。莫言的作品植根于家乡土壤，立足于中国传统文化，当然同时也较好地做到了兼收并蓄，这才是其作品走向世界的深层原因。"

② 朱振武：《翻译活动就是要有文化自觉》，《外语教学》2016 年第 5 期，第 83～85 页。

于翻译批评理论的提出，在这方面有不少建树，有很多文章。我们看得出他也是站在一个很高的高度上，他不是把西方的理论拿过来去实践，或者说把自己变成西方理论的一个实践者，而是在中国翻译语境下，对翻译进行重新审视，从新的高度上，从另一个角度上对翻译进行总结，从而得出自己的一套理论体系，我觉得我们要做的是这样的工作。

四　要想研究文学，必须弄懂哲学

懂哲学，才能懂文学。文史哲不分家，这话的深意被许多人忘记了。

我们懂的学科多，就能更深入地去研究文学。我们不能都是形而下地就事论事做研究，还要从形而下到形而上。哲学和文学的终极关怀都是人，任何文学思潮的产生和文学流派的诞生，都是哲学思潮的产物，都是人们审视世界、思考人生、人性、人情、人的生死以及人的未来的结果。

因此，这就需要我们打通文史哲间的界限，要有大人文的通识和理念才行。美国名校普遍认为大学教育分两个阶段：以通识教育为主的本科阶段和以专业教育为主的研究生阶段。而本科阶段，学生们应该学"大行之道（Universal Knowledge）"，也就是我们古人说的"大学"，而不是"雕虫小技（Skills）"。

任何单一的知识，往往都容易使人偏狭，容易使人走向极端，有的时候是面目可憎，特别是光懂一点技术的人。我们说"腹有诗书气自华"。像哈佛、北大、复旦等一些名校，为什么都在奉行和推广通识教育、博雅教育呢？那是因为这样的教育能造就一个比较全面、理性的人，能造就一个在各方面，特别是在创作上、文章的撰写上，能做到融会贯通、旁征博引、纵横捭阖、深入浅出、引经据典、推己及人、举一反三、信手拈来和驾轻就熟的人。我们的文学研究也应该做到这一点，我们真正跨界了，我们也就能做到这些成语所说的效果。

五　文学经典犹如源头活水，怎可僵化对待之

文学经典从来都是多向度多维度的，它与时俱进，从不缺乏阅读意义

和阐释空间。卡尔维诺说：一部经典作品是一本不会耗尽它要向你说的一切东西的书。有些人在研究经典的时候却僵化对待之，浅化窄化到了让人难以置信的程度。我们研究浅而窄的原因是我们关注面太窄，阅读面太窄，读书少还不是最重要的问题，最重要的问题是只读一种书，而且还是尽信书，特别是尽信西洋的书。我们读书之窄之少到了令人瞠目的程度。有的人读学位，从入学到毕业都只读一个文本，然后是围绕这一个文本查资料，查别人的研究成果，真正成了所谓的"一本书"主义。我们一些人读书是这样的：搞语言学的不读文学的，搞外国文学的不读中国文学的，搞美国文学的不读英国文学的，搞当代的不读现代的，搞海明威的不读福克纳的，搞文论的不读文学的，搞世界文学的不读比较文学的，搞翻译的上面的都不读。

经典是源头活水，是与时俱进的，经典意义的丰富性也在于此。"诗无达诂"①，两千多年前的董仲舒在《春秋繁露·精华》里说的这句话在今天仍然适用。诗歌意义的丰富性和灵活性是其魅力所在，同一个人在不同时间欣赏同一首诗都会产生不同的感想，不同的人在欣赏同一首诗所产生的差异性之大自不待言。这和文学翻译是一个道理。经典诠释的无限可能性，使得两种语言间的转换产生了无限多的可能性，不同年龄、性别、地域、教育背景、经历经验和赏析能力的人对同一首诗的翻译自然也就大相径庭，就是同一个人在而立、不惑、知天命和不逾矩的各个人生阶段、甚至在同一阶段的不同语境、不同心境的作用下都很难译出相同的诗句。因此，切忌用单一的标准去考量和束缚诗歌的翻译，也没有这样的标准，而应调动译者的积极性、能动性和灵性，鼓励、接受和理解不同的诗歌译本。

六　没有自我意识的文学批评，这样的批评要他何用

批评中没有自我意识，这也是从理论到文本模式的研究的体现。许多研究者放弃自己的话语体系，自己作为一流读者的机会，放弃自己完全能

---

① 董仲舒：《春秋繁露》，凌曙注，中华书局，1975。

读出新意的机会；放弃自己的个性：不懂"诗无达诂"的道理。凭借个性禀赋和特殊经历和背景，你完全能够产生与众不同的阅读体验和审美经验，但我们却偏要依据别人特别是外国人的阅读体验去感受作品；然后再根据别人特别是外国人总结的理论去肢解作品。

这样做其实是证明了理论的伟大，证明理论的灵验和屡试不爽。如果作家都是这样，那么这些作家及其作品的独特性和个性特征及其意义何在？这个作家和作品还有什么存在的价值？我们不少人写文章，特别是指导学生写文章，多数都是理论介绍、文本分析和理论应用的大模式。文学作品成了一成不变的僵死的东西，其实很大程度上受到了阉割、贬低、诋毁和恶搞。文学创作本来是作家的灵性、灵感、灵动和灵光闪现使然，到了这些人手里变成了待宰的羔羊，好像文学家们都是按照理论去创作的。我们看不到这些理论狂轰乱炸的背后，不只是对认知方式的改变，而是深层的价值观和文化认同的改变。其实，西方人自己早就认识到这些问题。特里·伊格尔顿在新千年伊始就在《理论之后》（*After Theory*）中反思西方多元文论造成的危害，鲜明地指出目前西方的文学和文学研究钻进了死胡同。① 文学批评家大卫·杰弗里曾痛心地说，后现代反权威的多元解构理论给西方文明带来的破坏比两次世界大战都严重。因此我们仍旧要说：吃洋快餐，捡洋垃圾，可以停停了；见人矮三分、唯人马首是瞻，可以改改了；文化自信，翻译自觉，这个可以有了。从全民学英语到全体学者迷恋西方理论，现在该自己发发声音，该发发自己的声音了！

七　中国学者不懂中国文学，怎么可能能搞好外国文学

作为中国学者，不懂中国文化，不读中国文学，以什么作参照去研究外国文学文化？没有参照系的研究能叫研究吗？我们现在有些人是：不食中国饭，专吃洋快餐；不食满汉席，专吃洋垃圾。搞外国文学文化，必须懂中国文学文化，一定要有自我意识，这样才能与国际文坛对话，才能有存在的价值和意义。实际上，作家之间创作语言、背景、风格、手法、思

---

① 特里·伊格尔顿：《理论之后》，商正译，商务印书馆，2009。

维、审美习惯、认知方式差异较大，研究不同作家根本不需要照搬西方文论。

文学理论是对创作规律的高度总结，是对文学实践的学理思考。文学理论何为？是先有文学理论还是先有文学创作？文学理论是用来指导文学创作的吗？作家是按照文学理论写作的吗？翻译家是按照翻译理论来翻译的吗？显然不是，或基本上都不是。至少一流作家或翻译家不是。

所谓的各种"主义"真的都是成熟系统完整的理论吗？真的都要奉若神明吗？西方的某些理论在中国倒更广为人知，有更多的人去译介；有些理论并不是真正的理论，只是一时起意，一种率性的即时的说法或提法而已。而且，任何理论都有其局限性、片面性，而我们一些人却把它神化圣化了。早在2012年年初，我就曾在《文汇读书周报》对我的专访中指出，要均衡且有选择性地吸纳世界文学文化精神。①

那么，中国有没文学理论？中国真的没有思辨性的文学理论吗？回答当然是有。由于对中国传统思维模式的偏见以及西方以重分析为特色的文学理论的传入，使中国没有思辨性文论的论调盛行于世，但是这是缺乏考据和调研的盲目论断。中国是有思辨性的文学理论的。南北朝时期刘勰的《文心雕龙》有完整科学体系和严密的组织结构，对文学的基本问题和各种不同文体的历史发展状况，做了详细的论述，体大思精，不能不说是一部思辨性的巨著。此外，南朝钟嵘的诗论专著《诗品》、唐贞元年间日本留学僧人遍照金刚编纂的中国古代文论集《文镜秘府论》②、晚唐司空图的《二十四诗品》、明代叶燮的《原诗》、清代李渔的戏剧理论作品《闲情偶寄》、清代袁枚《随园诗话》、清代文学家刘熙载的《艺概》都是对各种文学体裁的相对系统的论述。

---

① 具体参见《文汇读书周报》2012年1月4日。"英美国家研究者的声音不代表我们的声音，中国学者应立足于本土文学文化，增强文化自觉，发出自己的声音，提出自己的看法。不错，我们应该吸收世界上一切优秀文化遗产，但优秀的文化并不都在政治经济发达的国家。阿拉伯国家、亚洲的国家也应给予关注和重视，这样才能够均衡吸纳各国文学文化的精髓。"

② 《文镜秘府论》是日本留学僧人遍照金刚采撷崔融《唐朝新定诗格》、王昌龄《诗格》、元兢《诗髓脑》等书编撰而成，探讨了诗歌的声律、辞藻、对偶等形式技巧，具有诗学、修辞学等方面的研究价值，对日本文学也产生了重大影响。

中国有无关于文学理论的专题论文？回答当然是有。不光有，而且还很发达，很成体系，也绝不像有些人说的"缺少思辨"。唐代僧皎然的《诗式》、严羽的《沧浪诗话》、明代戏曲评论家吕天成的《曲品》①、明代戏曲理论家王骥德的《曲律》等都是严谨的专题文论；关于文学理论的专题论文，中国也是有的，如曹丕的《典论·论文》就作家的才能与文体的性质特点之关系、对作家个性对文学创作的影响、对文章价值的评价和文学批评的态度都提出了有价值的意见。嵇康的《声无哀乐论》是用辩难的形式来写的，分析细密，对音乐和人情的关系做出了论述。陆机的《文赋》对文学的构思与创作做出了探讨，李贽的《童心论》②影响也很大。中国的文学理论家们提出情韵说、风骨说、意境说、得意忘言说、逼真说和文以载道说，对文学创作产生了很大影响。中国的小说理论家们提的虚实说、传道教化、动机说、典型说、情理论以及细节理论等也都影响深远。

文学理论是帮助思考的，不是拿来套的。理论可以拿来做阐释、做说明、做注解，不是用来顶礼膜拜的，不是用来重复的；解释人家的理论特别是西方的文学理论当然都是有益工作，但总结自己的创作实践进而提出自己的理论才是创新。习近平总书记在中国文联第十次全国代表大会、中国作协第九次全国代表大会上用很大篇幅专门讨论创新问题，也说明我们的学者和作家在这方面的努力还有较大距离。

三十多年的改革开放目的是发展自我，建设自我，现在我们需要找回自我，回归自我。崇洋时代早该过去了；唯洋是尊早该结束了；为西人做嫁衣的徒劳无益的忙活该停一停了。重拾文论信心，建构中国学者自己的话语体系和批评机制，打造中国学者自己的批评理论的时候到了！正如我在两年前接受《文汇读书周报》专访时指出，我们应该站在平等的位置上

---

① 《曲品》涉及我国传奇及散曲作家150余人，作品190多种，在为我国戏曲研究保留了丰富而珍贵史料的同时，采用较为客观的态度从题材、声律、词法等方面对戏曲这一艺术形式进行了探讨。

② 《童心说》是明末思想家李贽所写关于文学创作的文章，他继承了王阳明的"心学"，将作家是否具备"童心"视为评判文章好坏的标准之一。所谓"童心"，即"绝假纯真，最初一念之本心也。"作家一旦失却了"童心"，其文所写也将是"假人""假文"。

与西方对话，而不再是拾人牙慧。[①] 可见，我们的外国文学研究应该是：实实在在，扎扎实实，清清楚楚，明明白白，为我所用，为我服务，以我为中心的，站在自己的立场和出发点、基于事实和理据有着自己的目的和旨归的、对学术问题和文化差异进行客观判断的学术活动。

我们应该懂得：熟读古今书，通晓中外体。博采百家长，就为成自己！

（作者单位：上海师范大学）

---

① 具体参见《文汇读书周报》2016 年 7 月 25 日，第 2 版。"中国的学术研究应该发出自己的声音，而不是人云亦云，唯西人外人之马首是瞻，不是要仰人鼻息，做人家的传声筒或注释人，而是应该走进世界，特别是英语世界，与国外学界特别是英语学界直接对话。"

文化自信缺失时代的学术生产

——以《世界文学史纲》中的美国文学叙述为中心考察

张宝林

一

在中国民族走向伟大复兴的历史大背景下，习近平总书记明确提出了"文化自信"。何为"文化自信"？有学者曾指出，"文化自信是文化主体对身处其中作为客体的文化，通过对象性的文化认知、反思、批判、比较及认同等系列过程，形成对自身文化价值和文化生命力的确信和肯定的稳定性心理特征"。[1]然而，正如萨义德所指出的，"每一种文化的发展和维护都需要一种与其异质并且与其相竞争的另一个自我的存在"[2]，他者永远是自我建构的重要参照。突出文化主体对本民族、国家文化价值的高度认同，并不意味着要拒斥异质文化及其优秀成果。文化自信理应具有包容性的特征。对异质文化采取开放、包容和借鉴的态度，其实也是自我文化自信的另一种表达。不过，积极吸收异质文化的优秀成果，也需警惕妄自菲薄的文化心理，避免滑入他者话语的泥沼。无论是文学创作，还是学术生产，均需避免对异质思潮流派、话语模式的过分依傍。

19 世纪中叶以来，整个中国文明开始接受"欧风美雨"的洗礼，中国的各个层面也加快了现代转型的步伐。面对异域"他者"不断介入这一重要事实，中国文人的心灵和精神构造开始悄然发生变化，不但一改向来对异域"他者"的鄙夷心理，而且将"他者"树立为自己革新图变的典范。

强大的"他者"存在，在很大程度上摧毁了中国文人的文化自信。域外文学成了现代中国文人构建文学新传统的重要借鉴，域外的各类文学史叙述，也成了他们把握世界文学图景的重要参照。"五四"之后，尤其是进入20世纪30年代之后，他们掀起了撰写和翻译世界文学史著的热潮。当时出版的蔚为壮观的世界文学史著，承担起了生产和传播世界文学知识的重要功能，塑造了现代中国人对世界文学的认知和想象。值得注意的是，其中有不少是史家对域外史著的编译、加工和改造，而以这种模式生产出来的史著，又成了后来者撰写相关史著的重要参照。因此，现代中国的世界文学知识生产，在很大程度上接受了域外话语资源的影响。考察这种影响关系，无论对于分析现代中国建构现代性知识的基本状况，把握其时文人的文化心理，还是对于反思和深化当下中国的外国文学研究，都具有重要的意义。

本文主要基于20世纪30年代李菊休编、赵景深校[1]的《世界文学史纲》有关美国文学的叙述展开研究。选择该著，主要有三个原因：一是它基本上糅合了《现代美国文学大纲》《文学大纲》《美国文学ABC》等本土自撰和翻译史著的内容，足以展现出现代中国文人生产世界文学知识的复杂面貌；二是该著曾作为教材使用，塑造了许多现代中国人对世界文学的认知和想象[2]；三是相关研究者经常提到它[3]，将其视为现代中国出现的

---

[1] 上海亚细亚书局1933年出版了《世界文学史纲》，封面上标明是"李菊休、赵景深合编"。1936年中国文化服务社再版该著时，封面上只标明"李菊休、赵景深"，但在封里标明是"李菊休编、赵景深校"。根据赵景深1932年4月25日为该著写的"序"，他仅是在李菊休著述的基础上做了些删改工作。他说："我在原稿上删去了十几个人，如：希腊哲学家苏格拉底和柏拉图……虽然他们有些对于文坛很有影响，但我站在纯文艺的观点上，不承认他们是文学家。"因此，该著应为李菊休编、赵景深校。参见赵景深《序》，李菊休、赵景深《世界文学史纲》，亚细亚书局，1933，第1页。

[2] 自1904年清政府实施"癸卯学制"以来，世界文学史教育就被纳入了中国现代教育的体制。当时许多世界文学史著的撰写和编译，就是为了满足学校教育之需。本文论述的《世界文学史纲》，1936年由中国文化服务社出版时，封面上就印有"中等学校适用"，封里印有"学校参考用书"等字样。因此，正是通过学校教育等途径，像《世界文学史纲》这样本来没什么原创性的史著生产出的世界文学知识，又进入了公共领域，产生了巨大的影响。

[3] 可参见陈婧著《20世纪50年代前外国文学通史的学术历程》（《理论月刊》2013年第6期）、刘洪涛著《中国的世界文学史写作与世界文学观》（《北京师范大学学报（社会科学版）》2004年第3期）、林精华著《中国的外国文学史建构之困境：对1917—1950年代文学史观再考察》（《首都师范大学学报（社会科学版）》2012年第1期）等。

重要世界文学史著，但从未对其展开详细讨论。选择该著中的美国文学叙述作为个案，主要是为了细致讨论的方便。

二

《世界文学史纲》的第十五章专论美国文学。如果细致分析该章的论述，便可发现，它既大量借鉴了相关文学史著译本的内容，直接接受了外来话语资源，又沿袭了郑振铎、曾虚白等本土学者参照外语原文撰写的文学史著中的相关说法，间接接受了外来话语的影响。

《世界文学史纲》第十五章的第五、第六部分专论 20 世纪美国文学，主要参考了张我军译《现代世界文学大纲》中高垣松雄著的《现代美国文学大纲》一文。将二著的内容加以简要对比，即可明了这一事实。此处仅举一例。

张我军译的《现代美国文学大纲》写道："然而到了一九〇八年，少年批评家美西（John Macy, 1877 - ），就在一向做着美国文学传统之大本营的文艺批评杂志《大西洋月刊》上（*Atlantic Monthly*，一八五七年创刊），开始吐露叛逆的见解了。……他的中心思想，发源于惠特曼所怀抱的文学论，而加之以新的社会学的考察的……好像是在宣言新时代之来到。"[3]

《世界文学史纲》写道："一千九百〇八年，有一位少年批评家玛西（John Macy）在美国文学传统的大本营《大西洋月刊》（*Atlantic Monthly*, 1877 - ）开始吐露他的见解。他的中心思想是发源于惠特曼所抱的文学论，而加以新的社会学的考察，好像宣言新时代已经到来。"[4]

我们可以看出，二著的说法非常相似，后者仅是省去了前者的部分文字，适当改变了部分表述。二者的有些表述极为相似，说明后者并不是对前者日语源文本的翻译，而是对其汉译本的改写。即便是改写，作者似乎也很粗心大意。比如，上述引文抄错了《大西洋月刊》的创刊时间，将其写成了 John Macy 出生的时间 1877 年。

与论述 20 世纪美国文学不同的是，《世界文学史纲》论述 19 世纪美国文学时，努力融合了本土学者郑振铎和曾虚白分别撰著的《文学大纲》和《美国文学 ABC》的相关内容。然而，这两部史著基本上是作者参照域外学者的史著撰写而成的。为了讨论的方便，我们先简要考察它们论述 19 世纪美国文学时如何借鉴了域外资源。

郑振铎非常推崇"文学史"的价值，认为对于初学文学的人来说，它就是一个"指导者"①。接受了美国学者莫尔顿"世界文学论"②的影响之后，他又形成了文学统一观。他指出，"文学是没有国界的"，"文学是没有古今界的"，"所以我们研究文学，我们欣赏文学，不应该有古今中外之观念"。[5]正是基于这种文学统一观，他编纂了打通古今、跨越中外的鸿篇巨制《文学大纲》，先在《小说月报》上连载，后来于 1926 年至 1927 年以单行本出版，共包括四卷。他的这一贡献，近些年来引起了学术界的关注③，也得到了很高的赞誉。比如，陈福康认为，"郑振铎此书最大的历史价值，就是它实际上是世上第一部真正意义上的世界文学史"，"也是一部真正意义上的杰出的比较文学史"。[6]然而，很少有学者对这一著作的著述方式、资料来源等展开研究。

《文学大纲》第四十三章为"美国文学"，专论 20 世纪之前的美国文学。该章在许多方面，与美国学者约翰·玛西著《世界文学史话》的相关内容非常相似。前者共包括五个部分，除第一部分论述 19 世纪之前的美国文学，之后四个部分分别论及 19 世纪的小说家、诗人和散文家等。后者论述 19 世纪美国文学时，用了三章的篇幅，依次论述小说、论文和历史、诗歌。另外，二者论及的作家以及各个作家所占篇幅的比例基本一致。凡是约翰·玛西重点论述的作家，均被郑振铎安排了更多的篇幅。更值得注意的是，就对具体作家的评价和行文表述而言，二者也非常相似。在此，我

---

① 在《各国"文学史"介绍》一文中，郑振铎写道："我们如果初次踏进了文学的门墙，必会眼光眩乱，不晓得文学宝库里所陈列着的珍宝究竟有多少，也无法去选择什么是最好的，最适于我们自己的东西。这必须有一个指导者，将这些东西的内质及其价值告诉给我们，然后我们才可以有选择的标准与目的，'文学史'便是这个指导者。"参见《小说月报》16 卷 1 期，1925 年 6 月 10 日。

② 在《关于文学原理的重要书籍介绍》一文中，郑振铎曾介绍过莫尔顿（R. G. Moulton）的《世界文学论》（World Literature and Its Place in General Culture）. 参见《小说月报》14 卷 1 号，1923 年 1 月 10 日。

③ 可参见杨玉珍著《郑振铎与"世界文学"》（《贵州社会科学》2015 年第 1 期）、李俊著《"世界文学"语境下的中国文学史书写——兼论〈文学大纲〉的学术史意义》（《广西社会科学》2015 年第 7 期）等。

们从胡仲持的《世界文学史话》译本和郑振铎的《文学大纲》中，就相关内容选择一个案例做一对比。

在《世界文学史话》中，约翰·玛西写道："库柏和欧文在生的外面底冒险之中，在从外部发生于人们的事情之中看出罗曼斯来。两个较年轻的罗曼斯作家那坦聂尔·霍桑和以得加·亚伦·坡则从内部发生于人们的事，将他们的心底及精神的冒险，较多作为问题。他们都是缺乏欧文的温和的可笑味、库柏的强健的力的悲哀的人。"[7]

《文学大纲》写道："柯甫和欧文把人生的外面的冒险与奇遇写成为他们的传奇。两个较他们后辈的小说家霍桑（Nathaniel Hawthorne，1804 – 1864）与爱伦坡（Edgar Allan Poe，1809 – 1845）写的却是人生的内面事件，他们的心灵的冒险与奇遇。他们俩都是愁郁的作家，没有欧文那样的诙谐与微笑，也没有柯甫的雄伟的力气。"[8]

通过对比可以看出，二者的内容基本一致。不过，郑振铎的表述更为流畅，但该处引用的胡仲持译文，显然采用了直译的方法，许多表述显得非常拗口。二段引文表达的内容非常相似足以说明，郑振铎其实从《世界文学史话》的源文本中翻译了相关内容。不过，他主要采用了意译法，对原文的句子结构做了部分调整。事实上，二者有关 19 世纪美国文学的表述，相似的例子多得不胜枚举。由此可见，郑振铎在很大程度上接受了约翰·玛西的影响。

郑振铎在第四十三章最后列举了多条"参考书目"，但并未将他事实上主要参考了的《世界文学史话》列入其中，反而列出了约翰·玛西的另一部著作《美国文学的精神》。事实上，他并未借鉴该著的相关成果。不过，他在该著的"叙言"中写道："Macy 的《世界文学史》（The Story of World's Literature①）也特别给编者以许多的帮助。"[5]这里提到的"The Story of World's Literature"，便是上面引用的胡仲持译本《世界文学史话》的源文本。

世界书局 1929 年出版了曾虚白撰写的《美国文学 ABC》。它成了中国

---

① 应为 The Story of the World's Literature，《文学大纲》遗漏了第二个 the。该著由纽约加登城出版公司（Garden City Publishing Co，Inc.）于 1925 年出版。

第一部以单行本形式出版的美国文学史著。在该著中，作者对美国文学做出了非常偏颇的评价，认为它"在真正世界文学史上是没有独立资格的"，"只是英国文学的一个支派"。[9]曾虚白对美国文学做出的判断，除了受制于他秉持的真美善统一的文学评判标准，还与沿袭了西方学者对美国文学的消极评价不无关系。《美国文学 ABC》一书尚未引起学术界足够重视，它的资料来源等，还有待于进一步澄清。实际上，约翰·玛西的《美国文学的精神》是该著的蓝本。将二者做一简要对比，便能明了这一事实。

《美国文学的精神》主要局限于讨论 19 世纪美国文学，共十七章。第一章为"总体特征"（General Characteristics），综论美国文学的特征，接下来的十六章均以欧文、库柏等作家名为章名。《美国文学 ABC》共十六章，除第一章"总论"，接下来的十五章，除作者因信奉纯文学观念排除了前者列入的哲学家、心理学家威廉·詹姆斯，其余列入的作家及其顺序与前者完全相同。更为重要的是，该著无论是对美国文学的整体评价，还是对个体作家的分析，都与前者惊人地相似。此处仅从二著中就相关内容抽取一列加以对比。

《美国文学 ABC》在解释美国作家为什么无法抓住人生时写道："他们的根本弱点是缺少天才；他们只注意在人生浮面的不相干的现象；他们对于小说的观念完全搅错了，虽然他们未尝不努力的工作。"[9]

《美国文学的精神》写道："The trouble is that they lacked genius; they dealt with trivial, slight aspects of life; they didn't take the novel seriously in the right sense of the word, though no doubt they were in another sense serious enough about their poor productions."[10]

对比上述两段引文，不难看出，曾虚白确实对《美国文学的精神》中的部分内容做了有选择的编译。其实，这样的例子，多得不胜枚举。由此可见，《美国文学 ABC》本身就是一部在很大程度上接受了外来话语影响的史著。

考察新中国成立前中国文人撰写外国文学通史的学术历程时，有研究者指出："这些通史具有几个主要的特征"，第一个特征便是"受日本的外国文学研究影响颇深"。[11]近代以来，日本一直是中国文人接受西方话语的重要中转站，它的影响确实很重要，但我们也不能忽视来自英美和苏联等国的影响，因为许多具有英语、俄语等外文阅读能力的文人，并不完全是通过日本这一中介来接受西方话语的。郑振铎和曾虚白便是典型的例子。尽管约翰·玛西的《世界文学史话》，在1930年代的中国出现了两个译本①，但均在郑振铎撰写《文学大纲》之后出版。而《美国文学的精神》，根本就没有译本。因此可以断定，二位史家完全通过阅读英文接受了外来话语的影响。

曾虚白与约翰·玛西对美国文学的判断基本一致。他撰史时尽管运用了以人为纲的体例，彰显了真美善统一的纯文学观念，但具体的分析却参照了约翰·玛西的说法。值得注意的是，郑振铎对19世纪美国文学的判断与约翰·玛西并不相同。郑振铎给予美国文学很高的评价。简略论及殖民时代和革命时代的文学之后，他即指出，美国文学到了19世纪便进入了黄金时代，"出现了不少的不朽作家"，足以"与英，与法，与德，与俄，共为近代文学的'天之骄子'"。[8]整体来看，约翰·玛西对19世纪美国文学持贬低态度。比如，他虽然指出美国的小说展示了"人间底内容的成长和优秀技艺的丰富"，但认为"更美的文体的意识""却没有今日别的诸国那样热心地被开发"。[7]再比如，他在论述美国诗歌时，基本否定了其独立性，认为除惠特曼和不多几篇用美国地方、种族方言写的诗之外，"亚美利加的诗大都可以说是由英吉利的小诗人所写的罢"。[7]郑振铎与约翰·玛西对美国文学的基本判断并不相同也可说明，他也在某种程度上发挥了史家的主体性，并未完全沿袭域外学者的相关判断。或许，他又借鉴了其他肯定美国文学的域外学者的说法，只是笔者尚未找到相关证据而已。

仔细对比《世界文学史纲》与《文学大纲》和《美国文学ABC》有关19世纪美国文学的论述，不难看出前者对后二者的借鉴状况。在结构上，前者主要参照了郑振铎著的《文学大纲》，依次论述美国的小说、诗歌和散文成就。但就内容而言，无论是总论美国文学，还是分论具体作家作品，它都努力融合了后二者的相关内容。我们在此仅举一例加以说明。

《世界文学史纲》第十五章开篇写道："美国文学，在世界文学史上没

---

① 分别是胡仲持译《世界文学史话》（开明书店，1931）和由稚吾译《世界文学史》（世界书局，1935）。

有独立的资格。美国文学史直到十九世纪初期才真正开始产生文学的时期，虽然自从一群清教徒乘了'五月花号'踏上美洲的大陆上时，美国的文学便开始了。"[4]

《美国文学 ABC》写道："在翻开美国文学史的以前，我们应先要明白理解'美国文学'这个名词，在真正世界文学史上是没有独立的资格的"，"直到十九世纪的初叶才是它真正开始产生文学的时期。"[9]

《文学大纲》写道："自一群的清教徒乘了'五月花号'踏到美洲的大陆上时，美国的文学便开始了。"[8]

很明显，《世界文学史纲》先沿袭了《美国文学 ABC》对美国文学的基本判断，从根本上否定了它在世界文坛上的地位，接着又照搬了《文学大纲》有关美国文学起源的说法。表面上来看，前者的影响要大于后者，因为在文学史写作的过程中，史家如何"定调"是至关重要的问题。按照正常的逻辑，既然《世界文学史纲》开首就明确否定了美国文学的独立性和创造性，那么，在接下来具体的论述部分，它就应将努力论证自己的观点作为重要任务之一。但事实上，它并没有按照这样的逻辑展开论述，而是先基本按照《文学大纲》的论述框架展开，接着参照了高垣松雄《现代美国文学大纲》的相关论述，致力于呈现美国文学自殖民时代以来的丰硕实绩。这样的叙述特点，使得该著明显出现了逻辑上的混乱和观点上的矛盾冲突。前文已经提到，郑振铎对 19 世纪美国文学给予了非常高的评价，而高垣松雄也努力呈现了 20 世纪美国文学的成就。因此，从总体上来看，《世界文学史纲》在努力构建一种与自己实际上参考了的几部史著均有所不同的话语，但正是这样的尝试，它反而成为一部充满话语冲突、逻辑混乱的史著。

三

1932 年，余慕陶出版了《世界文学史（上）》。许多批评者指出，该著涉嫌抄袭中外学者的相关成果。比如，赵景深发表了《文剪公余慕陶》一文，给予了严厉批评："说余慕陶是抄袭其实是客气的，因为抄袭究竟还要用一点誊录的工作。他是剪窃，他只要用剪刀，飕飕的几下，于是大著成功了。"[12] 其实，赵景深参与编撰的《世界文学史纲》，也明显存在"剪刀加浆糊"抄袭的情况。我们指出该著明显存在借鉴他人成果的情况，当然不是要揭发"黑幕"，而是为了说明那个时代知识生产中确实存在的一些重要现象。

现代中国蔚然成风的世界文学史著述，的确显示出中国文人试图以"世界眼光"观照世界文学历史变迁和现存状态，审视特定民族/国家文学的性质、地位、思潮流派和重要作家作品。但正如贺昌盛评述清末民初的外国文学研究时所指出的，"几乎所有的研究者都未曾摆脱依赖域外既有文学史著及相关资料而加以编译撰述的困境，能在直接阅读的基础上发一家之见的著述少之又少"[13]，无论是《世界文学史纲》，还是《文学大纲》和《美国文学 ABC》，都在很大程度上接受了域外话语资源的影响。域外学者有关世界文学的叙述，实际上成了现代中国学者面对世界文学时已经具备的"先入之见"，而他们又用自己的语言将相关"先入之见"表述出来，反过来影响了其他一部分学人对世界文学的认知和想象。之所以出现这种情况，部分是因为他们并没有能力对世界文学做出相对独立的判断。无论是李菊休和赵景深，还是郑振铎和曾虚白，撰写世界文学史著时，其实都是匆忙上阵的。尽管他们都是现代史上赫赫有名的学者和翻译家，但也不可能掌握那么多的语言，阅读和研究那么多国家那么多的作家和作品。知识储备明显不足，个人的时间、精力和能力毕竟有限，就导致他们只能借鉴其他学者尤其是域外学者的相关论著。

不少现代中国文人的世界文学知识生产明显接受外来话语影响，除有知识储备不足等客观原因之外，还与文化自信的普遍缺失有很大关系。尽管鲁迅等现代文化先贤基于主体精神积极倡导"拿来主义"，呼吁"外之既不后于世界之思潮，内之仍弗失固有之血脉"，但现代中国文人大多呈现出文化自信不足的特点。重要表征之一便是他们在言说域外文学时，很少能够基于中国立场、视野或问题意识对其展开阐发。他们大量译介域外文学，固然有追求拓宽学术视野、追求知识进步的用意，但也是为了达到"他者之石，可以攻玉"的效果。然而，域外文学毕竟属于异质文化，本身与中国文化和现实存在一定的隔膜。要是译介者既不能以中国立场、视野选择和观照他者，又不能让他者与中国问题产生较为丰富的意义关联，效果自然难以理想。

任何一种文化和学术要获得更大的进步，都有必要学习和借鉴异质文化的成果。然而，文化主体面对异质文化时，除了需要采取积极"拿来"的姿态，还需具备理性的心态和自觉的选择、鉴别意识，充分体现出主体精神。故步自封、唯我独尊固然不可取，但挟洋自重、妄自菲薄、自我问题意识淡薄也是文化自信缺失的典型表征。现代中国的世界文学研究或知识生产，已经成了我们可以评头论足的对象。但正如伽达默尔所说，"历史精神的本质并不在于对过去事物的修复，而在于对现时生命的思维性沟通"[14]，我们在当下语境中反观历史，还原历史，更是为了让历史在新的语境中生发出新的意义，从而为审视当下的文化状况提供一种重要参照。就当下中国的外国文学研究而言，积极介绍域外的相关理论和作家作品研究成果，固然有很重要的价值，但研究者要是丧失了主体立场，丢掉了"本位"意识，完全依傍外来的话语模式，变相"抄袭"域外的研究成果而欺蒙国人，也实在不可取。

（作者单位：西北师范大学外国语学院）

参考文献

［1］刘林涛：《文化自信的概念、本质特征及其当代价值》，《思想教育研究》，2016（4），21－25。

［2］爱德华·萨义德：《东方学》，王宇根译，三联书店，1999，第426页。

［3］〔日〕高垣松雄：《现代美国文学大纲》，〔日〕千叶龟雄等：《现代世界文学大纲》，张我军译，神州国光社，1930，第104页。

［4］李菊休、赵景深：《世界文学史纲》，亚细亚书局，1933，第386、379页。

［5］郑振铎：《叙言》，《文学大纲（第一册）》，商务印书馆，1926，第1~2页，4页。

［6］陈福康：《重印〈文学大纲〉序》，郑振铎：《文学大纲》，广西师范大学出版社，2003，第6~14页。

［7］〔美〕约翰·玛西：《世界文学史话》，胡仲持译，开明书店，1931，第

670 页。

[8] 郑振铎:《文学大纲(第四册)》,商务印书馆,1927,第 550、554 页。

[9] 曾虚白:《美国文学 ABC》,世界书局,1929,第 1、2 页。

[10] John Albert Macy, *The Spirit of American Literature*, New York: Boni and Liveright, Inc. , 1913, P12.

[11] 陈婧:《20 世纪 50 年代前外国文学通史的学术历程》,《理论月刊》2013 年第 6 期,第 185 ~ 188 页。

[12] 赵景深:《文剪公余慕陶》,《申报·自由谈》1933 年 7 月 21 日。

[13] 贺昌盛:《晚清民初"文学"学科的学术谱系》,中国社会科学出版社,2012,第 187 页。

[14] 〔德〕伽达默尔:《真理与方法》,王才勇译,辽宁人民出版社,1987,第 249 页。

宏观文学现象研究

文学中的 18 世纪英国

刘意青

文学是反映社会的一面镜子，但这在后现代文学追求魔幻、科幻、意识流、超现实等各种尝试的今天，要从文学中看社会就远不如 18、19 世纪直接和真切。18 世纪后半叶兴起和首次繁荣的英国现代小说因此是我们了解当时英国的社会、政治、宗教、道德和意识形态的最佳途径。我国自 1949 年以来长期忽视 18 世纪英国，对该世纪的英国文学了解远不如对之前 16～17 世纪的莎士比亚和弥尔顿，或之后 19～20 世纪的浪漫主义诗人、维多利亚小说以及伍尔夫和乔伊斯引领的意识流作品。进入改革开放之后，国人又紧追后现代的各种新潮流，就更少关注 18 世纪英国这个与中国当前商品经济大发展十分有相关性的社会阶段和它的诸多思想家和文学成果。因此，这篇文章想通过当时英国的几位小说家和他们的作品所展示的 18 世纪英国的状况，为我们认识西方，特别是英、美的政治体制和意识形态的根基和来龙去脉提供一点参照。

历史背景简介

17 世纪至 18 世纪是英国历史上唯一的朝代更迭频繁的时期。资产阶级革命即清教革命（1647～1649）也是英国唯一一次的流血革命，其后英国上上下下都努力避免流血斗争，采取了改良政策。资产阶级革命之后英国经历了几番和平的政权更迭。①借资产阶级革命上台的克伦威尔的独裁统治以 1660 年议会迎回查理二世的王权复辟为终结。②查理二世死后的继承人、弟弟詹姆士二世的天主教统治激怒了国人，于是议会从荷兰迎回了詹姆士二世的新教女儿玛丽和她的丈夫奥兰治的威廉共同执政，史称这是 1688 年的"光荣革命"，初步建立了以托利（即当今的保守党前身）和辉格（即当今的工党前身）这两党为基础的内阁体制。而被驱逐的詹姆士二世逃亡苏格兰，他的支持者被称为詹姆士党人（Jacobites），他们不断从苏格兰入境骚扰，造成 18 世纪早期社会的不安定。与詹姆士二世余党的小规模战斗和议会两党的斗争在菲尔丁、笛福等人的小说里都有所反映。③玛丽无子女，她死后议会拥戴她妹妹安妮为女王（1707～1714 在位）。④安妮仍无子女，她过世后议会只好从德国引进汉诺威家族的乔治①，史称乔治一世（1714～1727 在位）。从此时起英国终于建立起议会为主的君主立宪制，议会成了名副其实的掌权机构，英国就此进入了资本主义大发展阶段。

文学中的 18 世纪英国

18 世纪是英国资本主义上升时期，农村土地贵族逐渐衰落，以伦敦为首的大都市慢慢成形。蒸汽机带动的工业革命，以及以牛顿为代表的自然科学和以洛克为首的社会科学大发展，使得英国很快变成世界上最先进的国家。到了 18 世纪中期印刷术的普及造就了城市中繁荣的图书市场，价廉的各种书刊热闹非凡。于是作家们不再依赖权贵的恩准和扶持就可以随心所欲地创作，读者也从为数不多的知识分子扩大到中下层百姓，其中包括想要进步和提高自身文化的仆女、店员和徒工。图书市场上销售的不仅是严肃和需要高等文化素养才能撰写的诗歌和戏剧，更有各类普及型的散文作品，如游记、日志、历史、传记、神怪故事、各种尺牍书和行为指南，不一而足。这些散文作品和各种期刊大大助推了 18 世纪中后期现代英国小说的诞生，而且也铺垫了女人舞文弄墨的道路，以至于到 18 世纪中后期形

---

① 汉诺威的乔治是 16 世纪英国詹姆士一世女儿的后代。

成了百花齐放的小说首次繁荣。① 在这个英国小说繁荣的大潮中，不仅出现了笛福、斯威夫特、菲尔丁、理查逊、斯特恩、斯摩莱特、哥尔德斯密斯这些男作家，还涌现出一批以范尼·伯尼为首的优秀的女作家。更令人叹服的是，所有这些小说家都以教育大众为己任。虽然有写作挣钱糊口之需，但每个作家都积极投身时代潮流，从自己的角度写出反映社会问题和警示大众的作品来。比如斯威夫特揭露讽刺两党政治的荒唐，英国对爱尔兰的残酷剥削，以及当时的宗教分歧和斗争；笛福主要宣传不畏艰难困苦，自我奋斗的上升资产阶级价值观；菲尔丁则抨击虚伪、势利、奸诈，宣扬做人要善良、正直和富有同情心；而理查逊和伯尼等女作家则描写年轻女孩子的成长，警告她们躲避婚恋陷阱，洁身自爱。下面就从 4 个方面简单介绍一下这些作家如何在他们的小说中反映当时英国的社会、宗教和意识形态等方面的问题。

1. 反映宗教分歧和斗争、两党斗争以及批评时政的作品

首先要谈及的是 18 世纪的宗教分歧。众所周知，英国从都铎王朝的亨利八世建立了信仰新教（Protestantism）的英国国教会（又称安纳甘教会）之时起，英国就脱离了罗马天主教梵蒂冈的管辖，国王成为政教合一的国家首领。也就是从此时开始天主教就成为英国最大的宗教敌人，天主教徒到处受到歧视，如著名诗人蒲柏的早年遭遇。王权更迭也常与国王本人不信仰国教有关，如詹姆士二世被逐。而信仰天主教的邻国法国又因宗教原因不断介入英国政治，支持天主教力量，造成两国长期不睦。然而 17 世纪随着资本主义发展，中小资产阶级逐渐壮大，出现了代表中小资产阶级的教派，称为清教（Puritanism），并于 1647 ~ 1649 年领导了资产阶级革命。他们反对封建贵族和上层资产者以及代表他们的英国国教教会，提倡勤俭持家，个人奋斗，劳动致富，并节制欲望，反对教会的铺张浪费和繁文缛节，以及对教民的控制，主张通过个人反省赎罪来获得上帝的圣恩。但在

① 基于现代英国小说的兴起与城市资本主义发展的关系，有的评论家把现代小说看成中产阶级的文类。可参见 Ian Watt, *The Rise of the Novel* (Berkeley and Los Angeles: University of California Press, 1957); 也有评论家称小说为女人的文类，可参见 Ruth Perry, *Women, Letters, and the Novel* (New York: AMS Press, Inc., 1980)。

王权复辟后，他们被称为反对国教的宗教异见者（dissenters），在英国受到迫害，比如弥尔顿和班扬。实际上，英国的很多政治斗争都与宗教斗争纠缠在一起，而文学也就成为反映和介入这一斗争的场所。

18 世纪上半叶的著名作家斯威夫特（Jonathan Swift，1667 – 1745）毕业于三一学院，之后进入国教教会奉职。虽然他代表英国国教教会到以天主教信仰为主的爱尔兰任帕特里克大教堂的主持，但是他能超越宗教羁绊，写了不少抨击英国盘剥爱尔兰人民的名篇，为爱尔兰百姓伸张正义，得到爱尔兰人民的拥戴。他垂芳千古的讽刺佳作《一个小小的建议》就是最好的例证。但是作为一个国教牧师，特别在他还没有认真介入爱尔兰事务之前，他也积极地参与了热闹的宗教论战。《一只木桶的故事》（*A Tale of a Tub*，1704）就是这样一部论战作品，一部讽刺佳作。书名来自水手航海时经常抛出一只木桶把接近航船的鲸鱼引开，免得撞船。1651 年霍布斯发表了主张集权，反对教会分权的著作《利维坦》，该词的英文意思就是巨大的怪物或鲸鱼。斯威夫特用了这个题目把自己的故事比作水手抛出的木桶，要引开霍布斯这类人对教会的攻击。整部作品引经据典，充满论证，但其中心是一个寓言故事。故事中，一位老人临死前给三个儿子各留下一件同样的外衣，并叮嘱他们不准做任何改动。然而，日子久了，老大彼得（代表罗马天主教）就在外衣上加缀了许多装饰，并镶上金边，搞得不伦不类。小儿子杰克（代表加尔文和清教）则把外衣的袖子和下摆任意剪短，弄得面目全非。只有二儿子马丁（代表马丁·路德和英国国教会）没有对衣服做任何改动。由于意见分歧，在整个改，还是不改外衣的过程中三个儿子争执不休，直至吵翻。此争辩过程展示了斯威夫特的国教立场，但仔细阅读仍会发现，作为真正的人文主义者，作者在书中讽刺的不仅是天主教教会和清教，他也大量抨击了包括国教在内的教会这个体制和诸多行为，流露了对宗教的一些怀疑态度。

笛福（Daniel Defoe，1660？ – 1731）出身中小商人家庭，因信仰清教而只能在给持不同宗教信仰的孩子专门设立的学校接受初级教育，因此他基本是自学成才。但是他的清教立场十分坚定。1702 年他发表了一篇讽刺托利党人迫害清教徒的文章，叫作《对待非国教徒的最简便办法》（*The Shortest Way with Dissenters*），建议将清教徒们赶出英国，将清教教士处以绞刑，犀利地讽刺了当权的国教教会对不同教派的打压。但是他假充托利党人的口气如此的逼真，所以刚开始主张迫害清教徒的托利党人还愚蠢地为他叫好，比较温和的辉格党人则十分愤怒。等到官方缓过神来，笛福就被抓捕入狱，还罚他在市中心枷示三天。笛福勇敢地面对迫害，当场写了一首《颂站枷》（*Hymn to the Pillory*，1703）并当众朗读，被伦敦市民奉为英雄。笛福一生政治无立场，常被后世人诟病。但他的清教立场始终坚定。他还出版了一本指导年轻姑娘婚恋的小册子，叫作《教徒的婚恋》（*Religious Courtship*），宣传姑娘们一定不能嫁给天主教徒和国教徒，只有嫁给清教徒婚姻才能美满幸福。可见当时宗教斗争渗入了英国社会的各个角落，人人都有自己的宗教立场，它直接影响了百姓生活的各个方面。

除了宗教分歧，18 世纪英国的两党斗争十分激烈。光荣革命后奥兰治的威廉和玛丽在位时是托利党领导议会，通过了《权力法案》初步肯定了君主立宪体制，并为了争夺海外霸权而不断与法国和西班牙交战，获胜后的英国则逐渐成为欧洲的主要力量。然而，所有这些军事行动加剧了国内债务负担，资产阶级便成为埋单人，而议会，特别下议院，对国内外事务的投票权就牵扯到了各方的利益。于是，两党争权夺利到 18 世纪上半叶就逐渐白热化。为了竞选，代表大资产阶级和土地贵族的托利党和代表中小资产阶级的辉格党各有自己的报刊，并雇用了许多写手撰文相互攻击。托利党之后，辉格党党魁沃波尔上台，他在执政期内通过了多个法案，包括试图确保辉格党在上议院的永久霸权的《贵族法案》，以清除武装部队和政府各级机构中的托利党人。这就进一步加剧了 18 世纪的两党矛盾，也让沃波尔本人成为众矢之的，在 18 世纪文学作品和漫画中变成了嘲讽和攻击的目标。①

在这样的政治环境下，18 世纪上半叶的英国文人作家很多都有党派。比如斯威夫特，他先追随他的亲戚邓波尔加入了辉格党，后因辉格党不支持他在爱尔兰的教会事业而转入了托利党，交结了托利党文人蒲柏和盖伊

---

① 上述这一段里对 18 世纪英国社会和政治状况的简介来自 Paul Langford 著《18 世纪英国：宪制建构与产业革命》，刘意青、康勤译（外语教学与研究出版社，2008），第二章"罗宾政府的兴起"，第 133～170 页。

等好友，并为该党编写党报《考察者》。但是斯威夫特的党派立场并没有影响他把讽刺的矛头指向英国两党制的肮脏与荒诞。在他著名的《格列佛游记》（*Gulliver's Travels*，1726）的第一卷中，斯威夫特描绘了小人国的政治。该国有两个党，一个党的成员穿高跟鞋，一个穿矮跟鞋。而国王为了平衡两党，则一只脚穿高跟鞋，一只脚穿矮跟鞋，成了跛脚鸭。小人国选总理的办法是比赛走绳技。参加竞选的大臣们需在钢丝上做许多高难动作，包括翻筋斗而不掉下来，才能胜选。斯威夫特讽刺的尖锐很像鲁迅，他这是对两党制和党派争斗整体上的荒诞和无意义做出的最犀利的嘲讽。小人国还因为敲鸡蛋应该敲大头还是敲小头与持不同意见的邻国战事不断，并要求格列佛去灭掉该国。这就是斯威夫特对英法两国的宗教争端的嘲笑，说明他能够超越宗教和党派之争看到英国社会和宗教矛盾的实质。另外，在《格列佛游记》里，斯威夫特还讽刺了英国的时政。在第三卷"飞岛"中，他把英国比作一个飞岛，在陆地上征服了一些岛国，要求他们纳贡和上税，并威胁说如果他们拒绝纳贡，飞岛就会飞临他们上方遮住他们的雨露和阳光，甚至会降落到他们的头上，摧毁地上的房屋和林园。这些描写明显是批评英国的海外殖民。

看透了两党斗争实质的不仅斯威夫特，笛福比他做得更彻底。斯威夫特虽强烈批评两党争斗无意义，但他没能做到不加入一党。而笛福没有固定的党派立场，他同时为两个政党做事，因为他需要赚钱，更因为他精力旺盛，想要施展他的才能。他为一个党写文章的同时，又为另一个党做情报工作，甚至参加了说服苏格兰加入大不列颠王国的沟通活动。为此，他在 20 世纪之前的文学界曾被指责为两面派。但我更认为笛福是看透了两党争斗乃权力之争，于是十分务实的他选择了不分党派地多做些实事。

2. 反映海外扩张和资本积累的作品

18 世纪英国开始大规模海外扩张，占有殖民地。在此阶段的文学中反映海外殖民现象最具代表性的作品就是笛福的《鲁滨孙漂流记》（*The Life and Strange and Surprising Adventures of Robinson Crusoe*，1719）。鲁滨孙出生在富裕的中产阶级家庭，但他不愿听从父命继承家业，在伦敦过舒适安稳的日子，而是要冒着各种危险不断出海。他贩卖奴隶、积累资本、在海外开发殖民地，所以马克思在《资本论》里也曾以他为资本积累的一个典型例子。对于他自己为什么会有这种出海冒险的冲动，鲁滨孙没有答案，他说自己天生就有"游荡的嗜好"。直到他 60 多岁，在《鲁滨孙漂流记续集》里，他又再次离家出海去冒险。我们过去简单地把这种冒险冲动归结为资产阶级攫取财富的贪婪。但是，当他已身缠万贯，十分富有，而且年迈体弱时，他还要出海冒险，这样的行为如果只用贪财来解释就说不过去了。实际上，在鲁滨孙身上展示的是上升资产阶级的两重性，他们在不择手段积累财富的同时也有很积极的一种上进和奋斗精神。18 世纪因为科学发展，英法等西方国家开始对博大的世界发生兴趣，比如地理知识一时成为上层沙龙和客厅里的时髦话题，连太太小姐也以能说一两个欧洲之外的地名来炫耀自己。鲁滨孙这个人物就表现出新兴资产阶级对广阔世界的极大好奇心，对验证自己独立人格和能力的强烈要求，并从这种追求中获得精神满足。他这种要劳动、要占有的个人奋斗精神是商品经济自由竞争的产物。当然，在英国奋斗发家的追求还来自清教思想的影响。马克思和恩格斯在《共产党宣言》里指出资产阶级首次证明了人类的活动能够取得怎样的成就，而鲁滨孙的故事就是对这一论断的形象揭示，是对上升时期资产阶级精神状态的生动展现，有很强的时代性。

3. 反映佃农经济瓦解、城乡对立的作品

15～16 世纪的圈地运动开始，英国的封建农业经济就受到了致命的冲击。农业凋零，丢失了土地的农民大批流落到城镇，没有了生计。托马斯·莫尔（Sir Thomas More，1477－1535）在他的著作《乌托邦》（Utopia，1516）里的名言"羊吃人"就是对圈地养羊，发展纺织业之后农民悲惨境遇的最尖锐的批评。到了 18 世纪，以世界大都会伦敦为代表的大小城市逐渐在英国成形。在乡村里，土地贵族虽然没落，却还能维持庄园生活，并享有一定的特权，但很多贵族也开始经商与城市资产阶级逐渐融合。也就是从这时开始，英国文学中出现了把城乡对立起来的倾向。这种美化乡村、哀叹田园式生活消亡，认为城市是黑暗和邪恶化身的作品在 18 和 19 世纪不断出现，形成一种思潮。比如 18 世纪作家哥尔德斯密斯的长诗《荒村》、华兹华斯的诗歌《迈克尔》、狄更斯的小说《远大的前程》《雾都孤儿》等，都充满了对失去善良、平静的乡村生活的惋惜和对与乡村对立的浮华、势利又充满罪恶和暴力的城市的抨击。18 世纪小说家菲尔丁（Henry Fielding，1707 - 1754）的《弃儿汤姆·琼斯传》（*The History of Tom Jones, a Foundling*，1749）就是个很好的例子，因为它暗藏着一个结构性的城乡对立的寓意。该小说在文体上是包揽了整个英国城乡生活的全景式小说，它在故事层面上讲的是弃儿汤姆曲折的成长过程。他在经历了艰难困苦的考验，战胜了同母异父弟弟的阴谋诡计之后，终于认祖归宗，成为远近乡里的模范士绅。然而，作者十分用心地把小说的 18 卷工整地分成了乡村、旅途上和伦敦各六卷的叙事架构，而这样的架构刚好完美地对应和承载了汤姆的三个发展阶段，因此这部小说被评论界一致称赞为结构最精美的英国小说之一。然而，菲尔丁颇费苦心的 6 + 6 + 6 的小说结构还承载了一个作者要宣传的寓意层面的潜文本，即对乡村淳朴、善良生活的肯定和对城市邪恶的警示。小说的头 6 卷描述汤姆被善良的乡绅奥尔渥西收养后，在淳朴的乡间成长为一个漂亮、正直、善良而且富有同情心的年轻人，但是缺乏理性，办事冲动而且生活上不够检点。在被弟弟布利菲尔不断诬陷后，汤姆被奥尔渥西误会，最后被逐出庄园。于是，就开始了他离开乡村流浪的第二个 6 卷。起初他想去从军，参加消灭詹姆士党人的战斗，为国效劳，却中途偶遇心上人索菲而掉头追赶她到了伦敦。第三个 6 卷则描述汤姆在伦敦如何被看上他的贵妇人欺骗，沦为她的面首，道德沦落至最低点。然后，他又莽撞地与人决斗，刺伤对方而被捕入狱。如果对方伤势过重死去，汤姆就有被判死刑的可能。这时，布利菲尔的阴谋暴露，在小说的结尾处汤姆与舅舅奥尔渥西相认，回到了庄园，娶了心上人索菲，过上了幸福、恬静的乐园般生活。小说里这个架构明显影射了主人公从伊甸园（虽然有弟弟这样的毒蛇）的天真无邪的生活，到被逐出伊甸园踏上了艰难的自我教育途程，直到进入伦敦这个邪恶的都会，在各种引诱下他沦落到了出卖肉体的地步，最后进入地狱般的监狱。小说结尾时作者不得不用巧合的事态发展来搭救汤姆，他与道德权威奥尔渥西舅舅相认，重返了乡间的伊甸乐园。在这个失去乐园与重回乐园的寓言潜文本中，菲尔丁对乡村的赞美以及对大城市邪恶的鞭挞态度非常明显。如果说，工业化后凋零的乡村的美好更多是他的一种乌托邦理想，那么作为伦敦的一名司法官，他对当时充斥着犯罪的大城市的邪恶的认识并非空穴来风。因此，他这部小说帮助我们认识了 18 世纪城市初期的诸多问题，以及城市在人们心目中的印象，他可算是也加入了直到 19 世纪仍有表现的褒扬乡村，贬低城市的潮流。

4. 反映姑娘婚恋与成长问题的小说

从 18 世纪，特别是中后期，一直到简·奥斯丁的创作，年轻姑娘的婚恋问题就成为文学的一大关注点。其原因主要来自英国工业革命和乡村衰落之后，大批妇女被剥夺了手工劳动的生计，进城务工的农村女人们大多做了仆女，而中等家庭和乡村小地主的女儿们也面临多舛的命运。因此，女孩子能否嫁入有钱人家就成为父母们最操心的事情，成为一个持续了半个多世纪的文学主题。而入大城市务工的农村女孩子沦落为妓女和小偷则成为了当时很大的社会问题。所以理查逊就致力用书信体小说谆谆引导女人们要警惕，要洁身自爱，否则一失足就铸成千古恨。范尼·伯尼和海伍德夫人等女作家的小说也围绕这同一个议题做文章，但更偏重写年轻姑娘的成长。到世纪末，奥斯丁的不少小说仍在关注这个议题，特别是在《傲慢与偏见》里她温和地讽刺了急于为五个女儿寻找富有婆家的班奈特夫人。可以说在整个英国的文学史上，只有 18 世纪下半叶这么集中地出现了姑娘婚恋小说，这乃是当时社会状况所致。

理查逊（Samuel Richardson，1689－1761）被尊为后来英国心理小说的鼻祖，[1] 他的两部书信体小说《帕美勒，又名美德有报》（*Pamela，or Virtue Rewarded*，1740）和《克拉丽莎，又名一位年轻小姐的历史》（*Clarissa，or The History of a Young Lady*，1741－1748）分别写了一个农村姑娘帕美勒在贵族 B 先生家做仆女的遭遇，以及富商之女克拉丽莎反对家庭包办婚姻被恶少钻了空子，而遭奸污的悲剧故事。理查逊是印刷徒工出身，从年少时就常给周边的女人代笔写信和读信。这个经历使他十分了解女性和女性的问题，也逐渐练成了一个写书信的高手。当时伦敦小偷和妓女比比皆是，他

---

[1] 伊恩·沃特把理查逊和菲尔丁定位为分别引领心理小说和全景社会小说的英国小说之源头。可见 Ian Watt 著 The Rise of the Novel（Berkeley and Los Angeles：University of California Press，1957）。

们命运悲惨，偷些许食物或布匹就会被关进新门监狱，结果不是上绞架，就是被终身发配到新大陆的弗吉尼亚。中年的理查逊成为有影响的印刷商之后，就逐步出版尺牍和行为指南来教育大众，最后发表了上述两部作品，成为与菲尔丁并列的重要18世纪小说家。帕美勒的故事教导年轻女孩子要抵制各种诱惑，保持贞洁，只有这样才会因美德而获好报。具体来说，帕美勒坚决抵制少东家的骚扰，挑逗和囚禁，坚决不做他的情妇。最后她的美德感化了B先生，把她明媒正娶为夫人。这部小说虽然存在用书信形式长篇自叙惊险遭遇而很不自然的毛病，虽然保持贞洁就会有好报像是用贞洁待价而沽，但在发表的当时却成为十分轰动的畅销书，因为理查逊小说的问题针对性很强。小说《帕美勒》针对了当时有钱人玩弄仆女后抛弃她们，令她们沦为小偷或妓女的严重社会现象。他的第二部小说《克拉丽莎》则是针对当时社会上富家女孩子往往不喜欢老实无趣的男人，梦想自己有能力把浪荡公子改造好再嫁给他。不同于贫穷出身的帕美勒，克拉丽莎美丽、有教养和文化，还有属于自己的钱财，但是犯了自信的错误，寄希望于改造浪荡贵族拉夫莱斯，而最后惨遭强暴。这部小说是英国第一部悲剧小说，震动了整个欧洲，歌德和卢梭都受其影响。理查逊用书信体裁进入了主人公的内心世界，充分反映了当时姑娘们面临婚恋困境时的各种压力和痛苦。

弗朗西丝·伯尼（Frances Burney，又名范尼·伯尼，1752－1840）是18世纪后半期众多女作家中最突出的一位，也是奥斯丁之前最重要的一位女作家。她著有多部女性小说，其中书信体的《伊夫莱娜，或少女涉世录》（*Evelina, or The History of a Young Lady's Entrance into the World*，1778）最为成功。伯尼有好几本小说都写"少女涉世"的话题，从不同的侧面反映了当时女孩子进入社会的种种困难，甚至是危险处境。伊夫莱娜的母亲产下女儿就死去，临死将她托付给牧师威拉斯抚养。她出落成美丽的姑娘，并接受了牧师良好的教育。但她在远离喧嚣的安静乡村长大，没有任何社交经验。故事主要描述她随友人来到伦敦，因为没有父亲，家事不明，在社交场合饱受轻视和奚落，还不断遭到花花公子们骚扰，直到她遇到正直的年轻绅士奥威尔伯爵，多次得到他出手救助，情况才有了好转。经过许多误会和曲折，在小说结尾处两人喜结良缘，伊夫莱娜也得到了父亲的接纳。伊夫莱娜的遭遇具有时代代表性。在当时的父权社会里，身份被看得很重，身份缺失的女人被边缘化，处境尴尬又不安全。伊夫莱娜不仅要像帕美勒那样拼命捍卫自己的贞操，还要竭力维护自己的淑女形象。伯尼一生关注女人的生存状况，也很真实地用她的小说反映了 18 世纪家庭和婚恋的各种问题。

结语：18 世纪英国与当代中国的发展

上述对 18 世纪部分作者和小说的评介使我们看到了一个既欣欣向荣又充满矛盾和问题的英国，看到了一个以大都会为中心的早期资本主义商品经济大发展，并积极进行海外殖民扩张的英国。那个英国与我们当今的中国相隔三四百年，但实际上并不遥远。虽然我们是社会主义制度的国家，与资本主义的英国有质的区别，但处在发展市场经济阶段上的中国，还是可以从 18 世纪英国找到不少可比之处。比如我国目前的图书市场和文学、文化、影视的大众化，比之前任何时期都更接地气；又比如我们也正在建设漂亮的城市，农业人口正大量流入城市，农村正发生着巨大变化。

但是，表面上相似的经济发展阶段，却不能掩盖时代和制度不同带来的本质上的区别。就拿农村的变化为例，党中央在发展大都市的同时，同样重视了农村建设及生态环境发展，可以说是以迅疾的速度，一举三得地完成着英国花了近乎一两个世纪才慢慢完成的浩瀚任务。大批农民进城务工也没有出现农村破产和萧条。相反，新农村在青山绿水中建成，脱贫成为重中之重的国家工程。所以，我们国家的城市化和市场化并没造成 18 世纪英国那种乡村消亡及由此带来的一个多世纪文人们的哀伤。大批人口流入城市难免出现一些治安问题，但我们也绝对不存在 18 世纪伦敦的混乱和肮脏，北京等大城市也没有伦敦当年那种地下贼窝或满街的妓女。再拿英国上升资产阶级的海外扩张为例，目前发展了市场经济的中国也需要海外市场。虽然鲁滨孙进行了殖民活动，但新兴资产阶级努力奋斗来积累财富的精神，也没有被马克思否定，特别是我们目前也在提倡"奋斗就是幸福"的世界观。然而社会主义中国进行海外贸易与鲁滨孙的冒险和奋斗目标绝不相同，我们旨在为全人类的福利奋斗。中国走向世界遵循的是习近平主席提出的建立人类命运共同体的原则，通过平等贸易的伙伴关系共同受益。

但是对比 18 世纪英国，我们在一个问题上却不如他们，那就是我们的文人作家没有 18 世纪英国的这些小说家对社会道德的责任感和担当。上述评介的小说家们面对市场经济和追求物质利益而带来的各种问题，个个以正能量来教育大众。相比之下，我们有相当一部分作家和精英不管目前国家发展阶段的需求，就不加批评和鉴别地追随后现代腐朽、颓废和消极的文学潮流，吹捧那些离中国现时社会尚远的后现代西方文学和影视作品，不管它们是否在宣扬自杀、同性恋纠结，还是暴力和色情。这种作家文人道德责任的缺失就是我们参照 18 世纪文学时要自叹不如的重要方面，这也是为什么我们要好好研读 18 世纪英国文学的一个重要原因。

（作者单位：北京大学）

古代以色列民族的历史文化语境
与希伯来智慧文学

王立新

　　智慧文学是希伯来文学的重要组成部分，它主要包括希伯来《圣经》中的《箴言》《约伯记》和《传道书》，以及《诗篇》中的某些诗歌作品。① 如果循着希伯来文学传统向后再延展一下，"次经"中的《所罗门智训》和《便西拉智训》也属于这个范畴。不过，最完整和深刻地体现出希伯来智慧文学特征的，仍然是《箴言》《约伯记》和《传道书》这三卷作品，它们不但代表着古典时代希伯来智慧文学的最高成就，而且对我们了解这个民族文化内涵的复杂性，更加真实、客观地认识古代以色列人的现实生活和价值观念具有十分重要的意义。

　　这三卷作品的具体作者或最后的编订者为谁已不可考，即便是文本中明确提到作者是"以色列王大卫儿子所罗门"的《箴言》，也已被学者们认定是伪托所罗门之名的作品。从三卷经书的具体文本看，无论是章节结构，还是文体特征，都表明它们中的每一卷的所有内容都不是在同一时间由同一人完成的。《箴言》明显存在七个部分，是由不同的箴言集录组合而成。《约伯记》首尾的散文体和作为本卷主体的中间诗体部分，构成了一个"封套式"的结构，不但韵、散两大部分被认为不是出于同一时期，而且诗体部分中的"以利户话语"也被相当一部分学者认定为约伯与三友论辩之外，后加入的内容。《传道书》与其他两卷作品相比，在思想主旨

---

　　① 　如《诗篇》中的19、34、37、49、73、111、112、119、127、128、133等。

上有更强的一致性，但也留下了明显的编辑痕迹。谈到它们最后成书的年代，也无法精确予以确定。我们只能大致说，《约伯记》约编订于以色列民族史上的巴比伦俘囚时期，《箴言》约成书于公元前 2 世纪初，而《传道书》从内容观念和其中出现的阿拉米语汇上看，则应完成于公元前 2 世纪后半叶的希腊化时代。需要指出的是，尽管《约伯记》成书的时间早于《箴言》，但后者中的主要内容却早于前者中的内容，因此，在考察希伯来智慧文学的发展过程中，《箴言》通常是被作为其第一部代表性经典来看待的。这一双重认识最鲜明地体现在希伯来《圣经》的两个不同的版本卷秩排列上。在《巴比伦塔木德》记载的《塔纳赫》24 卷卷秩排列中，明确指出："我们的拉比教导说'圣录'的顺序是《路得记》、《诗篇》、《约伯记》、《箴言》、《传道书》……"① 而在马所拉《标准犹太圣经》的 39 卷卷秩排列中，"圣录"部分的排列则是《诗篇》《箴言》《约伯记》《雅歌》《路得记》《耶利米哀歌》《传道书》……。② 这两种卷秩的排列方法，都体现了各自的含义。

一　智慧文学的一般特征

希伯来智慧文学的一般特征，可以从外在形式和内容观念两个方面来看，在此基础上，我们可以较为深入地透视出智慧文学的特质是什么，以及它在整个希伯来精神文化传统中的意义所在。

《箴言》《约伯记》和《传道书》所以被称作"智慧文学"，就外部特征看，首先是因为它们都是直接或间接围绕着"智慧"这个核心问题形成各自的文本的。从语词上看，检索整部希伯来《圣经》，chokhmah（名词"智慧" wisdom）一共出现了 161 次，这三卷作品就使用了 88 次；而来自 ch－kh－m 这个词根形成的系动词词组（to be wise）一共出现了 166 次，这三卷作品就使用了 96 次。对智慧问题的特别强调，使这三卷经文不但具有了相似的品格，也明显区别于希伯来《圣经》中的其他经卷。一些学者

---

① *Talmud Bavli*, Baba Bathra 14b.
② *Torah*, *Nevi'mveKetuvim*, The British And Foreign Bible Society, 1992.

就此提出，在希伯来文化传统中或许存在着一个"智慧学派"。①

其次，这三卷作品均表现出古代以色列民族文化与异族文化交往、融合的特点。例如《箴言》第 22 章 17 节至第 24 章 22 节的内容与公元前古埃及新王国时期（公元前 10 至公元前 6 世纪）出现的著名智慧文学作品《阿蒙莫奈普的训言》极为相似，两者相较，相同或相近的文字几近三分之一强。② 第 30 章和第 31 章 1 至 9 节的开头分别被标示为"雅基的儿子亚古珥的言语"和"利慕伊勒王的言语"，但无论是"雅基"（Jakeh）、"亚古珥"（Agur）还是"利慕伊勒"（Lemuel）都不是以色列民族所使用的名字。《约伯记》开篇即说"乌斯地，有一个人名叫约伯，那人完全正直，敬畏神，远离恶事。"根据《耶利米哀歌》所记，"乌斯地"并非以色列地，而是位于古巴勒斯坦东部的以东人之地。③ 换言之，《箴言》中明显收录了非以色列民族的智慧话语，而《约伯记》所讨论的问题，被安排在了一个异族"义人"遭受苦难的背景之下。当然，这些进入以色列民族智慧文学的异族成分，被编订者予以了不同程度的"希伯来化"，以表达本民族的思想观念。至于《传道书》，虽然开篇说"在耶路撒冷作王、大卫的儿子、传道者的言语"，但这不过又是一种伪托的说法，而且，此卷作品所反映出的观念，被相当多的学者认为与希腊化时代流行的哲学思想有关。

再次，这三卷经文的文体复杂。比如《箴言》和《传道书》，表面看都以格言警句式的形式探讨各方面的问题，实则不但彼此之间文体不同，即便是同一卷中的不同部分，文体差异也是较大的。即以《箴言》为例，其主体部分为在"所罗门的箴言"下的第 10 章 1 节至第 22 章 16 节，收有箴言共 375 条，除第 19 章第 7 节外，均使用典型的古希伯来诗歌的同义平行体或对偶平行体诗体。第 31 章 10 节至 31 节谈论贤德的妇人部分，则采用了古典希伯来诗歌的另一种典型的诗体形式——字母序诗。但是，如果

---

① 可参见 Day, John. R. P. Gordon, and H. G. M. Williamson, eds. *Wisdom in Ancient Israel*. Essays in Honour of J. A. Emerton. Cambridge Univ. Press, 1995.

② 可比较《箴言》22：17－24：22 与 The Instruction of Amen-em-Opet，后者见 James. B. Pritchard, ed. , *Ancient Near Eastern Texts*, Relating To The Old Testament, pp.421－424. Princeton Univ. Press, 1955.

③ 见《耶利米哀歌》4：21.

我们看《箴言》第1章至第9章，同样标明为"以色列王大卫儿子所罗门的箴言"部分，使用的则是华丽、流畅的散文诗体裁。

从三卷作品的内容来看，《箴言》除有关于智慧本身的论述和对智慧的赞美外，大部分是关于生活本身各个方面经验总结式的格言警句，如教导人不行愚妄之事；要殷勤不可懒惰，以免落入贫穷境地；要善待邻舍旁人，远离恶人的引诱；勿犯淫乱；尊敬父母；不行贿赂；不传播是非，不酗酒，不说谎言等。其中特别谈到了君王和为政者要公平、正义和妇人如何行为才可称贤德的问题。编集这卷书的目的和主旨在本卷开头说得十分清楚："要使人晓得智慧和训诲，分辨通达的言语；使人处事，领受智慧、仁义、公平、正直的训诲；使愚人灵明；使少年人有知识和谋略；使智慧人听见，增长学问；使聪明人得着智谋；使人明白箴言和譬喻，懂得智慧人的言词和谜语。"（1：2-6）①

《约伯记》讲述神为考验义人约伯的忠诚，允许撒但攻击约伯，原本生活富裕、幸福的约伯不但妻离子亡，财富尽失，而且身染毒疮，痛苦无比。绝望的约伯质疑神的公义，面对朋友指责他因犯罪招致神的惩罚，他坚称自己是无辜受难，要与神对质为何如自己这样一个公义的人反遭如此严酷的命运。耶和华于是在旋风中现身，通过质问约伯能否了解自己创造自然的奥秘使后者认识到自己的"无知"和神的不可测度，从而驯服在神的面前。最终，耶和华给与约伯以更丰盛的赐予。因此，《约伯记》的主旨在于探讨在希伯来文化传统之内，人靠自己的智慧如何理解"义人"在现实中的苦难和对耶和华信仰之间的神学逻辑矛盾问题。

《传道书》所要传达的信息其实分为两层内容，首先是告诉人们人世间被看重的一切其实都是没有意义的：人追求知识和智慧、追求享乐的生活、追求财富，日日劳碌、奔忙都毫无意义；临到众人的事，义人和恶人同样要遭遇；在面对最终的死亡时，人皆无差别地归于尘土。这一层的内容，最清晰地出现在本卷第1章2至11节的概括性表述中："传道者说：虚

---

① 本文所引经文均出自于《圣经》（和合本），中国基督教协会1996年印制。为行文方便本文的"章节"序号，作者根据海外文献引用格式，1：2-9即为段首所指相关卷名的第1章第2至6节，下文同。

空的虚空，虚空的虚空，凡事都是虚空。人一切的劳碌，就是他在日光之下的劳碌，有什么益处呢？一代过去，一代又来，地却永远长存。……万事令人厌烦，人不能说尽。……已有的事，后必再有；已行的事，后必再行。日光之下，并无新事。……已过的世代，无人记念；将来的时代，后来的人也不记念。"传道者所言的"虚空"，就是"无意义"。第二层的内容，则论及智慧的有益。作者强调智慧之言胜于财富，智慧胜过勇力，智慧之人胜于愚昧之人。乍看之下，似乎与一切都是虚空的第一层主旨矛盾，其实《传道书》中所说的智慧，是在言说参透万事后的一种顺天知命的生存哲学。正是因为作者认为包括知识和智慧在内的一切最终均不具有终极的价值意义，所以他说"我就称赞快乐，原来人在日光之下，莫强如吃喝快乐，因为他在日光之下，神赐他一生的年日，要从劳碌中，时常享受所得的。"（8：15）

我们可以看到，希伯来智慧文学的这三卷代表作品尽管都在谈论智慧，但其中体现出的观念却存在着差异。

二 智慧文学的特质及其在希伯来文化传统中的意义

从上述的智慧文学表层特征和主旨内容出发，我们可以进一步思考智慧文学的特质到底是什么？这个问题需要在整个古代以色列民族文化的背景下予以解答。按照希伯来文化自身的传统，整部希伯来《圣经》在总体结构上分为三个大的部分——"妥拉"（Torah，意为"律法"）、"耐维姆"（Nevi'm，意为"先知"）和"凯图维姆"（Kethuvim，意为"圣录"），《箴言》《约伯记》和《传道书》就属于第三部分的"圣录"。但是，智慧文学作品在深层的神学思想逻辑上不但与前两部分不同，而且也异于可以归入到前两部分所代表的神学阐释框架中的第三部分的大部分作品。

"妥拉"部分形成了希伯来文化中的第一个传统。这部分又称"摩西五经"，由《创世记》《出埃及记》《利未记》《民数记》和《申命记》五卷构成。其中不但叙述了古代以色列民族的由来，更重要的是以耶和华神通过摩西颁赐律法的形式，奠定了以色列人以"神的选民"的身份，成为一个民族的基础。《创世记》关于亚伯拉罕、以撒、雅各三代族长在迦南的生活以及雅各率众子进入埃及地的叙述，是这个传统得以产生的前提，后四卷书的叙述线索主要是以色列人在埃及地为奴、摩西带领他们逃出埃及重返迦南的过程。深入考察这个背景可以发现，波澜壮阔，堪称史诗文学的出埃及叙述，实际上围绕着一个重心展开，即西乃立约。神—人之间的"约"具体体现为由"摩西十诫"为象征而延展开的共613条律法。立约的含义有两重：律法的起源来自耶和华神的启示，是神的"话语"，具有神圣真理的品质；以色列人必须恪守律法，只有如此才能得到神的佑护，否则必将遭到神的惩罚。由此，恪守圣约、遵从律法成为古代以色列民族最根本的文化传统。①

"耐维姆"部分又可分为"前先知书"和"后先知书"两部分。作为"前先知书"的《约书亚记》《士师记》《撒母耳记》和《列王纪》叙述的是从以色列人占领迦南、建立统一国家、南北分国，直至北南两国相继灭亡，众民被掳至巴比伦的历史。这个历史过程大到民族的兴盛和衰亡，小到某个国王统治的功过是非，均以民族或统治者是否遵从耶和华神的意志为标准，体现出典型的神权历史观。换言之，对民族历史发展的"有目的性叙述"，使希伯来历史文学成为基于耶和华信仰的神—人互动模式历史舞台的生动写照。"后先知书"分别由15位先知的"预言"辑录而成。先知在希伯来文化中被视作蒙神拣选，代神发言的人。这些不同时代的先知活动的历史时期，开始于统一的以色列王国分裂的公元前8世纪，结束于公元前4世纪后半叶犹大王国遗民自巴比伦回归耶路撒冷。考察先知们的言论可以看到，他们共同的思想基础是将律法精神与道德精神合一，既抨击自己时代的罪恶，呼唤社会的公义，又谴责以色列民族信仰的混乱，要求独尊耶和华神。在先知们眼中，耶和华神的根本属性就是公义，他必将施行惩恶扬善的行为干预以色列以及整个人类社会的进程。我们可以发现，前、后先知书尽管前者是以散文体叙述的历史，后者是由诗体记载的"预言"，但二者在希伯来《圣经》中并称为"先知（书）"，乃是基于这样的逻辑：历史是神掌控的一个发展过程，而历史上兴起的一代代先知们，正是依据神所启示的话语，通过对民族历史的"批判式"介入，力图

---

① 关于古代以色列人的律法、宗教信仰及其与社会的关系问题的进一步了解，可参阅Yohanan Muffs, *Love and Joy：Law, Language and Religion in Ancient Israel.* Harvard Univ. Press, 1992.

匡正时弊，不断校正历史发展的方向。由此，形成了希伯来文化中的又一重要传统——历史—预言传统。①

就希伯来文化自身的逻辑而言，上述两个传统之间既有区别又在本质上一致：律法是耶和华借摩西之口颁赐给以色列人的，被视作形而上存在的神圣真理，其基本原则是不可改变的。众先知的话语是耶和华在不同时期，根据不同的时代特点启示给一代代先知们的，目的在于警示和督劝以色列的统治者和百姓不可背离与神所立的圣约。而历史叙述，则是以色列民族是否遵守圣约、听从神的话语，以及由此所带来的民族命运的形象反映。这两个传统本质上的一致性在于，无论是作为民族形成基石的律法，抑或在具体历史境遇中展开的"预言"，都属于耶和华的启示范畴。律法铸造了这个民族，而"预言"则引导着这个民族在历史发展中"与神同行"，恪守圣约的精神。

律法传统和历史—预言传统无疑是同属一种神学框架下的宏大叙述：通过西乃立约，耶和华成为全体以色列会众的信仰对象，神将律法赐予全体以色列百姓，以色列民族的历史就是展现耶和华启示过程的历史。它的内在逻辑是：耶和华神—律法（圣约）—以色列民—神圣历史的展开。这样一种神学逻辑表明，从本体论角度说，那自在永在的神是宇宙的本源，他创造包括人类在内的万有，按照自己的意志为世界建立秩序。从价值论角度说，万事万物之于人的价值意义是神所赋予的。因为公义是神的属性，因此神是公义的源头。神以惩恶扬善的终极承诺不但规定了何为善恶，而且要求人的所言所行也必须是善的。从认识论角度说，人认识世界的前提在于了解神的旨意，认识到神的无限与自身的有限；只有听从神的话语，才能辨明是非善恶，使人生具有丰盛的意义。

智慧文学代表了希伯来文化中与律法传统和历史—预言传统不同的第三个传统。如果说上述两个传统属于古代以色列社会中的主流、"官方"意识形态，那么智慧文学在接受这种意识形态浸润的同时，又带有鲜明的

---

① 有关古代以色列民族的神权历史观以及先知思想中律法与道德合一的辩证关系问题，可参阅王立新著《古代以色列历史文献、历史框架、历史观念研究》（北京大学出版社，2004）中的相关章节。

民间色彩。主要由以色列祭司、先知和虔敬的文士等社会"精英"人物所言说的宗教神学实际上是一个独属于以色列民族的、封闭的话语体系。正是由于其强烈的排他性，才使得以色列是耶和华神特选子民的命题得以成立，也使得从古代以色列宗教发展出的犹太教始终只是一个民族宗教。但是正如古今中外一切文化形态所昭示和证明的，主流意识形态绝不可能完全主宰整个社会的思想。对古代以色列民族来说，基于人的现实生活实践和现实生存需要所产生的思考、所总结的经验和教训，必然会在整个民族思想史上留下鲜明的印记。于是我们看到，希伯来智慧文学首先是开放的，无论是对异族智慧文学的吸收还是对外邦文化观念不同程度的接受，都表明了在古代中东世界，不同区域间文学与文化的广泛而深入的交流，以及伴随该地区历史的发展，以希腊为代表的古地中海西部地区文化思想对以色列固有文化观念的影响。

智慧文学不属于宏大叙述的言说形态，对出埃及事件、西奈山立约，乃至作为一个整体的以色列民族，智慧文学都绝少提及。《箴言》和《传道书》常采用父亲对儿子、老师对学生或智者对少年人讲授的方式，施以人生经验的训诫和教诲。《约伯记》则是主人公约伯与朋友之间的一对一的论战，这是一种私域化、个人化色彩颇浓的文学表达。当作为个体的人取代了抽象的民族概念，当关注的焦点从史诗意义上的民族历史重大事件转为日常生活中细致入微的"琐事"时，宏大的主流神圣叙述框架事实上已被悄然消解，圣言也就更多地转变为了人言。尽管希伯来智慧文学的确内含了自己别样的神学思想基础，但总体而言，这改变不了智慧文学在本质上从神圣的云端降落于现实的大地的根本倾向。

智慧文学中所言的智慧到底是什么？许多学者曾对此进行过探讨。笔者以为，智慧文学中所反映出的智慧观表现为两个层面：其一是对智慧本身形而上的本体观照，涉及智慧与神本的关系。这个问题，笔者将在后文论述。其二，也是更为重要的，是指人从现实生活所获致的经验总结和升华中所形成的认识是非、贤愚的能力。毕竟，智慧言语所要处理的，是人面对现实世界时如何恰适地去行动的问题（如《箴言》和《传道书》），或者是如何理解自己的生存际遇与自己行为之间的因果关系问题（如《约伯记》），其讨论的重心归根结底是在人的理性认知范畴之内。恰如《箴言》中所说：

> 我经过懒惰人的田地，无知人的葡萄园，荆棘长满了地皮，刺草遮盖了田面，石墙也坍塌了。我看见就留心思想；我看着就领了训诲。再睡片时，打盹片时，抱着手躺卧片时，你的贫穷，就必如强盗速来；你的缺乏，仿佛拿兵器的人来到。（24：30－34）

这典型地体现出了智慧文学关于人生智慧如何产生的理解。智慧来源于现实生活的实践。其逻辑是观察体验—思考总结—推理升华—形成智慧。质言之，智慧文学诉诸人的理性，代表的是不同于律法传统和历史—预言传统的理性主义传统。

三　希伯来智慧文学发展的过程及其历史文化语境

如前所言，作为智慧文学的代表性作品，《箴言》《约伯记》和《传道书》具有相同的特质，但仔细研读这三卷作品就会发现，它们对待智慧，也即人的理性认识能力的态度却并不相同，甚至可以说经历了一个由乐观主义到怀疑主义再到不可知论的过程。

《箴言》所反映出的观念，事实上是"标准的"以色列民族智慧观。它相信人的理性智慧能够认识世界，能够辨明是非善恶，热情赞颂智慧的益处，但《箴言》的前提是相信万事万物的秩序由神所建立，人能够从现实中获得智慧本身就是神丰盛赐予的表现。我们可以以《箴言》中的一些不同"训诫"来做一个对比：

> 我儿，要留心我智慧的话语，侧耳听我智慧的言词，为要使你谨守谋略，嘴唇保持知识。（5：1－2）
> 我儿，要谨守你父亲的诫命；不可离弃你母亲的法则。（6：20）

> 敬畏耶和华是知识的开端；愚妄人藐视智慧和训诲。（1：7）
> 因为耶和华赐人智慧，知识和聪明，都由他口而出。（2：6）

你要专心仰赖耶和华，不可倚靠自己的聪明；在你一切所行的事上，都要认定他，他必指引你的路。不要自以为有智慧，要敬畏耶和华，远离恶事……（3：5－7）

前两条箴言强调智慧与训诫人的关系，后三条箴言突出的则是智慧与耶和华神的关系，可见，信仰与智慧应该合一是《箴言》对待人的理性认知的态度。

《约伯记》中自认无辜受难的约伯之所以感受到无比的痛苦，之所以面对朋友的指责拒不承认自己有罪，甚至要与耶和华对质为什么自己蒙受不该遭到的苦难，原因就在于他从自己的理性认识出发，坚持认为自己凡事都行公义，没有遭受冤屈的理由：

神夺去我的理，全能者使我心中愁苦。我指着永生的神起誓：（我的生命尚在我里面，神所赐呼吸之气仍在我的鼻孔内。）我的嘴决不说非义之言，我的舌也不说诡诈之语。我断不以你们为是，我至死必不以自己为不正！

我持定我的义，必不放松；在世的日子，我心必不责备我。（27：2－6）

耶和华终于在旋风中出现，以连续发问约伯的方式，讲述自己创造宇宙万物、定立宇宙秩序的功业，质问约伯是否明白其中的奥秘。约伯无法回答，终于承认自己的渺小，驯服在神的面前。但事实上，耶和华回应约伯质疑其是否公义的话语尽管气势磅礴，却并没有和约伯的问题产生实质上的交集。宇宙的秩序能否代替人世间的秩序？这个矛盾在《约伯记》中以神的智慧不可测度从神学层面上予以了解释。如果我们接受这样一个总体的逻辑，那么，《约伯记》的立场就在于，既肯定人的智慧能力，又强调人的认识能力具有有限性。

《传道书》中的那位传道者尽管不时提到"神的诫命"，但他实则从本体论上悬置了神的存在。从以色列民族文化自身的角度说，既缺少了给世界以意义的神圣源头，那么万事就都是虚空，都是捕风。他基于现实的观察发现，义人和恶人的命运并无什么不同，智者和愚人也没有什么高低。贫穷固然对人无益，但财富也未必就对人有益。万物都有定时，人最终都面临同样的死亡。日头底下无新事，因此，从万物变动不居、绝对本不存在的相对论角度说，一切被肯定的价值，实际上都是虚空，都毫无意义。他肯定智慧要胜过愚昧，但又对人的智慧可以认识世界，从而改变自己的人生，取得成功抱持怀疑主义态度。况且，所谓"好的"人生与"不好的"人生、对物质或知识的拥有或匮乏，又该以何种标准来判定它们的价值和益处呢？所以，传道者主张人生应该顺其自然，享受现世的快乐和幸福：

> 我见日光下所做的一切事，都是虚空，都是捕风。弯曲的不能变直，缺少的不能足数。（1：14）
> 我又专心查明智慧、狂妄和愚昧，乃知这也是捕风。因为多有智慧，就多有愁烦；加增知识的，就加增忧伤。（1：17－18）
> 智慧人和愚昧人一样，永远无人记念；因为日后都被忘记；可叹智慧人死亡，与愚昧人无异。（2：16）

这样看来，《传道书》最终对人的智慧能否正确指导自己的人生是持一种不可知论的立场的。

为什么这三卷作品在思想内涵上会有如此的差异？笔者认为，这反映了希伯来智慧文学的发展与古代以色列民族历史境遇变化的密切关系。

《箴言》虽然编纂成书于公元前 2 世纪初前后，但其中的主要内容却来自以色列民族在迦南立国时期。相对于建国前的漂泊流浪和此后亡国时期的寄人篱下，拥有自己独立民族国家的以色列百姓生活上不仅相对安定，国家政治、经济、文化事业也得以发展。《箴言》中的三个主要部分均托名于所罗门王，除了历史上的所罗门一向被认为富有智慧，常发智慧之语外，而且，所罗门王统治时期，以色列国富民强，在西亚北非的国际舞台上也拥有较大的影响。作为民族信仰集中体现的国家圣殿，也是在所罗门王治下建立在耶路撒冷的。以色列民族国家存在于迦南的几个世纪里，民族的强盛和独立自主的国家地位，使智慧文学呈现出与主流意识形态和谐共生的特征并不令人难以理解。

《约伯记》则出现在国破家亡的巴比伦俘囚时期。在以色列民族史上，这是一个民族传统遭遇危机和挑战，同时宗教信仰和思想文化又得以深化的关键时期。正如本文前述的以色列主流传统所昭示的那样，一直认为恪守圣约、尊崇律法，必将得到耶和华护佑的以色列民族，如今面对痛失家国、备受异族压迫的惨痛际遇，实在无法理解自己为何信奉耶和华却惨遭亡国之痛。但是，诚如既往的历史所叙述的，耶和华曾无数次地以大能的臂膀，使重归自己的子民度过险境。只要百姓真心悔罪，坚定信仰，耶和华就会施以拯救。换言之，恪守律法者认为自己无罪，应该得到恩惠而非惩罚；但既然是遭到惩罚，就证明其必有罪，只有无条件地悔罪，才能够得到神的重新眷顾。因为神是绝对公义的，这公义不证自明。因此，这一悖论式的逻辑观念又引导着他们与神和好，日日期盼神的拯救。《约伯记》就折射出这种复杂、矛盾的民族情感和强烈的个体意识的觉醒。在这个意义上说，那个自我称义的约伯和最终驯服的约伯并不矛盾，而是正构成了这个悖论的两个方面。

《传道书》成书的年代，已是公元前 2 世纪后半叶的希腊化时期。希腊化时代是一个东西方文化交融的时代，包括巴勒斯坦在内的整个"新月地带"地区，正是东西方文化交汇的主要地区之一。如果说，巴比伦俘囚时期的犹大国遗民当时的思想危机主要来自民族内部对自身文化传统的质疑，那么，对于虽然在此前的波斯时期得以回归故土，却始终复国无望的希腊化时期的犹太人来说，此时所遭遇的，更加上了来自异族文化的强烈冲击。饱经忧患、依然生活在异族统治下的犹太人一方面无力改变自己的政治、经济和文化处境，另一方面不可避免地受到当时流行的哲学思潮的影响。希腊化时代盛行的哲学思潮，带有混合主义和世俗化的倾向。斯多柯学派、伊壁鸠鲁学派、犬儒学派和怀疑主义学派是主要的哲学派别。斯多柯哲学兼有唯物与唯心的因素，承认事物的物质性和运动性，又认为万事万物发展的决定力量在于神性和命运（也即"逻各斯"），主张人的行为要符合自然理性，过一种自然生活。伊壁鸠鲁哲学坚持唯物主义，提倡人应过快乐、幸福的生活。一方面认为人死魂灭，持无神论的立场；另一方面在伦理学上主张在宁静、简朴、节制的生活方式中寻求幸福，因此，伊壁鸠鲁学派对快乐生活的追求，不能理解为对物质、肉欲享乐的推崇。犬儒主义主要是提倡一种遁世的生活方式，坚持个人自由和自我满足，鄙视

物质财富和名声地位，对社会现实持批判和否定的态度。而皮洛哲学之所
以被称作怀疑主义，就在于其对事物的本质抱持不可知论的立场。皮洛认
为世界上就根本不存在可以"肯定"的事物，教导人们最该具有的生活态
度是享受当前，未来如何是无从把握的。我们对照《传道书》中所传达出
的那种安于现状、顺天知命、重视现世和当下的价值观与世俗倾向，不难
看出其与希腊化时期流行的各种哲学思想的联系。有些学者拒不承认这种
联系，笔者认为是不符合事实的。①

四　自然神学、创造神学与启示神学：
智慧文学的三重精神结构

智慧文学是作为希伯来《圣经》一个重要的组成部分存在的，而希伯来
《圣经》的各部分自公元前 400 年左右开始编订，直至公元 100 年左右完成
后，一直是民族宗教信仰的根本依据。一个问题由此出现：倘若智慧文学只
是表现为对律法和历史－先知这一可归并为启示神学范畴的偏离乃至拒斥，
其发展路径也只是通过对神本信仰由认同到怀疑再到悬置，那么这三卷作品
如何能够"逃过"希伯来《圣经》正典化时期那些虔敬的犹太拉比、文士的
审查，堂而皇之地进入这部神圣的经典之中，并被直到今天的信众们所信奉
和诵读？事实上，就希伯来民族思想史的整体知识结构谱系来看，智慧文学
并未逸出其民族文化形态本身所具有的内涵向度，而是内蕴着一种别样的自
然神学和创造神学相交织，又与启示神学相呼应的三重精神结构。②

的确，希伯来文化是一种宗教性极强的文化，但是，我们要看到，希
伯来宗教不同于后来更重视来世或"彼岸世界"的基督教，而是强调人的
现世生活的公义性和此在生命的丰盛。古代以色列人的宗教观念中，并无
基督教那样的"天堂"和"地狱"观念。古希伯来语汇里，只有"天"

---

① 见李炽昌、游斌《生命言说与社群认同——希伯来圣经五小卷研究》，中国社会科学出版
社，2003，第 116 页。
② 关于希伯来自然神学、创造神学和启示神学关系的讨论，可参阅 James Barr, *Biblical Faith
and Natural Theology*, Oxford：Clarendon Press, 1993, 以及同一作者的 *The Concept of Bibli-
cal Theology：An Old Testament Perspective*, London：DCM Press, 1999。

(Shamai'm) 和 "阴间" （Sheol）这样的词汇，前者不含有一个独立的、与尘世无涉的神圣所在的意义，后者也只是人死后 "与列祖列宗同睡" 之地的表达，而无与惩罚相连的邪恶之灵存在之所的含义。神是永生的，而人属乎血气，是必朽的。《创世记》中那被逐出伊甸园的人类始祖，已然象征性地表明了人与永生的隔绝。耶和华对亚当说："你必汗流满面才得糊口，直到你归了土，因为你是从土而出的；你本是尘土，仍要归于尘土。"（3：19）《传道书》中说，人与兽死后 "都归于一处，都是出于尘土，也都归于尘土"（3：20）。希伯来宗教中的末世论观念，也带有鲜明的尘世色彩，先知们论到 "末后的日子" 和神的审判，凸显的是耶和华信仰在现世的胜利，而非在彼岸世界的荣耀：

> 末后的日子，耶和华殿的山必坚立，超乎诸山，高举过于万岭，万民都要流归这山。必有许多国的民前往，说："来吧！我们登耶和华的山，奔雅各神的殿；主必将他的道教训我们，我们也要行他的路；因为训诲必出于锡安，耶和华的言语必出于耶路撒冷。" 他必在列国中施行审判，为许多国民断定是非。他们要将刀打成犁头，把枪打成镰刀。这国不举刀攻击那国，他们也不再学习战事。①

甚至以色列—犹太民族期盼的 "弥赛亚"（Messiah），其内涵也是大卫王的子孙，能够带领百姓在现世恢复和建立民族国家的君王。

希伯来文化中这种明显的现实倾向，同样体现在对民族历史的叙述和先知的预言中。早在族长时代，耶和华就对亚伯拉罕、以撒和雅各应许，把迦南地赐给他们为业，要让他们的子孙众多，"如海边的沙和天上的星"。出埃及时期，耶和华指示摩西，要带领以色列百姓回到 "流奶与蜜的迦南地" 去。先知文学中一再强调，以色列人要遵守祖先与神订立的律法，否则，作为惩罚，以色列民将被逐出迦南。迦南被认为是耶和华的 "应许之地"，以色列人被认为是 "神的选民"，因此，（神的）律法、圣地、圣民可谓希伯来《圣经》中的三个彼此关联的核心民族意象。这种将

---

① 《以赛亚书》第 2 章第 2 至 4 节。

神律、土地和百姓三者紧密合一的观念，其实必然发展出两种认识向度：一方面，人必然看重现实生存的需要，发展出基于现实经验总结的"智慧"；另一方面，认识现实、总结智慧的主体——以色列民，其理性能力必然因神的至高、无限存在而显明其自身的有限性。

在希伯来文化的世界中，人与生存环境之间的主客关系，最终是要通过造物主神与受造者人与环境的关系才能加以说明的。人具有认识客观事物的能力，在经验的基础上形成智慧，但是，在同为受造对象的意义上仍然居于被动的从属地位。在这个神学逻辑的关联域中，人所认识的宇宙—世界的秩序是神所创造的，因此，人的智慧无非是对这个神所定立的自然秩序认识的结果。在这个意义上，人可以"自由地"去观察、思考、总结人生的智慧，显示其"世俗的"特征，但从无限、永生的造物主与有限、必朽的受造者的关系意义上，只有将人的有限认识能力所产生的世俗智慧置于造物主无限的神圣智慧的观照下，才构成一个完整的意义世界。因此，智慧文学首先就体现出了自然神学与创造神学交融的特点。

我们在《箴言》《约伯记》和《传道书》中，都发现了这样的特征。《箴言》明确说：

> 耶和华以智慧立地，以聪明定天；以知识使深渊裂开，使天空滴下甘霖。（3：19－20）

《约伯记》中，耶和华从同样的角度质问怀疑其公义性的约伯：

> 我立大地根基的时候，你在哪里呢？你若有聪明只管说吧！你若晓得就说，是谁定地的尺度？是谁把准绳拉在其上？地的根基安置在何处？
>
> 地的角石是谁安放的？那时晨星一同歌唱，神的众子也都欢呼。海水冲出，如出胞胎。那时谁将它关闭呢？是我用云彩当海的衣服，用幽暗当包裹它的布，为它定界限，又安门和闩，说："你只可到这里，不可越过；你狂傲的浪要到此止住！"……（38：4－11）

《传道书》描述了作者观察到的自然规律现象：

一代过去，一代又来，地却永远长存。日头出来，日头落下，急归所出之地。风往南刮，又向北转，不住地旋转，而且返回转行原道。江河都往海里流，海却不满；江河从何处流，仍归还何处。（1：4-7）

智慧文学用这样的语言说明：宇宙—自然的运行是有秩序的，这个秩序是神所定的。人的存在，是这个自然存在的一部分；包括人的认识活动在内的一切生命活动方式，也是这个自然秩序运行的一部分。为什么如此？因为包括人在内的万事万物，都是神所创造的。希伯来第一创世故事告诉人们，神用五天的时间创造了天地万物，在第六天创造了人①。第二创世故事不但明确叙述神用泥土创造了亚当，而且让亚当为"一切牲畜和空中飞鸟、野地走兽都起了名"②。神让人给各种动物"起名"，表明人不但具有认识能力，而且被神赋予了自由认知的"权力"。这正是希伯来自然神学与创造神学交融的精义所在。

笔者前文曾经指出，对"智慧"的本体观照，是智慧文学中智慧观念的一个重要层面，《箴言》中对此是这样表达的：

在耶和华造化的起头，在太初创造万物之先，就有了我。从亘古、从太初，未有世界以前，我已被立。没有深渊，没有大水的源泉，我已生出。大山未曾奠定，小山未有之先，我已生出。耶和华还没有创造大地和田野，并世上的土质，我已生出。他立高天，我在那里；他在渊面的周围，划出圆圈，上使苍穹坚硬，下使渊源稳固；为沧海定出界限，使水不越过他的命令，立定大地的根基。那时，我在他那里为工师，日日为他所喜爱，常常在他面前踊跃；踊跃在他为人预备可住之地，也喜悦住在世人之间。（8：22-31）

这段文字将"智慧"客体化，涉及其与神和人的双重关系，引起学者们诸多不同的看法。笔者是这样来理解的：首先，在智慧与神的关系上，

---

① 参《创世记》第 1 章第 1 至 31 节。
② 《创世记》第 2 章第 20 节。

智慧是"被立""生出"的，因此，它与神是不可同一的；它又是与神同在、神创世时的"助手"，因此，它可以被认为就是神圣智慧。其次，在与人的关系上，这个被客体化的神圣智慧具有启示、教导人的功能，它要求人在认识万事万物时，时刻不忘人自身所形成的智慧的价值依归在于超越世俗的、以神为本的神圣智慧的源泉。故而，《箴言》中才说："敬畏耶和华是知识的开端"（1：7），"你要专心仰赖耶和华，不可倚靠自己的聪明"（3：5）。《箴言》第 8 章一开始，以拟人化的艺术修辞手法谈到"智慧"启示、教导人的功用：

> 智慧岂不呼叫？聪明岂不发声？他在道旁高处的顶上，在十字路口站立，在城门旁，在城门口，在城门洞，大声说："众人哪！我呼叫你们，我向世人发声，说，愚蒙人哪！你们要会晓灵明；愚昧人哪！你们当心里明白。你们当听，因我要说极美的话；我张嘴要论正直的事。我的口要发出真理；我的嘴憎恶邪恶。我口中的言语，都是公义，并无弯曲乖僻。有聪明的以为明显；得知识的以为正直。你们当受我的教训，不受白银；宁得知识，胜过黄金。"（8：1 - 10）

这个被拟人化了的神圣"智慧"，不但具有"真理""公义"的属性，而且要教训愚蒙人说："因为寻得我的，就寻得生命，也必蒙耶和华的恩惠。得罪我的，却害了自己的性命；恨恶我的，都喜爱死亡。"（8：35 - 36）

正是在这样对神圣"智慧"的本体观照及其对世人的功用价值的表述里，我们看到，智慧文学的深层精神内涵中，存在着自然神学、创造神学与启示神学的三重支撑结构——人的智慧本质上就是对神所创造、定立的宇宙—自然秩序的认识，而由于神自身的真理、公义属性，以及神的意志对历史—社会进程的掌控，当这个秩序被推及到人世间时，人类社会的秩序也必然彰显出其真理性和公义性。当人在现实中经验到的事实表明，社会秩序与那个形而上的神圣秩序并不一致时，后者即以自身的"完美存在"发出启示的信息——人作为受造者是必朽的、有限的存在，无法揣度、认识那创造了如此和谐完美的宇宙—自然及其运行秩序的永生、无限的神之智慧。《约伯记》最深刻而形象地反映了自然神学、创造神学和启示神学三者间的紧密关联：约伯通过自身的遭遇认识到，义人必蒙福佑、恶人必遭惩罚这一"因果报应"的神圣社会秩序，与自己的经验是如此的尖锐冲突，于是他质疑神的公义性。作者以一个堪称经典的启示意象——耶和华从旋风中出现，讲述自己创造天地万物和定立其运行规律的过程，反问约伯是否知其奥秘，再次通过宇宙—自然秩序的"完美"发出人类认识能力有限的启示信息。约伯领受了这启示，重新驯服于神，说道："我知道你万事都能做，你的旨意不能拦阻。谁用无知的言语，使你的旨意隐藏呢？我所说的，是我不明白的；这些事太奇妙，是我不知道的。求你听我，我要说话。我问你，求你指示我。我从前风闻有你，现在亲眼看见你。因此我厌恶自己，在尘土和炉灰中懊悔。"（42：2-6）

然而，正如我们前文所述，自然秩序能够代替社会秩序吗？人毕竟是生活在现实世界中的，《约伯记》结尾所叙述的神较先前加倍赐福约伯的现世"福报"，无非以再次将这两种秩序强行统一于神圣意志的方式，来化解经历巴比伦俘囚巨大民族创痛后民族思想危机的一次努力。对于此后失去国家独立地位的回归者以及其后的犹太人来说，面对着因阶级、种族、文化、信仰等诸多矛盾引发的现实苦难，又如何去如此简单地认同这两种秩序的统一？因此，《传道书》一方面言说着宇宙—自然的秩序，一方面痛陈着"虚空的虚空，凡事都是虚空"。这其中已经看不到如《箴言》和《约伯记》中的"启示"场景和异象了。传道者明确告诉人们，人的确是不可测度神的智慧的，既然如此，那就只管做好眼前和现实的一切吧。传道者最终把"敬畏神，遵守他的诫命"总结为"这是人所当尽的本分。因为人所做的事，连一切隐藏的事，无论是善是恶，神都必审问"（12：13-14）。这几近"套语"的"告诫"，的确可以满足将《传道书》这样的智慧文学作品列入希伯来《圣经》这部神圣经典的需要，但是，在我们看来，这其实是以不可知论的态度，将神圣智慧悬置于现实世界之外的无可奈何的表达。在这个意义上，《传道书》标志着以自然神学、创造神学和启示神学为基础的希伯来古典时代智慧文学的终结。

（作者单位：南开大学）

当代俄罗斯文学的魅力"环舞"

张 冰

俄罗斯当代作家安东·亚历山德罗维奇·乌特金（Антон Александрович Уткин，1967—）的处女作《环舞》（Хоровод），1996 年在《新世界》（Новый мир）杂志上连载刊出。1997 年小说俄文版单行本出版，1998 年法文版在巴黎出版，2015 年中文版在北京出版。这部"异样"的长篇小说甫一问世，立即引起了俄罗斯评论界的强烈反响，也受到中国研究者的关注。①大名鼎鼎的文学评论家巴维尔·巴辛斯基（Павел Басинский）坦言："安东·乌特金突然间闯入了《新世界》，毫无预兆。他太……'出人意料'了！"②

时年 29 岁的安东·乌特金因此一举成名，1996 年获《新世界》杂志奖，1997 年被提名"布克奖"，2004 年斩获"雅斯纳亚·波良纳"文学奖。

《环舞》采用第一人称"我"，围绕 19 世纪一个近卫军青年军官的生活史展开叙事。作者的视角始于 20 岁的"自己"——1836 年被大学开除后由舅舅安排，从莫斯科来到彼得堡服役的"我"，"事事从身历处中写来"："我"的公爵舅舅出征欧洲返俄途中与回绝了拿破仑的女人、波兰的拉多夫斯卡娅伯爵小姐的爱情悲剧；"我"的军中友人、生活很拮据的涅夫列夫中尉爱上了将军的女儿叶莲娜·苏尔涅娃的悲剧故事；"我"与叶

① 参见侯玮红《论当代俄罗斯作家小说》，《世界文学》2004 年第 3 期。

② Павел Басинский. В "конце романа" или реалистический постмодернизм? - "Литературная газета", 1996, № 48, 27 ноября.

莲娜·苏尔涅娃因为舅舅私生子引起的婚姻悲剧；两次决斗，只剩下空壳的书中之书……同时，"话语从心坎中抉出"，似为小说隐含主线的自省独白……叙事构思、背景节点纷繁芜杂——19 世纪俄国的新旧都城（彼得堡和莫斯科）、乡村、波兰、巴黎沙龙；俄国贵族，沙皇军官，十二月党人，异族人，异教徒，直至最终的忧郁症的"我"；俄国在高加索地区的征服、波兰反抗俄国占领的起义、霍乱、冬宫失火……情节（素材）与内省，个人故事与历史事件巧妙地环环相扣，成为一个整体。

"《环舞》的主要特点在于它叙事的高质量，它饶有趣味，而且很美，它不逗人乐，而能使人很有兴趣地读它。"[1]

"'故事结束了。'你也许会这样说，也许不会。"[2] 安东·乌特金将卡拉姆辛《一个俄国旅行家的书信》中这段谈到"旅行和讲述奇遇的兴致"（第 1 页）的话放在自己小说的开篇，不是偶然的。马上就开始了那个"曾以几个大胆的预言震动欧洲"（第 2 页）的小老头星象家悦耳的讲述：……"预言有双重含义……""世界就是靠荒诞的东西支撑的……"（第 2 页）此时，"身穿有着金色肩饰的近卫军军服"的"我"思虑中却是"要是把那不遗余力地照亮这个小老头，这个大师的微弱烛光哪怕分出一点点给我……说不定我就会忽然看到这张五官端正的脸上显露出命运的奇异征兆，看到他正目不转睛地看着软椅脚下那一团白色的薄纱裙子"（第 3 页）。

作者就是这样开始了独有的叙事构建：将叙述者与小说人物合为一体，使得凭借"讲述"这一动作完成的数不清的荒诞真实与自省独白成为小说的中心。用作品中人物的话说："讲述者是裁缝，而语言是量尺……"（第 15页）到了小说的结尾，仍然是："……我把酒一口喝干，讲了起来……"（第 403 页）

1980 年代的俄罗斯文坛已经兴起了一股"不论争，不唯美，不创立观

---

[1] Сергей Антоненко. Чтение для души. - "Москва", 1997, № 5, 1997, с. 144. 转引自张捷编《当代俄罗斯文学纪事》，人民文学出版社，2007，第 106 页。

[2] 安东·乌特金：《环舞》，路雪莹译，北京大学出版社，2015，第 1 页。以下源自该书的引文，皆在文后注明页码，不再另外加注。

念，甚至也不要求在当代文学的进程中拥有自己特殊'阁位'①的"异样文学"浪潮，至苏联解体后的20世纪90年代，俄罗斯文学一方面是求新图变，与传统断裂的现代派文学、后现代文学盛极一时；另一方面苏联时代被作为资产阶级现象受到批判的侦探、言情小说大行其道，成为市场经济的宠儿。其时，将"后现代"与"现实"最成功地结合为一体的当属维克多·佩列文（Виктор Пелевин，1962—），他的"纯文学作品"在书店里和侦探小说等一类的畅销书放在一起。

比佩列文小三岁的乌特金当时同样充满了文学激情，在他看来，这是俄罗斯的一个特殊的年代，俄罗斯文学正在经历着危机，需要有人承担起这个责任，将俄罗斯文学从危机中拯救出来，填补这个时期文学上的空白，对此他本人有责任也有能力。并且与东方欣赏留白和"万物皆空"的哲学、美学思想不同，西方人追求的是尽可能地填补空白。

可以说，《环舞》是应运而生。乌特金退役后考入莫斯科大学历史系，在大学毕业的前一年——1991年，他开始了《环舞》的创作，历时五年，1995年完成，1996年面世。尽管乌特金承认，《环舞》的创作本是因为一个玩笑，想要以19世纪的历史人物的口吻创作一部回忆录。但是在这个回忆录的写作过程中，许多新的想法在作者的头脑中慢慢成形，出现了越来越多的创作虚构，并真的逐渐发展成为一部厚厚的长篇小说。

环舞是人们手拉手围成一个大圈跳的舞蹈。2016年8月24日，在北京举行的"安东·乌特金创作见面会"上，乌特金在与笔者的交谈中着重指出，小说就像建筑一样，其结构是最为重要的。环舞这种舞蹈的表现形式与外部特征恰恰契合了他这部小说的叙事结构。小说的名称直接来源于情节形式发展自身。在这部小说里人物的命运仿佛手拉手的人群，一环扣着一环，一个命运引发另一个命运，一个事件紧紧接着另一个事件，最后形成了一个巨大的圆环，也可以说是运动着的轮子。"我已经明白无误地感觉到我那平淡无奇的命运以某种说不清的方式被锁定在与其他人的命运的交接处，有时那是完全不认识的人，但他们却使我成为他们的事的参与

---

① Басинский П. В пустом саду: личные заметки на полях русской литературы 1992 г. // Литературное обозрение. 1993. №3 – 4. С. 14.

者和接续者。"（第 395 页）

这种环环相扣的"铺叙"的"说事"，行动和人物沿着第一人称"我"的叙事发展时间线索建构开来。在看似拉拉杂杂的絮聒中，一方面，将故事置于 19 世纪上半叶俄国的现实语境中，莫斯科大学历史专业的乌特金试图在尝试以历史叙事代替文学的虚构，以大量的史料创造出逼真的想象，感染读者，达到小说的真实感，难怪小说问世后，包括诺维科夫（Владимир Новиков）在内的文学评论家都反对将小说归入后现代主义之列，坚称小说是现实主义的创作；另一方面，作者又从叙事结构着眼，醉心于彼时和此间人生、宗教、哲学、伦理、时代、社会等一切精神物质层面的内省式独白，亦是对传统的主题叙事、全知叙事的突破。也因此有学者指出，直至乌特金的出现，俄罗斯的独特的文学形式才得以创建，获得了自己的表现形式。在跳跃般、生涩的间或断裂、貌似客观的自叙写实中，自省独白成为小说内涵不可或缺的支撑，成为小说至关重要的中心，因此，无论是否"后现代"，我们都有理由将其称为"当代俄罗斯文学的魅力'环舞'"。

"蛾子在我的卧房飞来飞去，诚心诚意地跳着环舞，而那些不经意间闪现的思绪就像南方之夜的星星那样在头脑中闪烁几下，给我带来抚慰，随即熄灭，没有一点遗憾。"（第 353 页）《环舞》中有许多这种充满画面感的描写，典型地体现出作者擅长以蒙太奇手法深入人物隐秘的内心。这段描写也是全书中唯一的一次具象的"环舞"，非常有趣的是，完成环舞的不是人而是渺小的蛾子，并且与之相伴的是闪烁的思绪。2008 年，乌特金拍了部纪录片《光明之王》，主角也是"飞蛾扑火"的蛾子。影片记录的是极其罕见的自然现象，每年 7 月底成群的蛾子从岸边的淤泥里飞出时，当地人会在夜晚燃起火堆，用麻布捕杀飞向"光明"的蛾子……人们用死去的蛾子做鱼饵、禽食甚至猫食，或许这是蛾子的宿命，但蛾子以为引路的"光明"实则是其坟墓啊！

"环舞"典型的表征形式——"圆"（круг）在书中多次出现。

"'至于说到历史倒退，'亚历山大不情愿地继续说：'你说得完全正确，因为历史是循环的，一种恶走了，另一种恶就赶忙到来。所以我们只能看到变化的表象聊以自慰，其实它们都是幻想的。'"（第 291 页）"虽然我还没有完成我生命的循环……"（第 373 页）

历史和个人的命运都是循环的"圆",作者似乎在尽力地达成小说结构形式与虚拟叙述和作者意念的整一,尽管各处着力得并不均衡。

《环舞》完成了"我"、公爵舅舅和涅夫列夫中尉三大命运叙事的构建,关于命运的论说贯穿于小说的始终。"为什么?老实说我很喜欢听故事。了解别人的各种各样的命运是很有趣的。自己只有一个命运。"(第15页)"人们总是循着不自觉的意愿自己选择了命运呢?"(第308页)"我成了别人的生活、命运,透明记忆和衰退的故事的莫名其妙的汇聚点,那些人命运的片段就像随风飘荡的浮云,而他们的记忆像不安宁的梦境,他们的故事则产生于传说的阴郁怀抱,它们好像故意传到我的耳朵里,又好像无意中渗透到我的意识中,要求连接起来,就像恋人们颤抖的手在祭坛前握在一起。"(第352页)小说甚至因此被称为关于平凡与复杂世界的宗教哲学论著。但就其对命运情节线索的叙写、叙述节奏,阅读感而言,总有慢吞之感,作者似乎过多地诉诸小说得了忧郁症的主人公"我"以自白、哲思……

"老的物件将我们不间断的生命紧密地加固交织,就像东方地毯的图案。"(第273页)环舞也是一种古老的斯拉夫民间舞蹈,一种古老的大规模的祭祀仪式舞蹈,是斯拉夫民族精神的象征,斯拉夫人审美和思想的表达形式,俄罗斯文化的具体的体现。安东·乌特金值得关注的另一点正是他对打破经典与传统继承的探索。

自传体写法的长篇历史小说是俄罗斯作家创作的重要体裁之一。安东·乌特金从不掩饰他对俄罗斯经典作家的追随,同时这部书可以见出俄罗斯古典作家,特别是莱蒙托夫对乌特金创作的深刻影响。对于"我"爱上的叶莲娜·苏尔涅娃,乌特金直接就通过"我"的同时代人——莱蒙托夫完成了自己的赞美。"我不觉得她有多么美艳,但在她的五官和举止中一下子就能感受到诗人莱蒙托夫在他著名的小说中称之为'血统纯正'的东西。"(第249页)《环舞》中无论是小说中的人物、风情,事件题材,还是创作风格笔调,都让人感受到莱蒙托夫的痕迹,甚至乌特金最初也曾希望自己能像莱蒙托夫一样,在莱蒙托夫创作出《当代英雄》的年龄(28岁)完成一部自己的优秀作品,虽然最终他的处女作晚了四个月完成。而乌特金1997年发表的中篇小说《布格河对岸的婚礼》(Свадьба за Бугом)则完全是有意识地在果戈理的"影响"下完成,从形式和思想上重生了果戈理的喜剧《婚事》。

　　俄罗斯文学进入 21 世纪后，反映社会生活的现实主义文学，尤其是融合了现代主义创作手法的新现实主义的写实作品蔚然成风，乌特金的创作无疑是这种倾向的前导。"若要确定安东·乌特金小说属何种流派，我们则可以将之戏称为'现实主义的后现代派'……将这两种潮流（现实主义与后现代主义）自然融于一体的作品，迟早总会出现的：既追求戏谑，也追求严肃，既有鲜活的文学语言，也有对真实性的偏好……以及'文语''卖弄辞藻''掉书袋'。类似的作品或许只能创作于当代文学苑囿之外，真的就是这样……"①

　　安东·乌特金出生于莫斯科，成长于白俄罗斯，先在军队服役，然后考入莫斯科大学历史系，1992 年毕业于史料学教研室；1998 年又从电影编剧与导演高级课程班毕业。乌特金继处女作——长篇小说《环舞》后，出版了长篇小说《自学成才的人们》（Самоучки，1998）、《怀疑之堡》（Крепость сомнения，2010）、《通往下雪的路》（Дорога в снегопад，2011），以及中篇小说《布格河对岸的婚礼》（1997）、短篇小说集《南方日历》（Южный Календарь，1999；同名中短篇小说集于 2010 年出版）、短篇小说集《靠近坚德拉》（Приближение к Тендре，2003；同名中短篇小说集于 2005 年出版）、系列短篇《中年人》（Люди среднего возраста，2018）等作品。2003 年，乌特金再获《新世界》杂志奖。同时他不仅创作文学作品，还担任多部纪录片的导演，拍摄有《草原》（Степь，2005），《光明之王》（Царь – Свет，2008），《周围的世界》（Окружающий мир，2009），《庄稼》（Жито，2012），《留鸟》（Неперелетные птицы，2012）。

　　无论叙事建构，还是笔法言语；无论现实主义，还是后现代……安东·乌特金都值得我们更多地去探掘。

（作者单位：北京大学）

---

① Павел Басинский. В "конце романа" или реалистический постмодернизм? – "Литературная газета"，1996，№ 48，27 ноября.

俄罗斯文学与现代化转型之关系的历史回望

汪介之

俄罗斯文学作为民族现代化进程的重要组成部分，以其特有的方式见证和参与了这一进程，致力于对现代化所面临或遭逢的一系列根本问题做出探讨与回应，如东西方之间的道路选择，知识阶层价值与作用的认定和发挥，以及同关于现代化的过程、方式和后果的思虑相关的忧患意识与乡土情结的体认和疏泄，等等。俄罗斯文学对这些问题的探索、呈现和表达显示出它在现代化进程中不可替代的作用，文学也不仅因此成为现代化运动的生动艺术录影，而且构成了总结现代化历史经验的思想资源。

一 东西方文化之间的徘徊

俄罗斯民族独特的地理位置、历史沿革和文化传统，决定了它在东西方文化之间的选择和徘徊，贯穿于整个现代化进程，至今仍悬而未决。俄罗斯文学从其开始勃兴之际起，便以特有的方式参与了这一讨论。1836 年恰达耶夫发表的《哲学书简》，作为俄罗斯现代意识觉醒的理论标志，率先提出了本民族的发展道路和取向问题，开启了 19 世纪 40 年代斯拉夫派与西欧派之间的争论。这场争论的结果既没有胜负之分，也没有形成任何获得广泛认可的结论，但它毕竟经由社会舆论而推动了 1861 年农奴制改革。面对改革后资本主义的迅速发展，知识界仍然不能回避在东西方之间的选择问题。在宗法制秩序面临解体，工商业阶层不断壮大，城市文化日益发达的背景下，一度信奉西欧派观点的陀思妥耶夫斯基在流放期间逐渐形成了承接斯拉夫主义的"土壤派"理论，而作为"东方制度、亚洲制度的思想体系"①的托尔斯泰主义也随后形成。这就使得 19 世纪后期俄国思想界、文学界在东西方之间进行选择这一天平上，明显地偏向东方一侧。

19 世纪末 20 世纪初，由于民粹派运动失败，晚期封建制弊端日益暴露，同西方先进国家的经济文化落差益发明显，"世纪末"危机感的蔓延，俄罗斯知识界再度展开了关于东西方问题的讨论。和先前的斯拉夫派、西欧派不同，作为俄国象征主义先驱的诗人兼宗教哲学家弗·索洛维约夫及受其影响的一代作家，都强调俄罗斯负有"综合"东西方的使命，其观点中有着传统的"弥赛亚"意识的明显渗透。索洛维约夫曾在《三种力量》一文中指出：世界历史中的两种彼此对抗的力量——穆斯林的东方和西方基督教文明——各自运作的结果，都将给人类带来有害影响；只有以俄罗斯为代表的第三种力量，才能成为这两种力量之间的调和因素。索洛维约夫对东方和西方都同样抱有警惕，并认为只有俄罗斯能够把这两种力量"综合"起来，实现它的救世使命。

索洛维约夫的上述思想被俄国"年轻一代"象征主义者直接承续下来，并由于他们的发挥而一度风靡俄罗斯。作家别雷说过："俄罗斯是一片处女地，她既不是东方，也不是西方，……她既不应成为东方，也不应成为西方，但东西方在她身上交汇，在她身上、在她独特的命运中有着整个人类命运的象征。……这个民族负有调和东方与西方、为各民族间真正的兄弟情谊创造条件的使命。"②在别雷的三部曲《东方或西方》第 2 部《彼得堡》中，俄罗斯就被理解为东西方文化冲突的场所。这座都城是俄罗斯的象征，也即东西方两个世界交接点的象征。作品直观地显示出两种文化的矛盾：西方的唯理主义、实证主义和东方的因循守旧、破坏性本能发生碰撞，演化成一种神秘的危害力量。小说从多方面暗示：彼得一世创建彼得堡，成了俄国历史进程中遭遇一种"劫运"的起点；他机械地接受了西方的原则和方法，却不能在东西方的融合中建立一种新的统一和谐，造成了

① 列宁：《论文学与艺术》，中国社会科学院文学研究所文艺理论研究室编，人民文学出版社，1983，第 235 页。

② Б. Андрей. *Критика Эстетика Теория символизма: в 2-томах Т. 2.* Москва: Издательство Искусство, 1994. С. 491.

俄罗斯无法走出的困境；1905 年革命标志着彼得一世以来俄罗斯荒谬历史的终结，而其后俄罗斯的"劫运"将是对于历史的启示录式的飞跃。

俄罗斯与东西方的关系问题，在历史剧烈变动的时代，激动着许多思想家和文学家。在别尔嘉耶夫和高尔基之间就曾发生过一场绵延多年的争论。1915 年，别尔嘉耶夫发表《俄罗斯灵魂》一文，描述了俄罗斯民族性格的矛盾，强调俄罗斯不能像东方那样限制自己并与西方对立，而应当成为两个世界的连接器。同年，高尔基也推出《两种灵魂》一文，认为在俄罗斯灵魂中，东西方两种精神并存且彼此冲突，造成了它的内在矛盾和不稳定性。他呼吁俄罗斯人同自身的"亚细亚心理积淀"进行斗争，承认西欧文化的优势并向其学习。针对高尔基的《两种灵魂》，别尔嘉耶夫发表了一篇评论《亚细亚的和欧罗巴的灵魂》。他强调：东方是一切伟大宗教和文化的摇篮，而欧洲的理性和科学却有着内在的悲剧性和深刻的危机，因而不能简单地对欧洲文化顶礼膜拜，蔑视东方文化。他还指出：不应把俄罗斯的独特性和落后性相混淆，这种落后应该通过激发创造新文化的积极性来克服。

十月革命期间，高尔基在《不合时宜的思想》中，把革命过程中出现的种种负面现象和民族劣根性联系起来，继续强调必须根除民族文化心理中落后愚昧的亚细亚因素。别尔嘉耶夫出国后则出版了《不平等的哲学》，从宗教哲学视角对十月革命进行批判性反思，认为俄罗斯是一个以农民为主体的国度，其居民不是欧洲人，而是东方人、亚细亚人，具有游牧民族的本能，其愚昧落后难以避免。但他不像高尔基那样认为这样的社会心理条件决定了革命的时机不成熟，而是指出：在这样的国度发生的剧烈历史变革，其形式和结果都不可能是个性的自由解放。别尔嘉耶夫后来还在《俄国共产主义的起源与意义》一书中，认定俄罗斯负有"解放各民族"的特殊使命，把"第三国际"在莫斯科的建立视为对"第三罗马"的取代，认为"第三罗马的许多特点转移到了第三国际"，并断言"这是俄罗斯弥赛亚意识的一种转换"[1]。别尔嘉耶夫与弗·索洛维约夫的思想联系，

---

[1]　Бердяев Н. Истоки и смысл русского коммунизма. Москва: Издательство Наука, 1993. С. 118.

于此可见一斑。

在这场断断续续的争论中所表达的不同见解，对于革命后俄罗斯现实的影响是完全不同的。别尔嘉耶夫是从他的宗教哲学观念出发来谈论东西方问题的，因此，即便他关于俄罗斯负有拯救世界之使命的思想，与苏联官方宣传的世界革命理论有着某种契合，也不可能被纳入官方意识形态体系中。高尔基虽然被苏联官方宣布为无产阶级作家，但他所守护的实际上是启蒙主义和民主理想。他反复强调的向西方先进文化学习的主张，不仅和主流意识形态相冲突，也因掌权者的沙文主义心态而一再遭遇排拒。直到苏联解体前夕人们再度思索俄罗斯的命运时，才重新提起上述争论。

在苏联时期，俄罗斯的现代化进程呈现为一种特殊的形式，那一时段的政治格局和社会氛围，使得对于东西方问题的考量几乎完全从文学界、思想界淡出。只有被称为"氢弹之父"的核物理学家的安德烈·萨哈罗夫自20世纪70年代初期起涉足社会政治生活领域以后，曾大力主张苏联应当走西方的民主化道路。1989年，萨哈罗夫成为民主改革势力的领导者之一。这是俄罗斯现代化进程发生巨变的征兆之一。随后，当关于俄罗斯民族的命运和道路的追问又一次无可回避地提到了人们面前时，知识界再度回到这一老问题上来。在索尔仁尼琴、利哈乔夫等人的形成论争态势的表述中，可以看到他们对于东西方问题的重新思索。但他们的观点绝不是以往斯拉夫派或西欧派思想的重复，而是就一个老旧的问题提出了新见解，并或隐或显地影响着苏联解体后俄罗斯的自我定位和道路选择。

索尔仁尼琴在1974年出国前，就曾提出俄罗斯应当在西方资本主义和苏联社会主义两种模式之外寻找第三条道路。苏联解体前后，在表达自己关于民族命运与前途的看法时，他再次论及俄罗斯与西方之间的关系问题。90年代，他先后推出《我们如何安排俄罗斯》等三部政论，对历代沙皇一一予以评说，揭示了当今俄罗斯存在的种种弊端，试图为俄罗斯走出危机与困境指明路径。索尔仁尼琴对于彼得一世及其改革进行了猛烈抨击，认为他脱离成熟的社会心理条件而盲目引进西方文明的个别成果，其结果是贻害无穷。索尔仁尼琴号召人们警惕西方资本把俄罗斯变成其殖民地，主张恢复1861年农奴制改革后在俄国出现的"地方自治"管理体制。他的观点显然和19世纪斯拉夫派、陀思妥耶夫斯基的"土壤派"理论较为接近，故被称为"新斯拉夫派"。但索尔仁尼琴既不否认西方世界的先进、发达和富有，也不讳言本民族的落后和弊病；只是他不赞成俄罗斯向西方学习，而是主张它应坚持自己独特的发展道路。

1999年，文学史家、文化学家德·利哈乔夫出版《关于俄罗斯的沉思》一书，就俄罗斯究竟是东方还是西方的问题，发表了自己新颖独到的见解。利哈乔夫从民族起源、国家制度、民主传统、宗教信仰、经济来往和艺术成就等方面，指出了古代俄罗斯和东方的文化联系极为有限，从而说明了俄罗斯的"非东方性"。他突破了俄罗斯究竟是东方还是西方这一旧有框架，认为在俄罗斯文化的形成中具有决定意义的，"是南方和北方，而不是东方和西方；是拜占庭和斯堪的纳维亚，而不是亚洲和欧洲"①。他强调俄罗斯文化主要是斯拉夫文化、斯堪的纳维亚（北方）文化和拜占庭（南方）文化的融合，而不是东方与西方、亚洲和欧洲文化的融合。这样一来，困扰几代思想家、文学家的东西方问题便被南方和北方问题所置换。显然，利哈乔夫有意把对于俄罗斯及其文化的归属问题限定在欧洲本身的范围内予以讨论。在认定俄罗斯及其文化的欧洲根源与欧洲属性时，他还论证了俄罗斯文化的独特性，强调现代化的关键在于保持和发扬本民族文化的价值与特色。他拒绝关于俄罗斯负有拯救世界的使命的"弥赛亚说"，把莫斯科是"第三罗马"的理论称为"莫斯科帝国主义"，断言俄罗斯过去和现在都不肩负任何特殊的世界历史使命。这一观点无疑是与弗·索洛维约夫、一代象征主义者和别尔嘉耶夫等人的思想针锋相对的。

在冷战结束、苏联解体、加强和西方世界的联系成为俄罗斯当务之急的背景下，如果说知识界又出现了新一轮斯拉夫派和西欧派之争，那么索尔仁尼琴和利哈乔夫正是这两种倾向的主要代表。历史已经表明，索尔仁尼琴的新斯拉夫主义，响应者无几，不过他关于俄罗斯应当坚持自己独特发展道路的主张，却受到人们的重视；利哈乔夫的思想影响，则可以在当今俄罗斯的经济、政治体制改革和对外政策中发现不少痕迹。当然，文学家、思想家们的见解对于现实社会的影响总是隐性的而非显性的，几代俄罗斯学者对于东西方问题的继续考量也是如此。但是，他们的不倦探索及

---

① 德·谢·利哈乔夫：《解读俄罗斯》，吴晓都等译，北京大学出版社，2003，第21页。

其成果，却不仅映照出俄罗斯现代化进程的一个侧面，而且也将作为一种宝贵的精神资源，继续为俄罗斯民族在自我身份定位、发展道路选择和国际关系处理等方面提供参照与启示。

二　知识阶层使命与命运的寻思

知识阶层作为现代化的行为主体，承担着唤醒民众、传承文化、抵御各种社会弊端的使命，知识者群体本身也经历着动荡与分化。俄罗斯文学卓越地表现了知识阶层的历史使命、社会责任与文化担当，书写着一代代知识者在现代化激流中的命运，显示出文化转折的历史印痕和现代化行程的运行轨迹。

现代化转型的主体是人，领航人则是知识分子。俄罗斯现代化进程中知识分子的历史作用不言而喻。现代化转型中出现的各种思潮，无一不是知识分子所提出，知识分子也是这些思潮的载体。爱德华·W. 萨义德曾在《知识分子论》中强调知识分子必须肩负起"这些极为重要的任务——代表自己民族的集体苦难，见证其艰辛，重新肯定其持久的存在，强化其记忆"，此外还应当"明确地把危机普遍化，从更宽广的人类范围来理解特定的种族或民族所蒙受的苦难，把那个经验连接上其他人的苦难"[1]。俄罗斯知识分子在民族现代化转型中的角色，十分符合萨义德的上述定位。

伴随着民族现代化转型的历史行程，俄罗斯文学出色地描写了各个时期、各种类型的知识分子形象。透过这类形象，作家们探讨了知识分子同人民的关系，知识分子的历史地位与作用，知识分子的命运和出路等问题。因此高尔基说：在俄国文学里，知识分子"内心生活的全部历史，是特别详尽、深刻而且忠实地被描画出来"[2]。文学成为知识分子心灵历程、精神历程的形象描述，其中有不少作品带有自传性，往往是作家生活史、心灵史的艺术写照。这一特点使俄罗斯文学具有特殊的魅力。

普希金笔下的叶甫盖尼·奥涅金是俄国文学中第一个被称为"多余的

---

[1]　爱德华·W. 萨义德：《知识分子论》，单德兴译，三联书店，2013，第41页。
[2]　高尔基：《俄国文学史》，缪灵珠译，上海译文出版社，1979，第108～109页。

人"的贵族知识分子。这一形象表现了 19 世纪初期俄国青年的苦闷、彷徨和追求，反映了那些厌恶了贵族生活圈子，但又找不到出路的青年知识者的悲剧命运。莱蒙托夫的小说《当代英雄》中的毕巧林，则是一个对上流社会不满的贵族青年，但他无法摆脱贵族生活，没有理想，玩世不恭，感到苦闷绝望；他既否定现存的社会，也蔑视自己，同样成为一个"多余的人"。赫尔岑的小说《谁之罪?》中的别尔托夫，也是一个"多余的人"形象。作品通过他和另外两个正直、善良的青年都陷于"灾祸和不幸"的命运，指出封建农奴制是扼杀青年的罪魁祸首。冈察洛夫的长篇小说《奥勃洛摩夫》的同名主人公是俄国文学中最后一个"多余的人"形象，标志着贵族知识分子先进性的终结。取代贵族知识分子而走上俄国历史舞台的平民知识分子，在文学作品中是以"新人"形象出现的。车尔尼雪夫斯基在长篇小说《怎么办?》中，塑造了一系列"新人"形象，他们都具有理想化的"新人"品格。

知识分子的使命与命运在屠格涅夫的系列小说中得到了循序渐进的展现。19 世纪 50 年代，他以《罗亭》和《贵族之家》塑造了"言辞多于行动"的贵族知识分子罗亭和无力反抗传统道德的拉夫列茨基两个"多余的人"形象，60 年代则在《前夜》中第一次塑造了"新人"——英沙罗夫和叶琳娜的形象，及时反映出平民知识分子取代贵族知识分子的历史真实。在《父与子》中，他又通过大学生巴扎罗夫和贵族基尔沙诺夫兄弟的纠葛，揭示出新旧两代知识分子之间的冲突。《烟》的主人公李特维诺夫是作家的理想人物，但事业上、爱情上的失败，却使他感到浮生若梦，一切都是过眼云烟。这一形象表现了 1861 年农奴制改革后知识分子的思想低潮。《处女地》则反映了 70 年代民粹派"到民间去"的活动及其失败，在改良主义者沙罗明身上寄托了作者的渐进主义理想。屠格涅夫的 6 部长篇小说就这样构成 19 世纪 40 ~ 70 年代俄国知识分子精神生活的艺术编年史。

在契诃夫的作品中，有着各种类型的知识分子形象，如《第六病室》中的拉京，《姚尼奇》中的同名主人公，《文学教师》中的尼基京，《没意思的故事》中的斯捷潘诺维奇，《樱桃园》中的特罗菲莫夫等。作家同情他们思想受禁锢、人身遭迫害、理想不能实现的命运，也揭示了他们难以抵制庸俗风气或种种有害流行思潮影响的局限——这些形象常常是作为民族文化心态的体现者存在的。《樱桃园》中的特罗菲莫夫发出的"你好，新生活"的呼喊，则表达出 20 世纪初知识分子对于社会生活变动的预感，对于未来的祝愿。

从奥涅金到特罗菲莫夫，不仅映照出 19 世纪俄国知识分子精神生活变动的轮廓，而且显示出现代化进程中思想文化转型的迹象。20 世纪俄罗斯的现代化转型，呈现出更为复杂的历史情状，文学也以独特的方式表现了新的历史语境中知识分子的命运，艺术地呈现出知识分子与现代化转型的复杂联系。在这一领域中具有披荆斩棘之功的当推高尔基和帕斯捷尔纳克。

关于俄国知识分子的文化使命、历史作用、精神特征和命运道路的思考，一直在高尔基的全部思想中占有重要位置。他在不同时期写过许多以知识分子为主人公的作品。在社会批判时期的创作中，他的这类作品大都是抨击知识分子缺乏社会改造的热情，忘却使命感，安于现状，无所追求，在平庸无聊的生活中打发光阴。在民族文化批判时期，他笔下的知识分子，则有很多是超越庸俗环境和陈腐观念之上的有识之士。作家在这类知识分子形象身上，寄托了唤起民众意识觉醒、传播先进思想文化、提高民族精神心理素质的愿望。他的最后一部长篇小说《克里姆·萨姆金的一生》，描写的是 19 世纪 70 年代出身于俄国外省某城市一个"中等"家庭的知识分子的人生道路。萨姆金的性格特征、思维方式、文化心理和命运归宿，在很大程度上具有可据以认识俄罗斯、了解俄罗斯人灵魂的意义。他的精神文化性格，既从一个侧面体现了民族文化心理的消极特征，又是这一民族文化环境的必然产物。他的空虚无为的一生，既表征出横跨两个世纪 40 年间知识分子的沉浮起落，又勾画出他们无可回避的命运轨迹。借助这一形象，高尔基艺术地揭示了部分知识分子市侩化的历史真实，对民族文化心理弱点进行了痛切的批判。从作品中还可品味出作家关于提高民族文化心理素质、创造良好的社会文化环境和知识分子历史作用的发挥等几个方面互为条件、互为因果的思考，聆听到一代忧国忧民的真诚知识分子的心声。

帕斯捷尔纳克的长篇小说《日瓦戈医生》，可以说是 20 世纪上半叶俄国知识分子命运的一部艺术编年史，又堪称一部通过个人命运而写出来的特定时代的社会精神生活史。它是作家在战后岁月里对20世纪前期历史所作的一种诗的回望，也是他与时代的一部艺术性对话。作品着重表现了日瓦戈的人道主义观念与那个血与火的时代之间的悲剧性精神冲突。在历史发生深刻变动的年代，他一直把个性的自由发展、保持思想的独立视为自己最主要的生活目标。他以人道主义的眼光看待一切人和事，区分善与恶。他那种童稚般单纯的心灵，超凡脱俗的胸怀，使他无法接受一切形式的暴力。他在人类思想水平、道德水平和价值标准还没有达到认可他的精神追求高度的时代"过早地"出现了，他超越了那个时代，结果反而好像落后于时代。这是他的悲剧。作家同情、肯定主人公的精神追求和道德理想，经由他的遭遇反映了十月革命前后一代知识分子的思想情怀和共同命运。

不难看出，俄罗斯文学实际上构成了俄国"知识分子的思想体系"，成为知识分子精神历程、心灵历程的形象描述；作为心灵的创造物的作品，往往是创造者心灵运动的形象记录。诸多描写知识分子的作家本人，在精神上和他们笔下的主人公有一种天然的血统联系。很多作家描写知识分子的作品都是自传性的，或带有一定的自传性成分。奥涅金之于普希金，毕巧林之于莱蒙托夫，罗亭和拉夫列茨基之于屠格涅夫，直到日瓦戈医生之于帕斯捷尔纳克，等等，莫不如此。契诃夫和高尔基在各自作品中的知识分子形象身上，凝铸了自己以及世纪之交整整一代知识分子的热情与痛苦、困惑与忧虑。每一个在作家笔下的知识分子形象，都不只是作家自我心灵与生活的艺术写照，也不只是作家思想的载体，而是特定时代知识分子的性格、心理和命运的艺术概括。这些作品连缀起来，便构成一整部知识分子心灵历程的形象化历史，并映现出俄罗斯现代化转型的全部艰难历程。

三　苦难体验、忧患意识和沉郁苍凉的底色

由俄罗斯的天然条件和宗教情怀所构筑的苦难体验、忧患意识和乡土情结，在现代化转型中具有了更丰富的内涵。民族现代化转型及其所引发的一系列问题，使得这种感受与体验在俄罗斯文学中有了更具体、更鲜明

的表现。文学映射出千百万民众面对时代巨变的复杂情怀，既涵纳着对当下处境的忧虑、对历史的反省和对未来的瞩望，也表征出回归生命原点和重建精神家园的渴求。俄罗斯文学不仅由此而形成了其特有的精神文化价值，彰显出深刻的伦理意义，也锻造出它那特有的厚重感和经久不衰的独特魅力。

别林斯基在谈到俄罗斯诗歌的基本情调时说过，这个民族的诗章往往散发着一种"销魂而广漠的哀愁"，打上了长期苦难生活的印痕。这种根植于民族精神性格中的忧郁音调，渗透于作家的灵魂，内在地制约着他们的气质与作品的风格，决定了俄罗斯文学的底色和总体美感特征。别林斯基指出：普希金诗歌创作的基本风格特色是"明朗的忧郁"；"忧郁和惆怅"是普希金诗歌和声中主要的音响之一，它赋予这位诗人的歌行以恳挚、亲切、柔和与润湿的特色。在论及普希金"过渡时期"的诗作时，别林斯基曾写道："普希金所特有的因素是主宰这些诗的一种哀歌式的忧郁。"[1] 当诗人更多地关注俄罗斯现实、关注俄罗斯命运时，在他的灵魂深处，更产生出英国诗人拜伦式的痛苦的沉思，并像赫尔岑所说的那样，"逐渐成为庄重、忧郁、严厉、悲剧的诗人"[2]。诗人书写自己"郁郁的思念""迷惘的徘徊"，表现"别离的痛苦""沉郁的吐诉"以及"预感、思虑、深沉的忧愁"，感叹"凄凉的命运"和"一去不复返的往日的记忆"。然而，普希金的忧郁绝不是"温柔脆弱的心灵的甜蜜的哀愁"，它"消释灵魂的痛苦，治疗内心的创伤"[3]。这种忧郁是一种纯粹俄罗斯精神和情感的表现，也就是俄罗斯民歌中那种抓住我们灵魂的东西。

普希金的后继者莱蒙托夫的"注满了悲痛和憎恨的铁的诗句"，集中反映了十二月党人起义失败后俄罗斯人所共有的痛苦和忧郁。别林斯基发现：莱蒙托夫的长诗《沙皇伊凡·瓦西里耶维奇、年轻的禁卫兵和勇敢的商人卡拉希尼科夫之歌》中禁卫兵的语言，充满着一种"深刻的哀愁"，

---

[1] 别林斯基：《别林斯基选集》（第 4 卷），满涛、辛未艾译，上海译文出版社，1991，第 309 页。

[2] 赫尔岑：《论文学》，辛未艾译，上海文艺出版社，1962，第 61 页。

[3] 别林斯基：《别林斯基选集》（第 4 卷），满涛、辛未艾译，上海译文出版社，1991，第 376 页。

"这种哀愁构成着我们民族诗歌的基本因素，亲如血肉的力量，主要的调子！"他的《邻居》一诗，则是"像泪珠一般一声声流出的忧郁的、优美的歌声"，这是一种"发自强大、坚实的灵魂的安详而温顺的愁怅"①。赫尔岑也认为，莱蒙托夫的沉思"就是他的诗歌，他的痛苦，他的力量"②。和普希金的忧郁有所不同，莱蒙托夫的忧郁更多地和痛苦与悲愤相联系，但同样参与了俄罗斯文学基本情调的构成。

忧郁与苍凉不仅是俄罗斯诗歌的基调，也是俄罗斯散文的底色。果戈理的作品虽然充满喜剧性情节、幽默感和十足可笑的人物，但其实是一种"含泪的喜剧"，也即运用了"以喜剧的形式写悲剧"的手法。作家善于发掘生活中和人们灵魂中可笑的东西，又能让读者的笑迅速消融在悲哀之中，令读者在笑之后忧郁地叹息。正是从这个意义上，赫尔岑才把他的讽刺杰作《死魂灵》称为"充满一种深沉痛苦的史诗"。

在俄罗斯文学中，屠格涅夫也许是最有忧郁气质的作家。美国诗人惠特曼称他为"高尚而又伤感的"作家，法国作家福楼拜则说他有着一种"迷人忧郁"。屠格涅夫善于以温情脉脉的笔调描写男女主人公的悲剧命运，牵动着一代代读者的心弦。他作品中的景色描写，也总是同人物的悲切、哀婉、缠绵的情绪交融在一起，带上了一种怅惘、柔弱的色调。他的作品往往都散发着浓郁的抒情气息，糅合着淡淡的哀愁，具有一种不可思议的艺术魅力。与屠格涅夫相似，19世纪末20世纪初的俄罗斯作家契诃夫，也被同时代作家称为"'阴暗的'现实的行吟诗人"，"歌唱'寂寞的'人们的悲哀与苦难的忧郁的歌手"③。

这种忧郁与苍凉在20世纪俄罗斯文学中获得了自然延伸，并具有了更为鲜明的体现。"俄罗斯诗歌的月亮"阿赫玛托娃是以她的那些隽永含蓄的爱情诗步入白银时代诗坛的，但是当她把全部激情从咏叹个人遭遇转向沉思国家民族的命运，写出了《安魂曲》（1935～1940）这样的杰作时，便成为20世纪俄国诗坛上最伟大的诗人之一。《安魂曲》的书写与诗人个

---

① 别林斯基：《别林斯基选集》（第2卷），满涛译，上海译文出版社，1979，第485、526页。

② 赫尔岑：《论文学》，辛未艾译，上海文艺出版社，1962，第86页。

③ 高尔基：《论文学》（续集），冰夷等译，人民文学出版社，1979，第48页。

人的悲剧性遭遇密切相关。在"一切都永远紊乱了"的特殊历史年代，诗人遭受了难以承受的沉重打击，经历了漫长的精神折磨之苦，但是她没有停留于咀嚼个人与家庭不幸，而是经由自身的痛苦体验到了民族的苦难，并将个人的悲剧性倾诉升华为民族与人民的呐喊："亿万人民通过我呐喊呼叫/假若有人堵住我苦难的声音/但愿在我被埋葬的前夜/他们仍然会把我怀念。"①深切的个人不幸与民族的灾难融合为一体，使这部长诗获得了惊人的艺术力量，成为一个特殊历史时代中俄罗斯命运的一份艺术备忘录。

对于这些诗人和作家而言，俄罗斯究竟意味着什么？他们对俄罗斯究竟怀着怎样深沉的感情？流亡女诗人季·沙霍夫斯卡娅在远离祖国的之后写下的诗句对此做出了卓越的表达："俄罗斯是痛苦，是漂泊的忧愁/是怎么也无法消解的渴求/是被每个人抓住不放的/一把温暖的骨灰，一抔沙土。"②诗人以真诚的歌哭，喊出了一代流亡者的心声，也无可争辩地表明忧郁与苍凉、冷峻凝重的风格特色渗透于整个俄罗斯文学。

俄罗斯文学的这种以冷峻凝重、沉郁苍凉为总体特色的主导风格，其形成既和俄罗斯特殊的自然地理条件相联系，又是这个民族在其漫长的历史行程中积淀而成的文化心理结构的必然显现。但是，俄罗斯人没有在这种苦难面前自怨自艾，自暴自弃，而是培养了一种"对苦难的坚忍耐力，对彼岸世界、对终极的追求"③。于是，民族的苦难便化为一种精神财富。这种独特的苦难体验和俄罗斯人的宗教意识互为表里，彼此交融，造就了该民族精神心理方面的一个重要特点，而文学正式这种精神心理特点的形象表达。正如别尔嘉耶夫所说："俄罗斯文学不是产生于令人愉悦的创造力的丰盈，而是产生于个人和人民的痛苦和多灾多难的命运，产生于对拯救全人类的探索。而这就意味着，俄国文学的基本主题是宗教的。"④宗教、

---

① Баранников А. В. *Русская литература XX века Хрестоматия*: *В 2 ч.* . Москва: Издательство Просвещение, 1993. C. 158.

② Агеносов В. В. *Литература русского зарубежья*. Москва: Терра. Спорт. 1998. C. 9.

③ Бердяев Н. *Русская идея*: *Основные проблемы русской мысли XIX века и начала XX века*. Москва: ООО Издательство АСТ，2000. C. 18.

④ Бердяев Н. *Истоки и смысл русского коммунизма*. Москва: Издательство Наука, 1993. C. 63.

形而上学问题和社会问题折磨着俄罗斯文学。关于生活的意义、关于从罪恶与苦难中拯救人、人民和人类的问题在艺术创作一直占据优势地位。别尔嘉耶夫无疑是准确地把握到了俄罗斯文学与民族精神的内在联系。

俄罗斯文学沉郁苍凉的底色表征出的另一精神文化内涵，是这个民族的乡土情结，也即对故乡、土地和家园的依恋。俄罗斯人迷恋漂泊，但流浪不是他们的归宿，只是使他们得以从另一个角度体验苦难，从远处回望家园，其乡土情结在回望与比照中得到升华。处于流亡状态的俄罗斯人，在回首往昔、怀念故土时，特别能够体验到文学和民族命运、民族灵魂的血肉联系。20 世纪 30 年代，流亡诗人和批评家伊万·伊里因曾做过题为《俄罗斯诗歌中的俄罗斯》的演讲。他指出：对祖国的眷恋、牵挂以及由此而产生的忧郁，是俄罗斯诗歌的基本主题。它不是表现为对俄罗斯大自然与日常生活的渴望，而是表现为对她的一种斩不断的精神联系。"俄罗斯诗歌像是祈祷，像是歌唱"，它歌唱的是自己的心曲。世界上未必有哪一个民族的诗人，能够像俄罗斯诗人一样，同时又是"民族的先知和智者，民族的歌手和乐师"[①]。俄罗斯诗歌融入大自然和俄罗斯人的灵魂中，参与了俄罗斯人的精神生活和宗教生活。诗歌以自己特有的方式感受、叙说着俄罗斯，体验着她的历史和命运，她的痛苦与欢乐，爱与恨，悲伤与热情。俄罗斯诗歌即是俄罗斯心灵的产物，俄罗斯心事的流露，全体俄罗斯人民的心声。伊里因以诗一般的语言表达了自己对于俄罗斯诗歌的理解和热爱，同时把净化心灵的希望寄托于诗歌。

20 世纪 60～70 年代，随着经济的发展，苏联社会日益城市化，千百万农民离乡进城，传统的"农民的俄罗斯"渐渐走向消亡。在这一背景下，农村散文的创作出现了繁荣，舒克申、拉斯普京等，是这一领域最有成就的作家。舒克申在他的小说《红莓》（1973）中，以抒情性和哲理性水乳交融的笔调，描写了主人公叶戈尔复杂而充满矛盾的性格和悲剧性结局，让读者品味人生道路的艰难。作品中关于俄罗斯土地和乡村的描写，不仅体现了作者对乡土的热爱，而且构成善良的俄罗斯母亲和淳朴的道德

---

① Ильин И. А. *Одинокий художник: Статьи, речи, лекции* Москва: Издательство Искусство, 1993. С. 171, 173–174.

风尚的象征性意象;对待俄罗斯土地和乡村的态度,成为检验主人公心灵与道德水准的标尺。拉斯普京则在他的《最后的期限》(1970)和《告别马焦拉》(1976)等小说中,描写了西伯利亚人的伦理关系和道德面貌,严峻审视民族文化心理的基本特点及其在当代的演变。作家谴责那种忘恩负义、忘本忘根、对故土家园没有感情的道德蜕化现象,表达了对那些保留着民族传统美德的老一代农民的深深敬意,对故乡一草一木的无限眷恋。这类农村散文生动地表现了俄罗斯人在现代化转型中的乡土情结,并同样呈露出沉郁与苍凉的艺术风格。

由此可见,俄罗斯现代化转型历史步履的艰难与沉重,是和这个民族在东西方文化之间的长期徘徊和选择相联系的,并始终渗透着知识分子对民族命运的忧虑以及他们自身的困厄与痛苦思考,引发出千百万民众面对时代巨变的复杂情怀,以及回归生命原点和重建精神家园的渴求。这也就决定了一代代俄罗斯作家所吟唱的,大都是一种忧郁而悲壮的旋律。俄罗斯文学沉郁苍凉、冷峻凝重的总体特色,不仅使它拥有了独特的艺术魅力和特有的厚重感,而且成为俄罗斯民族别具一格的精神文化印记,也为总结和反思现代化行程的历史经验提供了有价值的参照。

(作者单位:南京师范大学文学院)

2005 年以来俄罗斯的肖洛霍夫学回顾

刘亚丁

对经典作家的研究从来都不是均匀发展的，往往时而热潮涌现，时而冷落寂寞。本文主要以 2005 以后俄罗斯肖洛霍夫研究为考察重点。为什么要以 2005 年以后为重点？首先，因为 2005 年是肖洛霍夫 100 周年诞辰。其次，我主持的国家社科基金项目"肖洛霍夫研究史"及和中国社会科学院重大项目子项目"肖洛霍夫学术史研究"以 2005 年为研究下限，对此前的研究状况做了考察①。最后，从 2005 年开始的近 10 年里，俄罗斯的肖洛霍夫学又取百科全书写作是这个时期俄罗斯肖洛霍夫学的一个明显特点。俄罗斯学术界有为经典作家编写百科全书的传统，如《普希金百科全书》《莱蒙托夫百科全书》《布尔加科夫百科全书》等。2005 年后，俄罗斯出了两本《肖洛霍夫百科全书》。

俄罗斯的第一本《肖洛霍夫百科全书》，是由老肖洛霍夫研究家维克多·佩捷林一人完成的。佩捷林（1929 年生）是莫斯科国立肖洛霍夫大学教授。应该说他为写这这本百科全书作了大量的前期工作，1965 年他出版了《肖洛霍夫的人道主义》，以后陆续出版了《肖洛霍夫生平：俄罗斯天才的悲剧》（2002），《肖洛霍夫书信，1924～1984》（2003），《米哈伊尔·肖洛霍夫在同时代人的回忆中》（2005）。对于这本百科全书的写作，佩捷林采取这样的模式：不但收录关于肖洛霍夫的主要作品的资料，而且关注作

---

① 参见刘亚丁、荣洁、李志强等著《肖洛霍夫学术史研究》，译林出版社，2014。与此配套的还有刘亚丁选编《肖洛霍夫研究文集》，译林出版社，2014。

家与其他人物的交往，"因此这本百科全书也吸纳了对话，内心独白，对外部和内部事件的描写，对回忆录、书信和其他未必以学术性著称的文献的征引"①。

这本百科全书的结构是，按照肖洛霍夫的生平的顺序，对作家的生平叙述与对他的主要作品的百科全书描述相结合。比如在叙述了肖洛霍夫1905年至1923年的生平后，佩捷林叙述了作家最早的作品，发表于1923年的《考验》《三人》，发表于1924年的《钦差》。然后是对《顿河故事》的逐篇描述，然后是对该作品集在批评界和文学研究界的反响的概述。此后是肖洛霍夫1926～1929年的生平叙述。这部分之后，则是"《静静的顿河》的分主题（проблематика）和人物描述"②。在这部分里，有这部长篇小说中的所有人物的词条，甚至包括作品中只提及一次的"某村的哥萨克"这样的人物，还有这样一些标题："第一次世界大战"③"《静静的顿河》共同作者"④"《静静的顿河》的创作史"⑤"《静静的顿河》中的二月革命和十月革命"⑥等。接着是1929～1931年肖洛霍夫的生平描述。下一项内容则是"《被开垦的处女地》（第一部）的分主题和人物描述"。与对《静静的顿河》的描述相似，除了人物词条而外，还有对《被开垦的处女地》的评论史、创作史的描述。在佩捷林的这本书的以后的部分，除了对肖洛霍夫的生平的描述而外，还有围绕《他们为祖国而战》、战争题材散文和《被开垦的处女地》（第二部）的大量词条。

佩捷林的《肖洛霍夫百科全书》值得关注的有如下两点，首先，有针对性地就某些有争议的问题做了澄清，比如在20世纪90年代出现的肖洛霍夫与斯大林做交易的说法。⑦佩捷林指出："谢曼诺夫在自己的书中诽谤性地（对这个举动可以选择一个更温和的词，但只有这个词才能更准确地

---

① См.，Виктор Петелин. Михаил Александрович Шолодхов. Энциклопедия. М.，Алгоритм，2011.

② Там же，cc. 191 – 410.

③ Там же，cc. 340 – 342.

④ Там же，cc. 353 – 363.

⑤ Там же，cc. 365 – 384.

⑥ Там же，cc. 389 ~ 398.

⑦ 参见刘亚丁《顿河激流——解读肖洛霍夫》，四川教育出版社，2001，第317 – 320页。

传达出其实质）断定，肖洛霍夫遵照斯大林的指示写了《被开垦的处女地》，为报答肖洛霍夫的这一功劳，斯大林准许印刷《静静的顿河》。"[1]由于包含维申斯克暴动的《静静的顿河》第三部搁置在杂志和出版社不能发表，1931 年 6 月高尔基在自己家中安排斯大林和肖洛霍夫会面。C. H.谢曼诺夫在 20 世纪 90 年代后期在自己的文章和书中谈到了一个假设：在这次会面中，为了换取斯大林同意继续发表《静静的顿河》，肖洛霍夫答应创作为斯大林推行的集体化运动唱赞歌的《被开垦的处女地》。佩捷林在这本《肖洛霍夫百科全书》中对这种说法作了驳斥。在"《被开垦的处女地》（第一部）的分主题和人物描述"中有词条"《被开垦的处女地》（第一部）创作史"，在这里佩捷林大量引用 1931 年前后的材料（文章、访谈录、通信）对谢曼诺夫所谓肖洛霍夫遵斯大林之命仓促写作《被开垦的处女地》之说作了驳斥[2]。在"1929～1931 年"部分有词条"高尔基、斯大林和肖洛霍夫谈《静静的顿河》第三卷的出版"，在这里佩捷林详细引述了高尔基、斯大林在与肖洛霍夫见面前的对话，斯大林对高尔基说，由于国内政治形势的变化，他已经决定出版《静静的顿河》："'我们会印刷这本小说'，斯大林肯定地说，'对我们来说，它的益处多于害处，我希望我们可以跟法捷耶夫和潘菲洛夫谈妥，因为国外在谈论，说我们不但整了皮利亚克，也整了肖洛霍夫……我们不想整任何人……'"[3] 佩捷林就从不同的角度驳斥了肖洛霍夫与斯大林做交易的假设。

其次，佩捷林敢于表达自己的观点，同作者群体写作的百科全书相比较，这是突出的特点。对于肖洛霍夫的创作，佩捷林作了如此判断："这是一本关于俄罗斯天才作家悲剧的百科全书。这位作家只是在 20 世纪 30年代才部分说出了他想说的话，尽管在前进道路上有种种艰难阻碍。此后，书报检查、官方的意识形态总是横加干涉，阻碍创作进程，减损所创造的画面上的真实性。"[4] 佩捷林明确指出："对《他们为祖国而战》的政

---

① Виктор Петелин. Михаил Александрович Шолодхов. Энциклопедия. М.，Алгоритм，2011641

② Там же，cc. 641 – 644.

③ Там же，c. 509.

④ Там же，c. 8.

治删节要归罪于勃列日涅夫。"① 佩捷林叙及，1968 年《他们为祖国而战》被搁置于《真理报》编辑部，被《新世界》《十月》《顿河》杂志拒绝发表。佩捷林还引用了肖洛霍夫致勃列日涅夫的两封谈论《他们为祖国而战》的信。佩捷林指出：各杂志得到了指示，"用瓦西里耶夫的话说，下指示是因为，这部长篇小说的几位主人公死于镇压，即死于斯大林的专断"②。佩捷林还有引用肖洛霍夫的儿子米·米·肖洛霍夫的回忆：本来肖洛霍夫打算将《他们为祖国而战》写成三部曲，第三部写战争结束后的时期，写斯特列里科夫将军从俘虏营直接进了自己人的集中营，但他们保持了高尚的心灵品质。米·米·肖洛霍夫还回忆了作家在临终前焚烧《他们为祖国而战》的手稿的经过③。

第二本是集体编写的《肖洛霍夫百科全书》，本书的编写颇费周折，2001 年编写计划就提出了，2002 年关于庆祝肖洛霍夫百年诞辰总统令也将出版该书列入庆祝项目，但资金并未落实。2007 年成立了"肖洛霍夫百科全书"出版基金，并与天然气工业银行签署资助合同，由俄科学院高尔基世界文学研究所首席研究员尤里·德沃利亚申出任主编，埃尔斯特·别斯梅尔特内伊为项目负责人和出版人。2012 年这本图文并茂的 1215 页的大作由 Синергия 出版社出版。

内容全面，收词广泛，图文并茂，是这本集体的《肖洛霍夫百科全书》的突出特点。它包括这样几个板块：①对肖洛霍夫所有重要作品的介绍和阐释；②作家生平的重要事件，与作家有过交往、交集的几乎所有的人；③肖洛霍夫的作品在各种艺术形式中的再现：戏剧、电影、音乐作品、绘画等（可以加内容）；④照片和插图，该书的编者围绕肖洛霍夫的家庭、作家的交往、伟大的卫国战争、《静静的顿河》《被开垦的处女地》、诺贝尔奖等专题，配有大量的照片、作品插图、戏剧电影剧照。本书的所有的词条都采用按照字母排序，便于查询。这同佩捷林的那本书相比更方便好用。在佩捷林的《肖洛霍夫百科全书》里，生平事迹与作品嵌合，却

---

① Там же, с. 800.

② Там же, сс. 896 – 897.

③ Там же, сс. 884 – 885.

又没有人名、地名索引。

深入考索，揭示内涵，这是集体版《肖洛霍夫百科全书》的价值所在。就以有关《静静的顿河》的若干词条文章为例来看，在"《静静的顿河》"这个大词条下①，既有主编德沃利亚申写的概说，又有费·库兹涅佐夫写的"长篇小说的全民族性质"、谢·谢苗诺夫写的"主题与情节"，叶·科斯金写的"时空体"，费·库兹涅佐夫写的"地名考察""史实考察"，格·叶尔莫拉耶夫写的"人物原型"，加·沃罗佐娃写的"创作史"和"发表出版史"。这里既有传统的研究思路，如关于《静静的顿河》的"人物原型"和"史实考察"。在人物原型考察部分，可以作品中商人莫霍夫的形象为例来看看，词条作者通过征引白色侨民作家、历史家 Д. 沃尔登斯基和肖洛霍夫研究家 Г. 西沃沃洛夫的考证，证实了作品中莫霍夫的形象的来历——顿河上游著名的商人家族莫霍夫，接着还考察了莫霍夫家族同作家本人的爷爷——三等商人肖洛霍夫的关系②。在史实考察中，《静静的顿河》第 4卷第 14 章描绘了在莫斯科亚历山大车站举行的欢迎最高统帅科尔尼诺夫的仪式，百科全书的作者转述了 1917 年 8 月 15 日《俄罗斯言论报》的报道，以及历史学家 E. 马尔蒂诺夫 1927 年出版的《科尔尼诺夫（政变图谋）》一书的描述，将它们同肖洛霍夫的描写做了对比③。《肖洛霍夫百科全书》也采用比较新颖的视角，比如对《静静的顿河》的"时空体"（хронотоп）作分析，词条作者指出，在肖洛霍夫的笔下，时空具有独特的不可重复性，比如在《静静的顿河》的书名里，融合了时间（在暴风雨中顿河也是狂怒的）和空间（顿河是流淌在具体的空间里的)④。在《肖洛霍夫百科全书》中还有"肖洛霍夫创作中的死"⑤ "肖洛霍夫美学中的哲学观念"⑥ 等词条。

① См., Шолоховская энциклопедия. Колл. авт., Главный редактор Ю. А. Дворяшин, Москва, "Синергия", 2012, сс. 826 – 911.
② Там же, сс. 887 – 888.
③ Там же, с. 829.
④ Там же, с. 845.
⑤ Там же, сс. 772 – 780.
⑥ См., Шолоховская энциклопедия. Колл. авт., Главный редактор Ю. А. Дворяшин, Москва, "Синергия", 2012, сс. 957 – 966.

呈现事实，略加点评，这是集体版《肖洛霍夫百科全书》的文体风格。作为作者群体创作的百科全书，其总体风格是藏而不露，略似我国史传中的"春秋笔法"。这一点，与前面的佩捷林写的百科全书形成对比，佩氏则是指点臧否，直言不讳。比如，同样谈及谢曼诺夫的肖洛霍夫与斯大林作交易说，这本百科全书如此写道："90 年代他常常强调 И. В. 斯大林在《静静的顿河》出版中的决定作用，提出了假设：肖洛霍夫与斯大林之间为了出版《静静的顿河》而达成协议，作为交换作家在《被开垦的处女地》中支持农村改造。这样的假设没有得到材料的支持，且受到一些研究者驳难。"① 关于叶夫图申科与肖洛霍夫的过节，作者采取了客观直叙的方法：讲述了 1961 年叶夫图申科因为发表《娘子谷》受到批评，他去维申斯克向肖洛霍夫求救。1965 年肖洛霍夫在斯德哥尔摩谈及对叶夫图申科的看法时，对其评价不高。然后引用了叶夫图申科纪念肖洛霍夫的文章《铿锵有力的话语》，也谈及叶夫图申科"反肖洛霍夫的"文章《同粪堆斗剑》，并说该文"引起了读者的一系列否定评价"。② 基本上是平铺直叙，并不多加评骘。

这本集体版的《肖洛霍夫百科全书》对肖洛霍夫在中国的出版和研究状况有所涉及。该百科全书有鲁迅的词条，介绍了鲁迅生平和他对译介《静静的顿河》所做的工作③。在"《静静的顿河》在国外：出版、接受、影响"这一词条的"中国"部分里，介绍了 1931 年上海出版《静静的顿河》第一部、第二部的情况，提及鲁迅的后记；20 世纪 50 年代、80 年代的出版和研究状况，提及了孙美玲、李树森、徐家荣、何云波和刘亚丁的研究。从该词条后的参考文献看，该词条作者参考了我本人发表在《21 世纪小说杂志》（Роман‐журнал XXI века）上的《米·肖洛霍夫在中国的生命三境》（Три жизни М. Шолохова），以及孙越（Сунь Юэ）、谢波（Се Бо）等的文章④。在"《被开垦的处女地》在国外：出版、接受、影响"这一词条的"中国"部分里，介绍了 1936 年周立波的《被开垦的处

① Там же, сс. 759.
② Там же, сс. 7218－219.
③ Там же, с. 436.
④ Там же, с. 916.

女地》的翻译和他写译后记；50 年代中国的报纸上大量发表的学习《被开垦的处女地》的文章；关于 80 年代的情况，《肖洛霍夫百科全书》写道："鲁迅、戈宝权所开辟的中国肖洛霍夫学获得了孙美玲、李树森和刘亚丁等才华卓越的继承人。"①，接下来还引用了笔者的专著《顿河激流——解读肖洛霍夫》中的一段话："肖洛霍夫的创作的价值在于，他在自己的作品中带着同情所描写的戏剧性事件成了当代作家、当代社会反思历史的对象。肖洛霍夫不同于盲目信仰的人，他保持着理性反思和批判的能力。"②百科全书还介绍了 2000 年北京出版 8 卷本《肖洛霍夫文集》的情况③。

二

对话性依然是这个时期肖洛霍夫学的突出特征。从各种期刊发表的肖洛霍夫研究论文来看，逐渐结束了 20 世纪 80 年代末 90 年代初开始的贬低肖洛霍夫的趋势。但有关的争论还在继续，维护肖洛霍夫声誉的研究者们还在同"反肖洛霍夫学家"们争论。"反肖洛霍夫"或"反肖洛霍夫学家"是由费·库兹涅佐夫提出来的。④ 如尤·德沃利亚申在其《米哈伊尔·肖洛霍夫和葛利高里·麦列霍夫：作者和主人公统一的当代阐释》一文中指出，利用肖洛霍夫在苏共 23 大抨击达尼埃尔和西尼亚夫斯基等事实，反肖洛霍夫学形成了这样一种假设："有这样的伟大的艺术作品，其作者的个性特征因其道德状况而与作品完全不相称"；"显然，对于反肖洛霍夫学的支持者来说，污名化的形式不能做的过于明显和露骨。"⑤ 驳斥这样的假设，成了德沃利亚申这篇文章的逻辑起点之一。当《静静的顿河》手稿排印版出版时（下文详叙此书），评论它的文章的标题径直就是《对反肖

① Там же, с. 632.

② Там же, с. 632.

③ Там же, с. 632.

④ Кузнецов Ф. Шолохов и《Анти-Шолохов》//Наш современник, 2000, № 2.

⑤ Дворяшин Ю. Михаил Шолохов и Григорий Мелехов: современные интерпретации единства автора и героя//Вёшенской вестник, № 9.

洛霍夫学的回击》①。

也许在其他作家的评论史上未必会有这样的奇观：肖洛霍夫评论史似乎伴随着一个重要"出场人物"——索尔仁尼琴。这两位俄罗斯的诺贝尔文学奖获得者去世多年后，他们各自的学术粉丝依然相互仇视，掐架不休，愤怒的火星甚至喷溅到了文学场域之外。2014 年索契冬奥会的闭幕式有个令人炫目的文学桥段：演员扮演的普希金、托尔斯泰、陀思妥耶夫斯基、果戈理、屠格涅夫、契诃夫、马雅可夫斯基、阿赫玛托娃、茨维塔耶娃、布罗茨基、布尔加科夫和索尔仁尼琴等作家出现在体育场中间的书房里。肖洛霍夫只以肖像的形式在空中飘浮了片刻。《文学报》过去一直"扬索抑肖"，可是该报 2014 年第 8 期（2 月 26 日至 3 月 4 日）以类似于社评的方式这个文学桥段表达了自己的激愤（考察该报倾向的演变不是本文的任务）："在奥运会的闭幕式上，在那些给俄罗斯文学带来世界声誉的作家队伍中，几亿观众没有看到肖洛霍夫。但是却看到另一个诺贝尔奖获得者的面孔，他是攻击《静静的顿河》的作者、毫无缘由地指摘他剽窃的始作俑者之一。行事方式似乎有意为之，留在索契的俄罗斯客人，尤其是外国客人心目中的，是反对这个国家（奥运会的主人）的作家，而不是为她忠实效劳的作家。"②

2010 年《涅瓦》杂志发表了已故作家费·阿勃拉莫夫写于 20 世纪 70 年代的札记《时间属于谁。肖洛霍夫与索尔仁尼琴》。在本文中，曾经与维·古拉共同编撰《肖洛霍夫：课堂讨论提纲》的费·阿勃拉莫夫，对这肖洛霍夫和索尔仁尼琴作为作家的命运做了比较："两个最高奖的荣获者。也被认为是处于对称状态的对立者：一个是支柱，正统思想、党性、社会艺术的标杆（尽管有人说，在捷克斯洛伐克回答什么是社会主义现实主义的问题时，他说：谁知道呢？），体制的支柱，各届领袖的红人；另一个则相反，是最决绝的敌人。造反的天使，国内外反对势力的支柱。"③ 阿勃拉莫夫高度赞扬了肖洛霍夫的《静静的顿河》，认为这是人类文学史上独一

① Дворяшин Ю. Михаил Шолохов и Григорий Мелехов: современные интерпретации единства автора и героя//Вёшенской вестник，№ 9.

② Бремя《Тихого Дона》//Литературная газета，№ 8，26. 02 – 04. 03，2014，с. 4.

③ Федор Абрамов. Кого ждет время. Шолохов и Солженицын//Нева，2010，№ 4.

无二的杰作。但对肖的政论文则表示颇为不屑，进而指出"肖洛霍夫的命运再一次提醒人们：哪怕是最强大的才能也会毁灭，假如他不被真正的人性的光辉所照亮。由于缺乏真正的精神韧力以及自我的道德支撑，肖洛霍夫无力抵抗自己时代的攻击，无力抗拒时代的粗暴的使人腐化的力量和诱惑。成就肖洛霍夫的力量也毁了他。"这个时代需要另外的作家，这个作家就是索尔仁尼琴"作为一个人，索尔仁尼琴的公民功勋对我们的时代具有特殊意义。一个普普通通人同整个体制决斗，仅仅凭借鹅毛笔的挥洒就描绘出了整个民族的命运。索尔仁尼琴会取胜吗？他取胜了，靠什么？就靠语言。……在他的语言中汇集了我们社会在 50 年来所累积的恶毒和仇恨。"[1] 阿勃拉莫人认为，索尔仁尼琴同样有缺陷：他陷入狂热的弥赛亚意识中，这使他盲目过于高傲，剥夺了他的理智和客观性，使他走极端，而这正是缺乏深刻的道德文化的结果。阿勃拉莫对这两位在世的大作家作了严厉的道德审判。札记当时没有发表，2010 年发表，自然成了当今肖洛霍夫学的新收获。现在依然有不少比较肖洛霍夫和索尔仁尼琴的论文。比如，瓦·奥西波夫的指出，л. 萨拉斯金娜写的《索尔仁尼琴传》涉及肖索关系时每有不实之词[2]。

《静静的顿河》手稿的整理出版与对肖洛霍夫著作权的质疑，依然是肖洛霍夫研究的对立景观。

2005 年以后开始了对肖洛霍夫的《静静的顿河》的手稿的整理出版。现在《静静的顿河》的手稿分藏于 4 处：①科学院俄罗斯文学研究所（普希金之家）；②俄罗斯文学艺术档案馆；③国家文学博物馆；④科学院高尔基世界文学研究所。高尔基世界文学研究所收藏的就是 1999 年国家出资买到的 445 页书稿，这些手稿曾交由俄罗斯司法部司法鉴定中心鉴定，并获得鉴定证书。这 445 页手稿的来历是我本人曾予以报道，请参见笔者采访当时代表国家买手稿的高尔基世界文学研究所所长费·库兹涅佐夫通讯院士的访谈录："1929 年肖洛霍夫本人在将《静静的顿河》第一、二部的手稿带到莫斯科鉴定后，装着手稿的箱子交给自己的朋友、作家库达舍夫

① Федор Абрамов. Кого ждет время. Шолохов и Солженицын//Нева，2010，№4.
② Федор Абрамов. Кого ждет время. Шолохов и Солженицын//Нева，2010，№4.

保持。库达舍夫在苏德战争中牺牲后，手稿转到了他的家人手中，1999 年国家买到这批手稿，保存于高尔基世界文学研究所。"① 以这批手稿为基础，2006 年出版了《静静的顿河》第一、第二册的手稿的影印本。这里着重介绍 2011 年出版的《米哈伊尔·肖洛霍夫〈静静的顿河〉手稿动态过录本》。这是一本大 16 开本的书，共 877 页。该书得到俄罗斯人文科学基金的资助，编委会由 Г. Н. 沃罗佐娃、科学院通讯院士 Н. В. 科尔年科、А. М. 乌沙科夫组成，沃罗佐娃为责任编辑。参加过录工作都是高尔基世界文学所的研究人员，他们是：О. Я. 阿列克谢耶娃、О. В. 贝斯特罗娃、Н. П. 韦利康诺娃、Г. А. 格利汉诺娃 И. П. 卡扎科娃、Е. А 久利娜。这些手稿包括：由肖洛霍夫注明写作日期（1925 年秋）的《静静的顿河》最早两章的手稿；第一册第一卷；第一册第二卷；第一册第三卷；第二册第四卷；第二册第五卷等 6 部分。它们分别是肖洛霍夫的手稿，经肖洛霍夫修改的、由作家的妻子 М. П. 肖洛霍娃以及她的妹妹 И. П. 格罗莫夫斯卡娅和弟弟 И. П. 格罗莫斯斯基抄写稿。这 6 部分都由整理人员写了叙录，做了注释，排印成书。从内容看，手稿及抄写稿的内容，同《十月》杂志 1928 年发表的版本相比较，比较吻合，在章目上有所调整。同现在的通行本比较也比较接近，如《米哈伊尔·肖洛霍夫〈静静的顿河〉手稿动态过录本》的第一册第一卷，第 7、第 8、第 9 章②，同 2001 年莫斯科 "Терра － Книзный клуб" 出版社的《肖洛霍夫文集》中的《静静的顿河》第一卷的相应 3 章是基本吻合的③。在手稿中，个别词采用非规范的拼写，如手稿中的 "што"④，"чево"⑤，在 2001 年版中为 "что"⑥，"чего"⑦。

　　本来人们以为，肖洛霍夫的《静静的顿河》第一、第二部手稿找到

---

① 参见刘亚丁《〈静静的顿河〉手稿的寻找过程》，《中华读书报》2002 年 3 月 28 日。

② Шолохов М. А. Тихий Дон. Динамическая транскнипция рукописи. М., ИМЛИ РАН, 2011, cc. 157 – 166.

③ Шолохов М. А. Сорание сочинений, т. 1, М., Терра – Книжный клуб, 2001, cc. 44 – 53.

④ Шолохов М. А. Тихий Дон. Динамическая транскнипция рукописи. М., ИМЛИ РАН, 2011, c157.

⑤ Там же, с. 160.

⑥ Шолохов М. А. Сорание сочинений, т. 1, М., Терра-Книжный клуб, 2001, с. 44.

⑦ Там же, с. 47.

了，手稿的影印本也出版了，这就会终结对肖洛霍夫的《静静的顿河》著作权的质疑。可是出人意料的是，肖洛霍夫的《静静的顿河》的手稿的发现和整理出版，并没有止息对肖洛霍夫的著作权的质疑。2005 年以后，针对发现的手稿，还是继续着对肖洛霍夫的质疑。在这个阶段推出《静静的顿河》的作者疑问的主要是以色列俄裔学者泽耶夫·巴尔—谢拉，他针对《静静的顿河》的手稿继续对肖洛霍夫的著作权提出质疑。2009 年底他发表《〈静静的顿河〉与肖洛霍夫》一文，在那里他对手稿中的真实提出质疑。他指出：抄写的人把东普鲁士城市"斯塔卢佩内"错写成"斯托雷平"，把保加利亚城市"鲁修克"错写成"罗什奇"。他认为还有"硬伤"：用"белка"代替"былка"用"сырая"代替"серая"，用"мны"代替"мне"，用"жены"代替"жене"，用"святлячки"代替"светлячки"等，这是由于写稿的人不懂旧的正字法，"现在提供给我们的 882 页稿子，出自肖洛霍夫、他妻子、同乡手下……全是用新的正字法写的①。"我们不打算分析整个手稿，只分析最接近印刷本的誊写稿。一分析马上就发现，由这样的誊写稿是不可能得到我们所熟知的印刷本的——在印刷本中有只有手稿中才可能出现的错误。开始在手稿的相同地方却没有这样的错误。更何况，在手稿中出现了只有得到第三版编辑修改中才出现的文字。"因此巴尔—谢拉写道："由此可以得出这样的结论：肖洛霍夫所提供的手稿是在注明的日期以后制作的，因此是伪造的。"② 他上面的话的意思是，肖洛霍夫根据正式出版的《静静的顿河》伪造了手稿。

在这个时期，其他反驳肖洛霍夫著作权的观点也得到俄罗斯学者推广。比如 2010 年别涅季克特·萨尔诺夫在其《斯大林与作家》第三册里，写了长达 220 页的文章"斯大林与肖洛霍夫"一文。在此文推广原来出现的白卫军官写《静静的顿河》，肖洛霍夫冒名顶替之说。而且萨尔诺夫通过广泛征引推出了更为惊人的说法。《斯大林与作家》转述道，2001 年 А. Г. 马尔科夫和 С. Э. 马尔科夫的《寻找〈静静的顿河〉的作者》推出了这样的说法：《静静的顿河》是白卫军官写的，斯大林知道这一情况，

---

① Зеев Бар-Селла. 《Тихий Дон》 и Шолохов//Литературная Росиия，№52，25.12.2009.

② Зеев Бар-Селла. 《Тихий Дон》 и Шолохов//Литературная Росиия，№52，25.12.2009.

但是出于自己的目的，斯大林让年轻的、没有多少文化的肖洛霍夫当《静静的顿河》的作者，这符合新时代的要求。斯大林明明知道肖洛霍夫不是《静静的顿河》的作者，但他本人制造了无产阶级作家肖洛霍夫是伟大的作品《静静的顿河》的作者的说法。并命令《真理报》发表了拉普领导人为肖洛霍夫正名的公开信。① 在长文章的最后一部分，萨尔诺夫指出，"《静静的顿河》从血缘的联系来看，不是同《被开垦的处女地》、潘菲诺夫的《磨刀石农庄》、革拉特科夫的《水泥》、巴甫洛夫的《幸福》所属于的传统联系的，而是属于由普希金的《上尉的女儿》开启的，由托尔斯泰的《战争与和平》《安娜·卡列尼娜》和陀思妥耶夫斯基的《罪与罚》《群魔》所继承的文学传统"②。萨尔诺夫认为，前一种传统突出的是残忍，而后一种传统突出的是仁慈，他通过引述分析《静静的顿河》中本丘克因不经审判而杀戮逮捕的农民而经受痛苦，得出了如上结论。至此，萨尔诺夫对肖洛霍夫与斯大林关系的讨论戛然而止，不再多着一词，实际上他想以此证明，《静静的顿河》不是在由在苏维埃文化熏陶中成长的肖洛霍夫写的。

三

2005 年以来，肖洛霍夫研究既有对原来的研究传统的继续，如机制化的学术会议连续举行；又呈现出新的特点，如研究者的分层化趋向逐渐明显。

2005 年以来，有两个机制化的肖洛霍夫学术会议继续举行，一个在肖洛霍夫故乡，由联邦级国家文化机构肖洛霍夫博物馆－保护区（ГЗМШ）主办，即是"解读肖洛霍夫"（Шолоховские чтения）学术会议，该会议自 1985 年开始每年举办一次。第二个会议在莫斯科，由国立莫斯科肖洛霍夫人文大学主办，即"肖洛霍夫在当代世界"（М. А. Шолохов в современном мире），到 2012 年已经举办 13 届了。两个会议都以会议论文为主出版年刊，

---

① Бенедикт Сарнов. Сталин и писатели. Книга третья. М. , Эксмо, 2010, сс. 50 – 53.

② Там же, с. 276.

前一个会议的年刊原来题名为"解读肖洛霍夫"（Шолоховские чтения），从 2001 年起改为《维申斯克学报》（Вёшенский вестник），学报除论文外，还发布肖洛霍夫博物馆－保护区年度大事记。后一会议的年刊为"解读肖洛霍夫"（Шолоховские чтение）。我本人应邀参加了肖洛霍夫博物馆－保护区 2011 年度的"解读肖洛霍夫"国际学术会议，做了题为"《一个人的遭遇》：现实主义还是象征主义"的大会发言，发言稿全文被收录进 2012 年的《维申斯克学报》①，同时我的另外两篇研究肖洛霍夫的文章也在 2010 年和 2011 年的《维申斯克学报》发表②。这两个机制化的肖洛霍夫学术会议有利于集聚肖洛霍夫研究队伍的人气，保持了肖洛霍夫学的基本热度。

2005 年以后，肖洛霍夫研究者的分层性趋向是指，老一代肖洛霍夫研究者继续旧日恩怨，继续外部研究。新一代，埋头做学问，进行内部研究，尤其是语言学研究。这个时期的肖洛霍夫学的另一个特点是，外部研究与内部研究形成对比。在《肖洛霍夫学术史研究》中我曾指出：由于 20 世纪 80 年代和 90 年代出现贬低肖洛霍夫的人格的倾向，许多肖洛霍夫研究家不得不致力于为肖洛霍夫正名的工作，所以终止了对肖洛霍夫作品内的研究，转向作品外的研究③。2005 年以后，老一些的肖洛霍夫研究家继续着前一个时期的外部研究，延续着为肖洛霍夫正名的工作，如佩捷林、奥西波夫等。上文叙及的对话性和"肖索之辩"都是外部研究的典型表现。另外，年青一代的肖洛霍夫研究者，因为不曾陷入 80～90 年代有关肖洛霍夫研究的各种是非之争，因为没有情感负担，可以在不受干扰的情况下对肖洛霍夫的作品进行内部研究。比如弗拉·卡缅斯卡娅的副博士学位论文《米·亚·肖洛霍夫〈静静的顿河〉语言中的构成性结构》，注重研究《静静的顿河》中的"草原"和"顿河"这两个种"作者结构单元"。

① Лю Ядин. Судьба человека: реализм или символизм//Вёшенский вестник，№11，Ростов-на-Дону：ЗАО "Книга"，2011.

② Лю Ядин. КНР：новое издание с именем Шолохова. О некоторых аспектах труда с анализом развития шолоховедия//Вёшенский вестник，№9，Ростов-на-Дону：Ростиздат，2010. И Лю Ядин. Шелоховедение в Китае//Вёшенский вестник，№10，Ростов-на-Дону：Ростиздат，2011.

③ 刘亚丁、荣洁、李志强等：《肖洛霍夫学术史研究》，译林出版社，2014，第 235 页。

研究其结构中的词汇、语法特征，情感评价功能及语义学①。再如 O. 勃洛辛娜的《〈静静的顿河〉女性形象的阿波罗精神和狄奥尼索斯精神：娜塔莉娅和阿克西尼娅》。在该文中，作者认为，娜塔莉娅体现了静穆的阿波罗精神，阿克西尼娅则体现了狂躁的狄奥尼索斯精神②。

今年是肖洛霍夫诞生 110 周年；离最早的肖洛霍夫评论文章发表的 1926 年，将近 90 年；离开肖洛霍夫辞世的 1984 年，已过了 31 年。俄罗斯的肖洛霍夫学正在形成之中，它的特点与从苏联到新俄罗斯的社会转型有关，与俄罗斯文学批评界和研究界在转型过程中的政治纷争有关。俄罗斯的肖洛霍夫学因此与封闭式的内部研究有所不同，它具有开放性。从上面的回顾中可以看出，俄罗斯的肖洛霍夫学是向外部开放的。首先，它要对外在的事件做出反应，如对索契冬奥会闭幕式的文学桥段发表不乏情感色彩的评论。其次，它也向负面因素开放。俄罗斯的肖洛霍夫学不但包括从正面来研究肖洛霍夫的学术成果（即研究者对肖洛霍夫的人格、艺术成就持肯定态度，因而竭力挖掘其生平和作品的正面价值），也包括所谓"反肖洛霍夫学家"对这位作家的负面的东西的关注和放大，甚至也包括对索尔仁尼琴与肖洛霍夫关系的考察，这些负面的东西会逐渐内化为肖洛霍夫学的内容。肖洛霍夫学是在反驳和解释对肖洛霍夫的各种质疑和驳难中建构的，"相反相成"，大概可以用来指称这种情况。

（作者单位：四川大学文学与新闻学院）

---

① Каменская Е. В. Композитные структуры в языке романа М. А. Шолохова "Тихий Дон". автореферат дис. … кандидата филологических наук：10. 02. 01；М.，2013.

② Блохна О. Аполлоническое и дионисическое в женскиз персонажах романа М. А. Шолохова 《Тихий Дон》：Наталья и Аксинья//Шолоховские чтения，Выпуск IX，2010.

欧洲儿童观的演变与儿童文学的产生*

张生珍

　　童年，作为个体一生的必经过程，直到 18 世纪随着科学的发展、民族国家的兴起以及宗教自由，才被逐渐视为拥有独特特征与需求的人生阶段，相应的，这个阶段对应的集体才被理解为具有社会属性的群体。在西方 400 多年的历史中儿童充满了生物学、社会学、文化等含义的指涉。在西方历史语境中，儿童文学的发展与欧洲民族主义和民族意识的形成密切联系在一起。儿童观的形成受历史发展时期的社会、文化、科学发展水平所制约。梳理儿童观演进的历史、构建面向未来并体现时代精神的儿童观，是人类自我意识发展成熟的表现。对儿童认识的时代性转变表证着人类对自身认识的变化。

欧洲儿童观的演变

　　儿童观是指向儿童的观念，体现对人的本质特征与规定性的认识。儿童观表明社会对儿童的基本认识与看法，反映社会总体的价值取向。它一方面体现着一定历史时期社会主流文化的倾向性，另一方面也在一定程度上体现着人们对未来的理想追求。儿童观也呈现了比较明显的历史演进过程，是一个开放的、动态的复杂观念系统，随着人的各种有意识活动不断

　　* 本文为国家社科基金重点项目"英国儿童文学中的国族意识与伦理教诲研究"（项目编号：17AWW008）系列成果之一。

展开而得到提高和完善。

对儿童的认识由来已久。古希腊和古罗马文化的伟大思想中包含着对儿童最初的认识。受社会发展的限制，这一时期的儿童不但在社会中没有地位，而且处于被迫害的位置。自中世纪，儿童被认为与成人一样，具有原罪，需要通过管教和宗教洗礼等方式，驱除天生的罪恶，养成符合神性的生活方式和道德准则。历史地看，"用当下的标准，有很大一部分儿童就是受虐儿童"（DeMause，1974：1）。柏拉图提出教育和环境对儿童的影响，亚里士多德提出教育应"效法自然"，认识到人的成长过程要遵循从躯体到非理性灵魂这一顺序，因此教育应遵循事物运动法则和人的天性。西欧兴起文艺复兴运动以后，进步的思想家宣称他们发现了"人"，倡导人权、反对神权，提倡个人自由和人性解放，强调要尊重人性，强调人能创造一切，把人摆在重要的位置。这一时期人们确信人类的价值与尊严，出现了新的儿童观，认为儿童的发展取决于教育，并由此提出了普及儿童教育的理念。随着人文主义精神的普及，儿童逐渐进入文化视野。17 世纪末的西欧人们对人性的关注逐渐汇聚成为启蒙思想的开端，并由此消弭"原罪论"的冲击，各国也都颁布了一系列法令保障儿童权利，从这一时期开始，人们认识到儿童有别于成人，因而在训练科学理性思维方式的同时，要重视道德规范和社会规范。

欧洲 18 世纪出现了反对封建教育，注重儿童身心自然发展，并具有独立思想体系的"自然主义"教育思潮。以卢梭为代表的自然主义教育家把锋芒直接指向压制人性、忽视儿童特点、束缚人的自由发展的封建教育，要求人们确立正确的儿童观，尊重儿童权利，遵循儿童发展规律，培养反封建的"自然人"。卢梭"发现了儿童"，提出了自由主义教育的理念。其代表作《爱弥儿》就是这种教育思想的呈现。《爱弥儿》指出："在万物的秩序中，人类有它的地位；在人生的秩序中，童年有它的地位；应当把成人看做成人，把孩子看做孩子"[14]（卢梭，1983：74），这在儿童观的历史上具有划时代的意义。卢梭的思想不仅是新旧教育的分水岭，也成为西方近代教育思想和教育实践的重要思想基础。卢梭的思想逐渐成为支配欧美教育发展的一种主导力量。洛克把儿童看作生来没有原罪、纯洁无瑕的"空白的书写板"。洛克看到了书本学习和童年之间的种种联系，提出了教育主张，把儿童视为珍贵的资源，并把开发儿童的理性能力作为教育的目的。洛克强调知识的价值，主张将教授知识和发展理性作为教育的基础和主要目的。杜威提出"儿童是起点，是中心，而且是目的"（赵祥麟等，1981：79）。杜威认为儿童身上蕴藏着学习和成长的力量和能力，主张让儿童成为教育的主体和中心，让儿童积极主动地自我发展。

19 世纪的儿童史是一部儿童被解放和从边缘化、被剥削、从不被承认的处境中解脱出来的历史。20 世纪 60 至 80 年代，人本主义者提出尊重儿童个性，关心儿童成长，教育必须适应并促进儿童心理发展，相信人人有向上发展的内在潜能，重新发现和肯定了个人价值。现代人文主义者召唤我们以新的理念与精神去认识儿童，重新定义儿童的价值，重新发现被忽视的儿童丰富的精神世界；把儿童当作有需要、有情感、有价值、有尊严的主体。

儿童观的演进与人们对世界、对自身的认识联系在一起。儿童发展的历史，就是人类历史的写照。在欧洲历史进程中，对儿童的教育和引领从未脱离人们的视野，进行教育的重要媒介之一就是儿童文学。

儿童文学的产生

儿童文学的发展与人们对儿童的认知密切联系在一起。最初儿童文学所表达的主要目标是向儿童提供未来成年生活所必须的知识。但传递知识的方式必须考虑儿童的自身条件，并由此而带来变革，寓知识于文学（主要是叙事文学）也就越来越重要。教育家们以卢梭的思想为基础着手儿童文学改革。卢梭认为，儿童体现的是完全自主形式的人，与成人世界完全不同。因此，儿童文学的创作要适应儿童的认知能力和心理需求，体现真实的儿童世界以及与成人世界密不可分的联系。

儿童文学的演变与儿童历史的联系非常紧密。儿童文学的产生是以"儿童的发现"作为前提的，而儿童文学的发展则有待于进步、合理的儿童教育思想和儿童观推波助澜。儿童文学是针对儿童而写就的文字，从一开始就与儿童教育有关。在古典时期，儿童聆听古希腊罗马经典，习得包括英雄主义、道德修养以及公民素养在内的行为模式。儿童最早接触的是传统的大量说教式的文学体裁，例如寓言、教理书、道德行为论著、父母忠告集等。但是随着现代化进程，儿童文学被赋予一些新的内容，如对儿童进行明确的价值观和道德观的引领和教育。儿童文学必定内蕴着特定历史时期根据智识角度、经济立场以及社会观感所出发的价值判断。

古希腊、中世纪的欧洲没有专门为儿童所写的文学作品。到 17 世纪出现了儿童文学的雏形，即英国清教徒宗教小册子，后来出现了 18 世纪为儿童提供感官乐趣的图画书。儿童文学自 18 世纪开始作为独立的文学类型，19 世纪得到了较好的发展。浪漫派作家要求"儿童文学必须立足于资产阶级形成前的时代，即神话时代、中世纪基督教形成时期或古代，也就是说通过故事、行为叙述、传奇般的寓言、滑稽剧等形式，总之是采用过去的民间诗歌的形式与儿童交流对话"（贝奇等，2016：484）。19 世纪欧洲儿童文学普遍受惠于浪漫主义思潮，如华兹华斯的"《不朽颂》几乎是 19 世纪引用最多的作品。它对 19 世纪童年观的影响就像弗洛伊德对当今儿童观的影响一样强烈"（Garlitz，1966：639）。随着接受教育儿童数量的增加，现代儿童文学从 20 世纪中叶后才在社会上产生全面的影响。"从历史认可角度而言，儿童文学似乎只是在 20 世纪 50、60 和 70 年代才在北欧大地上迎来了它的黄金时期"（贝奇等，2016：489）。自 20 世纪下半叶，英国儿童文学尤其是神话和传奇故事，如《爱丽丝梦游仙境》（1865）、《彼得·潘》（1904）、《小熊维尼》（1926）等承继浪漫主义传统，发挥了重要的教育引领作用。儿童文学的出现是现代化的必然产物，特定环境中起作用的文化和意识形态力量互相交织，产生了具有不同特点的儿童文学文本。但 20 世纪 70 年代以来的叙事性儿童文学，"总体上向模仿成人文学描述技巧转变。传统上属于成人的素质和品行向年轻人和儿童身上转移，而儿童或年轻人的某些特征同样也存在于成年人身上"（贝奇等，2016：495）。儿童文学在文学表达、主题呈现等方面，与成人文学的差异正在逐渐消失。

20 世纪各国文学的发展既保存了它与自身历史传统的传承关系，更凸显了它与社会现实、文化进程之间的密切联系。儿童文学无论从品种、数量、风格和所表现的生活等都发生了巨大变化。"儿童文学既关注恐惧和容忍，也突出全球和谐、偏狭保守问题，既赞美超人也赞美普通人。儿童文学既关注传统的过去也预示着不确定的未来。儿童文学充满怀旧情绪但是勇往直前……儿童文学鼓励独立也认同妥协。儿童文学展示的世界就是确定性和不确定性并存的不稳定的时代"（Lampert，2010：178）。

儿童文学的道德教诲功能

道德教诲属于内在的东西。西方自柏拉图开始了至善、理性的道德观，奥古斯丁提出内部和外部的结合来实现"至善"，人通过自我的认识和激进的反省从内部找到永恒之光（上帝），他的道德说教影响较大，尤其是对基督教思想的确立。笛卡尔的"我思故我在"把理性提高到至善的高度。善恶观就变成了理性观。洛克对善恶的理解内化为从人的认识凭自己的经验，即经验主义哲学。卢梭提出由内向外转变，即善的教育，12岁前的儿童不能强调理性，而是自然，提出自然神论。尼采打开了二元论的善恶观，进入现代主义与后现代主义的德里达、福柯等认为身份与社会分不开，自然社会外部条件影响了善恶观念。西方哲学中的思想史与文学史中的善恶建构从柏拉图开始，西方文学包括儿童文学的善恶建构、道德教育离不开哲学，艺术的呈现与哲学思想分不开，文学中先出现或者哲学其后总结，两者都不能脱节。

儿童文学的发展史就是一部人类发展的历史。"人们可以轻视儿童文学——在这种情况下，他们也势必将忽略了它对一个民族灵魂和国家气质形成发展过程中所起到的作用"（阿扎尔，2014：139）。儿童文学成为各国文学重要的组成部分，彰显了独特的审美与教育价值。儿童文学最初的教育功能强调消除儿童的无知愚昧，以理性的方式追求真理和道德良知。道德教诲与知识启蒙为其主要功能。随着文学市场与资本介入程度的深化，儿童文学的功用开始出现分叉，既出现了传统教化目的的严肃文学又出现了消遣读物。儿童文学可以帮助孩子从中自觉学到做人的准则以及作为人必须承担的重大责任。儿童文学旨在推动着他们走向道德，形成正确的价值体系，而道德和社会价值正是童年最理想优秀的守护人，是这个世界最有力的保护者，同时儿童文学讲述了基本的价值观，有意将民族传统和历史传承传递给孩子。

"儿童文学发轫时期即与宗教理念联系在一起"（Hunt，2004：360）。1484 年出版的《伊索寓言》也是以道德教诲为主要宗旨。"宗教教义、道德观和儿童中心的文学创作开始于清教主义作家"（Hunt，2004：240）。詹姆斯·詹韦（James Janeway）作品中的道德和宗教思想起到引领作用，宗教作品约翰·班扬的《天路历程》（1678）充满宗教想像力和道德寓意。萨拉·特里默（Sara Trimmer）尤为关注为儿童而写作的文学中的道德问题。玛利亚·艾奇沃丝（Maria Edgeworth）名作《紫色的广口瓶》（*The Purple Jar*）强调道德教诲的主张，使得儿童文学的发展既具有道德意义也具有教育意义。文学家们积极参与道德建构，"以虚构文学思考、应对当代社会问题和思想问题乃至介入政治时事是从文的正路"（黄梅，2003：5）。

18 世纪为儿童创作的文学尤为关注死亡和惩罚、家庭道德训诫等重要主题。18 世纪上半叶是理性的时代，上升的资产阶级通过政治、经济、宗教、文化等各种途径极力维护和稳定社会秩序，树立权威的意识形态并规范言行。对儿童的伦理教化也在发生变化。道德观的嬗变或者是伦理教诲的变化与社会背景密切相连。随着资本主义经济的繁荣，乡村瓦解，大城市得到发展，传统道德准则遭到了前所未有的挑战，因此人们不得不面对社会的剧烈沉浮与重大的变故。以英国 18 世纪小说家丹尼尔·笛福、塞缪尔·理查德逊、亨利·菲尔丁等为例，他们在创作中主张明确的道德教化思想。菲尔丁在《汤姆·琼斯》卷首献词阐明了自己的说教意图，真诚地在书中竭力阐释美德和善举。"道德理想驱动着菲尔丁从事小说创作，每逢写作总是先有一个计划，一种构思，一种道德目的"（Bulwer-Lytton，1985：24）。汤姆·琼斯以谨慎为约束的道德归位过程，即体现道德表率的作用，揭示了真正的道德。道德本身是一种向善或仁爱的自然倾向。菲尔丁的道德关怀并非孤例。《无名的裘德》中的裘德最终能够接受规训，不敢逾越社会规范。狄更斯宣扬个人的道德修养和道德感化。狄更斯认为"儿童"即人性的自然纯真。狄更斯人道思想的核心是倡导爱与善，他把儿童作为人性善的象征，认为童性与神性相通，人若能保持儿童的天真与善良，爱的理想就能得以实现。19 世纪的中产阶级家庭开始关注儿童的教育，对年轻人的教育也越发显得重要，儿童文学起到道德教育和公民教育的功能，旨在培养典范性的儿童来承担国家未来的建设责任。

毫无疑问，儿童文学传递文化价值、行为准则和成人世界里现行的道德标准。"最初的阅读是道德层面的需求，在古希腊和古罗马时期，目的是为了塑造公民身份"（Levy and Mendlesohn，2016）。作者的创作理念与政治意识通常无意识地得到呈现，因而"读者不容易发现文本中的意识形态理念，因这种理念已经内化为文化的一部分"（Bradford，2001：3）。儿童文学蕴含着对儿童品格塑造的财富，也包藏着为儿童进入成年后的思维方式和价值观念等。身份认同、民族认同、国家认同等的理念也被灌输到文学作品之中，形成文学有机组成部分。而这一切皆源于对青少年作为未来建设者的责任。"青年是现代性的本质，代表了一个面向未来而不是过去需求意义的世界"（Moretti，2000：5）。青少年必须通过灵魂净化和精神成长的历程，即自我认识的过程，最终通往艺术人生，形成美德。

结　论

欧洲儿童观的演变像一面镜子，不仅显示了儿童和儿童文学的由来，而且展示了人类社会和欧洲文学的由来。儿童观决定了儿童文学的产生和发展、价值取向和传播。作家的自觉建构为儿童文学的发展注入了活力和生命力。儿童文学鲜活的生命力在于其价值体系，在于其对现代性的启发和传承。儿童文学被用来传递和反复灌输总是由成年人制定的各种各样的规范。成人的价值判断始终占据主导地位，只有他们掌握理解儿童世界和解决儿童世界问题的钥匙。因此，作家有意地建构和传递文化价值、行为准则和成人世界里现行的道德标准。

文学"是文化和道德冲突产生或隐含的场域"（Salaita，2005：147）。文学从来都是政治的。"911事件"之后，与该事件有关的历史和社会问题渗透到儿童文学作品之中就是典型的例证。由此可见，儿童文学与主流政治、文化和历史语境始终紧密地联系在一起。儿童文学从不同角度展示了社会、历史和文化的变迁。儿童文学发挥着重要的教育功能，而不是单一的价值属性和需求。儿童文学作家把自己的思想融入文学之中，承担起民族和国家的文化担当和道德责任，更为清醒地传递人类文明和智慧，并因其超越狭隘的民族主义局限，创作了具有世界主义文学特点的作品，为文明互鉴做出了贡献。这样的价值观不仅在当时的欧洲有积极进步的意义，对当代儿童文学也是一种合理的理论认识和启发。

　　本文拟借鉴英国儿童文学中道德教育的成功经验，考察儿童文学对儿童教育起到的不可替代的作用，为中国儿童文学创作和儿童教育提供有益的经验，使儿童通过文学阅读树立道德行为规范，加强爱国主义意识。对英国儿童文学的研究也可以为中国文化走出去提供借鉴，他们的经验和教训对国内儿童文学的创作和研究都是有益的启示。

（作者单位：江苏师范大学）

参考文献

[1] Bradford, Clare. *Reading Race*：*Aboriginality in Australian Children's Literature.* Melbourne：Melbourne University Press，2001.

[2] Bulwer-Lytton, Edward, "On Art in Fiction", in *Victorian Criticism of the Novel.* Ed. Edwin M. Eigner and George J. Worth. Cambridge：Cambridge University Press. 1985.

[3] DeMause, Lloyd, "The Evolution of Childhood," *The History of Childhood.* New York：The Psychohistory Press, 1974.

[4] Garlitz, Barbara, "The Immortality Ode：Its Cultural Progeny," *Studies in English Literature* 6. 4 (1966)：639 – 649.

[5] Hunt, Peter, *International Companion Encyclopedia of Childrens Literature*, London & New York：Routledge, 2004.

[6] Lampet, Jo, *Children's Fiction About 9/11*：*Ethic, Heroic and National Identities*, New York：Routledge, 2010.

[7] Levy, Michael and Farah Mendlesohn, *Children's Fantasy Literature*：*An Introduction*, Cambridge：Cambridge University Press, 2016.

[8] Moretti, Franco, *The Way of The World*：*The Bildungsroman in European Culture*, Trans. Albert Sbraiga. London & New York：Verso, 2000.

[9] Salaita, S., "Ethnic Identity and Imperative Patriotism," *College Literature* 32. 2 (2005)：146 – 148.

［10］ Zhang, Shengzhen，"The Becoming and Developing of British Children's Liter-
　　　 ature：A Review of From the Industrial Revolution to Children's Literature Revo-
　　　 lution：A Study on Modern British Fairy-tale Novels," Interdisciplinary Studies of
　　　 Literature, 2018, Vol. 2. 166 – 173.

［11］ 艾格勒・贝奇，多米尼亚・朱利亚主编《西方儿童史》（下卷），卞晓平、
　　　 申华明译，商务印书馆，2016。

［12］ 保罗・阿扎尔：《书，儿童和成人》，梅思繁译，湖南少年儿童出版社，2014。

［13］ 黄梅：《推敲"自我"：小说在 18 世纪的英国》，生活・读书・新知三联书
　　　 店，2003。

［14］ 卢梭：《爱弥儿》，李平沤译，商务印书馆，1983。

［15］ 聂珍钊：《文学伦理学批评导论》，北京大学出版社，2014。

［16］ 赵祥麟、王承绪编《杜威教育论著选》，华东师范大学出版社，1981，第
　　　 79 页。

美国文学中的摩门文化与摩门形象

袁先来

摩门教是于 1830 年在美国产生并发展起来的宗教。哈罗德·布鲁姆《美国的宗教》（*The American Religion*，1992）一书中有两个观点值得注意，一是认为摩门教是美国的"本土宗教"（American religion）；二是认为摩门教的迅猛增长及其经济与政治的实力不可小觑，作为美国国家宗教不可或缺的一部分，将在 21 世纪发挥世界性的影响。[2] 这个"本土"而又具有"世界"影响的宗教文化，经历过秘密结社、先知殉难、敌视驱逐、跨平原迁徙、与联邦政府对抗的历史，也经历了美国民众对其从恐惧、焦虑到逐渐减少敌视，进而得到有限"认同"的态度转变。凭其神学信仰、神话般的幻象、真实的迁徙故事以及独特的文化形式，摩门教在美国也产生了相当可观的文学影响，既包括教徒创作的摩门文学，也包括叙述摩门形象的各种通俗、严肃文学，前者属于传达摩门文化习俗与愿景的叙事文学，后者属于传达美国主流大众对待摩门文化的态度的文学。本文力图总结两种平行发展又彼此交互掩映的文学观念发展演变之规律，以及摩门文化与美国主流文化冲突之焦点及成因。

一 拒斥、同化与"合流"：摩门文化与文学之发展

摩门文化在美国的发展经历了三个重要的历史时期：创立、迁徙与定居时期（1830~1890），同化时期（1890~1960）以及当代形象重塑时期（1960 年代至今），摩门教徒所创作的文学在内容、主题与格局上，始终与

摩门文化自身的发展紧密联系。

在创立、迁徙与定居时期，摩门教内部出现了数量可观的质朴作品，通过戏剧性、象征性的方式来记录他们被残酷驱逐并开始锡安之旅的艰难历程。在信仰基础上，虽然《摩门经》是当时最为基督教徒所讥讽和嘲笑的作品，但是其基本框架却是将《旧约》出埃及记叙事模式、17 世纪新英格兰预表论观念以及 19 世纪美国政治秩序之探索予以吊诡整合；而在拓殖行为上，"摩门教徒在经济投机与宗教天命论观念上，与他们的先辈毫无二致"，如今"经过边疆开拓者的酝酿，又为继续向西、如饥似渴的开拓者所推动，西进民众在西部荒野中最初定居与殖民的冒险故事，成为社会历史的史诗，而宗教上天命论正是其合法化的缘由"[7]。摩门教徒被迫从最初的纽约北部一路向西，历经俄亥俄州嘉德兰、密苏里州北部、伊利诺斯纳府，直到犹他州扎根，其间一系列的幻象、谎言、虚构和艰苦跋涉、开疆辟土的历史事实，使得摩门教文学创作的语言、风格、批评观念、内容与 17 世纪的清教徒的创作非常相似。早期的摩门教徒乐于记录他们探索救赎之路时的艰辛、情感和精神体验，例如惠福·伍卓夫（Wilford Woodruff）持续记录了 60 年的日记（*Wilford Woodruff's Journal*，1833 – 1898），力图提供丰富的教会与文化史料；伊莱扎·斯诺（Eliza R. Snow）的迁徙日志（*Trail Diary*）也被视为约瑟·斯密死后记录纳府到艾奥瓦州康瑟尔·布拉夫斯迁徙时期最为重要的资源，尤其是 1847 年冬春之交摩门教妇女的精神历程。较晚出现的自传类作品，属于备忘录和日记内容的扩充，不仅是 19 世纪摩门教徒、也更是早期北美拓殖者所惯用的文学样式，像帕利·P. 普拉特（Parley P. Pratt）的《传记》（*Autobiography*），自 1870 年出版至今，在摩门教徒间始终十分流行。在常规文学样式上，诗歌与赞美诗远比其他文体更容易被群体接受和认同，伊莱扎·斯诺于 1856、1877 年分别出版了 2 卷《诗集》（*Poems*，*Religious*，*Historical*，*and Political*），其中有些圣歌被认为有很高的赞美诗价值。摩门教徒的写作传统，显然是奠定在摩门教群体经验构想的基础之上，所以早期摩门教作家的写作着力于规劝或启发性的寓意，致力于促使教会成员去理解摩门教会的理念和指导。

在同化时期，主要体现为摩门教与美国主流文化之间的归化与和解。1890 年摩门教会被迫通过宣布废除多妻制（Woodruff Manifesto），终结了与美国政府长达数十年的摩擦冲突，那些"目无法纪，淫乱不堪的犹他暴徒"，到了第三代开始逐渐成为极为恭顺的爱国主义者，以其鲜明的家庭价值观念以及性观念保守而著称。归化语境影响到文学上，导致了"家园文学"与"迷惘的一代"潮流的先后兴起。先是一批摩门教期刊刊登了不少短篇小说，试图以寓教于乐的方式教育年轻人，最常见的主题包括皈依的故事，《摩门经》改编的故事，边疆先驱的故事，摩门教徒生活的故事，等等，这一做法为摩门教家园文学的出现做了准备。所谓的"家园文学"，就其内容而言，主要是由教会成员为教导摩门教徒尤其是青年教徒所写的宣传教义的文学。这一文学样式的兴起显然与教会的压力有关，"直白的家园文学故事，是教育锡安的年轻一代去抵御世间诸恶，去领会箴言，去模仿先驱的生活，去端正地生活"。[5]这一时期摩门教文学创作的动力，显然源于1888年奥森·惠特妮的文章《家园文学》（*Home Literature*），该文中有段为摩门教文学批评所熟知的论断："我们也应该有我们自己的弥尔顿和莎士比亚们……为后世留下荣耀无比的精神"[6]，然她仍将文学服膺于一种纯粹的规劝与教化的艺术样式，因为"就像我们其他方面不得不做的一样，必须要服膺于建立锡安之城的目标。"20世纪30年代之后，摩门教文化在社会、经济和政治上的变化，已经允许摩门教文学的创作能尽量避免对摩门教历史和教义予以过分强调，去探索一种能够同时为摩门教内外共同接受的声音。利用过去所遭受的迫害、分离、迁徙——所有被记录在回忆录、自传、赞美诗以及被期刊搜集的口述材料之中的东西，这些作家开始探索理想的摩门教生活与日常摩门教生活的不同。其中最重要的代表人物是维迪斯·费舍尔（Vardis Fisher），其《神之子：美国史诗》（*Children of God：An American Epic*，1939）凭借游走于摩门教与非摩门教之间的暧昧，成为历史上最为畅销的摩门教小说之一。维吉尼亚·瑟恩森（Virginia Sorensen）也创作过描写摩门教早期历史的作品，但她最好的作品背景都设定在20年代初她年少时的桑皮特谷，如代表作《晨与暮》（*The Evening and the Morning*，1949）与故事集《久远的虚无：一个摩门教徒的童年回忆》（*Where Nothing Is Long Ago：Memories of a Mormon Childhood*，1963）。费舍尔、弗吉尼亚·瑟恩森与莫林·惠普尔（Maurine Whipple）等作家的小说主要涉及三个基本层面：以正面态度反映19世纪的多妻制问题，在更大的美国边疆开拓历程叙事中强调犹他先驱的历史价值，以及考察犹他州内外摩门教徒生活的变迁——在 20 世纪上半期尤指代际冲突。

自 20 世纪 60 年代以来，涌现了一批能登入各大畅销图书排行榜、荣获各种文学大奖甚至列入美国文学经典的"新摩门教小说"，持续参与塑造了今日摩门文化的面貌。克林顿·拉森（Clinton F. Larson）被认为是当代摩门教文学之父，传承了 T. S. 艾略特以及 20 世纪三四十年代其他一些现代诗人的诗艺，自 50 年代开始创作一些具有现代主义品格与意味的优秀摩门教诗歌，被评论界认为，"它并没有显示充满宗教的目的，但是……成功地以审美的形式达到宗教的目的"[13]。拉森的另一贡献在于，通过发起第一个学术性文学期刊《BYU 研究》（*BYU Studies*），致力于形成一种"虔信现实主义"（faithful realism）传统。当代摩门教文学内部开始分化为两个对立的阵营，即严肃文学与大众文学。"摩门教小说"（LDS fiction）这一术语用来指流行性类型的小说，满足拥有出版机构的摩门教会限定的编选标准，并在自有书店出售的小说，也包括数量不断减少，但秉持与摩门教相似编辑标准的独立出版商、书店出版的小说。而更为流行的"摩门小说"（Mormon literary fiction），往往被用来指或过于图谱化，或过于暧昧、晦涩，或被认为不符合摩门教众主流观念的关涉摩门教主题的小说，面向寻求文化开放、有探索精神的摩门教读者，有的甚至面向全国性的市场，这些小说很少获得摩门教官方的肯定。在 20 世纪 80 年代中期，一些摩门教作家拓展了自己的写作领域，创作了一些既有全国性影响，又深受摩门教读者喜爱的作品，被称为"新摩门小说"（the New Mormon Fiction）。这些作品对许多议题如女性主义、生态主义提出了不同的理解，如琳达·西利托（Linda Sillitoe）《侧身向阳》（*Sideways to the Sun*，1987）与迈克·菲乐鲁普（Michael Fillerup）《视域与其他故事》（*Visions and Other Stories*，1990）都通过摩门教视角探索了女权主义与多元文化的议题。摩门教文学创作范围与影响的扩大，一个鲜明的标志就是特丽·T. 威廉姆斯的作品《心灵的慰藉：一部非同寻常的地域与家族史》（*Refuge：An Unnatural History of Family and Place*，1991），不仅受到教众的欢迎——获得 1992 年的摩门笔会奖，也颇受全国性的关注。尤为值得注意的是，当代摩门教文学想象的一个核心主题之一，是强调家庭观念和团体纽带，这常常体现在一些摩门教女性作家所创作的知名回忆录中，比如卡罗尔·皮尔森（Carol Lynn Pearson）的《再见，吾爱》（*Goodbye, I Love You*, 1995）讲的是一个女人的感人故事，她的前夫染了艾滋病之后，回到了早先被他遗弃的家庭，在家人的臂弯中静静死去。威廉姆斯的作品《心灵的慰藉》则描写了20世纪80年代候鸟栖息地熊河泛滥，以及作者母亲死于乳腺癌的故事。"守护家庭"不仅是21世纪摩门教徒之间，更是美国人的社区纽带和核心价值观念。

二 "炉边毒蛇"：美国文学中的摩门形象

当摩门教徒自觉地建构自己社群的文学的时候，他们的举动也成了美国民众的热门话题，并进入英美文学的视阈。美国主流文化与文学对摩门教的态度及其成因，会随着摩门教与美国文化自身的发展而变化。在整个19世纪，美国文学对摩门教的排斥主要涉及它的宗教特质，以及其在经济与政治上的反主流运动所造成的威胁，及其所引发的恐惧感。第一个塑造摩门教特征并产生持续性影响的小说，是英国小说家马里亚特（Captain Frederick Marryat）的《紫罗兰先生》（*Monsieur Violet*, 1843）。《紫罗兰先生》用70页的篇幅描述了摩门教起初13年的历史，早期在俄亥俄与密苏里地区的遭遇以及对《摩门经》的概述。作品没有表现出对约瑟·斯密的崇拜，而将其描述为"一个有着意志和活力的大人物"[15]；不过摩门教徒是一伙狂热分子，"他们的宗教信念倾向于摧毁其他教派。因此，我们可能会看到这些宗教狂热分子的聚集行动会震动这个国家的根基，一个西部王国的建立是显而易见的了"[15]。其中所提到的"但以兹社"（Danite Society）在小说中是以暴力威胁非摩门教徒的隐秘组织，处死叛教者，强迫青年女子成为老朽的摩门教长老的妻妾，惩处那些好意协助摩门教妇女脱逃的人们。第二部重要的涉及摩门教的小说是约翰·罗素（John Russell）创作的《女摩门教徒，玛丽·马弗里克的审判》（*The Mormoness, or The Trials of Mary Maverick*, 1853），同情摩门教徒所受的不公正迫害，代表19世纪30年代一些美国自由主义者所持的观念。然而，1852年杨百翰公开宣布实行一夫多妻制后，马上使得对摩门教持自由主义态度的支持者转而成为其最不共戴天的敌人。当时正值美国进行社会革命的时代，随着《汤姆叔叔的小屋》的巨大成功，作为与奴隶制相提并论的"野蛮习俗的标靶"，由女性创作的四部反摩门教、反多妻制的小说跟风面世：阿弗丽达·贝尔（Alfreda Eva Bell）的《波狄西亚，摩门教徒之妻》（*Boadicea：The Mormon Wife*，1855），奥维尔·贝莱尔（Orvilla S. Belisle）《先知们》（*The Prophets*，1855），玛丽亚·沃德（Maria Ward）《摩门教女性的生活》（*Female Life among the Mormons*，1855），以及梅塔·福勒（Metta Victoria Fuller）的《摩门教徒的妻妾》（*Mormon Wives*，1856）。每一部小说都讲述了年轻貌美的女子，如何被那些根本分不清自身肉欲与神的意愿的摩门长老强迫纳为妻妾。自此以后，但以兹形象与多妻制主题成为英美关涉摩门教主题的小说的标准套路。

　　也有一些到访过盐湖城的严肃作家采取讽刺而不是唾弃的态度来探讨摩门教性质问题，但是都不够深入。除了查尔斯·布朗（Charles Farrar Browne）的演讲录《阿蒂莫斯·沃德见闻》（*Artemus Ward：His Panorama*，1869），查尔斯·赫伯·克拉克（Charles Heber Clark）的《汤普森·邓巴的悲剧，一个盐湖城的故事》（*The Tragedy of Thompson Dunbar*，*A Tale of Salt Lake City*，1879）颇有影响之外，19 世纪嘲讽摩门教的最知名作家是马克·吐温，他的半自传体旅行作品《苦行记》（*Roughing It*，1872）中将《摩门经》描述为"铅字印刷出来的氯仿麻醉剂"[20]，字里行间透露出当时美国人的忧虑，即摩门教潜在地加剧了社会的动荡。撰写了引发教徒不满、但具有广泛影响的斯密传记的作者福·布罗蒂也称，"约瑟·斯密在印刷的年代居然创立了一门新的宗教"，但是她意识到了约瑟·斯密的观念中有某种东西是美国国家精神的核心，"约瑟具有一种深广的想象力，一种革命的活力以及一种即兴创作的天赋，……他没能为这种宗教创造出一种真正精神性的内容。他能够把在别处形成的意念引入到一个全新的结构中，并能为新的教规提供仪式化的表征"[3]，进而筹划了一场反抗现实的社会运动。拉尔夫·沃尔多·爱默生于 1871 年访问盐湖城，不屑一顾地将摩门教徒称为"清教余响（an after-clap of Puritanism）"。爱默生几乎与约瑟·斯密同龄，但两者在道德品格、社会阶层、智性修养方面有着明显的差距，如布鲁姆所言，他们最大的区别是身份差别：爱默生成了国家文化的圣人，而约瑟·斯密则是可怕的异端邪教的先知；斯密的愿景和预言显然是如实的意思，而爱默生则是寓意与修辞[2]。然而，爱默生和约瑟·斯密都创造了美国的宗教，"摩门教神学代表了对北美的加尔文主义最极端的否定，甚至在否定了原罪和预定论、宣扬人的自由意志和内在的神圣潜力方面可能比超验主义还要激进"[12]。

摩门教在 19 世纪遭受歧视、驱逐、边缘化，甚至与联邦政府的对抗，其公众形象代表了典型的反美国的价值观。即使到了 19 世纪 90 年代，虽然摩门教开始逐渐同化于主流，但是美国作家们仍然自然而然地以摩门教的过去传统形象、类型化人物以及情节模式来书写现时代的故事，只是对其关注热情一度消退。到了新世纪，摩门教历史再次成为流行小说肥沃而有富有竞争性的元素，1911 年，《时尚》（The Cosmopolitan）杂志一度用"炉边毒蛇"来表明摩门教作为入侵美国文化内部的威胁与紧迫性，这一隐喻包含着对已经成功入侵的摩门教的愤怒，提醒说这种侵犯行为涉及美国内部空间的核心[11]，形象地表明了美国人的疑虑与恐惧。赞恩·格雷（Zane Grey）的《紫鼠尾草原的骑士》（Riders of the Purple Sage，1912）是当时最为畅销的小说之一，也将摩门教题材确立为西部小说的一个重要门类。格雷所塑造的化名为"拉希特"（Lassiter）的抵抗摩门教徒的英雄，成为 20 世纪西部英雄的原型。通过对这些陆续被挖掘出来的文学史料解读，可以大大增加我们对摩门教与美国社会之间漫长而动荡的关系的理解，"民兵、军队、禁令、剥夺都不能成功地压制摩门教的威胁，反倒是流行小说提供了威胁摩门教的新的前沿阵地"[11]，这些反复的陈述，将摩门教徒描绘成暴力而又怪异的人群，并进而强化摩门教的某个令人难以置信的宗教特征，最终将其定型为公众嘲笑和谴责的对象。流行文学虚构形象，仍然代表了 19 世纪以来最为普遍而强大的文化传播力量，有自己的惯例，有自己的立场，也有市场利润的需求，当它的描摹照亮了摩门教冲突背后的疑虑与恐惧、迎合了美国民众的意识形态与心理需求时，事实上掩盖了摩门教在神学与经济、政治方面与美国社会的不和谐与对抗，也掩盖了摩门教作为一场社会运动的重要特质。

至少要到了 20 世纪 30 年代，美国文学视野中的摩门教历史叙述才开始少了些敌视，多了几分钦佩。约翰·菲茨杰拉德（John D. Fitzgerald）的自传体小说《爸爸娶了摩门教徒》（*Papa Married a Mormon*，1955）是 20 世纪 50 年代销量最好的小说之一。讲述了作者爱尔兰裔父亲的故事，他是一个天主教徒，后来去了犹他南部并在那里爱上了一个美丽的摩门教姑娘。菲茨杰拉德笔下的摩门教徒大多作风正派、得体，地方摩门教治安官是一个遵纪守法的英雄，地方上的主教对摩门教内外的民众一视同仁地谋求福祉。故事结束的时候，作者的兄弟决意皈依摩门教，而作者自己却成了天主教徒，没有人为彼此的抉择而困扰。另一部 50 年代畅销小说是艾伦·德鲁里（Alan Drury）的《劝服》（*Advise and Consent*，1959），获得 1960 年普利策小说奖。作为 20 世纪最有影响的政治小说之一，《劝服》讲述了一个激烈的参议院听证会上的故事，来自犹他州颇具影响力的参议员布里格姆·安德森将小说与摩门教联系到一起。安德森虽然是摩门教徒，但一直隐瞒过去的一起同性恋恋情。当露出蛛丝马迹的时候，安德森的政敌便以此相胁，最终导致安德森自杀。他的死亡，反倒为他的参议院盟友击败有争议的竞争对手提名提供了撒手锏。在 20 世纪中期的流行文学中，《爸爸娶了摩门教徒》与《劝服》俘获了摩门教读者的芳心。

到了 20 世纪 60 年代初期，美国文学中的摩门形象开始逐渐改善了其停滞不前的、同质化的形象，而变得更加多元化。具体表现为，一方面是公众形象有所改善。1963 年，总统肯尼迪在盐湖城进行总统访问期间，发表演讲（Remarks of President Kennedy，Mormon Tabernacle，Salt Lake）并提出，摩门教的故事不只是美国故事的衍生物，也许反倒会是美国故事的灵感："在美国所有开疆辟土和定居者的故事中，没有一个比摩门教徒的迁徙更加鼓舞人心。……一个世纪以前的摩门教徒是一个被迫害和驱逐的少数族群……而今天，在短短的一百年的时间里，他们的信仰和观念被世界各地所了解和尊重……正如摩门教徒所成功的那样，如果不放弃或转而后退，美国人也会获得成功。"除了摩门教致力于与美国文化主流和政治保守方面努力保持一致的因素之外，自 20 世纪 60 年代以来美国主流文化变得更加世俗化和分散化，也有利于美国人不再将摩门教过去的信仰和做法作为抨击的合法性起点。随后，以"洁身自好，以家庭为本，生活在落基山脉以西，白肤色的中产阶级"为标志的崭新摩门教徒形象开始出现，这与教会为了重新获得对"摩门教徒"形象的操控所发起的公共关系运动有关，教会为了与时俱进地将自己的新形象向世界传播，就要利用大众文化，将公众重新引入曾经被误解的宗教[14]。另一方面，相当多的美国人仍将摩门教徒视为一个"他者"和一个局外人。虽然他们的信仰已经出现了许多积极的变化，但它仍然与美国主流大部分是隔绝的，这一时期在美国至少 30 多部提到摩门教人物的当代神秘小说，涉及但以兹、多妻制以及以前未曾出现过的"溅血赎罪"（blood atonement），源于当时媒体关注一系列的高调刑事案件再次将摩门教推向美国文化的前台。由此影响产生的一系列颇受瞩目的涉及摩门教的小说，尤其是诺曼·梅勒《刽子手之歌》的出现更是起到推波助澜的作用。

种种矛盾的态度发展到强调文化多元的今天，由主流话语所表达、并受摩门教会所推动的摩门形象，已经多少扭转了曾与主流对抗的形象。21 世纪的流行小说中，一些畅销作家常常使用一些"诚实，整洁，正直的"摩门教徒作为次要人物，他们的宗教归属暗示他们为人正直，道德纯洁，对自己的信仰和家庭具有强烈的奉献精神，尽管对摩门教文化的这种描述忽视了这种特定信仰的细微差别和价值观念，但该形象得到了空前的关注从而赢得了前所未有的正面效应。例如，汤姆·克兰西在《迫切危机》（*Clear and Present Danger*，1989）中描写道："这些教徒诚实而勤奋，非常忠诚于自己的国家，是因为他们信奉美国人意味着什么"[4]。而在严肃文学中，"不尊教义的摩门教徒"（Jack Mormon）作为一种常见的典型矛盾人物形象，也出现在爱德华·阿尔比（Edward Abbey）《故意破坏帮》（*The Monkey Wrench Gang*，1975）、斯特格纳《重演》（*Recapitulation*，1979）以及托尼·库什纳（Tony Kushner）《天使在美国》（*Angels in America*，1993）等作品里。这也反映了美国公众的疑虑态度：一方面他们似乎是传统的，清白的；另一方面又是隐秘的和不可信的。尽管如此，我们也承认当代摩门教在美国文学中的形象流变，也反映了美国文化潮流的更广泛的转变：广泛的价值观已经变得更加多元化，更多地接受对传统的突破，对精心设计的公共角色予以更多的鼓励——摩门教形象也顺势而变。

三 "美国宗教"还是"炉边毒蛇"：摩门叙事冲突的焦点与纠葛

摩门教徒作为少数族裔（Minority）与犹太裔、华裔等明显不同，它是从新英格兰本土产生的特殊"社群"，它与美国主流文化的冲突不是与原有族裔心理格局的冲突，而是从其内部滋生的冲突——所以研究摩门教绝不只是研究这一特定的族群文化，更可将其作为特殊视角来探讨美国文化中的某些特质。我们可以从几个角度来探讨这一议题。首先，为什么布鲁姆眼中的地道"美国宗教"一度成为美国人眼中的"炉边毒蛇"？从其起源来看，摩门教的创立延续了美国宗教最夸张的神话之一，就是试图恢复压根不会存在的原初教会（Primitive Church），通过重返历史源头的方式，强有力的重新审视基督教的意义，额外还要加上一个与众不同的做法，就是强调约瑟·斯密作为合法先知的身份。在恢复原初教会以及基要主义信念的基础上，约瑟·斯密《摩门经》（*The Book of Mormon*, 1830）的宏大叙事有三个层次，一是延续犹太人的传统，尤其是出埃及记的救赎模式，当然也包括臭名昭著的一夫多妻制；二是要弥合美国人与犹太人之关系，《摩门经》涵盖了公元前600年到公元400年的历史，正好勾连圣经前后部分的空间，声称是"神与古代美洲居民之间交往的记录"；三是对清教传统的回应，包括对预表论、天命论、神权政体，经济上奉行什一税甚至财产公有等观念的吸纳。但摩门教自始至终不是一个简单的新兴教派，它最初与美国社会的最激烈的对抗不是宗教的冲突，而是与世俗的工业革命、自由主义市场经济、民主制度的冲突。杰克逊总统时代是竞争激烈的个人主义、市场经济的时代，是民主制度初步建设的时代，但是也是贫富、阶级和教育等各个方面出现社会分化的时代，摩门教会所奉行政治、经济、宗教组织生活一体化的模式，严重威胁了教会组织定居点周边居民的经济与政治地位。宗教组织形式与具体的政治、经济情形混合在一起，反过来导致对宗教本身的摩擦与对抗。以上刺激因素随后又被恶名昭彰的宗教习俗一夫多妻制所加剧，致使其教众历经被仇视、驱逐的厄运。摩门教之所以是美国的本土宗教，是因为摩门教"在美国神学方面占据一席之地，是因为它既确认又挑战了美国文明的核心价值观，从而将自身作为美国文明的传承者和提问者的独特地位"[19]，它所挑战的是不仅是清教传统与当时宗教现实，更是当时工商业社会的市场经济所带来的社会分化困境——种种信仰与具体的经济、政治的作为，共同引发了美国公众的疑虑与担忧。"炉边毒蛇"的意象，表面上是美国文明的孳生物，实际上也是美国文明的针砭时弊者/评论者——通过对美国核心价值观的质疑，摩门教徒和美国人才确定了美国文明将会成为什么。

其次，摩门文化是如何在美国逐渐获得"有限认同"的？19世纪末以来的摩门文化发展富有动态性和复杂性，它的"认同"只能是在归化的文化环境与自身宗教文化的交互中才能获得。马克思在《共产党宣言》中指出，倾向以反对阶级斗争的乌托邦革命方式来摆脱工业革命影响的群体，最终将变成"一些反动的宗派"[16]。以"救赎"为旗号的宗教运动，必然要被重新吸收到社会中，被更大的公民国家所吸收之后变得世俗化。一路被迫迁徙到犹他的摩门教社群，渴望建立一个宗教王国的孤岛，然而好景不长，尤其是在成为联邦的一个州之后更不是世外桃源，摩门教文化必然要归入主流。而更具体的原因在于，一是外部环境的压力与变化，此前摩门教被美国官方的管控与日俱增，而且随着1869年横跨大陆铁路的修建，大量非信徒也因而涌入犹他州这个孤岛，大大削弱摩门教徒在人口中的数量。二是第三、第四代青年人在与东部文化交流基础上，萌发谋求犹他内外文化共通性的愿望有关。年轻一代进入"不识约瑟"的时代——他们不曾像父辈那样熟悉约瑟·斯密，与杨百翰有来往，没有经历过从东部遭受一路向西驱逐的精神考验，也没有尝尽横越大平原迁徙时的艰辛。对年轻人来说，东部的教育和生活习性显然与自身所处洛基山下的狭促格格不入。三是国会针对教会颁布一系列的强制政教分离的政策，以及犹他持续发展的市场经济与民主制度的环境，必然使得摩门教会在政治、经济上要服膺于它谴责过的资本主义体系。在政治、经济上很难有所作为的摩门教不得不反复地审视自己和外部的世界，然后采取行动。

正如前面所述，20世纪30年代之后，摩门教作家开始探索一种能够同时为摩门教内外共同接受的声音，这促使一些年轻作家书写走出犹他的"放逐"，为许多摩门教徒所不齿，但又与美国文学中主流迷惘的一代遥相呼应[10]。自 20 世纪中期开始，出于保持自身独特性的考虑，摩门教文化出现了反同化的倾向，"在某些方面有意地实行紧缩美国化的政策，显然是为了停止（或减缓）美国化对摩门教身份独特性的侵蚀"[15]。有些作家力图以基于历史事实的小说和回忆录来对同化进行竭尽全力的抗争，如莫林·惠普尔的《巨人约书亚》（*The Giant Joshua*，1942），弗吉尼亚·瑟恩森的《比天使小一点》（*A Little Lower than the Angels*，1942）以及安狄斯·肯尼迪（Ardyth Kennedy）的《和平王国》（*The Peaceable Kingdom*，1949）对多妻制的暧昧辩护与遮掩。唐·沃克曾道出协调摩门教文化与文学叙事关系的困境，"教内作家接受教规的条条框框并且不会招惹麻烦：他们坚忍，乐观，不过也有些直白、天真，有时还有些虚伪。教外作家只是将教规、主流传统视为纯粹的历史背景，而且觉得无异于应对自己的处境……两者的描绘都不可信。对作家和读者来说，既不是盲从笃信，也不是戳破谎言，而是人类的理解，人类的价值才是摩门教文学亟须的东西"[18]。事实上，从摩门文化与美国文化关系的协调来看，摩门文学的这一困境恰恰反映了摩门文化具有不断自我调整、修正结构性文化矛盾的特征。当然，仅仅是摩门教自身的努力是不够的，有限的"认同"还与美国当代国家提倡多元文化战略有关。无论是民众、学者还是作家，开始逐渐承认少数族裔的交融与播撒的作用，不再轻易将少数族裔文化定性为美国文化的旁支或附属，而是将其视为有机而不可分的组成部分，在宗教归属感与美国化的双重作用下，在异质与均衡的交融中，摩门教因与主流的"矛盾的关涉"（ambivalent affiliations）而获得"有限的认同"。

最后，为什么摩门教有不断发展的现实潜力和影响？美国在过去的180 年里，不断地开拓西部边疆，完成工业化，吸收众多移民，实现全球化影响，美国文明也在发展过程中不断地适应着这些新的局势以调整自己的核心价值观，也捍卫、挑战和改变了宗教、婚姻等观念——与此同时摩门教从被迫放逐到建立独立王国，再到加入联邦，发展到今天成为兼具地区性与世界性影响力的地位，同样是遵循和不断地适应历史发展的新形态，在接受同化与捍卫自己宗教文化传统之间，为自己在美国文明中获得一席之地而不断努力。在美国建国以后在宪法意义上保证政教分离以后，摩门教团体却像政治学家埃森纳赫所说的那样，他们像"像工会，环保组织或商会这样的其他利益团体一样运作。在社会、文化和政治斗争中寻求认同和优势。……他们在参与社会和政治进程时将自己的信仰、欲望和要求转化为公共利益问题"[9]。今天摩门教不再强调神学的特殊性，而是强调"美国优先"，作为一个中产阶级的教会，信徒同样主张美国主流价值观所强调的勤劳、诚实和可靠，积极地在商业、共和主义、公共责任方面发挥自己的影响。

在过去的180多年里，摩门教徒在自己的国家饱受争议，既有尊重也有抵触，从未消停。与此同时，摩门教的精神面貌总是体现在那些令人感兴趣的文学虚构之中，也使得摩门教始终处于公众视野之中，但大众的看法往往脱胎于不同时期文学叙述的成见。无论如何，也许摩门文学与摩门形象的研究从纯文学价值自身来说，艺术价值有限，但是对认识美国国家宗教叙事、美国主流文化与多元少数族裔之复杂同化关系等重要文化现象有着不可替代的学术价值。毕竟摩门教文化、社会形态、宗教影响力的确立、有限同化于主流进而向世界拓展，可谓是美国国家集体无意识形成的一个典型缩影。

（作者单位：东北师范大学文学院）

注解：

今天的美国学术界已经给了摩门教许多独特的识别特征，如托马斯·奥戴（Thomas O'Dea）称之为"本土少数族裔"，阿尔芒·莫斯（Armand Mauss）称之为"亚文化"，乔尔·科特金（Joel Kotkin）称之为"全球性的族裔"，布鲁姆称之为"本土宗教"等。

材料见肯尼迪总统图书与档案馆，www. jfklibrary. org/Asset - Viewer/Archives/JFK-POF - 047 - 003. aspx。

参考文献

[1] Anderson, Nephi, "Purpose in Fiction," *Improvement Era* 1 (February 1898): 269 - 71.

[2] Bloom, Harold, The American Religion：*The American Religion：The Emergence of*

the Post – Christian Nation. New York: Simon and Schuster, 1992.

[3] Brodie, Fawn, No Man Knows My History : The Life of Joseph Smith the Mormon Prophet, New York: Alfred A. Knopf, 1945; 2d ed. , 1971.

[4] Clancy, Tom, Clear and Present Danger, New York: Putnam, 1989.

[5] Cracroft, Richard, "Seeking 'the Good, the Pure, the Elevating': A Short History of Mormon Fiction, Part 1," Ensign (June 1981): 56 – 62.

[6] Cracroft, Richard A. and Neal E. Lambert, eds. , Believing People: Literature of the Latter-day Saints, Provo: Brigham Young University Press, 1974.

[7] Davis, David Brion. "The New England Origins of Mormonism," The New England Quarterly, Vol. 26, No. 2 (June 1953): 147 – 168.

[8] Doren, Carl Van, The American Novel, 1789 – 1939, New York: Macmillan, 1940.

[9] Eisenach, Eldon J. , "Conclusion: Religion, Politics, and American Identity after September 11: Reflections on Recent Scholarship," in Religion, Politics and American Identity, Ed. David S. Gutterman and Andrew R. Murphy. Lanham, Md. : Lexington Books, 2006, 269 – 291.

[10] England, Eugene, "Mormon Literature: Progress and Prospects," Mormon Americana: A Guide to Sources and Collections in the United States, Ed. David J. Whittaker. Provo, Utah: BYU Studies, 1995.

[11] Givens, Terryl L. , The Viper on the Hearth: Mormons, Myths, and the Construction of Heresy, New York: The Oxford University, 2013.

[12] Hansen, Klaus J. , Mormonism and the American Experience, Chicago: University of Chicago Press, 1981.

[13] Keller, Karl, "A Pilgrimage of Awe, review of Clinton F. Larson's The Lord of Experience," Dialogue: A Journal of Mormon Thought, 3 (Spring 1968): 112.

[14] Lyden, John C. , and Mazur, Eric Michael, eds. , Routledge Companion to Religion and Popular Culture, KY, USA: Taylor and Francis, 2015.

[15] Marryat, Frederick, Narrative of the Travels and Adventures of Monsieur Violet in California, Sonora, and Western Texas, London: J. M. Dent, 1896.

[16] 马克思, 恩格斯:《马克思恩格斯选集》第一卷。人民出版社, 1995 (Marx, Karl and Friedrich Engels, Collected Works of Karl Marx and Friedrich Engels, Vol. 1. Beijing: People's Publishing House, 1995.)。

[17] Massey, Sara R. , ed. , Black Cowboys of Texas. College Station, TX: Texas A

& M University Press, 2000.

[18] Mulder, William, "Mormonism and Literature," *Western Humanities Review*, 9 (1954 – 1955): 85 – 89.

[19] Trepanier, Lee and Lynita K., Newswander, *LDS in the USA: Mormonism and the Making of American Culture*, Waco: Baylor University Press, 2012.

[20] Twain, Mark, *Roughing It*. New York: Harper & Brothers Publishers, 1913.

国家主义与市场机制下的文化大国重建之路

——论当代俄罗斯文化政策的核心理念与总体规划

田刚健

　　文化政策是一个国家执政党及其政府就其文化发展的某些重大问题提出的理念化、制度化和行为化的政治主张，与国家政治、经济、社会和外交政策紧密相关，相辅相成构成治国理念的整体系统，是国家意志与核心价值在文化领域的集中体现。研究一个国家文化战略与政策对于深入了解和把握其意识形态诉求、现代化进程、民族精神建构和文化发展走向等具有重要意义。[①] 普京执政以来，针对 21 世纪初俄罗斯种种精神文化危机，提出"新俄罗斯思想"的文化核心理念，以文化强国为战略目标，制定实施了一系列国家文化建设政策，彰显出文化大国重建和民族复兴的价值诉求和实践路径。本文拟在概览普京时期俄罗斯文化大国重建战略的基础上，通过对《"俄罗斯文化"联邦目标纲要（2001—2005 年）（2006—2011 年）（2012－2018 年）》（федеральной целевой программы "Культура России（2001－2005 годы）（2006－2011 годы）（2012－2018 годы）"）（以下简称《俄罗斯文化》）这一俄罗斯文化强国战略的总体部署和政策范例的剖析解读，透视当今俄罗斯国家文化建设的价值取向、治理思路、规划构架和实践路径，以管窥当代俄罗斯文化政策的特征、趋势及其国家战略地位，为我国文化政策的制定和完善提供有益参考和借鉴。

[①] 参见李忠尚、尹怀邦、方美琪、刘大椿等《软科学大辞典》，辽宁人民出版社，1989，第503 页；胡惠林：《文化政策学》，山西人民出版社，2006，第 3～6 页。

一　文化危机与价值迷失——当代俄罗斯文化政策的制定背景

2000 年普京执政初期所面对的俄罗斯时局，可谓矛盾丛生、百废待兴，这不仅表现在社会转型过程中的政局动荡、经济疲敝和国际地位衰落等方面，更体现为文化软实力衰弱、国家认同感低落、意识形态真空和文化事业发展的迟滞上，失范、无序、混杂和多元等特点导致整个俄罗斯陷入前所未有的精神迷失和文化危机之中，具体表现为以下几点。

（一）国家意识形态呈现真空状态

"随着苏共的垮台，空洞而简单化的正统意识形态说教成为过去，与之相对的简单化的自由主义口号骤然泛起。随之俄罗斯出现了一个各种思潮杂乱纷呈的局面。"① 剧变后的俄罗斯，原来占统治地位的社会主义政治文化迅速走向没落，形形色色的政治思潮如自由主义、社会民主主义、欧亚主义、保守主义等充斥于俄罗斯政治舞台，或兴或衰、或强或弱，在俄罗斯思想领域此起彼伏，但没有任何一种思潮能够成为占主导地位的意识形态。可以说，当时俄罗斯的政治文化处于一种混乱无序的分裂状态，"转型期俄罗斯政治文化一个相当突出的特点是行为失范与管理无序"。② 政治文化的分裂使俄罗斯制度变迁缺乏牢固的精神支撑，使社会发展面临一致性危机的困扰，俄罗斯社会陷入了某种程度的思想混乱和严重危机之中。国家缺乏统一的意识形态，最高权力机构受制于各派力量，在各种思潮冲击下无休止地摇摆，思想上不能统摄人心，政权运作缺乏权威，失去组织能力，社会处于停滞状态。③ 总之，俄罗斯制度变革迅速打碎了民众原有的诸多思想的、价值的、情感的精神寄托，造成了民众普遍的心理紧张、价值失落与认同危机。

---

① 张树华、刘显忠：《当代俄罗斯政治思潮》，新华出版社，2003，第 15 页。
② 〔俄〕尼·雷日科夫：《大动荡的十年》，王攀等译，中央编译出版社，1998。
③ 董晓阳：《走进二十一世纪的俄罗斯》，当代世界出版社，2003，第 334 页。

（二）投资不足造成文化事业全面衰落

可以说，整个 20 世纪 90 年代的俄罗斯文化发展几乎处于停滞状态，政府疲于应付政治经济危机而无暇顾及文化建设，在盖达尔长达 450 页的社会经济改革计划中，几乎找不到与"文化"相关的词语。特别是 1995 年金融危机影响更使整个国家文化事业遭受严重打击。1995 年俄罗斯对于文化部门的预算拨款同比减少了 18%，1996 年拨款额更减少 56%，政府不得不削减对文化组织及文化艺术界活动家的所有税收优惠。据俄罗斯文化部统计，1995~2000 年全俄音乐厅听众减少了大约 60%，博物馆参观者减少了 27%，戏院观众减少了 38%。自 1995 年开始，除了工资、补助的费用，国家几乎停止了对文化领域的其他拨款，文化事业从业人员的工资仅为俄罗斯平均工资水平的 62%，大量图书馆、博物馆和俱乐部工作人员按最低标准发放工资，生活窘迫难以维系；严肃文学和经典文学的刊物数量骤减，相关的出版机构及文化事业单位惨淡经营；因工资待遇不高，文艺工作者艰苦度日。乌兰诺娃的境遇可以作为一个例子。这位曾享誉世界的俄罗斯芭蕾艺术的象征和骄傲，在转型时期只能靠变卖家产来维持生活和支付医疗费用。[①] 同时，由于资金短缺大量珍贵文化遗产得不到修缮和保护，大约 11000 座建筑受到不同程度的毁坏，许多具有代表性的俄罗斯文化珍品文物流失国外。[②]

（三）低俗文化泛滥导致社会道德滑坡

在向市场经济体制转轨和西方文化的双重冲击下，俄罗斯精英文化面临着严重的生存危机，读者和严肃读物数量锐减，"最爱读书的国家"逐渐变得名不副实，而低俗文化则占领大部分市场。高雅、严肃的影视、音乐等艺术作品鲜有人问津，相反各种庸俗、充满暴力、犯罪、凶杀、色情

---

① 参见严功军《当代俄罗斯文化转型探析》，《四川外语学院学报》2005 年第 3 期；安启念、姚颖《苏联解体后俄罗斯的道德混乱与道德真空》，《国外理论动态》2006 年第 12 期等。

② Государственное управление культурным строительством. 1992 – 2010 гг. http://www.mkrf. ru/ministerstvo/museum/detail.php? ID = 274142，2015 – 10 – 13.

的文化垃圾充斥书店、荧屏，社会文化消费和精神追求极度低俗。政治、经济的不稳定使大多数俄罗斯人悲观失望，使他们更容易沉溺于只注重感观性、平面化、模式化、满足低级需要的大众文化消费中去，从而造成他们欣赏心理单一，导致思维惰性和麻木，人文精神失落。大量人才流失国外，对一切与国家有关的事务持虚无主义态度。有的青年学生甚至弃学或离家出走，混迹于社会吸烟、酗酒、吸毒，未成年人的犯罪率大大提高，犯罪年龄趋小乃至女性犯罪者增多，社会调查表明，青年的求知欲望、事业心与社会责任感在削弱，对于"愿为社会多作贡献""为国家分担困难""希望获得文学、艺术、科学等文化财富"这类问题的肯定性回答的比例分别只有 1.8%、1.1% 和 4.6%。① 作为社会中最敏感阶层的青年人的价值观和行为方式的剧烈变化是转型期俄罗斯社会道德危机的重要表征，这与充满恐怖、暴力、色情的劣质文化的教唆诱导密不可分。

（四）文化领域的国际形象一落千丈

叶利钦时期政治格局、社会体制和经济制度的激烈震荡造成了俄罗斯国家意识和民众文化心理的深刻矛盾、困惑和危机。社会广泛存在的滥用职权、官僚主义、权贵垄断、寻租腐败等"国家机会主义"行为、"政府病"现象以及怀疑历史、自我否定和对西方世界的盲目崇拜等突出问题，正中西方冷战思维下诋毁和丑化俄罗斯国家形象的下怀，从而使国家腐败、经济衰弱、精神涣散、道德滑坡等成为西方媒体传播中俄罗斯文化形象的代名词，"俄国正处于其数百年来最困难的历史时期，首次真正面临沦为世界二流国家，甚至三流国家的危险"②，民族文化自信心降至最低，俄罗斯国家形象也随之跌落到谷底。

二 新俄罗斯思想——当代俄罗斯文化政策的基本理念

针对以上种种文化危机和社会病症，普京重拾俄罗斯传统文化精髓并

---

① 海运、李静杰：《叶利钦时代的俄罗斯》（政治卷），人民出版社，2001，第 374 页。

② 〔俄〕普京：《普京文集（2000－2002）》，中国社会科学出版社，2003。

将其与现代化强国战略相结合，提出了当代俄罗斯意识形态和文化价值构建的核心理念——"新俄罗斯思想"（Новая Российская Идея）。"新俄罗斯思想"来源于"俄罗斯思想"（Российская Идея）。"俄罗斯思想"是一个宽泛的文化所指，也是一个整体上并不追求系统化但具有强烈民族色彩的哲学思维的总括。一般说来，"俄罗斯思想"指俄罗斯民族有史以来的全部思想的积淀，是俄罗斯民族精神体验和文化创造的集中。在俄罗斯现代化历程中，以普希金、陀思妥耶夫斯基、恰达耶夫、罗扎诺夫、维切·伊万诺夫、费多托夫、伊利因、索洛维约夫和别尔嘉耶夫等为代表的知识分子出于对俄罗斯民族独特性和俄罗斯问题的关注，分别从世界大国现代化进程、自我意识、基督教遗产等角度切入不断丰富"俄罗斯思想"的内涵要义，最终使其成为俄罗斯民族的独特思维、本质化的精神因素和国家历史道路的特有表达。其核心要旨，既有霍米雅科夫提出的宗教哲学的基础性概念"聚议性"，也有索洛维约夫构想的具有普世情怀的"完整知识"，还有弗洛连斯基关于世界存在秘密的"真理的支柱"学说。[1] 19 世纪 30 年代俄罗斯国民教育大臣乌瓦罗夫将"俄罗斯思想"提炼为东正教、专制制度和国民性三位一体的经典表达为后世广泛认同。[2] 当代对于"俄罗斯思想"具有鲜明的政治个性考察深入和影响较广的学者当属利哈乔夫。这位被普京高度尊崇的苏联科学院和俄罗斯联邦科学院院士于 1999 年的世纪之交出版了《俄罗斯思考》（Раздумья о России）一书，集中阐释了对俄罗斯历史和文化的研究理解，特别阐释了对"俄罗斯思想"独特认识。在《俄罗斯思考》中，利哈乔夫认为俄罗斯思想首先要思考俄罗斯的问题，应该是俄罗斯民族记忆中日常生活化的表达方式，而并不仅仅是如索洛维约夫和别尔嘉耶夫强调的本体论和认识论的哲学命题。具体而言，利哈乔夫用"俄罗斯思考"这一较为平面化和日常生活化的概念来传达对"俄罗斯思想"的理解，他指出"俄罗斯思想"首先是一个民族的文化记忆的表达和集体无意识，"是任何一种存在（物质存在、精神存在、人的存在……）的十分重要的属性之一……借助记忆，过去可以融入现在，而

---

① 郑永旺：《论俄罗斯思想的语言维度》，《求是学刊》2009 年第 3 期，第 38 页。
② 孙成木、刘祖熙、李建：《俄国通史简编（下）》，人民教育出版社，1986，第 29 页。

通过现在，联系过去，仿佛也可以预测未来"①。利哈乔夫的这一理解具有强烈的实用主义倾向，从而将"俄罗斯思想"从白银时代思想家玄想的天空拉回了俄罗斯国家争霸、政治图强、经济振兴甚至平民日常生活的现实大地上。事实上，无论是戈尔巴乔夫所倡导的改革"新思维"（Новое размышление），还是普京的"新俄罗斯思想"实际都是对"俄罗斯思想"的政治性、可操作性和日常样态的改造和运用以便于其直接服务于治国执政。

因此，在21世纪之交苏联解体、社会转型的剧烈动荡中，俄罗斯再次开启由混乱走向秩序、由衰败逐渐恢复的历史轮回之时，普京激活了"俄罗斯思想"的传统概念并吸收利哈乔夫思想赋予了其时代崭新内涵，从而形成了"新俄罗斯思想"。"新俄罗斯思想"是普京在反思西方所谓普世价值和自由主义后，提出的凝聚了"全人类共同的价值观与经过时间考验的俄罗斯传统价值观，尤其是与经过20世纪波澜壮阔100年考验的价值观有机地结合在一起"②的思想合成体。它将"俄罗斯思想"中原有的"东正教、专制制度、国民性"改造为"爱国主义、强国意识、国家作用和社会团结"四大支柱，并赋予其鲜明的现实针对性和政策指向性："爱国主义"针对戈尔巴乔夫以来盛行的民族虚无主义和历史虚无主义，强调恢复自"罗斯受洗"开启的爱国主义光荣传统，重塑民族自豪感、民族自信心，点燃国民为国家复兴、民族富强贡献所有力量乃至生命的强烈渴望；"强国意识"是针对自由主义经济学家极力鼓吹的"融入西方"、全盘西化政策，强调了俄罗斯自古历来的强国传统，在鼓舞国民士气的同时为构建现代化强国战略奠定理论基础；"国家主义"是针对长期以来弱化国家作用的激进自由化、市场化改革的反思，希冀通过强化中央集权和总统力量的方式改进政府涣散无力的现状，以推动经济建设开展、保障社会秩序和国家主权领土完整；"社会团结精神"则针对道德滑坡和个人主义的社会病，通过宗教复兴来重铸民族精神和道德文化大厦。可见，"新俄罗斯思想"

---

① 〔俄〕德·谢·利哈乔夫：《俄罗斯思考》下卷，杨晖等译，军事谊出版社，2002，第121~122页。

② 〔俄〕普京：《普京文集（2000-2002）》，中国社会科学出版社，2003，第8~10页。

显然继承了历代俄罗斯思想精英在文学创作、文艺批评、哲学反思、宗教冥想、历史检视等领域的成果，特别是关于"俄罗斯思想"中应具有的指导全人类行动的普遍价值原则和浓烈的宗教色彩。同时面对国家疲敝和挽救危机的现实政治诉求，普京更加倾向和信赖利哈乔夫关于"俄罗斯思想"日常性方面的理解，在保留其神启式的弥赛亚意识和哲学意蕴的基础上，突出"俄罗斯思想"的实用性和生活性，将其改造为普泛价值与民族特性相结合的具有可操作性的治国理政之纲领。其核心要旨就是通过弘扬俄罗斯历史传统，强化爱国主义思想，唤醒俄罗斯强国意识、民族精神和道德力量，为推动俄罗斯现代化进程、意识形态和文化复兴提供强大的精神动力，其本质是一种国家转型后的市场经济体制下以国家主权为立场、国家权威为本位、国家利益为中心的国家主义文化思想。

普京执政特别是 2012 年总统新任期以来，在历经了十余年的理念锤炼和文化政策实践，"新俄罗斯思想"终于以总统令的形式在 2014 年底正式批准的《俄罗斯国家文化政策基础》（Основы государственной культурной политики）中明确为国家意志，成为今后一个阶段俄罗斯文化建设发展遵循的基本准则。《俄罗斯国家文化政策基础》作为当前俄罗斯国家文化建设的指导性文件，在增强国家认同和文化软实力的战略高度，从公民文化权利、民族文化独特性、国家意识形态建构和文化形象国际传播四个方面重申和强化了以"新俄罗斯思想"为指导的文化发展的基本目标和方针。一是将俄罗斯精神、文化、民族的自我认同作为团结俄罗斯社会和制定国家文化艺术政策的基本目标，在焕发民族文化潜力的基础上培养富有道德感、责任感、创造力的公民个体，增强国民凝聚力和民族自豪感，夯实俄罗斯复兴的文化基础。加快形成覆盖所有俄罗斯公民的高质量、社会性、现代化的国家免费文化服务体系。二是在保护各民族文化独特性的基础上，构建俄罗斯文化统一空间，以文化统一保障和巩固多民族国家政治完整性，促进跨地区间文化协作的发展，弘扬俄罗斯民族文化传统，增强公民的国家认同感。三是持续强化由爱国主义、强国意识、国家作用和社会团结作用，发挥其在国家认同和俄罗斯文化建设上的基础性地位，在精神文化领域构筑强大、统一、独立并遵循自身社会发展模式的俄罗斯。四是珍视俄罗斯文化在世界文化中的宝贵地位和价值，塑造良好的国家形象，确保俄罗斯在当今世界的文化大国地位，与世界各类文明进行对话，引领不同文明之间的交流方式，增强俄罗斯文化的国际美誉度和影响力。[①] 可以说，"新俄罗斯思想"既是普京执政后在意识形态领域的主题思想，更是在俄罗斯重大转折期和创伤期关于传统价值的沉思录和实现文化复兴的启示录，堪称当前俄罗斯文化政策的精魂。

三 《俄罗斯文化》——当代俄罗斯文化大国重建战略的政策典型

为实施文化战略，进入 21 世纪以来俄罗斯政府在"新俄罗斯思想"的统摄下构建形成了以宪法为立法依据，以文化立法基础等法律法规为基础保障，以《俄罗斯文化》等若干纲领性文件为发展规划，以强化国家文化奖励制度和文艺教育为辅助手段的文化政策体系。据俄罗斯文化部法律政策信息库网站（http://pravo. roskultura. ru/）统计，截至 2015 年俄罗斯联邦共出台文化类法律法规及政策文件 8186 部，仅文艺事业活动方面就有基础文艺类政策法规 784 部，其中包括造型艺术类 3 部、电影艺术类 176 部、音乐艺术类 141 部、舞蹈艺术类 9 部、马戏杂技类 132 部、戏剧艺术类 171 部、民间文艺创作类 15 部等。此外，还包括文化遗产类政策法规 2625 部、博物馆类政策法规 1183 部等。这些政策法规在俄罗斯国家体制整体转型的背景下，紧密围绕掌控国家文化领导权，旨在维护俄罗斯文化话语权、保障公民文化活动权利、保护俄罗斯民族文化遗产与民族文化特色、发挥爱国主义与人道主义的文化价值、发展国家文化事业和文化产业、促进文化国际交流推广等国家核心利益，为实现国家文化认同和民族精神重建、推进普京时期俄罗斯文化治理和文化发展提供了制度保障和政策引领，为实施俄罗斯文化强国战略提供了重要支撑。而《俄罗斯文化》正是其中的重要组成和典型代表。

---

① Указ Президента РФ от 24. 12. 2014 N 808 "Об утверждении Основ государственной культурной политики" (24 декабря 2014 г.), http://www. consultant. ru/document/cons_ doc_ LAW_172706/, 2015 – 01 – 02.

《俄罗斯文化》是俄联邦政府在《1993—1995 年国家支持和发展文化纲领》和《发展和维护俄罗斯文化和艺术（1997—1999 年）计划纲要》基础上深化制定而成的俄罗斯国家 21 世纪文化发展的总体性规划纲要，主要针对社会价值观惶惑迷惘、爱国主义和道德至上精神失落、文化事业发展投资严重不足、优秀文学、电影和其他艺术门类创作发行的低迷、文化遗产流失和破坏严重等文化领域存在的一系列问题，采用国家主体立项订购形式，通过招标竞标、财政拨款、社会融资和项目审核验收环节实现国家对文化公共事业和文化产业的政策性投资，主要优先支持和保障体现国家意志的主流文艺创作、文艺教育发展、保护和利用俄罗斯文化遗产，加强文化机构和文化活动等，以此重点解决社会文化领域的突出问题，从而加强全俄统一文化空间基础建设，促进俄罗斯文化保护和发展。[①]《俄罗斯文化》由俄罗斯文化部、通讯与大众传媒部、出版局、档案局、"艾尔米塔什国立博物馆""俄罗联邦电影基金会"等部门联合制订，由文化部总体协调，预算纳入经济发展和贸易部及财政部制订的联邦年度预算草案中。《俄罗斯文化》基本遵循"新公共管理运动"所提出的文化行政规划原则，根据国情对 21 世纪俄罗斯文化发展中的各要素进行权衡、取舍和排列，形成了整体优化的战略部署，对计划的目标制订、具体任务、实施机制和效果评估等分别进行了规划说明。

在目标制订方面，《俄罗斯文化》遵循"新俄罗斯思想"核心意涵提出了"保护俄罗斯文化的独特性，为公民平等获得文化价值创造条件，发展和实现每一个个体的文化和精神潜能；保障历史文化遗产的完整；保护和发展艺术教育系统，支持青年人才；专项支持专业艺术、文学创作；保障艺术创作和创新活动的条件；保证文化交流；在文化领域开发和应用信息技术；支持民族文化艺术创造者，推动其进入世界市场；更新文化和大众传播组织的专业设备；更新俄联邦的无线广播网"的总目标"。[②]

在具体任务方面，《俄罗斯文化》从"文化统一性""文化教育传承"

---

① Федеральная целевая программа "Культура России（2006—2011годы）"，http：//fcpkultura. ru//old. php？ id = 3，2015 – 10 – 12.

② Федеральная целевая программа "Культура России（2012 – 2018 годы）"，http：//archives. ru/sites/default/files/186 – prill. doc，2014 – 08 – 12.

"文化遗产保护和开发""文化现代化""文化信息化""国家形象推广"等方向进行了任务分解和分项投资支持，主要包括七大战略任务。①保护国家文化遗产。包括在集中资源用于具有特殊意义的物质和非物质文化遗产的基础上，针对性解决保障历史文化遗产完整性的问题。保护和修复古代教堂、博物馆、档案馆和图书馆等文化遗产设施；对具有国家意义的博物馆、图书孤本、档案文件和影片拷贝进行保护；对特别珍贵的档案、图书和电影资源进行预防性复制；确保联邦文物保管安全；维护和发展可以保障上述设施完整性以及可以保证公民享受上述设施的永久性基础设施。②促进俄罗斯文化整体统一性。包括在扩大各联邦主体权利的条件下，保护统一的文化信息空间、提升人民享受文化艺术的通达性以及通过文化产品缩减人民文化生活方面的地区差异。③保障民众享受文化信息资源的权利。包括扩大可向公众开放的博物馆数量；扩大戏剧、音乐会、展览的群众参与度；扩大图书馆平均馆藏图书数量和读者数量；提升民族电影业在俄罗斯和世界市场的地位；为生活在不同地区、不同社会群体的公民都能享受到文化和大众传播领域内的国家基础服务创造条件，形成统一的文化空间。④培养和保护文化优秀人才。包括确保创作潜能的连续性、保护和发展世界知名的艺术教育的国家系统以及支持青年人才具有特殊的意义。关注艺术节、竞赛、展览以及儿童和青少年"大师班"等活动举办的数量；促进文化和大众传播领域优秀青年人才脱颖而出，并支持其文化领域内的先锋创作和项目；防止优秀文化艺术人才流失；支持开展竞赛、举办节日及其他文化活动。⑤保障文化信息化建设。包括在广泛应用信息传播技术、装备现代设备和程序软件的基础上，采取措施改变文化领域的结构。鼓励在文化和大众传播领域研制、应用和传播新的信息产品和技术；发展基础设施，巩固其物质技术基础；建立包含历史和文化古迹信息的电子数据库、建立免费的俄罗斯图书馆和国家电子图书馆名录。⑥专项支持专业艺术、文学创作并促进增强其国际竞争力。包括专项支持专业艺术、文学创作，为激活文化交流创造新的机会，提高人民享受艺术和文学生活的可参与度。通过财政支持举办全俄、不同民族和国际化的节日、竞赛和展览；支持拥有新思想和新方法的创作个体，支持文化首演；支持民族文化艺术创造者，推动其进入世界市场；支持俄罗斯国产电影发展；推动俄罗斯文化、艺术和文学产品进入世界市场过程中采取相应保护措施。⑦塑造俄罗斯国际形象。包括加快俄罗斯文化与世界文化融合进程，提高俄罗斯参与世界文化进程参与度，拉近俄罗斯和世界文化的目标和任务的距离，借用国外解决本国文化面临的任务时的可行性经验。支持本国艺术家赴海外巡演和展览，在主要的国际书展和洽谈会上展示当代俄罗斯文学出版物，支持将俄罗斯作家的作品翻译成外文，积极开展宣传俄罗斯专业艺术、文化成就和各民族文化的工作。

在实施机制方面，为确保《俄罗斯文化》稳定推进，俄罗斯文化部成立了专门委员会负责实施计划制订、融资投资、监督执行、效果评估、反馈修正等相关事宜。专门委员会通过制定程序，确保有关纲要实施，各项目标指标、监察结果、执行者参与条件以及确定竞标胜出者的选拔和标准的有关信息的公开性。为保证上述具体任务的有效实施，政府给予了强大的财力支持，《俄罗斯文化》投资总额为 3061.533 亿卢布，其中第三期即 2012～2018 年的具体经费来源包括联邦预算 1865.1357 亿卢布、各联邦主体预算 38.5898 亿卢布、预算外资金 24.9048 亿卢布。经费支出情况为资本投资 1154.9158 亿卢布、科研经费 9.1565 亿卢布、其他需求 764.558 亿卢布。《俄罗斯文化》强调多渠道筹措文化发展资金，提出文化发展进程必须吸引预算外资金，利用现行的市场机制依赖国家个人合作协同的方式予以实质支持。在实施旨在保护和利用文化遗产、扩大区域文化吸引力和提高文化服务的质量的各项目时，所有权力机关、商业、科学和社会组织要有效互动。

为切实增强对于文化政策的执行结果和信息反馈的监管力度，在 2012 年制定的《俄罗斯文化》第三期中特别增加了效果评估环节，形成了详尽的《"俄罗斯文化"（2012－2018 年）联邦目标纲要年度成果验收及分析报告》，充分体现了俄罗斯对文化政策促进国家文化软实力增强等各方面作用的研判和调控力度。这份评估报告围绕"提升国家文化竞争力""促进国家形象建构""实现多民族文化统一""激发国家文化发展活力"和"增进国际文化交流和推广"等核心指标，提出要重点评估纲要实施对于提升俄罗斯公民生活中的社会经济效益、提升民众的生活质量、巩固俄罗斯作为文化大国形象，建立实现国家现代化的良好社会氛围等目标的达成度和契合度。具体评估内容包括：巩固国家统一的文化空间，同时在保障各民族自身独特性的同时对保护国家文化完整性起到促进作用；为创造活动、文化艺术服务和信息的多样性和可通达性创造良好条件；为俄罗斯文化与世界文化进程的融合、发展文化交流的新形式和方向创造良好条件；激活文化经济发展，吸引非国家资源；在自由市场的条件下保障青年艺术家的竞争力，包括在国际市场的竞争力；在国民教育中促进青年学生的美育水平提升。① 此外，评估报告还特别提出了文化政策实施效果"延迟"性特点，指出文化的基本特点在于文化活动的最重要结果体现在延迟性的社会效应上，体现了对于文化自身规律的准确认识。

四 国家主义情怀与市场经济体制下的民族化与现代化——当代俄罗斯文化政策的主要特征

分析可见，以《俄罗斯文化》为代表的文化政策充分体现了普京执政以来维护文化安全、构建统一空间、实现大国复兴的国家意志和战略诉求，彰显出以国家掌控文化领导权、维护俄罗斯文化话语权、保障公民文化活动权利、保护俄罗斯民族文化遗产与民族文化特色的基本政策原则，突出表现了当前俄罗斯文化政策的以下主要特征。

（一）坚定国家利益至上的战略定位

2000 年普京入主克里姆林宫，对叶利钦时代政策进行大幅调整，将国家从对西方自由主义的追逐崇拜拉回到俄罗斯国情实际，开始理性务实地探索适合自身的体制模式，并通过加强国家权力体系重组、建立国家主导的国家与社会关系和政府主导的政治与经济关系，构建对内实行"可控民主"、对外实行"主权民主"的国家主义路径，俄罗斯初步摆脱依附型国家形态而走向自主型国家形态。正是在这一背景下，俄罗斯文化强国战略被提升到维持国家主权完整的高度加以强调。诚如普京在全俄语文协会代

---

① АНАЛИТИЧЕСКАЯ СПРАВКА—Федеральная целевая программа 《 Культура России (2012 – 2018 годы)》. http://fcpkultura. ru/, 2015 – 08 – 12.

表大会上所言："保护我们（俄罗斯）的语言、文学和文化是国家安全问题，是全球化条件下保持自我身份的核心。"①重建国家意识形态、凝聚民族精神、繁荣文化事业和文化产业、增强国家认同和文化软实力成为维护国家核心利益的基本举措，凝固形成了以国家主权为立场、国家权威为本位、国家利益为中心的国家主义文化治理模式。《俄罗斯文化》在制定过程中充分体现了这一核心意涵，突出了文化安全、文化传承、文化发展和文化推广四个重要战略目标，将保持文化统一性作为国家安全重要保障，将增强文化实力和竞争力作为推动国家富强的重要动力，将爱国主义以及民族精神、人道主义作为凝聚国家认同感和向心力的重要资源，将推动文化事业全面繁荣、文化产业快速发展，提高文化产业规模化、集约化、专业化水平作为实现构建和发展现代文化产业体系的重要向度，从而形成了关于俄罗斯文化复兴强国梦的整体构想和基本布局。

（二）保持民族文化独特性的基本态度

保持俄罗斯民族文化特色不仅是维护俄文化安全的基本保障，更是促进其文化生命力更新的不竭源泉。普京执政初期，面对民族虚无主义和全盘西化对国家文化的威胁，俄罗斯政府坚定民族文化本位主义，将作为精神、道德、伦理等价值总和的俄罗斯文化明确界定为俄罗斯民族特性的来源基础和俄罗斯国家及历史继承性的关键象征，提出"在保护各民族的文化和民族独特性的基础上，保障俄罗斯作为多民族国家的统一性"的基本文化发展原则。②在此基础上，俄罗斯联邦委员会先后通过了《俄罗斯联邦民族文化自治法》《俄罗斯联邦文化遗产（历史文化古迹）法》《2015年前俄罗斯联邦文化和大众传媒重点政策实施行动计划纲要》《保护与发展俄罗斯联邦民族非物质文化遗产纲要（2009 - 2015 年）》等多部法律法规和政策文件，旨在全面构建俄罗斯文化统一格局，保护和发展民族文化

---

① Meeting of the Russian Literature and Language Society . http://en. kremlin. ru/catalog/keywords/ 81/events/52007，2016 - 06 - 06.

② Указ Президента РФ от 24. 12. 2014 N 808 " Об утверждении Основ государственной культурной политики" （24 декабря 2014 г.），http://www. consultant. ru/document/cons_ doc_LAW_172706/，2015 - 01 - 02.

遗产，保持俄罗斯各地区文化生活的丰富性，有效促进全俄跨区域间文化协作，弘扬历史和艺术文化传统，以实现在多民族的俄罗斯形成以共同语言、文学艺术和历史传统为基础的国家文化共存感和认同感。作为国家文化战略规划的具体设计，《俄罗斯文化》围绕保护民族物质和非物质文化遗产、扶持文艺教育、文艺创作和文艺研究等问题，着力保护民族文脉、普及艺术知识、培养文艺人才，通过组织包括国家历史年、文化年、文学年等活动，恢复历史传统节日及庆典活动，建立海外俄语中心等文化推广机构、承办各类大型国际型文艺和体育活动等设计了诸多具体举措，有效保持了俄罗斯文化的独特性，促进了"俄罗斯人"的身份认同。

（三）推进人的现代化的持久信念

推进现代化进程特别是文化现代化进程是普京执政后实现大国复兴的基本诉求，其中承继着自彼得大帝以来历代俄罗斯统治者实现由传统社会向现代社会转变，进而实现融入欧洲，成为强国的共同愿景。值得注意的是，与西欧现代化进程一般由内部自下而上自发的渐变过程不同，俄罗斯的现代化进程一般是国家政权强力推动的结果，国家及其领导人起着决定性的作用，主要采用顶层设计、政府主导、分工包干、层层推进的自上而下的基本方式。在这发展历程中，实现人的现代化或曰文化之现代化是其中的核心。正如普京所言："如果没有文化，就不会理解何谓主权，不会理解为什么而奋斗。……国家文化政策应覆盖生活所有方面，应有助于保护传统价值观，巩固与国家的精神纽带，增加人们之间互信、责任感和公民对国家发展的参与。"[①] 因此，形成无社会地位差别、无民族属性差别、无宗教信仰差别、无居住地域差别，覆盖所有俄罗斯公民的高质量的、社会性、免费化的国家现代文化服务体系，促进俄罗斯人的现代化和文化事业发展的现代化成为当代俄罗斯文化政策的重要目标之一，在连续三期的《俄罗斯文化》中突出表现为"保护俄罗斯文化的独特性，保障每一个公民的文化和精神潜能得到发挥"和"实现既保留俄罗斯传统又符合当代需

---

① 《普京称俄罗斯开始筹备〈国家文化政策原理〉》. http://rusnews. cn/eguoxinwen/eluosi_wenhua/20140203/43972659. html/，2014 年 2 月 8 日。

求的艺术教育系统和文化艺术人才培养系统的现代化"的基本目标的确立及相关系列政策的制定实施。①

（四）遵循市场化原则的运行方式

由于国家体制的根本转型，俄罗斯政府无法如苏联时期那样通过苏共宣传部门以刚性灌输方式施加对文化发展的影响，而只能在市场经济条件下，运用法律、经济和行政等柔性手段，通过设立文化建设项目招标采购、官方资助学术机构和民间文化团体、建立政府背景的文化企业等方式来实现国家文化战略意图。因此，《俄罗斯文化》的主要运行方式就是采取政府公开招标的方式，将各具体任务交给有资质的社会服务机构来完成，最后根据择定者或者中标者所提供的公共服务的数量和质量来向它们支付相应的服务费用，其实质是一种市场行为下的国家订购行为。普京执政以来，俄罗斯从经济发展的实际出发，逐步构建了政府主导、国企支撑、自由竞争三位一体的市场经济体制，形成了以政府为主导、以法制为基础、以国企为支撑、以自由平等竞争为基本原则的具有普京特色的市场经济发展道路。② 这种市场经济和民主原则与俄罗斯的现实有机地结合的"第三条道路"或曰"普京的新资本主义道路"策略在文化事业和文化产业的管理中得到了充分运用。这既是国家治理方式由苏联时期的国家全能计划向市场运行调节转变的必然要求，也是普京总结斯大林时期指令性计划体制和叶利钦时期激进主义的经济方针后做出的审慎战略选择。因而，培育健康有序的文化市场，建立和维护文化经济的正常运行秩序，使市场竞争机制充分发挥作用也是普京时期国家文化战略实施和文化管理运行的重要保障之一。

结 语

中俄同为具有国际影响的文化大国，中国梦与俄罗斯强国梦高度契

---

① Федеральная целевая программа "Культура России（2012 – 2018 годы）". http://ar-chives. ru/sites/default/files/186 – prill. doc，2014 – 08 – 12.

② 赵传军：《普京经济学》，《求是学刊》2014 年第 1 期，第 4 页。

合，当前两国都将增强软实力和文化竞争力作为实现大国复兴的重要目标和途径。虽然当前俄罗斯整体国家文化政策仍存在社会思潮多元混杂难以统一、国家融资投入困难资金有限、配套政策实施细则缺乏、后续评估监管力度不足等问题，但考察已经制定运行十余年的《俄罗斯文化》至少有以下两点可资借鉴。

一是坚定民族本位立场，增强文化自信、维护国家核心利益。文化是决定民族历史和现实生存状态的基因，"新俄罗斯思想"中强调全人类共同的价值观与俄罗斯传统价值观有机地结合在一起，其中传统的价值观就是根植于俄罗斯传统中的文化精华，是强国意识、爱国精神、宗教情怀等俄罗斯民族精神的核心要素。历史证明，任何移植的西方文化模式都会因水土不服而夭折失败，只有在文化战略中坚持中华民族文化本位，才能在民族延续的血脉滋养下生长延续并不断更新发展，焕发出恒久的生命力。因此，我们在制定和实施文化强国战略中要坚定中国精神是社会主义文艺灵魂的科学论断，积极挖掘富含社会主义核心价值和爱国主义精神的历史资源、文化资源和思想资源，把握时代主题、弘扬中国精神、凝聚中国力量，彰显文化自信。二是要充分发挥国家主导作用，加快文化立法进程，保证文化市场健康运行。俄罗斯是一个高度注重文化立法、文化规划及文化政策建设的国家。普京时期俄罗斯新颁布的文艺和文化相关法律、法规、总统令等具有法律效力的政策文件 8000 余部，构建起完整的文化法律法规政策体系，有效保障了国家主导下的文化市场良性运行。反观我国，截至 2013 年 8 月立法总数约 38000 件，其中有关文化的法律、法规、规章和规范性文件数量仅 1042 件，占全部立法的 2.7%。其中现行的文化领域法律约占全部现行法的比例为 1.68%，与之对应，经济领域法律、政治领域法律、社会领域法律和生态环境领域法律分别占全部现行法的比例为 31.5%、52.1%、7.56% 和 7.56%。文化立法工作的严重滞后必将阻碍中国经济、政治、文化、社会、生态一体化建设工作的协同推进。[①] 因此，我国应加快文化立法进程，尽快形成健全的文化法制体系，改革创造良好的法制环境；特别要建立基于国情的文化政策规划的国家顶层设计，分阶

---

① 范周：《文化立法刻不容缓》，《光明日报》2014 年 5 月 12 日。

段、分步骤依法推进文化建设规划落实，同时处理好政府主导与市场调节、社会力量参与间的关系，尊重文化市场自身规律，确保我国文化战略实施的现实针对性、操作性及持续性。

（作者单位：黑龙江大学文学院）

外国文论研究

论朗松对比较文学影响研究的奠基性贡献

——以《文学史方法》为中心

李伟昉

引　言

谈到比较文学影响研究，我们自然会想到流传学（即誉舆学）、渊源学（即源流学）、媒介学等基本研究范式，这些基本研究范式已被学界广泛使用，其影响也远远超出比较文学研究领域。而对这些基本研究范式较早做出集中而清晰界说与总结的学者，正是法国著名比较文学专家梵·第根。他在1931出版的代表性学术专著《比较文学论》中，分别列专章从放送者、接受者、传递者的层面，详尽地探讨了流传学、渊源学和媒介学的基本特征及其内容。

梵·第根首先对放送者、接受者、传递者做出界定："在一切场合之中，我们可以第一去考察那穿过文学疆界的经过路线底起点：作家，著作，思想。这便是人们所谓'放送者'。其次是到达点：某一作家，某一作品或某一页，某一思想或某一情感。这便是人们所谓'接受者'。可是那经过路线往往是由一个媒介者沟通的个人或集团，原文的翻译或模仿。这便是人们所谓'传递者'。一个国家的接受者在另一个说起来往往担当着'传递者'的任务。"① "我们应该把'放送者''接受者'或甚至'传

---

① 梵·第根：《比较文学论》，戴望舒译，上海商务印书馆，1937，第64~65页。

递者'的这些因子隔绝,以便个别地去探讨它们,并确切而有范围地证明那些影响或假借。"① 继而,梵·第根清楚地强调了这三种研究范式各自所关注的重点和指向:"如果他是置身在放送者的观点上,他可以研究一件作品、一位作家、一种文体、一种国别文学在外国的'成功'、它们在那儿所生的'影响',以及在那儿以它们为模范的各种模仿(在这些种种不同的表现之间,本位是在放送者那里的);如果他是置身在接受者的观点上的,那么他便要去探讨一位作家或一件作品的可以任意变化的'源流',而这时本位便在接受者那里了。最后,他会碰到那些促进影响之转移的'媒介者';那时每个主题的本位便在传递者那里了。"② 由此他认为:"一位作家在外国的影响之研究,是和他的评价和他的'际遇'之研究,有着那么密切的关系,竟至这两者往往是不可能分开的。我们可以把这一类的研究称为'誉舆学'。"③ 关于渊源学,他说:"思想、主题和艺术形式之从一国文学到另一国文学的过渡,是照着种种形态而通过去的。这一次,我们已不复置身于出发点上,却置身于到达点上了。这时所提出的问题便是如此:探讨某一作者的这个思想、这个主题、这个作风、这个艺术形式是从哪里来的?这是'源流'的探讨,它主要是在于从接受者出发去找寻放送者。我们给这种研究定名为'源流学'。"④

而"在两国文学交换之形态间,我们应该让一个地位——而且是一个重要的地位——给促进一种外国文学所有的著作、思想和形式在一个国家中的传播,以及它们之被一国文学的采纳的那些'媒介者'。我们可以称这类研究为'中介学'。"⑤ 梵·第根的界定与论析明晰详尽,富有权威性,因此,他被公认为比较文学法国学派的集大成者和泰斗级人物。

众所周知,任何学说的产生、学派的创立都有一个渐进的发展过程,这个过程充满了不断吸纳、不断壮大、不断成长、不断整合的阶段,其间若干先驱者们宝贵闪光的思想被有选择地继承、沉淀下来,成为一个学说

---

① 梵·第根:《比较文学论》,戴望舒译,上海商务印书馆,1937,第 66 页。
② 梵·第根:《比较文学论》,戴望舒译,上海商务印书馆,1937,第 75 页
③ 梵·第根:《比较文学论》,戴望舒译,上海商务印书馆,1937,第 136 页。
④ 梵·第根:《比较文学论》,戴望舒译,上海商务印书馆,1937,第 170 页。
⑤ 梵·第根:《比较文学论》,戴望舒译,上海商务印书馆,1937,第 182 页。

或者一个学派的重要基因。梵·第根作为比较文学法国学派的集大成者，他的理论中就融合、渗透着其他先驱者的思想因子。居斯塔夫·朗松（1857~1934）正是其中一位无法绕开的重要先驱者。朗松是 19 世纪末、20 世纪初法国著名文学史专家，代表性著作有三卷本《法国文学史》（1894）等。他被巴登斯贝格、梵·第根、基亚等比较文学专家尊为比较文学法国学派著名的先驱性人物，他对于法国学派影响研究做出了奠基性的学术贡献。这里我们主要以他的代表性论文《文学史方法》（1910）为中心，从影响研究基本范式、实证与审美、影响与创新等三个层面来探讨其学术贡献。

一 朗松对影响研究基本范式的学术构想

在《文学史方法》这篇长文中，朗松认为，要认识一部作品，首先是要知道它在什么地方，并通过文献目录学的修正和补充，明白我们应该研究哪些作品；其次就是要就作品本身"提出一系列问题"，"要使我们的印象和思想通过一系列不同的操作，把这些印象和思想加以改造，予以明确"①。如果我们把他提供的九点思路归拢一下，就会发现，他已经对比较文学影响研究的基本框架和基本方法做出了建设性的学术勾画，隐含了后来被梵·第根总结出来的流传学、渊源学、媒介学研究的基本因素。

在朗松的研究设计中，流传学方法的雏形已经显露。朗松指出："作品取得了怎样的成就？产生了什么样的影响？影响与成就并不总是吻合一致的。决定其文学影响的研究恰恰与对其源流的研究反其道而行之，但方法则是一样的。对其社会影响的研究更为重要，也更难以弄清。记载版次和印刷次数的目录学可以显示书的流通情况。"② 我们可以看到作品"在流通过程触及了怎样的人，至少是哪些阶级、哪些地区的人。最后，报刊上的书评、私人间的通信、个人日记。有时还有读者所做的眉批、议会中的

①　朗松：《文学史方法》，《朗松文论选》，徐继曾译，百花文艺出版社，2009，第 18 页。
②　朗松：《文学史方法》，《朗松文论选》，徐继曾译，百花文艺出版社，2009，第 19~20 页。

辩论，报刊上的论战，甚至司法案件，都会提供一些信息，使我们知道读者是怎样阅读此书，它在他们思想上又留下什么痕迹"①。在这里，梵·第根所说的专门针对作品取得的成就和对社会的影响而进行的研究，实际上就是流传学方法研究。他从四个方面提出了研究作品成就及其社会影响的基本思路。第一，从版次、印刷次数看作品受欢迎的程度；第二，考察作品在哪些人群和地域中广被传播接受；第三，从书评、私人信件、日记等环节入手，从中探寻作品给人们的思想留下的影响痕迹。这些都是流传学研究中应该回答的基本问题。第四，他认为对"文学影响的研究"，与对"源流的研究"路径正好相反，但使用的都是实证方法。值得注意的是，朗松意识到，探讨文学作品对社会的影响是一个非常重要且有难度的课题，需要在"更难以弄清"处寻找可循的痕迹。这暗示了实证的重要性。

在谈及"文学影响的研究"时，朗松看到了"影响与成就并不总是吻合一致"②的情况。这一点很重要。因为文学史上经常出现这样的情况，在特定历史语境下，广泛流行并产生社会影响的作品不一定是成就最大的作品，恰恰是一些二三流作品。这些作品虽非经典，但是它们在某些方面对经典的诞生起过积极的作用，并有所贡献，这正是值得比较文学研究的重要课题。朗松看到了这个常常被忽视却有自身独特价值的领域，所以他从比较文学角度为挖掘这类作品在文学史上起到过的"烘托""铺垫"和"过渡"作用，提供了一个重要的价值定位与学理依据。朗松指出："杰作是在别的一些文学作品之后出现的，这些作品也应该予以考虑"③，应该给这些"较次的、被遗忘了的作品以尽可能多的篇幅"，因为"正是这些作品烘托出那些杰作，为它们做了铺垫、显示其出现的理由，并阐明这些杰作的来源与价值，从而表明从一部杰作到下一部杰作之间的过渡"④。对此，稍后的梵·第根也作了相似的表述，与朗松遥相呼应。基于有些作家在外国产生影响的作品"往往又不是那最重要的几部"⑤的实际情况，梵

---

① 朗松：《文学史方法》，《朗松文论选》，徐继曾译，百花文艺出版社，2009，第20页。
② 朗松：《文学史方法》，《朗松文论选》，徐继曾译，百花文艺出版社，2009，第19页。
③ 朗松：《文学史方法》，《朗松文论选》，徐继曾译，百花文艺出版社，2009，第27页。
④ 朗松：《文学史方法》，《朗松文论选》，徐继曾译，百花文艺出版社，2009，第20页。
⑤ 朗松：《文学史方法》，《朗松文论选》，徐继曾译，百花文艺出版社，2009，第72页。

·第根认为比较文学研究的一个重要特点，"便是让一个大地位给本国文学史所只稍稍提到或竟不提的第二流或第三流的作家，因为他们在作为'放送者'或'传递者'说来，却也演着一个重要的角色"①。朗松所言"较次的、被遗忘了的作品"的"过渡"作用，正是梵·第根所谓的"放送者""传递者"角色的作用。这足以说明，有时候"比较文学家的价值表，是和各本国文学史家的价值表绝对不相同的"②。

在谈论作家创作来源问题时，朗松也触及渊源学的核心内容。第一，他认为渊源学研究的重心与流传学正好相反，它关注的中心是接受者而不是放送者。第二，提醒研究者把握作为接受者的作家的创作心态，注意传记材料，与传记研究结合起来。例如"作品是怎样写成的？作者是在怎样的情况之下，又是以怎样的心情面对这样的境况？这就要请教传记了。"③第三，注意作家创作来源的探究："作品是利用什么材料写的？这就要探索它的来源：对这来源两字应作广义的理解，不要只去寻找明显的模仿和赤裸裸的抄袭之处，而应去寻找口头或书面传统的一切印记，一切痕迹。在这一方面，应该把可感知的一切暗示和色彩都推至极度。"④ 朗松指出，对于作家创作来源的探索，不能仅仅停留在那些明显的模仿痕迹的层面，还要追溯那些"口头"的，特别是"书面传统的一切印记，一切痕迹"⑤。这里涉及比较文学影响研究中非常重要的"口传的渊源"和"文字的渊源"。第四，告诫来源研究需要避免的问题："我们可能会不恰当地把所有观察到的事实的应用范围加以扩大。我们注意到了一个类似关系，就把这种类似关系说成是从属关系。'X 相似于 Y'就变成了'X 抄袭或模仿 Y'。有时我们注意到了一个从属关系，就说这种从属关系是直接的或瞬即的：'X 从 Y 中得到启发'；然而我们忘了曾经有过或者可能会有一个 Y 是从 Y 中得到启发，而 X 则是仅仅从 Y 中得到启发的。"⑥ 关于警惕类似不等于

---

① 朗松：《文学史方法》，《朗松文论选》，徐继曾译，百花文艺出版社，2009，第73页。
② 朗松：《文学史方法》，《朗松文论选》，徐继曾译，百花文艺出版社，2009，第73页。
③ 朗松：《文学史方法》，《朗松文论选》，徐继曾译，百花文艺出版社，2009，第19页。
④ 朗松：《文学史方法》，《朗松文论选》，徐继曾译，百花文艺出版社，2009，第19页。
⑤ 朗松：《文学史方法》，《朗松文论选》，徐继曾译，百花文艺出版社，2009，第19页。
⑥ 朗松：《文学史方法》，《朗松文论选》，徐继曾译，百花文艺出版社，2009，第23页。

影响的问题，梵·第根也有相似的看法。他说，当对作品进行比较的时候，"因为它们的类似使人推测到有影响关系在着。为要作这种对比，那么这些类似必须在形式上很确实，或在表现的思想上很贴切，而决非偶合。……有些很显著的类似，一眼看去好像是从一种影响而来，可是一加以更深切的检讨，我们就看出绝对不然了"①。显然，两人都反对把类似视为影响的结果。

朗松在针对文本问题发表看法时，还部分地涉及媒介学的一些核心元素。例如，他提出相关研究中必须考虑："文本是否真实？如不真实，是错误地归之于某一作者？还是完全伪造？""文本是否纯正而完全，有无篡改与删节？"② 这里虽然没有提及译文，但是所涉问题的性质显然与译文有关联，因为译文与原著相比，常常会与"纯正""完全"有差别，甚至因种种原因存在"篡改与删节"的现象。对这些出入和差异进行探讨，显然是媒介学的范畴。朗松还提醒注意文本版次之间的差别及其所体现的"审美趣味""艺术原则""思想方法"等问题："自初版至作者所定最后一版之间有何修改？各种异文中体现了在思想和审美趣味方面的哪些演变？"③ 这其中隐含了互文研究的方法特征。朗松进一步指出，这种研究不仅要确定"文本字面上的意义"，即"通过弄清隐晦的关系，历史的或人物传记方面的影射来确定词句的意义"，而且要确定"文本文学上的意义，即确定其在知识、感情及艺术各方面的价值"，"可以在一个强调成分、弦外之音、表达方式中看出作者深刻严密的意图，它们时常修正、充实文本表面的意义，甚至与之适得其反"④。

从上面的梳理不难看到，朗松的相关论述虽然较之梵·第根还显得不系统、不全面，但却初步勾画了流传学、源流学、媒介学研究的大致范围、研究内容、研究途径等基本要素，是法国比较文学理论渐趋成熟并自成一体的重要依据之一，对影响研究学派的创立，特别是对梵·第根的

① 朗松：《文学史方法》，《朗松文论选》，徐继曾译，百花文艺出版社，2009，第161页。
② 朗松：《文学史方法》，《朗松文论选》，徐继曾译，百花文艺出版社，2009，第18页。
③ 朗松：《文学史方法》，《朗松文论选》，徐继曾译，百花文艺出版社，2009，第18页。
④ 朗松：《文学史方法》，《朗松文论选》，徐继曾译，百花文艺出版社，2009，第18～19页。

《比较文学论》富有建设性的启发与贡献。可惜的是，以往我们国内学界在介绍法国学派理论的形成历史时，很少提到朗松的名字，更少提到他在这方面的具体贡献。这是有缺憾的不完整的叙述。

二 朗松文学史方法中的"实证"与"审美"

法国学者在比较文学研究方面，多主张采用科学严谨的历史批评方法。这种科学严谨的历史批评方法，具体体现在研究实践上，其显著特征就是实证性。朗松主张以历史方法研究文学史，历史地考察和处理文学作品的来源和影响问题，无疑具有明显的实证特征。不过，他认为："构成我们的'特殊事实'的那些作品所具有的感情色彩和美学意义，决定了我们在研究它们时不能不动感情，不能不运用想象，不能不诉诸鉴赏趣味。"① 他强调文学研究中的历史方法，但又意识到文学研究不同于历史研究；重视"特殊事实"，又不忽略"感情色彩""美学意义"与"鉴赏趣味"。他说："人们希望文学史能像自然科学那样基础坚实，将鉴赏趣味的各种印象和专断判断中的先验的东西排除出去。但是，经验否定了这样的意图。"② 我们必须清醒地认识到，"历史学家面对一份资料，努力估量资料中有多少个人成分，以便将之排除"，而"作品的感情力量或美学力量却正系于这些个人成分"，这些属于个人成分的"感觉、激情、趣味、美"等，"我们要把它们保留下来"③。"如果说文学作品之所以有异于历史资料，是由于它能在我们心中激起美学的或感情的反映的话，那么，它在性质中蕴含这种特点，在方法上如不加以考虑，那就既奇怪又矛盾了。"④ 因此，他下结论道："完全消除主观成分既不应该，也不可能，而印象主义就是我们工作的基础。如果我们不考虑我们自己的反应，那就只能记下别人的反应。这些反应对我们来说是客观的，但就我们所要认识的作品来

① 朗松：《文学史方法》，《朗松文论选》，徐继曾译，百花文艺出版社，2009，第6页。
② 朗松：《文学史方法》，《朗松文论选》，徐继曾译，百花文艺出版社，2009，第13页。
③ 朗松：《文学史方法》，《朗松文论选》，徐继曾译，百花文艺出版社，2009，第6页。
④ 朗松：《文学史方法》，《朗松文论选》，徐继曾译，百花文艺出版社，2009，第9页。

说，则是主观的反应。"①

需要指出的是，朗松对"鉴赏趣味"（也即"审美感"）并非泛泛而论，而是对其内涵与作用有相当独到精辟的论析。他说："我们所谓的鉴赏趣味是情感、习惯和偏见的混合物，我们的精神品质的一切成分都为它提供一些东西。这个鉴赏趣味把我们的习惯风尚，把我们的信仰，把我们的激情都通通地带入了文学印象之中。历史可以把我们的审美感从我们身上分离开来，或者至少使我们的审美感接受我们心中的历史概念的约束。鉴赏趣味的作用在于掌握将某一作品与一种特定的理想、一种特殊的技巧相联系的各种关系，在于掌握将每一种理想或每一种技巧与作家的精神或与社会的生活相联系的各种关系。"② 基于"鉴赏趣味"的重要性，朗松建议"在文学中跟在艺术中一样，我们应该有两套鉴赏趣味，一套是个人的趣味，由它来挑选我们的乐趣，选择我们身边的图书和画册；另一套是历史的趣味，用它来进行我们的研究，这个趣味可以区别各种风格的艺术，它按照风格完美的程度感知每一部作品的艺术"③。在这里，朗松对"鉴赏趣味"的肯定态度溢于言表，并无排斥之意。

不过，朗松确实又敏锐地感到，影响研究"既不能够消除我们个人的反应，而保留这样的反应又可能有某种危险"④。他认为既要"用上主观的情感与趣味"，"又应该对主观的东西加以提防和控制，免得借口描绘蒙田或维尼，结果成了描绘我们自己。一部文学作品首先应该还原到它诞生的时代，通过它与作者及这时代的关系来予以认识。文学史必须历史地予以处理，这是显而易见的道理"⑤。我们不厌其详地引用朗松的这些相关话语，就是想同时呈现他清醒、理性状态下存在于深层次意识中的一种矛盾、纠结心态。实际上，这种矛盾、纠结心态，不仅缠绕着朗松，而且缠绕着后来的梵·第根、基亚等法国比较文学学者。

---

① 朗松：《文学史方法》，《朗松文论选》，徐继曾译，百花文艺出版社，2009，第10页。
② 朗松：《文学史方法》，《朗松文论选》，徐继曾译，百花文艺出版社，2009，第12～13页。
③ 朗松：《文学史方法》，《朗松文论选》，徐继曾译，百花文艺出版社，2009，第13页。
④ 朗松：《文学史方法》，《朗松文论选》，徐继曾译，百花文艺出版社，2009，第6页。
⑤ 朗松：《文学史方法》，《朗松文论选》，徐继曾译，百花文艺出版社，2009，第19页。

何以会出现这种情况呢？这是需要追问的一个关键问题。我们知道，法国比较文学研究以实证为鲜明特色。比较文学中的实证，主要就是通过对具体文学作品的客观分析而不是主观阐释，去发掘其中的真实蕴涵，这种真实蕴涵是作家独特的精神创造，寄托着作家的审美理想。因而实证过程中，"收集资料不是我们的目的，只是一种手段"，"所有各种方法的价值都由作者的聪明才智的大小来决定。我们也要思想，但我们只要正确的思想"①。朗松之所以清楚地认识到实证方法与审美鉴赏缺一不可，却又在两者之间关系的把握上显得很纠结，其根本原因在于，他深知在处理实证方法与审美鉴赏关系的问题上，是需要格外慎重小心的，稍不注意，过分的"主观的情感与趣味"就会损害文本的客观真实性，势必影响结论的可靠性。因此，朗松比较文学思想中有两个重要方面特别值得一提，这不仅关乎比较文学研究的内涵和质量，而且是理解法国学者强调实证研究方法的重要学理依据。第一，朗松强调文本研究，注重对文本本身的追问，文本才是第一研究主体，一切合乎事实的结论都应该出自文本。他认为："我们应该对文本作直接的解释。绝不要像我们经常无意识地所做的那样，用等值物来替代文本"，②"'某甲写的是 a；而 a 跟 b 是一回事；因此某甲之所以想到 b，那是因为……'而我们就不会过问 a，其实 a 才是唯一真正的文本；我们只在 b 上下功夫，而 b 是我们在判断同一性时贪图方便，过分信任而制成的伪文本。"③ 这也正与他自己倡导的对源流研究接收终端的关注相呼应、相一致。第二，强调研究充分依据事实，并合理地运用事实。朗松所说的"特殊事实"，特指具有影响关系的事实证据。他强调影响研究不能想当然推论，"在形式逻辑的每一步推理之后，都必须返回事实，从事实中取得充分的资料以决定下一步该如何进行。千万不要未予极度的警惕就从推论中得出推论"④。由于人们常常有"把事实和作品的意义予以扩大"的倾向，为了"不要损害意义的正确性"，"我们应该小心谨慎

---

① 朗松：《文学史方法》，《朗松文论选》，徐继曾译，百花文艺出版社，2009，第 30 页。
② 朗松：《文学史方法》，《朗松文论选》，徐继曾译，百花文艺出版社，2009，第 23 页。
③ 朗松：《文学史方法》，《朗松文论选》，徐继曾译，百花文艺出版社，2009，第 23 ~ 24 页。
④ 朗松：《文学史方法》，《朗松文论选》，徐继曾译，百花文艺出版社，2009，第 23 页。

地把它加以限定"①，既不能把看到的作品之间的类似关系想当然地视为有影响的从属关系，又不能将可能是多元交叉复杂的影响关系简单化为单一直接的影响关系。影响研究必须杜绝此类结果的出现，即让"可能性变成了似真性，或然性变成了明摆的事实，假说变成了业已得到证明的真理"②。可见，朗松基于反对比较研究的随意性，强调实证的科学精神。实证方法的运用对提升研究结果内涵的可信度具有重要意义，因此，朗松的观点对今天学术界存在的浮夸臆测、随意比较的现象仍具有振聋发聩的警示意义。

但是话还要说回来，朗松虽然强调实证，却不轻视、排斥其他批评方法，包括文学研究中的价值判断和审美批评，相反，他主张多种方法并用。他在《圣伯夫之后》一文中说："在选择文学研究的方法时，切忌过于简单化。文学中无所不包，要想如实地认识文学，我们的脑子也得无所不包才行。科学方法、美学感、对生活的直觉，全都有用。"③ 朗松强调文学研究的科学性，并非以科学要求文学，"任何一门科学也不能按照另一门科学的样子来裁剪；科学的进步在于它们相互之间的独立性，这种独立性使它们每一门都服从于它所研究的对象。文学史要想具有一点科学性，首先就应该避免滑稽可笑地模仿任何别的科学"④。进而他阐发道：

> 如果说科学方法的首要要求是使我们的精神受制于对象，根据我们所要认识的事物的性质来组织各种认识手段，那么，在我们的研究当中承认并摆正印象主义的作用就比否定它的作用更加合乎科学了。你否定一个客观现实并不就取消了这个客观事实，这个不可能清除的个人因素会悄悄地进入我们的工作之中，无规律地起它的作用。既然印象主义是使我们感觉到作品的力量与美的唯一的方法，我们就老老实实地把它用之于这个方面并坚决地把它局限于这个方面。在我们运用印象主义的时候，应该善于将它识别、予以评价、予以检查、予以限

---

① 朗松：《文学史方法》，《朗松文论选》，徐继曾译，百花文艺出版社，2009，第25页。
② 朗松：《文学史方法》，《朗松文论选》，徐继曾译，百花文艺出版社，2009，第28页。
③ 朗松：《文学史方法》，《朗松文论选》，徐继曾译，百花文艺出版社，2009，第562页。
④ 朗松：《文学史方法》，《朗松文论选》，徐继曾译，百花文艺出版社，2009，第14页。

制——这是使用它的四个条件。关键在于不把知道与感到相混淆，要倍加小心，才能使感觉成为知道的一个合法的手段。①（朗松，11—12）

"识别""检查""评价""限制"，"不把知道与感到相混淆"，正深刻而准确地反映出了朗松对实证与审美关系的辩证认知。20世纪60年代后，法国比较文学学者对实证研究中美学鉴赏因素的强调，既是法国学派与美国学派彼此对话、相互补充的结果，更是其自身内在学术传统自然传承的体现。艾金伯勒在其名著《比较不是理由》中，明确地提出比较文学要将"历史方法与批评精神结合起来"，"案卷研究与文本阐释结合起来"，"社会学家的审慎与美学家的大胆结合起来"，从而最终"赋予我们的学科以一种有价值的课题和一些恰当的方法"。② 这三个"结合"与朗松的比较文学思想精神是不谋而合的。

三　朗松比较文学思想中的"影响"与"独创"

强调影响、注重独创，是法国文学研究、也应该是比较文学研究的学术传统。从实际情况看，法国学者在探讨影响时，总是和独特性、创造性联系在一起的。就朗松而言，这一点尤为明显。他虽然关注影响，但同时也十分强调差别，非常在意独创。他认为对文学作品的研究必须"一方面找出个性，指出它与众不同、不可略去、不可分解的那一方面，另一方面又要把一部杰作放回到那个系列之中，将这天才的作家看作为某一环境的产物，某一群体的代表"③。因为"即使那些个别既伟大又优秀的人物，我们的研究也不能局限于对于个人的研究"，"如果我们只关注他们自身，我们就无法对他们有所认识。最有独创性的作家大多在他身上既装载着前几代的沉淀，又作为当代各项运动的总汇：他身上有四分之三的东西不是他

① 朗松:《文学史方法》,《朗松文论选》,徐继曾译,百花文艺出版社,2009,第11~12页。
② 艾金伯勒:《比较不是理由》,干永昌、廖鸿钧、倪蕊琴选编《比较文学研究译文集》,上海译文出版社,1985,第128页。
③ 朗松:《文学史方法》,《朗松文论选》,徐继曾译,百花文艺出版社,2009,第8页。

自己的。要发现他本人，那就必须把所有那些外来成分从他们身上剥离。应该认识延伸到他身上的那段过去，渗透到他身上的现在；这时我们才能得出他真正独创的东西，把它确定下来，予以测度"①。如果说影响是一种继承和接受，那么独创就是继承和接受中衍生出来的不同于已有的一种新质，这种新质属于创作者的独特贡献。正如朗松所说："历史学家在一般事实之间探索差别，我们则在人与人之间探索差别。我们希图确定个人的独创之处，也就是一些特殊的、独一无二、无法类比的现象。"② 他还重申："我们的主要工作在于认识文学作品，进行比较，以区别其中属于个人的东西与属于集体的东西，区别创新与传统，确定这些东西与我国智力生活、精神生活及社会生活的关系，以及与欧洲文学及文化发展的关系。"③ 在《外国影响在法国文学发展中的作用》一文中，朗松更是将接受影响与个性表达结合在一起加以推崇。他指出，外来影响的作用是双重的，"一方面，我们可以看到这个作用在于使民族精神超越自我，将它丰富起来，从而帮助它向前发展"，"别人已有而我们欠缺的东西这个明确的意识指引着我们的创造力量向前冲击"。另一个方面是"外来影响不止一次地起着解放我们的作用"，④ "我们感兴趣的并不是照原样复制外国思想，复制外国诗歌……我们只是从中吸取为我们所用的东西。我们对外国思想或者外国诗歌的看法，不管是正确还是错误，只要能符合我们心中那未曾表达的梦幻就行。……我们是模仿他们的榜样而把'我们自己的意思表达得更好'"⑤。

梵·第根在《比较文学论》中，对影响与独创的关系也有精彩的阐述，其中明显看到他对朗松观点的继承。他说："一种心智的产物是罕有孤立的。不论作者有意无意，像一幅画，一座雕像，一首奏鸣曲一样，一部书也是归入一个系列之中的。它有着前驱者；它也会有后继者。文学史

① 朗松：《文学史方法》，《朗松文论选》，徐继曾译，百花文艺出版社，2009，第 7 页。
② 朗松：《文学史方法》，《朗松文论选》，徐继曾译，百花文艺出版社，2009，第 7 页。
③ 朗松：《文学史方法》，《朗松文论选》，徐继曾译，百花文艺出版社，2009，第 17 页。
④ 朗松：《文学史方法》，《朗松文论选》，徐继曾译，百花文艺出版社，2009，第 78 ~ 80 页。
⑤ 朗松：《文学史方法》，《朗松文论选》，徐继曾译，百花文艺出版社，2009，第 82 页。

应该把它安置在它所从属的门类、艺术形式和传统之中，并估量著作者的因袭和创造而鉴定作者的独创性。为要了解拉马丁的《默想集》的新的贡献，那必须认识以前的悲歌和哲理诗。同样，在研究一部作品的后继者的时候，我们便格外容易看出那作品的价值。卢梭的《忏悔录》不仅本身重要而已，它还因为它所引起的那一大批感伤的自叙传而显得重要。有一些名著还不如说是集前人之大成；有一些名著是开发端绪；有许多的名著却大都是两者兼而有之。"① 在梵·第根看来，作为心智产物的文学名著，总会有所继承和借鉴，也有所发展和创造，只有将作品置于特定的"门类、艺术形式和传统之中"加以比较研究，才能更好地"估量著作者的因袭和创造"，从而"鉴定作者的独创性""新的贡献"和"价值"。

从比较的角度看，朗松是把"与众不同"的"个性"和在特定"系列之中"谈作家作品并置在一起讨论的。他认为只有在"系列之中"看"过去"和"现在"，才能区别"属于个人的东西"和"集体的东西"，才能在"传统"中发现作家"真正独创的东西"。梵·第根也是把"因袭"和"创造"放在一起来讨论的。他认为"心智的产物"不是孤立存在的，而是存在于"一个系列之中"，考察它的"前驱者"和"后继者"，才能"鉴定作者的独创性"。我们梳理这些观点，意在说明法国学者倡导的影响研究，并不像作为常识被常常告诉给我们的那样仅仅关注影响和接受本身。以往我们把法国学者所强调、偏重的实证特征，片面地理解成了"唯一"的特征，"唯一"认知的结果，必然遮蔽了其他的一些相关重要信息，妨碍了对法国学派全面客观的观照。例如，我们经常引用梵·第根下面这段话，作为批评法国学派重实证而轻审美批评的确证："'比较'这两个字应该摆脱全部美学的涵义，而取得一个科学的涵义。"② 但是，我们却又常常忽略了它前面的这段话："真正的'比较文学'的特质，正如一切历史科学的特质一样，是把尽可能多的来源不同的事实采纳在一起，以便充分地把每一个事实加以解释；是扩大认识的基础，以便找到尽可能多的种种

---

① 梵·第根：《比较文学论》，戴望舒译，上海商务印书馆，1937，第 7 页。
② 梵·第根：《比较文学论》，戴望舒译，上海商务印书馆，1937，第 17 页。

结果的原因。"① 请注意，梵·第根的比较研究并不止于"把尽可能多的来源不同的事实采纳在一起"，也不仅仅是"找到尽可能多的种种结果的原因"，而是在这一过程中还要"充分地"将"采纳在一起"的"每一个事实""加以解释"。既然研究者在尽可能多地收集、考证、鉴别、归纳和梳理事实的过程中还要"解释"，就必然会有所取舍，必然少不了价值判断，必然关注作为"终端"的接受者在接受、消化、过滤过程中表现出来的"新生点"及其意义，怎么可能会"摆脱全部美学涵义"呢？或许，梵·第根"摆脱全部美学涵义"的表述过于极端，却也正表明了他担心比较文学陷入混乱的无边界的状态及其对比较文学作为一个学科的科学性、公正性的维护的初衷。同样，我们更多的是关注他对"影响"的论述，而忘掉了他对"独创"的态度。他认为文学名著常常既是"集前人之大成"，又是"开发端绪"，这就不仅强调了接受和影响，同时也注意到了"独创性"和"新的贡献"。

朗松不仅在批评理论上倡导影响与独创的有机联系，在批评实践上也是这样践行的。例如，《龙萨怎样创造？》这篇 1906 年发表在《大学评论》上的长文，就是一篇颇为经典的实证影响研究论文。朗松以文艺复兴时期法国"七星诗社"代表诗人龙萨的《择茔颂》一诗为中心，既以详尽的史料细腻梳理、严谨论证了《择茔颂》在主题内容、意象选用、表达方式等方面所受到的古希腊罗马以及近代意大利诗歌的具体影响，又关注了创造过程本身及其所获得的新效果、新质地，实证特征突出，审美意味明显。他认为"龙萨的想象力中充满了古代诗歌，头脑中随时都会出现维吉尔或贺拉斯的诗歌形式。……这首诗的魅力正在于其中古诗的浮光掠影，其间又混有一些意大利的微光。龙萨捡起范本也自由，撇开范本也自由，他这里撷取一点思想，那里借用一个形容词，但直奔他自己的目标，既不终止，也不拐弯。他勾画了一个既有田园风光又有神话色彩的背景，在这背景当中表现他的感觉，表现旺多姆地区风光之美，表现诗人的自豪之感"②。因此他强调自己的研究旨在让"读者可以通过本文看出龙萨创造的

---

① 朗松：《文学史方法》，《朗松文论选》，徐继曾译，百花文艺出版社，2009，第17页。
② 朗松：《文学史方法》，《朗松文论选》，徐继曾译，百花文艺出版社，2009，第145页。

途径，并通过这里的分析看他是采了什么样的花来酿蜜，而当读者看到那些范本给了他怎样的刺激以后，也就更能理解，更能体会他诗句的独创的韵味。"①

结　语

综上所述，我们围绕朗松的长文《文学史方法》，从与影响研究直接相关的基本理路、实证与审美、影响与独创等三个层面，简明扼要地探讨了朗松的比较文学思想及其对影响研究这一批评范式的形成所做出的奠基性的学术贡献。朗松的比较文学思想也昭示我们从整体性、系统性的高度重新审视比较文学法国学派的学术必要性。试想，一个仅仅探讨"借贷"、关注"线路"的影响研究学派，就能在世界范围内对众多学科的学术研究产生广泛的影响吗？显然不是。比较文学法国学派的特色是"同源性"实证研究，这是它的主攻性、标志性的特征与贡献。但这不等于，更不能说明其研究中缺乏审美鉴赏以及对独创性的追求。我们从朗松的比较文学思想及其对梵·第根的明显影响上可以看到，他们对审美批评、独特个性、独创性均有清晰的阐述，并理所当然地成为影响研究中不可偏废的有机组成部分。无视这个事实存在，就不能完整、全面、客观、准确地把握比较文学法国学派丰厚的理论内涵，对它的偏见也就无法从根本上得到纠正。我们探讨朗松比较文学思想的意义就在于此。

（作者单位：河南大学文学院）

---

① 朗松：《文学史方法》，《朗松文论选》，徐继曾译，百花文艺出版社，2009，第128页。

再谈斯坦尼斯拉夫斯基戏剧
观念的现实主义性[*]

董 晓

苏联戏剧理论家、导演和表演艺术家康斯坦丁·谢尔盖耶维奇·斯坦尼斯拉夫斯基（1863～1938）（下文简称"斯坦尼"）在其长达近60年的漫长戏剧艺术生涯中所创立的戏剧艺术表演体系（又称"斯坦尼斯拉夫斯基体系"），在20世纪以来的世界戏剧发展历程中的重要地位已毋庸置疑。斯坦尼体系不仅是公认的世界两大戏剧表演体系之一，^①而且对20世纪以来各种戏剧表演艺术流派均产生了不同程度的影响，斯坦尼之后的各国戏剧和电影导演、演员，无论他们秉持何种艺术观念，无论他们隶属何种艺术流派，都会自觉抑或不自觉地关注、借鉴和吸收斯坦尼体系的精髓，他们的艺术理念的建构，客观上都是建立在斯坦尼体系的基础上的。有学者做出过这样的概括："尽管俄罗斯没有出现'第二个斯坦尼'，但是，斯坦尼斯拉夫斯基却像一轮不落的太阳，穿透战争的硝烟和冷战的云层，照耀着西欧和美洲剧坛。"^[1]"在20世纪的戏剧发展历程中，尚没有一个戏剧艺术家，他的影响力可以和康斯坦丁·谢尔盖耶维奇·斯坦尼斯拉夫斯基对他的影响相提并论。"^[2]然则近百年来，对斯坦尼体系，赞同之

---

* 本文系教育部人文社科研究基地重大项目"斯坦尼斯拉夫斯基戏剧体系及其在中国的传播研究"（15JJD75007）阶段性成果。

① 欧美戏剧界一般将斯坦尼斯拉夫斯基的戏剧表演理论和德国剧作家布莱希特的戏剧表演理论并称为戏剧表演领域的两大理论体系。而中国戏剧界认为，梅兰芳的表演观也应当并入其中，故在中国也称"三大表演体系"。

声与反对之声此起彼伏，不绝于耳，更有一种声音时常产生：似乎戏剧艺术观念的创新必须建立在对斯坦尼体系的否定、颠覆的基础之上方能实现。然则追随者抑或反对者之多，恰恰又说明了斯坦尼体系的巨大影响力。斯坦尼戏剧表演体系是典型的现实主义戏剧艺术观，此乃学界之公论。而对该体系的种种质疑，大多是出自对斯坦尼体系的现实主义性的质疑。因此，有必要对斯坦尼戏剧艺术观念的现实主义性再做一番客观的审视。

一

中外学术界对斯坦尼斯拉夫斯基戏剧体系的基本认识为："体系的精髓就是现实主义。"[3] 说斯坦尼体系的精髓是现实主义，大约包含了两层含义：第一，斯坦尼戏剧体系的形成与完善，是在俄罗斯经典现实主义文学丰厚的土壤上发生的，换言之，正是深厚的俄国现实主义文学传统促成并滋养了斯坦尼斯拉夫斯基的戏剧观念，赋予了斯坦尼体系一系列现实主义的美学特质；第二，斯坦尼一贯强调戏剧舞台的真实性，强调戏剧演员在舞台上的情感体验的真实性。而这种真实感正是现实主义艺术观的体现，与俄国现实主义文学的真实观保持着高度的一致。这就意味着，斯坦尼戏剧体系最核心的艺术理念和最本质的美学特征，均与俄国现实主义文学的基本特征保持着一致性。可以说，斯坦尼戏剧体系已然和谐融洽地融入了整个 19 世纪所形成的广泛的俄国现实主义文学艺术的范畴之内，成为卓越的俄国现实主义文学艺术中的一个不可或缺的部分。

无可置疑，斯坦尼斯拉夫斯基的确是仰仗着丰厚的俄国现实主义文学的传统来构筑自己的戏剧艺术体系的。他最初的艺术体验和积累，正是在俄国现实主义文学的熏染下完成的。他曾经说："这不是那些流行一时的、可以鄙视或者或摒弃的传统。不！这是永恒的艺术传统，离开这样的传统，必将走投无路。倘若人们——演员——于青年时代曾在崎岖不平的小路上流连忘返过一阵子，甚而在那里觅得珍贵的东西，但他们毕竟是要回到更为宝贵的永恒的传统上来的，如果他们不想误入歧途的话。"[4] 他所说的"永恒的传统"，即指俄国现实主义的艺术传统。在斯坦尼的戏剧生涯

中，俄国经典现实主义剧作占了相当大的比重，这些现实主义经典剧作对
斯坦尼戏剧艺术体系的产生和形成功不可没。格里鲍耶陀夫的《智慧的痛
苦》、普希金的《鲍里斯·戈东诺夫》、果戈理的《钦差大臣》，以及亚·
奥斯特洛夫斯基、屠格涅夫、列夫·托尔斯泰、高尔基等人的剧作，都是
斯坦尼和涅米罗维奇 – 丹钦柯所领导的莫斯科艺术剧院最为重要的保留剧
目。至于契诃夫的剧作，则更是对莫斯科艺术剧院的成长起到了无可替代的
巨大作用。正是在排练和上演契诃夫的《海鸥》《万尼亚舅舅》《三姊妹》
和《樱桃园》这些意韵深远的现实主义剧作的过程中，斯坦尼开启了自己
的以"感受说""体验说"为表征的戏剧艺术体系的探索。这就是说，斯坦
尼戏剧体系的形成的确离不开俄国的现实主义文学传统。俄国现实主义
文学赋予了斯坦尼戏剧体系最根本的艺术特质。此外，俄国唯物主义哲学
思想，比如谢切诺夫的《头脑的条件反射》，也为斯坦尼最终确立其现实
主义舞台艺术观念奠定了基础。

　　斯坦尼现实主义戏剧艺术观念强调社会的真实、生活的真实和舞台的
真实的高度统一。就斯坦尼戏剧体系自身而言，强调戏剧舞台的真实性乃
是其体系的核心理念。戏剧舞台真实性的保证并非指舞台呈现的自然主义
倾向，而是指演员动作要有真实可靠的内心依据，即必须呈现出内心情感
的真实。而内心情感的真实离不开情感的逻辑合理性。也就是说，戏剧人
物内在精神的合逻辑性呈现为演员动作的合逻辑性。而所谓合逻辑性，在
斯坦尼看来，即是指符合现实生活的逻辑。显然，这一切均无可厚非地被
视为现实主义的舞台艺术理念，它的实质内涵与我们惯常所理解的现实主
义文学的美学特质几乎完全一致。

　　现实主义艺术倾向已然成为斯坦尼戏剧体系的标志。但在 20 世纪，这
种戏剧艺术理念也成为该体系常常被后人诟病的主要原因。20 世纪以来，
在对斯坦尼戏剧艺术观念的种种批评之声中，有一个普遍的声音，即认为
斯坦尼现实主义的表演艺术理念过于陈旧了，已然落伍于当代世界不断更
新发展的艺术思潮，故亟待突破斯坦尼体系的陈旧框架。甚至早在斯坦尼
时代，俄国年轻的天才导演梅耶荷德、瓦赫坦戈夫就曾经质疑过斯坦尼的
现实主义戏剧观。稍后，德国戏剧家、导演布莱希特也对斯坦尼的现实主
义戏剧观颇为不满，提出了尖锐的批评。而在当代中国戏剧界，"从斯坦

尼斯拉夫斯基表演体系的影子里走出来"[5]，亦是相当普遍的呼声。撇开"文革"结束之后中国戏剧界对斯坦尼体系短暂的"平反昭雪"之外，①总体而言，近30年来，中国戏剧界对斯坦尼戏剧体系的现实主义性的质疑是相当普遍的。鉴于斯坦尼戏剧体系对中国戏剧界长期的巨大影响力，这种突破斯坦尼体系的呼声自然也体现了中国戏剧界欲求得艺术上的发展的强烈心声。这显然与改革开放以来中国整个艺术界渴望突破以往的局限的大趋势有关。"文革"结束之后，在经过短暂的对苏俄文艺的重新回味之后，中国文艺界迅速地将眼光投向了更为广阔的西方欧美艺术，客观而言，这是中国文艺走向现代化，走向世界，摆脱以往教条主义束缚的必经之路。毕竟，像20世纪50~60年代那样独尊俄苏文艺，对于中国文艺的健康发展是没有益处的，而西方艺术理念在20世纪80年代的大量涌入，为这一突破提供了契机。正是在这个历史-文化大背景之下，斯坦尼体系在中国的戏剧界遭到了一次又一次的质疑和反思。然则，力求艺术上寻找突破的中国文艺界对斯坦尼现实主义戏剧体系的质疑是否得当？换言之，我们是否因为拘于斯坦尼体系而使我们的戏剧艺术止步不前？斯坦尼体系果真是我们艺术发展的真正的绊脚石吗？我们对斯坦尼体系的粗浅的、不准确的理解又是否会妨碍我们真正实现戏剧艺术上的创新？这些都是使中国戏剧艺术获得健康的、扎实的发展而亟待解决的问题。这些问题不解决，对斯坦尼体系的质疑就成了经不起推敲的肤浅的想当然；艺术的革新也就成了把玩形式技巧的没有深度的游戏。而真正理解斯坦尼体系，关键是到位地理解斯坦尼体系的现实主义性。

---

① "文革"中，斯坦尼斯拉夫斯基戏剧观念在中国遭到了严厉的批判。不过，这种批判更多地是基于政治层面的讨伐，而非艺术层面的批判，因而与其说是对作为现实主义艺术观念的斯坦尼体系的批判，不如说是对作为"苏修"艺术观之代言人的斯坦尼的批判，故批判的不是斯坦尼体系的现实主义性，而是作为讲求艺术真实的非政治标准为上的艺术观念。这种批判的逻辑混乱不清和非学理性是不言而喻的，正如当时对肖洛霍夫、"别车杜文艺思想"的批判一样。"文革"之后，斯坦尼体系的现实主义观念自然得到平反昭雪。这种平反昭雪也仅仅是将我们对斯坦尼体系的认识重新拉回到常识性的轨道上来而已，丝毫未显示出对斯坦尼体系的更为深入的认识。

二

现实主义性虽然是斯坦尼斯拉夫斯基戏剧体系的标志，但这一戏剧体系所呈现的艺术理念却并非如人们所想象的那样保守。想当然地把现实主义文艺观等同于保守的艺术观念，是十分荒谬的。其间存在着对斯坦尼体系的大量的误解与歪曲。因此，有学者指出，"全面、正确地理解和掌握斯坦尼斯拉夫斯基体系并不是一件轻而易举的事情。历史已经证明，不论在俄罗斯还是在其他国家，都出现了对体系的片面理解和教条主义的倾向，而斯坦尼斯拉夫斯基的某些论述被误解，体系的本来面目被歪曲，体系的基本精神被忽略"[1]。笔者认为，斯坦尼体系所秉持的基本戏剧艺术理念不仅仅体现为现实主义艺术观，更包含了戏剧表演艺术的根本性的理念，体现了戏剧艺术的本质的、内在的特征，即各种戏剧艺术流派都无法回避、无法绕过，必须正视的基本规律。斯坦尼体系的创立本身就是为了探索出一种为戏剧表演艺术广泛适用的系统化的戏剧表演方法。因此，在这一探索过程中，斯坦尼所思考的，必然是戏剧舞台艺术实践和理论方面最广泛、最根本的规律性问题。斯坦尼的出发点固然是现实主义的，但他的目标却是针对整个戏剧表演艺术的。

斯坦尼体系最基本的艺术理念无疑是其"感受——体验说"。"感受——体验说"乃斯坦尼现实主义戏剧表演理念的出发点。强调戏剧舞台的真实性，这是斯坦尼作为现实主义戏剧艺术家所秉持的最根本的原则。所谓舞台的真实性，在斯坦尼看来，即"真正的、不加粉饰的，但又是剔除掉多余的日常生活细节的东西。它必须是的确真实的，但又为创作的虚构所诗化了的"[6]。这与经典的现实主义文学所追求的"真实性"几乎如出一辙的界定，分明体现了斯坦尼舞台艺术观念的现实主义特质。众所周知，斯坦尼的现实主义舞台艺术观受到了普希金的影响。普希金说过，"假想的环境中激情的真实和感受的逼真——这就是我们的智慧对剧作家的要求"[7]。也就是说，普希金要求戏剧舞台这一假定性的场合下所呈现的必须是符合生活真实的情感。这正是后来斯坦尼所竭力追求的舞台的真实。舞台的真实要求戏剧人物的真实。在斯坦尼眼中，人物的真实乃人物内心情感的真实。由此，斯坦尼才特别强调演员对角色的情感体验："创造角色和剧本的'人的精神生活'。"[6] 斯坦尼之所以如此强调舞台的真实和演员、人物内心情感的真实，是为了实现戏剧舞台的艺术的真实，也就是在舞台上真正实现将生活诗意化、艺术化地呈现给观众，从而使观众能够得到真正的审美享受。斯坦尼的这番要求其实是针对戏剧舞台的虚假的"剧场性"而发的。他之所以如此反对"剧场性"，是因为他深深地感到当时充斥于俄国乃至整个欧洲剧场的"剧场性"已经使艺术的真实远离了剧场，导演、演员和观众倾注于剧场外在形式的精美，缺乏了内在的诗意和思想的深度，剧院成了把玩形式、渲染虚假激情的游戏场所，远离了艺术的真正品位。因此，斯坦尼对戏剧舞台现实主义真实性的要求，不是独尊现实主义，而是出于维护舞台艺术的内在深度。这是一切戏剧艺术流派都不能忽视的标准。引领观众深刻领悟剧作家及剧作家赋予剧中人物的精神世界这一斯坦尼眼中的"最高任务"，是其现实主义戏剧艺术观的目的，更是彻底清除虚假的"剧场性"的必然归宿。在这个"最高任务"里，实则蕴含了斯坦尼欲通过舞台展现解释生活真谛的渴望。这自然是现实主义艺术观，但又不仅仅是现实主义所独有的。戏剧艺术的各种流派，都会把展现生活的本质的真实作为其舞台呈现的最终目的，只是各自实现这一目的的艺术路径不同罢了。就斯坦尼而言，其现实主义戏剧观要求通过导演和演员对剧本的深刻感受在戏剧舞台上实现这一最终目的，而在 20 世纪的一些新的戏剧表演流派中，对导演和剧作家、导演和演员的关系的认识发生了改变，有刻意强调突出导演的主体性，弱化剧作家、剧本作用的观念，有刻意凸显导演对演员的主导作用，将演员弱化为"导演之傀儡木偶"的观点，也有反过来突出演员的决定性位置的观点，舞台理念可谓五花八门，但无论是哪一种艺术理念，其根本归旨都是力求在戏剧舞台上展示对生活的内在真实的理解，尽管对何谓"生活的内在真实"，各个艺术流派观点不尽相同。因此，虽然各个戏剧表演流派对"最高任务"的内涵和实现的途径观点各异，但毋庸置疑，斯坦尼立足于自己的现实主义戏剧艺术观所提出的"最高任务"，是各个戏剧表演流派所无法规避的，它已然超越了现实主义的艺术范畴，具有了更为广泛的普遍意义。斯坦尼提出的"最高任务"中包含着对演员和导演崇高的艺术使命的要求，这显然是具有广泛的普遍性指导意义的。

　　笔者以为，看待斯坦尼体系的现实主义性，不可囿于以往我们对现实主义的狭隘化理解。在我国戏剧界，常常会有这样的认识："透视人的灵魂，挖掘人的内心隐秘，以及外化人的心灵等，是表演艺术赋予演员于当今创作的全新意旨。然而，这些内容恰恰是平日以性格刻画、形象创造见长的斯氏演剧体系的短板。这跟斯氏体系强调技术的演剧原则有着不可割裂的关系。"[5]这种观点正体现了我们对斯坦尼现实主义戏剧艺术观的狭隘化理解。斯坦尼的确强调演技的重要性，但他绝非将表演技术视为演剧的根本原则。他在他所处的年代里之所以刻意反对戏剧舞台上的形式主义，反对"剧场性"，恰恰说明他不是一个纯粹的技术主义者，而是强调对精神的把握的。透视人的灵魂，挖掘人的内心隐秘，以及外化人的心灵等，不仅是当代戏剧艺术赋予演员的要求，更是斯坦尼对演员的一贯要求。他不止一次地告诫演员："我们艺术的目的不仅在于创造角色的'人的精神生活'，还在于通过艺术的形式把这种生活表达出来"，"演员应当不只是在内心体验角色，而且还要在外部体现所体验到的东西"[6]。斯坦尼所说的"人的精神生活"，显然涉及人的灵魂、人的隐秘的内心世界。其实，对精神与思想性的重视，恰恰是斯坦尼体系的一个重要特点。上述看法对斯坦尼体系的误解是非常明显的。斯坦尼从现实主义艺术观出发，当然强调主要是通过戏剧人物性格的刻画、舞台形象创造的手段和途径来展现"人的精神生活"，但这绝非斯坦尼体系的短板，而是它的特长。换言之，性格刻画和形象创造这种现实主义的惯常艺术手段是完全可以做到透视人的灵魂，挖掘人的内心隐秘的，当年斯坦尼对契诃夫剧作的舞台阐释之所以取得成功，正是因为他准确地洞悉了契诃夫剧作中人物那隐秘而细腻的内心情感世界。只是当代戏剧艺术发掘了更多新的表现手法的无限可能性而已。

　　对斯坦尼体系的种种叛逆，其出发点往往是基于对传统现实主义理念的不满，往往是旨在求得艺术上的创新和突破。这对于戏剧艺术的发展而言自然是有益的，但另一方面，往往这种艺术上的叛逆又夹杂着对斯坦尼现实主义艺术观的种种曲解和误读，这又是对戏剧艺术实现真正的创新非常不利的。譬如，当年才华横溢的青年导演梅耶荷德在强调自己与斯坦尼在戏剧观方面的差异时，认为"斯坦尼是'从内到外的，而我是从外到内'"[8]。梅耶荷德为了刻意凸显其对戏剧舞台整体象征性的追求而无意间曲解了斯坦尼。斯坦尼强调演员必须深入体验人物的内心情感世界，并视之为舞台艺术的起点，并非将其只视为开端，而是视为根基、基石。也就是说，没有了对人物内在情感世界的把握，就谈不上真正的艺术性的舞台呈现。这不是一个"由内到外"的历时性过程，而是指整个舞台呈现的基础是内心的体验，"内"是"外"的基础和根基，是"外"得以实现的保证。对演员内心情感积淀的要求和外部形体动作的要求，在斯坦尼体系中是同样重要，缺一不可的，斯坦尼反复强调，舞台创作中的心理因素和形体动作因素必须有机地统一起来。此乃舞台艺术的基本规律。可以说，梅耶荷德最终的目的与斯坦尼并不矛盾。他们都同样重视外部技巧的训练，只是对"何谓人的精神层面的展现"，两人观念不同而已。梅耶荷德不把戏剧看成对生活本身的复现，而是将之看成对生活的艺术的表现。这一观点与斯坦尼的艺术观并不对立，只是艺术地表现的路径，两人有不同罢了。斯坦尼坚持走"通过舞台的真实体现、人物心理的真实体现来表达生活的真实"这一现实主义艺术道路，而梅耶荷德则坚持走"通过大量的舞台象征来表达对生活真实的哲理化体悟"这一艺术道路。同样，当年年轻的导演瓦赫坦戈夫为了表明自己与斯坦尼戏剧理念的不同，曾尖锐地指出："艺术剧院所提供的那处理日常生活的方法，并不会产生艺术作品，因为在那里是没有创作的。"[9]这种激进的看法显然对斯坦尼体系的误解颇深。瓦赫坦戈夫将斯坦尼所推崇的舞台的真实性做了庸俗化的理解。斯坦尼所强调的舞台的真实性绝非自然主义式的舞台追求，这里的真实性是与人物内心真实情感的表达息息相关的。置疑舞台的现实主义表现方式的艺术性，如同置疑列夫·托尔斯泰对生活细节和场景的现实主义描写手法的艺术性一样，是荒唐的。人们早已公认了列夫·托尔斯泰现实主义描写手法的高超的艺术性，那么，对于斯坦尼体系的现实主义性，自然也不能武断地加以指责了。突破现实主义的舞台艺术表现手法是必要的，但这种艺术上的突破应当建立在对现实主义舞台艺术手法的借鉴、吸收的基础上，而不是武断地抛弃，否则，这种突破就会蜕变为肤浅的花样翻新和形式把玩，从而丧失了斯坦尼体系原有的舞台表演深度。

但凡对斯坦尼体系的质疑，都是出于对舞台艺术创新的渴求。然则在期盼艺术创新的同时，又不免夹杂着对斯坦尼体系的曲解。这种曲解是深入到位地理解斯坦尼体系的现实主义性的障碍，更是真正实现舞台艺术创新的障碍。斯坦尼体系的现实主义性之所以有其生命力，之所以影响深远，之所以不断地成为各种新的舞台艺术流派必须加以关注的对象，归根结底是它所秉持的艺术理念不仅仅代表了现实主义的艺术理念，更包含了戏剧表演艺术的根本性的理念，体现了戏剧艺术的本质特征。在今天的中国戏剧界，有一种观点，即"如果戏剧舞台上一切形式的探索都要以内心体验为根据的话，不啻于将一匹要奔跑的骏马背负上沉重的包裹，这种观点的保守性是不言自明的"[8]。显然，中国学术界的这种说法体现了对斯坦尼体系这一核心理念的意义认识不足。对角色的内心体验绝非仅仅是现实主义舞台艺术观的要求，它是一切舞台表演艺术的基石。不仅现实主义戏剧表现生活的深度体现在对人物内心世界的把握的深度上，即便是象征主义、表现主义、未来主义戏剧，如果离开了对戏剧人物内心体验的要求，则舞台上的一切新颖的艺术呈现都将失去其内在的意义所指而沦为肤浅的赶时髦，因为戏剧舞台艺术归根结底是关乎人的内在精神的艺术。在这一点上，倒是后来斯坦尼体系的另一个反叛者布莱希特比较明智："布莱希特认为体验是一个前提，是最原始的，是必需的。"[10]一切舞台艺术的流派的艺术探索，均要在体验的基础上进行。从这个意义上讲，斯坦尼体系强调的内心体验并非沉重的包裹，而是艺术探索的基础。只有建立在这个基础上，戏剧舞台艺术的创新才能真正成为"奔跑的骏马"。

20世纪30年代，崇尚艺术创新的戏剧家布莱希特与相对保守的美学理论家卢卡契曾就现实主义与现代主义关系的问题有过激烈的争论。时过境迁，回眸这场文学论争，不难发现，观念保守的卢卡契在捍卫现实主义文学传统，批判现代主义文艺观的过程中，道出了无论是现代主义还是现实主义均要遵循的艺术规律。这一点颇值得我们拿来观照如今已经显得"陈旧"的斯坦尼体系。它的"陈旧"的戏剧观念里究竟蕴含了哪些我们必须遵循的艺术的普遍规律，是值得我们深入总结的。在此，有必要记住苏联著名导演托夫斯托诺戈夫的话："斯坦尼斯拉夫斯基体系的意义不仅在于告诉人们该如何成为一个演员，更重要的意义在于，这个学说告诉了我们如何成为一个伟大的演员。"[11]这就是说，斯坦尼现实主义戏剧观中蕴含着对表演艺术规律宝贵的真知灼见，这些真知灼见对于戏剧演员而言，具有无可替代的重要意义。值得注意的有趣现象是：20世纪80年代，中国学术界曾经关注过卢卡契和布莱希特当年的论争，并积极地讨论过这场文学论争。当时，中国学术界"扬布抑卢"的现象非常明显，因为很显然，崇尚现代主义艺术理念的布莱希特似乎更符合20世纪80年代欲求得艺术创新的中国人的普遍心态。这与当时中国学术界普遍对斯坦尼体系的质疑如出一辙。殊不知，观念保守的卢卡契在捍卫现实主义美学传统的同时对文学的深刻洞见，是我们必须加以珍视的，同样，观念保守的斯坦尼在捍卫现实主义舞台艺术传统的同时对戏剧舞台艺术的切身感受，也应当成为我们倍加珍视的精神遗产。"扬布抑卢"的现象反映出我们的肤浅与焦躁，那么，对斯坦尼的武断否定，是否也是出于同样的文化心态呢？

三

斯坦尼斯拉夫斯基现实主义戏剧体系之所以今天仍然具有强大的生命力和影响力，一个重要的原因就在于：斯坦尼体系的现实主义性是具有开放性特质的。它的开放性大体有两个方面的内涵：第一，舞台演出具有兼容并包的开放性特征；第二，斯坦尼体系艺术理念的内涵具有广泛的包容性和延伸性。在创立体系的时候，斯坦尼就强调过，"没有什么能比为'体系'而'体系'更加愚蠢，对艺术更加有害的了。不能把体系当成目的，不能变手段为实质。这种做法本身就是最大的虚假"[6]。斯坦尼非常清楚，自己所探索的戏剧表演艺术体系是开放的、发展的，而不是僵死的，只有以发展的眼光来看待体系，才是对体系的真正重视。体系不是给导演和演员提供一个规定好的不可更改的规则，而是提供一个能够更好地发展、提升的轨道和平台。

斯坦尼以其现实主义的艺术观在戏剧舞台上呈现了各种艺术流派的戏剧作品，绝不囿于现实主义流派。斯坦尼和丹钦柯领导的莫斯科艺术剧院虽然以上演经典的现实主义剧目为主，但斯坦尼的艺术视野是很开阔的，他也很喜欢许多象征主义剧作。譬如，比利时剧作家梅特林克的象征主义作品就时常被斯坦尼搬上舞台。在《我的艺术生活》一书中，斯坦尼满怀敬意地回忆了他当年与梅特林克会面的情景。在与象征主义戏剧大师梅特林克的这次会晤中，两人之间丝毫没有艺术交流方面的障碍。艺术理念并不相同的两个人在探讨戏剧艺术问题时，体现出更多的是互相的理解与尊重，是对戏剧艺术共同规律的共识。这说明，斯坦尼的艺术旨趣是非常宽广的。上演非现实主义的剧作，这充分体现了斯坦尼艺术眼光的开放性特征。

斯坦尼崇尚的现实主义艺术理念，其实蕴含了相当深广的可阐释空间，它可延伸至其他的戏剧艺术派别，为新的戏剧流派的艺术实践提供异常丰富的启发意义，甚至还"越出了戏剧流派的范畴"。[12] 有学者认为，梅耶荷德和瓦赫坦戈夫这两位斯坦尼体系的叛逆者其实"是在更高的意义上回到了斯坦尼体系"。[8] 这种看法实则包含着另一层意思，即斯坦尼的现实主义戏剧观的确隐含着其他戏剧艺术倾向的萌芽，或者说，斯坦尼体系的基本内涵具有开放性特质，它根本上与新的戏剧艺术理念并不相悖，诚如有的学者所指出的那样，"梅耶荷德和瓦赫坦戈夫的戏剧革新理论是在斯坦尼体系'结束'的地方'开始'他们的创新的。可以说是斯坦尼提供了一个跑道，他们在这个跑道上开始起飞，从而实现了他的飞行"[8]。这就是说，斯坦尼的现实主义戏剧理念并不是自我封闭、囿于自身的，它完全可以成为各类新的戏剧艺术流派形成的基础。譬如，象征主义、表现主义戏剧往往强调戏剧舞台的非写实性和戏剧人物的抽象化。这自然与斯坦尼崇尚的现实主义戏剧理念很不一样。但斯坦尼强调的戏剧舞台的真实性理应指向一个更高的艺术真实的层面——突破了写实主义意义上的体现生活内在本质的真实。而这个意义上的真实是诸多现代艺术流派所追求的。这就是斯坦尼戏剧观的发展和延伸。同样，人物的抽象化固然迥异于人物的性格化，但斯坦尼对"内心体验"的重视不仅有助于现实主义式的性格化人物的塑造，同样也有助于抽象化、象征化的现代主义戏剧人物的舞台呈现。譬如，荒诞派剧作《等待戈多》中的两个流浪汉形象固然不是传统现实主义式的性格化人物，这两个人物完全是类型化的，不需要性格的丰富性和心理活动的复杂性。但演员对这种类型化人物的舞台把握也是离不开对角色的精神状态的精准深入的把握的。只不过，这里要体验的已不再是人物复杂细腻的内心情感，而是人的总体的麻木与无奈之感。这也是人物情绪的范畴。对这种类型人物的舞台呈现，当然需要以对人物的感受体验为基础。因此，在舞台上呈现这两个流浪汉形象，同样需要斯坦尼体系的"感受——体验说"。

20世纪现代戏剧往往更强调舞台的独立性（指相对于斯坦尼体系对剧本的看重），强调对舞台空间的运用和演员形体动作的象征意义。这些现代戏剧观念无一例外，都与斯坦尼体系有着密切的内在关联。斯坦尼在反对"剧场性"的过程中，从现实主义立场出发，致力于营造舞台空间的艺术真实。同样，他十分重视演员的形体动作的训练，将其视为展示人物精神心理状态的最主要的手段。斯坦尼的这些艺术探索虽然是属于现实主义艺术范畴的，但他对如何运用舞台空间来更好地表达精神的内涵，如何训练演员的形体动作以便更好地体现内心的情感的真知灼见，又是不拘于现实主义范畴而具有了广泛的启发意义，为20世纪戏剧舞台意韵的不断开拓，为演员的舞台作用的不断发掘提供了有益的借鉴。

有学者正确地指出："今天，当各个不同门类的艺术家们使用'人的精神生活'、'最高任务'、'贯穿动作'、形象的'种子'、'情调'这些的概念的时候，当剧作家和电影编剧们频频地在剧情中安排'内心独白'，不仅赋予文本，而且赋予'沉默'以重大的意义的时候，他们走的正是斯坦尼斯拉夫斯基所奠定的道路。"[1] 这就意味着，戏剧舞台艺术的探寻理应不是建立在对斯坦尼体系的武断否定与轻易抛弃之基础上的，而是应当建立在以开放的眼光看待斯坦尼现实主义艺术理念之基础上的。苏联时代著名剧作家特列涅夫说过："斯坦尼斯拉夫斯基体系不仅仅对剧院和演员有价值，它更是对任何人的创造行为，对任何艺术领域和创造领域都有启发意义。"[13] 这就是说，作为现实主义艺术观的斯坦尼体系，其真正的价值是具有普遍性与广泛性意义的。只有充分领会斯坦尼体系的艺术价值，方能实现戏剧艺术观念的真正的创新。抛弃斯坦尼体系，无异于抽掉了向上飞跃的踏板。

（作者单位：南京大学文学院）

参考文献：

［1］陈世雄：《导演者：从梅宁根到巴尔巴》，厦门大学出版社，2006，第 7 ~ 254 页。

［2］РиММа Кречетова. Станиславскй Москва，Изд-во Молодая гвардия，2013，10.

［3］陈世雄：《斯坦尼斯拉夫斯基体系的历史渊源》，《戏剧艺术》2002 年第 3 期。

［4］〔苏〕斯坦尼斯拉夫斯基：《斯坦尼斯拉夫斯基全集》（第 6 卷）郑雪莱等译，中央编译出版社，2012，第 239 页。

［5］朱彬博：《从斯坦尼斯拉夫斯基表演体系的影子里走出来》，《戏剧文学》2016 年第 12 期。

［6］〔苏〕斯坦尼斯拉夫斯基：《斯坦尼斯拉夫斯基全集》（第 2 卷），林陵、史敏徒译，中央编译出版社，2012，第 26、44、220、234 页。

［7］〔俄〕普希金：《普希金论文学》，陈春译，漓江出版社，1983，第 791 页。

［8］胡静：《评斯坦尼斯拉夫斯基体系及其反叛者》，《艺术百家》2004 年第 4 期。

［9］〔苏〕瓦赫坦戈夫：《瓦赫坦戈夫的最后两次谈话》，郁文域译，《戏剧理论译文集（第 3 辑）》，中国戏剧出版社，1957，第 122 页。

［10］陈世雄：《三角对话：斯坦尼、布莱希特与中国戏剧》，厦门大学出版社，2003，第 82 页。

［11］Виноградская М. Жизь и творчество К. С. Станиславского，т. 1，Москва，Изд – во Московский Художественный театр，2003.

［12］Лоза О. Актёрский тренинг по системе Станиславского，Москва，Изд – во Полиграфиздат，2009.

［13］Тренев К. Значение МХТ. //Театр，1960，№9.

被引用的奥尔巴赫

——《摹仿论》的比较文学意义

郝　岚

德国犹太裔学者奥尔巴赫的《摹仿论》[①] 中译本在 2014 年由商务印书馆出版了修订译本，是一件值得关注的事。虽然本书在 2003 年由百花文艺出版社出版了第一个中译本，但是由于著作本身的难度、涉及文体学问题的深度，特别是中文学界对源于德国的语文学如何在二战后转战美国影响了比较文学的学术史缺乏了解和重视，因此在首个中译本出版十余年来，仅有有限的几篇文章对它进行批评与阐释。从第一个中译本到修订本出版相隔的时间，正好与奥尔巴赫写作《摹仿论》的时间相同。奥尔巴赫由于犹太血统于 1935 年不得已放弃了马尔堡大学的教职，几个月之后获得举荐，来到伊斯坦布尔大学担任拉丁文学教职，在此期间他完成了《摹仿论》。1946 年，本书首次在瑞士以德语出版的时候，奥尔巴赫已经结束了十余年的伊斯坦布尔的教书生涯，于 1945 年开始了美国耶鲁大学的教职，直到 1957 年逝世。1953 年《摹仿论》英译本由楚斯科（Willard R. Trask）翻译，普林斯顿大学出版社出版。

一　被反复引用的"后记"

《摹仿论》的副标题叫作"西方文学中现实的再现"，开篇从奥德修斯

[①]　〔德〕埃里希·奥尔巴赫：《摹仿论》，吴麟绶、周新建、高艳婷译，商务印书馆，2014。

的伤疤说起，到最后一章论及伍尔夫的小说《到灯塔去》。著作用二十章的篇幅，并不系统的方式讨论了西方文学中的现实观念，特别是文体分用与文体混用原则的变迁。该书虽则立论宏阔、语文学根基深厚，但也并非无可挑剔：例如它是由片段的细读构成的，缺乏总体理论和框架；对《荷马史诗》的分析过于"前景化"（foregrounding）：不是依据其文本本身，而是从后来的《圣经》进行定位和分析的。在他死后出版的最后一部著作中，奥尔巴赫也承认《摹仿论》的结构上存在空白，从公元600年一直跳跃到1100年（Auerbach，1993：65）。尽管如此，《摹仿论》在西方古典及罗曼语语文学领域的确产生了重要影响①，但是它真正焕发的"生命光彩"远远超出了古典学领域。

近三十年来由于作者的流亡身份、著作涉猎的多语种和综合研究方法，它的文学批评和比较文学意义在英语学界越发重要。在它的赞美者名单中，不乏著名批评家的影子：雷纳·韦勒克、特里·伊格尔顿，特别是萨义德对奥尔巴赫的反复引用与推崇，都令中国读者早在本书的中译本出现以前，就翘首以盼。但是值得注意的是，虽然《摹仿论》被现代文学批评广泛膜拜，奇怪的是，他的真正语文学追随者并不多。有学者注意到："尽管《摹仿论》是定义了战后时代比较文学的有限的几部巨著，但令人惊奇的是学者们持续引用和研究的兴趣多数与这部作品本身无关。事实上，这部作品一直是以一个框架的方式存在（于美国比较文学界）的。"（Damrosch，1995）②事实的确如此。

或许你难以想象，被译成中文之后多达将近700页的《摹仿论》在英美比较文学界，被引述最多、最为人熟知的竟然是他的后记。确切地说，只是奥尔巴赫在最终强调本书的主导思想、材料挑选、研究方法与主题之后，那不足半页的话：

---

① 它在古典语文学领域引起的反响可以在《摹仿论》出版六年后，奥尔巴赫自己发表于 *Romanische Forschungen* 65（1953）：1~18 上的回应文章中有所感受。本文收录于《摹仿论》中译修订本的附录中。

② Philology And "WELTLITERATUR", in Damrosch, David, Natalie Melas, and Mbongiseni Buthelezi, eds. *The Princeton Sourcebook in Comparative Literature*. Princeton University Press, 2009：116-138.

这项研究是战争时期在伊斯坦布尔写成的。这里没有对欧洲研究来说资料齐全的图书馆；国际联系中断；因此我不得不放弃几乎所有的报章杂志，放弃大多数新的研究成果，有时甚至不得不放弃所选文章的可靠的修订本。因此很可能，或者甚至可以说，肯定会出现这样的情况，即本来应该考虑到的东西被遗漏了，也可能有时我的观点被新的研究所驳斥或被修改。但愿在这种可能的情况之下，产生的错误没有涉及主导思想的核心问题。缺乏专业书籍及杂志也影响到本书没有加写注释；除了引文以外，我摘录的其他材料相对来说较少，这较少的引文很容易插入阐释之中。另外，本书之所以能够付梓，很可能要归功于缺少一个大的专业图书馆这一情况；要是我当时能够清楚地了解对这众多的题材已经做过的研究工作的话，也许我就不会去写这本书了（奥尔巴赫，2014：656）。

频繁引述这些话或对此段"自白"保持警觉的学者非常之多①，但最"忠诚"的无疑是萨义德莫属。

奥尔巴赫和他的《摹仿论》被萨义德多语境、多用途地用于他对西方中心主义的批评，特别是东方主义及后殖民理论批判。但是吊诡的是，奥尔巴赫著作本身就是"西方"的，他自己说："《摹仿论》试图理解欧洲；但是，这是一本德国的书"（奥尔巴赫，2014：689）。本书开篇是《荷马史诗》，接着谈到《圣经·旧约》的叙述，奥尔巴赫以此代表欧洲文化以文学形式对现实进行再现的两种基本类型：一个着墨均匀、一目了然，发生的一切均在幕前，但在历史发展和人类问题上有局限；而《圣经》代表的则突出重点、部分表述、未完全表达的东西强烈、后景化、历史与上帝纠缠不清的关系使得每个零散不明的叙述都与世界史及其诠释构成整体（奥尔巴赫，2014：28）。这样的开篇叙述严格遵循着西方文学的"两希"传统，没有越雷池一步。正因如此，20世纪80年代初，《摹仿论》因其研

① 这其中包括大卫·达姆罗什的《流亡中的奥尔巴赫》（1995）、阿米尔·穆夫提《奥尔巴赫在伊斯坦布尔》（1998）、艾米丽·阿普特《全球翻译：比较文学的"发明"》（2003）等。他们都注意到奥尔巴赫的"流亡"身份，而穆夫提和阿普特的文章都更加关注了那个地点：伊斯坦布尔。

究内容和方法上的欧洲中心主义被左翼学者大加挞伐。恰在此时，"是萨义德拯救了它，将它赋予了更为广阔意义上的文化权威和世界文学范本的地位"（Lindenberger，1996：209）。

二 萨义德与奥尔巴赫

从早期的《开端：意图与方法》之后，萨义德的作品中总是频繁出现奥尔巴赫的身影。早在《东方主义》一书中，萨义德就将奥尔巴赫的批评实践和东方主义话语进程对立了起来。萨义德认为东方主义和比较文学的想象，都倾向于把文学作为一个整体进行解释，虽然它们都强调某种程度上疏远学术研究的客体，但对这一距离的意义和后果存在尖锐分歧。奥尔巴赫的疏远，隐含着一种宽容，但对于东方主义者来说，疏远只能强化他们的欧洲文化优越感；"假如在语文学（按照奥尔巴赫或者库尔提乌斯的设想）中进行综合的志向会导致学者意识，扩展对人类的兄弟感情，扩展出人类行为的普遍性，那么在伊斯兰东方主义那里，综合只能导致非常鲜明的差异感，如同伊斯兰教历的东西方差异一样"（Said，1978：260－261）。

萨义德不仅在《摹仿论》的英译本五十周年纪念时写了著名的导论（如今收在中译修订本之前），他还在《世界、文本、批评家》《文化与帝国主义》等书以及《人文主义与民主批评》的系列演讲集中多处谈到奥尔巴赫。仅《世俗批评》一文，详细引述奥尔巴赫这段愁思郁结的后记，对它进行语境和意义分析的部分就竟然有 8 页之多①。萨义德先做"文抄公"，把"后记"中奥尔巴赫的那段话抄录于文中，之后分析说："寥寥数语，谦逊但颇富戏剧化效果……他是从纳粹欧洲流亡的犹太人，也是日耳曼的罗曼语传统学者。但是失去了所有希望的他，寄身伊斯坦布尔，同文学、文化和政治上传统深厚的大本营咫尺天涯。……但正是流亡，将挑战和冒险、甚至是对他的欧洲自我（selfhood）的主动性侵犯，转化成了积极使命。"（Said，1983：6－7）萨义德将奥尔巴赫作为世俗批评的典型代表，

---

① Said，Edward W.，*The world，the text，and the critic*. Harvard University Press，1983，pp. 5－9，16，21，29.

不过奥尔巴赫曾强调说他"是一个天主教徒"（奥尔巴赫，2014：687 - 688），如何理解天主教徒的语文学家被后殖民主义研究者用作"世俗批评"典范这一矛盾呢？布鲁斯·罗宾斯的观点更容易被我们接受，他认为不能够把"世俗"与信仰和宗教对立起来，在萨义德那里，这更多是与一个作为信仰体系的民族和民族主义相对的概念（Robbins，1994：26）。

萨义德流亡人文主义论述的价值在于站在欧洲之外看欧洲，正是基于这一点，他发现了奥尔巴赫的价值：奥尔巴赫在欧洲法西斯主义几乎要内爆欧洲的尖峰时刻，站在过去被欧洲视为"他者"的土耳其来论述欧洲，这一形式隐喻了批评意识与它的客体——西方文学——的关系。因此，"《摹仿论》本身并非人们认为的那样，只是对西方文化传统的肯定，它也是建立在对这个传统的巨大疏离之上的作品……是一部基于同这种文化隔着痛苦距离之上的作品"（Said，1983：8）。

从东方主义、世俗批评和流亡人文主义，到1993年，萨义德在《文化与帝国主义》一书中，谈到"帝国与世俗的解释"时又多次征引奥尔巴赫，征引的仍然不是《摹仿论》中实际论述的物质性的功能文本，而是奥尔巴赫这个潜在的、想象的、处境中的"文本"，并且主要阐述的是战后美国比较文学的兴起和学术史。那么到底语文学家奥尔巴赫这部探讨"西方文学的现实再现"著作又如何与比较文学发生联系呢？

三 从心智史、语文学到比较文学

1953年，已在美国的奥尔巴赫回应批评文章时说："《摹仿论》源自德国的心智史（intellectual history）和语文学的主体和方法；与其他任何传统相比，只有在德国浪漫主义和黑格尔的传统中，它才能得到更好的理解"，这主要是针对后来某些人对他著作中过于疏阔"概念化"（conceptualization）批评的回应。奥尔巴赫申辩说，只单纯罗列文本细节，不进行概念化的综述是不可能的，而任何概念和术语都应该有弹性而灵活，要在特定的语境中获得意义（奥尔巴赫，2014：689）。

20世纪早期的欧洲古典语文学主要继承的是源于浪漫派学者施莱尔马赫和狄尔泰，最终为伽达默尔发扬光大的德国阐释学传统。斯皮策曾在

《语言与文学史》导言中谈到德国语文学在近代取得伟大成就的哲学继承及其对于精神领域的根本意义，斯皮策梳理说：语言学或语文学所注意到的词的细节，最终应进入艺术家灵魂中存在的创造原则中，最终检验出人文学者尝试建构的"内在形式"是否具有普遍性；这个循环狄尔泰称之为"理解的循环"，他继承的是施莱尔马赫发现的"细节只有通过整体才能被理解，而对细节的任何解释先定了对整体的理解"；在此之后伽达默尔称之为"阐释循环"（Spitzer，1948：19）。

这种细节与整体的关系、片段对于历史的意义，是一种浸润于奥尔巴赫与斯皮策这些语文学家灵魂中的基本信念：一种对黑格尔式的普遍历史（die Universalgeschichte）的信念，也是萨义德在纪念《摹仿论》英文本五十周年导论中发掘的，源于维柯①的历史一致性（historical coherence）的信念。正是这种普遍与一致，使得奥尔巴赫继承了人文主义传统，勇于把琐碎的材料统一于历史进程，勾画出一部整一的心智史。

当时的欧洲和美国，伴随着人类学发展起来的关于普遍的人的概念和历史一致性观念流行的时候，也是民族主义兴起的时刻，多数欧洲思想家歌颂整体和人文主义传统时，主要歌颂的是他们自己民族的文化与价值。而历史地看，语文学用词源学基因组的方式，将文艺复兴的人文主义传统带入了现代学术，因此事实上它拥有影响文学机制和国家政治的文化资本。但是战后美国的比较文学观念不但表现了普遍性和对语言学家所获得的语言体系的理解，而且带有理想主义的象征色彩，这其中像奥尔巴赫、斯皮策这样的语文学家起到了重要作用。他们的研究出现在帝国主义肆虐欧洲之前的德国，通过语文学研究，认为民族是短暂和次要的，超越性的精神和谐才是永恒。因此，基于语文学的文学比较有助于形成跨国界的、泛人类的文学观点，因此美国早期的比较文学学者大多具有深厚的语文学背景。而语文学肩负的这一光荣使命集中体现在奥尔巴赫1952年用德语写于美国的《语文学与世界文学》一文中。

《语文学与世界文学》是作者逃离欧洲、辗转土耳其到美国劫后余生的文章，奥尔巴赫提请读者注意，世界文学应该基于多元文化相安无事的设

---

① 值得注意的是，奥尔巴赫也是维柯《新科学》的德语译者。

想，但是很遗憾，强势的欧洲文化同一化进程在二战后仍在继续，导致"人类生活的标准化"，即使在欧洲文化内部，原有的各民族文化的价值也在均等化，因此"世界文学的概念在实现的同时又被毁坏了"。他接着分析说，源自歌德的世界文学得益于历史人文主义，它包含物质材料的发现和研究方法（当然也包含奥尔巴赫所说的语文学），它描绘艺术史、宗教史、法律和政治学，最终形成"固定的目的论和普遍认同的秩序概念"，因为语文学促成了"人类内在的历史书写——因此创造了在多重性中达到统一的人的概念"，所以，语文学不仅是人文学科的重要分支，也是历史学。"过去一千年来的内在历史是人类实现自我表达的历史：这就是语文学作为一种历史学科所处理的主题"。至此奥尔巴赫笔锋一转，他说，可惜今天的世界文学和语文学不如以前那么积极了，他甚至承认世界文学对探讨民族精神交流和种族调和影响不大，"有效的交流发生于政治发展之上已经达成一致的合作者之间"，而没有凝聚的文化还普遍存在对立，除非一方征服一方。奥尔巴赫所倡导的世界文学概念——不同背景下共同命运的概念，不会试图改变已有的标准化的事实，但是"希望能准确而又自觉地描述那些有重大意义的文化融合以便记住他们"。奥尔巴赫的世界文学理想与歌德时代有所不同，但仍有共同的历史主义基础，实现的方法就是"历史主义的综合"。文章的结尾，奥尔巴赫说语文学者继承了自己民族的文化和语言，但他必须先脱离这个传统，再超越它，才能令这一传统有意义。本文的最后引述了圣维克多的雨果《教学论》（Hugo of St. Victor, *Didascalicon*）的话："美德的伟大基础……对那些老练的头脑来说，首先是一点点地学习改变可见世界中的短暂万象，之后再将它们一并放弃。认为家乡甜蜜的人仍是稚嫩的初学者，那些视四海如家的人是强者，但将整个世界都当作流放地的人才是真正完美的。"[①]（Auerbach, 2009: 138）雨果的这段话也多次出现在萨义德的各类论述中，部分的因为奥尔巴赫的《语文学与世界文学》一文是由萨义德于1969年与人合译为英文的。短文的英译前面附有萨义德写的前言，他重点指出，奥尔巴赫的"语文学探讨的是偶然的、历史化的真理"，从开始就是"辩证的而非凝固的"（Auerbach, 2009: 116）。

---

① 最后一句拉丁文或者更为清楚：perfectus vero cui mundus totus exilium est。

虽然奥尔巴赫为代表的语文学家们提供了一个更为宽容的视角，但是应该警惕的是，奥尔巴赫在世界文学这篇文章中有意回避了二战后新的世界格局中新兴起的"其它文学"。印度裔学者穆夫提注意到了萨义德为此感到的悲哀，认为萨义德和他所熟练运用的奥尔巴赫一样，代表的是少数人的文化。他分析说，奥尔巴赫对这些"其他文学"兴起的恐惧使他"在阐述世界文学时放弃了世界文学的道德理想"，这对萨义德而言"意味着体现法西斯受害者的文化观念同时也是种族中心主义的观念，而且事实上对即将到来的对欧洲文化挑战心存恐惧"，萨义德无情指出了文化、规则和价值在古典殖民帝国影响下必然被扭曲的方式，穆夫提总结分析说："萨伊德文本里出现的奥尔巴赫，并非像人们所认为的那样，是对自由文化权威的引用。这个人物的意义是在一系列的历史反讽和转换中充分凸显出来的。"（Mufti，1998：125）

纽约大学的阿普特继续了穆夫提对"奥尔巴赫式的萨义德"的批评，她把问题继续推进并为比较文学寻找新的语文学源头。她说，如果当今的比较文学更多定义为了世界上"少数"人——特别是西方——的比较，那么这不符合全球比较的"世界文学"道德理想。奥尔巴赫那一批学者二战后来到美国，似乎欧洲的学术传统和欧洲的语言教育和文学研究一并直接移植到了美国，为何只有流亡中的奥尔巴赫那段郁郁寡欢的后记最能代表萨义德所说的跨国人文主义？她提醒读者注意：奥尔巴赫的研究对象是欧洲文学、写作《摹仿论》的地点是伊斯坦布尔，他在土耳其期间仍然没有热情关注其他民族文学，他和他的学生仍然专注于德语和欧洲主要语言，他对源于歌德的世界文学理想和扩张的潜力是相对冷淡的，也就是说，奥尔巴赫和他的作品真正意义上的比较文学资源并没有萨义德强加给他的那么丰富。与之相反，早于他流亡这里的同事斯皮策（Leo Spitzer）同为古典语文学家，在伊斯坦布尔大学担任首席拉丁语教授和外语学院院长，他自身深入学习了突厥语之外，也利用他主办的研讨班积极推动了土耳其语言文学的研究交流与本土人才培养（甚至包含多位女性学者）。一直到20世纪70、80年代，斯皮策当年流亡时期培养的学生已是学术中坚，仍致力于扩展斯皮策留下的翻译方式。阿普特试图指出萨义德对奥尔巴赫的过度引用，令人们忘记了："在全球化的文学研究中，比较文学在早期就已经全球化……早在奥尔巴赫之前，斯皮策就在伊斯坦布尔讲述了除去流亡者的人文主义之外，语文学的世界交流故事，其中真正蕴含了跨国人文主义或全球翻译的种子。"（Apter，2003：256）

如果阿普特将全球比较文学的起点从美国推至 1933 年的伊斯坦布尔，将斯皮策更广阔的语文学成就带入更多研究者视野，那么持续三十年的对奥尔巴赫《摹仿论》的比较文学引用，对他作为流亡者微妙、矛盾身份的洞烛幽微的阐释，或许将被语文学中其他的学者所代替。

（作者单位：天津师范大学文学院）

参考文献

［1］ Apter，Emily， "Global translatio：the 'invention' of comparative literature, Istanbul，1933." *Critical Inquiry* 2003 （2）：253 – 281.

［2］ Auerbach，Erich，*Literary language & its public in late Latin antiquity and in the Middle Ages.* Princeton University Press，1993：116、138.

［3］ Damrosch，David，"Auerbach in Exile," *Comparative Literature*，1995(2)：97 – 117.

［4］ Lindenberger，Herbert， "On the Reception of *Mimesis*," *Literary History and the Challenge of Philology*，1996：209 – 316.

［5］ Mufti A. R.， "Auerbach in Istanbul：Edward Said，Secular Criticism，and the Question of Minority Culture"，*Critical Inquiry*，1998：95 – 125.

［6］ Robbins，Bruce，"Secularism，Elitism，Progress，and Other Transgressions：On Edward Said's 'Voyage in'". *Social Text* （1994）：25 – 37.

［7］ Said，Edward W.，*Orientalism：Western Conceptions of the Orient.* 1978：260 – 261.

［8］ Said，Edward W.，*The world，the text，and the critic.* Harvard University Press，1983：6 – 7、8.

［9］ Said，Edward W.，*Culture and imperialism.* Vintage，1993.

［10］ Spitzer，Leo.，*Linguistics and literary history：essays in stylistics.* Princeton，NJ：Princeton University Press，1948：19.

［11］〔德〕埃里希·奥尔巴赫：《摹仿论》，吴麟绶、周新建、高艳婷译，商务印书馆，2014，第 28、656、687～688、689 页。

场景、摹仿与方法

——从奥尔巴赫《摹仿论》的视觉艺术特征谈起

金　铖

奥尔巴赫（Erich Auerbach，1892 – 1957）在《摹仿论》（*Mimesis*：*The Representation of Reality in Western Literature*，German in 1946，English in 1953）的开篇旋即展示出一个"场景"，引领读者进入凝神观看的状态："读过《奥德赛》的人一定记得第十九章那个经过充分酝酿、激动人心的场景。"① "场景"一词在《摹仿论》中频频出现，奥尔巴赫更多时通称他所引用的作品段落为"场景"而不是"文本"，这或许意味着文本描述被类比为绘画、舞台造型等现代专业领域意义上的视觉艺术。哥伦比亚大学的沙伦·马库斯（Sharon Marcus）教授在新近发表的文章"尾声"引出一种猜想：《摹仿论》的批评方法近似于视觉呈现技术，这大概是源于奥尔巴赫受到了 20 世纪前期已在欧美大学里普遍应用的幻灯片教学的影响，"如同艺术史家一边将透明的小画片放置在幻灯机上一边进行着自己的演讲，奥尔巴赫为他的西方文学史观众提供了大约 40 副小插画"。② 本文由此提示出发，尝试对《摹仿论》极具视觉特征的批评方法进一步观察，进而探

---

① Erich Auerbach，*Mimesis*：*The Representation of Reality in Western Literature*，translated by Willard R. Trask，with an introduction by Edward W. Said，Princeton and Oxford：Princeton University Press，2003，p. 3. 中译本参考《摹仿论——西方文学中现实的再现》，吴麟绶、周新建、高艳婷译，商务印书馆，2014 年。

② Sharon Marcus，"Erich Auerbach's Mimesis and the Value of Scale,"*Modern Language Quarterly*，September 2016. 9，Duke University Press，pp. 297 – 319，p. 301.

求其与"摹仿"的关系，以及奥尔巴赫的批评方法带给当代文学批评的一些思考。

两类场景，两种评价

"场景"：scene，《摹仿论》英译本所采纳的这个词与奥尔巴赫自己在德文中使用的 szene 完全一致。从词源角度讲，scene 源自古希腊语 skēné，意为"帐棚、亭子、摊位"，后尤指"戏剧演出时，为演员候场准备的木质隔断"；scene 又与古印欧语词根 skā－及其变体 skaāi－相关，该词根同时有"闪耀、光亮"与"遮阴、阴影"正反两面的含义。① 经拉丁语、古法语、意大利语的发展和演变，至 19 世纪，融合了两种古老含义的 scene 出现在英语中，它既指戏剧舞台布景、场面、情景，又指如画一般明暗交错的风景，② 从中还衍化出同指"风景"与"风景画"的词汇 scenery。作为罗曼语语文学家，奥尔巴赫着重使用的词汇必然有其意味。翻开《摹仿论》，"场景"一词几乎显身于每一章，有时在一段文字间就会出现数次——除开篇第一句话，第 2 章中谈到了"彼得否认的场景"，第 3 章对照了两位史家塔西佗和阿米安的"场景"，第 4 章指出格列高利书写了一个"没有描述价值的场景"，第 5 章认为《罗兰之歌》的"一个场景，交代的事实并不清楚"……第 18 章集中分析《红与黑》为于连与马蒂尔德小姐的恋情做了铺垫的"场景"，第 19 章形容左拉的《萌芽》"毫不忌讳采用最直白的语言和最丑陋的场景"，第 20 章聚焦在《到灯塔去》里兰姆西太太量袜子的"整个场景"。一位语文学家，用"场景"替代了本应属于"文本"的位置，显示出他对文学描述与视觉想象之间关系的极为在意。

让我们从《摹仿论》的开篇场景开始。这是《荷马史诗》中奥德修斯伤疤被奶母认出的一幕："欧律克勒娅赶忙将凉水兑上热水，然后伤心地诉说起了一去不归的主人……她发现这位客人和她的主人是多么惊人地相

---

① Erich Partridge, *Origins：An Etymological Dictionary of Modern English*, London and New York：Routledge & Kegan Paul Ltd, 2009, pp. 592－593.

② 德语 szene 源自拉丁语 scena，与英语 scene 意义发展一致，但在明暗相对的两种含义中更倾向"明亮"一面。

似。此时，奥德修斯记起了自己的伤疤，意识到欧律克勒娅会认出自己，他把身子转向暗处，还不愿意现在就与家人相认……老女仆碰到了他的伤疤，又惊又喜一松手……奥德修斯轻声地对她又哄又吓，不让她出声……佩涅罗佩的注意力正被雅典娜事先采取的行动所吸引，什么也没有发觉。"① 在奥尔巴赫看来，这一切都被铺排在一个看得见、摸得着的静态空间里，即使本该引发"戏剧性"转折的场景，荷马也以十分明确的动作令其停止，于是这一场景便接近了雕塑与绘画艺术。这里带给我们的强烈印象，的确不是对《奥德赛》第 19 章中那 100 多行诗句对现实的再现，而仿佛关于存放在罗马国家博物馆里的陶土浮雕《奥德赛》（*Odyssee*，1st cent. A. D.）、法国古典主义学院派画匠古斯塔夫·布朗热（Gustave Boulanger）的画作《欧律克勒娅认出奥德修斯》（*Ulysse reconnu par Euryclée*，1849）的镜像。

在指认一个场景时，奥尔巴赫常常使用文学批评从雕塑、建筑、绘画艺术领域迻借过来的术语，如罗马帝国后期史书作者及拉丁早期教父表达了"巴洛克"（baroque）风格，佩特罗尼乌斯善用"远景透视法"（perspective），宫廷小说的议题是骑士的"自画像"（self-portrayal），18 世纪 30 年代的法国小说犹如"室内画"（intérieures）也似风景画（Sittenbilder），伏尔泰笔下妙趣横生的"洛可可"（rococo）式小品，左拉的小说乍一看很像佛兰德绘画（Flemish painting），尤其像 17 世纪荷兰绘画（Dutch painting）。② 有时，奥尔巴赫直指一部作品正是一件造型艺术品：《圣阿莱克西行记述》是"互相独立性很强的连环画"、阿米安的作品是"一座完整的恐怖、怪诞、极端感官式人物肖像陈列馆"、在庞大固埃嘴里呈现出西欧的"微缩景观"，等等。甚至，并不表形的字母文字竟被比拟为艺术家画笔下的线条和颜色，当论及罗马帝国后期创作极端感官性的巴洛克风格时，奥尔巴赫称："颜色刺目的辞藻"与"血腥恐怖的现实"密切地结合在了一起，

---

① Erich Auerbach, *Mimesis*: *The Representation of Reality in Western Literature*, translated by Wilard R. Trask, with an introduction by Edward W. Said, Princeton and Oxford: Princeton University Press, 2003, pp. 51, 27, 131, 399, 405, 509.

② Erich Auerbach, *Mimesis*: *The Representation of Reality in Western Literature*, translated by Wilard R. Trask, with an introduction by Edward W. Said, Princeton and Oxford: Princeton University Press, 2003, pp. 51, 27, 131, 399, 405, 509.

"朦胧晦涩、与大众语言风马牛不相及的修辞"刻画了人与人之间缺乏互相尊重和理解，阴郁的现实与崇高文体之间的重重矛盾反映在遣词造句中就是"词汇矫揉造作，句子仿佛开始扭曲变形"；① 在谈到《伊万》时，奥尔巴赫指出"没有组织紧凑的套叠长句"，使用含义不确定的连词"que"与自然的韵脚，描绘了骑士生活的轻松、质朴和清新，精细的连续动词和幽默用语则表达出宫廷文化的纤巧迷人可爱；② 奥尔巴赫极具感官的造型类比还有，《罗兰之歌》的"半谐音使每行诗句自成一体"形成"长度相同、顶端相似的节杖或长矛被捆成一捆"，此般形态正像人物举止被"限制在他们的活动之中"，从而符合了他们范围狭窄的宫廷礼仪，《十日谈》第四天第二个故事少妇莉赛达夸耀自己的美貌时用的是漂亮的引语、最美的句子成分……③

恰若"场景"这个词汇本身包括了两重含义，《摹仿论》中的"场景"似乎也表现出两种有所区别的特征——如画的场景与戏剧化的场景。但是，令人倍感讶异的是，奥尔巴赫如此沉稳细致、动用了大量的篇幅把文学作品摹拟为绘画和塑像，竟是为了对照出他所认为的真正具有现实主义力度的舞台式、戏剧化的作品。例如，在他的目光审度之下，但丁的《神曲》可谓中世纪晚期再现现实的巅峰大作，因它展示了人及尘世－历史生活的世界，从此中世纪教会的"雕塑和巨大画框被打碎了"；④ 左拉的《萌芽》直至今天都是一部令人敬畏、具有重大现实意义的作品，尽管小说乍一看的确像是自然主义绘画，但这并非作者的才华深受绘画的启发，

---

① Erich Auerbach, *Mimesis*: *The Representation of Reality in Western Literature*, translated by Wilard R. Trask, with an introduction by Edward W. Said, Princeton and Oxford: Princeton University Press, 2003, pp. 52 – 60, 127 – 133, 106 – 107, 206 – 207.

② Erich Auerbach, *Mimesis*: *The Representation of Reality in Western Literature*, translated by Wilard R. Trask, with an introduction by Edward W. Said, Princeton and Oxford: Princeton University Press, 2003, pp. 202, 509 – 515, 554 – 555, 554, 181, 282, xii.

③ Erich Auerbach, *Mimesis*: *The Representation of Reality in Western Literature*, translated by Wilard R. Trask, with an introduction by Edward W. Said, Princeton and Oxford: Princeton University Press, 2003, pp. 202, 509 – 515, 554 – 555, 554, 181, 282, xii.

④ Erich Auerbach, *Mimesis*: *The Representation of Reality in Western Literature*, translated by Wilard R. Trask, with an introduction by Edward W. Said, Princeton and Oxford: Princeton University Press, 2003, pp. 202, 509 – 515, 554 – 555, 554, 181, 282, xii.

而是因为作品中的现实被冷酷、无情地直视化，丑陋的事物不再仅仅代表感官刺激而被事件化，这是一出历史的悲剧。①

　　然而，就此对奥尔巴赫的"场景"作以粗率的二分法识别还不够。借《摹仿论》对《神曲》的分析，我们一探究竟。首先，语言简洁却内容丰富。一开始，奥尔巴赫就点明"这个出自《神曲·地狱篇》第十歌的一段插曲""比本书论及的任何一处都更加简练"，但是在这"狭窄的空间里内容却更多、分量也更足"。由于但丁在这出"戏"中，需要分别完成与导师维吉尔、基伯林党领袖法利那太和好友归多的父亲加发尔甘底的对话，在这一过程中他与法利那太的对话又被加发尔甘底打断了一次，所以奥尔巴赫认为再现这一复杂、曲折的场景只用了70行的诗句实在是太过局促了，但也正因如此每个场景都充溢着巨大的含量。其次，连续出现戏剧性的"突转"，并引发"惊恐"与"怜悯"之情。这出"戏"一共转换了四个场景。相对于第一个场景的平静，第二个场景的发生极富戏剧色彩，"它始于骤然间响起的声音和从棺木中突然竖起的身躯，这令但丁极为惊恐"。第三个场景"打断"了第二个场景，两场人物之间也形成了鲜明的对照——法利那太的高大、对地狱的蔑视，显出他的"崇高"，加发尔甘底的身躯瘦小得多，他对尘世的留恋、对地狱的哀怨不觉让人心生"怜悯"。再次，具备戏剧的整一性。"各自独立互不关联的场景间的迅速转换所依赖的是《神曲》的整体结构"，表现在语言方面，是"每个场面自身都使用了大量句法关联的手段""尽可能将内容压缩在关系从句中"和"有血有肉"的俗语连接上，表现在思想内容方面，是但丁的尘世、彼世整一的"历史"观。最后，赋予日常生活以严肃的悲剧性。"但丁几乎是毫无限制地详尽而又直接地摹仿日常生活、无聊琐细与令人生厌的事情"，这既成为诗人打破古典文体界限的重大举措，也表现了他在思想上一反中世纪文学对尘世的藐视，塑造出充满激情的世间景象与强而有力的"人"的形象。正是恩格斯（Friedrich Engels）所称道的那样：但丁是中世纪最后一位诗人，也是新世纪的第一位诗人。很明显，最后一个特征也是对前面三个特征的总结。

---

① 亚里士多德：《诗学》，罗念生译，人民文学出版社，1962，第3页。

也就是说，在奥尔巴赫的视野和类比中，并非所有的戏剧化场景，而是只有"毫无顾忌地将日常的琐屑与最崇高的悲剧混合在一起"这样的戏剧化场景才配得上他所谓"严肃的、真正的写实主义"的殊荣。① 这样一来，我们从《摹仿论》中观测到的正反两类场景便应该是：第一，日常生活与悲剧性融合在一起的戏剧化场景；第二，不具备景深的镜子般的如画场景。在前一类场景中，虽已刻画出活生生的日常生活，但是并不具备悲剧的严肃性质，那么它将被排除在外，如古典时代的喜剧、滑稽故事集等；而仅仅保持了悲剧特征，但是远离了日常生活的现实，那么它也不属此类场景，如荷马、莎士比亚、法国古典主义文学等。在后一类场景中，显然有大量特征各异的作品存身其间，但奥尔巴赫似乎并未打算进一步明晰和细化，我们也无意在这一含混地带继续爬梳。但我们需要注意的是，有些看似绘画实际上却是真正的戏剧性的，如圣西门的作品、左拉的《萌芽》等，有些状貌戏剧却只不过是色彩无比缤纷的画面性的，如《堂吉诃德》等。

正如马库斯教授所发现的那样，《摹仿论》中时常出现的两组词汇：丰富（rich）、宽广（wide/broad）、充分（full）、强烈（strong）、深度（deep）与细小（thin）、狭窄（narrow）、浅表（shallow）等，分别代表了奥尔巴赫衡量文学作品的两种尺度。② 让我们更进一步，两组词汇或许刚好是对奥尔巴赫所区分的两类"场景"的不同判别——融合了日常生活与悲剧张力的"场景"与缺乏生气、似镜如画的"场景"。

二 "摹仿"的两个来源，"再现"与"场景"的关联

领略过奥尔巴赫的"场景"，理当有助于我们理解《摹仿论》究竟在讲什么。关于本书的主旨，奥尔巴赫在"结语"（Epilogue）里说明：这原是柏拉图在《理想国》卷十中提出的问题，后来通过但丁在《神曲》中对

① 亚里士多德：《诗学》，罗念生译，人民文学出版社，1962，第3页。
② 亚里士多德：《诗学》，罗念生译，人民文学出版社，1962，第3页。

现实的表现得以明确。① 我们不免心存疑惑，既然"摹仿"的概念源自柏拉图，但是奥尔巴赫对《神曲》"场景"的概括和确认却与亚里士多德对悲剧之形式的裁定如出一辙。而且，亚里士多德在《诗学》开篇就提出，一切艺术，包括"史诗和悲剧、喜剧和酒神颂以及大部分双管箫乐和竖琴乐——这一切实际上是摹仿"。② 那么，奥尔巴赫的"摹仿"究竟是关于柏拉图的"摹仿"的深入，还是对亚里士多德的"摹仿"的发展？透过"场景"的双层面纱，我们看到的是奥尔巴赫对"摹仿"——这一萦绕在西方文学观念上二千年多年的核心问题——独具特色的思索和解读。与此同时，"摹仿"与"现实的再现"这一对正副标题本身也就成了相当值得玩味的"双生花"。

先看，似镜如画的场景与柏拉图的"摹仿"的重合。柏拉图在《理想国》中道出了他那最为引人注目的比喻——画家和诗人的创作都是"摹仿"，如同"拿一面镜子四面八方地旋转……就会马上造出太阳，星辰，大地，你自己，其他动物，器具，草木……一切东西"，③ 这样"摹仿"不仅与真理隔着三层，与真实也相离甚远，因为"它在表面上象能制造一切事物"但实际上"只取每件事物的一小部分，而那一小部分还只是一种影象"④。如同在"奥德修斯的伤疤"一览无余的场景中，人和物的位置都表述得清清楚楚且着墨均匀，所描述的事件都似乎是看得见、摸得着，甚至可以想象出明确的时间和地点，但这类场景却是个缺乏后景和深度的画面，也是无法反映真实生活的某个阶层的局部画面。看起来，奥尔巴赫认为在文学中确实存在着大量如柏拉图所言的那种"镜子式摹仿"的作品，而这些作品并不能再现真实生活。

再看，戏剧性的场景与亚里士多德"摹仿"的紧密联系。对"法利那太和加发尔甘底"这一戏剧性场景的特征概述——戏剧行动、突转、不可分割的整体、引发出怜悯与恐惧的情绪，自然令我们想起《诗学》中对悲

① 亚里士多德：《诗学》，罗念生译，人民文学出版社，1962，第3页。
② 亚里士多德：《诗学》，罗念生译，人民文学出版社，1962，第3页。
③ 柏拉图：《文艺对话集》，朱光潜译，人民文学出版社，1963，第69页，第72页。
④ M. H. Abrams, *The Mirror and the Lamp*: *Romantic Theory and the Critical Tradition*, London, Oxford and New York: Oxford University Press, 1953, p. 8.

剧的讨论，奥尔巴赫肯定地告诉我们："但丁称法利那太的'崇高、坦荡'（magnanimo）来自亚里士多德"。① 在奥尔巴赫看来，但丁此书虽名为"喜剧"（*Divine Comedy*），但却体现了悲剧的崇高，这是一次极为重要的文体突破。鉴于奥尔巴赫将《神曲》奉为中世纪晚期书写现实的集大成之作，那么无疑他把亚里士多德的戏剧式"摹仿"视为一种极富价值的准则。

我们不妨稍作总结，对于奥尔巴赫来说，他的文学"摹仿"观是柏拉图与亚里士多德思想的中和反应：首先，他把那些不能真正再现现实的作品归于柏拉图式的摹仿作品；其次，亚里士多德关于悲剧形式的尺度是衡量充满力度的现实主义作品的必要条件之一；最后，"现实的再现"的最高原则是"平凡人的日常生活与严肃的悲剧的统一"，② 即要像但丁那样将"喜剧"与"悲剧"融合在一起，奥尔巴赫又称之为文体混用。奥尔巴赫一方面陈明这种文体混用在的《圣经》文学当中已有所表现；另一方面也埋下一颗种子，目的是展开西方"摹仿"观以柏拉图与亚里士多德为两个原点继续成长的表现与程度。

诚如艾布拉姆斯（M. H. Abrams）在《镜与灯》中所言，"摹仿的倾向——将艺术解释为本质上是对宇宙万物的摹仿——可能是最原始的美学原理"，③ 也是横亘西方艺术理论 2000 余年的核心议题之一。据此，《摹仿论》确如韦勒克（René Wellek）所说的那样，"全书并非如副题'西方文学中现实的表现'所提示的那样，是西方现实主义文学的一部通史"；④ 而是一部以文学文本为载体，讨论"摹仿"这一观念的变化与发展在文学书写中的演进与表现。于是，"摹仿"观在奥尔巴赫的书中，继续向前发展。为了回答学界的多方质疑，奥尔巴赫在 1953 年的《浪漫主义研究》上发表

---

① M. H. Abrams, *The Mirror and the Lamp*: *Romantic Theory and the Critical Tradition*, London, Oxford and New York: Oxford University Press, 1953, p. 8.

② M. H. Abrams, *The Mirror and the Lamp*: *Romantic Theory and the Critical Tradition*, London, Oxford and New York: Oxford University Press, 1953, p. 8.

③ M. H. Abrams, *The Mirror and the Lamp*: *Romantic Theory and the Critical Tradition*, London, Oxford and New York: Oxford University Press, 1953, p. 8.

④ 韦勒克：《近代文学批评史》（第七卷），杨自伍译，上海译文出版社，2006 年，第 196、195～196 页。

了《〈摹仿论〉附论》，给出了"另一个"解释："这是一本德国的书……《摹仿论》源自德国的心智史（intellectual history）和语文学的主题和方法；与其他任何传统相比，只有在德国浪漫主义和黑格尔的传统中，它才能得到更好的理解。"① 而这种德国观念，在奥尔巴赫看来是经由维柯、赫尔德的历史观输送而来的。奥尔巴赫早在 1932 年发表的文章《维柯与赫尔德》中就探讨了这个问题，他说两位 18 世纪的思想家代表了欧洲近代历史观的"南与北"——南方偏重本质的、人文的，北方注重民族意识、民族感情以及种族问题；南方的治史方法同时表现出系统化和直觉倾向，北方充满着浪漫的、诗性的以及推崇自然天性的特征。② 最终，近代欧洲的两种历史观在歌德时代的德国至黑格尔的精神史中散发出炫目的光彩。奥尔巴赫认为这种来自社会历史、具有唯物倾向的思想进入了西方人的"摹仿"观念，在文学中的表现即重新发现从平凡人的生活琐屑中彰显出历史的剧烈动荡和深层能量、小人物的生命轨迹与严肃的悲剧之结合才是真正的现实主义文学，这不仅给第二次文体突破奠定了基础，而且比但丁那种在神学观支配下的悲喜剧融合走得更远、更平民化、更具历史意识，最终奔向了 19 世纪现实主义的高峰。实际上，从本质上讲，德国浪漫主义和黑格尔的传统，也是建立在接受、对抗、重解和发展柏拉图与亚里士多德的思想的基础之上的。

关于副标题中的关键词"再现"（representation），罗兰·巴特（Roland Barthes）给了我们一个提示。在巴特的文章《狄德罗、布莱希特、爱森斯坦》的中译文里，représentation 被翻译成了"表象"。巴特仅将"表象"问题从古希腊、狄德罗至 20 世纪的发展浓缩在这一篇小杂文中，但其中有三个方面颇值我们注意。第一，这个词与戏剧有关、与观看有关，最初是通过人们对戏剧的观看而得以确认的。第二，在西方文化发展中，戏剧、绘画、文学可以被统称为"屈光艺术"（arts diaptriques），相互之间可作以类比性观察，如"狄德罗的整个美学体系是建立在对于戏剧场面与绘画的

---

① 转引自中译本《摹仿论》（50 周年纪念版），奥尔巴赫著，吴麟绶、周新建、高艳婷译，商务印书馆，2014，第 689 页。

② Erich Auerbach，"Vico and Herder"，contained in *Selected Essays of Erich Auerbach*：*Time*，*History*，*and Literature*，edited by James I. Porter，translated by Jane O. Newman，Princeton and Oxford：Princeton University Press，2014，pp. 36 – 45.

同一识别之基础上的"。第三，戏剧的首要特征是整一性，因此好的屈光艺术都应具备这样的特点——每一个造型、姿势、画面、每一处描写都与整部作品紧密关联。一部具备优良整一性质的作品，"它知道应该如何去说；它面对情绪的发展途径，既是有所说明的又是有所预告的，既是深有感触的又是颇有思考的，既是激动人心的又是意识清晰的"，布莱希特与爱森斯坦则都是体现了戏剧整一性的优秀代表。① 简单说，就是任何艺术作品的每一个片段都蕴涵着意义的广度、深度与连续性，它们之间体现地是有机整体的关系。

踏着西方文学"再现"问题的这一脉络，奥尔巴赫在《摹仿论》中也有一系列举措。首先，把文学书写与戏剧、绘画相连接，并用"场景"一词置换了"文本"这一惯常用辞。其次，突出戏剧性的场景，强调场景之间的有机整一性。无疑，奥尔巴赫认为最优秀的"再现"作品，仿佛一部情节整一的戏剧，其中的每一个"场景"不仅互相关联而且都可反映整部戏剧的广阔内涵，像圣西门的作品那样"从任意的表象信息可以深入到一个人生存环境的综合体"，如《红与黑》所展现的一个行动却具有"总体现实，政治、社会、经济"的意义，也似伍尔夫笔下的主人公一个眼神是投向时空深处的一瞥……②

实际上，如罗兰·巴特所识见的那样，西方对于"再现"问题的探查与实践最根本还要归功于"亚里士多德为现代戏剧所做的贡献，并不是一种悲剧哲学，而是建立在理性之上的一种组织技巧（这便是当时的诗歌艺术的意义），一种悲剧实践从亚里士多德的诗学中显露了出来"，③ 我们甚至可以称之为20世纪前期有着某种诗学的戏剧化转向，亦即对全部艺术作品加以戏剧性的关注，或者对于展示了戏剧特征的文艺作品予以高度重视。于是，作为文学批评家的奥尔巴赫早于巴特，从文学史发展的角度更

① 罗兰·巴特：《狄德罗、布莱希特、爱森斯坦》，载于《显义与晦义——批评文集之三》，怀宇译，百花文艺出版社，2005，第90~99页。

② Erich Auerbach, *Mimesis: The Representation of Reality in Western Literature*, translated by Wilard R. Trask W. Said, with a introduction by Edward W. Said, Princeton and Oxford: Princeton University Press, 2003, p. 425, p. 463, p. 534.

③ 罗兰·巴特：《古希腊戏剧》，载于《显义与晦义——批评文集之三》，怀宇译，百花文艺出版社，2005，第62~89页。

为宏阔、细腻和具体地回顾了西方文学中的"再现"问题。他还将"再现"问题划分出对两类"场景"——镜子式的如画场景与饱含情绪与动作的戏剧化场景——的实践研究，这依然显示出奥尔巴赫的目光始终凝视着西方文学中关于"摹仿"的两个圆点，他的一只眼睛极目柏拉图，一只眼睛远瞩亚里士多德，最终在脑中的形成的是一种叠加、融合的图景——《摹仿论——西方文学中现实的再现》。

三 奥尔巴赫的"新技术"

在一个阅读、学术日益进入大数据、计算机网络和电子智能时代之刻，选择《摹仿论》这样一部探讨古已有之的"陈旧、过时"概念的本文来思考现时文学批评的方法问题，会否显得不合时宜？而且，即便作为一部当代论著，《摹仿论》的初版距今也已过 70 年。对此，马库斯教授提出了一个非常有趣的讨论：奥尔巴赫撰写《摹仿论》的时代，一种新鲜入时的视觉设备业已成为欧美大学课堂上的辅助教学工具——这种 35 毫米三色幻灯机，从光源通过一系列光学器件，将事先在小玻璃卡片上绘制好的画面，由一束光线放大显示到墙幕上。攻读过法律、罗曼语语文学两个博士学位、后来长期在大学教书的奥尔巴赫对于这种新式教学方法一定非常熟悉。而且，在德国大学里，这种现代技术最先于艺术史教学中得以应用和推广，将文学与各种造型艺术类同在一起的奥尔巴赫或许从这种教学法中获得过启发和经验。

马库斯教授做出的此番联想并非天马行空，她采用了与奥尔巴赫一样的文本细读方法，力求从《摹仿论》的主要观点和阐释方法本身来寻获、验证自己的看法。一是，奥尔巴赫热衷使用"探照灯""光源""聚光""照明"这类词汇来说明一部作品的"刻画"方式，马库斯在文章中对此进行了较为深入的分析；二是，她认为《摹仿论》及其片段批评方法，"仿若幻灯机，把一幅小小的画片放大至如屏幕上的电影一般，奥尔巴赫将一个文本片段放大以代表整部作品甚至一个历史时期。如同他的前辈沃尔夫林，在 20 世纪早期从双层幻灯机获得启发，奥尔巴赫也借用将'图片'并列、对比的技术，通过'聚光'将一个文本片段与另一个文本片段进行比较，以期找出它们的相近之处和有所不同的地方",① 最终，如同艺术史家使用幻灯机展开自己的演讲那样，奥尔巴赫为他的西方文学史读者提供了仿似 40 副小插画联播的新式教学法。马库斯的结论是，奥尔巴赫所采用的批评方法——在每段时期选择几段文字，用它们来验证一部作品和整个时期的历史动态与发展，这种所谓"直奔主题"的方法，与将宏观浓缩于微观、不断通过放大与缩小进行细查的现代视觉教育技术相当趋同。换言之，新的技术不仅作为工具层面带给人们以方便，其本身可能也包含着一些新的运思方式。

显然，奥尔巴赫并没踯躅于罗曼语语文学、"拉丁时代晚期与中世纪的文学语言与公众"研究的古老一隅，他格外关注传统文化与现代问题、现代技术的连接。其实，即使我们不完全认同马库斯的幻灯机设想，回到《摹仿论》的文本，从我们的角度一样可以发现奥尔巴赫的某些极为"后现代"的文学阐释方法。例如，从概念本身来说，他用"场景"置换了"文本"，"场景"这一词汇虽然源自古代希腊，但在 19 世纪中后期以来这个古语常常与现代的文化气氛、生活环境以及城市造型等相连接，一个古老的词汇竟然延展成许多现代性话题的标志性概念，而奥尔巴赫恰恰选择了这样一个位于古今交叉点上的词汇。还如，由于电影、摄影术的诞生，以及现代大众戏剧的发展，在 20 世纪前期的艺术研究领域中有着一种明显的趋势——对于从亚里士多德肇始的戏剧的再现/表现问题的集中关注和不断论说，奥尔巴赫推崇的所谓真实的再现——"充满情绪的戏剧化场景"也正是又一次将最古老的文学艺术概念融合了当代文化的最新发展潮流。我们甚至还能从奥尔巴赫解析文学"场景"的过程不断找到他摹仿自己所推崇的"戏剧化场景"的方法，即每一个"场景"都与整出"戏剧"保持整一性，每一个"场景"自身也都饱含了深层的情绪与无尽的力量。

① Sharon Marcus, "Erich Auerbach's Mimesis and the Value of Scale", published in *Modern Language Quarterly*, September 2016, Duke University Press, pp. 315 – 316. 在这篇文章里，马库斯还提到，早在 19 世纪 80 年代，德国的艺术史家布鲁诺·梅耶（Bruno Meyer）与赫尔曼·格里姆（Hermann Grimm）就已为使用幻灯片讲述艺术史的技术方法奠定了基础，沃尔夫林（Heinrich Wölfflin）的艺术概念对比批评方法目前已被认为受到了双层幻灯机的启发，而奥尔巴赫至少非常熟悉沃尔夫林的艺术批评观点，在《摹仿论》中他常常提及真实的再现作品的一个对比就是巴洛克艺术。另，奥尔巴赫还曾与艺术理论家、图像学奠基人潘诺夫斯基（Erwin Panofsky）保持着通信关系，看得出他对视觉艺术问题的兴趣与关注。

以他对《巨人传》一幕的分析为例：先对巨人传故事的民间来源展开叙述，列举了其法国渊源及古典作家卢奇安的海洋巨兽故事；然后说明庞大固埃嘴中的世界与文艺复兴时期发现一个"新世界"主题之间的关系，其中又以与卢奇安的对比与前一部分相连；最后，对拉伯雷的修辞和文体、他的各种知识与他的词语和文体的混合进行解读，同时指出这也是文艺复兴文化的一种表征……韦勒克看出"奥尔巴赫几乎总是将三种方法结合起来：文体风格分析，学术史，以及着眼历史和社会学"，[①] 更准确地说，奥尔巴赫在一段文本中也能找出几个饱含情绪同时还保持着"戏剧化"有机整体关系的点、面（"场景"），然后渐次深入、连续推进式地展开他那博学而又充满智慧的叙述和论说。所以，马库斯所说的幻灯片教学法式的《摹仿论》，应当指的是奥尔巴赫所"导演"的由 40 个画片连续成像的动画电影，而不是被安静地摆放在那里的一张张小小彩色玻璃镜片。

当然，我们必须正视，奥尔巴赫的《摹仿论》绝非一部完美的理论著作，它甚至存在着不少问题和毛病，如一部独特的、深具艺术气质的理论著作如何保持客观的批评标准和尺度以免流于可能出现的作者个人思想的附会穿凿与漫无边际，文本片段细读、语文学方法如何与概念和宏观的理论框架紧密结合以防止阐释的过度与玄奥化倾向，等等。然而，在一个新媒体阅读、知识传播方式不断推陈出新的时代，奥尔巴赫将传统观念与现代思路、技术相结合的批评方法必然可以作为一个例子供我们端详与审断，而它自诞生 70 年来一直"经久不衰"、在学术圈内外都保持着"令人惊异的魅力"或许也能说明一些问题。

（作者单位：吉林大学文学院）

---

① Sharon Marcus, "Erich Auerbach's Mimesis and the Value of Scale", published in *Modern Language Quarterly*, September 2016, Duke University Press, pp. 315 – 316. 在这篇文章里，马库斯还提到，早在 19 世纪 80 年代，德国的艺术史家布鲁诺·梅耶（Bruno Meyer）与赫尔曼·格里姆（Hermann Grimm）就已为使用幻灯片讲述艺术史的技术方法奠定了基础，沃尔夫林（Heinrich Wölfflin）的艺术概念对比批评方法目前已被认为受到了双层幻灯机的启发，而奥尔巴赫至少非常熟悉沃尔夫林的艺术批评观点，在《摹仿论》中他常常提及真实的再现作品的一个对比就是巴洛克艺术。另，奥尔巴赫还曾与艺术理论家、图像学奠基人潘诺夫斯基（Erwin Panofsky）保持着通信关系，看得出他对视觉艺术问题的兴趣与关注。

崭新的小说理论与有效的批评方法：
刘建军《西方长篇小说结构模式研究》评介

杨丽娟

在浩如烟海的世界文学作品中，西方长篇小说所取得的成就备受瞩目，其相关研究成果十分丰富。然而，以往对西方长篇小说的研究，往往存在要么形式与内容分离，要么缺乏宏观整体视野等问题。刘建军先生的著作《西方长篇小说结构模式研究》（2017），从结构模式入手，遵循内容与形式研究相统一、静态与动态研究相统一、构成特征与审美效应研究相统一、内部与外部研究相统一的原则，对西方长篇小说进行了宏观、立体的综合考察，从而将长篇小说研究的理论建构和批评实践引向深入。

该著作至少具有以下三个方面重要的学术价值。

一 新型长篇小说研究理论的建构

刘建军先生认为，"结构"是文学作品各种要素的整体组织和安排，因而不是单纯的形式，而是形式与内容的统一体。而"结构模式"则是具体结构形式所形成的某种相对稳定的结构形态[1]，具有揭示文学艺术规律的作用。因此，对西方长篇小说结构模式的研究，应是整体性综合研究。遵循这一基本的研究方法和准则，刘建军先生从演进论、构成论和机制论三个方面，对西方长篇小说的结构模式进行了全方位的阐释，视野宏阔，

---

[1]　刘建军：《西方长篇小说结构模式研究》，华东师范大学出版社，2017，第4页。

见解深刻。

在"演进论"一编中，刘建军先生系统梳理了自古希腊以来西方文学叙事传统的发展和演变。作品指出，希腊神话和史诗的结构已经呈现出"以一个人物为中心情节线索，并通过其直线型运行来统筹全篇的漫游式结构"①。古罗马神话和史诗的叙事规模进一步扩大，结构更加严谨。欧洲中世纪叙事文学的故事情节线索由复杂趋向简约，结构布局中多种情节线索的联系及扣结、伏笔和戏胆等技巧的运用更为自觉和鲜明。现代意义上的西方长篇小说诞生于欧洲文艺复兴时期，其艺术发展的演进流程大致经历了三个阶段。17世纪至19世纪30年代，大多数长篇小说作品采用一种以单个主人公的生活经历直线型讲述众多故事的叙事形态。19世纪中后期，西方长篇小说大多采用多情节线索的复杂结构，并且着力塑造富有典型特征的人物性格。20世纪的西方长篇小说，故事解体，情节淡化，无情节线索，或没有明显的、完整的情节线索。正是在这一艺术流变的不同阶段，"诞生出了西方长篇小说三大基本结构模式，即'流浪汉小说式'结构模式、'巴尔扎克小说式'结构模式和'意识流小说式'结构模式"②。

"构成论"一编是全书的核心部分。在这一编中，刘建军先生对每一种结构模式都从"构成及特征""构成规律""艺术效应"和"成因考察"四个方面进行了详细分析，并探讨了三大结构模式的变异形态。

"流浪汉小说式"结构模式又可称为"串珠式"结构模式，是西方长篇小说最初的结构模式。《小癞子》《堂吉诃德》等作品标志着这一结构模式的诞生。"流浪汉小说式"结构模式以主人公的活动足迹和经历顺序为中心情节线索，串连起多个本身具有完整性、生动性和丰富性的独立小故事。这种结构模式在审美特质上兼具浮雕式、漫画式、长幅画卷式和平凡化的艺术效应。人物性格单纯突出，且一成不变。作品在夸张而简洁的描绘中蕴藏着巨大的思想含量。中心线索串连起的众多场景构成一幅内容丰富的生活画卷。不平凡的人物性格和富有传奇性的故事，恰恰是当时社会中貌似离奇、实则停滞无聊的生活的反映。这种结构模式完整和谐、匀称

---

① 刘建军：《西方长篇小说结构模式研究》，华东师范大学出版社，2017，第25页。
② 刘建军：《西方长篇小说结构模式研究》，华东师范大学出版社，2017，第94页。

有序，却又呆板、单一和缺少变化。"流浪汉小说式"结构模式，既是人们在自然经济解体后以个人的认识方式勇敢而又不免盲目地探索世界的反映，也是《奥德修记》所开创的以个人遭遇为作品主要内容的欧洲文学叙事传统的发展。

"巴尔扎克小说式"结构模式又可称为"网状"结构模式，以巴尔扎克的作品，尤其是《高老头》的结构为典型代表。"巴尔扎克小说式"结构模式，以众多情节线索和诸多矛盾交织构成的"断面"式结构，展示一段时间内社会现实中的"片断"生活，作品的主要情节线索必须具有多方面的统筹力量和多样性的联系功能。这种结构模式呈现出长卷风俗画式和戏剧化的艺术效应。作品着力展现一段时期内复杂的社会环境、人物与环境之间以及人与人之间的关系，善用戏剧式的"集中""突转""发现"和"戏眼"等结构技巧。"巴尔扎克小说式"结构模式，既是19世纪工业革命以来人们凭借思维能力而不是亲身经历综合把握事物的认知方式的反映，也是对《伊利亚特》开创的截取一段生活并用多情节线索交织来构成作品的结构方式的推进。

"意识流小说式"结构模式又可称为"蛛网式"结构模式，它反映的是西方现代主义流派小说在结构上的一些共同特征。"意识流小说式"结构模式中，已不存在所谓"情节线索"，只有以人的各种意识的流动轨迹所构成的具有精神思绪性质的"意识线索"。生活场景和事件被打碎和分解，各种碎片在主人公思绪的任意放射中重新排列、拼装和组合，形成一种亦真亦幻、光怪陆离的艺术画面。这种结构模式具有现代立体绘画式、"迷宫式"和"哈哈镜式"的艺术效应。作品中多种意识和思绪自由重叠，交织着众多场景、意象、事件，乃至人物形象的碎片。复杂的结构如迷宫般带领读者经历由朦胧迷惘到豁然开朗的审美体验。作品中混乱、荒唐的画面，正是扭曲的客观现实和内在心理的投影和折射。"意识流小说式"结构模式是20世纪西方社会独特现实和非理性认识方式的艺术反映，也是对此前出现的传统结构模式的反向借鉴。

"流浪汉小说式"结构模式的变异形态有"顶接串珠式"结构、"瓜蔓式"结构和"串珠与网状混合式"结构，"巴尔扎克小说式"结构模式的变异形态有"编辫式"结构和"多扇屏风式"结构，"意识流小说式"

结构模式的变异形态是"拼板式"结构。任何变异形式的出现，都首先源自三大母体结构模式，又是各种基本结构模式相互影响和整合的产物，体现着人们文学观念的嬗变和审美能力的发展。

在"机制论"一编中，刘建军先生分别探讨了三大结构模式生成的内部机制和外部影响因素。从文学内部看，结构生发点、结构线和结构内在的动力撞击形式在结构创造过程中的相互依存、相互作用，辩证地推动着结构艺术的自身进程和形态特征的形成。从外部影响结构生成的因素则包括叙事视角和时空观念。采用作家站在作品内容之外或之内的有限叙述视角的作品，与人们对"物理时间"和"延续性空间"的认识相一致，容易形成"流浪汉小说式"结构形态。采用作家站在作品事故之外的全知全能的叙述视角的作品，与人们对"物理时间"的认识做出有限调整，以及对"并置性空间"的体验相关，更趋向于形成"巴尔扎克小说式"结构。而采用作家以分身形式站在作品内容内外的全知全能的叙述视角的作品，则基于对"心理时间"和"交错扭结性的空间"的体验，更趋向于形成"意识流小说式"结构模式。

从整体来看，刘建军先生建构的西方长篇小说研究理论，以文学作品的实际为基础，围绕三大结构模式，全方位调动文学形态、叙事手法、创作方式、文论思想、社会形态、思维模式、认知心理、经验传承、文化取向等知识系统，彰显了整体性和综合性的批评理念，进而实现了长篇小说研究方法论的更新。

二　重要文学现象的价值重估

方法论的更新直接导致对既有研究结论的突破甚至颠覆，西方长篇叙事文学传统中的一些重要文学现象获得了新的阐释和评价，我们在此仅举几例为证。

关于罗马文学，曾有观点认为，罗马神话基本上只是照搬了希腊神话，罗马人在氏族社会向阶级社会过渡阶段没有产生真正的民间史诗。刘建军先生研究发现，罗马神话中诸神的职能发生了很大改变，主神的地位进一步提高，以主神为中心线索构造的神话体系比希腊神话"更加完整缜密，叙事的规模进一步扩大和严整，结构的有机性和布局的严密性更为自觉和加强"①。同时，罗马晚期神话中的几个较为完整的传说故事已经具备了真正的人民史诗的各种要素。奈维乌斯及至维吉尔的创作，完成了罗马"个体史诗"向"体系史诗"的转变。在结构布局方面，维吉尔的《埃涅阿斯纪》比修订后的荷马史诗更加浑然一体，奥维德的《变形记》用"变形"这一想象中心线索开创了新的叙事结构艺术，佩特罗尼乌斯的《萨蒂利孔》以主人公安柯皮尔乌斯的流浪活动为中心线索，首创了类似于后代"流浪汉小说式"的结构形态，阿普列尤斯的《金驴记》篇幅宏大，场景广阔，结构缜密，在古代长篇小说中尚无出其右者。可以说，罗马叙事文学"作品之多、成就之高、叙事之完整、结构之严谨，不仅优于希腊文学，而且世界上其他民族的文学也难以与之媲美"②。

关于欧洲中世纪文学，刘建军先生对其叙事艺术方面的成就予以了充分肯定。他认为，欧洲中世纪叙事文学是多种文明和文化整合的结果，是长篇叙事文学发展的重要环节和现代意义上的长篇小说产生的基础。通常被认为与古代世俗文学相断裂的宗教文学，所排斥的也仅仅是思想内容方面的世俗性。基督教的"一神化"体系具有以一个情节为中心的结构韵味，宗教僧侣为宣传教义对《圣经》故事的分头改编则促进了"片断化"结构布局的成熟。《罗兰之歌》等作品中"伏笔"的设置，长篇骑士传奇中"戏胆"要素的出现，《伊戈尔远征记》等作品中"扣结"的运用，后来都成为长篇小说惯用的笔法。中世纪时期北欧神话的情节线索和结构形式也比希腊神话更加简洁、集中。凡此种种，都是中世纪叙事文学为长篇叙事作品结构模式的发展做出的贡献，但丁的《神曲》更是以其对以上结构技法的完美实践，"透露出近代长篇小说艺术形式即将出现的曙光"③。

薄伽丘的《十日谈》通常被文学史家看作"短篇小说集"或"故事集"，而它的结构又被说成"故事套故事"的"框架结构"。刘建军先生发现了二者之间的矛盾，这部作品究竟是"短篇小说集"还是一部长篇小

---

① 刘建军：《西方长篇小说结构模式研究》，华东师范大学出版社，2017，第29页。
② 刘建军：《西方长篇小说结构模式研究》，华东师范大学出版社，2017，第33页。
③ 刘建军：《西方长篇小说结构模式研究》，华东师范大学出版社，2017，第45页。

说？刘建军先生认为，把《十日谈》看作"短篇小说集"或"故事集"的学者，忽略了作品中十个讲故事的青年男女的形象特征和价值作用。"其实，作者描写这十个青年男女，并不是可有可无的，而是主要通过他们来展示当时人文主义者风采的"①。另外，"故事套故事"的"框架结构"的真正含义应该是，大故事中包含着中型故事，中型故事中又包含着小故事，甚至小故事中还有更小的故事。而《十日谈》中的100多个故事，虽然也是套在一个大故事中，却彼此分量相当、处于同等的结构地位。因此可以得出结论，《十日谈》中的小故事是作者按照长篇小说的结构布局的，其结构方式正是"流浪汉小说式"结构模式的变异形式之一——"顶接串珠式"结构。这种结构模式的中心线索并不穿过每个具体的故事，它所起的是"引出每个具体故事的连缀作用"②。

通过以上几例可以看出，刘建军先生从结构模式入手的西方长篇小说研究，具有重要的方法论意义，可以对文学现象和具体文本做出更深刻、更合理的分析和评价。

三　理论应用的广阔空间

基于三大结构模式研究的西方长篇小说研究理论，具有多方面的应用价值，对长篇小说的研究、创作，以及外国文学的教学工作，都可发挥积极的示范和指引作用。

刘建军先生在对三大结构模式进行阐述时，分析了大量的经典作品，其中对《堂吉诃德》《高老头》等作品的解读，可以看作长篇小说结构研究的范本。篇幅所限，此处仅以《高老头》为例。

《高老头》的结构是典型的"巴尔扎克小说式"结构模式。作品截取1819年11月底到1820年2月初的一个生活"段面"，以反映1816年至1830年波旁王朝复辟时期法国社会的整体状况。作品几乎齐头并进地写了8条较为完整的故事情节发展线索，这8条线索又在分别代表上流社会、

---

① 刘建军：《西方长篇小说结构模式研究》，华东师范大学出版社，2017，第194页。
② 刘建军：《西方长篇小说结构模式研究》，华东师范大学出版社，2017，第193页。

下层市民社会和资产阶级暴发户社会的三个场景中交叉汇聚、彼此联系。
贯穿并统筹这 8 条线索和三个场景的是穷大学生拉斯蒂涅向上爬的主线及
其不断发展变化的性格。每一个具体故事都因为和这条主线发生的联系而
在不同的场景中逐渐展示出来，而不是独立完整地连续讲完。各个故事的
分量和地位也不尽相同，有的浓墨重彩，有的一笔带过。构成分支线索的
人物都围绕构成主线的拉斯蒂涅存在，在作品中发挥的作用完成时便宣告
退场。这种结构与巴尔扎克的理论自觉意识密不可分，他创作小说的目的
就是描绘这一时代的"风俗史"，做法国社会这一历史家的秘书。资本主
义社会发展到这一时期，综合分析和认识事物的认知方式和相应时空观念
的形成，使作家完成这一充满戏剧性和长卷风俗画艺术效应的作品成为可
能，全知全能的叙事视角也为他的全景性立体式描绘提供了便利。

　　著作中还涉猎了大量的西方长篇小说作品，限于篇幅而点到为止的评
析和开放灵活的研究理路，为后来者的进一步研究提供了线索和导引，也
留下了创新的空间，避免了理论的僵化和个案研究的类同。

　　刘建军先生对三大结构模式构成规律的分析，从创作的角度为长篇小
说作家提供了可资借鉴的方法。例如，采用"流浪汉小说式"结构进行创
作，作家的首要任务是寻找出一条强有力的、能贯穿整个作品始终的中心
情节线索。这种中心情节线索主要由主人公的活动构成，因此主人公的性
格应该是不甘寂寞、热衷冒险，并自始至终保持这种性格基本不变。此
外，作家还必须储备大量新颖奇特的故事，围绕结构的中心线索将它们一
一安排妥当。故事与故事之间的连接方法大致有自然连接、突转性连接、
铺垫性连接和交错性连接等。作家可以随时随地依据手头占有的资料和读
者的反馈对原有故事进程加以调整。采用"巴尔扎克小说式"结构模式或
"意识流小说式"结构模式进行创作的作家，也各有法则可依，在此不一
一赘述。

　　刘建军先生的西方长篇小说研究方法，可以在很大程度上提高相关课
程的教学质量。目前高校的外国文学教学，在按古希腊罗马文学、中世纪
文学，直到 20 世纪后现代主义文学的历史分期进行讲授时，对各阶段文学
之间的联系和比较不足。文学史本该是按一定规律演进的有机整体，却呈
现出一种解剖似的肢解状态。在对具体作品进行赏析时，往往将时代背景

与作品内涵机械衔接，又任由作品内容与艺术形式油水分离。刘建军先生对西方叙事文学艺术发展演进历程的梳理，对具体文本的综合性、整体性分析，有效地解决了上述问题。

结　语

刘建军先生的这部《西方长篇小说结构模式研究》，观点独到、视野宏阔、图文并茂、深入浅出，理论性与可读性完美结合。难怪这部著作1993 年首次出版后广受好评，并相继获得教育部第二届人文社会科学优秀研究成果三等奖和中宣部外国文学研究优秀图书奖三等奖。遗憾的是，初版书籍已脱销多年，众多的学子和同仁慕名求索却无处购买，以致该书在旧书网上曾经卖到 300 多元一本，可谓一书难求。如今，华东师范大学出版社将其重新再版，以飨读者，实乃学界的一件幸事。

（作者单位：东北师范大学）

二十世纪的苦难：诗的见证

——也谈《没有主人公的叙事诗》

曾思艺

　　《没有主人公的叙事诗》是阿赫玛托娃晚期也是其整个创作的代表作，全诗分为三部：第一部《彼得堡故事》（也叫《一九一三年》），第二部《硬币的背面》，第三部《尾声》。这部叙事长诗的创作时间主要是 1940 ~ 1946 年，但对长诗的修改一直延续到 1965 年，"总计起来，这持续了 25 年的时间，即贯穿诗人创作生涯的后半部"①。

　　这部虽然不是太长的长诗（除散文文字外，只有 750 余行）内容颇为丰富，理解颇为不易，人们有不太相同的理解，以致早在 1944 年诗人就写下以下文字："关于《没有主人公的叙事诗》的一些曲解和谬读经常传入我的耳中，甚至还有人劝我把这首长诗改得更明白易懂一些。我拒绝这样做。这首长诗并不包含任何第三种、第七种和第二十九种含义。"② 但实际上，由于长诗的创作和修改的时间长达 25 年，再加上诗歌独特的艺术手法（大度跳跃、象征等——诗人在诗中也明确说自己采用显影的密写墨水写作，而且自己的这个"首饰锦匣可有双层底"），使得这部被称为诗人最长也最重要的作品想象和理解的空间很大，人们尽可见仁见智，提出各种不同的主题解读。这也是时至今日，人们对这首长诗仍有不同看法的原因。

----

① 〔俄〕阿纳托利·耐曼：《哀泣的缪斯——安娜·阿赫玛托娃纪事》，夏忠宪、唐逸红译，华文出版社，2002，第 306 页。

② 本节中引用的《没有主人公的叙事诗》中的文字，大多由曾思艺译自《阿赫玛托娃抒情诗和长诗选》，莫斯科，1986，第 273 ~ 300 页。

正因为如此，有学者指出："《没有主人公的叙事诗》是阿赫玛托娃篇幅最大的一部作品，它构思绝妙，但同时又难以理解和极为复杂。"①

阿赫玛托娃的好友图霞睿智地指出，《没有主人公的叙事诗》中有两个主人公——时间和记忆。② 利季娅·丘科夫斯卡娅也认为："阿赫玛托娃的缪斯所特有的历史感在这儿庆祝自身的庆典。这是记忆的节日和盛宴。我们这个时代人的记忆塞满了死尸，这是非常自然的；阿赫玛托娃一代人经历了 1914、1917、1937、1941 年等岁月，作者经历了历史——这就是《叙事诗》力量的源泉。"③ 楚科夫斯基进而认为："这部作品贯穿着非同寻常的敏锐的历史感，它写的是主要的东西，这是一部时代的悲剧。"④

俄国学者帕甫洛夫斯基认为，长诗的主题是时代、良心（记忆）。他指出，《没有主人公的叙事诗》的最主要的旋律之一，是重新审视时代的旋律，重新评价有价值的东西，揭露令人艳羡的美满生活的浮华外表的旋律。⑤ 他进而谈到，时代是长诗的真正主人公，尽管这主人公没有名字；作为阿赫玛托娃许许多多作品的主要心理内容的"无法平静的良心"，在长诗中构成了作品的全部情节、全部意义和全部的起承转合。女诗人不仅要为同 1913 年一道被她所再现出来的年轻时代的迷误承担罪责和没有完成的义务，而且认为自己必须以那些由于时代和环境的原因同她曾联结在一起的人们的名义"付清账目"。因此，这也就形成了长诗结构的多面镜特点。⑥ 我国学者汪剑钊也认为，长诗的主题是时间，诗人自觉地以一个见证人兼审判者的身份，用冷静、理性和严厉的目光打量着消逝的时间和正在消逝的时间。正是这种特殊的视角，使阿赫玛托娃以更克制的口吻（有时似乎是冷酷地）叙述着人类因放纵、愚昧和疯狂造成的悲剧，瞩目未

---

① 〔英〕阿曼达·海特：《阿赫玛托娃传》，东方出版社，蒋勇敏等译，1999，第 200 页。
② 〔俄〕利季娅·丘科夫斯卡娅：《诗的蒙难·阿赫玛托娃札记（1952—1962）》，林晓梅等译，华夏出版社，2001，第 327 页。
③ 〔俄〕利季娅·丘科夫斯卡娅：《诗的蒙难·阿赫玛托娃札记（1952—1962）》，林晓梅等译，华夏出版社，2001，第 115 页。
④ 转引自辛守魁《阿赫玛托娃》，四川人民出版社，2003，第 411 页。
⑤ 〔俄〕帕甫洛夫斯基：《安娜·阿赫玛托娃传》，守魁、辛冰译，四川人民出版社，2000，第 207 页。
⑥ 〔俄〕帕甫洛夫斯基：《安·阿赫玛托娃传》，守魁、辛冰译，四川人民出版社，2000，第 226～232 页。

来，指向人性与良知。①

诗人、学者阿纳托利·耐曼更具文化特色地指出："《叙事诗》是一部
20世纪大事件的编年史，是'白银时代'审美原则的体现，是世界文化的
一个整体。《叙事诗》还是阿赫玛托娃的诗歌本身的题材、情节和手法的
汇编。这里如同目录，她的某些诗集、《安魂曲》、所有大型组诗、某些独
立的作品、研究普希金的作品和生平的文献，都以相应的方式重新编码，
并且《叙事诗》还为格谢夫式的'穿珠游戏'提供了独一无二的场地。"②

受以上观点的启发，我国学者张冰对这首诗进行了颇为深入而详细的
论述。他指出，正如阿赫玛托娃的所有诗作一样，她的诗，无论长篇还是
短篇，都充满了戏剧性、情节性、故事性，语体多为抒情主人公的内心独
白。而在长诗中，就连"心灵独白"也很少见到，全诗几乎都是由一帮说
不出姓名的死者和将死未亡之人组成的一个化装舞会、一出闹剧、宛如白
银时代艺术界布尔乔亚们的一次欢会：人们来来去去，场景不断变幻，这
就给解读这首诗造成了一定难度。其实，这首长诗最重要的主题是回忆。
而且回忆的不是什么别的，正是当年曾经轰轰烈烈的"白银时代"。长诗
的两个真正的主人公，是"时代"和"记忆"。长诗实际上不是"没有主
人公"，而是没有特定的主人公。如有，则这个"主人公"不是别人，就
是阿赫玛托娃的同时代人及第一次世界大战前的彼得堡文化。长诗的主旨
不在于刻画特定人物，而在于表现一个时代，即用艺术手法，再现一个早
已不再的文化时代。从这个意义上说，这首诗是文化的"访古"和"怀
旧"，是一声叹惋和一声悠长的叹息。长诗的回忆时间有三种，它们也是
三个时代，分别都有隶属其下的各类符号：第一个时代——白银时代，这
是"幽灵"们参加化装舞会时共同召唤到诗人意识中的时代。第二个时
代，是世界文化的乡愁理念。具现这一时代的符号散见于全诗：浮士德、
唐璜、狄安娜、哈姆雷特、铁面具、戈雅、约萨法特山谷、利齐斯卡、马
姆夫里亚橡树、梭伦、所多玛的罗得、桑丘·庞沙、卡尔纳瓦王子、科伦

---

① 汪剑钊：《阿赫玛托娃传》，新世界出版社，2006，第198~203页。
② 〔俄〕阿纳托利·耐曼：《哀泣的缪斯——安娜·阿赫玛托娃纪事》，夏忠宪、唐逸红译，华文出版社，2002，第320~321页。

宾娜、唐安娜、《骑士的脚步》《彼得鲁什卡》、对马地狱、加百列、靡菲斯特、塔玛拉、马耳他小教堂、波提切利、卡麦农游廊、玛斯广场，等等。长诗第三种时间是现在——即阿赫玛托娃开始执笔写作的战火纷飞的年代。以"寂静"为主题词的"第四章——最后一章"，其主人公便是"寂静的现在"。此时，欧洲上空已经笼罩了浓重的战争阴云，隆隆炮声似已隐隐在耳，为什么阿赫玛托娃偏偏要说它为"寂静"所辖制呢？什么声音到此归于"寂静"了呢？是文化。而且可以断言是"世界文化的余脉"归于"寂静"了。然而如诗中所说，"正像未来成熟于过去/过去也在未来中消融。"长诗是文化的悼亡曲，是白银时代的一曲挽歌，是文化的怀乡曲，也是自由的挽歌！是一个真正的诗人在"万马齐喑究可哀"的时代写下的文化悼亡曲，也是万籁俱寂中的一声浅草的低吟。①

笔者翻译了这一著名的长诗后，深有感触，觉得以上说法都有道理，但也不够全面，因为长诗的三个部分虽然都有各自的内容，却都共同表现一个主题：二十世纪的苦难。长诗多次写到二十世纪，在第三献词中写到"二十世纪为之羞愧的事物"，第一部的第三章更是写道："沿着传奇般的滨河街/走来了非日历上的——/货真价实的二十世纪"。因而，长诗的三部以不同的内容从不同的角度表现了 20 世纪的苦难。

第一部《一九一三年》（《彼得堡故事》）主要写知识分子的悲剧：孤独与死亡。这一部有三个题记共四章。三个题记在某种程度上都为这一部定下了死亡、命运虽被注定但前路迷茫的调子，尤其是引自莫扎特歌剧的第一题记："在黎明之前你将停止你的欢笑"更是定下了死亡的基调。

第一章通过新年之夜喷泉屋中的化装舞会，尤其是通过女主人公的内心独白式的抒情叙事，表现了人的孤独寂寞和死亡的主题。女主人公坐在镜子前，也许是在做梦，也许是在按照俄罗斯民间习俗，在对着镜子占卜算命，她虽然深受大家的宠爱，却深感孤独寂寞。镜子中出现了她 1913 年朋友们的幻影，他们都化了妆，带着假面具，来参加非常时尚也很有文化品味甚至具有世界文化特色（不仅有当时俄国著名的戏剧理论家梅耶荷

---

① 张冰：《白银挽歌——安娜·阿赫玛托娃〈没有主人公的叙事诗〉简析》，《当代外国文学》2002 年第 1 期。

德，而且有英国的莎士比亚、王尔德作品中的人物，挪威的哈姆生作品中的人物，更有西班牙塞万提斯作品中的人物，以至希腊、罗马神话中的人物及《圣经》中的人物）的新年化装舞会，其中有两个人物颇为神秘，一个是"没有面孔，也没有名字"的人，另一个是"来自未来的客人"。这一章不仅表现了人的孤独寂寞，也一再表现了死亡的主题，不仅写到象征着人类一代代死去又延续的"枯叶们可怕的节日"，而且写到"他们当中只有我一个人活着"，更通过神秘的声音表现女主人公将成为寡妇。

第二章通过女主人公的寝室，展现其生活环境与生活方式，更通过其孪生姐妹花科伦宾娜的情爱生活，展示彼得堡的文艺生活，进一步表现人的孤独与死亡主题。女主人公尽管如今声名显赫，但出身平凡，是普斯科夫农奴的后代，她现在有两个追求者，一个是带着塔玛拉的笑容的恶魔式人物（有学者认为这是指勃洛克），一个是龙骑兵皮埃罗。然而，尽管追求者甚众，周围的文艺生活也很高雅、丰富，有巴甫洛娃的芭蕾舞，有夏里亚宾的歌声，还有斯特拉文斯基的舞剧，但女主人公仍旧很孤独，以致往往"只能独自跳舞没有舞伴"。同时，死亡也如影随形般地出现，不仅有皮埃罗"揣着一颗僵死的心灵，带着僵死的目光与骑士团长相逢"，还有对马海战中死者的幽灵，更有"宫廷的白骨在起舞婆娑"。

第三章通过 1913 年彼得堡的情形，展示 1914 年第一次世界大战前彼得堡的面貌，从更广的角度表现孤独与死亡这一主题。整座城市陷身浓雾，十分孤独，似乎传来死刑前的嘚嘚击鼓声，已预感到明日动荡、战乱、死亡的危机，整座城市成为送葬的城市，只想赶快离开自己的坟墓。

第四章通过克尼雅泽夫的自杀，直接表现死亡主题和人的苦难，或者说 20 世纪的苦难。引自克尼雅泽夫的题记"爱情消逝了，死的征候开始明晰，正在临近"，为这一章定下了基调。龙骑兵少尉克尼雅泽夫因为孤独，更因为无法竞争过声名远振、地位显赫的情敌（勃洛克），就鲁莽地放弃自己未来在第一次世界大战中为国立功、建功立业的可能（波兰的马祖里沼地、蔚蓝的喀尔巴阡高地的战争），而在科伦宾娜的门前开枪自杀了。

整个第一部的四章，通过彼得堡文艺人士的生活，尤其是通过科伦宾娜、克尼雅泽夫的事件，写出了20世纪的苦难：人们都无比孤独，爱情绝望，生活放荡（如科伦宾娜在床上接待客人），最后只有走向死亡。正因为如此，诗人后来声明："要知道这不完全是她（指苏杰伊金娜——引者），而只是她外现出的轮廓，这是时代的代表人物，而不是她。"① 然而，与此同时长诗也写出了当时文化的活跃性、开放性、包容性乃至世界性（女诗人的同时代人科尔涅伊声称，这首诗使他呼吸到1913年的空气②），更写出了当时的人还能保持自己的个性，按自己的方式活着或选择死亡，正如英国学者阿曼达·海特所说的那样："第一部分《一九一三年》中所描写的事件与以后发生的一切是相对立的，因为1913年是个人行为就其本身而言还具有某种意义的最后一年，而从1914年开始'真正的20世纪'越来越深地闯入每个人的生活，显然，列宁格勒围困是这种时代闯入人类命运的至深点。如果说，在《尾声》中阿赫玛托娃能够以列宁格勒全市的名义说话，那么这是因为那些与她关系密切的人们的苦难与围困城市的居民的苦难融合在了一起。"③

第二部"硬币的背面"。标题具有象征意义，按照抛硬币的游戏规则，正面代表赢，背面代表输，由此也可以引申正面代表光明、正面，背面代表黑暗、负面，证之于整个第二部，信然。整个第二部，写的就是苏联20世纪30年代社会生活的负面。整个第二部由20多首六行诗构成。前四首表现了第一部给编辑看后，编辑感到太复杂、无法理解，及诗人对此的解释。第五首至第九首，首先指出梦也是一件作品，并以具有梦幻色彩的济慈的诗句（"温柔的慰藉品"）、梅特林克的戏剧《青鸟》以及莎士比亚名剧《哈姆莱特》中老国王鬼魂的出现另加深化，进而指出，昔年的盛况不再："罗马式的午夜狂欢盛景，早已散若云烟"，现在神圣的东西也已不复存在，人们沉入另一种静默与孤独之中："只有明镜梦着明镜，只有寂静守护着寂静。"从第十首开始，揭露社会生活的负面。社会的高压彻底控

---

① 〔俄〕利季娅·丘科夫斯卡娅：《诗的蒙难·阿赫玛托娃札记（1952—1962）》，林晓梅等译，华夏出版社，2001，第456页。

② 〔俄〕利季娅·丘科夫斯卡娅：《诗的蒙难·阿赫玛托娃札记（1952—1962）》，林晓梅等译，华夏出版社，2001，第106页。

③ 〔英〕阿曼达·海特：《阿赫玛托娃传》，东方出版社，蒋勇敏等译，1999，第206页。

制了人，甚至时时刻刻在毁灭人："判处公民死刑的盛典/我已饱览得不愿再览——/请相信，我夜夜都梦见这些"，而我们只能"在磨灭记忆的恐怖中"想方设法"存活下来"，并且把子女抚养成人，但这最大的可能是，只是"为断头台，为刑讯室，为监狱"，也就是说这些被镇压者的子女，长大成人后不会有好的命运，极可能也会被镇压。因此，我们这些 20 世纪的"疯狂的赫卡柏和卡桑德拉们"只能带着耻辱的冠冕，咬紧发青的嘴唇，以沉默的合唱发出轰响："我们到了地狱的彼岸……"个人完全无法表现自己的个性，要么向官方彻底投降，迎合其需要，"融化于官方的颂歌"，完全泯灭个性，要么让什么事都归罪于敢于不服服帖帖的人，"惨遭禁剿，远胜七重非同小可的罪孽"。在"如此恐怖的景象中我无法歌唱"。但现实的惨状和记忆又使诗人无法沉默，尤其是发源于 19 世纪浪漫主义的叙事长诗这个"百岁老妖女"，紧缠不放，迫使"我"不能不歌唱。于是"我"只能使用"显影的密写墨汁"，运用"反射镜的原理写作"，亦即运用隐晦、象征、多层次的方法进行写作，而且坚信，像雪莱、拜伦的叙事诗一样，20 年后甚至遥远的未来，会得到承认并获得崇高的奖赏。

由上可知，如果说第一部主要写 20 世纪的人在精神上的苦难（孤独、自杀），那么第二部则主要写其在一个不正常的社会里的苦难（动辄被剥夺公民权，甚至被处死，没有任何言论乃至人身自由，甚至把子女抚养成人都只是为了监狱、审讯室、断头台），这就拓宽了长诗描写的生活面，也更深入地写出了人的苦难。

第三部"尾声"，写战争导致人们流离失所，背井离乡，尤其是带来了死亡和毁灭。一开始，就写到被德军围困的列宁格勒，已成为一片废墟，经久不息的大火还在燃烧，人们被迫离开自己心爱的家乡，疏散到各地：塔什干、纽约……以致"'家'这个让人欢乐的名称/现在已没有一个人不感到陌生/所有人都凝望着别人的窗口"。诗人也对哺育了自己的心爱城市彼得堡恋恋不舍。但与此同时，社会的残酷像过去一样依旧在进行，继续把人送进集中营，并严加审讯。这一部分更深入一层，主要进一步写二十世纪全人类的苦难——战争给所有人带来的不幸、死亡和毁灭。正因为如此，科尔涅伊认为，这首诗中渗透着一种非凡的、强烈的历史感，涉及重要的事件。这是过去和当今时代的悲剧。①

阿曼达·海特对比了第一部、第二部、第三部，并且指出，为了找到生活的谜底，阿赫玛托娃像往常一样，使用的是自己的生活的原料：她所熟悉的朋友和地方、她自己便是见证人的历史事件，而现在她把这一切置于更为广阔的前景之中，她拿年轻诗人自杀作为新年演出的内容并将年轻诗人这一形象与另一位诗人的形象联系起来。这另一位诗人便是她的密友曼德尔施塔姆，这位有幸成为"真正的 20 世纪"诗人的人却惨死在这个世纪所发明的劳改营中。阿赫玛托娃从大体上研究诗人这一角色，其中包括自己的角色。克尼雅泽夫在 1913 年还不能按自己的意志支配命运，——他宁愿死去，这是他个人的事。"真正的 20 世纪"的诗人们，自己国家疯狂和苦难的奴隶，没有可供的选择——就连自愿死亡现在都带上了另一层并非纯个人的目的。他们本人不愿意那样，他们将自己化为国家的"声音"，或者是国家的"不言症"。毕竟，他们不顾一切苦难，不舍得拿个人残酷和苦难的命运去换取另一种"平凡的"生活。②

她进而指出，在《叙事诗》的第二部分和第三部分，阿赫玛托娃叙述了学会生存所需的代价。在《硬币的背面》这一部分中，她说的是那种还不可能被打破的不言症，因为"敌人"等待着的正是这个……在《尾声》中长诗的主人公是彼得堡 - 彼得格勒，这座彼得大帝之妻"阿芙多季娅皇后"诅咒的城市，陀思妥耶夫斯基的城市，在围困中受难的城市，被阿赫玛托娃视为贯穿"真正的 20 世纪"这一概念的象征。就像诗人的角色具有全人类的意义那样，个人的苦难和整座城市的苦难连在了一起。当火力扫射之下市民们由于饥饿和寒冷相继死去时，这种苦难达到了极点。然而战争的可怕是所有人共同经受的，大家始终在一起，而不是像镇压时那样，处于孤独之中。直到可怕的悲剧接近疯狂，阿赫玛托娃才离开自己的城市，她能够把一切连接在一起，打破可耻的沉默，成为时代的声音、城

---

① 〔俄〕利季娅·丘科夫斯卡娅：《诗的蒙难·阿赫玛托娃札记（1952—1962）》，林晓梅等译，华夏出版社，2001，第 106 页。

② 〔英〕阿曼达·海特：《阿赫玛托娃传》，东方出版社，蒋勇敏等译，1999，第 206～207 页。

市的声音、留在城市中的人和疏散在纽约、塔什干和西伯利亚的人的声音。①

长诗中20世纪的苦难，是通过诗歌来表现的，所以在长诗的代前言中，诗人十分形象生动地用拟人化的手法，写到"叙事诗"在1940年12月26日深夜的不期而至。而要消解20世纪的苦难，需要的是：记忆（如第二部分的题词取自普希金的作品，提出饮忘川水的必要性，"因为我被医生禁止悲苦忧愁"。阿赫玛托娃很钦佩普希金，但在这儿她讽刺性地引用他，她相信人的责任是铭记而不是遗忘。② 铭记即深刻在心牢牢记住，是深深的记忆）、人性（包括良心或良知、责任）和文化，对此已有众多学者从不同角度进行了颇为全面、深入的论述，兹不赘述。

阿赫玛托娃认为："所有人即使不读诗也懂得应爱善良，但要让善良使人的心灵震撼，就需要诗歌，而诗歌没有技巧不行。"③ 在此认识下，诗人既注意诗歌的思想性，更注意诗歌的艺术性，并且不断探索新的艺术技巧，这在《没有主人公的叙事诗》中表现尤为突出。莉季娅·丘科夫斯卡娅指出，这首诗本身非常新颖，新颖到不知这是叙事诗的程度；不只对安娜·阿赫玛托娃的诗歌来说是全新的，对整个俄罗斯诗歌也同样。（也许对世界来说也是全新的……）诗中一切都是首创的：构成某种形式新结构、诗句及对待词语的态度：安娜·安德烈耶夫娜运用了阿克梅派精确、具体、有实物感的词语再现了抽象、神秘的彼岸精神。当然，这是阿赫玛托娃的缪斯固有的特点，但在《叙事诗》获得了新的性质。《叙事诗》太庞杂了，正如诗人说的《黑桃皇后》——环环相扣，层层联结。④

具体来看，这首长诗具有以下新颖、独特的艺术特点。

第一，大度跳跃。如前所述，长诗共三部，第一部写的是1913年的彼得堡，第二部写的是苏联30年代社会生活的残酷的负面，第三部写的是

---

① 〔英〕阿曼达·海特：《阿赫玛托娃传》，东方出版社，蒋勇敏等译，1999，第207～209页。

② 〔英〕伊莱因·范斯坦：《俄罗斯的安娜：安娜·阿赫玛托娃传》，马海甸译，上海译文出版社，2012，第291页。

③ 〔俄〕利季娅·丘科夫斯卡娅：《诗的蒙难·阿赫玛托娃札记（1952—1962）》，林晓梅等译，华夏出版社，2001，第129页。

④ 〔俄〕利季娅·丘科夫斯卡娅：《诗的蒙难·阿赫玛托娃札记（1952—1962）》，林晓梅等译，华夏出版社，2001，第115页。

1942 年被德军围困的彼得堡，而且诗人往往从 1940 年的高度，甚至从未来的高度，就像从塔顶观看一样，俯瞰往昔与过去，这样全诗不仅三部之间时空大度跳跃，而且每一部中也往往在过去、现在、未来之间穿梭（诗人曾在诗中这样宣称："恰似未来在过去中成熟，过去也在未来中朽腐"），经常出现大度跳跃。此外，诗歌还在现实与梦幻之间自由切换（尤其是第一部），这也往往构成某些大度跳跃。

第二，文本间性，或曰文本间的暗示。对此，张冰有颇为详尽的论述。他指出，长诗的一个重要的诗学特征，是文本间的暗示。阿赫玛托娃承认，她是彼得堡诗派的传人，晚年更强调她始终都是一个阿克梅派。她的诗歌如考古发掘一样，包含着许多层次。诗中"没有什么是直截了当说出来的"。长诗以许多暗示手法揭示其与古希腊罗马悲剧之间的联系。这种手法首先是"陌生化"手法，它具体入微地展示了彼得堡及其城市文化的灭亡和濒临灭亡前的阵痛。长诗以丰富的戏剧术语——听众、朗诵、合唱队、哀乐、舞曲、化装舞会、台词、幕间曲、舞台、山羊腿女人、乐队、第五幕、跳舞——暗示其与戏剧、与芭蕾、与古希腊悲剧的亲缘性。长诗的所有动作，都仿佛是在一出由梅耶荷德执导的现代剧中的演出。可以说此诗是一部模仿和戏拟诗人所度过的白银时代——彼得堡和俄罗斯文化——的舞台剧。长诗的诗句——"我需要的倒竖琴/不是莎士比亚而是索福克勒斯的竖琴/命运正在门口，命运已经在临。"在这里，阿赫玛托娃和古希腊悲剧大师一样相信人都受命运的拨弄。悲剧一词的希腊文原意即指"羊人歌"。古希腊人在向狄奥尼索斯祭台上献祭的羊前，歌唱的抒情赞美诗即悲剧的前身。古希腊悲剧多表现神话题材。特洛亚城及其文化的毁灭，即长诗中用以暗示彼得堡及其文化命运的语意载体。阿赫玛托娃又说过："对于那些对彼得堡环境一无所知的人来说，这部长诗既不可解也毫无意趣。"表明时间运行之轨迹的，是象征未来（历史过去时之未来）的"新年的客人"的出现，他注定将取代白银时代诗歌的英雄——亚历山大·勃洛克（"这个人站在那里，是一座/本世纪之初的丰碑"）。由于作者的意图不是塑造特定主人公或人物，而是再现整整一个历史和时代的精神氛围，所以把狂欢化与节庆剧结合起来的萨狄尔剧形式，成为作者革新旧的长篇叙事诗体裁而采取的方向。巴赫金所说梅尼普体的诸要素在此都有所显现——化装舞会、哑剧、狂欢庆典、阴阳对话，等等。"作为回答的，一声嚎啕，妹妹，我的小鸽子，我的太阳！让你一个人活在世上，不过，将是我的遗孀，在……是分离的时光！"（与死者的阴间对话）；女主人公自始至终处于阴阳两界的交界线和门槛之上（"为了片刻的宁静/我要把死后的宁静牺牲。"）；女主人公与自己（旧我）的对话关系（"我，一个最安静而纯朴的女人……/可以作证……朋友们，是吗？"）；以及女主人公对死者的批评态度（"我倒不是害怕张扬……对于我/哈姆雷特的袜带勋章算得什么……/……我比他们坚强……"）。文本的自我关涉性，即作者引用文本和文本间的相互呼应。这其中还包括有：第一，文本间性，包括作者的自我引用；第二，他者话语；第三，公众性引文，即一段话语多种出处，但有一种是最主要的，其目的在于提醒读者关注诗的某种背景或氛围，从而走向"潜文本"或"潜台词"。他者话语和人物原型，引导读者深入诗歌文本的"元诗层面"；第四，故留空白的写法，为了强化诗的隐喻性、象征性，阿赫玛托娃在诗中故意采用了留空白的写法；第五，抒情插笔和离题反溯。长诗中核心情节所占篇幅小到不能再小的地步。可以说，全诗都是采用"迂回"笔法写成。仅从其主要"部件"，即可见出。如构成全诗的，有"两封信""代前言""三则题词""引言""过场""抒情插笔""后记""皇村回忆""尾声""注释""题铭"、省略的情节、日期、散文体独白、地名、历史文化名词，等等。在多处地方，直接描写被零位描写所取代。阿赫玛托娃力求加大历史的信息量，在一块很小的地上，收获尽可能多的粮食。长诗通篇洋溢着浓烈的对过去的怀乡病气息，是一次浪漫主义和感伤主义的神游，她提出了一个严肃的主题，那就是记忆和良心的主题。长诗多数是在文化专制主义盛行时代写下的，是一个诗人对自由的向往。长诗在提醒人们不要忘记过去，似在告诫人们文化传统的中断。这也是人道主义的一声呼求，是人之为人的一个保障。"这就是我，你古老的良心/在寻找一段故事——它已然烧成灰烬"。这才是构成全诗的核心和促使作者不倦追求的创作内驱力。①

---

① 张冰：《白银挽歌——安娜·阿赫玛托娃〈没有主人公的叙事诗〉简析》，《当代外国文学》2002 年第 1 期。

第三，多样合一。这首长诗的确堪称独特，它把戏剧性、抒情性、叙事性熔为一炉。作为叙事长诗，其叙事性当然是不言而喻的，在第一部里尤为明显（最典型的是克尼雅泽夫因为竞争不过情敌而自杀）。叙事长诗的抒情性，是俄罗斯叙事诗，也是 19 世纪浪漫主义叙事诗的一个显著特征，这首诗歌更为突出，其第二部的 20 多首六行诗，乃至整个第三部，可以说基本上都是由一首首抒情诗构成。长诗最为独特的是第一部，几乎全是戏剧式的写法，既有大量的内心独白，也有某种潜对话性，还有情敌之间的冲突，甚至还出现了戏剧的幕间曲。全诗非常独特地把戏剧性、抒情性与叙事性融合起来，从而独具艺术魅力，也极为新颖。

第四，史诗特征。对此，汪剑钊有相当深入的论述。他指出，《没有主人公的叙事诗》最具史诗的特征。这部长诗有着非凡的实验性和广阔的沉思域。在徐缓的语调中，诗人不时插入题词、札记和回忆录，让它们散布在抒情的韵脚与节奏中，刻意把文字的艺术含量焊接在历史的现实脊背上。它从 1913 年的鬼魂假面舞会开始叙述，一直延展到 1942 年德国法西斯对列宁格勒的围困，反思了世纪初的思想狂欢，分析了文明与暴力的关系，指出包括自己在内的同时代人也应该对世纪的悲剧承担的责任。这部作品充满了时代感和历史感，体现了一种"抒情的历史主义风格"。俄罗斯著名文艺理论家日尔蒙斯基认为："《没有主人公的叙事诗》实现了象征主义诗人的理想，完成了他们在理论上的鼓吹，而在创作实践上未能做到的东西。"正是这种对史诗艺术的探索，辅之以纯抒情的天性，让阿赫玛托娃得以跻身于 20 世纪世界诗歌最杰出的大师行列。[①]

正因为上述几方面的有机结合，使这首长诗内蕴复杂，层次丰富，极富隐喻性和象征性。也充分展示了女诗人晚年的大胆创新和天才的艺术想象，因而英国学者伊莱因·范斯坦宣称："这是她少有的长诗：复杂，多层次，多隐喻，不像《安魂曲》那样由有联系的抒情诗组成，整体上是想象和虚构的。"[②]

---

① 《没有主人公的叙事诗——阿赫玛托娃诗选》，汪剑钊译，敦煌文艺出版社，2014，"译序"，第 11～12 页。
② 〔英〕伊莱因·范斯坦：《俄罗斯的安娜：安娜·阿赫玛托娃传》，马海甸译，上海译文出版社，2012，第 286 页。

由于这首诗的复杂丰富深刻的内容和独特、新颖的艺术成就，利季娅·丘科夫斯卡娅宣称："没有了《叙事诗》，没有了《安魂曲》及其他若干首抒情诗，还算什么阿赫玛托娃。作为一个真正伟大的诗人，她走过了所有屈辱的年代，慷慨地回应这个时代。"[①]

（作者单位：天津师范大学文学院）

---

① 〔俄〕利季娅·丘科夫斯卡娅：《诗的蒙难·阿赫玛托娃札记（1952—1962）》，林晓梅等译，华夏出版社，2001，第74页。

我读《百年孤独》

王化学

一

哥伦比亚作家加西亚·马尔克斯（1928～2014）的长篇小说《百年孤独》（1967）1982年获得诺贝尔文学奖，媒体宣传排山倒海，作家名望如火如荼，也使得拉美文学声名大噪。这部小说的写法很独特，被称为"魔幻现实主义"，魔幻与现实本来是冲突的，作家却能将二者调和得天衣无缝，着实让人叹服。

这是一部篇幅适中的"巨著"，号称创作历时18年。书名直译为"百年孤独"，内容曲折地反映出"孤独"主题，这个词应该包含很多东西。一般认为，小说以丰富的象征意义，指向复杂的社会历史内容和深刻的思想主题。全书20章，手法独特，是马尔克斯创作的顶峰。

小说讲的是某家族——布恩蒂亚家族的兴衰史。该布恩蒂亚家族的开创者，一个西班牙移民的后代。众所周知，拉丁美洲是哥伦布15世纪发现的新大陆，首先从西班牙、葡萄牙往那个地方移民，作家构思的主人公为西班牙移民的后代，非常自然、顺理成章。这个人的名字叫作霍塞·阿卡蒂奥·布恩蒂亚。原居印第安人村落。他与亲表妹乌苏娜结为夫妻，后者因为自己的姨夫、姨母近亲成婚生了个长尾巴的孩子，害怕自己也会这样，所以每夜都穿上特制的紧身衣，拒绝与丈夫同房；霍塞因此遭村民耻笑。当地人喜欢玩斗鸡游戏，霍塞在一场与邻居阿吉廖尔的斗鸡中胜利了，阿吉廖尔气急败坏，就拿前者近不了老婆身而取笑之，这惹恼了霍塞，抄起一杆标枪把邻居撂倒，不巧一命呜呼。乌苏娜也害了怕，自此与丈夫过上正常的夫妻生活。但邻居之死让霍塞吃尽了苦头，噩梦连连，甚至一闭眼就是被他杀死的人。他不得不离开此地，要躲到遥远的地方去，以摆脱纠缠他的鬼魂。他带上妻子开始跋涉，同时还吸引了不少人跟着他。最后在一块沼泽地落了脚，傍河建起村子，取名马孔多。霍塞·阿卡蒂奥·布恩蒂亚就是这个村的创建者，当然也是马孔多布恩蒂亚家族的第一代。从此该家族于此繁衍生息，尽管每一代都遭遇坎坷和离奇的命运；马孔多也从最初的几十人而成百上千地不断发展，规模扩大与日俱增，以至成为一个非常繁荣的大城镇。布恩蒂亚家族一代代从出生到死亡，直到第六代孙和自己的亲小姨乱伦，生下一个男婴（第七代），真的重复了乌苏娜担心的事情——这孩子长了一条猪尾巴。更不可思议的是，婴儿仅一夜之间即被蚂蚁噬食，只剩下一块皮，被群蚁拖至蚁穴。后来又跟着来了一阵风，整个马孔多被吹走，消失得无影无踪。这就是小说的基本线索。

根据该线索，从村庄的创建者到其末代孙落生即被蚁食而镇子为风荡涤，共经历七代百余年。每一代的男人和女人们，演绎出荡气回肠的爱欲、婚姻与生存乱象，原始野蛮夹杂文明进步。所以从某种意义上说，一个城镇与七代人生死轮回的故事就构成了小说的经纬。

由霍塞·阿卡蒂奥·布恩蒂亚及追随者们建起的马孔多村，临河蔓延而越来越大；从几十个居民而迅速发展，就如整个拉丁美洲殖民地一样。起初布恩蒂亚俨然族长，到后来马孔多便不可避免地被纳入国家体系，有了行政机构及长官，随之党派政治应运而生；而商业街、红灯区（所谓游乐场）、业主、佣工、权利、自由等构成一个社会体系的所有要素都具备了。矛盾、冲突、造反、镇压、战争随之而来，接着是国外种植园主、铁路、轮船……活画出一幅拉美近代发展的缩略图。但一场连续五年的暴雨后，一度发达的城镇每况愈下。

布恩蒂亚家族七代人的命运伴随马孔多的百年浮沉而扮演着悲欢离合的奇特故事。这个家族七代40人左右，共同的遗传特征是生命力强大，服膺本我而桀骜不驯，任性孤独、独往独来；虽富幻想和进取精神，却常无法把握本质导致失败……因其如此，他们的命运必然是悲剧性的，其奋斗即使壮烈也难令人肃然起敬；而结局大抵伴随丧钟……

二

要准确地把握这部小说的内容，该家族七代人的关系以及各自的遭遇必须梳理清楚，否则会感到紊乱摸不着头绪。以下分代述之。

第一代即马孔多的拓荒者霍塞·阿卡蒂奥·布恩蒂亚，与其祖辈一样，原本以种植烟草并经营各种有利可图的事业为生，颇有家底。迁移后，作为开拓者的他俨然酋长，威望极高，备受尊敬。家业也很发达，且人丁兴旺。他的最大特点是精力充沛，富正义感与人道精神；同时还对新奇事物满怀热情，比如迷恋走南闯北的吉卜赛人带来的种种匪夷所思的奇异之物，视之为科学前沿。见识了磁铁，便异想天开想用以开采金子；看到放大镜能聚焦阳光，便试图按其原理研制威力无比的新式武器。这些导致他坠于不能自拔的泥潭，整天把自己关在实验室，鼓捣包括炼金术在内的各种荒唐试验。这一切无果后，就闷头专心制作小金鱼（他是个杰出的金银雕饰匠）。其精神世界愈益与狭隘的现实格格不入，终于发疯，被家人捆绑于大栗树干上几十年，直到老死。

这一代还应包括老布恩蒂亚的妻子乌苏娜，她几乎是贯穿小说始终的人物，玛孔多百年史的见证者，活了 115～122 岁。她身材小巧却意志顽强，极富爱心、同情心和包容情怀，例如收留蕊贝卡为义女，抚养那些非婚生或来历不明的孙辈们，接纳外乡人，是大地母亲的象征。她非常能干，在丈夫沉醉于发明试验后，成为实际上的家族主脑。她建起镇上最宏伟的住宅，以精湛的糖人手艺和勤劳赚得财富。她怒斥成了暴君的孙子，坦然接受其被处决的下场。但她晚年的生活相对而言黯然失色，沉湎于孤独的回忆里，其死亡或为家族衰亡的象征。

家族的第二代包括四个人，即霍恩·阿卡蒂奥·布恩蒂亚与妻子乌苏娜所生的二子一女，再加上长媳（乃乌苏娜收养之义女）。长子霍塞·阿卡蒂奥诞生于迁移途中（没有任何畜类特征），强壮、孔武、执拗，一如其父，除了欠缺父亲那样的想象力。未及成年即被一个可以作其母的女人皮拉·苔列娜引诱而私通生子。后者乃小说的重要人物，擅长用纸牌占卜，拥有无数男人实则公娼。但其有智慧也有责任感，在百年后期她实际上已经取代了乌苏娜而成为女性的精神主宰。有一年，吉卜赛人到马孔多卖艺表演，长子霍塞又爱上一个吉卜赛女人并随之出走浪迹天涯，若干年后回归，与母亲收养的义女蕊贝卡结婚，被逐出家门。其一生亮点莫过于刑场救弟之举。结局是被莫名其妙地枪杀于家中。

次子奥雷连诺上校，一个草莽英雄，自由主义者、反抗者、天生的军人，但欠缺谋略和政治头脑。所以尽管内战时期发动过32次起义竟无一次成功，拥有传奇的一生，其遭遇了14次暗杀、73次埋伏、一次枪决和一次自杀，均未能夺取其生命。奥雷连诺上校是马孔多村诞生的第一个孩子，在娘胎里便会哭，睁着眼出世，天赋其预见本领，性格如其父，沉默寡言。在开始戎马生涯前曾与兄长情妇即皮拉·苔列娜生了一个儿子，取名奥雷连诺·霍塞。他的正式婚姻是娶了镇长的幼女蕾梅黛丝，可叹这个美丽的少女连同肚子里的双胞胎被小姑子阿玛兰妲误杀身亡。军旅期间上校曾先后与17个女人生了17个儿子。沧桑之后理想幻灭，拒绝一切荣誉，隐居父屋，以制作小金鱼排遣孤独，直到寿终。

女儿阿玛兰妲，罕见的性格怪异。她爱上蕊贝卡的未婚夫意大利人罗克斯比，疯狂的妒忌心使其决心于婚礼前毒死新娘，不料却误杀了二嫂蕾梅黛丝。当蕊贝卡移情并成其长嫂后，罗克斯比转而热恋于她，这时阿玛兰妲却强捺激情坚决拒绝，导致这个青年割破血管自杀了；后来又拒绝了苦苦追求她的马克斯上校，尽管她很爱他。从罗克斯比自杀时她便惩罚自己，先是把手放火上烧，以至黑色绷带缠了一辈子；再就是抚养次兄与皮拉的私生子，等等，以求得些许宽慰。然而实际上根本不能排遣苦闷孤独，甚而与近于成年的侄儿厮混。这个誓死不嫁的老姑娘晚年天天为自己缝制寿衣，缝了拆拆了缝；再就是收集活人给故去亲人写的信，答应冥府一定妥交。

再看第三代，主要是同母异父的兄弟俩，即霍塞·阿卡蒂奥的儿子阿卡蒂奥和奥雷连诺的儿子奥雷连诺·霍塞，他们的爸乃亲兄弟，母亲为皮拉·苔列娜。长大后，哥哥阿卡蒂奥不知与皮拉的母子关系要狂热地占有之，几成乱伦事实；幸而生母清楚个中奥秘，拿出自己的一大笔积蓄，弄了个漂亮少女圣索菲亚·德拉佩德，安排与儿子共枕。这女孩为阿卡蒂奥生了三个孩子，当然均非婚生：头生的是女儿，取名蕾梅黛丝；后生的是双胞胎儿子，分别取名霍塞·阿卡蒂奥第二和奥雷连诺第二。三个孩子的父亲阿卡蒂奥无恶不作，成为马孔多从未有过的暴君，他掌握了政权，贪赃枉法、横行霸道。他的大女儿出生八个月之后，德拉佩德便怀上了双胞胎，未及孩子落生，阿卡蒂奥被政府军打败枪杀。他的死连老祖母都没心疼。

至于弟弟，因被姑母养大，过分亲昵的接触虽然对处女姑姑是种安慰，但已达青春期的侄儿却难以自制了，直到阿玛兰妲意识到危险采取断然措施。然而小伙子陷于绝望与孤独，即使进入军队，或借妓女排遣，仍无济于事，直至死于乱军之中……

其实严格说来，这一代还应包括奥雷连诺与 17 个女人生的 17 个儿子，他们在同一时刻被人枪杀，只有一个侥幸逃脱……

第四代共四个人：即阿卡蒂奥与圣索菲亚·德拉佩德生的一女二男，以及一个儿媳妇。女儿蕾梅黛丝楚楚动人，被称为俏姑娘，男人见之魂不守舍，事实上好几个男人为之丧了命。她不穿衣服，只罩件袍儿，什么也不做或许什么也不会做，就喜欢洗澡，行为超逸又世事洞明。最后竟抓着一张白床单飘然而去、消失长空。该形象很有象征意义，阅读感受也仿佛若即若离，其意义何在？似乎了然却又说不出确切的东西，也许这正是某种艺术营构的巧妙把握吧。

俏姑娘已经上天了。再看看她的双胞胎弟弟——霍塞·阿卡蒂奥第二和奥雷连诺第二——同时降生也差不多同时死亡，但性格与命运大相径庭。

前者如其叔祖奥雷连诺，就是他祖父的弟弟、第二代奥雷连诺上校，热衷反抗或革命。他在美国人经营的香蕉公司任监工，后来成为劳工领袖，带领着香蕉工人与老板斗争，发动三千人罢工，遭镇压，除他之外无一幸免：那些被枪杀的起义者的尸体被装进车厢拉去填海，政府却说被运到其他地方工作去了。他没有中枪所以从尸堆里缓过气来才得以逃脱，回来后四处诉说揭露事实真相，可是没有人肯听肯信，反而认为他神志不清。在失望恐惧中他把自己关进屋子，就像那位叔祖一样心灰意冷，但不是侍弄小金鱼，而是潜心研究吉卜赛人留下的羊皮纸手稿，当然毫无结果，最后像垃圾一样死在屋里。

后者即奥雷连诺第二，似无正当职业却颇富家产，养了很多牛羊。娶了一个外地媳妇，自以为出身高贵而且的确很有贵族气质的女人，名叫菲兰达。不过这并不能使奥雷连诺第二脱离老情人佩特娜·科特（也曾是其兄长的情人）。与情人同居有个好处，即家畜繁殖迅速，能带来大量财富，而一旦回到发妻身边则每况愈下。无论如何，丈夫娶了妻子仍跟情人分不开，随身用的一个箱子，一会搬这里一会搬那里，不能不说是件尴尬事。奥雷连诺第二曾表示一定死在妻子床上，以证明妻子身份，最后果然如此（他于病痛中死去，与兄长同一时辰）。

菲兰达因为是明媒正娶，所以也应算在第四代。奥雷连诺第二的这位夫人，来龙去脉有些神秘，她受过良好的家庭教育，谙熟上流社会的礼仪，算是个闺秀吧。关于此女有很多故事，小说后半部分相当多的篇幅是描写她的。可惜的是，菲兰达从遥远的山地被娶到马孔多，却不得不面对情敌的挑战而且又不得不甘拜下风；对丈夫的公然背叛也只好听之任之，所能做的仅仅是把家庭主权握在手里。其天生丽质和高雅趣味与丈夫的家族气质有天壤之别，难于融洽。她似乎虚荣心超过同情心，对儿女的教育也如此。她晚景凄凉，不乏真正的悲剧味道：因缺乏生活能力，过得很苦，甚至要靠丈夫的未亡情人佩特娜·科特，常常是这位情敌送来东西，才得以维持生活。

第五代三名成员，即奥雷连诺第二与菲兰达的婚生子女霍塞·阿卡蒂奥与雷纳塔·蕾梅黛丝、阿玛兰姐·乌苏娜姐妹。

菲兰达的心愿是把儿子培养成教皇最次也得是个主教，于是很早便把霍塞·阿卡蒂奥送往罗马的神学院学习。其实霍塞·阿卡蒂奥一点儿也不喜欢谋求教职，一到罗马就离开了学校，与母亲的通信"仅仅是互相交换谎言而已"，维持修习神学的假象，"为的是不失掉一份幻想中的遗产"[1]。他在菲兰达死后四个月后回乡处理丧事。此时家业已破败不堪，不得已靠变卖为生。因偶然发现始祖母埋藏的七千金币，便大肆挥霍起来，他与几

---

[1] 〔哥〕加西亚·马尔克斯：《百年孤独》，舒锦绣译，内蒙古少年儿童出版社、内蒙古文化出版社，2001，第337页。

个不良青年结交，与他们一起花天酒地，而后又将他们赶走；不久这几个混混进门抢劫，把他摁在水里淹死，财宝被挟裹一空。

长女雷纳塔·蕾梅黛丝爱称梅梅，是个非常漂亮的姑娘，受过学校正规教育，成为一个出色的钢琴手。这个家族的成员于婚恋问题上都比较独特，梅梅爱上一个机修工，名叫马乌里肖·巴比伦。为避开母亲视线，她选择躲进浴室与情郎幽会，菲兰达发现了蛛丝马迹，就找来一个保镖监视他们；有一次机修工从屋顶上进入房间被保镖发现并且打中，跌成残废成了只会喘气的垃圾。菲兰达将女儿送入修道院，不久其私生子被送回家，菲兰达本欲弄死这男婴却未下得了手。若干年后梅梅老死在波兰的一家医院。

次女阿玛兰妲·乌苏娜被送往布鲁塞尔读书，也受到很好的教育。她在比利时与飞行员加斯东相爱结婚。二人回到凋敝的马孔多，家里除了外甥——梅梅的私生子——已没有别人了。这个朝气蓬勃的女孩决心重振家园，可偏偏与已成年的外甥陷入不伦绝恋。加斯东为开创事业要回一趟欧洲，走时阿玛兰妲就和外甥恋爱了，所以随后两个人干脆同居。她怀了孕，分娩时大出血而死。这个女孩应该是很有知识也很有能力的人，回乡三个月就把破败之家整得焕发生机，就因为在恋爱问题上做出荒唐事，导致悲剧。

家族的第六代就是梅梅和机修工私生的儿子，名叫奥雷连诺·布恩蒂亚。他在襁褓中被修女送回给姥姥，后者视之为耻辱，如果不是因为胆怯就把他弄死了。这个孩子幼时跟小姨一块玩，以恶作剧捉弄始祖母乌苏娜为乐事。他性情孤独，就如晚年的外祖公霍塞·阿卡蒂奥第二，整天封闭在小屋里研究吉卜赛人的那些手稿。他的研究比外祖公有效多了，这位离群却世但聪明绝顶的年轻人，精通中古学问，能跟死去的人对话。他在儿子诞下后终于揭开了羊皮纸上的秘文，那是关于家族及马孔多由生而灭的预言。

由于小姨兼情妇崩血将亡，奥雷连诺·布恩蒂亚出去游荡了一个晚上，回来掀开摇篮，那男婴没有了，回头看见一群蚂蚁，才恍然大悟这个可怕的寓言。原来手稿上写的是家族的百年命运！含义为：第一代要被捆在树上死去，最后一代要被蚂蚁吃掉。这就是谜底呀！——他读出来的时候孩子落生差不多已有 24 小时。

然而还未等他回过神来，一阵飓风荡涤所有，只剩得白茫茫一片大地真干净……

家族第七代就是活了不到一天的婴儿，即阿玛兰妲·乌苏娜与姨侄奥雷连诺·布恩蒂亚不伦之恋的成果，这个家族中"唯一的爱情结晶"，父亲为其取名奥雷连诺。令人惊奇的是，小家伙居然长着一根猪尾巴——始祖母乌苏娜当年的担心成为现实。翌日拂晓，在经历过小儿诞生的喜悦、猪尾巴引起的惊讶、爱人崩血而亡、昏死且为早先情人尼格罗曼妲护理而清醒过来……一系列令人不暇呼吸的事件之后，婴儿之父奥雷连诺·布恩蒂亚揭开摇篮上的盖被，孩子不见了，转身发现成群的蚂蚁把啃剩的一块皮拖往蚁穴……

三

以上梳理了家族七代人的关系、命运结局，包括主要代表性人物的个性气质。兹为理解该作品之大概内容与叙事结构所必须。以下解读它可能的含义与艺术表现特色。

总体而言，《百年孤独》的确不失为一部伟大的作品，从几个要素概括。

首先，从百年拉美的历史隐喻视角审视。

小说名谓"百年孤独"，可知孤独占有特殊分量。布恩蒂亚家族成员个个任性，之间难有沟通，除了乌苏娜，就是家族的老祖奶奶。这个老太太心肠较好，富有同情心和责任感，为家人操心，也为别人操心。其他的人都显得冷漠，往往更多地沉溺于自己的小天地，或制小金鱼、或缝裹寿衣、或修破门窗。此乃鄙陋落后的象征，一如近代拉美历史境况，在欧美资本主义长足阔步的背景下，这片最早的殖民地似乎陷于尴尬境地：暴力和征服欲望扭曲膨胀，军人政治吃香，民主自由无疾而终，它不东不西，成为畸形大陆。

封闭、贫困、保守、落后乃至停滞，不能不说是孤独的根本原因。正如学者陈众议所指出的：这部作品虽不能用"孤独"涵盖，但"孤独"是一个很好的切入点。客观环境是，美国把拉美当后院，使之成为西方国家掠取财富的狩猎场。本是西方文明的延续，却很早建立了像古巴这样的社会主义国家。拉美实际是东西方阵营在冷战时期的一个缓冲地带，不在世界政治场域的中心，别人要它时看一眼，不要它时理都不理。这是一种孤独。另外，从历史角度看，哥伦布发现新大陆前，这里跟其他大陆是隔绝的，这是一种孤独。被殖民化以后，因为并没有建立起属于自己体系的文明，所以还是一种孤独。后来又沦为跨国资本的试验场，美国等最早大规模向外投资就在拉美。所以，《百年孤独》后半部分描写跨国资本汹涌而至，如何破坏生态，破坏家园，破坏传统。这实际上又是一种孤独，被历史甩在后头，能不孤独吗？所以归根结底，孤独是个历史隐喻。包括哥伦比亚在内的拉美国家，是世界上发展最为迟滞的地区之一，自独立战争以后的一个半世纪，动乱、政变、军事独裁乃其特色。这片神秘而火辣的土地，疯狂的殖民教化和原始的土著文化奇妙地纠结，愚昧与狂热携手、文明同特权苟合，拳头政治如鱼得水、民主进步之路漫长坎坷……《百年孤独》背后透露的信息不难体会。

其次，从哲学概括与历史叙述策略的视角审视。

如果说马孔多之百年兴衰不可避免乃是一种意味深长的哲学概括的话，那么与该过程如影随形的自由党与保守党之争及起义军与政府军的博弈较量，则可视为包括哥伦比亚在内的拉美历史的政治叙述策略。上乘的文学作品几乎都不是纯粹地讲故事，通过讲故事作家要表达他对历史与现实的观察、思考与见解，那才是兴趣所在。马尔克斯也不例外，如果仅仅是讲一个匪夷所思的故事而不能触动读者或不能让读者感觉非琢磨一下不可，那这部小说充其量也就是演绎情节高明的畅销书罢了。事实上正好相反，小说的故事尽管荒诞，但似乎又具有一种强烈的现实性，因为你觉得仿佛有其逻辑必然，换句话说达到了某种哲学概括的高度。所谓哲学概括，是否可以通俗地解释为，把本属于个别的、特殊的事物上升到可涵盖更多的一般性、普遍性现象？就如孤独的马孔多人的悲欢离合，像极了近代以来拉丁美洲可悲的历史与现实！至于说小说的叙述策略是历史的或至少有部分是政治的，则是因为它的展开自有其历时性，虽然在具体的细节上非常模糊，甚至语焉不详，不过大致能够感受到所描写的时代特征。作家用杂文式的笔法勾勒马孔多的政治存在，时不时地透露国家意志导致民众不满，引发骚乱以至连年战争；再就是外国资本洪水猛兽般地侵入与发展，以及政府的买办性与依附性，不惜牺牲最广大国民的利益，极恶劣时甚至充当其帮凶。如此等等，都说明作家无意跳出现实的政治语境之外，恰好相反，是巧妙地将读者带入其中。我们甚至可以明显感到作者的热情，难以遏制的政治激情！这激情使他不由自主地揭露和控诉臭名昭著的拉美军人独裁政治逆历史潮流而动的滔天罪行。某种意义上，近现代拉美民族民主化进程中的"畸形儿"军事独裁政治很有本土特色。它剥夺人民权利，造成社会不公，专横武断，践踏尊严，催生黩武、恐怖、欺骗以至暴乱。这些在小说中的表现可谓精彩纷呈。

再次，从"魔幻 + 现实"之艺术表现手法的角度审视。

用"魔幻现实主义"一词描述《百年孤独》既形象又比较到位，同时也好理解。应当说，马尔克斯的叙述方式颇为别出心裁，其所产生的效果是使小说充满离奇色彩，最出色的是还能让读者觉得真实具体。

小说的魔幻性主要表现于：总体上带有神话叙事特征，时空模糊，超现实事物随处可见。比如一场大雨下了近五年，接着又有十年滴水未见；再如母牛受人欲影响繁殖力疯强，人生下来长着动物尾巴等。还有就是人神杂处的印第安土著思维方式，其中很多本土原始文化痕迹，比如阿吉廖尔的阴魂纠缠杀死他的人之类。另外，充斥大量象征，包括书名也有象征意味；至于整体失眠症、俏姑娘飘失、随梅梅翩跹的蝴蝶、群蚁噬婴、吉卜赛人的稀奇玩意儿等，无不是象征或隐喻性的。

所谓真实具体，可视为得之现实主义叙事的最佳效果。主要表现为以下三点。

第一，全知视角，纵横把握、进退自如，叙事言说自由度大、障碍者少。第二，尽管结构、艺术理念甚至叙述方式颇具神话魔幻色彩，但并不影响具化描述，能做到历历在目、绘声绘影，从而增强真实感。第三，模糊时空维度，隐去确凿时空坐标，仅仅给出一个大致轮廓与相应参数。这有利于制造"说书式"讲述的可信度，似乎是随意回首的往事碎片，而颠覆读者的"编年史"式预期。

归结起来，模糊时间界限、淡化空间坐标这一特点，加上神话因素与魔幻手法，便构成该小说文本最突出的叙述方式。

就前者来说，找不到一个确切年份确立时间点，只能从总体内容大致判断为 19 世纪前期拉美独立战争后到 20 世纪前期的百余年；至于空间，除了虚构的马孔多等没有一个实在的地标，甚至是否在哥伦比亚也难确定。就后者来说，想象的、象征的超现实因素少受逻辑制约，大可以放手调动读者兴趣。

如此叙述方式或艺术特征的效用如何呢？那就是，赋予作者以极大的方便，而给读者造成无穷的麻烦。

这显示马尔克斯非常聪明。比如说，他思想上是进步的，偏于左派，但其作品中相关内容的处理又似不偏不倚，消隐具体指向，兹是否自我保护？从艺术上说，这样可以省去许多麻烦，规避可能出现的硬伤，此即模糊的好处。但对于读者，尤其是认真地想寻根究底的读者，那么简直就是一种折磨。可为什么人们趋之若鹜呢？媒体推波助澜是一个方面，但最主要的原因是不求甚解只顾猎奇与刺激的大众文化时代的风尚所使然。对当代人，神话魔幻可作为猎奇（《哈利·波特》等亦能佐证），性与暴力可作为刺激。这也许是后现代以来成功作家的诀窍。就此而言，这些作家包括马尔克斯根本无法媲美文学史上特别是 20 世纪以前的古典作家。

在我看来，马尔克斯最值得称道的是其语言艺术，简洁、准确，富有张力。受之影响的中国作家如莫言，似乎于此尤应细加研究，以解决作品中拖沓啰唆问题。

四

以上分几个角度对《百年孤独》作了解读，以下谈点启发或思考。

马尔克斯的创作充满力量，这力量表现为对生活的热爱、对生命的执着、对苦难的鄙视和对未来的向往。即使《百年孤独》这样悲剧性十足的作品仍然如此。一个百年家族和与其血肉相连的家乡消失了，然而却给人浴火重生的联想，因为只有清除腐朽者才会有新生命，进步扫荡蒙昧、文明取代野蛮，不正是伟大的宇宙必然性吗？

20 世纪 60 年代后的所谓拉美文学爆炸，半个世纪里出了两位诺奖得主——马尔克斯与略萨。他们虽然各具特点，但都立足拉丁美洲本土，立足它独特的历史文化土壤，那就是殖民地移民文化与印第安土著文化的碰撞混合；同时紧扣自19世纪前期的民族独立运动以及其后在民主化漫长进程中错综复杂的现实关系，为人民、为进步立言呐喊。马翁与略翁均不啻与拉美故土血肉相连的一代大师，而文学只有扎根民族历史与现实的文化土壤才能获得不竭的力量。

如果说到两者的不同，那么在我看来，马尔克斯好像更世俗老道略萨则似乎更锋芒毕露；作为拉美作家，他们都喜欢形式上的别出心裁，但前者多神谲后者多搬巧——老实说这些都不太让人喜欢，在一篇论略萨的文章里我曾直言：

略萨像福克纳等许多20世纪富有革新精神的作家一样，由于其不懈的努力和强大的创造才能而丰富了小说的结构艺术，功不可没。然而，独创性并非完美性。小说本质上是讲故事的艺术，现代作家喜欢赋予它更多的功能，为此不仅在内容而且于形式上挖空心思追奇求怪，包括借用其他艺术的表现媒介或手法。事实是，得当者锦上添花，失当者大煞风景。毋庸讳言，略氏小说结构远非尽善尽美，比方说，取太多视角而结构作品，往往使读者如堕五里雾中，《城市与狗》即典型例证。而并列平行式的"双项主题并置"处理，似也免不了给人那么一点有失严谨的感觉。至于"蒙太奇"式的、完全不顾时空限制、打乱叙事顺序任由穿插组合的话语构成，非但弄得文本支离破碎，而且极易混淆读者视线，破坏阅读效果。某种情况下优势也会产生局限性，以语言作媒介的小说艺术，与以画面作媒介的影视艺术，其各自的特点不可视而不见。比如电影的"蒙太奇"技巧，无论画面跳跃跨度多大，一般不会造成观众理解上的困难；可小说对话采用此方式就不同了，因为缺失说话人所置的场景参照物，所以单从突然插进的孤零零话语很难意识到与之相关的信息而不觉得奇怪。略氏小说对话尽管精彩纷呈，却也避不开如此尴尬。

这是针对略萨的艺术表现由衷而发的"微词"，其实对马尔克斯的

"魔幻"手法我也持如是观。当然并不影响我对两位文学大师的喜爱与尊敬。马翁或者略翁，无疑都是 20 世纪世界文学史上最具影响力的伟大作家，拥有广泛的读者、崇拜者和追随者。但毋庸讳言，对他们的评价经常是言过其实、追捧轻浮盲目。其作品印数虽巨，但真正读下去的不多，那一片叫好声多为从众附和，较少理性的判断。再者，我不说当下读者趣味低下，但微信阅读时代的大众喧噪能有多少可靠性大家心知肚明。因此，对获诺奖的世界名流且不必迷信，更不消说对各色各样的邯郸学步者了。

最后，笔者以一首律诗概括马尔克斯的伟大成就——

马尔克斯礼赞

拉美文学惊世界，
马翁杰作倍功牌。
亦幻亦真佳手段，
似繁似赅秀文才。
立足本土言民意，
放眼全球把未来。
风雨百年人与事，
孤独背后见兴衰。

（作者单位：山东师范大学文学院）

村上春树的"蒙古"形象

——兼论日本式东方学的话语构建

刘 研

    "东亚"作为地理概念，包括蒙古高原、中国大陆、朝鲜半岛、台湾列岛、琉球诸岛、日本列岛等；作为地缘政治的范畴，与日本赶超和对抗西方、追求现代化的发展道路密切相关；作为战争记忆的视角，与历史上的战争问题，当下的领土问题、民族争端、历史认识等问题纠缠不休。由此，"东亚论述"自明治以来便一直规约着日本知识分子的思想理路，也自然成为作家表现的重要对象。韩国学者金良守指出，"村上文学的'国际性'的出发点仍然清楚地表明是'东亚'"①。一方面，村上春树（后文简称村上）文学最多和最重要的受众在东亚；而另一方面，"东亚"是村上的重要书写对象。他锲而不舍地塑造"中国"形象，在《1Q84》中描写了在日朝鲜人 Tamaru，在小说《寻羊冒险记》《奇鸟行状录》以及游记《边境　近境》中又写到成吉思汗和蒙古士兵。正如一位日本学者所言，"以春树描写中国的作品群为中心来看，可以从中了解，春树自身以遍布 20 世纪日本社会的险恶事件为背景，展现了日本这个国家本身长期以来具有的社会构造中的扭曲与波折，让不得不生活在那样的社会构造中的人们进行冷静和深沉的思考"②。即在日本与中国他者的关系中，村上将中国与自我

---

① 〔韩〕金良守：「韓国における村上春樹の受容とそのコンテクスト」，松崎寛子訳，藤井省三編『東アジアが読む村上春樹』，東京，若草書房，2009，第 8 页。

② 村上春樹研究会編『村上春樹作品研究事典（増補版）』，東京，鼎書房，2007，第 311 页。

同一化，其重心在于对日本自我的构建。村上尽管在蒙古形象上着墨不多，却贯穿了他早期青春三部曲以及 1995 年的转型时期的创作①，与他在中国形象中传达的复杂情感不同，蒙古作为被边缘化的他者形象，反而越发显现出日本式东方学的特点。

一 "同化"或"解离"：日本式东方学话语构建的基本策略

日本式东方学话语的构建与日本现代化进程密切相关。而论及日本的现代化进程，则必然会提及"脱亚入欧"。1840 年中国鸦片战争，1853 年佩里船只抵达日本，1859 年日本开放口岸，1860 年英法联军占领北京，欧美发达国家以军事力量迫使东亚国家卷入"资本主义世界体系"。"西方"作为一个他者，对日本发挥了强大的外压作用。作家在《寻羊冒险记》（1982）借羊博士之口说："构成日本近代的本质的愚劣性，就在于我们在亚洲其他民族的交流当中没有学到任何东西。"②因此有研究者指出这部小说中的神秘之"羊"是"西欧现代文化力量的象征"，也是"日本近代西欧化意志的象征"。③ 然而，小说特别言明，沉睡了几百年的"羊"是1935 年夏天在"满蒙"边境被羊博士唤醒的。羊博士解释说："羊进入人体在中国北方和蒙古地区并非什么稀罕事，他们以为羊进入人体是神赐予的恩惠。例如元朝出版的书上写道，成吉思汗体内进入一只'背负星星的白羊'。"④ 作家为什么将这只象征日本现代性的"羊"设定在"满蒙"边境，又为什么特别指出"羊"曾经的宿主是成吉思汗？为什么将日本近代的侵略行径的根源归为成吉思汗？从中我们能透视出怎样的话语策略？

日本的现代性众所周知是对西方近代文明的"成功"仿效，实现了物质文明的提高，但明治政府建立的宪法体制奠定的实则是天皇制君主专制

---

① 参见刘研《日本"后战后"时期的精神史寓言——村上春树论》，商务印书馆，2016，第 10～11 页。

② 〔日〕村上春树：《寻羊冒险记》，林少华译，上海译文出版社，2001，第 201 页。

③ 村上春树研究会编『村上春树作品研究事典（增补版）』，第 183 页。

④ 〔日〕村上春树：《寻羊冒险记》，林少华译，上海译文出版社，2001，第 200 页。

主义政治体制，由武士道、神国思想等为主体的文化民族主义和神政外壳共同构成，不但与民主主义相去甚远，而且极端鼓吹国民对天皇国家的极端效忠，最终将日本导向"大东亚圣战"的灾难深渊。也就是说，日本在接受西欧文明这种异质文化所确立的价值标准的同时又矛盾性地包含着一种拒斥，在追求与西方同一化的过程中，一方面借助"落后的亚洲"这一他者以获得"富国""强兵"的理论与政策实施的正当性；另一方面又将西方作为敌对他者，造成日本人"非西欧"的身份归属。村上在追溯日本侵略性根源时将其象征性地与来自亚洲大陆的成吉思汗相关联，搭乘羊博士来日虽明显有对历史上"蒙古来袭"① 的暗讽，但无疑成吉思汗也是外在于日本的绝对的东方他者。

自 1907 年那珂通世将《元朝秘史》日译为《成吉思汗实录》，成吉思汗形象便在日本文学尤其是历史小说中形成系谱。日本民间早有流传平安时代末期武将、素有战神之称的悲剧英雄源义经未死，江户时期产生"源义经北行传说"，明治时期又有"源义经乃成吉思汗"之说。② 小谷部全一郎写作的《成吉思汗乃源义经也》大正十三年（1924）出版，再版十三次，成为畅销书。尽管在第二年日本诸多学者将之斥为无稽之谈，但"源义经乃成吉思汗"影响巨大，甚至被日本普通民众视为是历史史实。历史人物源义经被英雄化和神化的路径，一方面体现了整个日本民族英雄崇拜的心理和希望英雄不死的愿望；另一方面则应和了日本近代以来由国内殖民向境外殖民的全过程，同时也隐含了征服欧亚大陆的野心。引人注目的是，成吉思汗的故事是作为日本自身的故事来书写和阅读的。或者说，成吉思汗形象在进入日本之初就被赋予了这是日本自己的故事这样的使命。战时，在尾崎士郎小说《成吉思汗》（ソフトカバー新潮社，1940）、柳田

---

① 蒙古帝国兴起后，忽必烈三次遣使要求日本朝贡，但均被幕府拒绝。1271 年，忽必烈定国号为元，在即将灭掉南宋之际，1274 年攻打日本，日军打败，但当晚台风来袭，元军损失惨重，被迫撤回朝鲜半岛，因为此战发生于日本文永年间，史称"文永之役"。1281年，忽必烈东、南两路进攻日本，再次遭遇强烈台风，元军被迫败退，因为此次战役发生在日本弘安年间，所以史称"弘安之役"。日本称这两次台风为"神风"，二战中的"神风特攻队"因此得名。

② 王煜焜：《成吉思汗与悲剧英雄源义经——兼论日本的领土扩张与民间传说》，《北方民族大学学报》（哲学社会科学版）2013 年第 2 期。

泉的《壮年的铁木真——成吉思汗平话》（大観堂，1942）等作品中成吉思汗是人类理想的领导者，而日本俨然以成吉思汗的继承者自诩。尾崎士郎小说创作的时间是诺门罕战役刚刚结束的第二年，尾崎士郎在小说序言中直接呼应着诺门罕战役，特别说明作者潜在的意图是：成吉思汗的故事体现的"那无限深广的激情与野心对于今日而言并非古典的故事"①，在《后记》中再次强调："生命力与国民情感明确相关，这是我的成吉思汗，我的梦想在成吉思汗形象中得到完整呈现。"② 无产阶级作家尾崎士郎笔下描绘的"不是历史实像，是日本理所当然继承成吉思汗成为亚洲盟主、领导者的理想形象，与19世纪西方的言说截然相反，他所描述的这一理想的领导者形象必须是以德高望重者的姿态呈现出来的"③。表面看来，似乎从19世纪西方塑造的"恶魔、黄祸"的成吉思汗形象中跳了出来，导入"东洋的他者性"，重新塑造日本近代的历史起源，然而潜在地将"满洲"等地殖民统治合理化，显然是对"大东亚共荣圈"这一国策的呼应。

1959年，井上靖的《苍狼》面世。作家说："我写成吉思汗，并不想把它写成建立横跨欧亚帝国的英雄故事，也不想把它写成一部史无前例的残酷侵略者的远征史。写成吉思汗的一生，虽然需要涉及到这些方面，但是，我最想探寻的，就是成吉思汗那无穷无尽、不知疲倦的征服欲望到底是从何而来的？这是一个难解之谜。"④ 他借用蒙古族虚幻的"苍狼白鹿"的创世神话传说以及精神分析对成吉思汗形象进行了重构，这一重构意义重大，之后众多的艺术创作都是对井上靖"苍狼"的复制。正如2006年中公新书《成吉思汗"苍狼"的实像》中所总结：自从井上靖将成吉思汗称为"苍狼"以来，人们就将蒙古民族崛起的过程称为"苍狼时代"。⑤ 井上靖在形象重构中把成吉思汗、蒙古民族性以及他的"难解之谜"与所谓的"狼原理"紧紧结合在一起，将群体性、残酷性、坚忍性、扩张性视

① 尾崎士郎：『成吉思汗』，東京，新潮社，1940，第2页。
② 尾崎士郎：『成吉思汗』，東京，新潮社，1940，第319页。
③ 芝山豊：『＜蒼き狼＞とオリエンタリズム』，『清泉女学院大学人間学部研究紀要』2008年第5期，第31页。
④ 井上靖：『井上靖歴史小説集　第4巻　蒼き狼』，東京，岩波書店，1981，第366页。
⑤ 白石典之：『チンギス・カンー"蒼き狼"の実像』，東京，中央公論新社，2006。

为"狼原理"的内涵并加以强化。然而 1961 年大冈升平在与井上靖关于历史小说的论争中直言:"狼原理"是与包括成吉思汗在内的蒙古人都无关的作家的发明而已。日本蒙古学学者芝山丰进一步指出所谓"狼原理":"无视历史脉络、否认自他差异,不得不说这是包裹着普遍主义外衣的民族主义。"①这样一来,井上靖对成吉思汗的塑造与明治时期"源义经乃成吉思汗"之说一脉相承,都是将成吉思汗形象内化为日本的自我形象,从而对东亚文化圈的共通的文化记忆进行改写和重构。这是日本式东方学——日本民族中心主义的重要的文化策略之一。

村上塑造成吉思汗的这一他者形象与近代以来日本史学界和文学界塑造的形象表面看来大相径庭。羊博士说:"能够进入人体的羊被视为长生不死之羊,而体内有羊的人也长生不死。然而羊一旦逃离,就无所谓长生不死了。一切取决于羊。它要是中意,几十年都在同一个地方;而若不中意,就一下子离开。羊离开后的人一般被称作'羊壳',也就是我这样的人。"② 村上文学自身的互文性极强,"羊"很像《1Q84》中的"小小人"("小小人"在《1Q84》中脱胎于羊),具有弗雷泽"金枝"一般的超自然力,也具有灵魂寄生的特点,当帝王的身体初露虚弱迹象之际,其神圣的灵魂迁至另一更为健康的躯体才能保证这灵魂的康泰平安。帝王的身体虽然不断死去,但帝王的神圣灵魂却永远健康无恙,于是世界的平安获得保证。"羊"一旦具有金枝般的力量,超越时空,成为所有时代的征服者象征,那么村上的成吉思汗形象也同样割裂了具体的历史语境,是具有"普遍意义"的概念而已。

同时,村上的成吉思汗形象是绝对恶的化身。"鼠"说:被羊吞噬"正好比是个吞掉一切的壶,美丽得令人眩晕,邪恶得令人战栗。身体一旦陷入其中,就整个消失了。意识也好、价值观也好,感情也好、痛苦也好,全部无影无踪,近乎所有生命之源出现在宇宙某一点时的动态"③。在"羊"的荼毒之下,所有人似乎都是被害者,包括灵魂和思想为零的"先

① 芝山丰:『<蒼き狼>とオリエンタリズム』,『清泉女学院大学人間学部研究紀要』2008年第 5 期,第 34 页。
② 〔日〕村上春树:《寻羊冒险记》,林少华译,上海译文出版社,2001,第 299 页。
③ 〔日〕村上春树:《寻羊冒险记》,林少华译,上海译文出版社,2001,第 299 页。

生"，村上似乎在无意中再现了日本国民战后无法摆脱的"受害者意识"。"恶"的"羊"没有成为日本一侧的同一化形象，而作为绝对的他者来自域外，从而也轻而易举地实现了对"恶"包括战争罪恶的切割或"解离"。按斋藤環的解释："'解离'（dissociation）是一种心理防卫机制。作为从创伤和重负中保护身心的机制，'解离'现在被普遍认为占据了比'压抑'更为重要的位置。简而言之，就是人的心理丧失了时间与空间的连续性。如果说压抑是将重负朝着无意识的方向垂直挤压的话，解离则是将感受到重负的心理局部整体地切割下来推挤到一边的反应。"① 因"解离"，而不用对过去的罪恶负责，也便很方便地实现了对精神创伤的疗愈。将现实中的罪恶悬置或者内化为意识，其后果必然是历史真相的一再缺席，最终历史记忆被改写与忘却。因此，村上的这一"解离"策略也可以视为日本式东方学话语构建的又一利器。

二 日本式东方学话语构建的多重内涵

《奇鸟行状录》（日文直译《拧发条鸟编年史》，1992－1995）被誉为村上春树的转型之作，"是村上第一部正面描写日本军队在亚洲大陆的暴虐罪行的小说。作为战后出生的作家，这是村上在对同代及下一代人讲述战争之于血肉之躯的恐怖"②。小说有四段历史插话：潜入蒙古境内在诺门罕的间谍活动，青年兽医为实现梦想携家带口前往"满洲国"赴任，政治新星绵谷升的伯父——专搞兵站学的年轻技术官僚为石原莞尔献计，以及西伯利亚日本战俘的遭遇。如果说《寻羊冒险记》中的"成吉思汗"是抽象性和概念化的，那么在《奇鸟行状录》中作家将蒙古以及蒙古人形象始终置身于具体历史语境之中，置身于历史语境中的蒙古人形象又有怎样的特征呢？

小说首先通过间宫中尉的眼睛为读者描述了蒙古草原的景色："在这

---

① 斎藤環:「解離技法と歴史的外傷——『ねじまき鳥クロニクル』めぐって」,『村上春樹を読む』,『ユリイカ』3月臨時増刊号,東京:青木社,2000,第63页。

② ジェイ·ルービン:「村上春樹『　ねじまき鳥クロニクル』の翻訳に対して」,『群像』2003年12月号,第356页。

荒凉风景中默默行进起来，有时会涌起一股错觉，觉得自己这个人正在失去轮廓渐渐淡化下去。周围空间过于辽阔，难以把握自己这一存在的平衡感。明白吗？只有意识和风景一起迅速膨胀，迅速扩散，而无法将其维系在自己的肉体上。这就是我置身于蒙古大草原正中的感觉。多么辽阔的地方啊！感觉上与其说是荒野，倒不如说更像是大海。太阳从东边地平线升起缓缓跨过中天，在西边地平线沉下，这是我们四周所能看到的唯一有变化的物体。它的运行使我感受到某种或许可以称为宇宙巨大慈爱的情怀。”① 风景亘古如斯，在宇宙洪荒之力的洗礼下心灵仿若得到了某种净化。间宫中尉还是对此质疑：“我觉得自己好像被彻底抛在了天涯海角。为什么要豁出命来争夺这片只有乱蓬蓬的脏草和臭虫的一眼望不到边的荒地，争夺这片几乎谈不上军事价值和产业价值的不毛之地呢？我理解不了。”② 战场上的山本与间宫中尉反复强调那是“一片几乎寸草不生的荒野”，仿佛完全是个人的感怀，其实不然。据芝山丰的考证：“村上春树登场人物所讲述的蒙古空间，是因为他通晓 A. D. 库库斯创作的《诺门罕》中那个西欧特派员的发言：‘多么荒凉的原野，这样的土地我连五美元也不想给’”③；他的蒙古认识和与谢野晶子在诗歌中对蒙古旷野的吟诵如出一辙。所以，貌似真实的风光描写其实更可能来自前人的话语描述。而间宫中尉所说的“这片几乎谈不上军事价值和产业价值的不毛之地”更是无稽之谈，因为浜野刚刚告诉间宫“占领外蒙无异于给苏联西伯利亚战略从侧腹插上一刀”，“野心勃勃的关东军参谋们也不可能这样错失良机”④。不过叙述出现如此的背离，一方面反讽日军战略的失误，另一方面也暗含着对间宫等人越境的间谍活动试图开脱。

小说还借着士兵浜野之口谈及苏蒙日之间的复杂的国际关系：“外蒙虽说是独立国家，其实完全是被苏联摁着脖子的卫星国，这点同实权掌握在日军手里的‘满洲国’是半斤八两。只是外蒙内部有反苏秘密活动，这已没什么好隐瞒的。以前反苏派就同‘满洲国’日军里应外合，搞过几次

---

① 〔日〕村上春树：《奇鸟行状录》，林少华译，上海译文出版社，2006，第 148 页。
② 〔日〕村上春树：《奇鸟行状录》，林少华译，上海译文出版社，2006，第 155 页。
③ 芝山丰：『村上春樹とモンゴル』，『モンゴル研究』1998 年第 17 号，第 43 页。
④ 〔日〕村上春树：《奇鸟行状录》，林少华译，上海译文出版社，2006，第 154 页。

叛乱。叛乱分子的骨干是对苏军的飞扬跋扈心怀不满的外蒙军人、反对强制实行农业集体化的地主阶级和超过十万之众的喇嘛。这些反苏派能够依靠的外部势力只有驻满洲的日军，而较之俄国人，他们似乎更能对同是亚洲人的日本人怀有好感。"①17世纪蒙古全境被纳入清朝版图，1911年清灭亡后，外蒙古宣布独立，但并未被国际社会承认。1921年7月蒙古人民革命政府成立，10月苏联红军以"剿匪"名义出兵外蒙古，当时的中国政府抗议无效，11月苏蒙签订《苏蒙友好条约》，苏联承认蒙古独立。1924年5月苏联在与中国签订的《中俄解决悬案大纲协定》中承认"外蒙（古）为中华民国之一部分，及尊重在该领土内中国之主权"。然而同年6月蒙古革命政府宣布蒙古为蒙古人民共和国，由此外蒙古走出了脱离中国的第一步。1931年日本发动侵华战争后，外蒙古事实上从中国分离，成为苏联的卫星国。浜野还介绍说："前年也就是一九三七年大规模叛乱计划暴露后，反苏派在首都乌兰巴托遭到了大规模清洗，数以千计的军人和喇嘛以通日反革命的罪名被处死。但即使这样，反苏感情也没消失，而在各个方面潜伏下来伺机反扑。所以，日本情报军官越过哈拉哈河偷偷同外蒙军官联系也就无足为奇了。"所谓"叛乱"是斯大林在蒙古铲除异己的借口，清洗中被处决人数据历史学家最常引用数字为3.6万至5万左右。1939年中蒙诺门罕战役表面上"满蒙"作战，实则是日苏的军事对决，这是一次改变二战走向的重要战役，诺门罕战役的失败迫使日军改变对苏开战的战略目标，转而南侵东南亚，以至对美宣战。

为备战诺门罕战役，当时中蒙边境谍影重重，小说中的情节亦取材于此。1938年4月，间宫中尉接到命令，追随"民间人士"山本，接受军方委托的命令：前往呼伦贝尔草原同外蒙接壤的边境地带调查"满洲国"境内蒙古族人的生活习俗。间宫主要负责"满洲"西部边境和哈拉哈河流域的地理情况，详尽地搜集该地区的地理情报，提高地图准确度。越过中蒙边境时被蒙古军人抓获时，面对俄国军官鲍里斯的审问，山本还坚称是"在地图社工作的民间人士"。日本对中国的情报搜集，始于17世纪末期的德川幕府时代，从明治时代开始，间谍情报活动就被视为爱国职责，各

---

① 〔日〕村上春树：《奇鸟行状录》，林少华译，上海译文出版社，2006，第154页。

种官方、民间组织打着勘察地形、旅行的名义在中国境内从事各种间谍活动。越境进行间谍刺探，这是任何国家民族都明令禁止的活动，这也是下面他们遭到苏蒙军人虐杀不可回避的现实原因。

小说中蒙古军官与士兵的描写出自间宫中尉的亲身经历，其中最令人瞩目的便是"剥皮"情节所凸显的蒙古人的残忍与野蛮。在俄国军官"剥皮鲍里斯"的命令下，长得"活像一头小黑熊"的外蒙军官开始像剥桃子皮那样剥山本的皮，如完成艺术创作一般，剥得很慢，由右臂开始，左臂、而后剥双腿，割下阳物和睾丸，削掉耳朵，再剥头皮、脸皮，不久全部剥光，只剩下整个剥去皮肤而成为血淋淋血块的山本尸体骨碌碌倒在那里，地面一片血海。"蒙古兵全都鸦雀无声，定定地注视着剥皮作业。他们均无表情。无厌恶神色，亦无激动无惊愕，一如我们散步当中顺路观看某个施工现场那样看着山本的皮肤被一张张剥去。"① 蒙古人为何如此残忍，鲍里斯如此解释，他们是牧民，养羊，吃羊肉，剪羊毛，剥羊皮。他们剥羊皮剥得非常得心应手："他们最喜欢采用繁琐而考究的杀人方法。可以说，他们是那种杀法的专家。自从成吉思汗时代开始，蒙古人偏对残忍至极的杀戮津津乐道，同时精通相应的方法。我们俄国人算是领教够了。在学校历史课上学过，知道蒙古人在俄国干下了什么。他们侵入俄国的时候，杀了几百万人，几乎全是无谓的杀戮。知道在基辅一次干掉几百俄国贵族的事吧？他们做了一块巨大的原木板，把贵族们一排排垫在下面，然后大家在板上开庆功宴会，贵族们就这样被压死了。那无论如何不是普通人能想出的，你们不这样认为？花费时间，准备工作也不比一般，岂非纯粹自讨麻烦？然而他们偏要这样做。为什么？因为那对他们是一种乐趣。时至今日他们依然乐此不疲。……对于他们，好的杀戮同好的菜肴是同一回事。"② 成吉思汗被看作人类的灾难之一，"他使恐怖成为一种政体，使屠杀成为一种蓄意的有条理的制度。"③ 以成吉思汗为代表的蒙古人对于西方来说是"野蛮"的代名词，以至于游牧民牧羊这一基本生存方式

---

① 〔日〕村上春树：《奇鸟行状录》，林少华译，上海译文出版社，2006，第 161 页。
② 〔日〕村上春树：《奇鸟行状录》，林少华译，上海译文出版社，2006，第 165～166 页。
③ 〔法〕勒内·格鲁塞：《草原帝国》（上），蓝琪译，项英杰校，商务印书馆，2015，第 350 页。

也被认为是蒙古人嗜杀血腥的根源。因此，芝山丰直言，村上春树《奇鸟行状录》中的蒙古人形象是"欧美型东方主义的复制"①。

蒙古兵面容粗野，牙齿污浊，胡须蓬乱，气味腌臜，军装粗糙脏污，颜色无法分辨，鞋子满是窟窿。不仅巨细无遗检查他们的物品，并像马贼盗贼一样将他们身上值钱的东西搜刮一空，据为己有。"为了谁该拿什么，士兵之间争得面红耳赤，下级军官则佯作不知。大概没收俘虏和敌方战死者的所有物，在蒙古是理所当然的事。下级军官自己拿了山本的手表，其余由士兵们瓜分。"② 蒙古兵用刀长十五厘米的奇形怪状的弯刀割开滨野的喉咙，抢走了他身上有用的东西，将大约是滨野母亲的女性照片扔在地上。蒙古兵的这种装扮举止、杀人手法，毫无纪律性和人性可言，更谈不上作为战斗集体的整体意识和士气，除了手上的苏制武器和带星的衔章表示他们是蒙古人民共和国的正规部队之外，与现代军队、现代集团作战根本无缘。

这一蒙古人形象与作家在小说中塑造的"满洲人"形象既相同，又有所区别。相同的是肮脏、愚昧和贪财，③ 略有不同的是"满洲人"充当的是被害者，而蒙古人是加害者而已。与以内藤湖南（1866～1934）《中国史通论》为代表的日本中国研究所探讨的"支那国民性"如出一辙，他们"多认为中国人保守、顽固、愚昧、野蛮、肮脏、贪婪、好色、奢侈、懒惰、自大、虚伪、排外、残忍、变态、不团结、无国家观念等等，甚至断言'支那国民性'已经彻底堕落，成了一个'老废的民族'"④。近代以来，东亚国家纷纷被迫或有意建立民族国家，日本通过明治维新成功转型，并有意强调与东亚其他国家的差异性，借助西方"文明－野蛮"的二元对立的逻辑，逐渐形成蔑视亚洲尤其是中国的意识和态度，东亚其他国家成为未开化的、专制的他者。如以福泽谕吉（1834～1901）为代表的知

① 芝山豊:『＜蒼き狼＞とオリエンタリズム』,『清泉女学院大学人間学部研究紀要』2008年第5期,第34页。
② 〔日〕村上春树:《奇鸟行状录》,林少华译,上海译文出版社,2006,第161页。
③ 参见刘研《日本"后战后"时期的精神史寓言——村上春树论》,商务印书馆,2016,第143页。
④ 胡平:《情报日本》,二十一世纪出版社,2013,第41页。

识分子一方面视西方文明马首是瞻，耻于亚洲的野蛮与落后，另一方面又认为率先成为文明国家的日本担负着"解放亚洲"与西方列强对抗的权利与义务。日本一跃而成为亚洲的"优等生"，并取代中国而成为东亚盟主，又将"南方"视为自己不可缺少的领域，最终形成"大东亚"。小说中间宫中尉自诩"较之俄国人，他们似乎更能对同是亚洲人的日本人怀有好感"，显然就是这种"优等生"意识的表现。然而，日本在世界特别是在亚洲的"东亚盟主"的地位这一认识并没有因为1945年战败而获得本质上的改变。

村上在第三部第32章《加纳马耳他的秃尾巴、剥皮鲍里斯》、第34章《让别人想像（剥皮鲍里斯故事的继续）》又续写了间宫中尉与鲍里斯在西伯利亚煤矿集中营的狭路相逢。1945年苏军出兵中国东北后，60万日本关东军官兵迅即缴械成为苏军俘虏。这些日本战俘被苏军运送到苏联的西伯利亚、远东等劳改营里强制服苦役，官方统计有6万人左右在苏联各个劳改营服苦役中死亡。日本对历史的反思往往是对原子弹受害者、对前苏联战俘营中日本战俘的回忆。村上对西伯利亚战俘集中营的追述非常生动。鲍里斯在西伯利亚"更有成效地确立了他铁一样的独裁体制，其计算恶魔一般准确而冷静。不错，无畏而无用的暴力是从我们身边消失了，但取而代之的是基于冷酷计算的新型暴力"[①]。鲍里斯在西伯利亚的所作所为可谓是斯大林清洗时代的缩影，以至于间宫中尉准备近距离射杀鲍里斯，却两次鬼使神差般脱靶，仿佛也是为了言明极权政治的不可消解。

值得一提的是，在诺门罕"黑熊一样"的外蒙军官是鲍里斯的杀人机器，在西伯利亚据说是蒙古摔跤冠军的囚犯塔尔塔尔是他的贴身保镖。将鲍里斯和蒙古士兵捆绑在一起的形象与冷战时期苏蒙之间的国际关系颇为相似。由于日本在战后一直以美国为轴心，因此战争问题没有得到及时和真正的诠释和归位，这也意味着它自己封住了通过根本改善与东亚诸国的关系来重新建设战后日本的道路。而蒙古自1921年宣布独立以来与苏联建立外交关系直至1991年12月苏联解体，蒙古在长达70年的时间里，完全遭受到苏联的全方位控制。1966年苏联在蒙古驻军，所以也有这种说法：

---

① 〔日〕村上春树：《奇鸟行状录》，林少华译，上海译文出版社，2006，第619页。

蒙古事实上成为苏联的"第 16 个加盟共和国"。战后,苏蒙和美日自然成为冷战两大阵营中的中流砥柱。关于苏联和日本的关系纠葛,美国日本问题研究专家赖肖尔等人分析:"招致日本人的强烈恐怖和憎恨的国家是俄罗斯。这两个国家之间的敌意可以追溯到 18 世纪末,那时两国竞相开拓日本北部的群岛。1904~1905 年的日俄战争大大加强这种敌意。后来,苏联在第二次世界大战结束前加入对日作战,成千上万的日本战俘在西伯利亚受到长年禁闭,因此这种敌意在日本人的心目中进一步加强。"① 由此一来,村上蒙古人故事结构的设置中是对苏联极权政治的抽象批判,其间不自觉地流露出些许冷战意识。这一点往往是我们分析日本式东方学时容易忽视的,或者也可以说,是日本式东方学在战后语境的延伸与演变。

小说中的四段史话除了绵谷升一段来自主人公的资料查阅,其余都是来自战争的亲历者间宫中尉的长篇谈话和信件。也就是说,村上在这里将叙事视角限定在某个特定的人物身上,读者被拉入人物的视阈,真实感陡增。同时,对具体事件的认知和评价,表层来自小说的人物,深层是作者的设计,如此一来,文本题旨就充满了多义性和不确定性,小说中所体现的日本式的东方学的内涵也相应多元。因此,如研究者芝山丰上文所说村上春树《奇鸟行状录》中的蒙古人形象是"欧美型东方主义的复制"这一说法并不确切。置而言之,我们通过作家的叙事结构安排,仍能从中发现日本式东方学的复杂内涵:追求与西方他者的同化,同时利用西方东方主义的逻辑原则构建东亚他者与自我,成就自己"亚洲盟主"的地位,战后因为冷战思维的影响,日本的这一东亚认知模式得以留存。

三 "蒙古形象"的话语构建

《奇鸟行状录》第一部、第二部发表之后的 1994 年 6 月,村上接受《马可·波罗》杂志的邀请,赴中国内蒙古自治区和蒙古人民共和国旅行两周,探访中蒙边境诺门罕战役遗址,创作纪行文学《诺门罕钢铁墓场》,

---

① 〔美〕埃德温·O. 赖肖尔、马里厄斯·B. 詹森:《当代日本人:传统与变革》(增订本),陈文寿译,商务印书馆,2016,第 414 页。

并发表于该杂志 1994 年的 9~11 月刊。随后在 1995 年 8 月《奇鸟行状录》第三部《捕鸟人篇》出版。如果说《奇鸟行状录》中的"蒙古"形象主要来自书面话语，那么在充满感性的实地考察报告中，"蒙古"形象所反映出来的问题意识，尤为瞩目。

《诺门罕的钢铁墓场》由三部分构成：《从大连到海拉尔》《从海拉尔到诺门罕》《从乌兰巴托到哈拉哈河》，按时间顺序分别记录了中国一侧和蒙古一侧的经历。在有限的篇幅里，村上剖析了东亚诸国如中国、日本、蒙古在现代化进程中的巨大差异性，这样一来，同一化的所谓"西方模式"也便不复存在。村上为"中国"奉上的关键词是"异乎寻常的"，"在中国人眼中，1994 年的中国，尽管问题良多，困难重重，但基调应该是充满生机的。然而，在村上的笔下，中国的城市街道混乱、建筑物犹如废墟，幽暗破败，乡镇虽然'天一片蔚蓝，空气愈发清新'，但对于人居而言，生存环境无比恶劣。在巨大的'文明'落差中，诸如此类消极、负面的描写构成了一个'异乎寻常'的景观空间"①。村上通过中国他者反思日本近代历史的意图鲜明，但同时也表现出对中国的优越感，而支撑这种优越感的是作家未能摆脱近代以来形成的日本式东方学色彩。尽管此时冷战结束，但中国依然是日本的假想敌，冷战意识不仅因冷战结束而结束，相反的对中国的莫名的敌意不期然间得到凸显。

村上此行的目的——寻访旧日诺门罕战役遗址，实则是借此行动来反思日本的近代性道路，他在游记中批判的不是日军对中蒙的入侵行为，而是日本士兵因"极差的效率"而被杀，所以他的批判仍然是基于自国体系，是从"我们日本人"这一视点出发的批判。正如姜尚中所言："遵循欧洲历史那样的'日本式'东方主义的知识话语规约，是将亚洲封杀在自国本位（规律＝训练秩序的分类体系）之中。"②

在《奇鸟行状录》中，村上塑造了刻板的蒙古形象。游记中的蒙古形象则截然不同。20 世纪 90 年代蒙古社会发展缓慢，刚刚开始市场经济，

---

① 刘研：《日本"后战后"时期的精神史寓言——村上春树论》，商务印书馆，2016，第 194 页。
② 〔日〕姜尚中：『オリエンタリズムの彼方へ』，東京，岩波書店，1996，第 129 页。

调整自己的发展，体制有漏洞，法制不健全，基础设施落后，导致电力供应不足，水资源短缺，部队招待所没有水，没有冲水厕所，储水罐里的水漂浮着各种东西。蒙古军人身体强壮，大吃大喝，满不在乎地喝水。村上和同行照相的松村望而兴叹。给村上当向导的也是蒙古军官，一个名叫乔格满托拉，一个名叫那松贾格尔。带他们去国境的中校那姆索拉活像日本商业街值班室的老伯，眼神敏锐，对边境如数家珍。原野上遇到了狼，乔格满托拉中尉携枪射击，用随身携带的小刀割掉狼尾，谨遵蒙古人的狩猎符咒，保佑以后再有这种遇到猎物的幸运。村上以欣赏的目光描述了东亚落后国家民族的民众肉体与原始生命力。

笔者在论述村上春树的中国形象时，曾指出在这篇游记中作者在描写中国人和蒙古人时，采取了对比的叙事策略：村上的《诺门罕钢铁墓场》中出场的中国人没有名字，而陪伴村上的蒙古国的三个军官，名字虽长却一一记录在案。中国境内诺门罕村的博物馆俨然是小学里的遗忘物玻璃柜，对面的蒙古国则有一个相当规模的博物馆。军营里夜间熄灯禁酒，蒙古兵不当回事，照例开灯饮酒，军队里也没有人说三道四。中国人说"中国人民解放军纪律严明，绝对没有那种事"。然而中国新巴尔虎旗街头的当兵人大多邋邋遢遢，或解开衣扣，或歪戴帽子，或叼着烟卷，活像从前日活电影里的阿飞。同样是违反军纪，蒙古兵显得率性天真，而中国兵则如此表里不一，其中的讽刺性一目了然。与日本人的文明、蒙古人的彪悍相比，中国人显然呈现出令人惊惧的现代性怪胎的形状。①

村上为什么会在中蒙形象之间进行这种有意无意的对比叙事呢？其实原因很简单，时至 1994 年，冷战结构已经解体。随着苏联解体，牢固不破的联盟被打破，蒙古从长期处于苏联原材料供应地和畜牧产品供应生产基地的"殖民地"状态中解脱出来。由于历史上的宗主国关系和地缘政治上的接近，蒙古对中国既羡慕又担心，忧心自己会成为中国经济的俘虏，而此时日本正在致力于由经济大国向政治大国的角色转换中，急需其他国家的支持，20 世纪 90 年代日本给蒙古提供了大量的经济和人道主义援助。

---

① 刘研：《日本"后战后"时期的精神史寓言——村上春树论》，商务印书馆，2016，第200页。

加之蒙古在东亚具有十分重要的地缘战略地位，可以发挥遏制中国大国崛起和俄罗斯复兴的双重作用。1987 年，蒙古与美国建交，美国向蒙古输入西方民主价值观，美国将蒙古誉为"亚洲民主的楷模"。现在蒙古成为美日的盟友，而中国"威胁"论始终是美日的梦魇，两相对照一下，作者无意识中再次将冷战意识线路显露出来。

20 世纪 80 年代末 90 年代初，随着冷战结束，东亚格局发生了巨大的变化，两极格局遮盖下的民族、宗教、领土争端、生态环境等问题逐渐凸显，局部冲突不断。村上在这篇小小的游记中，将东亚近代化焦虑中所带来的复杂问题展现出来。他写到了内外蒙的"划线隔离"："我的想像是，虽说处于友好关系，但现实中两国的经济实力相差悬殊，蒙古方面害怕中国（汉人）经济长驱直入，中国方面担忧被国境线人为地'划线隔离'的蒙古族抱团或融合的倾向高涨——双方有可能因为如此情由而各自从两侧对交流进程予以刹车。我推想这一带的区域性政治重组将以很快的速度向前推进，不过，但愿别像南斯拉夫那样悲惨（因为我在内外蒙遇到的都是好人）。不管怎样，这种强行阻止流程的 Status quo 应该不会持续很久。"①在这里村上没有深入挖掘蒙古"被"从中国独立出去的历史，我们知道导致今天这一局面的最重要的罪魁祸首就是苏联和日本。蒙古人猎狼的过程中，乔格满托拉使用的不是弯弓，而是 AK 自动步枪，不是骑马，而是开着永不疲倦的吉普车，面对现代化钢铁机器，作为血肉之躯的狼从一开始就无望生还，果然过了 10 分钟，狼筋疲力尽，喘着粗气，做好精神准备似的等死。这里，村上的描写极为动人："狼以澄澈得不可思议的眼睛看着我们。狼盯着枪口，盯着我们，又盯视枪口。那是种种强烈的感情混在一起的眼睛，恐惧、绝望、困惑、无奈……以及我不知晓的什么。"② 作者在"什么"下面特意加了重点号，是什么？给读者留下了无尽的遐思。打死狼返程途中，吉普车仿佛在追赶下沉的太阳，"但不用说，这回我们无望获胜"。村上还在后文中感慨："我无法忘记生锈的坦克、钢铁碎片所在皆是的战场遗址、被乔格满托拉射杀的母狼那凄寂的眼睛。"人类凭借着机

① 〔日〕村上春树：《边境 近境》，林少华，上海译文出版社，2011，第 144～145 页。
② 〔日〕村上春树：《边境 近境》，林少华，上海译文出版社，2011，第 159 页。

器征服世界，为谋取私利大肆地破坏自然环境。在人类与大自然旷日良久的较量中，如无法实现与自然和谐，必然遭到自然的报复。这便是今天东亚诸国努力实现现代化不得不面临的恶果。

村上的中蒙边界的活动是他第一次走出文学的象牙之塔，接近真实的东亚他者，透过历史的尘埃与隔阂将东亚作为"问题"揭示出来。然而他在游记中说，蒙古人的猎狼"颇有非现实质感，恍惚是在极其遥远的世界进行的、与己无关的活动"①；"在我从满洲到蒙古转来转去的两个星期时间里，此侧世界有诸多事情在与我无涉地运转不息"②。这样一来，蒙古再一次被固化为"另一侧"的无法理解与沟通的他者。尽管作家做出了种种努力，却非自觉地落入日本式东方学话语的圈套之中，蒙古这一东亚他者再次缺席。

（作者单位：东北师范大学文学院）

---

① 〔日〕村上春树：《边境 近境》，林少华，上海译文出版社，2011，第158页。
② 〔日〕村上春树：《边境 近境》，林少华，上海译文出版社，2011，第163页。

两个时代，两个海鸥

——阿库宁对契诃夫《海鸥》的再创作

马卫红

一　阿库宁与契诃夫的《海鸥》

作为传统戏剧的革新者，契诃夫创作的《海鸥》《万尼亚舅舅》《三姊妹》《樱桃园》不仅成为"新戏剧"的典范，而且还为后现代主义作家进行改写和再创作提供了翻耕的沃土。契诃夫的戏剧元素成为当代许多作家的创作"酵母"，这一点光看标题便一目了然，如 Л. 彼得鲁舍夫斯卡娅的《穿天蓝色裙子的三个姑娘》、В. 阿克肖诺夫的《苍鹭》、А. 斯拉波夫斯基的《我的樱桃园》、Н. 科里亚达的《海鸥鸣唱了》、Н. 伊斯柯连科的《樱桃园被卖掉了?》、В. 扎巴卢耶夫和 А. 津济诺夫的《万尼亚舅舅花园里的樱桃熟了》等。作家们处理契诃夫的"原材料"的方法各异：或以引喻的方式使用经典文本，或以讽刺的笔法再现原情节，或将契诃夫的人物形象进行混合和重新思考后建立新的人物形象体系。契诃夫的剧作之所以受到后现代主义作家的如此厚爱，不仅是因为其作品中所呈现的世界图景与当今世界图景极为相似，更重要的是，契诃夫的作品具有很强的可辨识性、潜在的未完成性、结尾的开放性以及复杂的思想内涵，这些都为后现代主义作家留下了充分的想象和再创作的空间。分析后现代主义作家对契诃夫作品的改写，是我们理解契诃夫的戏剧在当代文学过程中发挥作用的一个重要介质，阿库宁的《海鸥》就是其中一例。

阿库宁（Б. Акунин）原名格里高利·沙尔沃维奇·奇哈尔季什维利（Григорий Шалвович Чхартишвили, 1956 - ），生于格鲁吉亚。大学毕业后从事日语和英语翻译，曾任《外国文学》副主编（1994～2000），20 卷《日本文学作品选》主编，1998 年开始以鲍里斯·阿库宁为笔名发表文学作品。阿库宁是一个侦探小说作家，也是最早使用后现代主义写作策略的俄罗斯作家之一，其作品因结构层次丰富，具有很强的娱乐性和游戏性而畅销。《海鸥》于 2000 年发表在《新世界》上，由于文本中高密度使用后现代主义手法招致了众多的批评。有学者认为，阿库宁把契诃夫特有的"无故事性"改编成大众文学的侦探作品，其中最主要的是要回答"结局是什么？"这个问题，而阿库宁的《海鸥》对"谁杀了康斯坦丁·特烈普列夫？"这一问题却给出了八个答案①。尽管骂的人比夸的人多，但能在《新世界》上发表还是很能说明问题的。2001 年 4 月"现代艺术学校"（Школа современной пьесы）剧院分两天先后上演契诃夫的《海鸥》和阿库宁的《海鸥》，在当时引起观众和评论界的强烈反响。

阿库宁《海鸥》的所有剧中人物与契诃夫《海鸥》中的完全一致，故事同样发生在索林的庄园里。全剧共有两幕，第一幕上半场始于契诃夫《海鸥》第四幕的结尾部分：从尼娜重回索陵的庄园后与特烈普列夫见面，一直到陀尔恩向大家报告说，特烈普列夫开枪自杀了。这一段剧情完全"抄袭"了原作品，只是改变了其中的一些情景说明。在下半场，阿库宁笔锋一转，充分发挥他的侦探小说家的特质，把特烈普列夫的自杀断为他杀，医生陀尔恩主动充当"侦探"，负责调查这桩凶杀案的元凶。第二幕由八个闪回镜头组成，尼娜·扎烈奇纳雅、美德维坚科、玛莎、沙木拉耶夫、索陵、阿尔卡津娜、特利果陵以及陀尔恩本人依次被推到镜头前，每个人都承认自己是杀人凶手，并坦白自己的杀人动机：尼娜是出于保护自己的恋人特利果陵免受前男友特烈普列夫的伤害；玛莎是因为始终得不到特烈普列夫的爱；她的丈夫美德维坚科无法忍受特烈普列夫对自己的冷漠和蛮横；沙木拉耶夫不能原谅特烈普列夫如此无礼地对待他们的女儿玛

---

① Шром Н. Литература современной России. 1987 - 2003: учеб. пособие, М., Абразив, 2005, 101.

莎；索陵出于对自己外甥的怜悯，不想看到他被送到疯人院；阿尔卡津娜嫉妒男友特利果陵对她的儿子特烈普列夫的感情，因为他们俩是同性恋；特利果陵无法接受特烈普列夫的文学才华高于自己这一事实；陀尔恩要为那些被特烈普列夫打死的动物报仇，因为他是动物保护协会的成员。

二　象征意象的解构与重构

不论在契诃夫的剧中，还是在阿库宁的剧中，海鸥都是一个关键的象征意象，具有复杂、多重的象征含义。在契诃夫的笔下，海鸥的象征意象主要关涉以下两方面。

第一，与女主人公形象有关。剧中的海鸥出现时已经被特烈普列夫射杀了，它成为著名作家特利果陵用来创作一篇"不大的短篇小说的题材"。特利果陵想写一个姑娘像海鸥一样被毁掉的故事，但之后他就忘记了这只被杀死的海鸥，而在现实生活中，这个被他像海鸥一样毁掉的姑娘正是尼娜。年轻纯朴的尼娜一直梦想成为一名演员，她在追寻梦想的过程中受到了特利果陵的影响，崇拜他，追随他，并试图在探索艺术的道路上模仿他。然而，这样的努力最终不会获得成功，也不会有长久的生命力（在此契诃夫以她与特利果陵生的孩子夭折加以暗示）。后来特里果陵忘记了被他毁掉的姑娘尼娜，就像忘记了那只被杀死的海鸥一样。海鸥的形象因而进入一个广义的象征语境：它象征着被戕害的心灵，象征着被毫无意义地毁掉和被冷漠忘却的美好事物。尼娜一路走得很艰难，但她战胜了自己，她开始走自己的路并且找到了曾经寻找的目标。契诃夫笔下的尼娜是一个动态的形象，她始终都在寻找有意义的生活，追求生活的艺术，并以此而有别于"大名鼎鼎的"演员阿尔卡津娜和"有名望、有才能的"作家特利果陵。事实证明，她只有在自己的表演激情中才能真实地表现自己的天性和自然的艺术内容，才能羽化为一只有生命的海鸥。契诃夫用尼娜的例子说明，真正的艺术家不需要模仿别人，当他用自己的风格进行自我表达时，就创造了独一无二的艺术风格和艺术形式。

第二，与思考生活与艺术之间的关系有关。海鸥是一只外形美丽、能引发人丰富联想的鸟，但在剧中却被特烈普列夫杀死了。特烈普列夫为什么毫无缘故地射杀这只海鸥？我们认为，契诃夫欲借此表达他对艺术与生活之间的关系这一问题的思考。特烈普列夫一味追求艺术的新形式，认为"新形式是必不可少的，如果没有的话，那就索性什么也不要"①，并拒绝"按其本来面目"描绘生活，因此，他所创造的"美的形而上"的艺术，实质上是以失败告终的艺术。艺术在特烈普列夫的手中就像被做成标本的海鸥，没有血肉而只是徒有漂亮的外表。当尼娜重返索陵庄园之后，特烈普列夫在与其谈话中意识到她已经有了另一种艺术追求——追求有意义、有内容和活生生的艺术，尽管他此时已是一个小有名气的作家，但"仍旧在幻想和形象的混沌世界里漂泊"，"没有信念"，也不知道自己的"使命是什么"②。尼娜的成功和对他的又一次拒绝，极大刺伤了他的自尊心，让他心生绝望。自杀前他坦言："我越来越相信：问题不在于旧形式，也不在于新形式，而在于人写作的时候根本不考虑什么形式，人写作是因为所写的一切自然而然地从心灵里涌流出来了。"③ 在此契诃夫试图说，艺术家的根本任务不是创造艺术的形式，而是反映生活的真实，挖掘隐藏于其背后的，并且让它充满迷人力量的东西，即其存在的奥秘。作家以此告诫读者：看吧，就像海鸥——鲜活艺术的象征，很容易成为空洞的、无生命的标本；艺术家如果无视内容只追求形式，也很容易成为活生生艺术的杀手。作为一个艺术家，谋杀了活生生的艺术就等于谋杀了自己的艺术生命，甚至是自己的生命。

阿库宁笔下的海鸥形象同样与尼娜有关，只不过具有反讽和戏谑的意味：这个曾经是海鸥化身的姑娘在此已经和凶手画了等号。尽管尼娜同样以海鸥自比，但阿库宁与契诃夫的用意显然不同。在第一幕中，尼娜的这种自我认同有装腔作势之嫌，此时的她已经不是契诃夫笔下那个天真纯朴的姑娘，而是一个可以根据环境和场合随时调整自己情绪的职业演员："尼娜（断然推开杯子，深深地叹了一口气，用专业训练过的、演员特有的嗓音说）为什么您说您吻过我走过的土地呢？应该把我打死才对。（优

---

① 契诃夫：《契诃夫文选（第十二卷）》，汝龙译，上海译文出版社，1997，第130页。
② 契诃夫：《契诃夫文选（第十二卷）》，汝龙译，上海译文出版社，1997，第192页。
③ 契诃夫：《契诃夫文选（第十二卷）》，汝龙译，上海译文出版社，1997，第188页。

雅地向书桌弯下腰去）我累极了！我该歇一歇……歇一歇了！（抬起头来注视着他的反应）我是海鸥……不对，我是演员。嗯，是啊！"[1] 在第二幕第一个闪回镜头中，尼娜首先被作为杀人嫌疑犯推到镜头前。当她听说特烈普列夫被杀后，情景说明中做如此描述：她"双手抓住胸口，尖声大叫起来，像一只受了伤的鸟——她做演员显然不比阿尔卡津娜差。"在契诃夫的剧中，尼娜应该是最富有诗意的形象，但是阿库宁不仅把她与生活空虚、爱慕虚荣的阿尔卡津娜同化，而且还进一步丑化：她"双手捂着脸，步履踉跄，在屋子里走动。走到书桌旁身体突然摇晃了一下，倒在了地上"。"做演员显然不比阿尔卡津娜差"——一个轻松的讽刺为读者重新评价尼娜这个经典形象提供了一个富有黑色幽默意味的观审视角。如果说海鸥在契诃夫的剧中象征着被戕害的心灵，那么阿库宁在此基础上又增加了新的含义：他笔下的主人公们普遍存在"心灵"的缺失，所剩的只有空虚、贪婪和残忍，在这一问题的揭示上，阿库宁的《海鸥》达成了与原著的契合。

第三，海鸥形象与主题思想有关。契诃夫的《海鸥》表现了人与人之间的冷漠和不理解，而阿库宁在对经典作品的戏仿和改写的过程中，进一步揭示出后现代社会的人性退化、道德滑坡，展现了人的自私、虚伪、贪婪、冷酷以及对生命个体和生命价值的漠视，完成了对当代荒诞性的有力嘲笑。为了强化这种效果，阿库宁在全剧结尾处借用了果戈理的"哑剧"手法，并在"此时无声胜有声"的艺术背景下凸显海鸥的复活。在第八个闪回镜头中，充当"侦探"的陀尔恩当众承认自己是杀人凶手，并说明自己的杀人理由："人只是生物种类中的一种，他在我们这个不幸的、毫无防卫能力的星球上恣意妄为。污染水体，砍光森林，毒化空气，并且轻率地、儿戏般地猎杀那些无法直立行走的大大小小的动物。您的这个特烈普列夫是真正的罪犯，他比开膛手杰克[2]还要坏。那个只是为了满足自己的淫欲，而这个恶棍猎杀动物却是出于无聊。他仇视生命和所有的活物。……我

---

[1]　Акунин Б. Чайка. http://book-online.com.ua/read.php? book = 3808. 阿库宁《海鸥》中的引文皆出于此，以下不另做标注。

[2]　开膛手杰克是 1888 年 8 月 7 日到 11 月 8 日间，于伦敦东区的白教堂一带以残忍手法连续杀害至少五名妓女的凶手代称——引自百度百科。

要终止这场血腥的狂欢。……我为你报仇了，不幸的海鸥！"全剧以陀尔恩的独白告终，这时"所有的人都呆立不动，灯光渐渐暗了下来，一只海鸥被昏暗的光线照亮。它的玻璃眼珠里燃烧着火焰。传来了海鸥的叫声，那叫声越来越响亮，到最后几乎震耳欲聋。在海鸥的叫声中大幕徐徐落下。"被制成标本的海鸥出现在剧本的第一幕和结尾，形成了一个环形结构。在剧终处海鸥复活了，它象征着生生不息的大自然要向贪婪、冷酷的人类复仇，而人类终究要接受大自然的惩罚。这是阿库宁赋予《海鸥》的新含义。

阿库宁剧中还有一个重要的象征意象——暴风雨。首先，暴风雨与谋杀有关。剧中并没有直接描写特烈普列夫被杀的场景，而是借用暴风雨的描写进行暗示："舞台上的灯光渐渐暗下来，只剩下投下来的一束光柱。半分钟后滚过一阵低沉的雷声，但是没有闪电。不一会儿玻璃门旁闪过一个人影。雷声又响了起来，不过现在已经相当猛烈了。耀眼的闪电，一阵狂风吹开了房门，舞动着白色的窗帘，几片碎纸屑从地板上飞起来，盘旋着。"暴风雨形象在阿库宁的剧中具有标志性意义。闪回镜头连续进行，每一个闪回镜头结束之前都会出现"雷声滚滚，电光闪耀，灯光渐暗"这样一句情景说明，寥寥数语不仅营造出侦探小说中特有的悬疑氛围，而且以相同的场景预示着又一场谋杀的开始。杀人被雷雨隐喻化了，在剧中"谋杀"只是一个引子，每个人在被迫说明自己的杀人动机的同时，也是对自身人性的一次曝光。

第四，暴风雨的形象与塑造特烈普列夫的形象有关，特烈普列夫被赋予了"暴风雨"般的性格特征，具有"雷帝性格"[①]——冷酷、暴戾、无常，对暴力有特殊的偏好。阿库宁在第一幕伊始的情景说明中突出了这一点：在特烈普列夫的房间里，"不论是书柜上、搁架上，还是地板上，到处放着鸟兽的标本：乌鸦、獾、兔子、猫、狗等等。在最显眼的地方摆放着一只双翅展开的大海鸥的标本，好像是这支队伍的头领。"此外，特烈普列夫对手枪情有独钟，他的身旁总是放着"一把很大的左轮手枪"，有

---

① Молнар А. Чайка. Перезагрузка（в прочтении Бориса Акунина）//Практики и интерпретации，2016，№ 1.

时"漫不经心地抚摸着，就像抚摸一只小猫"，有时"抓起手枪，瞄准那个无形的敌人"，有时又"用枪猛烈地敲击桌子"。与契诃夫笔下那个软弱的、敏感的特烈普列夫不同，阿库宁笔下的特烈普列夫内心总是惶恐不安，具有病态心理的特点，这一点从情景说明中可见一斑："（他恐吓地喊道）谁在这里？（表情极其威严地奔向阳台。回来时拽着尼娜·扎烈奇纳雅的手。他在灯光下端详着她，不时挥动一下握着手枪的手。）尼娜！尼娜！"特烈普列夫彻底变形了，他的蜕变说明后现代社会的精神虚无不仅让人失去了理想和追求，而且造成了人格分裂。不仅特烈普列夫如此，其他的剧中人物也都是如此，在世人面前他们每个人都有一副面具，但背地里却干着夺人性命的勾当，而且还心安理得。人性的堕落和可怕不在于他行恶，而在于他行恶后仍不自知，甚至强词夺理。阿库宁通过八个闪回镜头，完成了对后现代社会人性的曝光，同时也完成了对原作的再创作。

三　体裁和风格的继承与拓展

契诃夫的"新戏剧"作品不同于传统的戏剧作品。传统戏剧的内容和艺术形式的形成取决于民族文化传统、具体的历史环境、作家的世界观和美学观等因素，而"新戏剧"则不同，它确定了19世纪末20世纪前30年一系列共同的戏剧观念，其中"最主要一点是对作为美学和戏剧范畴的悲剧元素进行新的阐释。由于悲剧元素在'新戏剧'中占主要地位，那么改变对悲剧元素的理解就显得尤为重要"[1]。契诃夫的戏剧作品完全偏离了对戏剧体裁的传统划分，因此，不能简单地称其为悲剧、喜剧或正剧，而是混合了各种戏剧体裁元素，却又不露痕迹。契诃夫曾一再声明，自己创作的《海鸥》是喜剧，但这部喜剧却是以特烈普列夫自杀这一悲剧性事件结尾的，因为"他在自己的艺术认识中赋予现实意义的完全不是惯常的体裁特征，而像是揭示'喜剧元素'范畴的逻辑"[2]。因此，《海鸥》不是传

① Молодцова М. М. Луидзи Пиранделло, Л., Искусство, 1982, 4.

② Ивлева Т. Г. Постмодернистскаядрама А. П. Чехова（еще раз об авторском слове в драме）// Отв. ред. Фадеева Н. И. Драма и театр, Тверь, 1999, С. 3 – 8.

统意义上的喜剧，而是融合了正剧、喜剧和悲剧元素的"新戏剧"体裁形式。

不仅如此，《海鸥》与契诃夫以前创作的剧本也有所不同，它的特点是抒情与象征的结合以及艺术和生活等各种观念之间的冲突。这里面一切都很复杂，人物关系错乱，人物性格矛盾，爱情冲突无法解决，而紧张的情感体验和情境的变化在《海鸥》中是"根据无法解决这一原则在剧本进程中创造了不顺畅的又互相关联的人物关系"来带动的。① 契诃夫在自己的艺术创作中革新了戏剧舞台艺术，他在戏剧中保留了对日常生活的描写，与此同时又糅合了一种非日常生活风格的元素：时而不动声色地展现出某些象征意象，时而在平淡的对话中插入一段人物的抒情独白，时而又在日常情境中融入一种高雅的悲剧元素，这些艺术手法以及《海鸥》中其他的诗学特点和剧中隐含的未尽之意，在突出主题思想、塑造人物形象、反映主人公们不完美的命运等方面都使用得张弛有道。

综合各种体裁的特点和组织文本的方法也是阿库宁所擅长的，《海鸥》是多种元素的杂交体：侦探小说（陀尔恩追查杀死特烈普列夫的凶手）；正剧（尼娜和特烈普列夫在第一幕中的对话）；悲剧（特烈普列夫被杀）；电影形式构建文本（八个闪回镜头）等。阿库宁虽然在写谋杀，但表面看上去并不是我们想象的那样恐怖和悲惨，相反它很吸引人，很有趣，并且具有讽刺性。这种效果的获得有赖于经常性的"游戏"体裁，以此实现各种元素的巧妙转换。如在第二幕中第一个闪回镜头中，当阿尔卡津娜听到自己的儿子被杀之后，悲痛万分：

> 阿尔卡津娜（声音颤抖）科斯佳再也回不来了。（转身向右边的门）我那可怜的、可怜的孩子。我是一个多么可恶的母亲，我过于迷恋艺术和我自己，是的是的，我自己。这是演员永远的诅咒——活在镜子前，贪婪地照着镜子并且看到的只有自己，永远只是自己的那张脸。我那可爱的、不聪明的、没人宠爱的孩子……你是我唯一真正需要的人。现在你俯卧在那里，浑身是血，展开双臂。你喊过我，喊了

---

① Балухатый С. Д. Чехов - драматург, Л., Гослитиздат, 1936, 135－136.

很久，可我始终没有出现，你的喊声就停止了……

　　正当读者为阿尔卡津娜的母性回归感到一丝欣慰的时候，却发现每当出现新的杀人嫌疑人时，她都会像机器人一样把这段话重复一遍，这样前前后后一共重复了八次，其行为看上去滑稽做作。就这样，伟大高尚的母爱以"重复表演"的方式被消解和颠覆，悲剧元素转而变成了喜剧元素，从而引发一种荒诞戏谑的艺术效果。

　　解构是后现代主义对待世界文化态度的基础，这个术语包含两个彼此对立意义，即在破坏原本意义的同时创建新的意义。阿库宁以讽刺戏谑的笔法向读者再现了契诃夫的经典剧本，以互文、游戏、恶搞和讽刺模拟等手法进行解构，在改变情景说明的同时，几乎完全照抄契诃夫《海鸥》中的最后一幕，似乎是在提醒读者回忆契诃夫《海鸥》中的基本情节，然而他又笔锋陡转，把一部抒情哲理剧变成了"谁是凶手"的杀人游戏，上演了一场黑色幽默喜剧。八个闪回镜头决定了文本的内部结构，所有的剧中人物都有杀人嫌疑，每一个闪回镜头结束后都在暗示读者"请看续集"。与此同时，犯罪的动机和情节从一个镜头到另一个镜头变得越来越荒诞，每个人的杀人动机都不足以成为杀人的理由。具有开放性的"哑剧"结尾并没有确定谁是真凶，读者最终也无法知道尼娜、阿尔卡津娜和特利果陵等人的命运如何，一切都变得荒谬无稽。而剧中的反英雄式的主人公们的行为迫使我们反思在文明的进程中后现代社会中的人性，思考人的本质及其使命。如果说特烈普列夫自杀是出于绝望和找不到出路，那么他的被杀则含义复杂，而这些含义却又是从契诃夫的原作中衍生出来的。当然，阿库宁并不是为了游戏而游戏，而是试图表达后现代社会多元化的一条重要原则，即没有唯一的真实，存在的只是各种不同的观点；一切皆有可能，而一切皆不确定。这种不确定性和虚无主义氛围充斥着阿库宁的语意空间，给读者无尽的遐想。如果说契诃夫的《海鸥》包含了作者的痛惜与嘲讽，那么阿库宁的《海鸥》则裹挟着一股否定、反思、戏谑、荒诞的后现代情绪。与其说这种情绪构成了阿库宁理解和感受传统经典的意向结构，不如说是他借此对物欲横流、充满焦虑和暴力的后现代社会中的人性进行拷问。狭义上讲，阿库宁的《海鸥》以互文的方式建立起与经典作家的创作"对话",从广义上说则是形成了不同时代文化间的"互文"。

五　结语

契诃夫的《海鸥》表现了无望的爱情、人们之间的不理解、个人命运的残酷,寻找艺术真谛和生活意义,整个作品浸透着精神苦恼、互不理解的不安以及对生活的不满足。所有的主人公都一样的不幸,人与人之间的联系破坏了,每个人都孤独地活着,不被人理解和不理解别人。阿库宁以契诃夫的《海鸥》为创作蓝本,不仅要解构它,而且还要对经典作品进行再审视再思考,他嘲笑式地模拟契诃夫,否认主人公们的精神追求,展现了人性中最可怕却是真实的方方面面,并在此基础上创建了新的意义——表达当代社会的荒诞,以及对失去了道德目标和道德底线的人们的批判。荒诞却难掩低沉惨痛的基调,这些都值得我们细细品味。阿库宁对经典作品进行再创作的重要意义,还在于为当代读者理解契诃夫原作提供了一个新的视角。

"我为你报仇了,不幸的海鸥!"——在阿库宁的《海鸥》中陀尔恩如是说。有人说阿库宁创作《海鸥》是作者在向契诃夫致敬[①],也有人说是作者在向契诃夫复仇[②]。致敬也好,复仇也罢,都说明了一个问题,即契诃夫及其作品在当今俄罗斯文学中的地位和影响。就这个意义而言,我们有理由说,契诃夫的作品不是被制成标本一直挂在墙上的海鸥,而是一只生命力顽强的、永远飞翔的海鸥。

（作者单位：浙江外国语学院西方语言文化学院）

[①] 苏玲:《向契诃夫致敬——评鲍里斯·阿库宁的《海鸥》,《文艺报》2012 年 2 月 12 日。

[②] Шавель А. Шестое действие《Чайки》.//Сборник работ 65 – ой научной конференции студентов и аспирантов Белорусского государственного университета. В 3 ч. Ч. 1, Минск: БГУ, 2008: 241.

《星期六》中的当代都市文化逻辑*

刘春芳

当代英国小说家伊恩·麦克尤恩（Ian McEwan）被誉为"我们这个时代最优秀的地图绘制者"①。他"对现代都市体验进行了最为前沿的探索，而伦敦则成为其探索过程的核心城市"②。《星期六》（*Saturday*）是麦克尤恩于 2005 年出版的小说，该作品以伦敦成功的神经外科医生贝罗安在星期六这一天的经历为线索，对当代都市成功人士的生活、思想、心灵、精神和情感进行了细致入微的描绘。温和沉静的叙述呈现出来的似乎是都市成功人士富足美满的生活状态，然而这种生活状态背后却令人沉重地感受到当代都市文化对人性和情感的剥夺与异化，丰满而令人信服地展现出光鲜物质成功背后的精神败落本质，使得成功本身成为一个逻辑悖论。诚如詹姆逊（Jameson）所说，近年来，在西方学界一个明显的特征是"颠倒了的太平盛世说，其中关于未来的预感，不论是灾难的还是拯救的，都已经被这种或那种毁灭感所取代"③。麦克尤恩在平静的叙述下对当代都市文化进行了深刻的挖掘与诊断，生动地呈现出当代都市生活中的毁灭感与灾难感。这无疑使《星期六》成为了解当代西方都市认知方式与思维模式的范本，而对这种文化所依据的逻辑体系进行探究，则能比较清晰地梳理出西

* 国家社会科学基金项目"当代英国小说中的都市文化困境研究"（11BWW045），同时，本文也受到国家留学基金的资助，在此表示感谢。

① Bradford，Richard. *The Novel Now*. Malden：Blackwell，2007，p. 1.

② Bradford，Richard. *The Novel Now*. Malden：Blackwell，2007，p. 98.

③ 詹姆逊：《快感：文化与政治》，王逢振等译，中国社会科学出版社，1991，第 127 页。

方当代文化逻辑。

扭曲的欣快症

文化逻辑是文化活动的中枢，形形色色的文化现象都与深藏在下面的文化逻辑有直接关系。《星期六》不以情节取胜，只以外科医生贝罗安在星期六一天的生活细节为主要内容，展现的便是以贝罗安为代表的当代都市文化中的胜利者所主张和贯彻的文化活动与文化思想。身为神经外科名医的贝罗安享受着极端丰富的物质生活，同时，伦敦这座高度发达的当代都市也使贝罗安时刻安享美妙的生活便利。这使得星期六凌晨突然醒来的贝罗安感到"一切都是那么惬意"，他在窗口看着伦敦城，觉得"这座城市是一项伟大的成就、辉煌的创造、自然的杰作"[1]。小说开篇这些关于其"日常生活的欣快感的描述"[2] 生动地体现出贝罗安所代表的文化逻辑的优势。

经过理性的巨大发展，西方社会已然在物质上取得了长足胜利，从而使西方社会安享物质丰裕。然而问题是，"正是在这种欣快感觉的背后，潜伏着一种令这种欣快无法长久的威胁感，正如麦克尤恩所说：'焦虑像梦游症一样伴随在欣快感左右。'"[3] 贝罗安在这样完美的都市中无法享受安稳的睡眠，反而因为一种莫名的兴奋突然醒来。身为名医的他意识到这是一种"持续而扭曲的欣快症"（euphoria）。"euphoria"一词指涉的是病态心理的快乐，甚至指吸毒后的陶醉感，是一种病症的表现。

通过梳理贝罗安的成功史及其背后的文化逻辑，可以挖掘出这种病症的根源。从他少年时期开始，为了在医生的职业中取得成功，其生活的全部均被寻求外在成功的目标指向所左右和支配，除了医学之外的一切如娱

---

[1] McEwan, Ian. "Only Love and Then Oblivion: Love Was All They Had to Set against Their Murderers." *The Guardian* (12 Sept. 2001). pp. 1 - 3.

[2] Finney, Brian. *English Fiction-20th century-History and Criticism*. New York: Palgrave Macillan, 2006, p. 88.

[3] Finney, Brian. *English Fiction-20th century-History and Criticism*. New York: Palgrave Macillan, 2006, p. 88.

乐、阅读，甚至恋爱结婚，都与他毫无关系，甚至成为他的负累。他被人艳羡的外在成功的确被其拥有的不断丰富的物质所证明：豪宅、豪车以及一切高端奢华的设施装备，而内在灵魂却在这种华丽光芒的掩盖下遭到前所未有的贬低。成功标准的外在化、单一化，把人的主体性完全摈弃，因此以贝罗安为代表的当代都市人所追求的外在成功实质上是剔除了主观性的成功，所追求的兴奋是经过涂层装饰的兴奋。这种兴奋是奇怪的、补偿性的，它封住了人性，成为商品化的兴奋。它闪着光芒，如同安迪·沃霍（Andy Warhol）笔下的《钻石粉末鞋》（*Diamond Dust ShoesDiamond Dust Shoes*）一般。那些鞋闪着金粉的光芒，这种光芒脱离了活生生的生活世界，它们代表的是当代人对死的物体的随意性收集和对整齐划一的外在成功标准的偏执追逐。当代人的成功、兴奋在这些金粉的装饰下，归结为残余零散的东西，归结为情感消逝的虚假光芒，而人之所为人的根本则在这装饰涂层的闪光中、在这种对人性的嘲讽中变得轻浮，直至一无所有。"洋洋自得，被成功调教得毫无同情心"[①] 的贝罗安便在物质的层层环抱中丧失了最本真的生命。他坐在梅赛得斯中听着舒伯特的音乐，体会着物质和科技进步带来的享受，却不由自主地想到了"饥饿和贫困。"建构在精神"饥饿和贫困"之上的"欣快"无论如何不能成为当代人幸福的来源，而只能是一种"病症"。正如阿多尔诺所说："在虚假社会里，笑声是一种疾病，它不仅与幸福作对，而且还把幸福变成了毫无价值的总体性。"[②]

这就是当代都市文化的尴尬之处，人道主义的价值观已经被机械的科学逻辑所代替，人的血性生命也在这个科学逻辑的理性思辨中被过滤得无影无踪。当代都市丰富奢华的商品组成了无所不在的壮丽画面，而本质上这只是人类的一种巨大幻觉，在这个幻觉中人们忘记了自我，忘记了生命，诸多不同的血性个体同化为一个消费者形象，进而在商品世界中变成了抽象体。都市中的人能够在丰繁的物质包围中找到扭曲的欣快感，却无法找到和谐与幸福。早在 19 世纪，罗斯金（John Ruskin）就对都市发展

① Childs, Peter. *The Fiction of Ian McEwan*. New York：Palgrave Macmillan, 2006, p. 145.
② Horkheimer, Max, and Theodor W. Adorno. *Dialectic of Englightenment*：*Philosophical Fragments*. Trans. Edmund Jephcott. Ed. Gunzelin Schmid Noerr. Stanford：SUP, 2002, p. 127.

提出了控诉："这种和谐现在被打破了，打破的还有我们周围的世界……如此月复一月，黑暗与日俱增。"（Ruskin 138）成为机器附庸和物质奴隶的人越来越被对象化、客体化和工具化，当代都市的辉煌成就只能更加映衬人性的灰暗。芒福德（Lewis Mumford）在《城市文化》（*The Culture of Cities*）中将城市的发展归纳为六个阶段，即从原始都市（Eopolis）开始，依次历经城邦、大都市、超大都市、暴虐都市（Tyrannoplolis）和废墟都市（Nekropolis）。① 在当今发展到最高级阶段的当代都市中，消费功能停止了所有高级的文化活动，物质的城镇只剩下没有心灵与情感的空壳，当代都市生活也只剩下拙劣的模仿与机械的复制。扭曲的欣快症像蒙在心灵上的灰色殓衣，笼罩在当代都市的上空，由此产生的负面道德因为缺少了灵魂的参与而四处横行，物质掩盖下的当代都市本质上已经成为心灵的"死亡之城"和散发虚假光芒的"废墟都市"。

乌托邦姿态

小说整体的笔触温润，叙述平和，呈现出一个表面上完美无缺的乌托邦式生活图景。"乌托邦"一词由16世纪英国诗人托马斯·莫尔（Thomas More）所创造，他将希腊语的 eutopia（福地乐土）和 outopia（乌有之乡）组合起来，构建出"utopia"这一指涉完美国度和理想社会的词汇。20世纪以来的诸多学者如布洛赫（Ernst Bloch）、马尔库塞（Herbert Marcuse）和哈贝马斯（Jürgen Habermas）等，都对乌托邦所包含的思想内涵进行过阐释，并普遍认为乌托邦本质上指涉一种信念，是人对理想世界进行想象性建构的终极旨归，"是内在于人的生存结构中的追求理想、完满、自由境界的精神冲动"②。因此，对乌托邦的期盼与建构是一种精神力量，是内驱力的表现。而当代都市的物质繁荣使人粘滞于表面繁华，丧失了追求和建构乌托邦的内驱动力。在麦克尤恩笔下，当代成功逻辑彻底地对想象力

① 芒福德：《城市文化》，宋俊岭、李翔宁等译，中国建筑工业出版社，2009，第285～292页。

② 雅各比：《乌托邦之死：冷漠时代的政治与文化》，姚建彬译，新星出版社，2007，第107页。

与精神力量进行贬低和驱逐，绚烂的商品世界把人毫无生气的心灵世界涂上了粗暴而鲜艳的红红绿绿的色彩，却因为没有心灵和想象的参与成为一种干瘪的乌托邦感受，或者说是一种虚假的、平面化的乌托邦姿态，是无生命的灿烂形式。

贝罗安正是以这种乌托邦姿态来梳理自己的生活，体会被分割的生活和被规划的时间所带来的稳定感与安全感。他没有勇气用情感力量去抵制和中断这种机械的乌托邦感受，反之，如果他意识到这种机械的感受受到了威胁，那么便会通过制造这种机械感的科学技术来消除威胁，建构更完善的技术体系，走向更严格、更冷漠的机械形态。对于已经成为机械断片的贝罗安来说，他已经完全被按部就班的工作日程格式化为一台工作机器。从某种意义上说，发展到极端的科技已经成为一种反自然的力量，科技制造出来的机器是异化了的力量。这种力量反过来以一种不可辨认的形式反对我们，并且构成了我们集体和个体实践的广阔的非乌托邦视野，灵动的世界因此变得僵化和冰冷。

身处都市前沿的贝罗安对虚假乌托邦将主体分裂，并造成僵化的统一的事实理解得异常到位。他看到都市中通达各方的公路，便"觉得自己好像领会到了公路设计者的初衷，就是要建立一个简单的世界，人类必须屈从于机械。一个长线的转变让他经过一排排钢筋水泥的写字楼。现在还不到晚上，可是早春二月的下午已经灯火通明了。贝罗安看到里面工作的人们穿戴如同建筑的模板一样笔挺，个个坐在桌前，面对着电脑，仿佛今天不是星期六"①。这段对当代都市星期六的描述无疑是对乌托邦姿态的一种绝妙阐释，与内心体悟相关的情感被道路所切割，被写字楼所封闭，最后被窒息在西装里，人因而成为同一的、整洁的机械断片，展现出当代乌托邦的去人性本质。当代都市文化将一切主体格式化、客体化，并最终达成分裂，因此，在"星期六"这样一个可以享受自由时光的日子，早已失去了享受自由能力的当代成功典范，只能一切按部就班地僵硬地进行——从早上的剃须开始。他知道星期六可以不用刮胡子，却不知为什么还是照常去做。精制的、设计科学的剃须刀令他振奋，这些工业进步的产物令他欲

---

① 麦克尤恩：《星期六》，夏欣苗译，作家出版社，2008，第128页。

罢不能。人的灵魂已经被这些没有意义的空壳所俘获，丧失了其生命之美，只能在华丽的装饰中体验虚假乌托邦的满足感。当代都市人因此异化为整个商品社会中的一种新型商品，被物质挤得没有了思考和感受的空间，或者说人越来越主动地放弃思考，成为理性文化逻辑的牺牲品。生命的基本方式是遵守常规，亦步亦趋。正如贝罗安的星期六，严谨周密的"星期六"计划使这个日子完全丧失了抚慰心灵与情感的功能，使这个日子成为理性控制与理性思辨的又一标本。因此，贝罗安在"星期六"仍然按照工作的方式进行分割筹划：早上与妻子做爱，上午去打壁球，下午去看母亲，之后准备晚餐。即使是这种程式化的时间安排依然使他感到内心空虚，只有当医院来电话让他去做急诊手术时，当他回归为真正的机械断片本身时，才感到安慰和踏实，似乎这才是他所渴望的自由与休息。

当代乌托邦不仅僵冷，甚至蕴藏着危险与残忍。贝罗安的豪宅便是一个例证：坐落在伦敦富人区的豪宅设有层层防备，"三只坚固的班汉姆锁，两条和房子同龄的黑铁的门闩，一个隐藏在黄铜外壳下的门镜，一个电子报警装置，一个红色的紧急呼叫按钮，警报器的显示数字在安静地闪烁"。(30) 然而，如此严密的防范，却也明确地传达出这样的信息"这城市里还有要饭的、吸毒者和地痞流氓的存在"[1]。1969 年理查德·尼克松 (Richard M. Nixon) 组建的"暴力行为原因调查及预防全国委员会"曾做过骇人的预言，如今在当代的都市中这个预言已经成了现实："我们都住进了'要塞城市'，一边是富裕社群的'堡垒单元'，一边是警察搏击穷人罪犯的'恐怖之地'" (National Committee on the Causes and Prevention of Violence 1)。完善的设施无法掩盖隐藏在每个角落中的危险，堡垒的出现只能证明冷漠无处不在。奥登 (W. H. Auden) 在《无墙的城市》 (City Without Walls) 中，认为"传统的墙，神话和文化……已经瓦解了，（使得）现代人的生活丧失了方向和意义。都市人类被迫隐居在由钢筋和玻璃筑成的洞穴中"[2]。因为科学技术的发展，当代都市人远离了原始的、苦累

---

[1] 麦克尤恩：《星期六》，夏欣茁译，作家出版社，2008，第 30 页。

[2] 利罕：《文学中的城市——知识与文化的历史》，吴子枫译，上海人民出版社，2009，第190 页。

不堪的不完善的人类世界，却由此进入到一个更可怕的、边缘化的残酷的生存世界。这个世界充满鲜艳夺目的颜色，却无法体会生命的律动；充满先进奢华的设备，却没有内心的平安与宁静，甚至隐藏着暴力与危险。像贝罗安这样的人通过高科技的层层保护，似乎可以感受到乌托邦世界的舒适美好，而这种完美感受完全停留物质的空间和非自然、非人性的状态，是被物质剥去了内在情感、被思辨掏空了体悟与直觉的冰冷的乌托邦。这种乌托邦可以被视为一种虚假的、平面化的乌托邦姿态，是对当代都市生活中的专门化和精细分工的一种技术反射，也是对于人格分裂的当代都市生活的一种绝望的乌托邦补偿。

由此可见，在当代乌托邦中，世界从人道主义的价值观走到了机械论的科学逻辑中来，人的血性生命也在这个科学逻辑的理性思辨中被过滤得无影无踪。这种停留在姿态意义上的乌托邦理想终究只是毫无生命的外壳而已，无法使心灵得到真正的慰藉。贝罗安便很快"从最初的心满意足、洋洋自得的状态最终转变为非常阴郁而复杂的情绪，他迫不得已面对着脆弱的幸福，无论从个人角度还是世界角度看，幸福都是那么不堪一击"①。麦克尤恩通过解析当代都市人面对"星期六"时的慌张与不适，通过层层揭示乌托邦姿态的本质，表达了其深层诉求，即主张当代都市人能够放弃机械论而支持模糊、偶然、自发的，更符合人的情感本真状态的新原则。

胜者必败逻辑

作为西方启蒙主义之后逻辑理性的代表者和实践者，贝罗安在表面上无疑成为当代都市中成功者和胜利者。然而，外在的成功只能将人囚禁在物质的大厦中，但在其他领域则无能为力，最终体现出的只能是物质辉煌下的精神失败。

这种失败的第一种表现是，被贝罗安规划得严密周全的星期六，最终却完全失控。贝罗安企图用逻辑理性规划本应属于精神和灵魂范畴的"星期六"，然而逻辑永远无法规划心灵，尽管他的家里有非常先进的安全防

---

① Foley, Andrew. *The Imagination of Freedom*. Johannesburg: Wits UP, 2009, p. 245.

御系统，尽管他的统计学从逻辑上无懈可击，他的思辨合理、推理正确，但混乱却不受控制。他在星期六的凌晨莫名地醒来；站在窗前却看到了空难；去打壁球却因为蹭车事件与地痞发生冲突；女儿回家团聚的时刻又遭遇劫匪等，这种无序是不以人的逻辑梳理为转移的，正如人类情感无法用理性来解析和推理。事实上，理性的规划和物质的压制，使得"在表面的秩序下面，总是藏着可能爆发出来的无序"①。这种无序是对他的成功之路的尖锐嘲讽。情感生命遭到放逐的当代都市中，人已经完全变成了被操纵的机械零件，专注于为机械的有效运转提供动力，并在这个过程中放弃了灵魂与精神世界。丢弃了灵魂的贝罗安可以用冷漠的逻辑规划外在成功，却永远无法规划属灵的世界，他可以在其他工作日罗织成功，却注定在"星期六"沦落为败者。

第二种表现是贝罗安深刻的孤独。西方文明自近代以来，一味注重科学知识，追逐外部实在，热衷于对外部世界的理解与征服，人与世界便处于对立之中。"但完整的、富有感性血肉的人远不是唯理主义的抽象化、概念化了的人所能穷尽的，而资本主义的工业文明又造成人的心灵的枯竭"②。心灵枯竭的人靠外在的物质虚饰自我的伟大，内心深处却因灵魂的缺席而饱尝孤独。贝罗安无法与两个孩子建立真正的交流；与妻子的沟通成为机械行为；与家人无法达成基本的理解；与岳父的关系充满敌意；甚至与他的敌人巴克斯特的思想也毫无交叉。他只异化为物的存在，成为物的附庸，丧失了人性中最基本的感受与体悟能力，因此他无法与任何人达成有效沟通。外在的成功越是辉煌，其心灵的孤独越是深刻，因为严整的理性和绚丽的物体毫不理会人灵魂深处的东西，灵魂只能遭到粗暴地贬低。

第三种表现就是贝罗安的精神冷漠与残暴。外在的成功使贝罗安早已将文学与诗歌驱逐出了自己的生命。他"以极势力的眼光看待文学，认为小说散漫夸张，他根本没有耐心去读。他是英国实用主义者的代表，对带

---

① 利罕：《文学中的城市——知识与文化的历史》，吴子枫译，上海人民出版社，2009，第138页。

② 刘小枫：《诗化哲学》，山东文艺出版社，1987，第132页。

有乌托邦味道的任何叙述都不信任，他认为自己是一个活生生的证明——证明人能够生活在没有故事的世界中"①。他无法理解像《安娜·卡列尼娜》这样的故事，认为为了消化那些错综复杂的故事会使他的思维变得迟钝，而且还会浪费他的时间。他的时间是用来进行按部就班的工作的，是用来从事能令他获得物质成功的手术的，他不相信梦想的力量，对幻想更是毫无兴趣，对他来说，通过修理大脑来拯救思维器官的故障才是值得尊重的，而激发情感和梦想的任何努力都一无是处。他认为他通过理性力量获得的成功"足以让他在任何一位诗人面前挺胸抬头②"。莎士比亚和托尔斯泰的世界于他而言毫无价值，书籍与经典不再传达意义，只有牛顿与霍金的思辨才是他所能理解并认同的文化逻辑。

文学与诗歌的缺位使他丧失了基本的感悟与同情，因此黛茜朗诵的阿诺德（Matthew Arnold）的《多佛海滩》（Dover Beach）能够使身为匪徒的巴克斯特的内心深受震撼，在贝罗安的世界里则完全无处安放。两个社会地位悬殊的人，或者说当代都市文化的胜者与败者，面对诗歌的体验产生了天壤之别。企图施暴的巴克斯特被诗歌打动，放弃了行凶，希求和解。而贝罗安丝毫未被诗歌感动，依然按照其精密的反抗计划，趁巴克斯特因信任而失去防御之心时，将其推下楼梯，这时的贝罗安已经沦落为最残忍的暴徒。麦克尤恩在谈到《星期六》时曾说，他的创作旨归就是希望人"要有感受他人的处境与情感的能力……残忍是丧失想象力的表现③"。身为社会精英的贝罗安便是"缺乏想象力"的当代都市人的代表。贝罗安在逻辑上显然又成为无可辩驳的胜利者，无论是诗歌还是信任，都无法使他冷漠的心灵受到震动，他考虑的永远是如何选择反抗武器、如何选择反抗途径的理性思辨问题。受了多年医生的训练的贝罗安机械地相信，"人类的很多行为都可以在分子的复杂状态下得到解释。有谁会想到如果人体里有过度或者不足的神经传递素就可能会损害到一个人的爱情、友谊和所有

---

① Bradley, Arthur, and Andrew Tate. *The New Atheist Novel—Fiction*, *Philosophy and Polemic After 9/11*. London: Continuum International, 2010, p. 28.

② 麦克尤恩：《星期六》，夏欣苗译，作家出版社，2008，第163页。

③ Finney, Brian. *English Fiction-20th century-History and Criticism*. New York: Palgrave Macillan, 2006, p. 99.

对快乐的希望？当人们从自身的感觉上寻找出路的时候，又有谁会想到要从生化酶和氨基酸上寻找道德和伦理的产生？"① 无孔不入的机械和物质文明，已经使人们"对机械的信仰已经到了与它要服务的目的荒谬地不相称的地步"②。这种摈弃了所有情感因素而一味以理性梳理的道德在逻辑层面上无懈可击，实际上却极端冷漠残暴。"个体如对他人的移情想象力趋于脆弱，则会对他人的不幸命运表现出冷漠、麻木不仁的态度，甚至极其残忍的暴力行为。"③ 黛茜朗诵的诗歌所呼唤的正是"让我们真诚相爱"（Ah，love，let us be true to one another!）。阿诺德强调的是人的情感世界与心灵世界，在其《文化与无政府主义》（Culture and Anarchy）中，他也曾明确提出了"文学和艺术应成为生命中心"④ 的观点，怀孕的黛茜的朗诵本身也是生命与文学不可分割的隐喻。麦克尤恩在《卫报》发表的文章中《对待谋杀者的唯一策略是爱》（Only Love and Then Oblivion：Love Was All They Had to Set against Their Murderers）认为，"移情是人性的核心，道德的起点"。⑤ 而贝罗安的致命缺失便是爱的缺失，他无法感受他人的感情，只能以冷漠的理性相待。他的残暴是理性包装下的残暴，是智性胜利光芒下的精神败落。

有评论认为，贯穿《星期六》整部小说的"是一种紧张感，这种紧张感是由两种截然不同的因素构成，一是理性的、逻辑的、可预言的，甚至是残忍无情的；与之相对立的则是无规则的、耽于幻想的、随心所欲的、无法用理性预见的。贝罗安是前者的化身。他全部的工作就是修理和重构意识的机械式功能"⑥。除了像机器一样按照固定轨道工作之外，没有任何主动享受生活、亲近他人的能力。他的失败是心灵的失败、情感的失败、人性的失败，因此黛茜的诗歌永远不会打动他的内心。"没有了先验的能指，城市符号开始漂移，意义被神秘取代……留给我们的，只有被贬低的

---

① 麦克尤恩：《星期六》，夏欣茁译，作家出版社，2008，第 76 页。

② 布洛克：《西方人文主义传统》，董乐山译，生活·读书·新知三联书店，1998，第 17 页。

③ 罗媛：《〈黑犬〉"移情脆弱"主题论析》，载《外国文学》2015 年第 6 期，第 84 页。

④ Childs，Peter. The Fiction of Ian McEwan. New York：Palgrave Macmillan，2006，p. 146.

⑤ McEwan，Ian. "Only Love and Then Oblivion：Love Was All They Had to Set against Their Murderers." The Guardian（12 Sept. 2001）.

⑥ Bradford，Richard. The Novel Now. Malden：Blackwell，2007，p. 23.

人性、匿名感和零余感、人的孤独的脆弱感，焦虑和神经紧张。没有了超验的东西，城市无法超越其所消化的东西，心灵也无法超越自身"①。情感的消逝使他被分裂为螺母，对理性的偏执推崇使他沦落为冷漠的暴徒。麦克尤恩通过表面光鲜、内心荒芜的贝罗安表达了一种愤怒，那就是："从社会和文化意义上讲，文学很重要……然而人们却更多地赞美科学，认为科学才更具有深远的社会意义。"② 麦克尤恩在谈到《星期六》时曾说："撇开所有的文学形式不谈，这部小说首先能够引导我们探寻道德的基础应该是什么。"③ 由此看出，麦克尤恩的创作目的非常明确，他以深入探究当代都市人的精神领域和当代都市的文化生态为逻辑起点，以揭示当代都市文化的生存本质为具体手段，以呼吁建构重视灵魂和内心的崭新道德为目标指向。

《星期六》没有《水泥花园》（*The Cement Garden*）中的恐怖背景，没有《赎罪》（*Atonement*）中的跌宕情节，温和安详的笔触下却涌动着"令人不安，令人心慌意乱"④（unnerving and unsettling）的深刻情绪。"围绕着都市化和现代化进程，许多现代主义者都在作品中不断地表达这样的主题：孤独感、隔绝感、片断感和异化感。作家和文化批评家都深刻地感受到在现代都市中，他们无所适从，安身立命的根本受到威胁。"（Wirth-Nesher 17）在这个批判传统中，T. S. 艾略特（T. S. Eliot）、德莱赛（Theodore Dreiser）、伍尔夫（Virginia Woolf）都对当代都市的粗俗与混乱进行了揭示与展现，而麦克尤恩却从更深刻的层面对都市的文化逻辑进行了挖掘。"麦克尤恩和他的叙述者都以一种温和的、知性的、优雅的姿态进行叙述，风格沉静雍容、谦虚有礼，有时让人为之动容。而这种细节与描述性语言的堆积——并不是过分堆积，但却一直持续不断——却常常令读者产生一种特别熟悉、特别普通的感觉，由此隐隐产生了对于拥有这种异常

---

① 薛毅编《西方都市文化研究读本》（第三卷），广西师范大学出版社，2008，第327页。
② Head，Dominic. *Ian McEwan*. Manchester：MUP，2007，p. 178.
③ Finney，Brian. *English Fiction-20th century-History and Criticism*. New York：Palgrave Macillan，2006，p. 98.
④ Head，Dominic. *Ian McEwan*. Manchester：MUP，2007，p. 177.

普通的东西的不适感和厌倦感"①。《星期六》便以一种不厌其烦地叙述，温和而细腻地再现了贝罗安一天的生活，在这种看似满意而幸福的生活中，读者会产生一种过于熟悉，却充满不安，甚至抵触的感觉。从这个意义上说，"《星期六》与大家所共享、所认知的真实社会直接联系在一起"②。正是这种根植于其中的熟悉感与认同感，使当代都市人只沉迷于物的获取，完全忽略了精神萎败的事实。麦克尤恩的温暾笔触硬生生撕开了表面完美、内核空虚的残酷现实，沉静而又深刻地把笼罩着物质之光的虚假乌托邦一层层剥开，展示出一个胜败价值观完全扭曲的当代都市文化逻辑内核。究其根本，就是当代都市人的生活波澜不惊、舒适安逸，只有细节的堆积，却没有心灵的参与。可以说，在当代都市中，人们的生活异变为生产程序的一部分，完全抹杀了个体的异质性，人人都熟悉的美好富足的生活，因为缺乏心灵体验而最终让人无法忍受。在一次采访中，麦克尤恩承认，他的许多作品主题都是围绕"病态的、不安的"③ 社会而写，因此麦克尤恩对在这个社会中洋洋自得的"贝罗安"们的忧虑与批判便不言自明，扭曲的文化逻辑所引发精神荒芜和情感困境也便洞幽察微了。

（作者单位：山东工商学院外国语学院）

---

① Bradford, Richard. *The Novel Now*. Malden: Blackwell, 2007, p. 18.

② Butler, Heidi. "The Master's Narrative: Resisting the Essentializing Gaze in Ian McEwan's *Saturday*." *Critique: Studies in Contemporary Fiction* Volume 52: 101 – 113.

③ Haffenden, John. *Novelists in Interview*. New York: Methuen, 1985, p. 169.

论莎剧中的自然景观

刘　萍

戏剧因为与舞台表演实践紧密相连，其中的景物描写通常是简略的、间接的，但人物的活动终究以一定的景物作为背景，因此细究之下可见，某些剧作中景物描写的独特风貌和丰厚内涵特别值得关注，莎士比亚戏剧中的自然景观便是如此。大体而言，莎士比亚在其喜剧和传奇剧当中较为集中地展现了独具魅力的自然景观，这些自然景观在给人以保护和安慰的同时，也为人类社会树起了一面镜子，促人对照和反思。

一

莎剧中的大自然不仅风光秀丽，而且生活在这里的人们往往摆脱了世间的苦难，甚至曾经罪孽深重的人也能弃恶从善，如此其乐融融的自然天地实在令人神往。

莎士比亚喜剧和传奇剧中有着形态各异的自然景观：森林、草原、海岛、旷野……它们远离尘嚣、人迹罕至，显得安详、静谧，同时也不乏鸟语花香，洋溢着勃勃生机。比如《仲夏夜之梦》中森林仙王奥布朗（Oberon）描绘的一处"茴香盛开的水滩"："长满着樱草和盈盈的紫罗兰，馥郁的金银花，芬泽的野蔷薇，漫天张起了一幅芬芳的锦帷。有时提泰妮娅（Titania）在群花中酣醉，柔舞清歌低低地抚着她安睡；在那里，蛇儿脱下斑斓的旧皮，小精灵拾来当作合身的外衣……"① 又比如《暴风雨》中海岛精灵爱丽儿（Ariel）的歌唱："蜂儿吮吸的地方，我也在那儿吮啜；在一朵莲香花的冠中我躺着休息；我安然睡去，当夜枭开始它的呜咽。骑在蝙蝠背上我快活地飞舞翩翩，快活地快活地追随着逝去的春天；快活地快活地我要如今向垂在枝头的花底安身。"② 正因为如此，历经坎坷的主人公们在这里如释重负，享受久违的宁静和自由，如逃亡的伐伦泰因（Valentine）大发感慨："在这座浓阴密布人迹罕至的荒林里，我觉得要比人烟繁杂的市镇里舒服得多。我可以在这里一人独坐，没人看见我，和着夜莺的悲歌调子，泄吐我的怨恨忧伤。"③ 被流放的公爵也早已适应并享受这种闲云野鹤般的日子："我的流放生涯中的同伴和弟兄们，我们不是已经习惯了这种生活，觉得它比虚饰的浮华有趣得多吗？这些树林不比钩心斗角的朝廷更为安全吗……我们的这种生活，虽然远离尘嚣，却可以聆听树木的谈话，溪中的流水便是大好的文章，顽石里面也有着谆谆古训。每一件事物中，都可以找到些益处。我不愿改变这种生活。"④ 若究其怡然自得的原因，则是因为这些自然景观为剧中多灾多难的主人公提供了临时的避难所，他们在这里既能安顿身体，更可抚慰心灵，由此，主人公的命运发生逆转，简言之，即由悲入喜、苦尽甘来。比如《维洛那二绅士》中，因追求公爵的女儿而遭驱逐，又阴差阳错落草为寇的伐伦泰因（Valentine），原本百无聊赖、心灰意冷，没想到却与心上人雪尔薇亚（Silvia）在森林中不期而遇，最终收获甜蜜、幸福的爱情。无独有偶，《仲夏夜之梦》中，两对年轻人拉山德（Lysander）与赫米娅（Hermia）、狄米特律斯（Demetrius）与海伦娜（Helena）起初深陷爱与不爱的旋涡，饱尝追求、离别之苦，然而就在神秘莫测的大森林中，在奇妙的仙术作用之下，他们终于各

① 莎士比亚：《仲夏夜之梦》，朱生豪译，裘克安校《莎士比亚全集·喜剧卷（上）》，译林出版社，1998，第 321 ~ 322 页。

② 莎士比亚：《仲夏夜之梦》，朱生豪译，裘克安校《莎士比亚全集·喜剧卷（上）》，译林出版社，1998，第 347 页。

③ 莎士比亚：《仲夏夜之梦》，朱生豪译，裘克安校《莎士比亚全集·喜剧卷（上）》，译林出版社，1998，第 213 页。

④ 莎士比亚：《仲夏夜之梦》，朱生豪译，裘克安校《莎士比亚全集·喜剧卷（上）》，译林出版社，1998，第 110 页。

遂所愿，锁定了自己的真爱。而《皆大欢喜》中，先失去父亲，后来自己也惨遭心怀嫉恨的叔父放逐的罗瑟琳（Rosalind），可谓身世飘零、命运多舛，却在亚登森林巧遇心上人，并且经过一番波折后，终于与自己所爱的人喜结连理，还和失散多年的父亲重新团聚。至于《辛白林》中，因听信谗言而饱受所爱之人摧残的伊摩琴（Imogen），在万般无奈之下误闯山野中的一座岩洞，正当困顿至极的时候，却又绝处逢生，在这样几乎与世隔绝的地方与失散多年的兄长不期而遇，此后的生活便渐渐柳暗花明，终于重新收获宝贵的亲情与爱情。还有《暴风雨》中，遭遇海难、劫后余生的弗迪南德（Ferdinand），正在为父亲的溺亡而痛哭流涕，不料却在荒僻的海岛上与貌若天仙且心地善良的米兰达（Miranda）相逢，并由此邂逅了一段美满姻缘。由此可见，莎剧中的自然景观充满爱意与温情，给人以庇护和安慰，在这里，历尽磨难的主人公否极泰来，走向美好、幸福的明天。

此外，莎剧中的自然景观还是化解矛盾冲突的重要所在，表现在喜剧当中，其中的自然景观俨然具备了清洗罪孽的功能，因为那些原本背信弃义、心狠手辣之徒在这片自然天地当中纷纷良心发现，他们放弃了此前的为非作恶，真诚地忏悔自己的罪过，饱受伤害的正面主人公不计前嫌，很快与仇敌握手言和、皆大欢喜。比如《维洛那二绅士》中，背叛友谊、见异思迁的普洛丢斯（Proteus）在这里悔过自新，由此获得朋友和恋人的宽恕，最终两对情侣共结连理；又比如《皆大欢喜》中，为独霸财产而残害兄弟的奥列佛（Oliver），也是在这里良心发现，由此不仅得到了兄弟的宽恕，而且还意外收获了爱情。相比较而言，莎士比亚传奇剧中的自然景观虽然也促成了矛盾冲突的化解，其化解的根本原因却多半是基于正面主人公的强大力量、决心抑或智慧，反面人物则固然不得不低头认罪，但真诚悔过终究出于勉强，也正因此，莎士比亚传奇剧固然看似与喜剧一样以其乐融融的方式收场，但相比较喜剧的轻快、明朗，传奇剧在峰回路转的背后无疑显得更为沉重和阴郁。

总之，频频现身于莎士比亚喜剧和传奇剧中的自然景观如同世外桃源一般带给人惊喜、慰藉，与剑拔弩张、危机四伏的人类社会形成了鲜明的对照。

二

若从生态批评的角度去审视莎剧中的自然景观，则其中人与自然的同存共生、和谐相处显然与生态批评所倡导的生态和谐理想遥相呼应。不过，兴起于 20 世纪后期的生态批评是基于生态危机的现实土壤，而莎剧中的自然景观则往往伴随世俗社会的危机出现，是作为摆脱世俗危机的一条途径而存在。由此，莎剧中的自然景观与生态批评可谓既有对接，亦有疏离。

作为兴起于 20 世纪 70 年代的批评理论，生态批评虽然置身于后现代文化背景之中，却与热衷于"文本喧哗""话语游戏"的后现代精神表现出巨大的差异，直面现实中的生态危机而非满足于纯粹学理层面上的探讨，这构成了生态批评鲜明而严肃的现实立场。值得注意的是，生态危机固然时常以自然生态的破坏为表征，如果追根溯源，则可见这些危机往往并非自然发生，而是人为的结果，正如有论者所言："我们今天所面临的全球性生态危机，起因不在生态系统自身，而在于我们的文化系统。"① 其中，人的欲望膨胀而导致的疯狂行径往往构成了破坏生态和谐的罪魁祸首。曾几何时，欲望如洪水猛兽被严加防范，至中世纪，禁欲主义更成为基督教极力宣扬的基本教义之一，此后，伴随着文艺复兴运动的兴起，在张扬人性的大旗之下，欲望被高度肯定和突显。比如黑格尔就曾断言："假如没有热情，世界上一切伟大的事业都不会成功。"紧接着，黑格尔进一步解释："我现在所想表示的热情这个名词，意思是指从私人的利益，特殊的目的，或者简直可以说利己的企图而产生的人类活动，——是人类全神贯注，以求这类目的的实现，人类为了这类目的，居然肯牺牲其他本身也可以成为目的的东西，或者简直可以说其他一切的东西。"② 由此可见，黑格尔这里所谓的"热情"其实指的就是欲望，由欲望驱动的行为固然往往招致道德上的非难，但伟大的人物——黑格尔称之"世界历史个人"——却不会因此而有所节制或者顾虑，"这些魁伟的身材，在他迈步前进的途

---

① 张艳梅、蒋学杰、吴景明：《生态批评》，人民出版社，2007，第 108~109 页。
② 黑格尔：《历史哲学》，王造时译，上海书店出版社，1999，第 24 页。

中，不免要踩踏许多无辜的花草，蹂躏好些东西"①。无独有偶，马克斯·韦伯也曾断言："谋利、获取、赚钱、尽可能地赚钱……这种冲动对一切时代，地球上一切国家的一切人都普遍存在。"②这里的问题在于，欲望固然构成了人类满足自我需要的动力，如果不加节制，却极有可能危及他者——正是这样，无论自然环境还是人类社会，都曾深受其害，欲望主体亦往往难逃其咎，以失败或者毁灭收场。从莎士比亚喜剧和传奇剧中的矛盾冲突看，正面主人公之所以逃向未知的大自然，便是源于奸人的迫害，而奸人的恶劣行径又是出于各种欲望的驱使——包括美色、金钱、名誉、权力等，其中尤以金钱与权力为甚。幸运的是，如前所述，莎剧中的自然景观为惨遭迫害的主人公提供了暂时的落脚点，他们在这里得以休养生息，享受自然的安适与惬意，其中人与自然的相安共处无疑正契合生态批评所倡导的生态和谐理想。

然而，可悲、也可怕的是，伴随着人类文明的步伐，自然这一方净土已经日益严重地遭受侵蚀，换言之，在人类无休止的欲望面前，自然亦难以幸免。

正是基于现实当中愈演愈烈的生态危机，生态理论将批判的矛头直指人类中心主义，尤其是人类为满足个体私欲而破坏自然生态的行为，主张以生态整体利益为最高价值和根本尺度，"要把以人为中心的文学研究扩展到整个生态环境系统中，把抽取出来的人的概念重新置于生态整体系统中去，研究人与生态整体系统的各种因素之间的关联"③。并且，面对自然生态危机日趋严重的现实，生态批评家更倾向于从自然的立场出发，探求生态和谐之路。从这个角度看，莎剧中的自然景观便表现出与生态批评的背离。应当承认，在莎士比亚的喜剧和传奇剧当中，自然景观固然和谐、美好，却终究不过是主人公人生旅途中的一段插曲或者说一个跳板，他们不会在此长久驻足，而终将返回热闹纷繁、也更具诱惑力的世俗社会，他们虽然在那里曾经饱受伤害，却对之依然痴心不改、满怀期待。究其原

---

① 黑格尔：《历史哲学》，王造时译，上海书店出版社，1999，第34页。
② 韦伯·马克斯：《新教伦理与资本主义精神》，彭强、黄晓京译，陕西师范大学出版社，2002，第15页。
③ 张艳梅、蒋学杰、吴景明：《生态批评》，人民出版社，2007，第303页。

因，则不能不提莎剧所赖以滋生的文艺复兴运动背景。文艺复兴时期人文主义者高扬人性，对此，莎士比亚固然不乏怀疑、批判——如哈姆莱特（Hamlet）的斥责："这一个泥土塑成的生命算得什么？"① 但总体而言还是充满信任与憧憬，也正因此，在莎士比亚的喜剧和传奇剧当中，一旦时机成熟，正面主人公便义无反顾地选择重返世俗社会，由此，他们完成了从人类社会到自然天地，再从自然天地返回人类社会的旅程。如果说前一阶段是迫于无奈的话，后一阶段则无疑是他们主动选择的结果。而饱受人类文明困扰的生态批评家则不然，从客观处境看，作为避难所的自然景观越来越难以寻觅，究其原因，则人类在生态危机方面所扮演的负面形象不容忽视。由此出发，生态批评家在强调生态整体和谐的基础之上特别突显自然的存在及利益，便不难理解了。其实，有关人类文明的批判并非生态批评所首发，比如卢梭有关"回到自然"思想的阐述便可谓其中的一个典型代表。卢梭虽然不曾使用"生态理论"或者诸如此类的概念，但无疑称得上一个伟大的生态思想家，并且"深深影响了后世几乎所有重要的生态思想家和生态文学家"②。他把人分成两种，一种是由自然创造出来的、依照自然法则生长的"自然人"（或称"野蛮人"），另一种是在所谓文明的社会中成长起来的"社会人"（或称"文明人"）。野蛮人"只求安宁和自由，他只想悠然自得地生活"，文明人则"终日不停地忙碌，劳累流汗，兴奋不已，焦虑不安，为的是追求更加艰难的工作。他劳作终生，甚至为了能够生存而赴死，或者为了获得永生而弃生"③；野蛮人"吃饱肚子，就与整个大自然和平相处，与同类友好相待"，文明人则"首先要满足生存必需，然后再求富足有余，接着就是追求逸乐以及无数的财富、臣民和奴隶，一刻也不得休闲"④。总之，在无穷无尽的欲望的驱使之下，文明人日渐远离美好的自然生态以及人的自然天性，人与自然、人与人的关系也随之日益恶化。无独有偶，生态文学家梭罗亦曾直言："大多数的奢侈品，

---

① 莎士比亚：《哈姆莱特》，朱生豪译，沈林校《莎士比亚全集·悲剧卷（上）》，译林出版社，1998，第 303 页。
② 王诺：《欧美生态文学》，北京大学出版社，2005，第 92 页。
③ 卢梭：《论人类不平等的起源和基础》，高煜译，广西师范大学出版社，2002，第 137 页。
④ 卢梭：《论人类不平等的起源和基础》，高煜译，广西师范大学出版社，2002，第 151 页。

还有许多所谓使生活舒适的用品，非但没有必要，而且还会大大阻碍人类的崇高向上。"① 比如谈及铁路，梭罗毫不客气地质疑："如果我呆在家里，照料自己的事情，那么又有谁需要铁路呢？不是我们乘火车，而是火车乘我们。"② 应当明确，无论是卢梭引经据典的理论阐发，还是梭罗身体力行的隐居实践，他们都是从自然的立场出发，倡导回归自然环境与自然天性。对此，处在文艺复兴时代的莎士比亚，因为面对不同的自然及社会条件，难免表现出了一定程度的疏离。

总体而言，生态思想家反对"在处理人与自然关系时人的自大狂妄，反对人类自诩为世界的中心、万物的灵长、自然的随意掠夺者和统治者，反对人以征服自然、蹂躏自然的方式来证明自我、实现自我、弘扬自身价值"③，与此相通，莎士比亚在其剧作中对于人类侵蚀自然的僭越行为亦并非全然不顾，比如《皆大欢喜》中愁容满面的杰奎斯（Jaques）就为了牡鹿在自己的家园被猎人伤害而忧郁、愤懑，他"用最恶毒的话来辱骂着乡村、城市和宫廷的一切"，痛恨人们"到这些畜生们的天然的居处来惊扰它们，杀害它们"④。不过，相较于生态批评，显现于莎士比亚喜剧和传奇剧中的自然景观固然也是出于人类社会的污点，但二者的落脚点显然不同，前者倾向于回归自然，后者则选择回归文明社会，可见相对于卢梭对人类及工业文明的悲观、失望而言，文艺复兴时期的莎士比亚对人类社会无疑还是充满期待的。当然，值得一提的是，莎士比亚在那样一个张扬人性——包括人的自我欲望在内—的文艺复兴时期，已经开始反思欲望泛滥的悲剧，这不能不说是其天才之处。

三

莎士比亚喜剧和传奇剧中适时出现的自然景观带给人巨大的惊喜和庇

---

① 梭罗《瓦尔登湖·经济篇》，王光林译，长江文艺出版社，2005，第 10 页。
② 梭罗《瓦尔登湖·经济篇》，王光林译，长江文艺出版社，2005，第 73 页。
③ 王诺：《欧美生态批评：生态文学研究概论》，学林出版社，2008，第 33 页。
④ 莎士比亚：《皆大欢喜》，朱生豪译，辜正坤校《莎士比亚全集·喜剧卷（下）》，译林出版社，1998，第 111 页。

佑，同时也警醒人们，自然是人类的良师益友，人类应当善待自然，否则不仅自然美景将被破坏，人类亦将无处可逃、走向毁灭。

其实，翻检文学史可见，把处于危难中的主人公安排进自然的避难所，类似这样的写法并非莎士比亚所独有，尤其是在世俗文明遭遇危机之时，自然往往成为人们摆脱苦难、获得新生的最佳场所。比如与莎士比亚同处文艺复兴时期的作家卜伽丘，在其代表作《十日谈》的开篇，便勾画出了完全不同的两处场景，一处是佛罗伦萨城，这里因为瘟疫流行而满目凄惶："不论是白天还是黑夜。人们都能看见路人纷纷倒毙在马路上。还有许多人死在家里，直到邻居们闻到尸体腐烂发出的臭味，才发现他早已死了。"① 另一处场景是山间别墅："这地方在一座小山上，离马路有相当距离。这里草木丛生，遍地青翠，满目葱茏，景色优美。"② 如果说佛罗伦萨城犹如人间地狱，是主人公想方设法要逃离的苦难的深渊，山间别墅则仿佛世外桃源，给逃难的城里人带来无限的欣喜。与之相似，歌德笔下的维特不堪城市的鄙俗与苦闷，转向大自然中寻求慰藉，而美丽、清新、充满生机的大自然果真让他惊喜连连、兴味盎然："每当我周围的美丽山谷云雾腾飞，凌空骄阳静挂在森林顶上，只有几缕阳光悄悄地照进密林深处时，我就躺在流溪旁边的草丛中，贴地仔细地观看起小草来，……我看到在草茎之间蜂拥着的小生物，仿佛我的心旁有无数神秘莫测的小虫和蚊蚋。……我也感受到博爱的上帝的气息，是他载着我们在永恒的欢乐中翱翔并维护我们。"③ 还有在世俗社会饱受磨难的苦命情侣苔丝与克莱尔，逃至荒郊野外一栋无人居住的房子暂时落脚，"几乎不知不觉地在绝对隐蔽的条件下过了五天，没有丝毫人类的迹象或声音干扰他们的平静。他们唯一注意的是气候的变化；唯一的伴侣是新开林的鸟儿的啼鸣"。在这里，苔丝小心翼翼地避免提及痛苦的过去，也不再对未来抱有什么奢望，而甘愿驻足于此，静待追兵的到来，正如她无奈却又满怀深情地告白："这里的一切都这么甜蜜可爱，为什么要结束它呢！……要来的总是要来的。……

---

① 卜伽丘：《十日谈》，王晶、陈小慰译，海峡文艺出版社，2002，第5～6页。
② 卜伽丘：《十日谈》，王晶、陈小慰译，海峡文艺出版社，2002，第11页。
③ 歌德：《少年维特之烦恼》，白山、江龙译，长江文艺出版社，2006，第5页。

外面全是坎坷痛苦，而里面却完全是心满意足。"① 同样的，希思克利夫与凯瑟琳这一对难以见容于世俗文明的奇情鸳鸯，也只有在人迹罕至的荒原上才能自由、畅快地呼吸，于是，他们最大的乐趣便是"从一大早就到荒原上，在那儿待上一整天，而事后的惩罚，倒成了可笑的小事一桩了"②。凡此种种，无不表明自然对于人类的重要意义。不过，换个角度看，假设此时人并不能与自然和谐共处，那么，自然将意味着面临怎样的威胁，人又将怎样承受自然的惩罚呢？这里，问题的关键还是如何处理人与自然的关系。对此，中国传统文化中的某些思想或许可以提供有益的启示。

西方文化历来重视"天人对立"，强调主客二分，具体到人与自然的关系，便是主张人与自然二元对立，肯定和重视人对自然的征服和改造；中国文化则历来重视"天人合一"，强调主客混沌，论及人与自然的关系，便是主张人与自然浑然一体，人类在整个生态系统中并没有什么独立性抑或优先权。如老子所言："域中有四大，而人居其一焉。人法地，地法天，天法道，道法自然。"（《老子·第二十五章》）既然"人居其一焉"，可见"人"在天地之间既非全部，更非主宰；而所谓"人法地，地法天，天法道，道法自然"，归根结底，则还是"人法自然"。无独有偶，庄子也说："天地与我并生，而万物与我为一。"（《庄子·齐物论》）同样强调了人与天地万物浑然一体的观点。至于儒家，同道家一样，也是主张"天人合一"，不过是侧重于从道德的层面将"人"与"天"统一起来。在各种各样的德性当中，孔子最看中的便是所谓"中庸"，如其所言："中庸之为德也，其至矣乎！"（《论语·雍也》）至于何谓"中庸"，历来有多种解释，简言之，便是不偏不倚、无过无不及。若推及人与自然、他人之间的关系，则为一己之求而损害他者的做法显然有违中庸之道，可谓"失德"，理应遭到鄙弃。此外，儒家的"忠恕"说亦颇值得一提。《论语》中借曾子之口总结道："夫子之道，忠恕而已矣！"（《论语·里仁》）一般认为，忠恕之道是基于推己及人的原则，其中，"忠"体现了推己及人的肯定的一面，

① 哈代：《苔丝》，孙法理译，译林出版社，1994，第 426~427 页。
② 勃朗特·艾米莉：《呼啸山庄》，宋兆霖译《勃朗特两姐妹全集（2）》，河北教育出版社，1996，第 52 页。

指的是尽责，即所谓"己欲立而立人，己欲达而达人"（《论语·雍也》）。简言之，便是要成就自己、也要成就别人，换个说法，即"己所之欲，亦施于人"。至于"恕"则体现了推己及人的否定的一面，指的是爱心，即所谓"己所不欲，勿施于人"（《论语·卫灵公》），指的是自己不要的东西，不要强加给别人。总而言之，忠恕之道即将心比心、推己及人乃至万物，从而成己、成人乃至成万物。由此可见，无论"中庸"还是"忠恕"，都反对极端，强调包容、均衡，只有这样，才能"万物并育而不相害，道并行而不相悖"（《中庸·第十三章》）。由此可见，无论在儒学还是在道学这里，外在于"人"的"自然"其实都是不存在的，当然也就谈不上人与自然的对立，其中道家学说强调的"自然"是要"弃智""去欲"乃至"无为"，即顺其自然、不强求；儒家学说也不过是将自然看作人事的体现，天道即人道。因此，将上述中国传统的儒、道学说直接搬用来解决由人类中心主义而导致的自然生态危机，显然并不合适。但与此同时也应当看到，道家的"道法自然""无为"与儒家的"中庸""忠恕"等范畴，都可谓从各个不同的角度对人的德行进行规范，这对于人处理与自然的关系无疑具有一定的借鉴和指导意义，否则，面对上述疑问——假设人与自然不能和谐共处又将如何？——答案恐怕只能是悲剧性的。就好像《等待戈多》里的两个流浪汉，虽然也身处郊野，却不再有如前所述的莎剧主人公逃难过程中所获得的自然的庇护，在这里，自然早已死气沉沉—不过只剩下一棵枯树而已，后来虽然长出了几片叶子，但如此微弱的生机终究让人不敢抱有 什么希求，就如同 那个老也等不来的戈多一样—究竟会不会来、来了之后是否能够让两个流浪汉摆脱困境，都始终是个未知数①。还有对《鲁滨孙漂流记》进行戏拟的《礼拜五——太平洋上的灵薄狱》，小说结尾部分写到一艘名为"白鸟号"的英国船意外造访荒岛，让鲁滨孙再次见证了久违了的所谓文明人的贪婪、骄傲与残忍，比如因为在草地上偶然发现两块黄金，他们便"决定放野火烧掉整片草地，以便于寻找黄金"，正是这样，当这一群偶然闯入的文明人离开之际，荒岛犹如遭受洗劫一般元气大伤，"在这

---

① 贝克特·萨缪尔：《等待戈多》，施咸荣译《荒诞派戏剧选》，外国文学出版社，1983，第1~125页。

一片灰色的光辉下，既没见光亮，也不见暗影，像是一片悲伤的清醒意识，各种植物都泪水盈盈地弯身折腰。鸟雀也噤不出声，冷冷然缄默不语"。①

莎剧中的主人公无疑是幸运的，因为他们还有自然的港湾去躲避世俗的风雨。然而，这样的幸运当然不是招之即来、挥之即去的，特别是当人类唯我独尊、肆意妄为之时，其自身便难免陷入无处可逃的悲凉与绝望，对此，现代社会愈演愈烈的生态危机显然已敲响了警钟。

综上所述，在莎士比亚的喜剧和传奇剧当中，相对于剑拔弩张的人类社会，美丽、安宁的自然景观既是反衬，亦是补偿，它们为剧中罹难的主人公提供了安慰和保障，同时亦警示现代人反躬自省，节制自我欲望进而约束自我行为。唯其如此，自然的一方净土才能维护，世俗社会的喧嚣与困扰才能缓解，整个生态系统的和谐亦才有可能真正实现。

（作者单位：安徽师范大学）

---

① 图尼埃·米：《礼拜五——太平洋上的灵薄狱》，王道乾译，上海译文出版社，2001，第217、228页。

约翰·高尔特的《限定继承权》与18世纪苏格兰经济发展史[*]

石梅芳

约翰·高尔特（John Galt，1779－1839）与瓦尔特·司各特（Walter Scott，1771－1832）及浪漫主义时期的很多苏格兰作家一样，对18世纪以后苏格兰所面临的身份认同、社会进步、道德冲突等问题进行了积极的思考并做出了回应。在小说创作方面，高尔特认为观察和推理比想象更重要，所以他试图通过虚构作品呈现苏格兰地域发展的真实历程，致力于书写"特定区域的社会理论史"（Gordon，1970：xiii）。这也使得他笔下的故事不像司各特的历史小说那样充满怀旧情绪和浪漫情感，而是倾向于向读者呈现18世纪苏格兰社会的商业化进程，因此也塑造了一系列有欲望、更符合社会现实，也能引发读者与自身经验相联系的人物形象（Anonymous，1823：78）。深受苏格兰启蒙运动的历史观念和哲学思想的影响，高尔特相信传统的农业社会必然被商业社会所取代。因此，他笔下出身世家的地主乡绅的形象往往代表陈腐落后的势力，他们整日无所事事而又冥顽不灵，社会地位也即将被迅速上升的、前途广阔的城市商人所取代（Scott，1963：64）。小说《限定继承权》所呈现的正是18世纪苏格兰现代化进程中新旧更替的历史过程。

在高尔特的众多作品之中，一卷本的《教区纪事》（*The Annals of Par-*

---

* 国家留学基金委2016～2017年度公派访问学者项目；教育部人文社会科学研究青年基金项目（13YJC752018）；河北省社科基金规划项目（HB15WX028）。

ish，1821）因为缺少核心人物和故事情节通常被视为高尔特的西部"社会理论史"和"非小说"代表作。《限定继承权》则因故事性较强，同时采用了当时流行的三卷本、且部分内容与司各特的小说形成互文关系，而被看作最能表现高尔特在文学领域雄心的小说之一（Duncan，2007：235）。除麦克卢尔（McClure）等学者对小说所使用的多层次的苏格兰方言进行了深入的探讨之外，学者们较为统一的意见是高尔特的《限定继承权》批判了 18、19 世纪将集体身份与民族主义相联系的狂热行为，通过克劳德执着于历史而置个人于不顾的悲剧再现了"这种追求的悲剧性与荒谬性"（Bardley，2002：540）。本文则打算从经济发展史的角度来分析高尔特的《限定继承权》。这部作品虽然更注重情节和人物，从而也更符合小说的文体特征，却仍然保留了明晰的历史线索，以家族产业失而复得的视角记录和再现了 1707 年与英格兰组成联合王国之后苏格兰的经济发展史。

《限定继承权》主要围绕土地产业的失而复得及继承权问题展开，故事的起点是 17 世纪末，瓦金肖家族因投资参与"达连计划"导致破产，失去了世袭的产业基托斯顿修。主人公克劳德·瓦金肖沦为孤儿，从 11 岁开始，他倾毕生之力从奔走乡间的小贩奋斗成为格拉斯哥的布料商，进而依靠经商购得郊区土地，成为格瑞皮的地主，到晚年时又通过联姻、交换等方式获得了原属于瓦金肖家族的全部祖产基托斯顿修。在这个过程中，克劳德牺牲了家庭亲情，取消了长子查尔斯的继承权，对土地产业实行了限定继承，死前也未能妥善安置长子的寡妇遗孤。他死后，全部家产由智力不足的次子瓦尔特继承，但是很快三子乔治就将瓦尔特告上了法庭，以其无法有效管理家族产业为名夺取了基托斯顿修。18 世纪末，乔治凭借巨大的财富和世袭的产业跻身于格拉斯哥"出身古老的贵族世家"的上流社会（Galt，1970：209）。乔治死后，基托斯顿修由查尔斯的儿子詹姆斯继承，揭开了另一个时代的序幕。

《限定继承权》的故事发生的每一个关键节点都与历史事件相契合，成功地将家族的没落、个人的奋斗、家庭的悲剧与苏格兰乡村经济模式的转变、城镇商业贸易的繁荣以及农业改良、财富积累带来的巨大变化交织在一起，完整呈现了 18 世纪苏格兰的经济发展史。

一 基托斯顿修破产与苏格兰乡村经济模式的转变

不可否认，《限定继承权》的文本也暗含了"（苏格兰）民族史的隐喻"（McKeever，2016：82），对政治问题有所影射。如小说开篇提到的导致瓦金肖家族破产的"达连计划"，不单是一场经济灾难，实则也是直接促成苏格兰与英格兰签订 1707 年联合法案，结束政治独立的重要因素（Smout，1963：253）。小说第三卷引入的爱丁堡律师弗雷泽筹划竞拍的格伦盖尔城堡及附属的土地产业，则是他的父辈因参与 1745 年斯图亚特王室复辟而被汉诺威政府没收的世袭领地。达连计划是经济事件，是在狂热的民族主义情绪驱使下盲目投资的结果；复辟是政治事件，是旧势力卷土重来的最后一战。但是，无论是经济灾难也好，政治灾难也罢，这两个重大历史事件的结果对瓦金肖家族和弗雷泽家族而言并无区别，他们都因此失去了世代传承的土地和家族荣耀的依托。在苏格兰传统中，土地与家族实为一体，家族产业的继承人都要以产业之名相称，换句话说产业继承人与家族之间的关系是"一种抽象的、父系称谓与产业的关系"（Schoenfield，1997：61）。比如，克劳德的祖父被称为基托斯顿修，弗雷泽的伯父被称为格伦盖尔，这种称号世代沿袭。如果没有达连计划的失败，丧生他乡的克劳德的父亲以及克劳德都要继承家产和基托斯顿修之名；若是弗雷泽的伯父和父亲得以颐养天年，最终格伦盖尔之名也会由弗雷泽延续。由于小说《限定继承权》的核心故事主要围绕瓦金肖家族展开，我们还是来看一看基托斯顿修的破产拍卖到底意味着什么。

18 世纪是苏格兰向现代商业社会转型的关键时期，"改良"和"进步"是这一时期启蒙运动的学者和文人著作中的关键词。亚当·斯密（Adam Smith，1723－1790）关于人类社会发展的四阶段论（游牧—渔猎—农业—商业），就产生于这一时期。商业社会被认为是社会发展的高级阶段，但是 17 世纪的苏格兰仍然是落后的农耕社会，乡村的经济模式在很大程度上还沿袭着古老的封建领主制时代的传统。具体地说，苏格兰的土地几百年来大多都是世代传承，长期而稳定地掌握在贵族豪门和地主乡绅手中，这些家族全部加起来数量也仅为 5000 家，其中中小地主的数量约为

4000 家 (Whyte, 1995：155)。到 1770 年前后,苏格兰成年男性中仅有 2.3% 拥有地产,远低于英格兰的 12% (Davidson, 2004：438)。非但如此,"苏格兰地主或田产'继承者'对特定的土地产业和产品拥有专制权,可以随意驱逐佃农,称得上是所有权至上。他们在不动产方面的权利与英格兰 (地主) 相比更加'个人化'、甚至更加专制"(Houston, 2011：45)。18 世纪的苏格兰乡村中甚至还能看到"缴纳实物地租、服劳役的现象"(Whyte, 1995：164)。17 世纪 90 年代的"达连计划"中所筹集的 40 万英镑的投资中,几乎有一半来自苏格兰地主阶层,仅有 22% 来自爱丁堡和格拉斯哥的商人,其余来自别的城镇商人和部分薄有资产的律师 (Whyte, 1995：292)。虽然很多地主投资入股的资金是通过抵押田产获得的,这个数字却仍足以说明当时控制苏格兰经济命脉的是地主阶层。高尔特的小说《限定继承权》所虚构的"基托斯顿修的瓦金肖家族"就是这些古老的世袭家族的代表,他们世代拥有大片的土地,从格拉斯哥的南部一直延伸到与英格兰接壤的边境地区。

土地所有权问题是制约苏格兰经济发展的重要因素。地主阶层不事生产,收入来源主要是地租,且往往用以满足个人消费,极少花费在土地改良和新型农业设备的购置上,导致生产力难以提高,大量的劳动力被束缚在土地上。经过考察,亚当·斯密在《国富论》 (*The Wealth of Nations*, 1776) 中指出,只有在商业不甚发达的国家和地区,占有相当数量的地产而世代传承的情况才比较普遍,而这种现象在商业国家是极少的 (亚当·斯密, 2003：272)。因此,高尔特在《限定继承权》中以瓦金肖家族失去祖产基托斯顿修为开篇,开启的不仅是孤儿克劳德从地主到商人的商业之旅,也是苏格兰乡村经济模式的转变之路。17 世纪末达连计划的失败虽然对苏格兰社会造成了严重打击,却也给长期封闭的土地市场撕开了缺口。那些抵押了田产参加海外拓殖的家族被迫宣布破产,他们世袭的土地流入市场拍卖,长期受到封建制度束缚的土地成为商品得以出售、流转。这些土地当中有很多被商人、律师和小地主收购,为 18 世纪即将到来的农业改良和工业革命的浪潮提供了前提条件,也为苏格兰乡村经济从封建领主制向资本主义市场经济转变提供了发展的契机。可以说,小说中基托斯顿修破产将孤儿克劳德推向了社会底层,也为克劳德从社会底层奋斗直至收回祖产，从城市商人转变为拥有土地的乡绅阶层提供了可能性，同样是地主乡绅，意义却大不相同。

因此，世袭产业基托斯顿修的拍卖是打破古老的苏格兰乡村经济的固化模式，开启苏格兰经济发展新篇章的代表性事件。新旧时代的交替也可以从"领主"（Laird）这一尊称看出端倪。领主是苏格兰特有的阶层，该词出现于 15 世纪，指拥有大片土地、虽无贵族称号、却享有较高政治权利的地主阶层，领主的家族产业和尊称均由继承者承袭（Cannon，2002：554）。小说开篇提到祖父是"这个家族的最后一位领主"（Galt，1970：3），已暗示了封建领主制和旧时代的结束。主人公克劳德在购买了第一块地产之后，人们依传统惯例尊称他为格瑞皮领主，他也从一位格拉斯哥商人变成了有土地产业的领主。但此领主与祖父时代的领主意义已大不相同。祖父失去的产业基托斯顿修乃是世代继承而来，克劳德名下的土地却是从土地市场购买而来，他也不再承担以往领主的责任和义务。因此，他是城镇商业繁荣的受益者和贡献者，商人出身的地主乡绅。

当然，苏格兰乡村经济模式的转变和城市商业的发展进程是漫长的。主人公克劳德从 1 岁（约 1700 年）沦为孤儿栖身于格拉斯哥阁楼，11 岁前往边境地区做小贩，40 岁攒下 500 镑返回格拉斯哥开布料商店，47 岁购得祖产的一部分，成为格瑞皮领主，76 岁（约 1775 年）通过联姻、交换等方式将原属基托斯顿修的所有产业整合到瓦金肖家族名下。要到克劳德的儿子乔治掌握家族产业之后，基托斯顿修才能真正开启农业改良的道路。

二 城镇商业的发展和苏格兰乡村经济转型

高尔特将小说主人公对财富的追求放到苏格兰向现代社会转型的历史背景中，不但可以使引发家庭悲剧的动机有迹可循，也更直观地呈现了个人在历史变迁当中的命运。亚当·斯密认为工商业城镇的增多和富裕对所在农村的发展起到促进作用，除了为农村的未加工产品提供巨大的市场外，城镇居民致富后通常购买土地，热衷于成为乡绅。更重要的是商人由于习惯用金钱经营所获得的事业，考虑投入产出的利润，因此勇于在所购的土地上投资改良土地（亚当·斯密，2003：268）。从政治经济学的角度而言，瓦金肖家族的两代商人克劳德和三子乔治正是商人出身的土地所有者的代表，长子查尔斯和次子瓦尔特则是不利于资本主义经济发展的力量。

克劳德的发家史是 18 世纪苏格兰的城市商业发展进程的直观例证。《限定继承权》的时间节点与人物职业的选择都表明作者高尔特小说创作的严谨程度以及他对 18 世纪苏格兰商业发展历程的了然于心。主人公克劳德于 1739 年前后从边境山区返回格拉斯哥市，用 500 英镑的本钱开了一家布料商店，接下来又花 7 年时间，在 1746 年前后攒钱买下了祖产的一部分"格瑞皮"。与此前花费近 30 年才积攒 500 英镑的艰辛相比，1739～1746 之间的 7 年显然短暂得多，也轻松得多。他为何能在如此短的时间内就积攒下足以购买郊区地产的资金？虽然克劳德一贯精明谨慎、勤劳且极度节俭，可是只靠节俭能够迅速完成资本的原始积累吗？想要回答这一问题，就必须回顾一下 18 世纪格拉斯哥的商业贸易的发展状况。在与英格兰联合之后的 1707～1740 年，苏格兰的经济并未发生明显的变化，多数商人仍从事对内贸易（Whyte，1995：199）。此时，小说的主人公克劳德正在英格兰与苏格兰的边境地区做小贩为生。可是，18 世纪 40 年代却见证了以格拉斯哥为代表的城市在进出口贸易方面的繁荣和城市规划方面的飞速发展，当时最繁荣的当属纺织产品、特别是亚麻布产品的出口贸易和烟草行业的进口贸易（Whyte，1995：300）。到了 18 世纪后期，从殖民地大量流入的钱财也使得苏格兰很多地方的土地市场极为活跃（Harris，2013：243）。出身底层、本钱不多的克劳德在 1739 年定居格拉斯哥做起布料生意，虽然不过是个小商人，却正好赶上亚麻布贸易兴盛、利润高昂的时期，因此不出几年便攒下了足够买下一块田产的钱，顺利跻身于他朝思暮想的地主乡绅阶层。

18 世纪 50 年代，城镇商业飞速发展的同时，乡村经济也逐渐发生变化。克劳德与普里兰领主的女儿格丽兹成家后，两个人苦心经营、勤俭持家，十来年间便成为"当时格拉斯哥附近首屈一指的富户之一"（Galt，1970：23）。以克劳德为代表的富有进取心，又想步入绅士阶层的中小商人为苏格兰乡村经济的发展注入了新鲜的血液，也使得乡村逐渐突破贵族乡绅的控制。18 世纪 50 年代到 80 年代正是苏格兰经济迅猛增长的时期，也是"80年代开始的大规模工业化的序曲"（Whyte，1995：328）。实际上，当时为数不少的格拉斯哥烟草商已经开始在乡村投资工业，他们大量购买格拉斯哥周围的田产，甚至有人在自家土地上开采煤矿。因此，城镇化及城镇商业的发展对乡村经济的转型和发展起到了至关重要的作用，这在苏格兰西部低地地区尤为明显。可是，在这一阶段，年纪渐长而又受到恢复祖产执念影响的克劳德却已无法承担苏格兰乡村经济转型的重任。

单纯从商业社会发展的角度而言，克劳德具备完成资本积累和增长的特点——"异常俭省"，也不乏商人必需的谨慎精明。但是，他执着于恢复家族的荣耀，缺乏道德情感的维度和宗教信仰的约束，非但造成了家庭悲剧，最后也成了阻碍经济发展的反面力量。这一时期，苏格兰乡村的状况十分复杂，一方面有雄心勃勃的商人投资工业、开发能源，有农场主开始在承包的土地上开展农业改革，采用圈地、轮耕等手段提高生产力；另一方面却也有大批拥有世袭的大片肥沃地产的地主阶层整日无所事事，沉溺于"用鼻烟在客厅的墙壁上描绘鸟兽的象形图画"（Galt，1970：78）。此时的克劳德也逐渐被家族荣耀所困，走向经济发展的反面。作为商人出身的地主，他虽善于投资理财，却不再将积累的财富投入土地改良，而是一心恢复祖产基托斯顿修，这种执念不但使他放弃了"投资更有价值的土地的机会"（Galt，1970：23），甚至做起了赔本的、"愚蠢的买卖"（Galt，1970：12）：为了尽快获得全部祖产，他拿肥沃的普里兰与奥金克劳斯先生名下相对贫瘠的德芙希尔和基托斯顿修交换，甚至倒贴了奥金克劳斯一部分现金补偿。

另外，克劳德为了保证产业永不分割转让而实行了男性"限定继承"（entail）。限定继承权是推动小说情节发展的核心要素，导致了长子早逝、次子被夺取继承权等一系列家庭悲剧，但是在历史上也是一项引起广泛争议的遗产继承法案。苏格兰政府为了应对1640年以后经济萧条引发的债务和投机问题，在1685年引入的一项法案，目的是避免大量世袭土地因家族债务转手出售（Mitchison，1983：95）。该法案规定，继承人不能出让限定继承的不动产，也"不能将土地抵押用于申请事实上难以开展的农业改良所需要的长期贷款"（Whyte，1995：147）。这就意味着一旦对产业的继承权实行了限定，土地便无法在市场上合法转让、甚至也无法用来抵押借贷，那么更新农业设备、开展农业改良，提高劳动生产率和土地的使用效率的希望也就成了泡影。这项法案在18世纪的苏格兰引发了一场争论，启蒙学者普遍认为这属于历史的倒退，亚当·斯密在《国富论》中明确指出"限定继承权与长子继承制一样，属于土地的垄断，不利于农业的发展和土地的改良"（亚当·斯密，2003：372）。

由此可见，克劳德从行商小贩到格拉斯哥布料商、格瑞皮领主的过程，是苏格兰城镇商业贸易和乡村农业经济发展历程的缩影，具有积极的意义。但是，当他执着于追求历史，不再开拓新的未来时，反而成了阻碍资本主义社会进步和商业繁荣的力量，而18世纪的最后20年正是农业资本主义发展的高潮时期。

三　财富积累和农业改良

在克劳德的三个儿子当中，最终继承基托斯顿修，为它带来繁荣的是"追随了父亲脚步的"商人乔治（Scott，1985：65）。他成功夺取基托斯顿修之后，立即享受了集商人和领主于一身的荣耀："他是这座皇家城市（指格拉斯哥）中最知名的公司之一的股东，他的身世和家产使他跻身于她最为显赫的儿女之列——那个虽完全投身于对利润的追逐中，仍以世袭的贵族身份趾高气扬的高贵阶层"（Galt，1970：209）。这种荣耀的程度比17世纪末克劳德的祖父、瓦金肖家族的"最后一位（基托斯顿修）领主"相比有过之而无不及。

从作品隐含的政治立场看，长子查尔斯失去继承权、基托斯顿修由乔治继承的结局仅从名字上也可做出推断。查尔斯英俊开朗、浪漫多情，与流亡的斯图亚特家族的查尔斯王子如出一辙；乔治天资平庸、务实贪财，却与取代斯图亚特家族的汉诺威王朝历代国王同名。查尔斯自小所受教育来自祖母，将爱情看得崇高庄严，却没能学会如何面对这个尘世的险恶，更缺乏父亲的精明谨慎（Galt，1970：41）。他对金钱没有概念，花钱大手大脚、耽于享受，成家三年花光了来自父亲账房的分红，还负债200多英镑。他一直寄希望于自己的长子继承权，盘算着卖掉土地还债、改善生活。因此，土地对查尔斯来说只是一份可以出售或抵押的固定资产，他既不像父亲对祖先的产业怀有敬意，也不像乔治把土地看作利润的来源。他的敏感脆弱和得知真相后淋雨病亡的结局，纵然可归为父亲克劳德的寡情，实质上却是其与时代相背离而必遭淘汰的结果。次子瓦尔特虽天生智力不足，却因继承了外祖父的田产成为克劳德首选的继承人，唯有通过他才能将全部基托斯顿修收归瓦金肖家族名下。但是，正如律师基尔列文所说，"他不该被打扰，而只应在这世上慢慢耗尽他的时光，尽可能不在众人注视之下生活"（Galt，1970：59）。当他于1776年继承家产，成为格瑞皮领主之时，就已经面临着被乔治夺取继承权的危机。

商人乔治毫无美德可言，可是他虽资质平庸，却"处事坚决、有毅力"，继承了父亲的精明谨慎。换句话说，他与"父亲的心灵和思想"极为相似（Galt，1970：38），甚至"比父亲还要更贪婪地追求财富"（Galt，1970：110）。同时，他从商的起点远远高于父亲克劳德和哥哥查尔斯。他1772年便进入"当时在格拉斯哥非常有名的一个西印度商人的账房里学徒，……拥有一个比他的哥哥们的朋友阶层更高的交际圈"（Galt，1970：109）。婚姻方面，他也接受了父亲的安排，与不论财富还是家世都更胜瓦金肖家族一筹的伊万家联姻，为此克劳德还投入不少资金让他成为伊万家经营的房产生意的主要股东。因此，乔治从一开始就在商业方面拥有得天独厚的条件，比查尔斯务实、比瓦尔特精明，比克劳德缺少历史负担，因此目标也明确——他"一心发财"（Galt，1970：122），也更顺应苏格兰农业改良逐渐走向农业资本主义道路的趋势。

戴维逊认为苏格兰农业改革是自上而下开展的，先产生理论而后付诸实践，且是由地主阶层开始推行的（Davidson，2004：416）。工业革命和农业改良的浪潮在18世纪70年代开始席卷苏格兰，商业发达的格拉斯哥和周边的低地乡村首当其冲。农业方面，很多地主和承包土地的农场主学习先进的农业经验，采用"新型轮耕制，使用化肥，开始圈地、植树，改善农场住宅条件，分割公共用地"，并积极投资引进新型农业设备，并以市场需求为导向调整农作物的种植（Whyte，1976：3-4）。然而，小说中次子瓦尔特治下的基托斯顿修完全没有表现同样朝气蓬勃的进取精神，反而日渐萧条——房屋逐渐破败、领主精神萎靡、无人管理田产。瓦尔特作为地主，坚持将地租收入牢牢把持在手中，要为女儿小贝蒂·波道尔守住

"按照自然惯例和法律规定……有权继承的一切（财产）"（Galt，1970：163）。他非但不肯出资赡养母亲和寡嫂，还拒绝出资修缮年久失修的房屋，更遑论投资改良土地田产。因此，继承产业之后的瓦尔特已成为腐朽、落后的封建地主乡绅的代表。乔治的状况则与此相反。在进出口贸易兴盛、商业繁荣的格拉斯哥，城镇人口从 18 世纪初的 12000 人猛增到 18 世纪末的 80000 人（亚历山大·布罗迪，2010：21）。人口的增加和城市的扩张使得房地产成为当时最值得投资的生意，三子乔治恰逢其时，他"入股的房屋是格拉斯哥发展势头最旺的房产之一"（Galt，1970：181），得以迅速积累巨大的财富。与瓦尔特相比，乔治属于"朝气蓬勃、前途远大的商人"（Scott，1985：64），前者名下的产业被后者取代不但早已被父亲克劳德预料到，也是商业社会发展的必然结果。

这种取代的进步意义从乔治得到基托斯顿修的田产之后所开展的一系列变革及其效果就可以看出来。他立即着手修缮扩建房屋、购买农业设备、播种更加有利可图的农作物，用叙事者的话说"以基托斯顿修这一古老名字命名的全部地产开始显示出当时在西部乡村大地上逐渐弥漫开来的全民性的改良精神"（Galt，1970：205）。到 18 世纪 90 年代前后，乔治管理下的田产的租金收入已从瓦尔特时期的每年 400 多镑增加到 1500 镑，足足翻了三倍多。而衰败破旧的格瑞皮老屋也修葺一新，成了规划严整的现代住宅，配上了"草坪、种植园、富丽堂皇的大门、守门人的门房和停在林荫道上的漂亮马车"（Galt，1970：246）。这些转变正是 18 世纪后半叶苏格兰经济发展的缩影。乔治身兼多职，他在商业上的成功，也使他勇于在土地改良方面投入大量资金，也从田产上获得了相应的回报。土地于乔治而言，既不是哥哥查尔斯眼中可以分块出售用来偿还欠债的固定资产，也不是瓦尔特眼中"有权继承的一切"（Galt，1970：163），而是有利可图的商业资源，可以源源不断地产生新的财富，带来生活的进步和舒适。与此同时，拥有曾经世袭的基托斯顿修也为他的商人身份增加了出身的荣耀，他轻而易举享受到了父亲克劳德奋斗终生的成果。

查尔斯因一桩冲动的婚姻被父亲秘密取消继承权导致英年早逝、瓦尔特被弟弟送上法庭判为"白痴"、公开受辱，陷入消极颓废的慢性自杀状态，无疑都是瓦金肖家族的人伦悲剧。但是，查尔斯、瓦尔特和乔治三人的命运与 18 世纪的经济发展趋势相符合，是"令人震惊、却经得起推理和检验的现实"（Mckeever，2016：73）。从这一点而言，克劳德和乔治两代商人接力完成了格瑞皮－基托斯顿修的现代转型，他们是城镇商业发展促进乡村经济繁荣的代表人物，反映了 18 世纪苏格兰经济从落后的封建庄园制向资本主义市场经济发展的曲折历程。

结　语

基托斯顿修的破产、克劳德的奋斗与乔治的发迹都是苏格兰经济发展史上重要转折，完整呈现了整个 18 世纪苏格兰的经济从落后到发达，从衰败到繁荣的历史。值得关注的是，虽然克劳德和乔治都是商业社会成功的个人典范，也各自代表了苏格兰经济发展过程中的两个重要历史阶段，从商业进步的角度看属于顺应潮流、充分把握机遇的人，在个人品行上却是存在严重道德缺失的、完全受利益驱动的商人。克劳德感情贫瘠、心肠冷硬，"热衷于追逐世俗利益"，不惜违背人类天性，将一切诉诸法律；乔治"贪婪狡诈""一心忙于自己的生意和家庭，对他人不闻不问"（Galt，1970：163），为谋取家产勾结律师、讨好陪审团成员，晚年甚至企图娶侄子的心上人续弦等。他们的成功虽然顺应了时代潮流，却也暴露了商业社会所面临的严重的道德危机，这也是高尔特在小说《限定继承权》一书中试图探讨的重要问题。囿于篇幅，本文不再对此进行论述。

（作者单位：河北工业大学外国语学院）

参考文献

［1］ Anonymous. "The Entail". *Blackwood's Edinburgh Magazine*, Vol. Ⅲ（January to June，1823）. Edinburgh & London： William Blackwood and T. Cadell. Strand. 1823：77－86.

［2］ Bardley，Alyson. "Novel and Nation Come to Grief：The Dea's Part in John Galt's 'The Entail'". *Modern Philosophy*，99.4（2002）：540－563.

［3］Cannon, John. *The Oxford Companion to British History*. Oxford：Oxford University Press，2002.

［4］Davidson, Neil. "The Scottish Path to Capitalist Agriculture 2：The Capitalist Offensive（1747 – 1815）". *Journal of Agrarian Change*, 4. 4（2004）：411 – 460.

［5］Duncan, Ian. *Scott's Shadow*：*the Novel in Romantic Edinburgh*. Princeton，N. J.；Oxford：Princeton University Press，2007.

［6］Galt, John. *The Entail or The Laird of Grippy*. London：Oxford University Press，1970.

［7］Gordon, Ian A. "Introduction to *The Entail*". London：Oxford University Press，1970：vii – xvi.

［8］Harris, Bob. "Landowners and Urban Society in Eighteenth-Century Scotland", *The Scottish Historical Review*, 92. 2（2013）：231 – 254.

［9］Houston, R. "Custom in context：medieval and early modern Scotland and England", *Past and Present*. 211（2011）：35 – 76.

［10］Mckeever, Gerard Lee. " 'With wealth come wants'：Scottish Romanticism as Improvement in the Fiction of John Galt". *Studies in Romanticism*. 55. 1（2016）：69 – 90.

［11］Mitchison, Rosalind. *Lordship to Patronage*：*Scotland，1603 – 1745*. London：Edward Arnold，1983.

［12］Schoenfield, Mark. "The Family Plots：Land and Law in John Galt's 'The Entail' ", *Scottish Literary Journal*, 24. 1（1997）：60 – 65.

［13］Scott, P. H. *John Galt*, Edinburgh：Scottish Academic Press，1985.

［14］Smout, T. C. *Scottish Trade on the Eve of Union*, Edinburgh：Oliver & Boyd，1963.

［15］Whyte, Ian D. *Scotland before Industrial Revolution*：*an economic and social history，c1500 – c1750*. New York and London：Routledge Taylor & Francis Group，1995.

［16］Whyte, Ian D. *Agriculture and Society in Seventeenth Century Scotland*. Edinburgh：John Donald，1976.

［17］亚当·斯密：《国富论——国民财富的性质和起因的研究》，谢祖钧等译，中南大学出版社，2003。

［18］亚历山大·布罗迪：《剑桥指南：苏格兰启蒙运动》，贾宁译，浙江大学出版社，2010。

《还乡》中的空间叙事

赵秀兰

引　言

托马斯·哈代（Thomas Hardy，1840－1928）是英国 17 世纪后半期伟大的现实主义小说家，地方色彩主义作家和诗人。哈代出生在英格兰南部多塞特郡的上波克罕普教村，挖掘并沿用了"威塞克斯"（西撒克逊古代王国）这一古老而模糊的名字来描述其祖辈世代繁衍生息的地方，选择它作为其小说创作背景。他的作品主要描写威塞克斯地区人们的生活方式、传统风俗及命运变迁，流露了哈代对家乡故土的深情厚谊。因此，地理空间描写在哈代的小说中，尤其是标志着哈代创作最高成就的"性格与环境小说"中，占有很大的比重，也具有非常重要的作用。

哈代的"性格与环境"小说系列中的故事大都发生在以多塞特郡为中心的"威塞克斯"地区。从 19 世纪后半期开始，国内外的文艺批评家们在评论哈代的"威塞克斯小说"时，都把重点放在对其创作思想的研究方面，特别是集中在对他的宿命论思想的关注。就《还乡》这部小说而言，国外批评界的研究主要有：小说的创作思想（悲观主义、女性观、宗教观）、风格、技巧研究，埃格敦荒原的描写，人物形象塑造（主要是尤苔莎的形象塑造），对比研究（例如，福楼拜笔下的爱玛·包法利与哈代笔下的尤苔莎），象征主义手法等；国内学者的研究主要集中在该小说中的悲剧思想，女性人物形象与女性观，意象（主要有鸟和路的意象）以及生态意识。虽然国内外批评家们也注意到环境描写的重要性，但大都是从该小说中的环境描写分析哈代的宇宙意识与悲观主义思想。

20世纪中叶以来，人文社科领域出现了空间转向，福柯、列斐伏尔、巴什拉、苏贾、克朗等理论家均从不同的视角，探讨了不同领域里的空间问题。作为一种文学形式，小说具有内在的地理学属性。小说世界由位置和背景、场所与边界、视野与地平线组成，小说中的人物与叙述者占据着不同的地理和空间。因而，空间理论的兴起为文学作品，尤其是小说中的空间研究提供了新的理论视角。自弗兰克的《现代小说的空间形式》一文发表以来，小说中的空间形式、空间形式与情节、叙述中的空间结构等也逐渐成为文学批评界探讨的一个热点。在国内，随着龙迪勇等学者对于空间描写在小说中的功能的研究成果的发表，空间叙事学研究也开始勃兴。

空间不仅是事件发生的地点，而且具有重要的叙事功能。空间叙事就是时间的线性展开不再作为情节发展的主要依据，因果关系不再作为时间链接与情节发展的主要动力。在现代小说中，空间不仅是故事发生的地点和叙事不可或缺的场景，而且是表现时间，安排小说结构和推动整个叙事进程的重要手段。[①] 哈代是一座连接英国传统小说与现代小说的桥梁。他的小说浓墨重彩地描写了田园诗般的英国南部农村。地理环境描写的比重远远超过了故事情节的叙述，与主要人物处于同等重要的地位。在"威塞克斯农村社会悲剧的序曲"《还乡》中，哈代将时间空间化，揭示人物性格与环境的对立，暗示了小说的悲剧主题；采用通感手法，使自然景物成为主观情感态度的客观对应物，烘托气氛，塑造人物形象；通过场景并置与空间位移来推动情节发展。小说中亘古不变、荒凉寂寥的埃格敦荒原不仅在主导情节发展与塑造人物形象方面起着重要作用，而且还是分析小说叙事结构与小说主题思想的一个重要因素。本文以《还乡》为例，探讨空间描写是如何推动情节、塑造人物与展现小说结构（形式）的。

---

① 龙迪勇：《空间叙事学》，生活·读书·新知三联书店，2015，第95页。

一 时间的空间化

在《还乡》中，哈代将时间空间化，通过地理景观描写消解进行中的时间情节。小说开篇，哈代采用拟人化的隐喻将空间背景人格化，将荒原比拟为一个巨人形象，并用第一章通篇描绘了小说的大背景埃格敦荒原，表现它的苍茫无边、空旷寂寥与亘古如斯。这片方圆几英里的荒原是自然永恒不变的力量的象征，在这种神秘而无法抵御的力量面前，人类显得极其渺小，微不足道。沧海桑田，世事变迁，但时间的流逝丝毫无法影响到埃格敦荒原与生活于荒原上的纯朴的人们。"苍茫荒原，岁月未曾留下几多痕迹"①。小说开始于十一月的一个星期六接近傍晚时分，作者淡化了时间线索，通过空间来凸显物理时间的变化。"天空蒙上灰白的帐幕，地面长满黑色植物。地平线上，天地相较、黑白分明。……割荆棘的樵夫抬头望天，就想继续打柴，低头看地，则会决定捆起荆棘回家。远处天地交接的界限，是物质的分解，似乎也是时间的分界"。（3）哈代以荒原这一广延性空间来表现与人物性格相冲突的活动环境，用时空衬托人物的悲剧命运，从而形成悲剧性的故事时空结构。这种时间空间化的手法贯穿小说始终，使时空浑然交织在一起，令读者只是注意到色彩明暗的变化所标志的空间位移，却忘却了时间的流逝。

在"田野和晨曦的忠实的儿子"（伍尔夫语）哈代的笔下，埃格敦荒原同时具有原始的野性、神性与人性的特征。荒原与人的性情完全协调一致，它"单调不变的黝黑巨大无比，神秘莫测，尤为奇特。如同长久独处者，脸上露出孤独的神情，暗示悲剧的种种可能性"。（5）荒原一直是一块难以制服的野地，从远古到现在，荒原的土壤就是一成不变的古旧的褐色。"文明是它的敌人"（5）。傍晚时分，置身于荒原中部的山谷，映入眼帘的只有高低起伏、灌木丛生的荒野。这些从史前时期以来就未曾变动过的情景，给那些经历了人世变幻的人的漂泊不定的心灵安定下来，使因社会无法制止日新月异的变迁而饱受困扰的心思镇定下来（6）。哈代之所以

---

① 哈代：《还乡》，王守仁译译林出版社，1997，第3页。文中标注页码的引文均出自本书。

对黑夜中的荒原情有独钟，是因为在他看来，埃格敦荒原伟大奇特的壮观景象，就是从这个由明入暗的过渡点开始。"荒原的全部力量及其涵义，均表现在此时此刻以及随后的若干小时，直至晨光熹微之际。在这段时间里，也只有在这段时间里，荒原才会讲述它的真实故事。这块地方是黑夜的近亲。"（3）小说中的人物在这样的时刻登场，故事便随即展开。而此后，几乎所有的重要情节均发生于傍晚时分或黑夜里。而"这时空间无疑成为一个非常重要的象征体，或者说，此时空间是小说真正的主角"①。

如同在田园诗中一样，《还乡》中的一切时间界限都冲淡了，人们的生活节奏同自然界的节奏协调一致。小说将故事情节设置在一个广延性的空间中，使时间也具有了无限的延展性。在这个没有边界的古老荒原上，一切令人难以置信地缓慢而恬静。荒原上的时间概念非常模糊，人们不用时钟来计算时间，一年四季的周期变化是用植物随季节变换而呈现的不同颜色来表示的。在日常生活中，人们通常是用人的空间位移或日暑来表示时间的流逝。傍晚时分，一位满头银发的老人出现在横穿这个广袤昏暗的荒原的一条古老的马路上，展现在老人面前的是一条漫长而且走起来很费劲的白色公路。形单影只的老人极目远眺，发现了一个似乎是一辆马车的黑点在他前进的方向上缓慢移动。老人快步赶了上来，寒暄之后，老人与赶车的红土贩子默默地往前走着。"四周很静，只有掠过黄褐色野草的呼呼风声，吱吱的车轮声，沙沙的脚步声，以及两匹小马得得的马蹄声。……在这种僻静地方，赶路的第一次寒暄后，常常会走上好几英里路而不再开口说一句话"（8）。在这里，时间仿佛被注入了空间，并在空间上流动。时间的标志展现在空间里，时间的流逝由走过的路程来衡量。"在文学中的艺术时空体里，空间和时间标志融合在一个被认识了的具体的整体中。……时间的标志要展现在空间里，而空间则要通过时间来理解和衡量"②。在《还乡》中，道路是人们偶然邂逅的主要场所。在荒原上各种道路或小径阡陌纵横，将人们居住、劳作、幽会、集会等场所联通起来，人们在空间路径和

---

① 吴冶平：《空间理论与文学的再现》，甘肃人民出版社，2008，第27页。
② 巴赫金：《小说的时间形式和时空体形式》，白春仁、晓河译，《巴赫金全集》（第三卷），河北教育出版社，1998，第274页。

时间进程中交错相遇，从而将不同社会地位、性格与命运的人们交织在一起。

第一部分第四章在描写约布赖特太太走下黑冢前往静女酒店时，详尽细腻地描写了约布赖特太太与奥莉所走的山路。她们踩着厚厚的草皮，荆棘刮擦她们的裙子发出的沙沙声，挺立的干枯的蕨草。尽管她们对这个草木丛生的幽僻所在非常熟悉，但她们下坡时还是专心致志地盯着自己的脚步，不停地走啊走。等到坡度不太陡时，她们才开始开口交谈。后来，她们终于走到了马车道。在一个岔路口分手后，约布赖特太太沿着笔直的马车道继续往前走。这条马车道在前面与公路交界，静女酒店就在公路旁边。约布赖特太太猜想，她侄女和韦狄白天办过婚事后，这时已回到静女酒店。等她走近酒店，看见两百码以外，一辆篷车正朝她走来。红土贩子从马车道上一路赶过来，终于在她进入酒店前追上了她。在这个过程中，小说只是展现了人物的空间位移，并没有告诉读者约布赖特太太走这段路所用的时间。时间被压缩在空间里，仿佛荒原上的黑夜可以无限延长一般，时间变得无足轻重，可以忽略不计。在整部小说中，类似的时间空间化的例子俯拾皆是，不胜枚举。

小说中的时间空间化还体现为在一个地点上，钩沉往事，将历史与现在交织起来，将时间与空间融合为一个整体。在描写在黑冢上点燃篝火举行纪念活动的那些男人和少年时，小说写道："这些男人和少年仿佛是突然回到远古时代，拿回来这块地方从前很普通的一段时光和一个事件。最初不列颠人在山顶上点燃柴垛焚烧尸体，灰烬如新，一点没动地埋在他们脚下的古冢里面。很早以前火葬柴垛的火焰，和现在的篝火一样，曾照耀到山下的低地。后来人们过托尔节和沃登节，就到这个地方来烧火，也兴盛过一个时期。"（13）小说通过把荒原居民在黑冢点燃篝火的纪念活动与古时候的一种祭礼或撒克逊仪式的遗风相联系，将过去与现在交织在一起，构建了一个独特的时空体，赋予物理空间丰富的意蕴，将物理空间与当地的社会风俗文化密切联系起来。

此外，《还乡》大量的场景描写，由故事外的叙事者向读者描述人物外貌或场景，使得叙事节奏非常缓慢，叙事时间远远大于故事时间，从而导致故事时间貌似被悬置。以第一卷为例。第一卷共有十一章，前八章的内容都发生在十一月一个星期六的傍晚，也就是韦狄与托马沁去萨瑟顿结婚的那天。在这八章里，小说巧妙地将时间隐含在地理空间描写中，非常细腻地描写了故事发生的背景——荒原的地理景观与威萨克斯地区的社会风俗文化，介绍尤苔莎、韦狄、约布赖特太太、托马沁、维恩以及人物与人物之间的关系，同时，表明了人物性格与环境的关系，暗示了小说的悲剧主题。

二 空间描写与人物塑造

作为一位乡土作家，哈代充分地发挥了环境描写的艺术功能，在他的小说中，环境描写是刻画人物性格的重要手段。在《还乡》中，空间是一个具有无可替代的意义的主体本身，与人物处于同等重要的地位。哈代不仅善于将空间人格化，而且善于用自然景色和自然现象塑造人物形象，凸显人物心理，衬托故事气氛。空间描写不仅是展现人生存活动的环境的方法，还是表现人与自然相互依存关系的手段。

列斐伏尔提出，人通常是通过物质实践来理解空间的。[①] 在日常生活中，人们对某些空间、生活以及生存方式存有不同的感觉，对同样的空间存有不同的概念化和想象。《还乡》中几乎不存在纯粹的地理景观的描写，作者将主观情感态度投射到地理景观的描写中。小说中的环境描写流露出作者对忧患意识与对乡村生活的爱恋。荒原之美，"其独尊地位是否已接近尾声，的确是一个问题。……人类年轻时不喜欢阴郁昏暗的外部景物，但人类的心灵或许会不知不觉地发现自己与这种景物的关系越来越和谐"（4）。该小说中环境描写还揭示了不同人物各自的所欲所求，表现了人们对地理景观的"情感结构"，并以此说明空间体验与自我身份紧密关联。主人公对其生活其间的荒原有着不同的体验或感受，因而持有或认同或不认同的态度。约布赖特太太自视高人一等，与其他荒原人的关系非常疏离，一心想让自己的儿子克林在巴黎工作，寻求体面的生活。韦狄和尤苔莎都厌恶荒

---

① Lefebvre, Henri, *The Production of Space*, Trans. Donald Nicholson - Smith, Oxford: Blackwell, 1991.

原，一心想逃离荒原。维恩和托马沁则安于现状，他们非常喜欢且能融入荒原的生活。太过理想化的克林厌恶巴黎的工作，打算开办学校，改造荒原及荒原上的人们。这些人物对荒原的回归或逃避不仅构成了小说情节结构的基础和主人公性格与命运的基调，还是人与自然关系的一种"隐喻"。①

尤苔莎的性格以及她对待爱情与生活的态度是她所处地理环境和社会环境共同影响的结果。作者在塑造尤苔莎的人物形象时，将她与荒原，尤其是黑夜里的荒原联系在一起。她的"肌肤柔软，碰上去像云彩一般。看到她的头发，就让人想象：整个冬天的阴沉昏暗汇到一起，也形不成乌发的阴影：它紧贴在前额上，如同夜幕降临，抹去了西边落日的余晖"（58）。尤苔莎天性自由，不愿被任何人主宰，也不接受既定的社会秩序或道德的束缚。她喜欢黑夜里在荒原上游荡，叙事者称其为"黑夜女王"，"做天神的料子"，她拥有"做模范女神"而非"模范女人"的激情和本能。小说中的地理景观往往揭示出社会生活和行为举止的道德标准。约布赖特太太因她不分白天黑夜每时每刻在荒原上闲逛而认定她是个不正经的女孩，而荒原人则视她为女巫。小说将尤苔莎描写得为一个异教徒形象，一位高贵的女神。"她那异教徒的眼睛，充满夜的神秘，沉沉的眼睑和睫毛，半遮着来去流转的眼波；她的下眼睑与一般英国妇女相比，要厚得多。这使得她沉湎于幻想，……尤苔莎的灵魂是火焰的颜色"（59）。然而，尤苔莎的这种天神般的傲慢、爱情、狂怒和热情与万古不变、阴郁灰暗的埃格敦荒原格格不入。她认为"埃格敦是她的冥国"，但是，实际上，她已经吸收了不少荒原的黑暗情调，"她的容貌与这被抑制的反抗情感十分协调，她的美丽有一种幽暗的光彩，是她内心里悲伤郁积的热情的真正外表"（59～60）。从尤苔莎在等待情人或约会时总是拿着沙漏得知，天真浪漫的尤苔莎想掌控一切，但她意识到她的力量太有限了。由于尤苔莎身居荒原，却不探究荒原的意蕴，无法体察荒原美丽的精微之处，她把一切归因于荒原和命运。她恨荒原，"荒原是我的十字架，是我的苦难，将来还会要了我的命"（76）。有时因"她想像的某些产物，其中首要的是命运"而生气（61）。然而，在叙事者看来，倘若尤苔莎一直居住在布达茅

① 吴笛：《哈代新论》，浙江大学出版社，2009。

斯，过一种狭窄的生活，她会变得粗俗不堪，正是荒原使得粗俗几乎不可能。多年来，她已经在自然规律的作用下形成了一种阴森尊贵。

同样，小说将克林与荒原联系起来刻画克林。"如果说有谁真正熟悉荒原，那就要推克林了。他身上浸润着荒原的景象，荒原的物质，荒原的气味。克林可以说是荒原的产物"（157）。克林儿时在荒原上很有名气。他"在孩童时代与荒原紧密交织在一起，任何人望着荒原，都很难不想到他"（152）。长大后，"喜欢恶作剧的命运"却让"这个狂野而敏锐的荒原小伙子"去巴黎一家珠宝店工作（153）。克林厌恶自己所在的女性化空间与自己所从事的女性化职业。他发现巴黎的生活非常压抑，但是他在珠宝店里的工作更为压抑。于是，克林决定放弃这份"男人所能做的最无聊、最浅薄、最女人气的工作"（155），回到他最了解的人们中从事"某种理智的职业"——在靠埃格敦荒原最近的地方办一所学校，"成为最为有用的人"（155）。克林坚信，"大多数人所缺少的，是那种给人带来智慧而不是财富的知识。他希望以牺牲个人为代价来提高整个阶层"，而且，他随时准备第一个牺牲自己。（156）然而，荒原人并不理解和支持克林的这种理想化的利他主义行为，就连他的母亲也反对他的这个计划。

小说通过克林与尤苔莎对待荒原的截然对立的态度来暗示他们的婚姻悲剧。尤苔莎向往大城市奢华喧闹的生活，无法忍受贫穷寂静的荒原生活，对她来说，"荒原是个无情的工头"。但克林则认为，"荒原最能激动人心，最能使人变得坚强，最能给人安慰的了。我宁愿住在这群山之中，世界任何地方都不去"（169）。克林对荒原的热爱与尤苔莎对荒原的憎恶几乎是成正比的。正如叙事者所说："如果把尤苔莎对于荒原的所有各种恨化成各种爱，你就有了克林的心。"（158）这就为他们日后关系的破裂埋下了伏笔。尤苔莎答应嫁给克林后，克林离"他那位女神一样的姑娘令人着魔的气息越来越远，他的因为一种新的悲伤，变得愁苦起来。……他时时也察觉到尤苔莎爱他，那是因为他是来自本属于她的那个花花世界的游客，而不是因为他一心一意反对那种他刚结束不久叫她深感兴趣的生活"（118）。他们见面时，尤苔莎常常会不由自主地说出一言半语，或者发出一声叹息。克林明白，虽然尤苔莎并未向他提出以回到巴黎为结婚的条件，但这却是尤苔莎所渴望的。尤苔莎盼望着"将来有一天，能够成为靠近巴黎林荫大道一幢漂亮小屋的主妇，屋子不管有多小，她至少可以在繁华世界外围过日子，捕捉到些许飘荡出来的那种非常适合她享受的城市玩乐"（216）。而事实上，克林和她有着同样坚定的意志，决不离开荒原。他们两人对立的意志最终摧毁了他们的婚姻。

小说在塑造维恩与托马沁这两个人物形象时，环境描写的作用也非常突出。小说一开始就描写了荒原独特的壮美，尤其是苍茫暮色与埃格敦荒原的景物结合起来后，就会演化出一种简朴宏大壮观的景象。"最为彻底的禁欲主义者可以感觉到他有天生的权利在埃格敦荒原漫游：他纵情荒原，将自己置于其影响之下，并不出格，完全正当"（4）。维恩和托马沁就是这样的禁欲主义者，他们能享受荒原暗淡的色彩与低沉的美景，并将自己置于荒原的影响之下。荒原是他们确认自我身份的一个重要参照物。

托马沁天真纯朴，诚实坦率，任何心理活动都能从外面看透。但是她热爱荒原，把尤苔莎觉得枯燥乏味的田园生活过得充满诗意。她常常带着她的女儿去荒原散步，让她在青绿色的草皮地和牧人百里香上练习走路，她觉得这"是一件很愉快的事"（345）。克林希望他美丽可爱、光彩照人的堂妹能嫁给一个有专门职业的人，搬到城里人居住，但是托马沁却不同意。"埃格敦是一个老地方，老的可笑；可我习惯了，让我住在别的任何地方，我都会不快乐的"（349）。在塑造红土贩子维恩这个人物形象时，《还乡》尤其体现出人与自然之间相互依存的密切联系。小说赋予维恩大地的色彩，让他从事贩卖红土这种逐渐消失的"诗意"的行当（70）。但是，由于托马沁拒绝了他的求婚，维恩就从事了这一老派的行当。他的工作，或者说他所处的空间，也使得他的身体具有一种独特性。不但他的篷车完全是红色的，就连他的全身也是红色的。"清一色的血红染料涂满他的衣服、他头上的帽子、他的靴子、他的脸、他的双手。那染料并不是暂时涂在他身上：它已渗透到他身体里面"（7）。这种土壤的颜色很自然地使得他与自然融为一体，与这片土地完全和谐一致。出于对托马沁的爱，为了托马沁的幸福快乐，维恩偷听韦狄与尤苔莎在黑夜里幽会时的谈话时，他爬到离他们很近的地方，将两块草皮盖在身上。"即使是白天，红土贩子也不容易让人看见。草皮块盖在他身上，有石楠的一面朝上，看上去就跟长在那儿一模一样。……黄昏时分，即使他不用东西遮盖，也不会被人发觉"（74）。在这段描写中，人与自然非常契合，成为大自然的有机组成部分。同时，从小说对维恩的形象的塑造以及人们对他所从事的职业的看法，表明红土贩子的社会地位非常卑微。在尤苔莎和韦狄死后大约半年，当维恩再次出现在托马沁面前时，他不再是红土贩子，而是一个平常的基督教徒。爱情使得他放弃了很赚钱的红土生意，买下了他父亲生前拥有的乳牛场，摇身一变成为一位英俊体面的绅士。他的身上找不到半点红土贩子的迹象，一点接近红色的东西都没有。托马沁说："我难以相信他的皮肤会自己变白。好像是超自然的力量。"（340）她觉得变成正常人的维恩比以前好看多了，也体面多了。列斐伏尔认为，人自身在空间中的投射和固化，也产生了空间本身。空间是社会性的，是生产关系、社会关系的脉络。托马沁的这一观点也是荒原人普遍拥有的观点。荒原人依据某人所从事的职业来区别此人社会地位的高地的做法，揭示出当时的社会关系、社会价值与意识形态。

哈代在《还乡》中描绘物理空间时，充分地运用了人格化和联觉手法，他笔下的各种地理地貌不仅有自己的形状与色彩，还有自己的声音。英国现代派作家伍尔夫如是评价哈代：哈代是一个对大自然细致入微、炉火纯青的观察者，"他能区别雨点落在树根或耕地上的差异；他能分辨吹过不同树桠的声音，然而，他是从广义上把大自然理解为一种力量，他感到其中似有神灵，它能对人类的命运或者同情或者嘲笑，或者无动于衷地袖手旁观"。[①] 哈代运用通感手法，将《还乡》中的荒原形象地描绘为一幅幅有声的立体画面。有风时，荒原上的各种声响混合在一起，作用于感官，人们用耳朵就能看见周围的地貌。即使是在黑夜里，"昏暗的景物送来一幅幅声音的画面：石南地从哪里开始，到哪里结束；荆棘哪里长得粗壮高大，哪里刚刚被人割下；杉树丛朝什么方向生长，长满冬青的石坑离得有多近，这些都能听出来"（77）。荒原人对其生活环境如此熟悉，仅凭听觉就可以感知昏暗中的地理景观。自然，运用外部环境描写衬托人物的心理就成为该小说一个突出的艺术手法。哈代用诗性的语言来描写地理景

---

① 伍尔夫：《论托马斯·哈代的小说》，瞿世镜译，《论小说与小说家》，上海译文出版社，1986，第 80 页。

观，自然景物实际上是人类情感的客观对应物。"高原、大海、高山忧郁的壮美与人类当中比较有思想的人的心情绝对和谐一致"（4）。哈代捕捉到自然景物的某一独特性，就以某种人类情感与之对应。小说在描写约布赖特太太时说："凡是有性格的人，在自己的活动范围走动，都带着一种气质"，她走到哪里，就把她自己的"格调"带到人们中间（28）。约布赖特太太和荒原人在一起时，总是沉默寡言，带着一种优越交际能力的意识。当约布赖特太太决定前去与克林和解时，在去克林家的路上，她看到了正在割荆棘的克林，她无法接受这一事实，想了十来个快速使克林和尤苔莎立即摆脱这种困苦的生活的方案。她跟着克林来到他家门外，她情绪激动，心脏怦怦直跳，感到疲乏无力，身体不适，就坐在克林屋子旁边的一个叫"魔鬼吼"的土墩上休息，考虑采取怎样的最佳方式开始同尤苔莎开始谈话而不会惹她生气。作者采用联觉手法，非常贴切地通过环境描写凸显此时约布赖特太太的情状。她坐在几棵高耸云天的杉树下边，那些树木受过摧残，粗陋蓬乱，样子很奇特。那些树听任狂暴天气的摆布，所有的树枝被劈开、砍削或扭曲。有的枯萎裂开，如同遭了雷击，树身上的黑斑像是火烧后留下的，树下铺满了历年狂风吹落的枯枝和一堆堆的球果。即使当时是炎热的下午，没有一丝风吹过，可那些树依然持续鸣咽。（247）这些极富画面感和音乐性的画面如神来之笔，生动形象地凸显了约布赖特太太饱受风吹雨打、心力交瘁的状态。正所谓：情与景会，顷刻千言。又如：克林在他和尤苔莎分居后的一天晚上特别思念尤苔莎。"过去日子里他们整天卿卿我我、甜言蜜语的回声，像是背后几英里以外海滩边传向四处的轻轻海浪声飘了过来"（307）。此类用地理环境描写刻画人物形象，衬托人物心理的例子俯拾即是，不胜枚举。

在第四卷第三章，为了排愁解闷，尤苔莎去邻村一个乡村集会上跳舞时，巧遇韦狄。自尤苔莎与克林结婚后，他们再也没有见过面。当时天已经黑了，在场的青年男女全都陶醉地跳着欢快的舞蹈，他们并不认识尤苔莎和韦狄。当韦狄大胆地邀请尤苔莎一起跳舞，出来寻找快乐的尤苔莎不顾社会禁忌与道德规范与韦狄翩翩起舞。"文学作品或多或少揭示了地理空间的结构，以及其中的关系如何规范社会行为。这样的关系不仅体现在某一地区或某一地域的层面上，也体现在家庭内外之间，禁止的和容许的行为之间，以及合法的与违法的行为之间。在文学作品中，社会价值与意识形态是借助包含道德和意识形态因素的地理范畴来发挥影响的"①。夜晚暗淡的光线赋予尤苔莎冒着被人认出来的危险与韦狄跳舞这一体验一层魅力。尤苔莎的脉搏跳动加快，一种新的活力注入她的身体。月光的力度和色度打乱了她感官的平衡，情感战胜了理智，让她忘却了自己的身份，陶醉在跳舞的快乐中。小说用具体的空间意象来传达此刻尤苔莎的感觉与情感。与韦狄靠得很近让她害怕，但跳舞又让她如痴如醉。"一条清晰的分界线，像是一道有形的栅栏，将她的跳舞动作迷宫内外的感受截然分开"。当她站在跳舞场子外面时，她觉得自己掉进了"北极的冰冷世界"。她和韦狄跳舞时，她的情感变得炽烈，她感觉好像是身处"热带"地区。小说把经历了一段不如意的生活后来跳舞的尤苔莎比喻为一个林中夜行人，说此刻的尤苔莎"就像是在树林子里走了一夜的路以后，来到一个灯火辉煌的房间"（233～234）。与韦狄跳舞的刺激和当时所处的场景使尤苔莎心中涌现出甜蜜的复杂情感，而韦狄与托马沁结婚后还是思念着尤苔莎，跳舞向他们心中一丁点的社会秩序意识发起了不可抗拒的进攻，于是他们往日对彼此的情感复燃。当他们在音乐的喧闹声中往回走时，韦狄和尤苔莎谈起了克林以及她永远无法现实的梦想，尤苔莎心酸失望地开始哭泣。此时，从天顶到天边，月光已经明亮银白，但这光亮却无法穿透荒原。空中银白的月光与下面黑暗无光的原野形成鲜明的对照，他们的脸在旷野中，"就像两颗珍珠放在一张乌木桌上"。可见，比喻和对比手法以及空间意象的运用，不仅形象地表达了人物的内心的情感体验，而且使地理空间与社会道德规范联系起来，使物理空间超越了它自身被赋予的意义，与精神空间高度地协调统一。

三　空间位移与叙事结构

《还乡》生动地描绘了威塞克斯乡村人们的生活方式和风俗习惯，展示了人与环境、个人意志与命运之间的冲突，被称为"性格与环境"小

① 迈克·克朗：《文化地理学》，杨淑华等译，南京大学出版社，2003，第61页。

说。《还乡》中的空间描写是叙事的重要手段。小说循着悲剧主人公在荒原上的运动轨迹，通过描绘不断变化的空间环境，来烘托人物的悲剧命运。劳伦斯认为，小说的伟大悲剧力量在于埃格敦荒原这片翻腾着本能的生命的原始荒野，荒原是该小说中的悲剧的真正根源。[①] 但是我们认为，虽然小说中的悲剧人物赖以活动的空间环境大都是荒原，也即威塞克斯区域内的户外，但是小说的叙事结构却是通过荒原与巴黎、布达矛斯等城市之间的对立来建构的，而场景并置与空间位移是叙事进程的主要推动力。

在《还乡》中，哈代用广角镜头描写了一副苍凉广袤的荒原景象这个故事发生的宏大背景，在描绘具体场景时，不断地通过全知视角与人物有限视角之间的转换，通过远景与近景之间的切换，将不同的场景并置起来，处于不同场景的人们互为凝视、参照的对象，体现了一种空间化了的共时性存在。在小说第二章中，哈代首先从在荒原某处停下了休息的红土贩子的有限视角，描写了远处隐约可见的那座古冢。这座用石头堆起来的古冢，占据了荒原上最孤单的高山的最高点，"构成了这个灌木丛生世界的地级和地轴"（10）。小说中主要事件发生的地点迷雾岗、静女酒店、奥尔德华斯与布鲁姆斯恩德几乎是以这座古冢为中心对称分布的。然后，作者从人物有限视角转换为全知叙事者的视角，展现了一副人与自然融为一体错落有致、立体感极强的画面，揭示出人与自然相互依存的关系。红土贩子注意到有什么东西爬上了古冢。

> 那个人影站在那儿，如同脚下的小山一样，一动也不动，小山从平原上耸起，古冢从小山上耸起，人影从古冢上耸起。再往上，就看不到任何其他东西了，只有一顶苍穹。
>
> 这个人影为苍茫丘陵添上如此完美、精致、必要的最后一笔，好像只是因为有了这个人影，群山的轮廓才存在。……荒原景色出奇地相同，那溪谷、高地、古冢遗迹上面的人影，构成一个整体。只看其中这个部分或那个部分，便不是观察景物的全体，而是观察其断面（10～11）。

---

① 劳伦斯：《劳伦斯读书随笔》，陈庆勋译，上海三联书店，1999，第78页。

在这幅画面中，人物与地理环境非常契合地融为一体，成为自然的不可或缺的组成部分。人物在空间中得到展现，空间与人物互为补充，相得益彰，成为一个有机的整体。

此时，一伙挑着东西的人侵扰这块地方，他们一个个从左边走上了古冢，"这片荒凉之地的女王"突然从古冢右边消失不见了。作者采取近景描写了当地人古老的纪念活动——篝火节。全知叙事者告知读者，那些人是附近村庄里的男人和少年，每个人都挑着四捆沉甸甸的荆棘柴火，从山后面四分之一英里的地方走过茂密的荆棘，来到黑冢。其他教区和村庄也在举行同样的纪念活动，一簇簇红色火光星星点点地散落在四周的原野上。"这时的原野上虽然什么也看不见，但人们凭着篝火的角度和方向，仍能辨认出每一处的地点"（13）。当黑冢上的篝火燃起时，所有观望远方篝火的人都把眼睛转到自己烧起来的大火，他们围着篝火唱民谣、跳舞。或明或暗的火光闪耀着，将明亮的光斑与黑色的阴影镜像投射在四周人群的脸上和衣服上。"点篝火的人仿佛是站在世界明亮的高处，那儿跟下面的一片黑暗分离开来，独立存在"（13），使一切变得超自然。当一个人指着沿远处公路方向的一点暗淡的亮光时，人们的话题自然就引向了山下静女酒店那对新婚夫妇——韦狄与托马沁。这些人推断此时韦狄和托马沁已经回到了静女酒店，并约好纪念活动结束后一起到静女酒店为新人唱歌、讨喜酒吃。而那人所指的"那亮光位于红土贩子此时坐着休息的地方相当东的一面"（15~16）。等其他篝火的火势都逐渐减弱后，他们发现离黑冢最近、正对着下面谷底里的一扇小窗户的一处篝火依然烧得很旺。"这火的位置是在迷雾岗的老舰长家对面的小丘上"（25）。于是，人们又将话题转向了在德鲁舰长的土堤和壕沟里面篝火的人——老舰长的行为古怪的外孙女尤苔莎。这些散布在荒原上的篝火与静女酒店的灯光构成一个互为参照、相互凝视的共时性的场景，其中空间被前置，而时间则融合在空间中，变成了可见的东西（即火势由旺到弱）。当约布赖特太太走过来，想与奥莉一起走一段路时，奥莉指着静女酒店那微弱的灯光说："看，你侄女的窗户，亮了一盏灯。有了这盏灯，就不会走岔路了。"（29）那些讨酒吃的人来到静女酒店后，从窗外望去，德鲁舰长家门外的那个小篝火一直烧着。韦狄看到黑冢右边方向那个稳定持久的火光时，脸上流露出真情，因为只有他知道那个篝火是尤苔莎约他见面的信号，但他很快掩饰了过去。而此时，焦虑不安地等待着的尤苔莎不时地拿起手中的望远镜，朝着酒店发出的灯光望去。可见，空间与社会以及人的行为之间具有内在关联。空间性的实践界定了空间，也赋予空间社会实践性。该小说中，每提到一个地点，总是以另一个地点为参照系，来确定其地理位置的，而这些地理位置又与一些人物相关联。小说通过这种方式将主要人物陆续介绍给读者，还透露出这些人物相互之间的关系，他们的性格特征以及当地乡民对他们的印象，并以此赋予空间不同的社会意义。而这些场景之间的转换与空间位移正是推动情节向前发展的动力。

《还乡》表面上看是讲述了两女三男（尤苔莎、托马沁、克林、韦狄以及维恩）的爱情纠葛，实际上却是讲述了尤苔莎想借助爱情追求理想生活以及理想幻灭的过程。尤苔莎出生在布达茅斯——一个时髦的海滨胜地，父母双亡后，随祖父德鲁舰长一起定居于迷雾岗。她习惯了布达茅斯热闹喧嚣的生活，她将迁居荒原视为流放，觉得荒原是她的"监狱"。由于尤苔莎不适应生活环境的改变，而她的祖父也从不约束她的行为，使得漂亮聪敏、喜欢奢华生活和浪漫爱情的尤苔莎执着任性，以自我为中心。"假如我能像一个贵妇人那样住在布达茅斯，按照自己的意愿，做自己想做的事，那满面皱纹的后半辈子不要我也肯！"（84）布达茅斯这个词对尤苔莎来说就意味着魅力、奢侈豪华与健康美丽，她热烈地憧憬着布达茅斯。

布达茅斯这座滨海城市与荒原这两种居住环境的强烈对比，以及在与世隔绝的荒原上过着离群索居的生活这个事实，使得尤苔莎只能靠浪漫回忆和对过去见到的场面尽情地想象大城市的生活，她最大的欲望就是被人疯狂地爱着。"爱情是驱散生活中揪人的孤独的琼浆玉液。她对所谓热烈爱情抽象观念的渴望似乎超过对任何特定情人的渴望"（61）。虽然尤苔莎渴望爱情，但是，她知道，由于命运的干预，爱情会随着时光流逝而消失。因此，她本能地不服从社会习俗。"在社会道德方面，尤苔莎更接近野蛮人状态，但在个人情感方面，她一直是个享乐主义者。感觉和感情的世界里，她已登堂入室，但社会习俗的门槛，她几乎还没跨进去"（85）。虽然她不怎么爱韦狄，却玩弄韦狄的感情，但是由于韦狄是唯一能使她的梦想——帮助她离开荒原前往布达茅斯——"变为现实的物体",她就"围着他萦回往复"(84)。若需要,尤苔莎的"真实的、富有生气和潜力的自我",会"冲破礼仪、常规和成见的俗套,做出一些不受约束、荒诞的举动"。① 她一听说克林将从"浮华虚荣的熙攘之地"巴黎归来,巴黎就成为她所向往的所有美好生活的象征,幻想着克林能带她离开荒原,这使得她在见到克林之前,就爱上了克林。这使得尤苔莎将克林理想化。她想象着克林的魅力欣喜不已,"他直接从美丽的巴黎回来——一身巴黎气息,对其种种妩媚十分熟悉,必定有这种魅力"(106)。尤苔莎并不知道,她围绕克林编织的"浪漫主义非理智光环,或许会是她的苦恼"(131)。在克林与尤苔莎结婚前,他们总在晚上约会,这或许注定了他们无法看清对方的真正面目,彼此之间缺乏了解。小说在描写尤苔莎与克林决定结婚前最后一次在荒原上见面时,月亮照射在克林的脸上,尤苔莎看着克林,半蚀的月光用一种怪异的色彩照在他的脸上,他的脸的形状仿佛是用金子雕刻出来的。克林急于知道她是否愿意嫁给他,但她却只想克林给她讲巴黎。她以为自己具有她的偶像征服者威廉和拿破仑一样的气魄,能征服克林。她对克林说:"嫁给你,生活在巴黎,对我来说就是天堂。"(181)可见,与其说尤苔莎爱上了克林,不如说她爱的是克林曾经生活过的巴黎。虽然荒原的峡谷和云雾美丽如画,但尤苔莎却"看不出它们有什么其它名堂"(77)。荒原的美对她来说毫无意义,逃离荒原才是她的必然选择。而巴黎等繁华大城市对于纵情享乐、喜好奢华的尤苔莎来说极具魅力,就好像住在巴黎就是她生命的终极意义的体现。然而,这片象征着原始生命力的荒原就如同一种超自然的力量,操纵着主人公的命运,顺之者昌逆之者亡。正是尤苔莎强烈的渴望及其坚定的内在意志使她决心冲破既定的社会道德禁忌,在暴风雨之夜,让情人韦狄送她离开荒原,导致了她与韦狄双双溺水身亡的悲剧。因此,尤苔莎的悲剧是个人意志与这种万古不变的传统与秩序相对立的必然结果。正如一些论者所言,尤苔莎的悲剧结果体现出哈代对维多利亚兴盛时期英国人普遍存有的浪漫幻想的嘲讽。

---

① 劳伦斯:《劳伦斯读书随笔》,陈庆勋译,上海三联书店,1999,第72页。

结　语

《还乡》中弥漫着哈代的忧患意识与感伤情怀。小说中的埃格敦荒原是英国 19 世纪宗法制农村的象征。尤苔莎追求大城市中的奢华与喧闹，约布赖特太太希望克林能在巴黎干出一番事业，韦狄对荒原的厌恶，表明哈代意识到了社会变迁对人们的思想的影响与大城市对田园生活的威胁。但是，克林还乡则表明作者认为农村生活内在的生命力比现代生活的生命力强大，维恩和托马沁对荒原的依恋表现了荒原人对荒原的"情感结构"。小说末尾，富于浪漫幻想、渴望回归城市生活的尤苔莎死了，永远躺在了她生前憎恶的荒原的怀抱之中；盲目乐观、带着改造计划回归荒原的克林几乎失明，他的办学计划的几近失败，表明还乡之路的漫长与艰难，任何逃离或改造荒原的计划都会流于破产。只有诚实质朴、顺应荒原的维恩和托马沁最后幸福地生活在一起。主要人物的不同结局表明哈代对乡村生活的怀旧之情，也许在哈代看来，田园生活才是理想社会秩序的象征。

《还乡》中最具感染力、篇幅最多、分量最重的内容是自然环境的描写。小说将人与自然环境有机地统一在一起，揭示出人们对同一地理环境的不同感受，影响着人们的生活及其对人生和世界的认识。因此，研究小说中的自然环境描写以及人与自然的关系，具有人文地理学与文学生态学的意义。

（作者单位：西北师范大学外语学院）

人性与动物性的相通和相融

——小说《耻》中自然生态与社会生态的内在一致性[*]

李　臻

诺贝尔文学奖得主 J. M. 库切的代表作《耻》，从独特的角度反映了殖民时代给南非留下的种族和文化冲突等复杂的社会问题，而小说以兼具诗性和理性的视角，对人与动物的关系所做的描绘，已经引起了生态批评研究者的广泛兴趣。

生态失衡是人类的社会实践行为导致的，社会矛盾是其深层根源。对人类来说，自然生态、社会生态和精神生态同属于广义的自然，它们之间是相辅相成的关系，不良的社会生态会造成自然生态的毁坏（刘文良，2007：60）。社会生态学理论家默里·布克钦认为，一个存在着各种物质性统治力量和意识上的统治结构的社会，必定会对非人类的自然进行统治和利用。他关注个体与社会的关系，认为只有社会个体成员之间建立相互协作而非支配的、多样化的、平衡的关系模式，社会才会更接近生态系统（贾丁斯，2002：274~276）。布克钦还强调人类理性和人类社会本身也是自然进化的产物，是自然的自我意识的表述（Bookchin，1988）。在库切的许多作品中，作家始终将人所处的社会生态和自然生态置于同一视野内来审视。库切作品所反映的社会生态，不是建立在对人性的先验的抽象认识的基础上，他不仅仅关注人与人之间是否实现了传统道德观念追求的相互

---

* 本文为天津市哲学社会科学规划项目"生态批评视域下的库切与莫言小说创作比较研究"（项目编号：TJWW17-001）的阶段性成果。

平等、尊重、真诚、友善等关系模式，而是清楚地表现了人性中具体实在的自然属性，并发掘其与社会文化的紧密联系，而联结的两者重要基础之一，就是人与动物拥有某些共同的内在特点。

一　人与狗的情感联系

库切作品中动物与人类的类比已经受到评论家们的关注，例如多恩·兰道尔曾论述，源于人类自我概念的动物形象，是库切文本中一个关键性的元素（Randall，2007：214）。小说《耻》中出现了大量的动物形象，其中被描述最多，形象也最复杂的动物就是狗。狗与人类有着深远的历史渊源，它们从荒野中来到人类身边，千百年来作为伴侣动物和工作动物，狗与人之间情感关系之紧密，远非大多数其他动物可比，可以说狗是动物与人类互惠共存关系的一个特殊的标志。主人公卢里对狗的认识经历了很大的转变，其他人物角色对待狗的方式也各不相同，故事中众多的狗的形象也并非完全同质，而是具有不同的背景和行为特点，这使得狗的形象成为汇合故事中各条线索和折射多种观念的一块多棱镜。

1. 主人公对狗的态度演变

卢里在开普敦的大学校园里生活时，身边没有狗或其他动物，他对狗的观念一定程度上来自传统的理性主义，如他自己对贝芙所说，他对动物的爱针对的是动物身上可供食用的那部分，这是典型的用工具理性思维方式，将对象解析为有用的部分而非生命的整体。狗被抽象为受支配的对象，而卢里自己则具有主人身份的意识（Woodward，2001：104）。主人的视角会将自然物异化，将人置于自然之外，不承认人与动物之间的交集。主人的意识拒绝认可那些无法与自我进行充分同化的他者（Plumwood，1994：52）。所以，卢里初到乡下时，曾就露茜把照料狗作为主业的生活道路，与露茜发生了一次争论，他强调人类与动物属于不同层级，即使不一定认为人类高于动物，至少也应该承认人与动物的重大差异，人善待动物是出于慷慨，而不是出于道德义务或轮回转世这类宗教信条（Coetzee，2000：74）。

　　但值得注意的是，即使在最初的阶段，卢里的主人意识也不纯粹，他向露茜解释自己处理性丑闻的倔强态度时，用旧邻居家里养的狗作为类比，那条公狗因为正常的性欲而被主人惩罚，最终陷入了憎恶自己的本能却又注定无法摆脱的悲惨境地，落得个一闻到母狗气味就惊恐暴躁的病态。卢里认为自己的情况如同那条狗，与其被强制扼杀天性，去过违反生命常理的生活，还不如选择死亡。这样的类比说明，卢里认可人与动物有基本的相同之处，而不回避人身上固有的动物性对人性的影响，并不是完全按照笛卡尔机械的理性标准来看待狗的。

　　后来，卢里在露茜的狗棚里和贝芙的诊所里接触到越来越多的狗，他逐渐感觉到狗似乎具有的精神活动，觉得它们好像能够嗅到思想和灵魂的味道。玛丽·米洁丽曾论断，对自身境遇持有态度的、有好恶之分、有高兴和痛苦的表现的，就是有情感的动物（Midgley，1983：92）。这样的定义在库切笔下的狗形象中得到充分的表现，露茜收养的斗牛狗凯蒂，被原来的家庭抛弃后情绪低落，不像其他狗一般活跃，在缺少家庭成员陪伴的时候，它表现出像孤独的老人一样的忧郁。卢里在接近和了解它的过程中，不得不顺应它独有的脾性和好恶。它绝非一个只顾讨好人类的、可以用食物和口令简单摆布的玩偶。贝芙诊所里的瘸腿狗，每次遇到卢里用班卓琴弹奏音乐，就出神地昂头聆听，似乎能够欣赏卢里的歌，卢里在与这些狗长期相伴的过程中建立起了无声的理解和沟通。由于小说中的狗表现出了比较鲜明的意向性和创造性，所以它们的形象不是主人支配下的工具和财产，而是具有自我意识的主体（Woodward，2001：112）。对卢里影响最大的就是那条瘸腿狗，它被贝芙和卢里收养在诊所，卢里喂养和陪伴它，却不愿随便以主人的身份自居。

　　不管怎么说，这狗都不是"他的"，他也尽量克制自己不给它取什么名字（虽然贝芙·肖管它叫德里普特）；可他依然能感觉到，狗对他产生了一种感情。虽然它被收养并非出自情愿，而且是无条件的，但它能为他去死。这他很明白（库切，2002：238）。

　　此时卢里与这条狗之间不再是高级生物对低级生物的支配和利用关系，而是物种间相互依存的生态关系，不再是主体对客体的解析和掌控，而是彼此传递情感、相互给予意义的主体间性关系。南非学者伍德沃德认为,《耻》中人与狗的主体间性的相遇,标志着卢里向自己期望的好人的标准迈进,在这里动物作为主体发挥影响,激发了人的道德行为潜力(Woodward,2001:106)。最终,卢里选择长期留在诊所为动物进行安乐死等服务,他每天负责运送狗的尸体去焚化,坚持亲自处理狗的尸体而不委托医院的工人来做,目的是让这些尸体不与腐臭的垃圾堆放在一起,或因僵硬而被工人的铁铲砸扁,他不能接受将羞辱强加于这些尸体的情景。这一细节表明,他已经将这些狗视为了应该保有尊严的生命个体。他在头脑中反复自我怀疑之后,还是选择放弃了一个学者和艺术家的清高,而日复一日地坚守在这个污秽、卑微的岗位上,这反映了他对这些逝去的生命的尊重之真诚,以及他的价值观念转变之深刻。

露茜对狗的看法,比初到时的卢里更具有自觉的生态意识。面对卢里对她的工作的质疑,她颇为严厉地回应:大学教授的女儿就应该去学绘画读外语是错误的观念,那种所谓更高级的生活其实是不存在的,"生活就是现在这个样子,那是我们同动物共同拥有的生活"(库切,2002:83)。她要与动物分享人类的特权。露茜的话明确地针对着卢里从城市里带来的价值观,那些远离了土地和自然的都市人,信奉着源于理性主义传统的文明观念,自认为具有科学的知识和高雅的艺术,对于乡间的带有泥土气息的人和各种生物,怀有居高临下的优越感。如同米洁丽认为区分人和动物就跟区分人和外国人一样是虚假的命题(Midgley,1979:15),露茜认为,人与动物共同栖身于自然的沃土上,才是真实的生存状态,而在人与动物之间以及拥有不同生活方式的人之间划分等级,是虚假的理性认知,其实是对生命的压迫。所以她坚定地宣称,她绝不回到城市里去,像在人统治下的猪和狗那样,被那种扭曲的社会压制着过活。如此的表达显然具有生态整体观和有机论特点,直接抨击了工具理性和基督教传统给人造成的异化。露茜的辩驳在很大程度上说服了卢里,最终卢里不仅从心里认可了女儿选择的生活道路,而且自己也选择留在小镇上做一个默默无闻的志愿者,一个终日与狗尸打交道的"贱民"(库切,2002:163),这印证了露茜所说的"不存在更高级的生活"。卢里对狗的态度的转变,与他对自己社会身份的重置,是同一进程的两个方面。

2. 狗形象的主体性之辩

伍德沃德在论文中谈到了《耻》中狗的形象所具有的主体性，但她强调小说中只有斗牛犬凯蒂和诊所里那条聆听卢里演奏的瘸腿狗具有主体地位，而其他的狗身上没有人性化的情感纽带，普遍缺少意向性和创造性，所以只是象征性的符号，用来将论题具体形象化，而不具备主体功能（Woodward，2001：104）。笔者认为，小说的确对斗牛犬和瘸腿狗进行了较长篇幅的表现，也只有这两条狗与卢里个人产生了较多的具体的情感交流，因而说它们在小说叙事中具有独特的地位是没有问题的，但对于其他狗只是象征符号的说法，笔者则认为太绝对化了。小说通过卢里的视角来叙事，因而其他许多人和动物的精神活动受到主人公视角的限制，不能直接沟通和表达，但是小说还是从侧面做出了间接的描述，例如诊所中其他的狗与贝芙的交流，以及对贝芙和卢里的行为的领悟能力，也进入了卢里的视线。

> 在每一只狗的生命的最后几分钟，贝芙会给予最完整的照护，轻轻梳弄它，同它谈话，使它的离去轻松一些。不过，这么做经常并不能让狗忘记现实……他确信，这些狗明白自己的大限已到，尽管这事做起来无声无息，不痛不痒，尽管贝芙·肖脑子里装的都是善意的想法，而他也在努力这样做，尽管他们把刚死的狗放在扎得紧紧的袋子里，院子里的狗还是闻得出里面究竟在干什么。……被压在桌子上时，有的拼命左右挣扎，有的则悲鸣哀嚎，谁也不正眼看贝芙手里的针管，它们不知怎么就明白了：那可是要大大伤害它们的东西。（库切，2002：61）

尽管卢里不能用理性的逻辑来解释原因，但他确实看到这些狗对自身面临的死亡有感知能力，并且有强烈的愿望去对自己的命运做出不同的选择，同时流露出强烈的情绪，因此，有关它们缺乏意向性的说法难以站得住脚。其实，正是因为目睹了这一个个鲜活的生命在临终前努力的自我表达，才使得卢里心中焦躁不安，甚至因此落泪，面对已经安乐死的狗，卢里断言："每个袋子里都是一条躯体，一个灵魂"（库切，2002：180），这已经从侧面反映了卢里与这些狗之间的情感纽带。露茜家里的几只狗没有被详细描述，但是在房子遭到袭击时，卢里听到它们的狂吠，"似乎并不是因为狂躁，而是在尽责"（库切，2002：105）。尽责是一种主动的意识，甚至是一种品质，这简单的一笔描绘已经让这些动物散发出了一缕灵魂的气息。

在库切的笔下，动物性本身也是人性的一部分，不应截然分开。所以，分析小说中动物的主体性时，并不需要刻意排斥那些没有典型的人性化倾向的个体。小说中狗的生活的各个方面都被提及，它们在主人近旁时，会大胆地与同类打斗；而在诊所的笼子里群居时，又会按照等级秩序排队进食；它们能够明白人类的许多意图和关系，但是又经常受到本能驱使而盲目地行动，它们毫无节制地繁殖，不会顾及周围环境的承载能力，它们患有伤病时像无知的幼儿一样逃避治疗，不愿承受小小的疼痛，等等。所有这些都是狗的真实生态，是斗牛犬凯蒂、诊所里的瘸腿狗，以及所有其他狗的共有的生存方式。联想到库切的名著《动物的生命》中，主人公科斯特洛所强调的：人对动物生命的感受应该是面向一个个具体的有机生命整体而不是任何用抽象方式分离出来的概念，应该要通过诗性的直觉而不是依赖理性的概念（库切，2004：116），笔者认为库切在《耻》中，并不仅仅有意展示狗具有类似人的情感和意向性这一个方面，而是全面表现了狗的整体生存状态和特点，及其与人类的相通之处和矛盾之处，与其将凯蒂和瘸腿狗与其他狗割裂开来看待，把前者人性化而把后者符号化，不如将它们视为同一个生命群体在不同的观察角度上呈现的多种形象，其实其中的每个个体都在某种程度上拥有前者表现的与人类相仿的精神活动，也都拥有后者所表现出的受本能支配的相对的盲目性，不应将它们身上具有人性化特点的部分与其他具有自然属性的部分剥离开，狗的世界与人的世界是同一个生态系统中的两个有机成分。

二　多种动物形象与人物精神世界的相互映衬

卢里进入贝芙的动物诊所后，更多的动物形象登场，其间一只山羊占据了较长的篇幅。这只老年公羊被一群狗咬伤，睾丸的伤口已经恶化，而且由于乡下的诊所缺医少药，它很有可能无法生存下去。考虑到实施阉割手术有很大困难，贝芙认为安乐死是最可行的人道的处理方式，但在决定之前，她首先用特有的温柔方式抚慰山羊，似乎与这只动物实现了某种直觉上的沟通和默契——

> 贝芙·肖说着在山羊身边跪下，用鼻子轻轻地擦着羊的颈部，还用自己的头发自下而上抚摩着羊的脖子。羊的身体在颤抖，但仍然站着没动。她朝那妇人做了个手势，让她松开手，别再拽住羊角。那妇人照办了。羊依然纹丝不动。
>
> 她在低声对羊说话。"朋友，你看怎么办？"他听见她这样说。"你看怎么办？这么做行吗？"
>
> 羊像是受了催眠术似的一动不动。贝芙·肖继续用自己的头抚摩着他。好像她自己也进入了一种出神状态。（库切，2002：93）

常年身居理性主义统治下的大学校园的卢里，对此情景并不熟悉，但具备艺术气质的他，立刻尝试做出富有灵性的理解。他猜测山羊能理解的东西比人们通常想象的要多，在古老的非洲，漫长的生存历史已经赋予了这些生灵某种先知的能力，它们不仅了解这土地上的种种元素，也知道死亡如何降临，它们生来就有所准备。卢里的这番理解与他自己遵循生命的天性和直觉冲动的思维特点相一致。在故事中，山羊与卢里之间的相似性越来越明显。卢里也是一个已过盛年的雄性，因为不着力约束天性，对性的追求太活跃而越界，最终被大学开除。其实卢里自己也曾思考过如何能按照社会的既定标准来约束自己的天性，答案就是像动物那样被阉割，而他最终被众人讨伐的结果，可以理解为理性主义的社会体制试图对他进行阉割（曹山柯，2011：176）。继而他逃避到似乎能够回归自然的乡间，却和女儿一起遭到信奉暴力的黑人强奸团伙的袭击，身心遭受摧残，感到自己再也找不到能够安然生存的空间。露茜曾说袭击者就像狗，那么，被袭击的卢里正像那头被狗咬伤的老山羊。果然，卢里受伤后贝芙为他换药，在享受贝芙温柔的照料时，卢里想起了那只山羊，他"心里直纳闷，不知那羊在给她摆弄时是不是也有同样的宁静心情"（库切，2002：119）。此后，卢里对羊的感情更深了一层。看到佩特鲁斯将两头羊拴在门前准备晚宴上宰杀时，卢里不由自主地对它们产生了同情，他设法帮助它们吃草喝水，还考虑通过购买把它们救下，当他尝试与它们沟通时，那头老山羊再次与他在脑海里重逢了：

> 他想起了贝芙·肖安慰那只阴囊肿胀的羊的办法：用鼻子蹭它，抚摸它，让它感觉舒服一些，融入它的生命之中。她怎么就能做成功的？怎么就能同动物建立起一种特殊的关系？准是通过某些他所没有掌握的诀窍。也许，得变成某种单纯一些的人才行。
>
> 春天的太阳暖融融地照在他脸上。他暗想道，我是不是也得变变？我是不是也应当变成像贝芙·肖这样的人？（库切，2002：141）

更单纯的人，就是更加依靠情感和直觉，用心去体验生命的人。从这一描述，已经可以感受后来在《动物的生命》中被主人公科斯特洛明确定义的"同情的想象"（库切，2004：95）。山羊形象的三次出场，不断强化人与动物的相通之处。卢里的率性的生存方式，痛苦而困惑的境遇，以及对抗理性主义和社会专制力量的精神，都在山羊的身上产生了某种关联和呼应，山羊成为推动卢里思想产生变化的原因之一。

为卢里带来些许精神抚慰和鼓励的，还有血缘亲情的纽带。卢里被城市里"伦理道德"的谴责驱赶到乡下的女儿处，渴望在家人的陪伴中寻找精神的慰藉，初到露茜家时，卢里就注意到水塘里的三只野鸭，它们每年迁徙之后，都回到她家，露茜认为"它们能来我这里，我觉得真是幸运，我竟然被它们选中了"（库切，2002：99）。露茜怀有一颗拥抱自然的心，她将野鸭视为了自己相交已久的朋友，而卢里心中想到的是，假如他所爱的女人、他所爱的女儿，与他三人也可以这样厮守在一起，该是多惬意的事情。此后的故事中野鸭在卢里的身边不断出现，走进了他的心里。露茜被强奸后，卢里无法与她有效地沟通，只能孤独地为她照料一下农场。能够稍稍减轻他心灵痛苦的活动，除了构思歌剧的艺术之外，就只有坐在水边观看野鸭们的生活。野鸭的家庭增添了新的小生命，大自然孕育的生机和活力，温暖着他屡受创伤的心。此后，当他回到冰冷的城市，回想乡下的事情时，首先想起的就是这群野鸭。

> 乡下的有些事情还是令他怀念，比如说那一家子的野鸭：鸭妈妈
> 骄傲地挺着胸脯在水塘里来回游着之字，伊尼，梅尼，米尼和莫则跟
> 在后面噼里啪啦一个劲地划打着水，它们心里有底：只要妈妈在，它
> 们就不会受到伤害（库切，2002：197）。

之前的故事并没有交代，不知什么时候，卢里已经在心里为小鸭子们取了些可爱的昵称，作者这突然的一笔似乎在暗示，卢里自己也没有清楚地察觉到，潜移默化间，他已经与这些生灵们之间产生了如此之深的情愫。当他为自己的女儿担心时，野鸭一家的形象就自然而然地浮现在了他的脑海中。而此后，露茜虽遭遇极为痛苦的创伤，却仍然鼓起勇气准备做母亲，拥抱由天意带来的新生命的人生选择，也与野鸭育幼的形象产生了潜在的呼应。

故事的结尾，作者描绘了露茜农场里一幅生机盎然的风景画。和煦的阳光下，熟悉的野鸭和新来的野雁在水上游弋，花圃上各色花朵盛开，忙碌的蜜蜂在劳作的露茜身边飞舞。这幅画卷将整个故事中积累的阴冷和暴戾溶化掉，使人想起了梭罗书中的瓦尔登湖和沈从文笔下的湘西水乡。水和花这两个形象，是所有赞美自然的诗篇中不可或缺的点睛之笔，水的滋养意味着生命的希望，花的灿烂展示了生命的甜美，在水畔花间，露茜仿佛融入了那一只只蜜蜂的形象中，正在用朴实的劳动一点点地塑造出坚实的生活，在沉重的历史、混乱的时代、扭曲的文化和坎坷的人生道路之间，平静而坚韧地栽种下一颗希望的种子。目睹这一幕，卢里的心灵创伤也得到了医治，他不仅对女儿的未来恢复了信心，而且似乎产生了艺术的顿悟。在这幅图景中，各种自然物的形象与人最终融为一体，成为连接人类的自然生存与社会生活的桥梁。

三 小说中动物形象的辩证性特征

如前文所述，库切固然严厉批判了工具理性主义对动物性的矮化和歧

视以及人类对动物的物化和压迫，呈现了人与动物产生情感互通的美妙时刻，但小说中的动物形象，并不总像露茜的花圃中那样令人赏心悦目，动物与人类的关系也经常伴随着各种矛盾，狗的问题仍然首当其冲。

露茜脱离了理性主义统治下的都市，来到更接近土地和自然的乡下，追求一种具有田园牧歌色彩的自由生活，所以她向卢里主张人与动物分享世界，不要人为地划分高级与低级的存在。但是读者不难发现，她对动物的立场带有女性主义独有的特色。当卢里引用那条被压抑了性本能而变得病态的狗作为例子时，她质疑卢里，认为男人不可以随意放纵本能而不受约束，因而对于这条被卢里描述为生不如死的公狗，她认为它未必以死作为解脱，而是可以"给它治治"（库切，2002：101），意思就是将它阉割。作为一名具有同性恋倾向的女性，露茜的确发出了女性拒绝作为满足男性欲望的工具的响亮呼声，使得卢里慌忙承认自己有时也怀疑欲望并没有什么意义，似乎只是一种负担。但是从生态性的视角来看，通过技术手段将动物变为残缺，人为地控制或剥夺动物的本能，显然既不接近深层生态学的主张，也未迎合动物权利运动的要求，因为深层生态学主张限制人类权利以避免其对其他物种的干预和控制（Naess，1995），而动物权利主义者要求实现动物与人之间同等的道德身份和伦理利益（弗兰西恩，2004）。后来，露茜的田园梦想被黑人的仇恨之火烧成灰烬，身心受到严重伤害，而当她回忆时曾说，这群暴徒是专门干强奸的，"就像一拨儿结伙的狗"（Coetzee，2000：159）。在这里狗的形象是完全负面的。露茜选择不追究暴徒，是对当地生活环境所做的必要妥协，并不说明她心中不厌恶和痛恨这种疯狂和无耻的行径，而她竟然在此处用狗来比喻强奸犯，足以震惊那些把狗视为家人和挚友的当代读者。这表明，露茜相当清楚狗作为野兽后代的低智、野蛮、凶暴的一面，如同人类也一直具有愚昧、冷酷、疯狂的一面，在露茜眼中这些同样都是无须掩饰的天然事实。

在乡村诊所里，卢里与贝芙谈到了对过度繁殖的狗和猫进行阉割以及安乐死时的内心矛盾，并提到老鼠等动物也都存在同样的问题。贝芙对这些动物的评价是：它们的数量太多了，如果由着它们的天性，它们就会生个不停，"直到装满整个地球"（库切，2002：95），而人类又无法把判断的标准告诉它们，所以只能自己动手处理。贝芙的话几乎是以通俗的方式转述了达尔文的如下语言：

> 一切生物都有高速率增加的倾向，因此不可避免地就出现了生存斗争。……在它们的生命的某一时期，某一季节，或者某一年，它们一定要遭到毁灭，否则按照几何比率增加的原理，它的数目就会很快地变得非常之多，以致没有地方能够容纳。
>
> ……
>
> 各种生物都自然地以如此高速率增加着，以致它们如果不被毁灭，则一对生物的后代很快就会充满这个地球，这是一条没有例外的规律。即使生殖慢的人类，也能在二十五年间增加一倍……（达尔文，1997：78~79）

贝芙的理智表述说明，不论是与人类亲近的猫狗还是让人类憎恶的老鼠，每个动物个体的天性并不是与自然环境全面融洽的，盲目地跟从天性的动物们，会对其他物种和整个环境产生压力和威胁，当然也包括与人类的对抗。地球不能承载任何一个物种自我膨胀的压力，个体的天性总会受到周边环境的压制，正如人类的社会也必然不能鼓励每个个人像动物一样恣意行动，这是通行于人类和动物之中的生态法则。在必要的时候，人类只能以理智的手段设法应对动物的非理智行为，保持一种在制约中共存的相对平衡，才符合自然规律，因此贝芙和卢里作为善于与动物建立情感的志愿者，却不得不忍受着内心的道德困惑，把无处可去的动物处理掉。

小说对动物形象的如此描绘，与某些公认的生态文学经典文本有所不同。例如在美国的"绿色圣经"《瓦尔登湖》中，梭罗与他身边的所有鸟兽保持着邻居和朋友的关系，他对渔猎活动的描写毫无血腥和残酷之处，甚至对危害豆田的土拨鼠的杀戮还被他幽默地说成"帮它的灵魂转世"（Thoreau，2008：61）。梭罗以超验主义者的情怀，将动物人化并注入神性，将瓦尔登湖畔的自然美化成一个完美精神的纯洁圣坛（Buell，1995：174），洋溢着浪漫的诗意。然而在美国生态批评家洛夫看来，西方的传统田园牧歌虽然富有吸引力，但它为了和谐的原则而用人性化的自然来遮蔽野性自然的做法，终究难以长久地维系下去，与之相比，古代希腊文学中的野性自然形象其实更具有积极的生态意义（洛夫，2010：97）。而野性十足的中国畅销小说《狼图腾》，虽然通篇洋溢着进化论和考古学的"客观"论调，却为了推崇弱肉强食的自然法则而歪曲事实。作者罔顾人类早已驯化了狼的现实，把狼和某些狗头脑中的智慧和气节夸大到与人类思维一模一样的程度，将其直接塑造成将军和战士等，同时对暴力和屠杀大加肯定，并公然将其扩展到对人类社会和历史的评价中，以至于被德国学者批判为法西斯主义，给小说的生态主题蒙上了一层文化偏见的阴影。与上述作品相比，库切对动物的表现更加贴近其现实生态，而对人类文化和历史的言说则更加具有开放和多元化特点。他不常着力将动物人性化，也不认为动物特有的情感和精神活动能够完全按照人类的方式来解读和体会。在他的笔下，人类不因为身上具有动物性而被矮化，动物也不因有类似灵魂的精神活动而被完全人化或神化，而在保持高度客观性的同时，他的故事也始终呈现科斯特洛所说的无限的"同情的想象"（库切，2004：95），努力以爱和诗意来与动物建立精神的沟通渠道，以温和的悲悯之情来观照人的生存困境，表现出难能可贵的全面性和包容性。

结　论

小说《耻》中动物形象的大量出现，始终与主人公的命运交相呼应，它们并不是简单地作为某种外在的象征物来辅助修辞效果，而是与主人公的情感、思维和伦理意识等保持着内在的相通之处。动物们在小说中以高度写实的方式出现，保持着自然生态。本文所举的例子中有主人公对动物的同情和想象，也有动物自身情绪化的外在表现，但很少把人类的理性语言直接植入动物的心理活动中，所以这与其说是动物的人格化，不如说是人的动物化，证明人与动物在生理和精神方面的近似之处。如兰道尔所言，人与动物的共性，包括作为生物体的共同的存在方式，已经成为库切构建伦理意识的基础因素（刘文良，2007：213）。同时，小说通过表现某些动物具有近似人类性情的特点，有意地打破了理性主义赋予人类的在精神活动方面的垄断地位。基于人性与动物性的彼此相通，库切自然而然地将社会生态与自然生态连接在一起，作为人类生存状态的两个不可分割的构成部分。

　　在库切笔下，人与动物的相通和相融之处，使得自然规律理所当然地作用于人类社会，人的自然属性和文化属性之间相互依存又彼此碰撞的关系，成为影响社会生态的基础因素。《耻》的故事启示我们，人类在追求与自然万物共栖共生并共同进化的道路上，势必需要发展多元化和包容性的社会文化，既需要克服冰冷的工具理性主义对自然和异族的客体化处理，也不能简单地依靠传统田园主义将自然物人格化和同质化的言说方式。人类重新拥抱自然的过程，必然首先包括对自身的重新认识，需要把对社会历史的客观认知、对自然规律的科学探索，以及对天地万物审美价值的热爱有机地结合在一起，才能构筑健康而坚实的生态远景。

（作者单位：天津职业技术师范大学外国语学院）

参考文献

［1］Bookchin, Murray. "Social Ecology versus Deep Ecology." *Socialist Review*, vol. 18, nos. 1 – 2（1988）：9 – 29.

［2］Buell, Lawrence. "Thoreau and the Natural Environment." Joel Myerson（ed.）. *The Cambridge Companion to Henry David Thoreau*. Cambridge：Cambridge University Press, 1995：171 – 193.

［3］Coetzee, J. M.. *Disgrace*. London：Vintage, 2000.

［4］Midgley, Mary. *Animals and Why They Matter*. Harmondsworth：Penguin, 1983.

［5］Midgley, Mary. *Beast and Man：The Roots of Human Nature*. Sussex：Harvester, 1979.

［6］Naess, Arne. "The Deep Ecological Movement." *George Sessions*（ed.）. *Deep Ecology for the Twenty-First Century*. Boston：Shambhala Publications, Inc., 1995：64 – 84.

［7］Plumwood, Val. *Feminism and the Mastery of Nature*. New York：Routledge, 1994.

［8］Randall, Don. "The Community of Sentient Beings：J. M. Coetzee's Ecology in *Disgrace* and *Elizabeth Costello*." *English Studies in Canada*, Vol. 33, nos. 1 – 2（2007）：209 – 225.

［9］Thoreau, Henry David. *Walden*. Beijing：Foreign Languages Press, 2008.

［10］Woodward, Wendy. "Dog Stars and Dog Souls：The Lives of Dogs in *Triomf* by

Marlene van Niekerk and *Disgrace* by J. M. Coetzee." *Journal of Literary Studies*, Vol. 17, nos. 3 – 4（2001）: 90 – 119.

［11］曹山柯：《后现代语境下的人性之耻——关于〈耻〉的生态解读》，蔡圣勤、谢艳明编《库切研究与后殖民文学》，武汉大学出版社，2011，第 171 ~ 178 页。

［12］查尔斯·罗伯特·达尔文：《物种起源》，周建人、叶笃庄、方宗熙译，商务印书馆，1997。

［13］戴斯·贾丁斯：《环境伦理学》，林官明、杨爱民译，北京大学出版社，2002。

［14］格伦·A·洛夫：《实用生态批评》，胡志红、王敬民、徐常勇译，北京大学出版社，2010。

［15］加里·弗兰西恩：《动物权利导论：孩子与狗之间》，张守东、刘耳译，中国政法大学出版社，2004。

［16］J. M. 库切：《耻》，张冲、郭整风译，译林出版社，2002。

［17］J. M. 库切：《伊丽莎白·科斯特洛：八堂课》，北塔译，浙江文艺出版社，2004。

［18］刘文良：《生态批评的范畴与方法研究》，博士学位论文，扬州大学文学院，2007。

《无名的裘德》的异质空间解读

杨晓红

引　言

在《不同的空间》（1967）中，米歇尔·福柯（Michel Foucault, 1926
－1984）提出了"异质空间"的概念，并描绘了其六个重要特征：其一，
多元文化的共在格局；其二，历史过程中形成的文化差异；其三，互斥场
所的并置呈现；其四，历史片段中的积累和整合；其五，空间与人之间既
相互隔离又相互渗透；其六，虚实相映的存在形式。① 本论文从多元文化
的共在格局、互斥场所的并置呈现和虚实相映的存在形式三个方面对托马
斯·哈代（Thomas Hardy, 1840－1928）的小说《无名的裘德》（1895 年
出版）进行解读。首先，阐释文本中的不同场景所体现的各种文化的交
集，并体现主流文化的主导地位。其次，以维多利亚时代中后期的英国为
大背景，通过分别代表传统与现代的两种交通工具——马车和火车，如何
体现了异质空间中的互斥位所，说明在一个独立真实的空间里，诸多互不
相容的位所是如何并置存在的。最后，通过对裘德和苏在思想、语言、行
动等各方面的表现，阐明作者如何以虚幻的空间来反衬真实的空间存在。
虚幻性与真实性不断地交织，最终回归"主流"世界。小说中的诸种异质
空间要素相互作用，共同构成了一个异质的文学场域，此场域是由主流世

---

① 　详见杨晓红《福柯的异质空间》，《中国社会科学报》2017 年 6 月 20 日。

界的主流思想构成的"权力空间"。它广泛作用于人类生活的一切领域，通过对个体的规范化来实现统治阶层对偏离主流的个体的驯化，这也是小说主人公悲剧根源的另一种解释。

一 《无名的裘德》中多元文化的共存

根据福柯的理论，世界上不存在任何没有形成异托邦的文化。异托邦以各种形式出现，没有任何一种异托邦的单一形式是绝对普遍的。福柯认为，文化模式不是单一的，而是多重的，主流文化与非主流文化是同时存在的。虽然非主流文化并不占主导地位，但它是作为文化实体存在的。这是由文化在真实空间中创造的，但被认为是非真实的。这是异托邦的第一层含义。

文学作品产生的两个基本先决条件是时代和文化。文学是在一定的文化条件下被写作的，特定的时代又决定了文学作品的内容。反过来，文学作品又是反映历史背景和社会生活的一面镜子。镜子中的地方、人物、人际关系、相关的道德判断等因素，都可以反映出作者对他所居住空间的理解和说明，包括知识、思想、信仰、价值观、道德、法律、习俗和文化的其他方面。

哈代的生活跨越了两个世纪，他也是维多利亚时代向新时代过渡的作家代表。其作品中经常会出现新旧文化的交织。在《无名的裘德》中，哈代表现了不同方面的多种交叉：地方与地方、人与人、人与社会以及人与人的价值观。而且，不同文化层面的冲突与融合体现在环境、人物、价值等方面，所有这些都交会在多种文化的冲突之中。

1. 《无名的裘德》中的"危机型异托邦"

根据福柯的解释，主流文化与非主流文化共存而形成的"异托邦"有两种。第一种是"危机型异托邦"。福柯认为，"危机性异托邦"存在于原始社会。由于社会阶层和其他传统制度，将不同的人区别开来的不同标志可能会在空间中产生。所以出现了一些禁止其他异类人士进入的神圣的、享有特权的地方。其结果是一些地方被定义为与主流区域不同的非主流地区。福柯认为，居住在非主流区域的人便是"处于危机状态的人"，他们与主流的、强大的群体空间是隔绝的，因此他们的文化是一种相对于主流文化的"异质文化"。

在《无名的裘德》中，无论场景如何转换，教堂的意象总会在不同空间中出现。无论人们谈论什么，总是有许多圣经故事充斥其中。上帝作为一种超自然的力量似乎在监视和控制着一切。什么原因呢？不难想象，由教堂所代表的基督教是西方数千年来的主流意识形态。教堂的讲坛高高在上，十字架也被悬挂在高空。这是一个包含无限力量的无声的空间。在小说中，宗教对人的强大的控制力在空间中变得显而易见。小说中第一部中，作者写道："教堂的建筑风格已经改变了很多年了，在被推倒的或被废弃的旧教堂那里出现了一个新的哥特式教堂。"① （6）"教堂这个显性空间虽然是有限的，但由教堂所代表的宗教这个隐形空间在人们思想的作用却是无限的。"② 在基督教的控制下，当有人信仰其他宗教或持一些新的观念时，公众会认为是他们是异端而不被接受。那些所谓的异端们生活在属于非主流宗教的小空间，无论他们去哪里，主流宗教领域都不接受他们，所以他们不得不到处漫游，寻找属于他们的地方。《无名的裘德》的女主人公苏便是"非主流的危机型"的代表。在苏身上，读者可以看到许多与主流相冲突的地方。她接受了女性解放的新观念，不想在婚姻中扮演附属的角色，所以她很难在社会中找到适合生活的地方，她不断地变换生活的地方，以便构建属于她自己的异域空间。裘德因为出生贫穷，所以一直被拒之于他所梦想进入的大学和教会之外，又因为他和苏同居的做法为主流的基督教文化所不容，因此在他们连生活都无法维持的时候，就连份给教会"重描《十诫》的活儿"都得不到。处于"危机型异托邦"中的裘德和苏永远无法融入主流空间，他们不断更换居住的地方，以便能够找到真正属于他们的地方，然而至死都未能实现。

2. 《无名的裘德》中的"偏离型异质空间"

据福柯的解释，"危机型异质空间"逐渐随着社会的发展而消失，会

① Hardy, Thomas, *Jude the Obscure*, Hertfordshire: Wordsworth Editions Ltd. 1995. 此文中所标示出的页码均出自此版本。

② 张红：《用空间批评理论解读哈代的〈无名的裘德〉》，中央民族大学硕士学位论文，2010，第20页。

被"偏离型异质空间"所替代。在福柯看来，人们的生活被道德、标准和理性所规训和监管。人的言行必须由某些标准或范式得以合法化。例如，学校的时间表，医院病房里的钟表，这些毫无疑问都是主流。然而，仍然有一些人，他们的行为与被要求的行为相比，存在偏差或异常。所以这些不同的个体将被置于"偏离型异质空间"中。

《无名的裘德》的故事发生在新旧时代的交会时期。在当时，作为社会主流的基督教文化从中世纪开始便居于主导地位。无论形状如何，教堂仍然是包含人们生命气息的地方。任何违背基督教的行为或想法将被视为是耻辱，受到排斥，并被无情地驱逐。对于婚姻而言，也是一样的。秉承传统观念的人仍将婚姻与无所不在的上帝联系在一起。婚姻的联系像上帝一样神圣，因此离婚意味着对上帝的不服从。在这种情况下，所谓合法的和正当的婚姻是宗教婚姻，也是主流的婚姻。在这种传统思想下，许多人不得不因为不幸的婚姻而默默忍受，以便不会受到世俗的反对和道德的谴责。所以，在裘德和苏分别背叛了宗教婚姻，形成他们各自自然的婚姻，他们就变成了邪恶的人，人们无法容纳的人。

小说中唯一显示与主流世界对抗的地方是沙斯顿。根据小说的描述，这是一个显示伟大的基督教精神的地方，它曾经一度非常辉煌。但是在裘德生活的那个时代，所有的辉煌都不见了踪影。小说中有一段话是这么描述沙斯顿的：

> 沙斯顿对人的安慰有三个方面是世界上别的地方所没有的。它曾经是这样一个地方：按教堂墓地的地形上天国比从教堂的尖阁去还近；啤酒的供应比水还足；淫荡的女人比忠实的妻子和贞洁的姑娘还多。据说中世纪之后，当地居民穷到了养不起牧师的程度，只好把教堂推倒，从此永远取消了对上帝的集体礼拜；又因为他们做出这样的事是出于不得已，于是每逢礼拜天下午就坐在小酒店的靠背椅上，一边举杯痛饮，一边长吁短叹。

> 沙氏顿另有一个特色——这却是近代的——要归功于它的地利。赶大篷车走江湖的、搭棚子推销货品的、开打靶场的，以及到处赶庙会集市做生意的行商游贩，一律到这地方歇脚，把它当成各行各业的

宿营地。(192)

使这个地方成为融合不同文化大熔炉的正是这种独特的人文地理。来自不同地方、带有不同文化思想的人来到这里，使这里受到主流文化的很大影响。这里的居民听说苏和费牢斯通的故事后，大多数人对他们的行为表示蔑视，表现出对他们能做出来的各种攻击。学校董事们聚集在一起讨论，然后将费牢斯通从学校开除了。当费牢斯通为自己辩解时，除了"两个卖赖货的小贩，一个开汽枪棚的老板，两个给汽枪装铅弹的妇女，两名练武卖艺的大力士，两个自称寡妇走街串巷扎笤帚的，一个摆姜汁饼摊子的，一个出租摇船的，还有一个做'你试试力气'生意"(239)的非主流人士支持他，大多数居民反对他的辩解。更严重的是，双方出现了暴力对抗。这是主流文化与非主流文化之间典型的冲突的体现。然而，在当时，大多数人认为传统的基督教是主流宗教，任何违反基督教的言论、行为或思想是异类。人们会攻击或驱逐他们。虽然存在着一些非主流的宗教，传统的基督教教义仍然处于主导地位。最后，费牢斯通别无选择，不得不接受这个事实。

对于裘德和苏而言，他们当然也不能继续住在沙斯顿，只能接受被驱逐，他们离开后的遭遇是可怕的。无论他们走到哪里，都不得不隐瞒其"不适当"的婚姻关系，因为所有的地方无一例外都是以基督教婚姻价值观为主导的。一旦人们发现他们的婚姻违反基督教教义，他们就会失去工作，甚至被人们谴责并驱逐。所以当他们的身份暴露之后，便不得不从一个镇子搬到另一个。他们一直希望能够找到一个能够接受他们自由婚姻的地方。然而不幸的是，对他们这样的非主流而言，是不可能的。因为与主流世界的规范、道德或标准的婚姻相悖，他们被置于"偏离型的异质空间"，只能四处漂泊。

除了被基督教教义所控制的婚姻，小说还表现了其他类型的"偏离型异质空间"。哈代写作的维多利亚中后期，男女不平等依然存在。在《圣经》中，上帝首先创造了男人，然后用男性的一根肋骨创造了女性。所以女性是男性的附属，从属于男性，在男性的阴影下生活。在社会中，女性没有财富和权力。法律支持男性对女性的控制。女性在家里应该做煮饭、刺绣和编织一类的工作，扮演一种"完美的妻子和母亲"的角色。男性普遍认为女性应当像仆人一样，而女性也以此为荣。因此，在一个巨大的层面，在社会中，传统的文化观念和价值取向依然是由男性控制的。在描述女子师范学校的女生时，哈代极其细致地描绘了一幅展示维多利亚时期女性团体的空间：

> 她们娇嫩的女儿脸朝上望，对着汽灯一蹿一蹿的光舌，它间断地把亮光散布到长形宿舍四隅，她们脸上无不带着"弱者"的故事，这是她们因生为女儿身而逃脱不掉的惩罚。只要无情的自然法则长此不变，她们再怎么无微不至地尽心竭力，也休想变弱为强。她们形成的那幅群像，面容姣好、楚楚动人，掩抑着哀怨，至于其中所含的悲和美，她们自己并不所知；只有在经年的狂风暴雨和艰难辛苦的生活中受尽委屈，尝遍孤寂，生儿育女，侍死送终，才会回想起这段经历，不免怪自己当年何等怠慢轻忽，竟任它随便流逝。（134 – 135）

相对来说，小说的两位女主人公阿拉贝拉和苏是偏离主流价值的典型代表。阿拉贝拉是裴德的第一任妻子。但她用诡计嫁给了裴德。她用美丽的脸蛋和身体吸引了裴德。离开裴德后，她嫁给了一名澳大利亚人，当裴德病危时，她向朋友撒谎说她父亲在照顾裴德，而在外面和别人找乐子；她与维尔伯特大夫调情，作为裴德死后的依靠。毫无疑问，阿拉贝拉的所作所为完全背离了当时英国的主流道德教义。她的所作所为都是为了自己，她为了实现自己的目的可以放弃做人的尊严，可以不惜一切代价。为了实现她的价值，她可以不择手段地欺骗、勾引裴德。她的行为完全偏离了主流宗教的教义，因而受人鄙视。另一位女主人公苏，尽管与阿拉贝拉不同，也是一位典型的偏离型人物。在小说的前半部分，她也违背了主流的宗教教义。苏不仅受过良好的教育，而且对基督教和上帝有着和裴德不同的想法。她表达了对基督教教义的怀疑和拒绝。受苏的影响，加上事业上的失败，裴德在小说的后半部分也表达了对基督教精神的怀疑。在这些描述中，苏是代表思想解放和独立的新时代女性，她寻求自由婚姻。因为买了希腊神像，并把它们放在房间里而被女房东赶出家门；因为藐视校规、留宿校外而被学校关进禁闭室；她曾打破木窗，踉跄地穿过冰冷的河水去看裘德。用裘德的话说："怎么是这样一个让人意想不到的女人！你真是太伏尔泰式了！"（146）苏是一个同时受到女权主义和父权制思想影响的人。无论是阿拉贝拉，还是裘德和苏，因为他们的思想与主流所要求的正常或标准的行为相偏离，故而被置于"偏离型异质空间"中。

二　《无名的裘德》中互斥场所中的并置呈现

福柯认为，"异质空间"是一个具有多元特点的复杂空间模型，可以将互不相同甚至互不相容的空间或事物并置在一个真实的地方，以显示其包容性和异质性。在一个多重空间交织重叠的地方，每一个场景都能通过隐喻的方式同时并存于同一个真实的地方，并相互作用以创造出一些新的价值和意义。

在《无名的裘德》中，随着地理空间的不断转换，小说人物的想法也呈现出相互矛盾和反复无常的特点。毫无疑问，这与作者所书写的时代密不可分地交织在一起，通过地理空间的不断转换，读者可以一览维多利亚中期的英国社会全貌——资本主义文明已极大地冲击了以宗法制为基础的英国乡村生活。工业化在乡村逐渐渗透蔓延开来，工业和经济的发展必然导致人们思想和精神上的转变。与此同时，传统文化中的许多观念，如"地方习俗"和"宗教文化"之类，依然植根于人们内心深处。"这些文化价值观念是英国人集体思想和行为的范式和模式，具有相当的稳定性"[①]。19世纪中后期，在英国工业文明的推动下，新潮流带来了新文化，人们的思想逐渐受到影响并随之发生改变，价值观也在改变，形成了一种传统社会和新社会之间矛盾共存的一种新局面。

正如拉曼·赛尔登所言，"存在异质的对立矛盾必定暗含张力，矛盾越突出，张力就越大，张力使得矛盾得以传达和持续"[②]。维多利亚时代的

① 檀俊：《传统与现代的本真呈现》，安徽大学硕士学位论文，2012，第22页。
② 拉曼·塞尔登编《文学批评理论——从柏拉图到现在》，刘象愚、陈永国等译，北京大学出版社，2000，第314页。

双重文化和冲突思想所形成的张力对文学作品的内涵、意义、思想和主题均产生了影响。

小说开头，哈代对威塞克斯的描写便打上了传统文化的深深烙印。威塞克斯有着很强的地方色彩和文化，自然风景优美，文化传统深厚。与此同时，它也是一个经济落后，民风保守的乡村社会。古老的威塞克斯向来以农业生产为主，农业生产规模很大，与外界甚少接触。尽管距离基督堂不过十几英里远，但对威塞克斯的居民而言，这已经是很遥远的地方了。威塞克斯的居民彼此亲近和睦，生活美好，努力营造自己理想的生活模式。威塞克斯的生活空间不仅是一个概念或名称，也是一种文化符号，是居民文化的主要场所，凝聚了他们共同的文化心理。小说开头的描写展现了一个简单纯朴、风景优美的传统世界，呈现出英国古老的文化风貌，是英国传统社会的一个缩影。

随着情节的发展，时代也在发生改变。19世纪中后期，英国工业化进程的加速催生了新的文化。工业文化和传统文化不断发生激烈的碰撞，新的文化逐渐侵入人们的思想和心灵，像威塞克斯一样偏远的乡村也未能幸免。原有的生态环境被打破，原有的风貌和人性等等都受到了冲击。这一切破坏了乡村的传统生活方式，并改变了传统的社会价值观。无论是婚姻还是人际关系都遵循以需求为驱动的功利原则。裘德的第一任妻子阿拉贝拉就是这样一个女人。她历次结婚的目的都是为了从丈夫那里谋取利益。古老的价值观体系逐渐崩溃，社会传统文化逐渐消失。在工业文化不断侵蚀之下，社会等级意识不断增强，乡村社会的群体凝聚力不断被削弱。人们对乡村越来越疏远，逐渐失去了先前对生于斯长于斯的这片土地的亲密关系。

在新旧社会的转型时期，两种主流文化——工业文化和农业文化——之间的冲突爆发了。农业文明被现代工业文明打败了。地方社会中的"人情"和现代社会中的"利益"之间产生了冲突，由此产生了社会不安定因素，人的本性也发生了改变。威塞克斯所发生的这一切反映了传统生活方式和地方文化现代化之间令人唏嘘的矛盾冲突过程。原初状态下的地方文化按照自己的规则向前发展，又因为工业文明的大举入侵而逐渐被有着自身发展规律的工业文明所占据。地方文化和工业文化依据各自的发展规律建立起两种不同的生活方式，威塞克斯体现了其中的矛盾冲突。这两种文化各自的发展规律互相排斥，但在威塞克斯，这两股不平衡的力量之间显示出一种动态的平衡。

生活在并置呈现的互斥空间里的人们，不可避免地受到新旧两种文化的纠缠，表现出相斥的思想和行为。以小说中的男女主人公为例，他们在小说的前半部分和后半部分表现出其思想和行为上的冲突。他们对同一事物的想法和行为表现并不相同，有冲突，也有相互的转化。裘德既是一个圣徒，也是一个罪人；苏既是一个新派女性，也是一个传统妇人。他们的形象充满矛盾，极为复杂。

男主人公裘德是一位虔诚的基督徒。他心地善良，诚实正派，充满同情心。他小时候就不忍心鸟儿挨饿，虽然在为别人照看粟谷，还是召唤鸟儿来吃粟谷。在田间行走时，他会非常小心翼翼，"以免踩到半截身子露在外面的蚯蚓"（24）。一旦立志，便绝不改弦易张。他尊奉圣徒的思想，立志上大学成为神学博士或当主教。他严格践行着自己的道德操守，坚定不移地追求自己的理想。他天性诚实，宁可失去苏也不愿向苏隐瞒自己的婚史。这些足以证明裘德具有圣徒应有的品行。可在那时，苏是一位思想解放、渴望自由、追求新思想的新派女性。她的言行均显示出她对传统基督教有着自己的理解和质疑。作为新女性的代表，她反对传统习俗，挑战传统价值观和主流的道德标准，追求个人独立和生活自由。她反对女性在传统宗教中经济和身份的从属地位。她抨击女性视婚姻为自己生活最终目标的观点。她敢于质疑传统的宗教理论，谴责男女不平等、性别歧视和对女性的压迫。她曾语出惊人地抨击旧习俗，关于她眼中的上帝，她说："造物主实行他的意旨有如梦游者自发行动，无为无不为，不像圣哲贤士那样苦心筹思，煞费周章。"（380）她还对裘德说过这样的话：

> 我对基督堂绝对没有一丝一毫敬意，对那儿的治学方面倒还有点，不过程度也有限。我那位朋友（指费牢斯通，笔者注）把我心里对它的敬重之念一扫而光啦。他是我见过的人里头反宗教反得顶彻底的，为人的道德也是顶高尚的。在基督堂，聪明才智好比是新酒装进了旧皮囊。基督堂的中世纪传统得彻底垮掉才行，得把它摔到垃圾箱里头，要不然基督堂本身非彻底垮掉不可。不错，那儿是有一帮子思

想家的确怀着单纯而感人的诚心把古老信仰的传统保存下来了，也难怪人们时时对这东西恋恋不舍……（144）

她在行动上也大胆泼辣，她让裘德将新约从圣经中拆分出来并重新组合，她用脚踢上帝的塑像表达自己的对上帝的不敬，还偷偷购买了维纳斯和阿波罗这样的异端神像。裘德和苏在这一时刻是对立的，思想和价值观完全不同，他们对基督教会及教义各有自己的看法。无论任何，他们虽然走到了一起，但所各持己见，仿佛是某种超自然的力量才将他们连在了一起。

随着情节发展，裘德和苏发生了戏剧性转变。首先是裘德，他多次写信给大学城申请大学就读，却屡次被拒。大学系主任并没怎么注意到这个出身低微的穷小子裘德，毫不留情地将其拒之门外。屡次受挫之后，裘德气得将所有的神学和伦理学书籍付之一炬。在那个基督教思想控制人们的时代，焚毁宗教书籍对上帝可是大不敬之罪，会招致人们的诅咒。裘德认为自己不配当神职人员，他也不愿意欺骗大众。烧了神学书籍之后，裘德觉得自己"不再是伪君子"（210）了。他还做了一些改变，想和苏长相厮守。在和苏的爱情中，他深信两人都是真心实意的。两人都竭尽全力想要在一起，但他们的婚姻不为传统宗教所容，他俩的同居被认为不可原谅的。他们从一个地方搬到又一个地方，却始终无法找到安居之所。渐渐的，裘德改变了对传统宗教的看法。起初裘德只不过有一些疑惑，渐至反叛终至深深的憎恶。三个孩子不幸夭折之后，苏认为这是上帝对她错误行为的惩罚，离开了裘德，这让裘德对基督教的憎恨到了无以复加的地步。至此，一个虔诚的基督圣徒变成了一个充满反叛精神的罪人。就在裘德发生转变的同时，苏对传统宗教的态度也发生了转变。尽管她代表了新时代的新女性，也做了很多背离传统宗教教义的事情，但在其内心深处，她始终和传统宗教紧紧联系在一起，她对基督的威严心怀敬畏。她虽然买了和基督教精神格格不入的维纳斯和阿波罗这样的异端神像，但回到家里，她却将神像放在租住的卧室壁柜之上，并挂了一幅耶稣受难图将其遮住。她的举动表明，她对自由新思想的追求受到了固有的传统文化的约束。当女房东发现了这些异端神像后，将神像打碎，甚至将苏逐出家门。像女房东这样有着强烈宗教思想的圣徒随处可见。这只是传统宗教展现其强大力量的一种表现而已。在和传统宗教权威发生冲突的过程中，苏妥协了。

在爱情方面，苏也表现出矛盾性。她不爱费牢斯通却嫁给了他，因为费牢斯通对她的粗鲁无礼和各种错误表现出宽容，他帮助她找到了一份工作，她对他怀有宗教上所谓的感恩之心。苏对基督教思想表现出了顺从。当小裘德杀死了两个弟弟并自杀之后，苏对自己和裘德之间的爱情再一次改变了想法，她认为他俩的爱情亵渎了神明，这出悲剧是上帝对他们的惩罚。在精神遭受重大打击之后，苏去教堂寻求安慰。在小说中，哈代写道：

> 裘德昏昏沉沉地朝教堂方向走去。那地方，当年他醉心于神秘宗教信仰时，是常去的；自多年前搬走后，一次也没到过（……）
>
> 裘德勉强看清，在祭坛层阶上方，高悬着一个巨大的、造得很结实的拉丁式十字架——大概是依原件尺寸而设计，供信徒瞻仰，好像是用看不见的铁丝把它吊在半空，上面嵌着多枚大颗宝石；在十字架无声地、难以觉察地前后摆动中，由于外面微弱光线射进的缘故，宝石稍稍闪光。祭坛下面的地上似摊着一堆黑衣服，他刚才听到的哽咽声一再从那儿发出来。原来是他的苏的形体，匍匐在垫子上。（337～338）

在上述描写中，教堂本身不能发光，只能通过外面的光线影射出某种神秘气氛。在这里，宗教体现了一种巨大的主导空间，而苏成为一堆东西，倒在地上，几乎不占据任何空间。此刻的苏被教堂完全吞噬了。她彻底投降了基督教。而裘德呢，受苏最初思想的影响，放弃了基督教的追求和信仰。

互斥空间的并置呈现在小说中还表现在对交通工具的描述中，这使得读者感到一种流动的空间。在这个空间里，现代化进程正在临近，由于时间和空间的压缩，世界变小了。从裘德到基督堂的那一刻起，几乎所有的出行都是通过铁路。火车使人抛弃了数千年以来惯用的旅行方式。然而只有生活在那些具有重要经济地位的城镇的人才能享受火车。在小说开头，费牢斯通从玛格林格到基督堂乘坐的是一辆马车。裘德在学徒结束后也是乘坐马车离开基督堂到附近的一个村子，然后走到镇上。马车仍然是偏远小镇的主要交通工具。但随着故事的发展，火车越来越多地出现在小说中。裘德和苏的第一次旅行是乘坐火车。随着火车的尖叫声，满载新思想和爱情幻想的两个年轻人开始了他们的旅行。火车使人们的生活空间向四面八方延伸。同时，它拓展了人们的视野，带来更开放的心态。作者通过新的交通工具火车，不仅描绘了那个时代的真实历史背景，而且还表现了人们思想上的转变。虽然这只是变化的开始，但现代化的趋势是诱人的，注定要到来的。在后面的描述中，火车载着裘德和苏，从一个城镇到另一个城镇，找寻一个可以接受他们自由爱情的地方。火车成为推动情节发展的关键因素。它不仅是一种交通工具，而且还将一个空间和另一个空间连接起来。作者通过描述和火车相关的所有事情，让读者觉得新的交通工具会带来对未来的种种幻想，让两个年轻人打破旧观念的束缚，找到光明的和谐空间。

不难看出，这是维多利亚中后期英国新旧社会更替的真实反映。不同社会阶层的人都经历了工业革命带来的工业文化冲击。农业文化还没有褪去，传统宗教思想仍然是主流，传统与革新共存。人们的思想在旧的传统和新的变化之间徘徊，产生了一些独立的空间。这些空间相互排斥，连续交叉在一起，形成了独特的风景。作者本人也深受那种社会的影响。哈代不仅怀念传统的宗教文化，同时也对新兴的工业文化充满了好奇。他不仅缅怀落后的乡村、未受污染的自然环境和简单的人际关系，同时也希冀工业革命和技术带来的社会进步。与此同时，哈代对工业文化所带来的环境污染、人与人之间的复杂关系、只追求物质利益等不和谐现象感到不满，却找不到一个合理的解决方案。作者和主人公一样，受到社会的排斥。哈代的小说包含了这种兼容的排斥特征，并影响到了小说的人物。

三 《无名的裘德》中虚构与事实的存在形式

在福柯的空间理论中，异质空间包含两个极点：现实和虚构。首先，虚构的异质空间和真实的现实空间是相对的，它与真实空间一样完美、缜密，两者密切交织在一起。其次，它可以被认为是补偿性的异质空间，人们对它更加信任，反而觉得真实空间是虚幻、不真实的。

在小说中，许多社会文化遗产以乡村空间、城市空间和边界空间的形式被呈现。在体验英国维多利亚时代的味道时，读者还可以学习哈代所生活的那个时代的历史、文化、宗教和社会习俗，观察社会空间中的两种对抗性的力量，以及社会空间中多种异质因素的操纵性力量。通过分析男女主人公的个人空间，读者可以清楚地看到他们的真实空间和虚构空间。小说中的空间不是简单的背景和故事发生的地方，而是虚构空间与现实空间相互作用的场所，是由互动力量所产生的异质文学场域。

具体来说，小说中对虚构和真实的最明显的描述出现在上半部分，裘德和苏表现了它们的交集。裘德出生贫穷，没有钱，没有权力和地位。在他所生活的那个时代，像他这样的人不可能有机会成功。裘德简朴、善良、纯洁，缺乏自我控制。在他的精神世界中，爱情是婚姻的基石。婚姻会因为爱情而快乐，这也是他追求的理想。所以他对苏的爱忠贞不渝的。不幸的是，裘德的第一任妻子不是苏，而是一个乡下女孩阿拉贝拉。她和大部分乡下人一样庸俗，擅长钻营。她不是裘德理想婚姻中的伴侣。然而，面对阿拉贝拉的诱惑，裘德没有控制住自己的欲望。他别无选择，只能违背理想，接受她婚姻的骗局。婚后，裘德逐渐认清了她，意识到了自己的错误。他整天生活在虚假的幻想中，对真实的婚姻毫无感觉。裘德的痛苦直到阿拉贝拉意识到裘德无法满足她的欲望并抛弃了他才结束。裘德获得了自由。正是因为首次婚姻的失败，裘德对理想婚姻的追求变得更加坚定。再次遇到苏，给他带来了追寻理想婚姻的希望。为了使幻想成真，裘德忘了现实世界中的所有的不现实，并试图实现爱的理想。他撇开世俗的宗教原则，尽管受到周围人的蔑视和谴责，尽一切努力和苏待在一起。裘德始终坚持对苏的爱，即便经历了种种艰辛。而且，裘德试图通过这种理想的爱情，将苏从痛苦中解脱出来。裘德小时候对基督教非常虔诚。在他心里，基督是仁慈的、充满爱意的，保护他的门徒，用慈悲和宽容之心来救赎人类。但是面对现实社会中的苦难，裘德发现他错了，基督教的教义和信仰与他作对。没有一个地方可以接纳他和苏的爱情。虽竭尽全力想把理想变成现实，但理想每次都被现实拒之门外，就像进入大学的申请被拒绝一样。虽然他和苏曾经短暂地享受过自由婚姻和爱情的幸福，然而结果是非常残酷的。最后，希望在闪亮但不可能实现的错觉中消失。

受海因里希·海涅（Heinrich Heine，1797－1856）的影响，英国 19 世纪著名批评家马修·阿诺德（Matthew Arnold，1822－1888）在其代表作《文化与无政府状态：政治与社会批评》（*Culture and Anarchy*，1869）一书中详尽地论述了希腊精神和希伯来精神。阿诺德认为，16 世纪出现了双重复兴。一个是希腊文艺复兴，另一个是希伯来文艺复兴。"希腊精神和希伯来精神无疑有着同样的终极目标，那就是人类的完美或曰救赎".[①] 但两者追求这一目标的做法却相去甚远。"希腊精神最为重视的理念是如何看清事物之本相；希伯来精神中最重要的则是行为和服从".[②] 希伯来精神将"行"置于"知"之上。"克制自我、奉献自我、追随上帝的意旨，服从——这是基督教的根本思想，也是'希伯来精神'概而言之的传统准则".[③] 虽然它们都在奔向同一目标，"但是各自所乘的潮流却差之千里"。"清澈的头脑，自由的思维，这便是希腊式的追求。希腊精神的主导思想是意识的自发性，希伯来精神的主导原则则是严正的良知".[④] 阿诺德认为，希腊精神要求人们追求单纯而迷人的理想是"摆脱蒙昧状态、看清事物真相、并由此认识事物之美".[⑤] 在希腊文化精神影响下的人生充满了美好与光明，困难被排除在外，理想之美与合理性实现了完美的结合。与希腊文化相比，希伯来文化中罪孽所占的空间太大了，它阻止人们了解自我、战胜自我、实现完美。"希腊精神以思想清晰、能洞察事物的本质和事物之美为人所能取得的伟大而宝贵的成就，而希伯来精神所提倡的伟大基业，则是对罪恶的清醒意识，是觉悟到人皆有罪".[⑥]

据此来看，这部小说中反应在主人公身上的希腊精神代表了虚构的理想，而希伯来精神则体现了真实的现实。苏早期的激进思想和冒险行动毫无疑问反映了希腊精神。她从小接受了激进的观念，读了很多进步的书，

---

① 韩敏中译《文化与无政府状态》，三联书店，2002，第 111 页。
② 韩敏中译《文化与无政府状态》，三联书店，2002，第 112 页。
③ 韩敏中译《文化与无政府状态》，三联书店，2002，第 113 页。
④ 韩敏中译《文化与无政府状态》，三联书店，2002，第 113 页。
⑤ 韩敏中译《文化与无政府状态》，三联书店，2002，第 115 页。
⑥ 韩敏中译《文化与无政府状态》，三联书店，2002，第 116 页。

扩展了视野。这使她不再是一个知识有限且信息闭塞的女孩。她的有些话超出了她的年龄，甚至让裘德和费牢斯通感到震惊。费牢斯通曾赞扬"她的智力像钻石一样闪耀"。（221）裘德也赞扬苏是"一位女诗人、女先知，灵魂像钻石一样闪亮"。（339）此外，苏还善于思辨。受希腊精神的影响，苏不受传统观念的束缚。她以独立自由的眼光看待事物。例如，在领学生参观基督堂的展览时，苏曾经质疑耶路撒冷的效力，"它是虚构的"（100）。她也曾经坦白地反对裘德对传统未加验证便全然接受。同时，苏大胆地质疑维多利亚时代其他不合理的社会制度。对于婚姻，苏认为传统的婚礼是"可怕的契约"（204）。苏追求基于纯洁和完美爱情的婚姻。所以，尽管受到周围人的诸多排斥和阻碍，苏选择与裘德同居。受希腊精神追求完美的影响，苏竭力想打破当时社会僵硬的婚姻制度，拒绝遵循不良习惯，追求个人独立和精神的全面发展。对于宗教，苏并不盲目相信。当裘德虔诚地看着圣母玛利亚和圣灵的图像时，苏带着批判的表情看着他。苏甚至做出了裘德视为亵渎的事——将《新约》从《圣经》中剪出来重新装订。她还偷偷地买了希腊神像藏在屋子里。

然而，那个年代的主导思想依然是希伯来精神。与希腊精神不同，希伯来精神最重要的思想是对上帝的意志的顺从，对自身罪恶的清醒意识。维多利亚时代的人们生活在由希伯来精神所编制的巨大网络之中。人们不能形成自己独立和自由的想法。苏虽然偷偷买了希腊神像，但把它们放在耶稣基督的雕像下面。被女主人发现后，不但被赶出了家门，还打碎了它们。虽然渴望拥有爱情的婚姻，但出于感激，且因为裘德已经结了婚，便嫁给了费牢斯通。在和裘德经历"爱情之旅"的过程中，苏遭受了各种社会谴责。被人瞧不起、受人指责、失去工作、找不到一个可以生活的地方，他们发现世俗邪恶的话语或行为摧毁了他们以真正的爱情建立的自由婚姻家庭。残酷现实的层层阴影遮住了苏的思想。最后，当"正确的孩子（裘德和阿拉贝拉的，笔者注）杀死了错误的孩子（裘德和苏的，笔者注）"（387）后，苏的精神防线彻底崩溃了。她遵循了希伯来文化"对罪恶的清醒意识"，认为这一切都是上帝对她和裘德同居的惩罚。无论裘德如何哀求她留下来，她还是回到了费牢斯通身边，发誓不再回到裘德身边。曾照亮苏生命的希腊精神，在与希伯来精神的冲突中被彻底打败了。

结 论

正如福柯所言，在包含众多异质性的文学文本的空间中，人类既是这个空间中生存和发展的主体，也是受关注和约束的客体。这一特殊的二元角色使得个体很难跳出束缚，既无法进入异质空间的中心地带，也无法从边缘地带突围。这个区间就是福柯所想象的"权力空间"。空间和权力的结合是现代人类命运的一个重要隐喻，这导致了具有隐蔽性和生产性特点的微权力。权力与空间的结合构成了一种相当强大的话语形式，被广泛应用于人们生活和言论等各个领域。它包含服务、影响、操作、接触、调整、同化、异化、分类、收集、统治、抑制、干扰、战斗和抵制等各种功能属性。

《无名的裘德》分为六部分，每部分的标题就是一个地点，主人公在一个个地点之间的辗转形成一条统领小说的"结构性"线索。而且，这六个地点所形成的六个空间被"主题化"：自身成为描述的对象本身。因此，小说中的空间成为一个"行动着的地点"（acting place），而非"行为的地点"（the place of action）。① 小说中的空间不是简单的故事背景，而是与真实空间互动的"行动着的空间"。每一个空间都不同程度地反映了福柯的异质空间理论中的异质元素。在生产异质空间的同时，这些异质因素不仅反映了真实空间，而且促进了现实空间的发展和变化。通过互动，它们构成了一个异质的"文学场域"，最后回到主流世界的主流意识形态。这种回归是通过在不同地方的迁移来实现的。小说主人公在六个空间之间不断转换，最终又回到起点。它不仅意味着生命是一个圈，而且也意味着人物的命运是一个循环：从苏拒绝基督到重新皈依来看，这是信仰的回归；从苏解除和费牢斯通的婚姻关系，到和裘德的自由婚姻，再到返回传统的婚姻，再次与费牢斯通结婚来看，这是社会习俗的回归；从裘德信仰基督到抛弃上帝，从在基督堂求学到和苏相爱，再到他理想和追求失败后的垂死来看，这是生命的回归；费牢斯通最早是乡村小学老师，然后因为主动放

---

① 米克·巴尔：《叙述学：叙事理论导论》，谭君强译，中国社会科学出版社，2003，第160页。

弃和苏的婚姻被解雇，最后又回家做了小学老师来看，这是职业的回归。这些向主流的回归也是社会权力的表现，也印证了福柯异质空间理论中"权力空间"的重要概念。权力与空间的结合在人的劳动、生活和言论等领域发挥着广泛的作用，通过规范个人，实现统治阶级对非主流的控制。

在基督教观念依然占主导地位的维多利亚中后期，以工业化为代表的新观念与农业经济为代表的传统观念是不相容的，然而它们并存于那个巨大的异质空间中。具有新思想的新女性代表苏和出生贫穷、处于边缘地带的裘德，因为他们的思想和行为背离了主流文化，而被置于"偏离性异质空间"之中，他们基于希腊精神的虚构的理想世界在基于希伯来精神的现实世界中是不可能实现的，在由主流世界的主流思想构成的"权力空间"中，任何背离主流思想的人，必然会受到规训和惩罚，其结果注定是向主流世界的妥协和失败，这是裘德和苏悲剧的根源所在。

（作者单位：西北师范大学外语学院）

海明威小说中的异国空间与本土情怀

于冬云

作为一位著名的美国作家，海明威生前出版过 8 部长篇作品和两个中篇小说，其中，只有 1926 年成名前出版的中篇小说《春潮》是以美国为背景的，其余的中长篇作品的叙事背景都是异国空间。耐人寻味的是，2003 年，包括《男人》和《传记》等杂志在内的美国媒体联合评出的美国十大文化偶像中，海明威却是唯一入选的作家，位列第九。该活动的评选标准是，只要提到他或她的名字，人们就会联想到美国，不管人们喜欢还是憎恨，在其他国家的人眼里，他们都代表着美国。缘何长于以异国空间为文学叙事背景的海明威，就成了最能代表美国的作家？海明威在异国空间中打造的是怎样一种美国形象？海明威赋予这些异国空间中的美国形象以怎样的"美国性"特质？海明威文学文本中异国空间的文化与审美意义何在？在下面的行文中，我将以上述问题为线索，逐层剖析海明威的异国空间文学叙事与美国社会之间的复杂关系，也借此谈谈自己对当代文学批评与现代性批判讨论中出现的"空间"（space）、文化地理学（cultural geography）、处所（place）等概念的认识。

一

总览海明威的一生，他先后游历或旅居过的国家有意大利、加拿大、法国、西班牙、瑞士、奥地利、德国、肯尼亚、中国、古巴、英国等。在自己的异国生活经验基础上，海明威创作出他的以异国空间为叙事背景的文本：《太阳照常升起》（法国、西班牙，1926），《永别了，武器》（意大利，1929），《死在午后》（西班牙，1932），《非洲的青山》（肯尼亚，1935），《有钱人和没钱人》（古巴，1937），《第五纵队》（西班牙，1938），《丧钟为谁而鸣》（西班牙，1940），《过河入林》（意大利、1950），《不固定的圣节》（法国，海明威生前完成，死后由妻子玛丽编辑，于1964年出版）。事实上，在英语文学中，自18世纪以来，伴随着白人的海外殖民扩张活动，叙述异国见闻的旅游写作已经形成一种文学传统，而美丽的异域风光、奇特诡异的当地风俗、白人的冒险征服故事是这些文本共有的基本特征。与那些不加节制地猎取异国奇风异俗，并将其尽入笔下以致其文本臃肿的旅游作品不同，海明威更善于捕捉最靓丽的异国民族文化景观，并满怀兴趣地置身其中，追踪深究，然后再将其转化为文学叙事。因此，海明威文本中的异国空间总是与某一种有突出民族文化个性的文化景观联系在一起，其细节精准的描述不仅满足了读者看异国文化景观的好奇心理，更为他们提供了有旅游专家水准的地理文化知识。在此意义上，他的文本甚至具有帮所到之国推广特定旅游文化产品的营销功能，也为读者按图索骥地到异国进行文化景观探胜提供了导游指南。细查海明威以异国空间为背景的文本内容，就可以理解其文本的这一突出特性。

海明威的第一部长篇小说《太阳照常升起》是以法国和西班牙为叙事背景的。该小说描述一战后一群英美青年在巴黎的旅居生活和去西班牙看斗牛的旅行经历。小说的叙述人是派驻巴黎的美国记者杰克·巴恩斯，工作之余，他出入于巴黎的咖啡馆、餐馆、酒吧、舞厅，乘坐火车、汽车去法国的海滨休闲胜地度假，去西班牙巴斯克人生活的布尔戈特山间垂钓，去潘普洛纳看斗牛。值得关注的是，杰克对各方面的海外旅行知识都十分在行：巴黎的街道有名有姓，咖啡馆、饭馆的食物色味可见可闻，各种牌子的美酒品鉴有方，去潘普洛纳看斗牛亦是通晓斗牛知识、旅馆行情。正因为如此，海明威的朋友内森·阿施第一次读到《太阳照常升起》时，说他写的是一本旅游小说。[①] 著名的海明威研究专家、曾担任过海明威研究

---

① Michael S. Reynolds, *The Sun Also Rises: A Novel of the Twenties*, Boston: Twayne Publishers, 1988, p. 46.

会主席的迈克尔·雷诺兹也指出，从地理知识和历史文化的角度来看，读者可以把海明威的《太阳照常升起》当作参观巴黎、观看西班牙斗牛的旅游指南来读，因为该小说提供了与旅游公司的旅游手册相似的信息。[①] 细读该文本，上述说法不无道理。

继《太阳照常升起》之后，海明威又写作了一部专门介绍西班牙斗牛与著名西班牙斗牛士风采的著作《死在午后》。海明威为了写作这本斗牛专著，先后到西班牙观看了 300 多场斗牛，目睹过几千头公牛的刺杀，而后才完成了这部在斗牛迷看来相类于基督徒眼里的《圣经》般的斗牛专著。1960 年，海明威还在《生活》杂志连载过斗牛故事《危险的夏天》。美国北卡罗来纳大学的海明威研究者罗伯特·斯蒂芬由衷地赞叹："海明威在跟踪研究西班牙斗牛的过程中成为斗牛艺术鉴赏专家，并由此成为讲述西班牙斗牛文化的杰出的旅游写作者。"[②]

除了法国和西班牙，海明威还先后两次去非洲（1933 年 12 月至 1934 年 3 月，1953 年 8 月至 1954 年 1 月），写出了记录非洲狩猎经历的《非洲的青山》（1935）和《曙光示真》（1999 年由海明威的儿子帕特里克·海明威编辑出版）纪实作品。在这两部狩猎记录作品中，海明威不仅叙述了自己的非洲狩猎经历，还向当地的猎人了解、学习非洲的狩猎知识，并熟稔当地的狩猎之道。在《非洲的青山》中他写道："打猎之道在于，只要那里有一头这样那样的动物在，你就得在那里待下去；就像画画，只要你有颜料有画布，你就得画下去，还像写作那样，只要你能活下去，有铅笔和纸和墨水或任何用于写作的机子，或你愿意写的任何素材，你就得写下去，否则的话，你就觉得自己是个傻瓜并且真的是个傻瓜了。"[③] 此段议论表明，海明威把狩猎看作非洲人传统的生存方式和意义的延续。而在短篇小说《弗朗西斯·麦康伯短促的幸福生活》（收入《〈第五纵队〉和首辑四十九篇故事集》中，1938），海明威叙述了打猎技艺并不高明的麦康伯，

① Michael S. Reynolds, *The Sun Also Rises: A Novel of the Twenties*, Boston: Twayne Publishers, 1988, p. 46.

② Robert O. Stephens, *Hemingway's Nonfiction: The Public Voice*, Chapel Hill: The University of North Carolina Press, 1968, p. 68.

③ 〔美〕海明威《非洲的青山》，张建平译，上海译文出版社，1999 年，第 11 页。

为践行非洲当地的狩猎道德，不把受伤后的狮子留在草丛中，以免危及后来者，最终付出了生命代价。

1939年至1960年，海明威居住在古巴哈瓦那附近的瞭望农场。后来，他写出了叙述古巴渔夫桑提亚哥钓大鱼的故事《老人与海》，并因此获得美国1953年度的普利策文学奖和1954年度的诺贝尔文学奖。综上所述可知，海明威不是一个浮光掠影、追奇猎异的旅游写作者，而是以一个作家的独到眼光，去关注异国空间中最具民族个性的传统文化风俗，并在深入体验、跟踪探究的基础上，创作出自己的异国空间叙事作品，并赋予其文本中的异国空间以独特的异质文化魅力。

二

海明威不仅是一个对异国传统文化习俗有高度文学敏感和叙事能力的作家，更长于打造异国空间中的硬汉形象。总起来看，海明威塑造的硬汉形象具备以下特点：健壮的身体、出色的技艺、强大的职业信念。他们在现实中履行职业角色的过程中，总是会遭遇这样或那样的困境，包括孤独、伤痛、失败，甚至是死亡的威胁，但是，他们却能够直面残酷的现实，以出色的技艺和不放弃的意志，兑现自己的职业角色承诺，尽显男子汉在"压力下的优雅"（grace under pressure）风度。

马克斯·韦伯在《新教伦理与资本主义精神》中讨论路德的"职业"概念时指出，"在英语的calling（职业、神召）一词中，至少含有一个宗教的概念：上帝安排的任务"，"上帝应许的惟一生存方式，不是要人们以苦修的禁欲主义超越世俗道德，而是要人完成个人在现世里所处地位所赋予他的任务和义务。这是他的天职"①。以韦伯讨论的"天职"观念为依据，仔细审视海明威在异国空间中打造出来的硬汉形象，就会发现，他们对自己必须担当的职业角色责任的理解，与美国前现代社会中恪守的新教劳动伦理有内在的一致性。比如，在《太阳照常升起》中，西班牙斗牛士

① 〔德〕马克斯·韦伯：《新教伦理与资本主义精神》，于晓、陈维纲等译，三联书店，1996，第53-54页。

罗梅罗将斗牛看作生命的意义所在，身受重伤仍从容不迫地走上斗牛场，不躲闪逃避贴近公牛身体的死亡威胁，凭借自己出色的斗牛技艺和绝不退缩的信念，最终杀死了公牛，捍卫了斗牛士的荣誉；《丧钟为谁而鸣》中的美国志愿者乔丹，在接受了到敌后去炸桥的任务后，面对共和国内部的分裂致使行动计划泄密的混乱局面，大雪封山的困难，与之合作的游击队军事素质的匮乏，他依然选择兑现自己的责任，最终炸毁了阻击敌人援兵的桥梁，并坦然地迎接死亡的到来；《老人与海》中的老渔夫桑提亚哥更是把钓鱼看作自己的责任和义务。过去，他曾经是渔夫中钓鱼技艺了得的"冠军"，现在，他连续 84 天钓不到一条鱼，跟随他的小男孩也离他而去，继而钓到的大马林鱼又被鲨鱼吞吃得只剩了一条巨大的骨架，但是，桑提亚哥却能坦然面对孤独和失败，从容不迫地继续钓鱼。综上所述可知，罗梅罗之于斗牛士的荣誉、乔丹之于战士的炸桥任务、桑提亚哥之于渔夫的钓鱼活动，他们对职业角色责任的理解，与新教徒应神召尽"天职"的劳动美德是一致的。也就是说，海明威在文学文本中构建的硬汉特质，实则是开疆拓土时代新教徒信奉的劳动伦理这一"美国性"特质在异国空间中的伸延。

海明威之所以对异国空间里职业技艺了得的硬汉情有独钟，与他对 20世纪 20 年代现代化、都市化了的美国社会现实的认识有密切关系。海明威的童年和青少年时代是在美国中西部的橡树园小镇度过的。橡树园位于密执安湖畔，紧邻现代化大都市芝加哥，是一个以中产阶级白人新教徒为主的小镇。橡树园镇上的男人大都是信奉传统新教劳动美德的专业人员，推崇强健的身体，热爱亲近大自然的户外运动，海明威的父亲就是一位热爱钓鱼、打猎、种地等户外运动的医生。受父亲的影响，海明威自幼热爱大自然，热爱钓鱼、打猎等户外运动。因此，当他从欧洲战场归来，面对现代化了美国社会现实：工厂生产流水线上劳动的机械化，都市生活方式与大自然的疏离，海明威感受到了传统失落的伤痛。在 1926 年戏仿舍伍德·安德森（Sherwood Anderson，1876－1941）的小说《春潮》中，海明威叙述白人青年瑜伽·约翰逊从一战战场归来后，在密歇根州的一家水泵厂工作，过着全然没有激情的生活。有一天，瑜伽在一个小饭馆吃饭，饭馆里走进来一位赤身裸体的印第安女人，刹那间，瑜伽觉得：

有什么东西啪的断裂了。他产生了一种新的感受。一种他原以为
一去不复返的感受。一去不会再来了。失去了。永远消逝了。他这才
明白这是错觉，他如今没问题了。仅仅出于偶然，他明白过来了。如
果这个印第安妇女从来没有走进过这小饭馆，他什么念头不会有呢？
他刚才在琢磨的是怎样阴郁的念头啊！他正处在自杀的边缘。自我毁
灭。杀害自己。就在这小饭馆内。这会是何等样的大错啊。他现在明
白了。他差一点把生活弄得一团糟。杀害自己。现在让春天来吧。让
它来吧。①

海明威在《春潮》中虽然以讽刺的语调叙述被现代文明压抑的瑜伽脱
掉衣服，追随裸体印第安女人投入还是冰封时节的大自然中，去追求生命
的自由和解放的细节，借此嘲笑不能与时俱进的安德森以文化原始主义来
对抗现代文明的选择有失矫情，但是，他对现代化导致劳动异化、人性扭
曲、人与大自然关系疏离的批判态度，与安德森却是一致的。在现代化大
机器操控的工业生产流水线上，劳动异化为技术（technique）主导的机械
性重复活动，个体失去了自由，劳动过程中自主的愉悦感被机器带来的压
抑感所取代。在现代化了的美国本土上，开疆拓土的前现代社会中那种以
男人的身体强健程度和个人技艺（skill）多寡为评价依据的劳动传统一去
不复返了，只有到战场上，或者是到不被现代文明侵染的异国空间中，才
能找回被现代化淹没的自主劳动愉悦和个体生命自由。因此，成年后的海
明威自觉地选择与现代化了的美国都市生活保持距离，到边缘异域空间
中，通过战争、斗牛、打猎、钓鱼等活动去打造一个个专业技艺出众的硬
汉形象，而在文本之外，他本人也人如其书，是个在边缘异域空间中行
走、书写的勇敢战士、优秀猎人、钓鱼高手、拳击英雄、斗牛爱好者、文
学冠军。有意味的是，海明威和他的硬汉们在异国空间中借以对抗现代文
明异化的斗牛、打猎、钓鱼等活动，在伸延传统的新教劳动伦理的同时，
却又契合了现代社会宣扬的休闲消费生活方式。正如詹姆逊指出的那样，

---

① 〔美〕海明威：《春潮》，吴劳译，上海译文出版社，2000，第112页。

"海明威对男性气概的崇拜，正是同美国在第一次世界大战后巨大工业变革相妥协的那种企图：它满足了新教的劳动伦理，同时又颂扬了闲暇"①。可见，海明威在异国空间中建构自我的文学叙事虽然试图与美国的现代化保持疏离，读者还是能从中看到 20 世纪初期美国现代化进程中的传统与现代性冲突之一撇。

三

海明威在文本中描绘的异国空间，与他早年在密歇根湖畔橡树园小镇上的生活记忆紧密相连。他在《非洲的青山》中写道：

> 我热爱这个地区，我有一种在家里的感觉，如果某人对他的出生地以外的一个地方有一种如在家里的感觉，这就是他注定该去的地方。②

从这段文字可看出，海明威赖以建构自我，建构文学叙事的异国空间，实则是一处能唤醒他"在家里的感觉"的地方，或者，我们也可以借用美国当代生态整体主义的思想理论，将海明威一生都在现实空间中追寻，在文学文本中建构的这个如"在家里的感觉"的"地方"（place）叫作"处所"。③ 生态整体主义的处所理论主要从人与特定自然区域的关系角度思考人的生存、人的异化和人的身份确认等问题。生态批评学者布伊尔认为，"处所是被赋予了意义的空间"，是"感受到的价值的中心"，"是被看见、被听到、被闻到、被想象、被爱、被恨、被惧怕、被尊敬的。……我的居所是'我的处所'而不是'我的空间'，与在不熟悉的酒店客房的感觉

① 〔美〕弗雷德里克·詹姆逊：《马克思主义与形式》，李自修译，百花洲文艺出版社，1997，第 349～350 页。
② 〔美〕海明威：《非洲的青山》，张建平译，上海译文出版社，1999，第 242 页。
③ 此处借用近年来致力于生态文学批评研究的厦门大学学者王诺教授的翻译，将 place 译作处所，以突出其生态整体主义的思想内涵。

不同。处所给人丰富的联想，而空间的联想则是稀少的"①。与生态整体主义的处所理论类似的是，美国的海明威研究学者劳拉·格鲁贝尔·戈弗雷也反对将文化（culture）、地理（geography）、空间（space）、处所（place）等概念割裂开来看待，主张从文化地理学（cultural geography）的视域来讨论问题，并指出，在海明威的文本中，"空间、处所和环境共同参与了其建构意义的开放性对话"。② 以生态整体主义的处所理论，或文化地理学的观念，再来审视海明威文学文本，其异国空间可以追溯到他早年在密执安湖畔、橡树园小镇、印第安人营地里的生活体验。

上面提到，海明威的童年和青少年时代是在美国中西部的橡树园小镇和密执安北部的瓦隆湖畔度过的。受父亲的影响，他从小就热爱置身于大自然中的钓鱼、打猎等户外运动。海明威的父亲在瓦隆湖畔有一处别墅，别墅后面有一条沙土小路，一直通往树林中的印第安人营地。印第安人那种自由自在、与大自然和谐共处的生活方式更是给他留下了终生难忘的美好记忆。海明威把自己早年与印第安人接触的生活体验写进了以白人少年尼克为叙述主体的短篇小说中。在这些小说中，印第安人与大自然浑然一体的生活与密执安北部的森林、湖畔一起出现在尼克从少年到成年的成长背景中，同 20 世纪初期美国社会飞速发展的工业化、都市化场景形成对照。美国学者皮特·海斯指出，"在海明威看来，印地安人意味着在瓦隆湖畔度过的无忧无虑的少年时代，户外的自由生活，没有压抑的、开放的性行为，不管这一切是真实的还是想象的"③。换一种说法，在海明威的小说中，瓦隆湖畔和印第安人营地在某种程度上是作为在现代社会中逝去了的前工业社会自然和谐生活的隐喻而出现的。比如，在《两代父子》中，已经是 38 岁的尼克带儿子离开热闹的城市去打飞鸟，回忆起从前在家乡度过的美好时光。当年"那里的树林还挺茂密，而且都还是原始林，树干都

① Buell, Lawrence. *The Future of Environmental Criticism*, *Environmental Crisis and Literary Imagination*. Malden, MA: Blackwell Publishing, 2005. p. 63.

② Laura Gruber Godfrey, "Hemingway and Cultural Geography: The Landscape of Logging in *The End of Something*," From Linda Wagner-Martin ed. Hemingway, *Eight Decades of Criticism*, East Lansing: Michigan University Press, 2009, p452.

③ Peter L. Hays, "Hemingway's Use of a Natural Resource : Indians, from Robert E. Fleming," *Hemingway And The Natural World*, University of Idaho Press, 1999, p52.

长到老高才分出枝牙来，你在林子里走，脚下尽是一片褐色的松软的松针，干干净净"。跨过架着独木桥的林中小溪，穿过树林，是一片牧场，再转过一条蜿蜒曲折的沙土小径，进入山上的青松林，就到了印第安人营地。最令他难以忘怀的是，他和印第安姑娘特萝迪在印第安人营地后面的青松林里获得的第一次性经验：

> 那种不安，那种亲热，那种甜蜜，那种滋润，那种温存，那种体贴，那种刺激？那种无限圆满、无限完美的境界，那种没有穷尽的、永远没有穷尽的、永远永远也不会有穷尽的境界？可是这些突然一下子都结束了，眼看一只大鸟就像暮色苍茫中的猫头鹰一样飞走了——只是树林子里还是一派天光，留下了许多松针还粘在肚子上。真是刻骨难忘啊……①

青松林，铺满褐色松针的土地，与印第安姑娘的甜蜜结合，当这些与前工业时代共存的生活体验被现代化侵蚀，海明威就永远告别了橡树园镇，选择与大自然更亲近的边缘异域空间作为自己的生活和写作处所，在此意义上，也可以理解为何相似的风景描写，同样的自然意象，共同的与大自然和谐共存的审美体验一再出现在海明威的异国空间文本中。比如，在《丧钟为谁而鸣》中，开篇即描写男主人公乔丹匍匐在树林里积着一层松针的褐色地面上，也是在山坡上、星空下，乔丹与西班牙姑娘玛丽娅结合，结尾处，乔丹在为西班牙人民共和国献出生命之际，身体紧贴着铺满松针的西班牙大地，用手深情地触摸地上的松针和身边的松树皮，为自己能与西班牙大地融为一体而感到自豪。

在《非洲的青山》中，海明威在游猎活动结束，告别非洲之前写道：

> 我们的祖先到美国去是因为当时那是值得去的地方。那里曾经是个好地方，但我们把它搞得一团糟了，所以现在，我要到别的地方

---

① 〔美〕海明威：《两代父子》，蔡慧译，引自《海明威文集·短篇小说全集》上册，上海译文出版社，1999，第562~563页。

去，因为我们永远有权利到别的地方去，而且我们也总是去的。你永远都可以回来。让那些不知道已经去得太晚的人到美国去吧。我们的祖先看到过它最辉煌的时候，并且在值得为之奋斗的时候为它奋斗过。现在我要到别的地方去了。从前我们常常到别的地方去，而且还是有些好地方可以去的。①

值得现代人反思的是，正如海明威本人写下上述句子的同时就意识到的：

> 我们一旦到达一片大陆，这大陆就迅速变老。土著与之和谐地生活在一起。但是，外国人大肆破坏，砍下树木，抽干河水——土地对被开发感到厌倦。一个地区会迅速衰竭，除非人们把所有的残留物和所有的牲畜都还给它。等到人们放弃使用牲畜，改用机械时，土地就迅速打败了他们。机械不可能再繁殖，也不可能使土壤肥沃，它吃的是人们所不能种植的。一个地区应该是我们发现它时的那个样子。我们是闯入者，等我们死后，我们也许已把它毁掉，但它仍然会在那里，而我们不知道接下来会有什么样的变化。②

在这段文字中，海明威书写的是异国空间（非洲），关注的是本土（北美洲）。在工业化、现代化被全球化的当下，祈愿每一个喜爱"美国文化偶像"海明威的读者，在欣赏海明威文学文本中的异国风光与硬汉魅力的同时，也能够细细地品读海明威的这段文字，打量一下我们被现代化侵蚀的生活处所，可好？

（作者单位：山东师范大学文学院）

---

① 〔美〕海明威：《非洲的青山》，张建平译，上海译文出版社，1999，第243页。
② 〔美〕海明威：《非洲的青山》，张建平译，上海译文出版社，1999年，第242~243页。

中外文学交流和比较研究

"泰戈尔文化交流中心"的理想与实践

——从中国北京大学、印度国际大学到北京怀柔继光书院

魏丽明　戚占能

　　泰戈尔深受以奥义书、佛教为代表的印度传统宗教哲学思想影响，同时又博取以穆罕默德、基督、中国的孔孟、老庄等为代表的世界各国宗教文化之精粹，倡导在有限中实现与无限结合的欢娱、梵我合一的生命哲学。他创办于加尔各答圣地尼克坦的国际大学——"世界相会于鸟巢"的伟大愿景，是其宗教哲学思想在现实生活中的实践。他借助诗歌、绘画、音乐、戏剧等艺术手段，弘扬其在社会实践中获得解脱的生命哲学。这一生命哲学不仅深深地影响了印度、孟加拉国人民，也深深影响了世界各国读者。世界各国泰戈尔爱好者、研究者，深深为其博大的思想折服，以各种方式弘扬泰戈尔的思想，并自觉承担起弘扬泰戈尔思想的伟大使命，推动以印度传统宗教哲学为代表的南亚文明与以中国孔孟老庄、西方两希文明为代表的世界文明的交流、相融。一百多年过去，泰戈尔的专业研究者、普通读者，成立各种交流中心，借助不同的艺术形式，来弘扬泰戈尔思想。

　　近年来，随着一带一路的不断深入，中国与周边国家经济、政治、文化的交流更加频繁。作为东方大国的中、印两国，依托两国高僧的求法与弘法，早在汉初即已建立良好的政治、经济、文化外交关系。1924年，泰戈尔的访华，轰动中国政界、艺术界、学界，并成为中印文化交流史上的第二座丰碑。近百年来，以泰戈尔的学术研究为基点，中印两国学者在不断深入研究泰戈尔作品艺术、思想的同时，也不断推动两国政治、经济、

文化的交流与融合。在这一时代背景下，2017 年 10 月 29 日在北京怀柔成立了继光书院泰戈尔文化交流中心。礼请魏丽明教授为中心主任，谭中先生、董友忱先生、刘安武先生、孟昭毅先生为顾问。

泰戈尔文化交流中心的成立是中印学人为弘扬泰戈尔思想、推动中印文化、教育交流而付诸行动的结晶。泰戈尔文化交流中心从理想之蓝图构建到落地生花，凝聚了中印几代学人近百年来的心血。泰戈尔文化交流中心的成立，旨在培养有世界眼光的世界公民；弘扬泰戈尔思想，深入研究泰戈尔，进而推进中印两国政治、经济、文化的交流与相融。同时，以泰戈尔研究为契机，培养泰戈尔研究人才及南亚专业研究人才，加强中国与南亚的文化交流。在此基础上，以南亚为辐射点，推进中国与其他周边国家的文化交流与往来。

第一，通过合作办学，加强两国教育、文化交流，培养有世界眼光的中国人、世界公民。何为有世界眼光的中国人、世界公民？这需要从三个方面进行阐晰。首先，培养有气骨的中国人、当代圣贤。继光书院作为一家弘扬中国传统圣贤文化的教育机构，旨在恢复传统的教育，培养有社会担当、有责任意识的现代圣贤、真正有文化传承、有气骨的中国人。学生通过中国传统教育的扎根，使之在日常生活中落实圣贤思想，成为一个通达之才。他们为官能成为国家之栋梁，造福天下子民；退则可为乡绅，弘扬传统圣贤文化，移风易俗，教化一方民众。他们文武兼备，上马能打天下，下马能治国平天下，提笔可以做文章。其次，有世界眼光的中国人。所谓有世界眼光的中国人，意即书院的教育旨在让学生在幼年至成年阶段（6～18 岁）扎牢中国传统圣贤教育之根基，成年后再进入以古印度文明和以两希文明（古希腊和古希伯来文明）为源头的国外大学学习他国的文明与文化。坚守传统教育模式教育梯次培养出来的学生，通过大量经史子集的背诵、阅读，能以开阔的胸襟、博大的思想，思考宇宙人生。同时，通过对他国文化的学习，汲取他国文明之精粹，为己所用，真正成长为有世界眼光的中国人。再者，有世界眼光的世界公民。继光书院目前正在筹划、推进与印度国际大学、尼赫鲁大学、曼尼普尔大学等高校合作办学。合作办学是更好更快推进中印两国文化交流的重要方式。在学生青少年时期，经过近十年的时间扎根本国文明，使之成为一个思想独立、有见解的中国人/印度人。待其成年后，则选送到印度国际大学、尼赫鲁大学或是中国继光书院、中国其他高等学府，由浅入深系统学习印度/中国文明，使之成长为既精通本国文明又深谙印度/中国文明、有世界眼光的世界公民。在此基础上，如果学生愿意继续深造，还可以到两希文明为源头的欧美国家学习，从事专业学术研究或学习专业技能。经过这种合作办学方式培养出来的人才，是中国/印度未来急需、急缺的真正通达之才。

第二，培养泰戈尔专业研究人才及南亚研究人才，加强中国与南亚圈的文化交流。泰戈尔文化交流中心成立的第二大重要使命，在于培养泰戈尔专业研究型人才，使泰戈尔思想在中国能得以更好地弘扬、发展。作为东方首位获得诺贝尔文学奖的诗哲，泰戈尔在中国乃至亚洲的重要影响力毋庸置疑。百年来，以梁启超、徐志摩、冰心、季羡林、金克木、倪培耕、刘安武、董友忱、孟昭毅、郁龙余、魏丽明等为代表的几代学人大力弘扬泰戈尔思想，致力于培养泰戈尔研究后辈人才。但受当前中国大学教育体制的种种限制与影响，泰戈尔专业研究型人才培养不太尽如人意。其原因是多方面的，如硕博入学考试注重考生的应试能力，很难将真正有意向深入学习、研究泰戈尔的后备力量挖掘出来，进行专业的培养；泰戈尔的作品用孟加拉语创作，中国只有少数几所大学开设孟加拉语专业，能熟练掌握孟加拉语并愿意扎根泰戈尔研究的人才非常稀缺，使得当前泰戈尔研究受到极大限制。我们将借助泰戈尔文化交流中心这个平台，加强与国际大学、尼赫鲁大学、孟加拉国重点大学的合作，礼请母语为孟加拉语的学者、留学生来书院，教授孟加拉语，使书院的孩子在青少年时期即打下坚实的语言基础。泰戈尔文化交流中心注重学生语言学习的同时，也将不定期与北京大学、国际大学等高等学府联袂，推进泰戈尔研究等。

第三，成立谭云山中印孟人才培养机构筹备委员会，鞭策后来者献身于泰戈尔研究、中印孟文化交流。1924年泰戈尔访华，造就泰戈尔在中国的第一次热潮。此后百年时间里，泰戈尔和他的代表诗作《吉檀迦利》《飞鸟集》《新月集》等深受中国读者喜爱，这既与泰戈尔自身思想的博大精深有关，也离不开中国学界的积极弘扬、推进。近代史上，中印两国的文化交流是以国际大学中国学院为载体，沟连起两国政要、学界、艺术界名流的交互往来，进而使泰戈尔思想得以不断弘扬。作为近代中印两国的见证者与积极推动者，谭云山在中印文化交流史上的重要作用及影响力有目共睹。谭先生以廿余韶华到和平乡造访泰戈尔，深深为泰戈尔博大精深的艺术天赋折服，也为其世界相聚于同一个鸟巢的远大愿景所吸引，毅然放弃在马来亚的发展，扎根和平乡，成为泰戈尔世界相聚于同一个鸟巢最忠实的追随者、践行者。他倾其大半生心血，以中国学院为家，串联起中国学者与印度学者的交互往来，还在湖南创办了至今在湖南仍然闻名遐迩的大同学校。他被后人尊誉为"现代玄奘""现代鉴真"。谭云山不仅是一位资深的泰戈尔学研究者，更是近代中印文化交流的一座高峰。有鉴于谭云山先生在中国传统文化及泰戈尔学研究上的深厚造诣，在中印文化交流史上的重要影响力，目前泰戈尔文化交流中心正在与谭中先生、国际大学商议，将同期在继光书院、国际大学成立谭云山中印友谊馆筹备委员会。该委员会的成立，旨在弘扬谭云山先生不计个人得失，致力于泰戈尔研究、致力于中印孟文化交流的博大胸怀，同时也鞭策后来者以之为榜样，能耐得住寂寞，不为浮名所累，能立远志——献身于中国传统文化及泰戈尔研究、中印文化交流。

第四，以南亚为辐射点，推进中国与其他周边国家的文化交流与往来。近年来，以习近平主席为代表的中央领导层，正在大力推进一带一路外交政策，加强中国与古丝绸之路上各国家的政治、经济、文化的交流与融合。作为古丝绸之路上重要的国家，以印度、孟加拉国等为代表的南亚圈国家，他们与中国的文化交流有着悠久的历史。国家大力推进一带一路文化交流新政，我们可以依托泰戈尔文化交流中心这个平台，加强与南亚文化圈诸国的文化交流的同时，逐渐拓展到南亚圈周边、古丝绸之路上的其他国家，如不丹、斯里兰卡、尼泊尔、缅甸、泰国等国家。我们可以加强与这些国家的文化交流，将书院的学生送到这些国家学习，也邀请一带一路周边国家的学子来继光书院学习汉语、学习中国传统圣贤教育、孔孟老庄之道。经由这种文化走出去与引进来的交流与学习，使中国文化既深深扎根中国新生代学子心中，也使中国圣贤文化得以弘扬出去。

第五，"泰戈尔文化交流中心"计划收集世界泰戈尔研究最新动态，搜集、整理相关资料，并在此基础上分析泰戈尔在世界各国不同接受史现象所蕴含的文化、宗教、政治、社会的深层原因。同时把"泰戈尔文化交流中心"作为联系各国各地泰戈尔学者的基地，"人心相通"的桥梁。在注重"文献研究"的基础上，开展相关领域人才的培养，开设"孟加拉语""泰戈尔导读""中印文化关系"等相关课程，每年坚持举办"泰戈尔歌舞艺术亲子活动""孟加拉文化节""泰戈尔影视作品展播""泰戈尔作品展览""泰戈尔征文活动""泰戈尔印度文化考察""印度汉语教师培训""泰戈尔戏剧节"等活动，举办有关泰戈尔的国际国内学术研讨会、接待世界各地泰戈尔研究学者和相关人士，为印度国际大学中国学院学生联系来北京实习的机会，在幼儿园、小学、中学和大学开展中印文化交流的相关活动。此外，"泰戈尔文化交流中心"将协助泰戈尔创办的国际大学中国学院举办相关国际学术活动，努力促进怀柔地区和国际大学交流协议的早日签订。

第六，以泰戈尔文化交流中心为轴点，在怀柔打造"世界大同村"，以此为基础，进而创办世界大同国际大学。泰戈尔文化交流中心落成于怀柔继光书院，既是偶然，亦是必然。泰戈尔交流中心成员多次畅谈、碰撞泰戈尔文化交流中心的规划与愿景，我们突然意识到，可以以泰戈尔文化交流中心为一个发力点，在怀柔打造世界大同村，进而创办世界大同国际大学。以奥义书为代表的古印度宗教哲学核心思想是梵我合一、生命的终极解脱，泰戈尔终其一生都在践行这一思想。他在圣地尼克坦创办国际大学之初衷，亦在于使世界相聚于同一个鸟巢——不分国别、民族、种族、种姓、宗教信仰、文化，世界各国各族人民平等、和谐相处，远离战争、灾害。中国以孔孟、老庄、佛教为代表的儒释道文化，亦倡导天人合一，倡导世界大同。梵我合一与天人合一，世界相聚于同一个鸟巢与世界大同，二者的文化载体有差异，但在终极理想上却有着极大的相通之处。怀柔作为北京的近郊，有着自己独特的地理区位与价值。在市区发展已基本成定局、各种资源已近饱和的当下，她是一块有待开发、规划的处女地，有着诸多的可能性。目前怀柔政府正在整合区域内各种资源，并与金融控股公司合作，已拨出 100 亿元专款，意欲打造出一个有文化内涵的怀柔新区。我们大可借助这一天时地利人和，以泰戈尔文化交流中心为支点，整合各种资源，接力于已经建立起来的良好关系，在继光书院附近打造一个南亚文化村。届时，中心将邀请印度、孟加拉国艺术家、学者现场展示独具风味的南亚人文艺术，开设系列南亚人文讲座，使之成为一个异域风味十足的南亚文化村。同时，将以此为成功试点，在其他村打造一带一路沿线国家主题文化村，使文化交流以实物为载体，以文化为支撑，真正实现中国与一带一路周边国家的文化交流与融合，实现以泰戈尔世界相聚于同一个鸟巢、中国以孔孟为代表的世界大同理想。在世界大同村逐渐成形的基础上，打造世界大同国际大学，使不同国家的人民相互交流、学习对方国家的文化、文明之精粹。我们意欲打造的世界大同国际大学，将使世界各国各族人民不分民族、种族、国籍，在此和谐相处、学习，彼此相互融合。这样一个世界大同国际大学与泰戈尔在和平乡创办的国际大学，本质有着相通之处——为世界永久和平努力，为世界文化的相融而努力。

附录一　研究和传播泰戈尔思想是促进中印文化乃至南亚各国文化交流的重要举措

戚占能

今天能在北大参加"泰戈尔与当今世界"国际学术研讨会，深感荣幸与惶恐！因为末学并非研究泰戈尔的专家，也非研究世界政治文化的专家，因此谈论今天这样的话题非常惶恐！

受魏教授的委托，末学只能作为协办方代表，谈谈末学一点粗浅的认识，不妥之处，还请各位专家指正。

习近平主席提出实现中华民族伟大复兴的中国梦，末学个人理解，习主席主要是通过两大构想来实现这宏伟的目标，对外：是通过"一带一路"的实施，打造人类命运共同体，最终实现世界各民族"你中有我，我中有你，和平共处，共赢共荣"的人间太平盛世，这"一带一路"的实施，没有印度，孟加拉国等南亚各国的加盟是不完美的；对内：想通过弘扬传统文化，建立文化自信，理论自信，制度自信，道路自信；从家庭建设入手，重建家风，实现幸福人生，和睦家庭，和谐社会之目的，所谓修身，齐家，治国，平天下。习主席讲："无论时代发生多大变化，无论生活格局发生多大变化，我们都要重视家庭建设，注重家庭，注重家教，注重家风。"

泰戈尔作品的思想，用谭中先生的话说就是三点：第一点，追求真、善、美；第二点，充满爱心；第三点，天人合一。

这些思想和儒家的仁爱，道家的天人合一，墨家的兼爱思想都有相似和互补之处。尤其是佛教传入中国 2000 年，对促进中国文化的发展起到了积极的作用，并发展成为中国三大核心文化：儒，释，道之一。

泰戈尔访问中国，重新架起了近代中印文化交流的桥梁。

泰戈尔《在中国的演讲集》里有一段话："我有个信念，当你们的国家站立起来，能够表现自己的风貌时，你们，乃至整个亚洲都将会有一个远大的前景，一个会使我们共同欢欣鼓舞的前景。"今天的中国已经证明了泰戈尔的远见卓识。

自近代开始，中国和东方许多国家都在追随和效法西方。对此，泰戈尔说："如若东方像一个畸形发展的附庸那样跟随在西方亦步亦趋……那是万万行不通的……如果东方复制西方的生活，那么这种复制必然是一种赝品。"当今中国的问题正是泰戈尔此话的生动写照，中国过度的西化已经导致礼崩乐坏，道德沦丧。所以习主席的四个自信正是针对这一社会乱象提出的良策。

四个自信最根本的是文化自信。钱穆先生在："中国文化对人类未来可有的贡献"一文中指出："中国文化中，'天人合一'观……是整个中国传统文化思想之归宿处……我深信中国文化对世界人类未来求生存之贡献，主要亦即在此……中国传统文化精神，自古以来即能注意到不违背天，不违背自然，且又能与天命自然融合一体。我以为此下世界文化之归趋，恐必将以中国传统文化为宗主。"

钱穆先生这一观点，除了揭示中国传统文化之复兴大势之外，同时我们还发现其与泰戈尔的"天人合一观"，有异曲同工之妙。

泰戈尔想以印度国际大学为实验地，证明世界可以变成一个"没有怨恨、没有隔阂、没有争吵、没有掠夺，只有爱心、只有友谊、只有谅解、只有学习"的世界。这是泰戈尔的大同世界。

《礼记·礼运》："大道之行也，天下为公。选贤与能，讲信修睦，故人不独亲其亲，不独子其子，使老有所终，壮有所用，幼有所长，鳏寡孤独废疾者，皆有所养。男有分，女有归。货恶其弃于地也，不必藏于己；

力恶其不出于身也，不必为己。是故谋闭而不兴，盗窃乱贼而不作，故外户而不闭，是谓大同。"

《礼记》的大同与泰戈尔的大同，角度虽有不同，但内容且相得益彰。

上述例证，充分证明以泰戈尔为代表的近代印度文化乃至南亚文化与中国文化有极强的互补性和相容性。而泰戈尔的文化不仅印度，孟加拉国人民喜悦，而且中国，南亚乃至世界各国人民喜悦。因此，研究和传播泰戈尔思想是促进中印文化乃至南亚各国文化交流的重要举措。举办今天这样的活动，其目的正是如此，可谓功德无量！预祝大会圆满成功！

附录二　中国北京大学印度国际大学联谊会活动成功举行

潘啊媛

在中国人民对外友好协会和共青团北京大学外国语学院委员会的大力支持下，北京大学外国语学院亚非系联合北京怀柔继光书院于 2018 年 5 月 21～22 日在外国语学院新楼 501 和继光书院泰戈尔文化交流中心举办了"中印大学生联谊"活动，欢迎泰戈尔创办的印度国际大学中国学院院长阿维杰特先生（Dr. Avijit Banerjee）率领的印度师生代表团。联谊活动由师生座谈会、泰戈尔与中国图片展、泰戈尔作品及相关研究图书展和中印学生联欢晚会组成。

21 日下午的座谈会开幕式由北京大学外国语学院亚非系博士生潘啊媛主持，校外嘉宾有中国教育发展战略学会常务副会长张双鼓先生、中央党校董友忱教授、国际广播电台孟加拉语编审石景武先生、德国柏林自由大学罗梅君（Lentnev）教授、北京语言大学刘学敏教授、怀柔继光书院戚占能校长、北京工业大学李洁博士、印度国际大学中国学院院长阿维杰特博士。北京大学与会学者有教育部人文社科重点研究基地北京大学东方文学研究中心主任、外国语学院南亚系王邦维教授、亚非系系主任魏丽明教授、南亚系王靖博士。开幕式后的座谈会由魏丽明教授和阿维杰特博士主持。王邦维教授对国际大学师生代表团的到来表示热烈欢迎并强调泰戈尔及其创办的国际大学在中印文化交流中的重要作用。张双鼓先生对此次联谊活动在中印文化友好交流中的作用给予高度评价和充分肯定。董友忱教授与石景武编审分别回忆了自己参加印度国际大学相关活动的美好回忆，并和与会学者交流了翻译泰戈尔作品中的深刻体会。罗梅君教授介绍了泰戈尔译介与孟加拉语教学在德国的情况，并表达了和国际大学进一步交流的期待。刘学敏教授与与会师生分享了自己在印度教授汉语的美好记忆并鼓励国际大学中国学院学生努力学习汉语。戚占能校长展望了继光书院与国际大学进一步合作的美好期待，热切希望双方的合作有助于进一步深化中印文化交流。李洁教授从自己留学国际大学的经历谈起，认为泰戈尔的教育思想在自己的教育生涯中起到了重要作用。阿维杰特博士首先感谢活动组织者的盛情邀请和周到安排，并介绍了国际大学中国学院的历史和中文藏书情况。王靖老师汇报了北京大学印地语教学情况。来自国际大学中国学院的学生介绍了自己并汇报了参加这次活动的体会。中印师生围绕北京大学和泰戈尔、国际大学、中国学院源远流长的情谊展开了深度的交流，并对两校之间即将开展的合作充满深切的期待和美好的祝福。与会师生都殷切希望本次活动有益于中印友好，有助于泰戈尔"理想之中国"和"世界大同"理想的早日实现。

21 日晚上，来自印度国际大学中国学院、北京大学外国语学院亚非系、南亚系、瑜伽社团、北京大学"泰戈尔导读"课程团队和《红夹竹桃》剧组的中印师生分别带来具有本国文化特色以及致敬对方文化的精彩表演。晚会现场气氛热烈，联欢会在集体演唱印度国际大学校歌与北京大学"燕园情"的友好气氛中胜利闭幕。

附录三　中外学者齐聚燕园　探讨"人类命运共同体"与泰戈尔"世界大同"理念的关系

魏丽明　于广悦

2018 年 6 月 9 日，"泰戈尔与当今世界"国际研讨会在北京大学外国语学院新楼 501 隆重开幕。来自印度、孟加拉国、日本、法国、美国及中国社科院、中央党校、北京大学、兰州大学、天津师范大学等国内多所高校的专家学者和艺术家相聚燕园，深入研讨泰戈尔"亚洲命运共同体""世界大同"理念与当代"人类命运共同体"思想的深层联系。

罗宾德拉纳特·泰戈尔（Rabindranath Tagore，1861－1941）与北京大学有着特别的联系。早在 1921 年郑振铎先生就在文学研究会内部成立了"泰戈尔研究会"，1924 年在徐志摩先生的协助下，应梁启超先生之邀，泰戈尔来华访问。泰戈尔一生走遍五大洲 34 个国家，他的"世界大同""亚洲命运共同体"的理念与"人类命运共同体"思想有着深层的内在联系。为了深入探讨"人类命运共同体"思想的意义，进一步深化国内外的泰戈尔研究，在北京大学人文学部和北京大学外国语学院的支持下，亚非系联合北京蓬蒿人剧场、北京怀柔继光书院共同举办"泰戈尔与当今世界"国际学术研讨会暨蓬蒿剧场第九届戏剧节"致敬泰戈尔"戏剧单元活动。

与会学者深入研讨泰戈尔提出的"理想之中国"与"亚洲命运共同体"的关系，赞同"中国梦"和世界的关系是"你中有我、我中有你的世界命运共同体"的"同命运共呼吸"的关系。泰戈尔的"世界大同"理念与"亚洲命运共同体"的思想与"和平合作、开放包容、互学互鉴、互利共赢"为核心的丝路精神以及"人类命运共同体"的理念有着深层的契合。

本次研讨会同期举办第九届北京南锣鼓巷戏剧节"致敬泰戈尔"戏剧单元，演出将持续到 12 月底。在北京大学和蓬蒿剧场相继演出的剧目有泰戈尔的《红夹竹桃》（玺莹仁剧团/北大"泰戈尔导读"团队）《邮局》（英文版 EaseDrama 意思英语戏剧/继光书院）《大自然的报复》（中英文版，仇海旭许欣剧团）《赎罪》（河北师范大学红帆话剧社）《齐德拉》（英文版，北京大学外国戏剧与电影研究所）以及《谭云山》（编剧郁龙余、导演陈喆）。不同以往的学术研讨会，本次会议把泰戈尔音乐、舞蹈、绘画、戏剧等艺术元素充分融入会议议题，专家学者的学术报告和艺术家们的表演紧密联合。会议期间，中国、印度、孟加拉国艺术家们结合自己的会议发言为与会学者呈现了精彩的艺术演出。与会学者纷纷表示，这是第一次深切感受到泰戈尔艺术世界的独特魅力。

中国的印度舞蹈专家金珊珊介绍了她编导泰戈尔《齐德拉》音乐舞蹈史诗剧的经验，并和她的学生们展现了古典印度舞蹈之美。印度国际大学外国语学院院长阿维杰特·森教授（Prof. Abhijit Sen）在他有关泰戈尔戏剧发展史的学术报告中，邀请国际大学艺术家高什夫妇（Avik Ghosh/

Ms. Gargi Ghosh）呈现了六部泰戈尔经典戏剧的精彩片段。孟加拉国77岁的资深艺术家阿达乌尔·拉赫曼（Mr. Ataur Rahman）为大会做了"孟加拉国泰戈尔戏剧演出史"的精彩大会发言，并与印度艺术家咖尔吉·高什（Ms. Gargi Ghosh）表演了泰戈尔《红夹竹桃》的精彩片段。北京大学"泰戈尔导读"课程同学和玺莹仁剧团联合六位国际友人，插入多语种朗诵片段，独具特色，创新性地演出《红夹竹桃》。

与会学者纷纷认为，人生最美好的瞬间，是我们的生命与艺术同在。泰戈尔的艺术世界给了我们感受艺术魅力的机会，让我们继承他留下的艺术财富，为当今世界创造更多的美好时空。本次会议组织者希望本次研讨会能在中国进一步普及泰戈尔艺术的独特魅力，并愿意继续为中印孟和世界各国艺术家搭建平台，继续传播泰戈尔艺术的魅力。"民心相通，文化先行"，与会学者盛赞此次国际会议的组织形式，并表达了希望这次活动有助于世界大同理想早日实现的美好祝福。

（作者单位：北京大学外国语学院/北京怀柔继光书院/中国国际广播电台）

铭刻在墓碑上的文字

——鲁迅《墓碣文》与卡夫卡《一场梦》的比较分析

曾艳兵

大约从 20 世纪 90 年代中期以来，有关鲁迅与卡夫卡比较研究的文章就层出不穷，甚至还有比较研究的专著问世。然而，属于同一个时代的两位伟大的作家，却似乎没有以任何方式交叉、交流，或相互了解过。鲁迅关注外国文学，尤其关注域外弱小民族的文学创作，但迄今为止，没有任何材料证明鲁迅知道卡夫卡，阅读过卡夫卡的作品；卡夫卡钟情于中国文化，但他更多关注的是中国古代文化，对于当时的中国文学，他没有留下有关的片言只语。从各方面看，鲁迅与卡夫卡之间的差异远远多于他们之间的相同或相近，但总觉得他们的精神，乃至灵魂深处是相近和相通的，或者说是可以相互印证的，因而同时崇敬和喜爱鲁迅和卡夫卡的读者和研究者，总想找到他们之间的某种关联并进而展开探讨和分析。

鲁迅（1881～1936），本名周树人，1881 年生于浙江绍兴，是一个破落之家的长子。卡夫卡（1883～1924），没有其他的名字，1883 年生于奥匈帝国的布拉格一个犹太商人家庭。他比鲁迅小两岁。卡夫卡 1924 年病逝，鲁迅比卡夫卡多活了 12 年，前后相加鲁迅比卡夫卡多活了 14 年。卡夫卡享年 41 岁，鲁迅终年 55 岁。他们都因肺病去世。他们都是家庭的长子。从生平上看，他们相同的地方大概就这么多。

两位作家的不同恐怕远远多于他们之间的相同：鲁迅早年学习矿务铁路，后赴日学医，从事教育或者与文学创作相关的工作；卡夫卡学法律，从事保险工作，业余写作。鲁迅结婚生子，有家庭，有事业；卡夫卡独身，没有家庭，没有事业。鲁迅生前已发表大量作品，影响巨大；卡夫卡生前发表作品极少，生前几乎默默无名。鲁迅从 17 岁离开家乡绍兴，除了从日本留学回国后在家乡短暂滞留外，一直在中国其他大城市漂泊；卡夫卡几乎一辈子都待在布拉格，不曾在布拉格之外的任何地方工作过。鲁迅曾留学日本多年；卡夫卡没有留学经历。鲁迅被认为是 20 世纪中国伟大的思想家与文学家，这应该是毫无疑义的；而卡夫卡却似乎难有归属，他大概只能说是一辈子主要生活在欧洲城市布拉格，用德语写作的犹太作家。凡此种种，两位作家的不同恐怕还远不止这些地方。

不过，两位同时代作家的灵魂相通与相近，已经被许多读者和专家学者注意到了，人们在许多不同场合谈到这一点。2003 年张天佑还出版了一部专著《专制文化的寓言——鲁迅、卡夫卡解读》，钱理群为之作序《两个'无名的人'对 20 世纪世界图景的预言式解读》。钱理群在《序》中写道："我早就感到这位中国作家与犹太籍的作家的内在的相通，而且自觉到他们与我们（至少是我）的相近。……这两位为人类提供了 20 世纪的世界图景预言式解读的作家，一个是被称为'东亚病夫'的中国人，一个是'不幸的犹太人'，也就是说，他们都是被排斥于人类世界之外的'无家可归的异乡人'。"① 当然，就"无家可归的异乡人"而言，卡夫卡似乎比较彻底；而对于鲁迅来说，"家"毕竟还是有的，虽然这个家有些名不符实，至于真正的"异乡人"恐怕就更算不上了。

格非对鲁迅与卡夫卡进行过专门的比较分析和研究，他说："鲁迅和卡夫卡，他们都从自身的绝望境遇中积累起了洞穿这一绝望壁垒的力量，而'希望'的不可判断性和悬置并未导致他们在虚无中的沉沦。从最消极和最悲观的意义上说，他们都是牺牲者和受难者。而正是这种炼狱般的受难历程，为人类穿越难以承受的黑暗境域提供了标识。""与卡夫卡一样，鲁迅深切地感受到了存在的不真实感，也就是荒谬感，两者都遇到了言说的困难，言说、写作所面临的文化前提不尽相同，但它们各自的言说方式

---

① 钱理群：《两个'无名的人'对 20 世纪世界图景的预言式解读》，张天佑《专制文化的寓言——鲁迅、卡夫卡解读·序》，甘肃人民出版社，2003，第 1～2 页。

对于既定语言系统的否定，瓦解的意向却颇为一致。"①

孙郁教授表达了与此相似的看法："如果我们从世界文学发展的过程中看，鲁迅与许多作家的经验值得我们久久凝视。罗德尔斯塔姆、卡夫卡、策兰等作家在诗学上的表现，都有相近的地方，即他们在母语里创造了陌生化生存，从而以一种反母语的方式丰富了母语……卡夫卡说：'我写的与我说的不同，我说的与我想的不同，我想的与我应该想的不同，如此这般，陷入最黑暗之中。'这与鲁迅'当我沉默的时候，我觉得充实；我将开口，同时感到空虚'可做同解。"②鲁迅与卡夫卡的这种相同或相近的表达句式还可以找到许多例证。我以为，全面综合的比较研究这两位伟大作家，即便不是不可能的，也是非常困难的，因为即使我们穷毕生之精力，试想研究透彻其中任何一位作家都将是难以想象的，而试想对这两位作家同时进行通透地理解、分析和阐释，便可能完全只是一种想象了。当然，我们或许可以比较两位作家的某个侧面、某个主题、某个形象，或者某部作品，于是，我立刻想到了卡夫卡的《一场梦》与鲁迅的《墓碣文》。

大约在 1914 至 1915 年，卡夫卡写了篇小小说，名为《一场梦》。该小说 1917 年初次发表于由布拉格《自卫》杂志编辑部编的作品集《犹太人布拉格》中。小说写一场梦，主人公约瑟夫·K 梦见墓地，墓地上的墓碑，墓碑上的铭文，铭文上自己的名字……所有这些使我们很容易想到鲁迅的一篇作品《墓碣文》。鲁迅的《墓碣文》写于 1925 年，大约晚于卡夫卡的《一场梦》10 年。《墓碣文》后收入鲁迅的散文诗集《野草》中，1927 年由北京北新书局初版。墓碑与墓碣，均为立于坟前或坟后的石碑，圆顶的墓碑叫墓碣。卡夫卡小说里的墓碑不知是否圆顶，德语原文为"grabstein"，英译本为"tombstone"，"墓石"而已。后来卡夫卡自己的墓碑实为尖顶，应该还算碑吧。两篇作品中虽然梦的内容有所不同，但其晦涩难解大概是一致的，然而，正由于其难解，于是便有了无数解析的文章。"如果解读难懂的诗是一种读者特有的审美享受，那么解读这篇《墓

---

① 格非：《鲁迅与卡夫卡》，《当代作家评论》2001 年第 1 期，第 20、23 页。

② 孙郁：《在词语的迷宫里》，汪卫东《探寻"诗心"：〈野草〉整体研究·序二》，北京大学出版社，2014，第 3~4 页。

碣文》所得到的这种审美的享受……会更多一些，或体会的味道会更不同一些"①。如果同时解读世界上两篇难懂的作品，其收获是不是又更多一些呢？

卡夫卡的作品虽然不长，但引出全文似乎还是略显冗长，这里稍稍做了缩写。

> "约瑟夫·K 做了一个梦：那是一个美好的日子，K. 想去散步。可以他刚刚跨出两步，就来到了一座公墓。"② 他在一条迂回曲折的道路上摇摇晃晃地滑行着，注意到了前面有一座新堆积起来的坟丘，他恨不得一下子就滑到那里去。他突然发现那座坟丘就在自己身旁。他一跃而起，往那里跳去，一个趔趄，他跪倒在坟头前。两个男人站在坟的后面，把一块墓碑举在他们中间。K 一出现，他们就将墓碑砸进地里。这时从灌木丛中走出来一个艺术家，他开始在墓碑上方写字。他用铅笔写下几个金色的大字："这里安息着——"写完这几个字，艺术家停下来与 K 对视了一会儿。K 对艺术家的这种窘态非常伤心，抱头哭了起来。艺术家决定继续写下去，但完全失去了优美和自信，他画笔一拖，写成一个 J（Josef 的首字母）字，然后愤怒地一脚踩入坟丘，泥土四溅。然后，艺术家用十个手指刨土，立刻将坟丘刨开了，露出一个巨大的洞穴，这时 K 身后涌动着一股轻微的气流，K 随即坠入洞中，而在上面，他的名字正以巨大的花体字被疾书在那块墓碑上。K 被这种景象所陶醉，醒了过来。

鲁迅的《墓碣文》不长，全文 355 字，可全文引出，便于对比分析：

> 我梦见自己正和墓碣对立，读着上面的刻辞。那墓碣似是沙石所制，剥落很多，又有苔藓丛生，仅存有限的文句——

---

① 孙玉石：《现实的与哲学的——鲁迅〈野草〉重释》，上海书店出版社，2001，第 185～186 页。

② 叶廷芳编《卡夫卡全集》第 1 卷，河北教育出版社，1996，第 196 页。

"……于浩歌狂热之际中寒；于天上看见深渊。于一切眼中看见无所有；于无希望中得救……

"……有一游魂，化为长蛇，口有毒牙。不以啮人，自啮其身，终以殒颠。……

"……离开！……"

我绕道碣后，才见孤坟，上无草木，且已颓坏。即从大阙口中，窥见死尸，胸腹俱破，中无心肝。而脸上却绝不显哀乐之状，但蒙蒙如烟然。

我在疑惧中不及回身，然而已看见墓碣阴面的残存的文句——

"……抉心自食，欲知本味。创痛酷烈，本味何能知？……

"……痛定之后，徐徐食之。然其心已陈旧，本味又何由知？……

"……答我。否则，离开！……"

我就要离开。而死尸已在坟中坐起，口唇不动，然而说——

"待我成尘时，你将见我的微笑！"

我疾走，不敢反顾，生怕看见他的追随。①

鲁迅的《墓碣文》为散文诗，从其虚构和想象性特征而言，也可以看作是小说，譬如结尾的安排，"未尝不是作者随意为之的小说笔法"②；卡夫卡《一场梦》为小小说，当然也可以看作散文。两篇作品都写梦，写梦到墓地，梦到墓碑上的铭文，也均写坟墓中突然露出一个巨大的缺口等。一则三百余字的短篇（卡夫卡的小说略长），在不可能发生任何相互影响的情况下，竟然有如此多的相同和相似之处，可见鲁迅与卡夫卡在精神特质上的确存在诸多相近或相通之处。

如果没有心灵的相通，如何能写出如此题材相似、意象接近、主旨相同、风格相似的作品呢？当然，毕竟鲁迅与卡夫卡都是伟大作家，而伟大作家最突出的特征就在于他们各自的独创性，因此，鲁迅与卡夫卡又是如

---

① 鲁迅：《墓碣文》，《鲁迅全集》第 2 卷，人民文学出版社，2005，第 207～208 页。
② 汪卫东：《探寻"诗心"：〈野草〉整体研究》，北京大学出版社，2014，第 97 页。

此的不同，即使在面对同样的题材、同样的主题时亦是如此。自然，也正是这些"同中之异"与"异中之同"使我们对这两位伟大作家的一篇小小的作品的比较研究具有了某种特殊的价值和意义。

鲁迅与卡夫卡如此不同：鲁迅即便在生前早已名扬四海；而卡夫卡生前几近默默无闻，他的声名是他去世多年以后，尤其是在第二次世界大战之后逐渐获得的。这种情形即便就这两篇小小的作品而言也是如此。鲁迅的《墓碣文》收入《野草》出版，自《野草》问世以来，有关的研究著述已经数不胜数。"《野草》虽是鲁迅于寂寞中写成，问世后却并不是一个寂寞的文本，九十年来一直受到关注，形成了颇为厚重的《野草》研究史"①。比较而言，卡夫卡的《一场梦》却是在寂寞中写成，至今亦处于寂寞之中的文本，人们几乎没有太多的关注和专门研究。该小说其实是长篇小说《诉讼》的大致轮廓，而《诉讼》则是在作者去世一年后方才由卡夫卡朋友马克斯·布罗德整理出版。

两篇作品的不同命运算是拉开了我们对其进行比较分析的序幕。下面将集中几个问题进行较为具体分析和探讨。

第一，梦："我之梦"与"他人之梦"。两篇作品首要的共同特征是都写了一场梦："我梦见自己正和墓碣对立，读着上面的刻辞"；"约瑟夫·K做了一个梦"，需要补充的是，根据英译本，这一句应译为"约瑟夫·K正在做梦"，小说结束时 K 的梦已醒。对于梦的关注和描写，一方面应当基于作者对于精神及灵魂的思考和探究，另一方面亦可能两位作者均受到过当时颇为流行的弗洛伊德精神分析理论的影响。

鲁迅在论及俄国作家陀思妥耶夫斯基时写道："对于这位先生，我是尊敬，佩服的，但我又恨他残酷到了冷静的文章。他布置了精神上的苦刑，一个个拉了不幸的人来拷问给我们看。"②"他竟作为罪孽深重的罪人同时也是残酷的拷问官而出现了。他把小说中的男男女女，放在万难忍受的境遇里，来试炼它们，不但剥去了表面的洁白，拷问出藏在底下的罪

---

① 汪卫东：《探寻"诗心"：〈野草〉整体研究》，北京大学出版社，2014，第 1 页。
② 鲁迅：《忆韦素园君》，《鲁迅全集》第 6 卷，人民文学出版社，2005，第 69 页。

恶,而且还要拷问出藏在那罪恶之下的真正洁白来。"① 许多伟大的作家都做到了"剥去了表面的洁白,拷问出藏在底下的罪恶",譬如雨果、狄更斯、果戈理、巴尔扎克等,但是,在此基础上再"拷问出藏在那罪恶之下的真正洁白来"却只属于陀思妥耶夫斯基这类极个别的作家。就中国作家而言,鲁迅属于此类"拷问灵魂"的作家,应该是毋庸置疑的。

卡夫卡亦属于痴迷于探索与思考人类内心秘密的作家。卡夫卡说:"生活大不可测,深不可测,就像我们头上的星空。人只能从他自己的生活这个小孔向里窥视。""生命的壮丽是围绕着每个人并总是在它完全的充实中准备着,但却是遮蔽着的,在深处,看不见,在很远的地方……。如果人们用正确的话语、正确的名字呼唤它,那它就来到你的面前。这是魔术的实质,这魔术不是创造,而是呼喊。"② 卡夫卡在窥视生活的秘密、探索真理的秘密、呼唤生命的秘密,"对卡夫卡来说,艺术表现是他内心世界的投影和客观化,使这个看不见的世界变得可以看见"③。

关于弗洛伊德,布罗德曾经说过,"不可否认,卡夫卡的情况可以作为弗洛伊德的潜意识理论的一个案例。这种解释太容易了。事实上,卡夫卡本人对这些理论是非常熟悉的,但并不很重视,只是把它当作事物非常粗略的和近似的图像。他认为这些理论在细节上并不是很恰当的,特别是关于冲突的本质"④。卡夫卡在日记中也的确证实了这一点,1912 年 9 月 23 日,卡夫卡写道:"在 22、23 日夜间,从晚上 10 点到清晨 6 点,我一气呵成写完了《审判》……这才是写作的唯一方式,只有在这种状态下,只有像这样完全身心开放……写作期间我的情绪是:高兴,比如说,可以给布罗德的《阿卡狄亚》提供某些优秀的作品,当然也想到了弗洛伊德。"⑤

卡夫卡在创作中自然而然地想到了弗洛伊德,鲁迅对弗洛伊德也非常熟悉,对弗氏理论的引用更是得心应手、游刃有余。翻开鲁迅全集的注释

---

① 鲁迅:《陀思妥耶夫斯基的事》,《鲁迅全集》第 6 卷,人民文学出版社,2005,第 425 页。
② 叶廷芳编《卡夫卡全集》第 5 卷,河北教育出版社,1996,第 492 页、第 6 卷第 431 页。
③ 罗杰·加洛蒂:《论无边的现实主义》,吴岳添译,百花文艺出版社,1998,第 155 页。
④ 见霍夫曼:《弗洛伊德主义与文学思想》,王宁等译,三联书店,1987,第 226 页。
⑤ 叶廷芳编:《卡夫卡全集》第 6 卷,河北教育出版社,1996,第 238 页。

索引就能找到八条有关弗氏的记录。鲁迅在创作《补天》时说："不过取了莤罗特（弗洛伊德）说，来解释创造——人和文学的——的缘起。"① 此话虽不可完全当真，但至少表明了鲁迅对弗洛伊德的熟悉和受影响的程度。当然，与卡夫卡一样，鲁迅对弗洛伊德理论也是有所保留、有所批评和分析的。

第二，对比、反差与悖论。《墓碣文》中墓碣上的刻辞，鲁迅用四个排比句揭示了作者阴暗绝望的心理趋向："它借助于一种语义上的强烈对比和反差——'浩歌狂热'与'中寒'（阴冷），'天上'与'深渊'（黑暗），'一切'与'无所有'（虚无），'无所希望'与'得救'（绝望），昭示出诗人思想情感的发展过程和人生经历，以及此时此地所处的状貌和'当下'的心境。"②"'于浩歌狂热之际中寒'。这里面的一对矛盾是'热'与'寒'，这让人直接联想到的是'死火'……是一种随时存在的冷和热并存的矛盾状态，后者说，就是'死火'那样一种极端化的悖谬状态。"③这种对比和反差，或者矛盾和悖谬的表达方式当然是卡夫卡最为熟悉的表达方式，不过，在卡夫卡那里，我们更多的是用"荒诞"和"悖谬"来概括其思考方式和表达方式。卡夫卡说："真正的道路在一根绳索上，它不是绷紧在高处，而是贴近地面的。与其说它是供人行走，毋宁说是用来绊人的。""那些把以往的一切视为乌有的革命的精神运动是合情合理的，因为什么都还没有发生过。"④ 在卡夫卡的作品中类似的表达数不胜数。

在鲁迅的《墓碣文》中，作为叙述者"我"，面对的并非"我"自己的墓碣。墓穴中的死者为谁？是一"游魂"。游魂者，死于非命，断绝祭祀，没有归属，四处彷徨的鬼魂是也。鬼魂何以成为鬼魂？因为"口有毒牙。不以啮人，自啮其身，终以殒颠"。原来墓主人死于自我折磨，最终自杀。这正如卡夫卡，他手持长矛对着外部世界，在漫无目的地上下求索

---

① 鲁迅《鲁迅全集》第 2 卷，人民文学出版社，2005，第 353 页。
② 李玉明：《"人之子"的绝叫：〈野草〉与鲁迅意识特征研究》，北京大学出版社，2012，第 121 页。
③ 张洁宇：《独醒者与他的灯——鲁迅〈野草〉细读与研究》，北京大学出版社，2013，第 221 页。
④ 叶廷芳编《卡夫卡全集》第 5 卷，河北教育出版社，1996，第 3、4 页。

一番之后，最后矛头却对准了自己。"在写下东西的时候，感到越来越恐惧。这是可以理解的。每一个字，在精灵的手里翻转——这种手的翻转是它独特的运动——，变成了矛，反过来又刺向说话的人"①。《墓碣文》中的墓主人为何自我折磨呢？待"我"转到墓碣背后便发现了其中的缘由。一座孤坟，坟中露出一大阙口，墓主尸骸清晰可见，心肝全无。原来墓主之心肝，已被自己吃尽："抉心自食，欲知本味。创痛酷烈，本味何能知？……痛定之后，徐徐食之。然其心已陈旧，本味又由何知？""抉心自食，欲知本味"："这一行为具有宿命的自我悖论性，使食者从此陷入难以自拔的矛盾困境中……这大概是《野草》诸多终极悖论中最极端的终极悖论。欲尝本味，但你注定不能获得时机——本味，永远无所由知！"② 李欧梵说："这个想象的墓志铭所凿刻的，奉献给以自残向自己复仇的烈士精灵的怪异体现的，是一个最终无法解决的悖论：既然他死了，他怎能发现他的生命及牺牲的意义呢？"③ 其实，这又何尝不是鲁迅关于写作本身的一种悖论式表达呢？换句话说，"那就是鲁迅对于写作本身的一种哲学性的思考，尤其是关于写作中的'真实性'问题"④。鲁迅的悖论终于在这里与卡夫卡的悖论汇合了。

在卡夫卡的作品中，悖谬与怪诞随处可见：城堡近在咫尺，但永远可望而不可即；莫名其妙的被捕与审判，法官对被告也一无所知；法门专门是为你开的，但你一辈子也进不去；推销员一晚上就变成了甲虫，被全家人唾弃；在流放地，行刑者突然自愿成为受刑者，让自己与行刑机器同归于尽；饥饿表演者的表演成了绝食，老光棍怎么也摆脱不了跟在屁股后面的两只赛璐珞球；人猿将自己的经历感想打报告给科学院；获得奥运会冠军的游泳健将其实根本就不会游泳……人在本质上便是荒诞悖谬的：唯一能够说明 K. 走在正道上的迹象是他的四处碰壁，如果他成功地到达目的

---

① 叶廷芳编《卡夫卡全集》第 6 卷，河北教育出版社，1996，第 468 页。
② 汪卫东：《探寻"诗心"：〈野草〉整体研究》，北京大学出版社，2014，第 95 页。
③ 转引自李天明《难以直说的苦衷——鲁迅〈野草〉探秘》，人民文学出版社，2000，第 168 页。
④ 张洁宇：《独醒者与他的灯——鲁迅〈野草〉细读与研究》，北京大学出版社，2013，第 224 页。

地，那就证明他失败了。在卡夫卡那里，"自相矛盾的佯谬是避免不了的；因为无论个人还是机构，欲要达到一个目标，必须和自己与目标间的领域达成某种妥协，他（它）这样做的时候，必须承认和接受一些社会准则，这些准则就它们本身说来完全可以独立存在，不必接受它们所起中间作用的限制。于是要通过唯一可行的手段去达到一个目的，也就是被支离开这个目的。结果目的本身成了双重存在。作为可以达到的目的，它永远不是最终的。作为最终的目的，它永远也达不到"①。卡夫卡发现了阿基米德点，但他撬起的不是外部世界，而是自我。

第三，自我解剖与永不满足。鲁迅的《墓碣文》所描写的就是这样一位勇于"自我解剖"而最终死去的墓主，"碣前所记和碣后所记都是他在解剖自己时的心情"②。然而，这位墓主至死仍不知"心之本味"。心之本味或许就是人之本质，或者真正自我。"抉心自食，欲知本味"，这是人对自身永不满足的追求和探寻，这是人类试图超越自我的永恒努力。这种永不满足的精神特质使我们很容易联想到德国著名诗人歌德的浮士德形象。浮士德性格的重要特征之一就是永不满足。"任何喜悦、任何幸运都不能使他满足，他把变幻无常的形象一味追求；这最后的、糟糕的、空虚的瞬间，可怜人也想把它抓到手"③。永不满足就是对无限的追求，这也是哲学的最高追求，但这必定会导致最大的悲剧发生。浮士德所迷恋的狂放生活不可避免地要成为他的精神地狱。最后，浮士德经历了地狱的考验，他超越了自我，并从中得到了满足，但与此同时也宣告了他有限的肉体的死亡。冯至说，《浮士德》的主题就是《易经》里所说的："天行健，君子以自强不息。"④ 鲁迅熟悉歌德，亦熟悉他的《浮士德》。早在1907年鲁迅在《人之历史》一文中便论及歌德："瞿提（歌德）者，德之大诗人也，又邃于哲理。"⑤ 以后鲁迅又许多次论及过歌德与《浮士德》。不过，鲁迅在他的《墓碣文》中所表现出来的那种惨烈的追求，较之浮士德更有过之

① 叶廷芳编《论卡夫卡》，中国社会科学出版社，1988，第322页。
② 李何林：《鲁迅〈野草〉注解》，陕西人民出版社，1975，第154页。
③ 歌德：《浮士德》，绿原译，《歌德文集》第1卷，人民文学出版社，1999，第434页。
④ 冯至：《歌德》，上海文艺出版社，1986，第4页。
⑤ 鲁迅：《鲁迅全集》第1卷，人民文学出版社，2005，第11页。

而无不及。鲁迅解剖自我、探索自我，最后发现心之本味不能知、无由知，原来"本味"并不存在，恰如人的真正自我并不存在。

尽管这段墓碣文意思并不十分清楚，有些让人猜谜的意思，但是，"熟悉鲁迅的人当不难马上意会到，第一段碣文，恰恰是对他自己的——不是生平，而是精神履历——的精确概括"①。这即是说，墓碣文即是鲁迅精神履历的自况。鲁迅的自我解剖世人皆知，恐无人能及。1926 年，鲁迅在《写在〈坟〉后面》中有一段文字，常被人们引用：

> 我的确时时解剖别人，然而更多的是更无情面地解剖我自己，发表一点，酷爱温暖的人物已经觉得冷酷了，如果全露出我的血肉来，末路正不知要到怎样。我有时也想就此驱除旁人，到那时还不唾弃我的，即使是枭蛇鬼怪，也是我的朋友，这才真是我的朋友。倘使并这个也没有，则就是我一个人也行。但现在我并不。因为，我还有没有这样勇敢，那原因就是我还想生活，在这社会里。②

鲁迅的这种自我解剖"至死方休"，甚至"至死亦不休"，这一点在《墓碣文》中似乎还有话可说。墓中人虽死，但并未真死，虽死犹存；"胸腹俱破，中无心肝"者尚能思考，并能坐起说话。而一旦尸骸成尘时，那才是真正的死，那时尸骸无踪无影，思想也随之化为乌有，这才是彻底的死。因此，"待我成尘时，你将见我的微笑"，表明的是"作者期待着彻底摆脱这次死亡所有痕迹的再一次死亡，这种'再死'，姑且称为'死之死'"。③卡夫卡笔下的约瑟夫·K 虽然见到了自己的死，见到自己的墓碑以及碑上的铭文，但他毕竟只是从生到死，并未从死到"再死"，这大概是鲁迅更加残酷与高妙的地方了。

自我解剖当然也是卡夫卡最重要的精神特质之一，而歌德又是卡夫卡非常崇拜和敬重的作家。卡夫卡在日记中曾写道："我在阅读有关歌德的

---

① 汪卫东：《探寻"诗心"：〈野草〉整体研究》，北京大学出版社，2014，第 93 页。
② 鲁迅：《鲁迅全集》第 1 卷，人民文学出版社，2005，第 300 页。
③ 丸尾常喜：《耻辱与恢复——〈呐喊〉与〈野草〉》，秦弓、孙丽华编译，北京大学出版社，2009，第 282 页。

著作，浑身都在激动，任何写作都被止住了。""歌德，由于他的作品的力量，可能在阻止着德意志语言的发展。"① 这一回歌德又成了鲁迅与卡夫卡共同的思想和创作源头。有一次，卡夫卡的女友密伦娜问他是不是犹太人，卡夫卡对自我进行了解剖：

> 您问我是否是犹太人。您一定是在说笑话。也许您真正想问的是，我是否属于那种战战兢兢的犹太人……犹太人不安全的地位，他们自己内部的不安全，处在人类中的不安全，使得问题非常容易理解，即他们相信，只有那些握在手中，或咬在牙中的东西才是他们所占有的，只有那些触手可及的财产才给予了他们生活的权利，而他们一旦失去的东西就一去不复返。从最不可能的地方也有危险在威胁着犹太人——或者更准确地说，我们将这些危险去掉——便是被威胁所威胁。②

卡夫卡还说："有时我真想把正是作为犹太人的这些人（包括我在内）全部塞进衣柜的抽屉里去，等一会儿，然后把抽屉拉开一点，看看他们是不是都窒息了，假如没有，就把抽屉再关上，如此往复，直至终了。"③ 看来，卡夫卡的自我解剖最后一定涉及他的犹太人身份，而鲁迅则会涉及他的中国人身份。卡夫卡是国籍身份不明确的漂泊于欧洲的犹太人；鲁迅则是一个失去了故乡家园观念在日本与中国漂泊的中国人。

第四，在文体和语言上，甚至在遣词造句上，鲁迅与卡夫卡也非常相似或者相近，他们甚至使用相同的句式。在这两篇作品中，墓碑以及碑上的铭文都是重要的。主人公面对碑文的思想、感受和行动，构成小说的主体。当然，鲁迅描写的是已经脱落斑驳的铭文，斩头去尾，骤然而来，戛然而止。卡夫卡描写的是正在撰写的铭文，断断续续，最终完成。这种碑文的书写以及书写方式的背后隐含着深意：在鲁迅那里，"从这些残阙不

---

① 卡夫卡：《卡夫卡书信日记选》，百花文艺出版社，1991，第23、29页。
② 叶廷芳编《卡夫卡全集》第10卷，河北教育出版社，1996，第247～249页。
③ 叶廷芳编《卡夫卡全集》第10卷，河北教育出版社，1996，第258页。

全的文句中，我们可以看出，关于死者的历史性的材料部分（诸如生卒年月，形状履历等）均已剥脱，付诸阙如，成为被'省略'的部分。叙述性话语的表意链，被那些不断出现的'省略号'所打断……在《墓碣文》中，历史话语的总体性结构瓦解了，只剩下一连串支离破碎的话语片段。历史话语的虚幻性暴露无遗。"① 也就是说，鲁迅的墓碣文关乎历史话语、历史性文本的"读/写"关系，以及中国的历史书写传统。而卡夫卡小说中墓碑上的文字，不过是卡夫卡关于写作的书写。"对于卡夫卡来说，写作，首先是一个个人性的行为，并且，可以说，是他本人的几乎唯一的生存方式，亦即其自我的全部存在本质的实现。其书写的历史性，即可视为个体的自我意识生成的历史性。因而，一个真正的、纯粹的写作活动对于卡夫卡来说，即是关于自我的书写。另外，卡夫卡又将写作活动看成自我的归宿。写作，即意味着写作者用笔为自己挖掘坟墓，并最终在墓碣上署上自己的名字。"② 这里的约瑟夫·K似乎就相当于弗朗兹·卡夫卡了。

关于《野草》的语言，评论家与文学史家常常感到震惊和疑惑，"那一个接一个的'然而'，形成了一个个三百六十度的否定，一个漩涡套着一个漩涡；那由不断否定的意象、实词和转折词组成的长句，扭曲、缠绕、挣扎、转换，构成了纠缠如毒蛇、遒劲如老松的语言力量，在不断地否定中把意义推向更高的虚空，又在虚空中捕捉新的可能"③。《墓碣文》中墓碣上的文句残缺不全，作者以省略号省去了所有的连词，然而即便如此，仍有"而""然""然而"等在文中出现五次。卡夫卡更是喜欢运用这种转折的句式。"卡夫卡这位最富有逻辑性的作家不仅以单调的规则性在他的双重标题的孪生主体间转换，而且也在赞成和反对之间转换，在其交替中同样可以预见的肯定和否定之间转换，他的不变的节奏——'但是'、'然而'、'不过'——构成他风格中命定的中立性"④。在《一场梦》中"但

① 张闳：《黑暗中的声音——鲁迅〈野草〉的诗学与精神密码》，上海文艺出版社，2007，第100页。
② 张闳：《黑暗中的声音——鲁迅〈野草〉的诗学与精神密码》，上海文艺出版社，2007，第94~95页。
③ 汪卫东：《探寻"诗心"：〈野草〉整体研究》，北京大学出版社，2014，第36页。
④ 弗雷德里克·詹姆逊：《时间的种子》，王逢振译，江苏教育出版社，2006，第110页。

是（but）"一词竟出现了十二次。

当然，鲁迅的《墓碣文》与卡夫卡的《一场梦》亦有诸多明显不同：就两篇作品的主人公而言，《墓碣文》中墓穴的主人是主人公，"我"只是一个观察者，一个看客。而在卡夫卡的小说中，主人公就是"做了一个梦"的约瑟夫·K，墓地上的两个男人以及艺术家不过是配角而已。鲁迅采用第一人称叙事，"我"面对他人的墓碣，然后通过他人的尸骸说自己的话；卡夫卡采用第三人称叙事，K梦见来到自己来到墓地，卡夫卡通过K讲述自己的故事。在《墓碣文》的结尾："我就要离开。而死尸已在坟中坐起，口唇不动，然而说——'待我成尘时，你将见我的微笑！'我疾走，不敢反顾，生怕看见他的追随。"死尸突然坐起，口唇不动，但仿佛看见他的微笑。这种情境使我想起波德莱尔《恶之花》中的《骷髅舞》。在《一场梦》最后，K在艺术家书写K的名字之时，立即坠入墓穴。K在冥冥之中落入为自己准备好的墓穴。K为这种景象所陶醉，随即醒了过来。在鲁迅那里，"离开！……"便是对可能的观看者发出的忠告，"我"迅速逃离了墓地；在卡夫卡那里，约瑟夫·K一梦醒来，一切将重新开始。诸多不同从多方面体现了鲁迅与卡夫卡不同的性格特征和文化差异。

还有民间学者指出，《墓碣文》中佛家偈语式的高深莫测的话是"生命哲学的诗化表达，是存在之思。这种对生命哲学的格言式提炼仿佛物理学家抛弃具体的原因和内容，利用公式来对纷繁复杂的自然现象进行把握"①。如果这种表述还有几分道理的话，我们还可以窥见鲁迅与卡夫卡的同中之异。鲁迅与卡夫卡看来都喜好用格言式来表达自己思想，这大概与他们共同受到尼采的影响不无关系。"在鲁迅所有作品中尼采气最重地，是散文诗《野草》，它的思想、题材、形象、隐喻手法的运用，无不明显地烙着尼采影响的印迹"②。尼采对卡夫卡的影响则似乎更为深刻、持久。③这样，我们在鲁迅与卡夫卡那里便找到了他们共同的思考方式和表达方式的源头。不过，卡夫卡通常并不抛弃具体的原因和内容，并不喜欢利用抽

---

① 范美忠：《民间野草》，中国广播电视大学出版社，2012，第167页。
② 闵抗生：《鲁迅的创作与尼采的箴言》，陕西人民教育出版社，1996，第42页。
③ 参见曾艳兵著《卡夫卡与尼采》，《天津师范大学学报》2005年第2期。

象的公式，他更喜欢由具象到具象，抽象的意思总是隐含在具象之中。

日本学者丸尾常喜教授认为，《墓碣文》"寄托于孤坟与里面横陈的死骸，映照出鲁迅自身内部根深蒂固的'鬼气'与'毒气'"。① 《墓碣文》写的就是"愤死"，"即为无法解脱的愤激和绝望折磨而死"，是"最绝望、最愤激的篇章之一"。② 《墓碣文》是鲁迅"最为恐怖""最为晦涩"的文字，"恐怖与晦奥，与它的深度成正比，它是这一汪幽水的最深点"。③ 卡夫卡《一场梦》里似乎并没有什么鬼气与毒气，倒是有些怪气和晦气。这篇小说在卡夫卡的小说中恐怕什么"最"也算不上，但它的确是一篇体现了卡夫卡创作特色的作品。卡夫卡写"自己的死"，鲁迅写"死之死"。死亡显然是他们同时面对和思考的问题，这个问题又是学者们喜欢思考和探讨的另一个问题。不过，对于这个问题我们应该有另文探讨了。

---

① 丸尾常喜：《耻辱与恢复——〈呐喊〉与〈野草〉》，秦弓、孙丽华编译，北京大学出版社 2009，第 278 页。
② 陈安湖：《〈野草〉释义》，人民出版社，2013，第 133 页。
③ 汪卫东：《探寻"诗心"：〈野草〉整体研究》，北京大学出版社，2014，第 97 页。

库切四部作品英语书名汉译研究[*]

王敬慧

　　库切不仅是一位作家，也是语言学专业的博士；同时他也是文论家与翻译家。这样的资历让库切对文字的运用敏感而细腻。作为世界知名作者与译者，他也深知文本向异国的传输需要借助翻译，而不同的语言出自不同的文化背景与土壤，在被转换到另一种语言的过程中会出现意义的改变或缺失。因为这样的原因，他的文字总是力求简洁，结构上也清晰可辨。曾经有阿拉伯语文化季刊记者通过邮件提出了关于他对翻译的期望问题："对想翻译您小说的译者，特别是阿拉伯语译者，您有什么建议吗？"他的回答言简意赅，但是其中显示了他对翻译的理解："注意纸上的文字和句子的结构。"[②] 除此之外，他对译者不再有提出其他任何要求。

　　相比较而言，库切的作品文本本身容易翻译，但是作品的书名的翻译对译者而言颇具挑战性。很多情况下，库切喜欢用寓意深刻的词汇，特别是一词多义，或双关语的情况居多，这让译者在翻译的时候，面对不同的可能，而不得不退而选其一。译者将其作品书名翻译出来的时刻，即是意义出现缺失的时刻。本文从库切作品中选出 4 个比较有代表性的书名来分析，尝试总结有关库切书名翻译的原则。

---

　*　本文系基金项目"后现代社群与库切文本研究"（批准号：15BWW009）阶段性成果。
　②　J. C. Kannemeyer, *J. M. Coetzee, A Life in Writing*, London：Scribe Publications, 2013. p. 583.

小说——*Foe*

该书英文书名的 Foe 来自《鲁滨逊飘流记》作者的名字——丹尼尔·笛福（Daniel Defoe）。这位 18 世纪英国现实主义小说之父本来就姓 Foe，他在 40 多岁的时候，为表示自己有贵族头衔，刻意在自己的姓氏前加了一个贵族头衔：De，改姓为 Defoe。而库切则在他创作的小说中解构笛福作者本身，让其恢复本来真实的姓氏。对于库切而言，对经典的戏拟与重写是为了凸显过去曾经被埋没的信息，或者修正错误的信息。所以库切在自己的这部小说中，让男性人物鲁滨逊退到后面，女性人物苏珊·巴顿成为了故事的主体叙述者。按照她的记述，当时被营救的船难者有三个人——她本人、鲁滨逊，还有星期五。而鲁滨逊在回到英格兰的途中病死在船上。是苏珊·巴顿带着星期五回到欧洲大陆，她希望找到作家福——一个会讲故事的人。她请求福能将她的故事整理、创作和出版。在《福》这部小说中，作家福绝不是那个伟大的"现实主义小说之父"，而是一个令人失望的受雇代写小说的写手。他要被迫躲避法官和债权人，而且还会为了经济利益，牺牲自己的原则，投读者的喜好，任意篡改苏珊·巴顿讲述的内容。为了拼凑耸人听闻的情节，福甚至擅自在故事中加入了一个年轻女子，谎称这个女子是苏珊正在寻找的女儿。所以，从解构经典作品创作者身份和还原历史真相的角度，将该小说翻译为《福》是一种可选择的方法。

但是，台湾将其翻译为《仇敌》，也有其道理，因为该故事的复杂性与可读性就在于各种对立关系的存在，比如，作者与读者，作者与作品，真实与虚构，女性人物与男性人物，言说者与失语者，新作与旧作，主人与仆役，殖民者与被殖民者等等诸多二元对立的关系，如果夸张的展现这类关系，也可以将其翻译"仇敌"。

在书名翻译中，尽管《福》与《仇敌》都是可以接受的，但是译者只能选择一个。这个选择的过程对于译者而言将是一个痛苦的过程，因为译者知道，在选择开始的时候，即是意义缺失的开始。所以作为该书的译者，笔者一直惴惴不安，也曾经亲自与库切本人探讨，用其他的形式来弥补这种缺失，比如建议中文出版方在图书封面上将"福"字倒着印刷，寓意"福到"，或者用中国剪纸：红色的 365 个福字来弥补缺失的含义，探求展现新意的可能。尽管最后因出版常规要求的原因，比如书名不能倒印，否则会在未来书目管理中出现无法检索的情况，这些想法未能实现，但是从这个过程和译者反应可以看出，翻译过程中必然出现的意义的部分缺失对译者会造成一种创伤，并导致其他的可能。库切本人对此深表理解，所以他对笔者提出的弥补方案也表示出接受的态度。实际上，作为译者，他理解并能接受在译者在理解作品之上的创意。比如在《异乡人的国度》中，他写过一篇关于荷兰小说家、旅行家齐斯·努特布姆的文章，其中他谈到该书名《在荷兰的大山里》的翻译。其实，该书的荷兰语原文是《在荷兰》，译者之所以在译文中加入大山，是因为根据故事情节，这个地方被分裂为南、北两半的国家里，南方来的移民聚居在北方城市周边搭建的临时棚户区里。北方人瞧不起南方人，因为他们肮脏、狡猾，因此，用他们作廉价劳动力；南方人则称北方人为"严厉冷酷的人"。主人公提布隆内在心里觉得自己是个南方人，不喜欢北方人，"因为北方人自尊自大、贪得无厌，又虚伪得总想设法加以掩饰"。一提到北方，提布隆心里就感到怕，"德文中大写的怕"①。而南方多山，所以译者在英译本书名加入了山的意象，库切认为这是对原文准确把握基础上的创意性添加。

小说——*Disgrace*

对于 disgrace 这一词汇的翻译，中国大陆译本将其翻译为《耻》，这确实是该词汇的含义之一，但是，与 Foe 的书名翻译类似，当一个含义被选择为书名，就意味着其他可能含义的被排除。库切研究专家德里克也认为该词与"耻辱"有关："disgrace 一词的对立词是'荣誉'（honor），因为《牛津英语字典》关于 disgrace 一词的解释总会和 dishonor 相联系。换句话说，公众目睹的耻辱与公众的尊敬相对，也只能由公众的尊敬来抵销；通

---

① J. M. 库切：《异乡人的国度》，汪洪章译，浙江文艺出版社，2010，第 71 页。

过荣誉挽回耻辱。"① 从小说基本情节来考虑，这种理解是可以接受的，但是"disgrace"一词其他层面的含义也是值得考量，而且至少有三种可能。

首先，对于小说中主人公卢里的女儿露西来说，Disgrace 可以表示一个名叫 Grace 的女孩的不在场，因为在卢里前妻的记忆里露西前同性恋女友的名字似乎是 Grace。这样来梳理，这部小说的名字可以是《格蕾丝不在场》。

其次，还有一种可能，即台湾版本的翻译《屈辱》。该译法从主人公卢里的角度考量，对于他和女儿在南非的生存状态进行总结。这父女二人在南非的境遇可以用屈辱来描述。卢里是文学教授，却要在功利化的大学里教授交流技巧类的课程；他对于女性，不论是妓女还是女学生，都希望表达自己的真诚，但是并不被人理解；他与女学生关系的问题，库切在登门拜访女学生梅兰妮的家长时说的话显示了他所处的状态：

"我不信上帝，所以我得把您的上帝及上帝的语言转化为我的说法。用我自己的话说，我在为发生在您女儿和我本人之间的事情受到惩罚。我陷入一种 disgrace 的状态不能自拔。这不是一种我要拒绝接受的惩罚，我对其没有任何怨言。而且，恰恰相反的是：我一直以来日复一日就是这样生活着，接受生活中的 disgrace 状态。您认为，对于上帝来说，我这样永无止境地生活在 disgrace 之中，惩罚是否已经足够了？"②

卢里的女儿露西被黑人强暴，成为种族仇恨的牺牲品。在后种族隔离时代的南非，白人成为被欺凌的对象。白人曾经用来侵犯黑人的手段被重新夺权的黑人再一次使用。当卢里教授看着女儿被三名暴徒侵犯、财产被洗劫一空，本人也几乎被烧死时，他发现自己是无能为力，警察也帮不了他们。此时的状态用"屈辱"二字形容主人公是完全合乎作品主题的。

再次，该书也可以翻译为《仁慈的缺失》。在南非这块土地上，尽管黑人与白人相处日久，但是祖先的错误，使他们之间只有对彼此的仇恨而

---

① Derek Attridge, *J. M. Coetzee and the Ethics of Reading : Literature in the Event*, Chicago: University of Chicago Press, 2005, p. 178.

② J. M. Coetzee, *Disgrace*, London: Secker & Warburg, 1999, p. 172.

毫无仁慈与爱意。作为一位语言专家，库切很善于使用词汇来表达抽象的含义。disgrace 从构词法上看由两部分组成——dis 和 grace。"dis"表示"没有"，而"grace"除了表示"优雅"以外，还有一个文化渊源深远的含义——"仁慈"，比如人们用英语表述仁慈的行为，那个词组是"an act of grace"。所以，笔者认为从寓言角度来读这部小说，《耻》（*Disgrace*）是在描述一个通往仁慈（grace）的道路。小说在世俗道德上的无力，恰恰是为了建构起一个更为有力的世界———这个世界里有仁慈与爱心，有存在的喜悦和悲哀，也有更高的平等和超然。

最后，还有一种可能，翻译为《混沌》。库切在《双重视角》里曾经这样定义"grace"："'Grace'是一种情境，在这种情境之下，真理可以被清楚，且不盲目地讲出来。"① 那么从这个角度，Disgrace 就是一种没有真理的混沌状态。《耻》中的主人公卢里本人就认为自己生活在这样的状态之中。

文论集——*Stranger Shores*

在该书名中，"Stranger"表示陌生人，异乡人；"Shore"可以指海滨，海岸；也可以国家，尤指濒海国家；所以，大陆汉译本中选择了通常含义中的后者将其翻译为《异乡人的国度》②，这是一个很优美且深邃的翻译。但是，从构词法上分析，stranger 除了表示陌生人，外乡人，还有一个可能，它可以是形容词 strange 的比较级；"Shore"可以从海岸引申为大海的边缘处，对于内陆人而言很遥远的地方，那么此书名可以翻译成《蓬莱之处》。这种可能性也可以从文集中各篇文论的内容加以佐证。仔细阅读该文集中所收集的库切 1986～1999 年所写的文论文章，除了部分英美经典作家，如艾略特，笛福等，更多的是来自欧洲，中东与非洲国家，比如荷兰，俄罗斯，德国，南非等国。库切可以通过这些来自遥远异域的作家与

---

① J. M. *Coetzee*, *Doubling the Point*: *Essays and Interviews*. Ed. David Attwell. Cambridge, MA: Harvard UP, 1992, p. 392.

② J. M. 库切：《异乡人的国度》，汪洪章译，浙江文艺出版社，2010。

作品来理解自己的生活与时代①。不论在哪个国家居住，库切总是觉得自己是一个局外人或外省人，与周围的世界没有任何亲密感。他的研究也多注重那些对于中心区域而言属于外围的作家。在研究里尔克的文评中，库切开篇提到一家英国的著名的读书俱乐部列出的 20 世纪最受欢迎的五首诗，其中有里尔克的《杜伊诺哀歌》。相比较与其他四首诗的作者：叶芝、艾略特、奥登和普拉斯。库切要研究为什么这位对英国一向无好感的来自异乡的德国人能被英文读者接受，他敏锐地指出，该诗所具有的异域的思辨方式，比如德国的形而上学的哲学思辨，使得这种来自遥远陌生区域的文字，对于英文读者有迷人的吸引力。

库切也在从遥远的国度寻找能让其找到共鸣的作家与作品。马塞卢斯·艾芒兹是荷兰作家、诗人，库切曾经翻译了他的《死后的忏悔》（*A Posthumous Confession*）（1976）。从该文集中，库切所写的关于艾芒兹的文评中，可以看出他试图透过异域作家的文字与人生，来思考与感悟自己的生活。库切在广泛阅读之后，指出艾芒兹论文中所产生的观点与其小说的映照："艾芒兹这一说法强调了两点：一是强调了人类在自己无意识内心冲动面前的无助感；二是强调了人在成长过程中痛苦的幻灭感。《死后的忏悔》中的叙述人名叫威廉·泰米尔。在他身上，这两点都可以找到：他在激情恐惧和嫉妒所造成的苦海中，无助地漂泊着，痛苦地挣扎着；最后一逃了之，他不敢面对自己的生活轨迹向其揭示的所谓真正的自我，因而变得瘦弱、怯懦而可笑。"②库切深刻感受到主人公泰米尔想成为作家又被出版社的退稿打击的痛苦，"作家梦的破灭，可以说是泰米尔所遭遇到的最大危机。既然没有某种替代方式可以表达自己的人生价值，那么就只好采取直接的行动了。由于内心自我（不管这自我有多么怪异，多么可怜）的表达不足以使他成名，他只得创造一点外在于自己的东西，把这东西拿给社会看，以实现自我"。结合译者库切本人在这段时间的经历，他当时也正处在文学创作的初期，泰米尔的作家梦中也包含着他的作家梦。所以

①　关于库切小说 Life and Times of Michael K 的翻译也有类似问题。其中"life"一词的含义既可以说"生活"也可以说"生命"这两个意思，所以中文译者只能在两种翻译中取舍。

②　J. M. 库切：《异乡人的国度》，汪洪章译，浙江文艺出版社，2010，第 51 页。

他对主人公泰米尔的观点非常赞赏："泰米尔声称没法保守得住他那令人可怕的秘密，把自己的忏悔写了下来，作为一座丰碑留给后人，因而使自己一钱不值的生活成了艺术。"① 当库切说在泰米尔身上有着作者艾芒兹的影子，我们也可以说，在泰米尔身上也有着译者库切的影子。这部文集既包含库切所需要的来自蓬莱之处的安慰，也有库切对各种不被文论界注意的异域作家的研读。

文论集——*Doubling the Point*

该文集出版于 1992 年，是一本形式颇具新意的文论集。文集其中既包括库切从 1970 年到 1989 年的文学评论文章，还包括大卫·阿特维尔对他的采访。该书出版于文集《白人写作》之后。当时，哈佛大学出版社邀请他出版一本与南非无关的语言学研究的论文集。库切已经不再打算专门从事语言学研究，所以他不并想出版这样的一本文集。于是，他想出了一个办法，就是从他的文评中选出八个主题的论文，请大卫·阿特维尔阅读，并提出一些问题，这样就出现了一系列关于他学术文章的进一步的对话。这八个主题分别是：贝克特，互惠诗学，大众文化，句法，卡夫卡，自传与告白，淫秽与文字审查制度，南非作家。该书目前在中国大陆还没有正式汉译版出现，在有的学术论文中它被翻译为《双角》，但是笔者认为《双重视角》更能表现出库切对该书设计的初衷。库切强调对话的重要性，而这本论文集的优势在于它通过对话，让库切再次思考与反视自己的观点，这是一种学术研究的较理想状态。库切在该书访谈部分谈到他的作品与文论关系时，他说不论他创作的作品还是所写的文论都是在"讲实话/真理（telling the truth）"②，"因为从广义上讲，所有的写作都是一种自传：不论是文评还是小说，你写的每一样东西在被你书写的同时也在书写着你

---

① J. M. 库切：《异乡人的国度》，汪洪章译，浙江文艺出版社，2010，第 53 页。

② truth 是一个如此难以翻译的词汇，行文中笔者不得不用汉语词汇来表示，但是建议读者不要参考这个汉语翻译，只要思考"truth"本身的多重含义：事实；真相；真理；真实；实话；真实性。

本人"①。

在库切看来，阅读文本的本质就是一种无形的翻译，而每种翻译最终就是一种文学批评。尽管文学作品本身的文学性本质就给翻译带来问题，"找到这些问题的完美解决方案是不可能的，部分的解决方案则包含了批评的行为"②。在评论里尔克作品翻译的文章中，库切对译者加斯的评判简介表达了他认为译者创造性的重要性。他说，"加斯所译里尔克的诗，那些偏爱、信守、忠实于原诗的人读了不一定会感到满意，尽管这些人偏激得很可能会以为，在德文诗和英文诗之间是没法进行理想翻译和沟通的。那些希望被诗歌宏伟的语言音乐效果打动的人，读了加斯的译文，可能也不会感到满意。加斯所提供的译文，自身也许称不上具有灵感的诗歌创作，但却是译者多年来用心细读里尔克原诗的结果，译者毕竟以丰富、上乘的英语语汇，明白晓畅地表达了译者对原诗诗味的把握"③。库切同样在《策兰与他的译者》一文中指出："策兰的音乐不是恢弘的：他似乎是逐字逐字、逐句逐句构筑，而不是写一口气读完的字句。译者除了逐字逐句慎重处理外，还必须创造节奏上的力度。"④ 再比如，他认为迈克尔·霍夫曼翻译的约瑟夫·罗斯太过英国化，使用的单词和表达会使美国读者感到困扰；库切呼吁使用较为中立的翻译，这样在英美都可以流通。这些评价中体现出库切对译者艰难处境的理解：忠实于原文的翻译可能在目标语与源语言两边都不能得到认可，这其中需要译者本人所发挥的创造性作用。库切同意加斯所说的，翻译并不需要高深的理论，在翻译诗歌时，有的意义不得不失去，这是没办法的事情但是，问题的关键是什么样的东西值得译者全力以赴地去保留，什么东西可以任其丢掉。

库切认为翻译文学文本，只是了解源语言是不够的，译者还必须要了解作者及其作品。用库切作品中所虚构的人物，伊丽莎白·科斯特洛的话说，"文字研究首先意味着重新复苏真实的文字，然后做出真实的翻译：

---

① J. M. Coetzee, *Doubling the Point*: *Essays and Interviews.* Ed. David Attwell. Cambridge, MA: Harvard UP, 1992, p. 17.

② Ibid, p. 88.

③ J. M. 库切：《异乡人的国度》，汪洪章译，浙江文艺出版社，2010，第100页。

④ J. M. 库切：《内心活动》，黄灿然译，浙江文艺出版社，2010，第115页。

真实的翻译离不开对文本所产生的真正的文化与历史矩阵的真实理解。我们要理解的是历史文化的基础，文本就来自那样的基础。就这样，语言研究、文献研究（解释方面的研究）、文化研究和历史研究——所有这些研究构成了所谓的人文学科的核心——它们渐渐地相互结合起来了"①。在《伊丽莎白·科斯特洛的八堂课》中，伊丽莎白对她姐姐说，"各种不同的《圣经》文本一方面很容易会被抄错，另一方面很容易会被译错，因为翻译总是不能十全十美。假如教会还能承认，对文本的解释是一个综合工程，极为复杂，而不是像某些人自己所宣称的，他们能垄断解释权。假如真是那样，那么，今天，我们就不会有这样的争辩"②。

　　总之，在这四部作品书名翻译中，最难抉择的书名翻译是 Foe，它需要将英语中有双关含义的词汇翻译入汉语，而汉语中没有相对应的此类一语双关语的词汇。这就如同比较典型的一则关于银行的英译：Money doesn't grow on trees. But it blossoms at our branches。因为汉语中"分行"与"树枝"是两个不同的词汇，所以，英语原文中的双关含义表示完全无法等效翻译入汉语。在书名翻译实践中，我们不得不承认一些局限：从宏观范畴说，翻译受到语境、语体以及文化思维的差异的直接制约，所以就有了不可译性的客观存在；而从微观上看，译者的翻译水平，读文本的总体把握以及对文字的具体处理都直接影响译作的质量，所以文学作品在经过了语言转换之后，就已经或多或少失去了作品的原汁原味。那么如果某些评奖者只是根据自己能阅读的语言来对某一文学作品译本进行评判，就很难做到完全公平。库切曾说他觉得很奇怪，为什么诺贝尔不设立一个音乐奖，他认为音乐是更具有普适性，而文学要局限于某一种特定的语言。③从艺术表现形式上看，音乐语言完全不同于文字语言，人类有不同的语言，却有相通的音乐。库切曾经写过一篇题为"翻译卡夫卡"的文章，在该文中，他详细指出了译者在将卡夫卡作品翻译成英文过程中所遇到的种种困难。他指出翻译的水平决定着一部作品在另一种语言环境中的被接受。在

① J. M. Coetzee, *Elizabeth Costello*, London, Secker & Warburg, 2003, p. 121.

② Ibid, p. 122.

③ J. C. Kannemeyer, *J. M. Coetzee*, *A Life in Writing*, London: Scribe Publications, 2013. p. 564.

对穆齐尔的阅读中，他曾经切实感觉到同样的一个作品，帕特里克·布里基沃特（Patrick Bridgewater）翻译的版本就要比雷斯曼（Leishman）翻译的版本更容易让他理解和欣赏。翻译能翻译出"词"（word），但是有时并不能翻译出"意"（meaning）。库切本人是很有语言天赋的，除了英语和南非荷兰语以外，他在阅读中可以使用西班牙语，法语和德语。那么在该访谈中的感慨就来自他的实际经验。

书名的翻译看似简单，有时候，甚至出版社的编辑会根据市场需求，先行定下一个名字，让译者使用。但是本文用实例分析证明书名的翻译需要得到更多的重视，也需要译者花费更多的精力，特别是在翻译一词多义，或双关的时候，更需要注意在翻译中灵活处理。书名的翻译要与作品本身的行文整体风格一致，要与内容保持一致，这就需要译者对整本书的内容透彻理解，知晓原文作者的角度，对原文所蕴含的文化背景熟悉，才可能在书名翻译中抓住精华，等效翻译成英文。同时书名的翻译应该是一种创新的过程，因为如果书名翻译必定是一个意义缺失的过程，那么译者可以尽量让书名的翻译成为一种创造性的艺术，来弥补其他方面的缺失，这也是一种等效。

（作者单位：清华大学）

中英戏剧交流与传播中的文化自信

——从英国利兹大学"Staging China"谈起

舟东平

英国利兹大学在英国乃至欧洲，在传播中国戏剧方面是一个重镇，而李如茹教授的"舞台中国"（Staging China）这个戏剧平台是整个活动的核心和发动机。"舞台中国"开始于2013年，由2011年建立的"环球舞台演出中国"项目发展而来。从项目开始至今在英国、中国、美国和加拿大举办过包括演出、展览、工作坊、国际学术研讨会等在内的几十场重要活动。从李如茹教授为代表的团队来讲，戏剧虽然不是他们的主要教学任务，因为他们不是专业的艺术团体，但是戏剧是他们投入最多的教学活动，用戏剧来推动教学，使英国学生逐渐认识中国，感知中国戏剧艺术是他们的初衷。利兹大学有中国学专业方向，这使得学生有一种得天独厚的学习中国文化、了解中国国情的学习环境。

"舞台中国"聚集着一批热爱中国戏剧艺术的踏浪者与追随者，这其中包括李如茹、已经退休的戴书莲（Susan Daniels）、史蒂夫·安塞尔、亚当·施特里克森以及很多从中国来到此地读书的博士生，如袁煜、李思远、赵烨琳、杨陇、吴凡等，还有来自英国和其他国家的硕士生和本科生们，正是他们的参与才使得这个戏剧艺术平台显得那样充实、富有活力。

李如茹教授曾毕业于上海戏剧学院，带着对戏剧的执着在20世纪90年代完成了英国利兹大学博士学位的学习，在教学中她所建立的"舞台中国"曾受到丈夫蒋维国先生的大力支持，作为客座研究员和导演蒋维国曾经执教于香港、纽约和英国利兹大学。正是他们对中国戏剧的热爱和影响，利兹大学形成了一个小小的艺术团队，虽然这些师生来自利兹大学不同的专业方向，但对中国戏剧的兴趣和爱好使其相聚在一起，通过孜孜不倦地努力，用自己的青春和希望将中国戏剧的种子撒播在这片异域的土地上。

一

"舞台中国"（前身"环球舞台演出中国"）戏剧活动始于 2010 年，曹禺先生 100 周年诞辰之际，作为曹禺先生的子女李如茹教授开始了他们从事戏剧生涯以来的重要阶段。纪念曹禺先生百年诞辰的活动是从利兹大学开始，这次活动主题突出、形式多样，有图片展览、英文字幕电影、戏剧演出、学术讲座等，通过这一系列活动介绍了曹禺先生的生平、艺术成就和杰出贡献。巡展组织者在最初设计这项活动时就具有国际意识和全球视野，使其在以后的时间里先后在英国与北美进行了几十场活动。"利兹大学在英国、美国和加拿大几十所大学、中学与社区组织了一系列曹禺生平、戏剧展览、电影展映（《雷雨》〔孙道临导演〕与《原野》〔凌子导演〕，均有英语字幕）以及《曹禺：中国现代戏剧先锋》的讲座"①。如 2011 年利兹大学巡展、纽卡索巡展、伦敦巡展、中国湖北潜江巡展；北美的巡展也是从 2011 年开始并持续到 2013 年，如加拿大巡展、美国华盛顿巡展、俄亥俄州立大学巡展以及密歇根大学巡展。通过这一系列的巡展使西方戏剧界、知识界认识到东方戏剧巨匠的魅力和风采，也正是在巡展的过程中，蒋维国先生导演的戏剧《太阳不是我们的》被隆重推出。

戏剧《太阳不是我们的》是这次巡展的亮点之一，它实现了李如茹教授以曹禺先生百年诞辰纪念活动为桥梁推动中国戏剧在海外传播的目的。《太阳不是我们的》最早形成于李如茹教授的教学活动中，戏剧的最初意图是让学生根据曹禺先生的五个剧本：《雷雨》《北京人》《日出》《原野》和《家》，来谈谈 20 世纪 20 ~ 30 年代中国妇女的生存状况和精神状况，并通过阅读使学生达到认识中国戏剧的目的，然而这次师生的教学研讨随后成为配合曹禺百年诞辰活动的一个舞台实践。在 2011 ~ 2012 年，"舞台

---

① 李如茹、Adam Strickson、Steve Ansell：《兴自"莎士比亚—汤显祖逝世四百周年纪念"》（注：本论文选自 2016 年中国抚州"汤显祖国际高峰学术论坛"会议稿件）。

中国"通过广告的形式招募学生演员，对戏剧的脚本进行了多次讨论和修订，最终形成了戏剧《太阳不是我们的》雏形。随着活动的顺利进展与学生的不断加入，2011 年和 2012 年《太阳不是我们的》最终做过两版戏剧，在蒋维国导演的带领下参加过 2012 年上海国际戏剧节；《太阳不是我们的》以片断的艺术形式表达了 21 世纪英国青年对于 20 世纪初期中国妇女社会生活地位的认知和感受。

"舞台中国"在曹禺纪念活动结束之后，于 2014 年 8 月又开始了一个新的项目，即"威廉·莎士比亚与汤显祖：400 年文化遗产庆典活动"。"莎汤项目"经过多方准备于 2015 年 10 月 12 日正式启动，召开了官方新闻发布会。2015 年是中英文化交流年，10 月 21 日国家主席习近平在伦敦金融城市政厅发表了题为《共倡开放包容 共促和平发展》的重要讲话，在讲话中习近平主席提到中国和英国政府应携起手来，在 2016 年共同举办纪念东西方两位伟大的剧作家汤显祖和莎士比亚逝世 400 周年的活动，以弘扬中英文化传统，以此推动两国人民的文化交流，加深相互理解。

在这次讲话中习近平从国家文化发展的战略角度出发，强调了中华民族在与世界交往的过程中应该有一种文化自信、文化自觉和文化自强的思想。中英文化交流年和习近平的讲话给"舞台中国"的莎汤项目提供了更大的国际学术空间和氛围，从此以学术讲座、工作坊、戏剧演出、学术研讨等形式为纪念主题的活动拉开了帷幕。譬如 2016 年 3 月 2 日利兹大学的大卫·林德雷和斯蒂文·安塞尔举办了《莎士比亚音乐与表演》学术讲座，武汉大学邹元江教授在英国利兹、纽卡斯尔、阿伯丁与伦敦 4 所高校以及中国驻英国大使馆进行了汤显祖戏剧的巡回演讲，并于 3 月 8 日在利兹大学作了《梦即生存：汤显祖〈牡丹亭〉中杜丽娘的生存场域》报告；3 月 14～28 日利兹大学英语系教授马丁·巴特勒在北京的对外经济贸易大学、清华大学；天津的南开大学、天津惠灵顿国际学校；上海复旦大学、上海戏剧学院、上海话剧艺术中心和杭州的浙江大学做了《电影中的莎士比亚》等巡回报告。2016 年 4 月 20 日，利兹大学图书馆特别收藏室展览了莎士比亚第一对开本，马丁·巴特勒教授作了《莎士比亚作品中英格兰文化中的中国》讲座；4 月 26 日中国江西抚州市人民政府在利兹举办了舞狮与传统中国戏剧表演文化周。

上述活动与利兹大学"莎士比亚与汤显祖：400 年文化遗产庆典活动"汇聚成一股庆典的潮流，6 月 17 日《梦南柯》进行了新闻发布会和公开彩排，这次与它同台竞技演出的还有北京的对外经济贸易大学编演的《仲夏夜梦》。在这场戏剧会演中两所大学的戏剧合二为一、融为一体，这就是《仲夏夜梦南柯》。按照计划对外经济贸易大学的《仲夏夜梦》是根据莎士比亚喜剧《仲夏夜之梦》改编而成，而利兹大学的《梦南柯》则是根据汤显祖《南柯记》改编的，两部戏剧以同台演出的形式来共同纪念汤显祖与莎士比亚逝世 400 周年。《仲夏夜梦南柯》最大的特点和亮点就是从一开始中英两国的师生们相互沟通、交流切磋，并在这个项目的带动下通过学术讲座、研讨会、工作坊和戏剧演出，将中西两部名著融合在一起，并运用戏剧的艺术形式使中英两国文化真正达到交会，应该说这种尝试是史无前例的。这两部戏剧于 2016 年 7 月 27 日在英国利兹大学的利兹舞台上正式上演，中国驻英国大使刘晓明先生出席了戏剧的开幕式，国内外众多新闻媒体相继报道了这次开幕式的情况。中西合璧的《仲夏夜梦南柯》于 8 月 5～13 日参加了英国爱丁堡艺穗节，并带着各方的赞誉于 2016 年 9 月 13～27 日在上海参加了"上海国际莎士比亚小剧场戏剧节"，并在北京的对外经济贸易大学作了汇报演出，最终来到江西省抚州市参加了声势浩大、举全市之力的抚州市"纪念伟大戏剧家汤显祖逝世 400 周年"的庆典活动。

二

李如茹教授和利兹大学的同事们以高校为平台，积极宣传中国戏剧，弘扬中华传统艺术在西方为数不多，这更显示出"舞台中国"的价值和典范性。从多年的戏剧艺术实践来看，"舞台中国"从《太阳不是我们的》到《梦南柯》在戏剧艺术上走过了一个努力拼搏的发展过程，它让我们看到了中国戏剧在海外传播过程中逐渐被西方认同、接受、赞许的情况。

中国戏剧在海外的传播经历了一个漫长艰辛、长期滞后的过程，在中英戏剧交流中中国戏剧往往处于守势。由于戏剧的传播与经济的发展、戏剧美学的差异有着密切的联系，这使得中国戏剧在海外的西方人中间流传数量并不多，《赵氏孤儿》只是一个特例。对西方人来讲中国的戏剧、戏曲是一个既神秘、又难学的艺术；中国地域广阔，民族众多，就戏曲就有300多种，这些戏剧往往与地域、民族、语言、生活习俗紧紧地联系在一起；程式化的表演、博大精深的中华文化使得西方人望而却步；各种唱腔、动作语言、服装扮相与西方戏剧截然不同，同时语言的障碍也是阻碍专业艺术团体与西方国家艺术团体直接交流与合作的重要原因。由于上述多种原因使得中国戏剧、戏曲在西方存活率极低，这与国内各种艺术团体对莎士比亚戏剧作品进行大规模的改编那样红红火火的状况完全相反。国内据不完全统计除了话剧、歌剧和芭蕾舞剧之外，有20多个剧种将莎士比亚的20多部戏剧搬上了中国舞台，其中包括京剧、昆剧、粤剧、黄梅戏、越剧、川剧、豫剧、二人转、丝弦戏、花灯戏、滑稽戏等。譬如昆剧、越剧、川剧、婺剧直接将《麦克白》搬上舞台；类似的还有越剧、京剧的《哈姆雷特》；越剧、豫剧、花灯戏的《罗密欧与朱丽叶》；京剧、丝弦戏的《李尔王》；京剧、粤剧的《奥赛罗》，豫剧、粤剧的《威尼斯商人》，川剧的《维洛纳二绅士》，越剧的《第十二夜》，东江戏《温莎的风流娘们》，京剧、汉剧的《驯悍记》等。在中英戏剧交流中两国对对方接受的剧目数量不成比例，出现了严重失衡的现象。从文化的交流与传播的角度来看，双方应该是双向的、对等的，而不是单向的、失衡的。对这种情况社会上也有人持不同的看法并认为：这些改编的莎士比亚戏剧同样能体现出中国思想和中国的意识形态、价值观念，然而持这些观点的人却忽视了一个重要的问题，即在文化交流中本民族的文化地位问题以及本民族的文化自信和文化自觉的精神问题，从这个角度来讲利兹大学"舞台中国"对中国戏剧的传播显得难能可贵，也尤为迫切。

"舞台中国"的意义不仅使中国戏剧在国外得到传播，更为重要的是这种活动已经使西方人开始对中国戏剧有了进一步的理解、认知和接受。根据李如茹教授介绍《太阳不是我们的》的创作过程首先是一个教学过程，使学生通过阅读曹禺先生的5个剧本，寻找出20世纪20~30年代中国妇女的生活地位和精神状况。这些绝大部分来自英国本土的学生们通过老师的引导不断深入理解和感受中国妇女在那个时代所遭受到的生活挤压以及传统思想的束缚，最终大家形成了一种统一的共识，集体创作出这个剧本并将其搬上戏剧舞台。当这些在西方生活环境中长大的学生读到《家》中妇女的裹脚现象感到十分困惑、不解和震惊，这使得他们在创作《太阳不是我们的》时将长长的裹脚带作为这部戏剧的象征性意象的认知和情感基础。

《太阳不是我们的》在思想上是中国式的，因为剧本的许多台词和对话来自曹禺先生的剧本，但在艺术表现手法上打破了写实性的叙事风格，以"片断"的叙事模式、抽象的舞美设计使其具有浓郁的后现代特色。戏剧将《雷雨》《日出》《北京人》《原野》和《家》的剧情打散，集中力量将5部戏剧的主干情节抽离出来，用穿插的形式将其联系在一起，省去了各个戏剧中的过渡、枝蔓情节，但戏剧形散神不散，集中体现了中国20世纪20~30年代中国妇女的生存状态，如《雷雨》中周萍、四凤和繁漪关系，《日出》中陈白露、方达生、潘月亭等人的关系，《原野》中仇虎、金子和焦母的关系，《家》中觉新、瑞珏、梅小姐，还有觉慧、鸣凤和冯乐山的关系。这部戏剧集中了戏剧最能够体现戏剧主题的情节以及恩爱情仇，使戏剧冲突不断、高潮迭起。《太阳不是我们的》在探讨曹禺先生的戏剧上具有创新性，但从中英戏剧交流来看更显示出它的意义，这是利兹大学一次有意义的舞台尝试。蒋维国导演在谈到这部戏剧的感受时这样说道："挑战——我一开始就感觉到了。说挑战，因为一方面是中国最杰出的曹禺剧作，另一方面是英国利兹对于中国及其文化原本知之甚少的学生，而我们的目标是要在舞台上展现出年轻的英国人对中国名作的感受，因为说到头演出者是他们。观众应该看到非中国人演绎的中国故事，无论能否接受，对他们来说是新的。"①

当一种文化和艺术品种跨越式地进入另一种文化语境中，如何生存是值得研究的。跨越就是交流、平等地对话，它表现出双方在坚守自己主张的同时，以真诚的态度希望对方能够理解、接受；跨文化视野下的戏剧活动就是要从陌生到熟悉，从交流到相互学习。蒋维国导演在谈到这一点深有感触的说："可以给这台戏冠名'跨文化'制作或是其他名字，有一点却是肯定的：它的本质是学习过程。作为参与者，学生/演出者们学到了他们原先不熟悉的人群的生活、情感和思想；作为导演，我学到了如何将这样一棵参天大树栽种到万里之外并让它结果。我们都在学习。读曹禺剧

---

① http://www.stagingchina.leeds.ac.uk，2016年11月20日。

本是起点。艰苦，但必须，且有效。我与演员和设计者认真地讨论并分析了原作，然后在此基础上发展，重新创造并架构场景。我绝不要英国人去装扮中国人，但鼓励他们从人性出发，表达出如果他们处在曹禺人物的境地他们会如何感觉、反应和行动，这是最最有趣的工作，而我得到的最大奖励就是眼看着这群能干的年轻人一步步用他们真挚的感情创造出了生动的舞台形象!"①

交流需要真情实感，需要设身处地的融入。文化交流是一种相互学习的、知识互补的过程，是一种相互了解的过程，在这方面利兹大学戏剧与表演研究方向的大二学生郭桐桐（Toto Guo）说道："曹禺写作的风格吸引了我。剧本的结构、味道，尤其是他的语言都是绝对的中国，既让我感到陌生、新鲜，又让我看见它们与西方剧作家（如易卜生）作品中主题与结构之间的联系，这非常令人神往，也让我学习到了很多。"② 原演出文化产业学院的教师，助理制作人戴书莲女士也说道："我着迷于这样的方式：以艺术来架构不同国家之间内部与外部的理解。这一文化桥梁型的项目给予大学的教师与学生一次千载难逢的机会，以实践带领研究，重新架构、解构并重新评估这一理解。"③

三

2016 年是伟大戏剧作家汤显祖与莎士比亚逝世 400 周年，2015 年 10 月国家主席习近平在访英期间曾倡议道："中英两国可以共同纪念这两位文学巨匠，以此推动两国人民交流，加深相互理解。"④ 在这种召唤下中英两国掀起了一场轰轰烈烈的纪念活动。中国学术界在 2016 年曾进行过多次汤显祖的纪念活动，如浙江的遂昌、广东的徐闻和江西的抚州等。同时上海戏剧学院举办了"2016 年上海国际莎士比亚小剧场戏剧节"，英国的伦

---

① http：//www. stagingchina. leeds. ac. uk，2016 年 11 月 20 日。
② http：//www. stagingchina. leeds. ac. uk，2016 年 11 月 20 日。
③ http：//www. stagingchina. leeds. ac. uk，2016 年 11 月 20 日。
④ http：//news. xinhuanet. com，2016 年 12 月 5 日（2015 年 10 月 21 日国家主席习近平在英国伦敦金融城市政厅讲话《共倡开放包容 共促和平发展》）。

敦等地也举行了莎士比亚纪念活动。联合国教科文组织发起在全球范围内共同组织纪念莎士比亚、塞万提斯、汤显祖三大世界文化名人逝世400周年活动。

利兹大学于2015年10月12日举行了"威廉·莎士比亚与汤显祖：400年文化遗产庆典活动"官方发布会，这项活动从2014年8月开始筹划到2015年10月12日正式拉开序幕具有一种先行一步的勇气和智慧，这与李如茹教授长期研究莎士比亚戏剧和中国戏曲是分不开的。同样，"莎汤项目"也是英国利兹大学与北京对外经济贸易大学的合作项目，因为英国利兹大学孔子学院是对外经济贸易大学在利兹大学开设的办学机构，在这场中英合作、共同庆祝莎士比亚和汤显祖的活动中扮演着重要的角色。如果追溯对外经济贸易大学话剧演出的历史，我们会发现其学生素有表演英语莎剧的传统，他们曾经在香港举办的大学生莎士比亚英语戏剧演出比赛中斩获奖项、成绩不俗，这次与利兹大学合作演出英语戏剧可谓强强联合。

由于汤显祖的代表作品是"临川四梦"，即《紫钗记》《牡丹亭》《南柯记》和《邯郸记》，以梦为主题，因此为了能在两位伟人之间寻找到契合点，最终莎士比亚的戏剧确定为《仲夏夜之梦》，以梦为主题将两位巨人和两部名著紧紧地联系在一起。为体现两国文化的交流与合作的精神，对外经济贸易大学改编莎士比亚的《仲夏夜之梦》，而利兹大学负责改编汤显祖的《南柯记》。对外经济贸易大学的戏剧叫《仲夏夜梦》，而利兹大学的戏剧名字叫《梦南柯》，两部戏剧合在一起是《仲夏夜梦南柯》。

利兹大学改编《南柯记》的任务落在了亚当·施特里克森和史蒂夫·安塞尔身上，对于他们来讲这既是一种机遇，也是一种挑战，因为他们从未改编过中国戏剧。中国戏剧对英国人来讲并不普及，对许多人来说是陌生的、神秘的、困难的。安塞尔在谈到这一点时说道："英国的大学不教授中国戏剧课程这也阻碍了英国人对中国戏剧的了解。"[1] 史蒂夫·安塞尔曾学过希腊戏剧史、欧洲戏剧史、英国戏剧史，但从来没有接触过亚洲戏

---

[1] http://www.cssn.cn/xk/xk_tp/201407/t20140702_1237815.shtml，2016年12月20日（李思远：《"舞台中国"初绽风姿》，《中国社会科学报》2014年7月2日）。

剧。他认为系统学习亚洲尤其是中国的戏剧是非常必要的，因为这是世界戏剧不可分割的一部分。

亚当·施特里克森和史蒂夫·安塞尔在改编《梦南柯》时没有完全按照汤显祖《南柯记》来进行，戏剧中融进了许多他们自己对汤显祖作品的理解。从人物来讲，主人公淳于梦虽然与《南柯记》的主人公名字一致，但戏剧将人物的活动范围分为现实世界与蝼蚁世界，而淳于梦在现实世界中的名字是英文名字查尔斯·梦；戏剧中淳于梦已经不是那个武艺高强、因酒失去淮南军神将的淳于梦了，而是一个参加过伊拉克战争、饱受战争折磨、借酒浇愁、痛不欲生的退役陆军中尉。原剧《南柯记》中的周弁和田子华两个角色，因利兹大学学生演员的性别所限将田子华改为女性，叫玛雅，是查尔斯·梦朋友的遗孀，而周弁改为山姆·布莱恩，原陆军中士。从《梦南柯》的故事情节来看，戏剧基本上模拟了《南柯记》的故事情节。退役的查尔斯·梦因对战争的厌倦躲避到一个小岛上，以酒浇愁、潦倒度日，因偶遇琼英等人奉命招婿而进入蝼蚁国，与公主瑶芳完婚，后逢外敌入侵而镇守南柯郡。南柯郡在查尔斯·梦的治理下国泰民安、富裕足食，受到人民的爱戴。后公主瑶芳病逝，查尔斯·梦抵御外敌入侵建立功勋，但因痛失公主、精神萎靡不振、生活奢靡被逐出蝼蚁国。从整个戏剧来看，基本轮廓与汤显祖的《南柯记》保持一致，但在戏剧的主题上由于砍掉了《南柯记》最后一部分淳于梦燃指超度蝼蚁国军民以及皈依佛门等戏剧情节，结尾显得比较匆忙，淡化了汤显祖戏剧的悲剧气氛以及从宗教中寻找精神出路的虚无境界。

尽管《梦南柯》在改编中存有稚嫩的地方，但它的上演有其重要的意义，因为这是利兹大学"舞台中国"继《太阳不是我们的》之后，首度由英国人自己执笔创作出来的，也是英国人接受中国戏剧的一个案例。在与史蒂夫·安塞尔的访谈中，他曾经说："在戏剧表演方面，他本来以为排演中国戏剧很难，但在纽卡斯尔大学排演万方的《毒药》后，他的看法改变了，英国演员可以通过认识角色的性格和特点去了解中国人的社会文化和处事方式等。"①这次在改编和排演《梦南柯》时史蒂夫·安塞尔的确是

---

① 李思远：《"舞台中国"初绽风姿》，《中国社会科学报》2014 年 7 月 2 日。

通过认识角色的性格和特点去理解汤显祖的戏剧，最终进行戏剧创作。淳于梦（英文名：查尔斯·梦）是戏剧的主人公，在戏剧开始的时候是一个精神沮丧、以酒浇愁的人，曾经的他经历了伊拉克战火的磨难对战争产生了厌倦，在战场上叱咤风云的查尔斯·梦，在战争结束之后由于生活没有着落以及战友的阵亡，只能够借酒浇愁，做一个仓库管理员，最后为了逃避社会来到一个小岛上；这种怀才不遇、无法施展抱负的精神状态与《南柯记》中的淳于梦有相似之处。但这并非查尔斯·梦的真实一面，当他进入蝼蚁国之后他看到了施展才华的机会，并镇守南柯郡 20 年，使南柯郡富饶平安、丰衣足食。在公主瑶芳去世之后，由于他抗击外敌入侵功高盖世，但又因晚节不保被逐出蝼蚁国。在这一点上安塞尔遵循了人物性格的发展线索，比较完满地讲述了淳于梦的故事。然而遗憾的是淳于梦燃指拯救蝼蚁国众军民的情节被删掉了，这也说明生活在西方基督教国度中的亚当·施特里克森和史蒂夫·安塞尔对佛教的理解还要继续加强。

四

"舞台中国"是一种教学与戏剧相融合的艺术平台，但同时它又在昭示着人们这样一个问题，即中国戏剧如何走向世界的方向性问题。中共十八大以来国家一直在提倡"文化自觉、文化自信、文化自强"的问题，实际上这是中华民族作为一个正在崛起的大国必须面临的问题，也是中国戏剧艺术怎样以一种豪迈的姿态屹立在世界东方的战略性问题，而英国利兹大学的师生们用自己微小的行动正在践行着一种让中国戏剧走向世界的构想。

交流与传播是一种辩证的关系，交流意味着双方以平等的姿态进行对话，而传播是以文化自信和文化自觉的心态将自己优秀的文化传统弘扬光大、昭示世人。在世界民族文化交流史上，交流不仅仅是一种态度，更为重要的是在交流中寻找到自己所坚守的精神和情怀，去突显自身民族的文化传统，将自己最优秀的东西通过交流的形式传播出去。"舞台中国"从积极传播中国戏剧到中英两国戏剧的相互融合、合二为一为世人走出了一条属于自己的道路。

《太阳不是我们的》在传播中国文化方面具有开拓性的作用，它使中英两国的文化通过戏剧紧紧地联系起来。正如"舞台中国"在总结这次演出目的时写道："演出并不是只表演曹禺某一部剧本。来自中国学、英国文学与戏剧、戏剧与演出、演出设计以及演出管理的学生与导演蒋维国一起，重新架构曹禺五个著名剧本里的人物与情节，创造了这部新作品。"①这部戏剧"在演出同时提供了为青年人举行的工作坊；也为研究者与戏剧实践者组织讨论会，发展更多的国际性的合作。""以戏剧作为文化桥梁，增进英中之间真正的对话与相互理解。""扩展利兹大学与中国的联系，实现利兹大学致力于跨文化知识与交流的宗旨"②。

从《太阳不是我们的》到《仲夏夜梦南柯》，对外经济贸易大学与利兹大学的合作实现了中英戏剧交流与传播的完美融合。这种融合促成了东西方两大文明的对话与碰撞，通过纪念汤显祖、莎士比亚的戏剧活动传播了中华文明，凸显了中国戏剧的魅力。《仲夏夜梦南柯》以"梦"为契合点，连接了东西方两大剧作家和作品，这种连接不是简单地将戏剧名字堆砌在一起，而是真正实现了精神上的沟通，正如中国驻英大使刘晓明先生于2016年7月27日在利兹大学观看该剧首演时指出，"中英两国的艺术家和大学生们联袂演出他们创作的《仲夏夜梦南柯》，创造性理解与演绎莎士比亚和汤显祖的经典作品，将实现两位大师跨越时空与文化的'邂逅'。"③新华社认为，这是"一场跨越时空与文化的经典邂逅"。中央电视台、电讯报（The Telegraph）等国内外诸多媒体均予以报道，给予充分的肯定。

中英两国的戏剧交流在精神上实现了对话，在艺术上增强了双方的互补性。没有差异就没有交流，中英两国具有不同的文化传统，一个是生生不息、代表着东方文明的中华文化传统，另一个是远隔万里、以盎格鲁·撒克逊人为代表的英国文化传统，两大地域、两大文明的相遇必定产生令人炫目的辉煌。汤显祖与莎士比亚的戏剧能够同台演出其中最突出的地方

① http://www.stagingchina.leeds.ac.uk，2016年12月25日。

② http://www.stagingchina.leeds.ac.uk，2016年12月25日。

③ http://www.fmprc.gov.cn/ce/ceuk/chn/tpxw/t1385216.htm，2016年12月25日《刘晓明大使在英国利兹跨文化戏剧节开幕式上的讲话》，2016年7月27日，英国利兹大学。

就是他们的戏剧都具有普世价值。莎士比亚的《仲夏夜之梦》出现在16世纪末欧洲中世纪社会的鼎盛时期，冲破中世纪禁欲主义的束缚，歌颂有情人终成眷属是这部戏剧的初衷。而汤显祖的《南柯记》通过淳于梦的个人经历表现了剧作家对官场沉浮的心灰意冷、国泰民安的无限向往、对超度芸芸众生的宗教意境，表达了汤显祖心怀治世理想、向往清明和谐的现实社会、最终由于理想无法实现而走向宗教的虚无境界。一个乐观，一个悲观，但都反映了社会的世态炎凉，人生的悲欢离合。《仲夏夜梦南柯》传承了这种思想，只不过剧作家和演员们通过自己的演绎将这部戏剧的场景和深邃意象从古代拉回到了现实。《仲夏夜梦》和《梦南柯》是一种现代版的莎汤戏剧，虽然戏剧中有稚嫩的地方，但通过演出我们同样能够看到这部戏剧闪闪发光的地方。

　　从《太阳不是我们的》到《仲夏夜梦南柯》，戏剧使演员在认识社会、感知社会更加清晰，弥补了双方演员对异域文化的陌生感受，也改变了对世界的看法，在这方面利兹大学的师生们尤为深刻。在《太阳不是我们的》演出之后的总结中，利兹大学的师生感慨戏剧对自己人生、专业学习的影响：阿莱娜·弗林（Alanna Flynn）说："自从参加排练以后，我学习到了很多中国文学和中国文化的知识，同时，我们每次谈论自己的体验时，朋友和熟人也会多了解一点中国文化。"①弗雷德里克·西蒙兹（Frederick Simmonds）："由于我一直生活在远离祖国的地方，先是在香港，然后又在日内瓦分别住了十年，我绝对认为自己是'第三种文化的孩子'。这给了我欣赏和尊重其他文化的能力，不过，这一点直到我在利兹大学读书以后才真正意识到。我们的戏融合了中英文化，称它为有益于我们和利兹大学的'文化桥梁'，不是最恰当的吗？"②《梦南柯》中淳于梦的扮演者乔治·克利福德（George Clifford）在谈到个人的经历时说道："这个项目有机会让我们和中国人一起合作，使得我们更全面地了解中国文化。无论是和对外经济贸易大学的团队还是和剧场的技术人员一起工作，我们都可

①　http://www.stagingchina.leeds.ac.uk，2016年12月25日。
②　http://www.fmprc.gov.cn/ce/ceuk/chn/tpxw/t1385216.htm，2016年12月25日。

以携手克服一些文化上的障碍。"①"与中国对外经济贸易大学的演员的密切合作，让我们结下了深厚的友谊，也让我们更深入地了解中国文化。探究两组演员不同的想法非常有趣，但我之前没有想到的是我们之间的相同点居然有这么多。肤色、信条、语言等可能会让大家有差异，但我们都是年轻的大学生，这种紧密的联系克服了彼此的差异。"②

戏剧演出增强了学生的专业学习的兴趣、能力以及克服困难的勇气，杰西卡·希尔顿（Jessica Hilton）说："《太阳》一剧的创作过程非常艰苦，但也让我获得了难以想象的丰富经验。在阅读了五部剧本以后，我们从中寻找到事件与主题并用此创造出一个崭新的戏剧作品，这真是很大的成就。"③ 奥利弗·贾可（Oliver Jacques）说："这是我历来所获得的最好的一次机会。曹禺的演出不仅给我提供机会让我发展在戏剧管理与戏剧表演方面的技巧，更加让我成为一个全面的，具有责任心的人。"④菲比·卢瑟福（Phoebe Rutherford）说："作为设计，参与到《太阳不是我们的》确实是一个激动人心的机会，这个制作汇集了各种文化资料，我将设计作为思考的工具。对于中国文化新鲜的认识加强并拓宽了我在利兹大学设计课程中学到的内容。"⑤ 然而我们也应该看到两种文化的交流并非一帆风顺，应该说这是一种有曲折、有难度的融合，正像阿莉·哈斯拉姆（Arlie Haslam）说道："在排练和发展编创《梦南柯》的期间，我们还看了一些中国戏曲的视频，我觉得很难理解，更难去欣赏它们，因为它和西方戏剧风格相距甚远。很难完全明白它的高音和拖长的唱词。"⑥ 但最终通过学习和努力她克服了困难，挺身迈过重重障碍走过来了。

利兹大学的教师们在自己的戏剧艺术实践中也深有体会，史蒂夫·安

① 注：本文选自《利兹大学学生参与者〈莎士比亚—汤显祖国际项目笔记〉摘录》（中文翻译：吴凡、杨陇，编辑：Steve·Ansell、李如茹）。
② 本文选自《利兹大学学生参与者〈莎士比亚—汤显祖国际项目笔记〉摘录》（中文翻译：吴凡、杨陇，编辑：Steve·Ansell、李如茹）。
③ http://www. stagingchina. leeds. ac. uk，2016 年 12 月 25 日。
④ http://www. stagingchina. leeds. ac. uk，2016 年 12 月 25 日。
⑤ http://www. stagingchina. leeds. ac. uk，2016 年 12 月 25 日。
⑥ 本文选自《利兹大学学生参与者〈莎士比亚—汤显祖国际项目笔记〉摘录》（中文翻译：吴凡、杨陇，编辑：Steve·Ansell、李如茹）。

塞尔说："《太阳不是我们的》是利兹舞台巡演团的第一部制作，这给予我们极好的机会来支持生动多元、具有国际水平的文化，它成为利兹舞台在文化与创意方面努力推动新作品、新理念的实例。"①"舞台中国"的负责人李如茹教授讲："利兹是我来到海外的第一个城市，从未再离开。自从那时候起，我教授了一千多名学生，很多人至今与我有联系。我喜欢和学生们在一起工作，也坚信曹禺这个项目扮演着一个"桥梁"的角色，把英国与中国的年轻人联系在一起。"②"我们认为一部英国的汤显祖演出不仅可以将中华文化的智慧结晶带给英国普通民众，也将猛促中国观众在西洋人演出中国作品里重新认识本国的文化价值。"③"严格说来做戏者之意不在'戏'，而在'教育'，我们借两大戏剧伟人逝世400周年的纪念之机，把戏剧与汤显祖当作桥梁，帮助对于中华文化知之甚少的英国大学的教师和学生（当然也包括普通英国观众）走近华夏民族的文化宝山。"④

让中国戏剧走向世界，增强民族文化的自觉意识，提高民族文化的自信精神，最终使中国文化以自强的姿态屹立在世界东方是党的十八大以来的国家战略，也是中国积极建立国家软实力，辐射全世界的伟大构想。利兹大学以李如茹教授为代表的师生们在自己的教学工作中通过自己的实践，已经向这方面努力并卓有成效，成为海外中国民族戏剧的传播者和排头兵。

（作者单位：广州大学）

---

① http://www.stagingchina.leeds.ac.uk，2016年12月25日。
② http://www.stagingchina.leeds.ac.uk，2016年12月25日。
③ 李如茹、Adam Strickson、Steve Ansell：《兴自"莎士比亚—汤显祖逝世四百周年纪念"》（注：本论文选自2016年中国抚州"汤显祖国际高峰学术论坛"会议稿件）。
④ 李如茹、Adam Strickson、Steve Ansell：《兴自"莎士比亚—汤显祖逝世四百年纪念"》。

中国当代文学海外传播与中国形象塑造

姜智芹

中国当代文学在海外的传播是中国形象塑造的一个维度。中国形象和中国文学海外传播之间既有同构性，也有因文学传播的多样性而带来的中国形象的复杂性。文学的向外传播从宏观上讲有两个主渠道：外方作为主体的"拿"和中方作为主体的"送"。"拿"是外方基于自身的欲望、需求、好恶和价值观，塑造的多少带有某种偏见的"他者"形象；"送"是中国政府基于外宣需求传播的具有正向价值的"自我"形象，是对西方塑造的定型化中国形象的矫正和消解。这两种中国形象在新中国的每一个历史时期铰接并存，构建出中国形象的不同侧影。

一　20世纪50~60年代：定性译介与敌对性形象

意识形态对文学传播和形象塑造起着不容忽视的作用。新中国成立之初，中国文学的海外传播和外国人眼中的中国形象受冷战思维的影响，呈现出定性译介和敌对性的形象特点。

海外的中国形象在不同阶段有不同的主导塑造者：18世纪是法国，19世纪是英国和德国，20世纪以来主要是美国。20世纪50~60年代美国的中国形象主导、影响着西方的中国形象，而这一时期由于美苏冷战和朝鲜战争的爆发，中国被美国视为敌国，负面的中国形象成为抹不去的主色调。在这一中国形象主导下，西方英语世界对中国当代文学的译介甚少，仅有王蒙揭露官僚主义的小说《组织部新来的青年人》，郭沫若的《浪淘沙·看溜冰》、冯至的《韩波砍柴》《我歌唱鞍钢》、何其芳的《我好像听见了波涛的呼啸》、臧克家的《短歌迎新年》《你听》、艾青的《在智利的纸烟盒上》《寄广岛》、毛泽东的《北戴河》《游泳》等部分诗歌,① 老舍的戏剧《龙须沟》② 等。我们以对王蒙《组织部新来的青年人》的译介略作阐释。这篇小说收入《苦涩的收获:铁幕后知识分子的反抗》一书,该书选择的是当时社会主义阵营如苏联、东德、波兰、匈牙利、中国等国的作品,偏重于那些揭露社会黑暗、干预生活的小说、诗歌、杂文。编选者埃德蒙·史蒂曼坚持入选的作品要"鲜明地表达了这些国家的作家想要打破政治压抑,独立、真实地表达个人感情、经历和思想的愿望"③,因而,那些大胆揭示社会弊端、批判政党管理方式的作品是《苦涩的收获:铁幕后知识分子的反抗》选择的重点,王蒙的小说《组织部新来的青年人》即被看作是满足了这样的要求而收入的作品。编者埃德蒙·史蒂曼特别强调了这部小说描写对象的特殊性——北京某区党委,说这个区党委是一处"懒惰和错误像'空气中漂浮的灰尘'那样悬挂着的地方",该小说的主人公——新来的林震"与不知因何堕落的韩常新、刘世吾展开斗争以拯救区党委",并特意指出《组织部新来的青年人》作为"中国知识分子的春天中较早开放的鲜花""受到了严厉打击"。④ 史蒂曼意在借文学作品窥探社会主义新中国的政治管理和社会发展状况。

从这一时期英语世界的研究来看,新中国文学中所谓的"异端文学"成为关注的重心。鉴于当时资本主义阵营和社会主义阵营之间的冷战与对峙,西方研究者多采取潜在的敌视新中国的立场,对那些背离了主流文学规范的作品给予较高评价,旨在证明作家与新生的社会主义政权之间的矛

---

① 见 Hsu, Kai - yu trans. & ed. *Twentieth Century Chinese Poetry*: *An Anthology*. Anchor Press, 1964.

② 见 Shimer, Dorothy Blair ed. *The Mentor Book of Modern Asian Literature from the Khyber Pass to Fuji*. New American Library, 1969.

③ Stillman, Edmund ed. *Bitter Harvest*: *The Intellectual Revolt behind the Iron Curtain*. Thames & Hudson, 1959, p. xvii.

④ Stillman, Edmund ed. *Bitter Harvest*: *The Intellectual Revolt behind the Iron Curtain*. Thames & Hudson, 1959, p. 143.

盾。典型的研究如谷梅的《胡风与共产主义文学界权威的冲突》①《共产主义中国的文学异端》② 和包华德的《毛泽东统治下的文学世界》③ 等。其中谷梅几乎完全将注意力集中在新中国的"异端"作家身上，将他们视为新中国知识分子的代表，从而忽略了更大范围内的"正统"作家，反映出她批判新生的社会主义政权，用所谓的社会主义社会的残暴来反证西方社会自由、民主的意图。对西方英语世界而言，中国是意识形态上的"他者"，专制、残暴的中国形象更符合西方自我形象建构和文化身份认同的需要。

与此同时，新中国也通过对外译介文学作品，向西方展示自我塑造的中国形象。新中国成立后，由于西方国家的封锁政策和中国采取的严密防范措施，中西交流的大门关闭了，幸而《中国文学》杂志通过向外译介文学作品介绍新中国的真实情况，以抵消西方媒体报道中对我国形象造成的消极影响。

1951 年创刊的《中国文学》以英、法两种语言向西方世界译介中国文学。就当代文学来说，20 世纪 50 ~ 60 年代主要选译反映建国后人民群众生活的作品，宣扬革命、斗争、战争等工农兵题材的尤多。如《王贵与李香香》《新儿女英雄传》、魏巍的《谁是最可爱的人》、刘白羽的《朝鲜在战火中前进》、赵树理为配合新中国第一部婚姻法出台而创作的《登记》、沙汀歌颂新型农民的《你追我赶》等。"文革"开始后样板戏成为译介的新方向，《沙家浜》《智取威虎山》《红灯记》都通过《中国文学》走向了海外。《中国文学》由于承担着外宣任务，在译介的篇目选择上受到主流意识形态、配合国家外交需要等因素的制约，服从于对外宣传我国文艺发展变化的需要，通常以作家的政治身份为标准选择当代作家，不支持"左倾"思想的作家作品往往被排斥在外。在思想倾向上，《中国文学》支持亚非拉、东欧等第三世界国家的民族解放运动，声援法国的社会运动，批评英美国家的侵略行径。因而，从接受情况来看，《中国文学》受到亚非

① Goldman, Merle. "Hu Feng's Conflict with the Communist Literary Authorities," *The China Quarterly*, 1962 (12), pp. 102 – 137.

② Goldman, Merle *Literary Dissent in Communist China*, Harvard University Press, 1967.

③ Boorman, Howard L. "The Literary World of Mao Tse-tung," *The China Quarterly*, 1963 (13), pp. 15 – 38.

拉国家的称赞，遭到欧美国家的批评。亚非拉国家的读者通过阅读《中国文学》确曾受到鼓舞，西方资本主义国家的读者虽然从中对中国的现实生活和文学创作有所了解，但并没有带来同情和理解，反而招致否定和排斥。特别是《中国文学》上刊登的反美斗争文章，引起外国读者的强烈反应，这种对立面形象的自我塑造同样使得西方对中国的认识片面化、妖魔化，以"蓝蚂蚁"①"蚂蚁山"②等蔑视性词汇来描述中国。

二 20 世纪 70 年代："正统"文学译介与美好新世界形象

20 世纪 70 年代，以美国为首的西方世界与新中国的关系发生了较大转变。此时深陷越战泥潭的美国出现一股自我反思、自我批判的情绪，越来越认识到资本主义社会的弊端和帝国主义战争给其他国家造成的伤害，转而肯定殖民地国家的反帝斗争。尤其是尼克松 1972 年的访华使美国人心目中邪恶的中国形象得到扭转，此后西方各行各业的人寻找机会来到中国，看到红色中国巨大的物质进步和社会主义"新人新风尚"，带回大量有关中国的正面报道："中国是一个开明的君主制国家……是一个信仰虔诚、道德高尚的社会……人民看上去健康快乐，丰衣足食。"③ 一个美好的新世界形象出现在西方人的视野里。70 年代末中国改革开放的方针和邓小平访美，使西方美好的中国形象进一步走向深入。由于改革开放的思路与传统的马列社会主义存在一定差别，西方世界将之误读为中国开始放弃社会主义，向资本主义靠拢。在苏联这个最大敌人的陪衬下，改革开放并"资本主义化"的中国形象显得无比美好。

在如此的形象背景下，英语世界对新中国文学的译介不再将重点放在"异端文学"上，而是加大了对正统的、主旋律文学的关注。海外中国文

---

① 见 Guillain, Robert. *The Blue Ants*：600 *Million Chinese Under the Red Flag*, translated（from the French）by Mervyn Savill, Secker & Warburg, 1957.

② 见 Labin, Suzanne and Fitzgerald Edward. *The Anthill*：*the Chinese Human Condition in Communist China*. Praeger, 1960.

③ Hollander, Paul. *Political Pilgrims*：*Travels of Western Intellectuals to the Soviet Union*, *China*, *and Cuba*, *1928 – 1978*. Oxford University Press, 1981, p. 278.

学研究者的政治立场亦发生较大转变，不再像 20 世纪 50～60 年代那样敌视新中国，而是理解、同情中国共产党的革命斗争，把描写革命与建设的新中国文学视为严肃的作品，肯定新中国文学中的价值质素。这一时期英语世界译介的新中国文学远远超过上一个时期，涵盖小说、戏剧、诗歌等多种体裁，择其要者有英国汉学家詹纳编选的《现代中国小说选》[①]，收入孙犁的《铁木前传》等；美国学者沃尔特·麦瑟夫和鲁斯·麦瑟夫编选的《共产主义中国现代戏剧选》[②]，收入《龙须沟》《白毛女》《妇女代表》《马兰花》《红灯记》等当时有代表性的剧目；巴恩斯顿与郭清波合译的《毛泽东诗词》[③] 以及聂华苓、保罗·安格尔合译的《毛泽东诗词》[④]，二者收录的都是毛泽东成立新中国后发表的诗歌，编目上大同小异，只在注释方式上有所不同；约翰·米歇尔编选的《红梨园：革命中国的三部伟大戏剧》[⑤]，收入了《白蛇传》《野猪林》《智取威虎山》；许芥昱编选的《中国文学图景：一个作家的中华人民共和国之行》[⑥]，节选了杨沫的《青春之歌》、高玉宝的自传体小说《高玉宝》、浩然的《金光大道》等主旋律作品；许芥昱的另一个选本《中华人民共和国文学作品选》[⑦] 收入了杨朔的《三千里江山》、李准的《不能走那条路》、艾芜的《夜归》、峻青的《黎明的河边》、周立波的《山乡巨变》、茹志鹃的《百合花》、梁斌的《红旗谱》、杨沫《青春之歌》、柳青的《创业史》、李英儒的《野火春风斗古城》等或节选或全文的内容；美国汉学家白志昂与胡志德合编的《中国革

① Jenner, W. J. F. ed. *Modern Chinese Stories.* Oxford University Press, 1970.

② Meserve, Walter J. and Meserve, Ruth I. eds. *Modern Drama from Communist China.* New York University Press and University of London Press, 1970.

③ *The Poems of Mao Tse-Tung.* Translation, Introduction, Notes By Willis Barnstone in Collaboration with Ko Ching - Po, Harper & Row, 1972.

④ Engle, Hua - ling Nieh and Engle, Paul eds. *The Poetry of Mao Tse-tung.* Wildwood House, 1973.

⑤ Mitchell, John D. ed. *The Red Pear Garden: Three Great Dramas of Revolutionary China.* David R. Godine, 1973.

⑥ Hsu, Kai-yu *The Chinese literary Scene: A Writer's Visit to the People's Republic.* Vintage Books, 1975.

⑦ Hsu, Kai - yu ed. *Literature of the People's Republic of China.* Indiana University Press, 1980.

命文学选》①，收入了秦兆阳的《沉默》、周立波的《新客》、浩然的《初显身手》等；聂华苓的《"百花"时期的文学》卷2《诗歌与小说》②，收入了张贤亮的《大风歌》、王若望的《见大人》、李国文的《改选》、王蒙的《组织部新来的青年人》等作品。总的来说，这些选本的意识形态色彩与第一个时期相比明显减弱，编选者更注重从文学发展轨迹及作品的审美特性出发选译作品。他们的言说中虽然不能完全排除抨击新中国政权的话语，但敌对态度大为缓和。选本和研究中透露出来的中国形象比第一个阶段明显友善。

20世纪70年代，《中国文学》杂志继续向国外译介中国当代文学。"文革"期间，样板戏受到异乎寻常的重视，继续得到译介，并刊载相关评论文章，对"样板戏"的思想内容和艺术价值予以评价，以引导异域读者，促进在海外的接受。浩然等硕果仅存的"合法"作家塑造"社会主义新人"形象的作品也成为此时对外译介的重要对象，浩然的《艳阳天》《金光大道》《西沙儿女》、李心田的《闪闪的红星》、高玉宝的《高玉宝》等，都作为代表时代特色的作品译介到国外。而集体翻译的毛泽东诗词无疑是该时期最重要的英译作品，为此专门成立了毛泽东诗词英文版定稿组，有的负责翻译，有的负责润色，并向国内高校师生和亲善中国的美国记者安娜·路易斯·斯特朗征求意见，于1976年隆重推出，以至于国内有学者指出："毛诗翻译受重视程度之高，翻译过程持续时间之长，参与人员之复杂，规格之高，译入语种之多，总印数之大，在世界诗歌史和文学翻译史上是罕见的。"③ 文革后至70年代末，《中国文学》也及时译介、刊载了反映新时期中国人民真实心声的作品，如伤痕小说宗璞的《弦上的梦》、刘心武的《班主任》等。

《中国文学》此一时期推出的这些译作集中体现了新中国方方面面的

---

① Berninghausen, John and Huters, Theodore eds. *Revolutionary Literature in China: An Anthology.* M. E. Sharpe, 1976.

② Hieh, Hua-ling ed. *Literature of the Hundred Flowers Period, Vol. 2 Poetry and Fiction.* Columbia University Press, 1981.

③ 马士奎：《文学输出和意识形态输出——"文革"时期毛泽东诗词的对外翻译》《中国翻译》2006年第6期，第17页。

发展变化，向世界展示一代"社会主义新人"形象。这些作品对外传递的是与西方社会的个人主义截然不同的，以集体主义为核心的价值观，旨在树立新的自我文化形象，以显示社会主义制度的优越性。

三　新时期以降：多元化译介与"淡色中国"形象

新时期以降，以美国为主导的西方的中国形象是变动不居的。先是中美建交结束了两国多年的对抗与猜疑，随后邓小平访美以及中国改革开放的深入使得美国舆论对中国的赞成率大幅上升。美国媒体对中国经济改革的正面报道越来越多，尤其是《时代》周刊以不无欣喜的态度，不断报道中国充满活力的经济、丰富多样的市场和"新体制试验田"取得的成功。但美好的中国形象并没有持续多久，20世纪80年代末的那场政治风波使西方的中国形象陡然逆转，再加上90年代初东欧社会主义阵营的解体，中国不仅失去了制衡苏联的地缘政治意义，而且成为资本主义全球化大潮中唯一一个社会主义大国，被视为"对抗世界"的"他者"，是美国主宰的世界秩序下的异己。于是，"中国威胁论""中美冲突论"成为20世纪90年代西方之中国形象的主调。21世纪以来，"中国机遇论"逐渐成为西方人的共识。2004年，美国一位家庭主妇萨拉·邦乔尼对没有"中国制造"的日子的慨叹让西方人认识到中国既是竞争对手，更是合作伙伴。中国的发展不仅让西方人享受到中国制造的质优价廉的商品，也给西方经济注入了活力，并在"反恐"问题上站在美国一边，西方对中国的好感暗自增长。美国著名的中国问题专家、高盛公司高级顾问乔舒亚·库珀·雷默将中国形象界定为"淡色中国"。他说这个词不很强势，又非常开放，同时体现出中国传统的和谐价值观，因为"淡"字将"水"和"火"两种不相容的东西结合在一起，使对立的东西和谐起来。雷默认为中国要想在世界上塑造良好的形象，最强有力的办法就是保持开放的姿态，而不是硬性推销中国文化。① 这种观点何偿不体现了历史上西方对中国的态度和看法：

---

① 参见乔舒亚·库珀·雷默等著《中国形象：外国学者眼里的中国》，沈晓雷等译，社会科学文献出版社，2006，第16～17页。

长期以来，西方的中国形象在"浪漫化"和"妖魔化"之间徘徊，在喜爱和憎恨之间摇摆。西方需要抛弃意识形态的偏见，摆脱欲望化的视角，用"淡色"来看待中国。

与对中国变动不居的认知相应，新时期以来西方世界对中国当代文学的译介呈现出多元化、多样性的特点。既有不同作家的合集，也有单个作家的作品集、小说单行本；既有对新时期不同文学流派的追踪翻译，也有对女作家群体的结集译介；既有按主题编选的译本，也有按时间段编排的选本；既有对正统文学的关注，也有对争议性作品的偏好。

就合集译介来说，新时期的作品从伤痕文学、反思文学、改革文学，到寻根文学、先锋小说等，都引起海外学者的关注。比如《伤痕：描写文革的新小说，1977－1978》① 收录了卢新华的《伤痕》、孔捷生的《姻缘》、刘心武的《班主任》和《醒来吧，弟弟》等伤痕文学作品；《新现实主义：文革之后的中国文学作品集》② 收入了高晓声的《李顺大造屋》、蒋子龙的《乔厂长上任记》、叶文福的《将军，你不能这样做!》、王蒙的《夜之眼》、谌容的《人到中年》、张弦的《被爱情遗忘的角落》等"反思文学"和"改革文学"作品；《春笋：中国当代短篇小说选》③ 收录了郑万隆的《钟》、韩少功的《归去来》、王安忆的《老康归来》、陈建功的《找乐》、扎西达娃的《系在皮绳扣上的魂》、阿城的《树王》等"寻根文学"作品；《中国先锋小说选》④ 收入了格非、余华、苏童的、残雪、孙甘露、马原等人创作的先锋小说。

除多人合集外，新时期一些作家的个人作品集和小说单行本也得到大量译介。像莫言的短篇小说集《爆炸及其他故事》《师傅越来越幽默》，小说单行本《红高粱》《天堂蒜薹之歌》《酒国》《丰乳肥臀》《生死疲劳》《变》《檀香刑》《四十一炮》等都被译成英语，"译成法语的作品就有近

① Barmé, Geremie and Lee, Bennett eds. *The Wounded: New Stories of the Cultural Revolution, 77 - 78.* Joint Publishing Co. , 1979.

② Lee, Yee ed. *The New Realism: Writings from China After the Cultural Revolution.* Hippocrene Books Inc. , 1983.

③ Tai, Jeanne ed. *Spring Bamboo: A Collection of Contemporary Chinese Short Stories.* Random House, 1989.

④ Wang, Jing ed. *China's Avant-Garde Fiction: An Anthology.* Duke University Press, 1998.

20部"。① 余华的短篇小说集《往事与刑罚》，长篇小说《活着》《许三观卖血记》《在细雨中呼喊》《兄弟》；苏童的中篇小说集《大红灯笼高高挂》《刺青》，短篇小说集《桥上的疯女人》，长篇小说《米》《我的帝王生涯》《碧奴》《河岸》；贾平凹的《浮躁》《古堡》《废都》等，也都译成英语、法语出版。

新时期一些有争议的作品也是西方关注的对象之一。美国汉学家林培瑞编选的《倔强的草：文革后中国的流行文学及争议性作品》② 选入的大多是20世纪70年代末有影响、有争议的小说和诗歌；同样是他编选的《玫瑰与刺：中国小说的第二次百花齐放，1979－1980》③ 收入了发表于1979～1980年的不同程度上的"刺"，他认为在中国，歌颂性的作品是"花"，批评性的作品是"刺"。《火种：中国良知的声音》④ 收入的是中国文坛上的杂沓之声，其中有些是有争议的作品，而堪称《火种：中国良知的声音》续篇的《新鬼旧梦录》⑤ 收录的是和原来严格的意识形态文学不同的文坛新声。被视为"中国现当代文学中事实上的、最具争议性的作家"⑥ 阎连科，其《为人民服务》《丁庄梦》《年月日》《受活》等都被译成法语，"阎连科的'被禁'以及他的'批判意识'""赢得法国人的无数好感。"⑦

海外对中国新时期文学的多元译介反映了西方人心目中杂色的中国形象。虽然文学的交流不能和渗透着意识形态的异国形象严格对应，但隐秘地投射出西方人对中国的态度和看法。

---

① 许方、许钧：《翻译与创作——许钧教授谈莫言获奖及其作品的翻译》，《小说评论》2013年第2期，第6页。

② Link，Perry ed. *Stubborn Weeds：Popular and Controversial Chinese Literature after the Cultural Revolution.* Indiana University Press，1983.

③ Link，Perry ed. *Roses and Thorns：The Second Blooming of the Hundred Flowers in Chinese Fiction，1979－80.* University of California Press，1984.

④ Barmé，Geremie R. and Minford，John eds. *Seeds of Fire：Chinese Voices of Conscience.* Hill and Wang，1988.

⑤ Barmé，Geremie and Jaivin，Linda eds. *New Ghosts，Old Dreams.* Random House，1992.

⑥ 胡安江、祝一舒：《译介动机与阐释维度——试论阎连科作品法译及其阐释》，《小说评论》2013年第5期，第76页。

⑦ 胡安江、祝一舒：《译介动机与阐释维度——试论阎连科作品法译及其阐释》，《小说评论》2013年第5期，第77页。

　　在海外"拿"来中国新时期文学的同时，中国在"送"出去方面也加大力度。《中国文学》在新时期拓宽译介的题材范围，并注重同英美国家的文学交流。20 世纪 80 年代初推出的"熊猫丛书"把诸多新时期作家如池莉、冯骥才、方方、邓友梅、梁晓声、刘绍棠、王蒙、张洁、张贤亮、周大新等人的作品传播到国外，其中销售较好的《中国当代七位女作家》《北京人》《芙蓉镇》《人到中年》《爱，是不能忘记的》等引起英美一些主流报刊如《纽约时报书评》的关注。

　　21 世纪以来，中国政府多措并举，进一步加大中国文学海外推广的力度。2003 年中国新闻出版总署提出新闻出版业"走出去"战略。2004 年国务院新闻办公室与新闻出版总署启动"中国图书对外推广计划"，成立"中国图书对外推广计划"工作小组，每年召开专门会议，出版《"中国图书对外推广计划"推荐书目》。2006 年，中国作家协会推出"中国当代文学百部精品译介工程"，2009 年开始实施"经典中国国际出版工程"，并全面推行"中国文化著作翻译出版工程"。中国政府旨在通过这些文学、文化层面的努力，塑造一个多元、开放、积极的中国形象。

　　但不管是西方的"拿"过来还是中国的"送"出去，对新时期女作家作品的译介都是焦点之一。我们下面通过西方自发译介和《中国文学》、"熊猫丛书"自主输出的中国新时期女作家的作品，看看文学译介中"他塑形象"和"自塑形象"的不同。

　　英语世界对新时期女作家颇为关注。《玫瑰色的晚餐：中国当代女作家新作集》① 《恬静的白色：中国当代女作家之女性小说》② 《我要属狼：中国女性作家的新呼声》③《蜻蜓：20 世纪中国女作家作品选》④《红色不

---

① Liu, Nienling et al. eds. *The Rose Colored Dinner*：*New Works by Contemporary Chinese Women Writers*. Hong Kong：Joint Publishing Co. , 1988.

② Zhu, Hong ed. The Serenity of *Whiteness*：*Stories by and about Women in Contemporary China*. Ballantine Books, 1991.

③ *I Wish I Were a Wolf*：*The New Voice in Chinese Women's Literature*, compiled and translated by Kingsbury Diana B. New World Press, 1994.

④ Sciban, Shu-ning and Edwards, Fred eds. *Dragonflies*：*Fiction by Chinese Women in the Twentieth Century*. Cornell University, 2003.

是惟一的颜色》①等收入了谌容、张洁、张抗抗、宗璞、茹志鹃、王安忆、张辛欣、铁凝，蒋子丹、池莉、陈染等作家的作品。此外还译介了不少女作家的个人作品集和小说单行本。国内对新时期女作家的译介也相当重视。承担《中国文学》和"熊猫丛书"外译出版工作的中国文学出版社出版了七卷中国新时期女作家的合集和个人文集，将茹志鹃、谌容、宗璞、古华、王安忆、张洁、方方、池莉、铁凝、程乃姗等众多女作家的作品推向海外。但中外在选译女作家的作品时秉承的理念、原则迥然不同。海外的译介主要是用他者文本烛照本土观念，以印证本国的文学传统和价值观念，是在借"他者"言说"自我"，"是认识自身、丰富自身的需要，也是以'他者'为鉴，更好地把握自身的需要"②。而中国是要通过对本土文学的译介，塑造积极、正面的中国形象，彰显中国的文化软实力，为改革开放和经济建设创造有利的国际环境。以海外、国内对王安忆作品的译介为例。英语世界最早选译的是王安忆探讨男女隐秘幽深的本能欲望的"三恋"——《小城之恋》《荒山之恋》和《锦绣谷之恋》，这种选择偏好和西方的女性主义诗学传统以及20世纪70~80年代女性主义批评理论在西方的兴起与发展有关。"三恋"让英语世界的读者在他国文学中看到了熟悉的影子，并因此给予好评："王安忆对人类性意识的描写敏感且具有说服力……任何一个熟悉过去几年中国文学发展的人都会认识到王安忆坦诚、公开地探讨性主题，需要何等的勇气。"③从中可以看出，英语世界对中国文学的译介内在里隐含着对自身文化的自恋式欣赏，是在用他者确认自我，完成的是自己的身份认同。

国内对王安忆的译介则体现出截然不同的选材倾向。尽管王安忆的创作题材十分广泛，从伤痕、反思、寻根，到先锋、新写实、新历史无不涉猎，但《中国文学》和"熊猫丛书"选译的却是《小院琐记》《妙妙》《雨，沙沙沙》《人人之间》《流逝》等短篇小说。究其原因，恐怕和这些

① Sieber, Patricia ed. *Red Is Not the Only Color*: *A Collection of Contemporary Chinese Fiction on Love and Sex between Women*. Rowman & Littlefield Publishers, 2001.

② 许钧：《我看中国现当代文学在法国的译介》，《中国外语》2013年第5期，第11页。

③ Mason, Caroline. "Book Review: Love on a Barren Mountain," *The China Quarterly*, 1992 (129), p. 250.

小说在主题上符合"主旋律",在艺术表现上中规中矩有关。《中国文学》和"熊猫丛书"偏重选择以现实主义为基调的作品,试图通过中国文学向世界展示一个秉承传统文化价值观、生活化、市井化的中国形象。"三恋"虽然在王安忆的创作中占有重要位置,但其对女性欲望的大胆直面使得对爱情的表现由彰显灵魂到突出本能欲求,不仅在审美趣味上和中国传统的观念相距甚远,也与国家倡导的主流文学不相符合,因而被排除在外也就在所难免。

新中国成立以来,构建良好的中国形象受到国家层面的高度重视。从人民民主国家到改革开放的形象,从对外宣传中展示中国的"五个形象"到树立和平、合作、发展、负责任的大国形象,从提出文化软实力战略到具体实施各项"译介工程""推广计划""出版工程",中国一直在致力于塑造一个国际舞台上良好的中国形象。但中国对自我形象的认知和其他国家对中国的认知尚有很多不一致之处,尽管这在国与国之间是普遍存在的现象,但在中国身上尤为突出。怎样通过文学的译介增进彼此的共识,缩小二者间的差距,让世界理解并认可中国自我塑造的形象,是我们要进一步思考的问题。

(作者单位:山东师范大学文学院)

海外当代中国诗歌研究评述（1949～2017）*

王国礼

海外对中国现当代诗歌研究的视角多种多样，很难归纳总结。受众国之间的文化差异巨大，单就"西方"一词涵盖的范围极广，其中的英法德等国家的文学传统不尽相同，对中国文学的接受视角和理解角度也千差万别，更不用说"海外"一词的范围。但整理中国当代诗歌的海外接受状况的工作迫在眉睫，这种梳理工作能让我们更清楚地认识到当代诗歌海外传播时遇到的困境与问题，因而可以为中国文学"走出去"提供更多的反思与参考。笔者试图对国外学术界对中国当代诗歌的研究状况做以简单的归纳及评述。

一 海外学界有关中国当代诗歌的价值争论

这一问题的争论集中体现在宇文所安的《影响的焦虑：什么是世界诗歌》（"The Anxiety of Global Influence：What Is World Poetry？"）一文中。他指出，弱势民族的诗人总希望拥有众多的读者，甚至是国外的读者，因此他们必定会梦想自己的诗歌被翻译成其他语言。而对于那些用英语、法语等主要语言创作的诗人而言，他们无需想象不使用自己语言的读者。因此，翻译就成了使用非主流语言（如中文）的诗人获得认可的主要途径，

* 本文为2017年度教育部人文社会科学研究一般项目"世界文学空间视野下中国当代作家国际声誉的形成机制研究"（项目号：17YJA751026）的阶段性成果。

有些时候翻译甚至会发挥决定性的作用。于是，这些使用"错误语言"（即非主流语言）的诗人就设想出"世界诗歌"这个概念，并置身其中。在此情况下，这些诗人创作的诗歌就往往与西方现代主义诗歌有高度的相似性——他用西方诗歌的"翻版"来描述这种相似性。这些诗人创作的诗歌与殖民文化紧密相关，哪种殖民文化浪潮首先影响本土知识分子，他们的诗歌就与哪种西方现代主义诗歌相似。那些本质上只具有地方性传统的西方诗歌就被理所当然地认为具有普世价值，这些来自弱势民族的诗人也希冀通过创作与西方现代诗歌相似的作品获得普适性，于是他们就采用一种比较讨巧的写作策略，创作出一些能被翻译成其他语言后还具有诗歌形态的作品。这种"世界诗歌"具有两个特点：第一，使用具有"本土特色"的意象和传统，但这种"本土特色"不可能具有写作和阅读传统诗歌所必备的精深知识；第二，使用具有普遍意义的意象，避免使用那些具有浓厚的本土特色和本土文化意义的词汇，即使这些词汇在诗歌中出现，它们也丧失了其在原文化中的含义。此外，他还认为这些诗人的诗歌语言是在阅读西方诗歌作品的本土语言翻译（甚至是很糟糕的翻译）过程中形成的。他暗示说北岛的诗歌创作历程就属于这种情形。他以《八月的梦游者》为例分析了中国当代诗歌创作中存在的问题。他认为《八月的梦游者》所收录的诗歌大体上符合他所论述的"国际诗歌"的特征，有些诗歌略含中国文化特色，但为数不多。译者的翻译似乎并不重要，因为这些国际诗歌具有自行翻译的本领，译诗的确就是原诗的一切。①

归结起来宇文所安探讨的问题是全球化语境下的中文诗歌写作，而其批评非锋芒直指当代中国诗歌写作的目的性、其与译者的合作和潜隐的商业操作。在他看来，从翻译的角度来看，这种诗人不再是被动的写作，他试图迎合域外读者的趣味，甚至与文学的传播媒介——出版机构有着某种合谋共谋关系。

不可否认，中国当代诗歌在和古典诗歌决裂，并与西方诗歌联姻之时凸显了自身的根基的单薄，在宇文所安看来其实也是一种退化。这一点无

---

① Stephen Owen. "The Anxiety of Global Influence: What Is World Poetry?" *The New Republic*, 1990 (Nov): 28 – 32.

疑是当代诗歌与生俱来的缺陷。他所说的"滥情"也是诗歌底蕴削弱的表征之一，是用白话模仿舶来诗性的一种尝试，从而使语言失去了古典诗歌语言所具有的精练与含混性，失去了一种留白的美感。这些评批评鞭辟入里，精准肯綮。

宇文所安的观点引发了美国汉学界的争论。因为他指出的北岛诗歌具有"自行翻译"的观点也折射出了他对中国现代文学价值的认识。

奚密对宇文所安的观点做出了回应，她在《差异的焦虑——对宇文所安的回响》一文中从如下几个方面思考了这一问题。

第一，宇文所安将"民族"与"国际"严格区分开来的做法无疑把它们视为两个封闭截然对立的体系。也就是说他的批评指向了中国现当代文学的中国性（Chineseness）品格问题，归根结底是当代诗歌面对本土性和普适性的张力问题。其实，中国当代诗歌从发生之时就与世界性紧密联系在一起了，它的发生恰恰离不开世界影响。故而，奚密指出，清末民初的知识分子对古典诗歌的不满导致他们开始探求诗歌在形式、主题以及语言方面的变革，而西方诗歌恰恰为他们提供了实践新诗的范式。此外，中国当代诗人在接受西方诗歌时是有选择性的，并非来者不拒，全盘接受，其中浪漫主义和现代主义的影响最大。即使一些所谓的现代主义诗人，如废名、卞之琳、戴望舒、痖弦、杨牧等人的诗歌也表现出了浓厚的民族色彩。[①] 叶维廉也指出，"白话文运动"这场语言革命是中西两种语言体系碰撞，融合的结果，所以现代汉语就具有二重性，既有西方语言语法和修辞中逻辑的严密性也有古代汉语的具象性。而现代汉诗则对中国古典诗歌与西方现代诗歌的审美取向兼收并蓄，一方面能借助西语中主体突出、时空清晰、逻辑严密的特点而处理错综复杂的现代经验，表达现代主体的强烈感受；另一方面又保持古代汉语的具象性而达至一种经验体悟的直接和完整的境界。[②]

第二，宇文所安否定了中国现代诗歌的价值，认为它们是对西方诗歌的拙劣模仿，而这种影响是西方文化霸权的例证。他固然揭示出了文化交

---

① 奚密：《差异的焦虑——对宇文所安的一个回响》，《中外文化与文论》1997 年第 4 期。
② 叶维廉：《叶维廉文集（第 3 册）》，安徽教育出版社，2004，第 211 页。

流中潜在的不平等性，但仅以此来判断文学的影响有失偏颇，因为文学固然会受到政治历史等因素的制约，但也有其独立性。他认为如果现代诗迥异于古典诗歌，他就是国际的，即非中国的。因此，宇文所安在提醒我们中国现代诗歌所面临的文化霸权时，无意中又站在了文化霸权的立场上，带着一种西方文学的优越感来欣赏中国当代诗歌。① 奚密还进一步指出，

> 如果从三千年的古典诗歌传统来看，现代汉诗还是异端的话，我们仍不能否认现代汉诗的产生和发展不可能在整个中国诗传统之外存在，其意义也不可能在中国传统之外探求。一点也不矛盾的是：宇文教授对"中国诗"和"现代诗"之间差异消失的忧虑。两种忧虑我以为都是想象比现实的成分居多。②

所以李点在其《抵制与流亡——北岛的汉语诗歌》一书中指出，以可译性为文学价值标准并以此总结北岛的诗歌或中国现代诗歌的做法是值得怀疑的。他认为北岛诗歌英译遇到的最大挑战是找到如何引导读者接近历史性的方式，而不是回避或无缘无故地让它消失。②

第三，宇文所安认为北岛诗歌的英译作品读起来与西方诗歌没有多大的差别，因此他断定北岛一定是为国际读者而创作并对此加以延伸，认为中国当代诗人是为了"自身利益"而写作，"为了向国外贩卖自己而写些让国际读者读了感动的诗"。这种极端的说法并不符合中国当代诗歌的实际状况，古今中外的大部分诗人，都处在诗歌的功利性与崇高性的两端。③

而周蕾在《写在家国以外》中指出，宇文所安的焦虑其实源自他所钟爱的"中国"（古典诗歌中的而非现实的中国）因当代中国人的存在而变得复杂。他致力探求的中国传统正在消亡。这就意味着他自身也正被人

---

① 奚密：《差异的焦虑——对宇文所安的一个回响》，《中外文化与文论》1997 年第 4 期，第 63 页。
② 奚密：《差异的焦虑——对宇文所安的一个回响》，《中外文化与文论》1997 年第 4 期，第 65 页。
③ 奚密：《差异的焦虑——对宇文所安的一个回响》，《中外文化与文论》1997 年第 4 期，第 64 页。

抛弃。①

陈晓眉认为朦胧诗诞生于"文革"的精神荒漠中，学校和图书馆都被关闭了，大多数的朦胧诗人几乎没有机会读到西方现代文学作品。即使在"文革"前的20世纪五六十年代，出版的外国文学作品大多来源于苏联、东欧和第三世界国家，偶尔会有西方文学作品，而且一般都是事后被认定为"批判现实主义"的文学作品。② 从这个角度说，当代诗人是为"世界读者"而做，具有"自行翻译"之本领的说法也就行不通。

二　海外政治维度下的中国当代诗歌研究

白话文运动一开始就和民族-政治目标紧密相连。当时的中国必须同时取得两种形式的独立：政治独立与严格意义上的文学独立。政治独立的目的是使本民族在政治上存在，在政治上得到国际层面的认可；文学本身的独立主要在于确立民族/民众语言的地位，以自己的作品丰富文学世界。因此，为了摆脱国际范围的文学统治，年轻民族的作家们不得不依赖政治力量，即民族的力量，这就使新文学在某种程度上服从于当时中国政治的得失。也就是说，自新文学运动以来，文学自治要通过与民族问题紧密相连的非文学活动实现。只有当积累起哪怕起码的政治资源和独立时才可能进行文学本身独立的斗争。即使1949年中国赢得了民族独立，中国文学依然处依然无法独立于政治而存在。西方学界也注意到了这一点。

在苏联，1953年出版了H.费多连科的《中国现代文学概述》，介绍了20世纪20~40年代的中国文学。他认为"延安文艺座谈会"中讨论的文学与社会的关系基于列宁和斯大林的观点。他指出，中国文学诗沿着社会主义现实主义的道路发展的。在此基础上，他又在1956年出版了《中国文学》，其主要观点依然是阶级斗争，强调中国作家爱祖国、爱人民和同情被压迫者的情怀。书中单列了"反对资产阶级对文学与文学研究的影

---

① 周蕾：《写在家国之外》，牛津大学出版社，1995，第5~6页。

② Chen Xiaomei, "Misunderstanding Western Modernism: The Menglong Movement in Post-Mao China," *Representations* (Special Issue: Monumental Histories), 1991 (35): 143-145.

响"一章，介绍了新中国成立后的思想意识的清查活动。此外，他将诗人艾青作为具有鲜明个性特点的作家列入艺术家的行列。①

德国汉学界对朦胧诗颇感兴趣，政治性是他们研究的焦点之一。朦胧诗的代表人物北岛的《太阳城札记》（1991）和《白日梦》（1997）两部诗集被翻译成了德语，译者为著名汉学家顾彬。他认为，北岛的代表作《回答》是以作者为代表的一代人对历经沧桑的中国社会的做出的反应和"回答"，是对社会变革的期待，对民主运动的支持。收入《太阳城札记》的另外一部重要诗作《宣告》的创作日期大概是在"文革"期间，稍晚于《回答》，该诗充满了战斗精神，是对当时中国社会的讽喻。② Ida Butcher认为，朦胧诗中存在着两种话语表达方式的冲突。一种是"文革"话语，掌控在社会核心人物手中；另一种是反思话语，是尚未丧失良知道德和理性的知识分子。朦胧诗的话语表达方式是一种杂糅性的文体，是一种意识形态话语的无意识的修辞性表达方式，也是两种话语形态相互摩擦的结果，因而兼具两种不同话语符码的特征，整个文体就不那么纯净。奚密也曾指出，"朦胧诗"之所以被英语世界关注，其原因有三：首先，朦胧诗中象征的应用与官方认可的诗歌有明显的区别；其次，朦胧诗饱含了对新近发生过的历史的批判性反思以及对人性的呼唤；最后，朦胧诗与外国文学发生了接触并有互动关系。奚密指出，最后两点的意义非常重大。1982年以后，中国当代诗歌的英语翻译呈上升趋势，中国当代诗歌最终走出了古典诗歌的阴影，在世界文学中获得了一席之地。③ 她所说的对历史的批判性反思以及对人性的呼唤，也就是朦胧诗的政治主题，这就是西方学界关注的焦点之一。

在中国当代诗人中，最具国际影响力的诗人莫过于北岛。北岛诗歌在20世纪80年代后之所以在西方世界产生了巨大影响，部分原因是它们被

---

① 转引自王亚民《中国文学在俄罗斯的翻译与接受》，《外语教学理论与实践》2016年第3期，第66页。

② 转引自谢淼《德国汉学视野中的中国当代文学 1978 – 2008》，武汉大学博士学位论文，2008。

③ Michelle Yeh. "Modern Chinese Poetry：Translation andTranslatability", *Front*, 2011 （4）：603.

视为西方世界了解中国现实的一种政治文本，从而产生了一些政治效用。杜博妮在《八月的梦游者》的介绍中指出，构成北岛诗歌的核心要素是他对野蛮的、腐败的、墨守成规的社会的复杂反应。在 20 世纪 70 年代初期，当"文革"依然在摧毁正常的社会生活之时，北岛成了局外人，远离当时的政治与社会权力形式，以非政治的、颠覆性的方式坚持个体的独立性。在 1989 年的美国版的序言中，杜博妮还特意增加了两段文字说明了北岛诗歌的政治效用。她指出，组诗《白日梦》以暴行意象开始，以"悲剧导演"的葬礼而结束。认为他的诗歌是随后发生的事件的预言。她还详细说明了北岛在当年参与的政治活动。① 尽管杜博妮在《太阳城札记》的序言中曾指出，北岛的诗作是新中国成立以来出版的最优秀的作品②，她在《八月的梦游者》中对北岛的介绍表明其对北岛作品的解读还是从文学与政治的视角进行的。在之后的《旧雪》中，她依然从政治视角审视北岛的诗歌，用了近三分之一的篇幅介绍了北岛的政治活动，并指出《旧雪》中的作品折射出了北岛最初的预感和对国内政治事件的不满以及与家人分离之苦的延续。③ 这种介绍的口吻有以北岛诗歌的政治性和对中国政治的批判为卖点之嫌。

三 当代诗歌的语言生成研究

有关当代诗歌的语言生成问题其实在宇文所安引发的争论中有所提及，"滥情"是宇文所安对当代诗歌语言的总体评价，也是宇文所安对现代诗歌语言审美性的追问。奚密的回应部分指出了古典诗歌语言和现代汉诗语言的差异，即是说现代汉诗是中国文学发展自身的变革的要求和西方影响的产物，二者的影响水乳交融，"滥情"的说法很显然把问题简单化

---

① Bei Dao. Tr. Bonnie S., McDougall. *The August Sleepwalker*. NY：New Directions Publishing Corporation，1990：9－16.

② Bei Dao. Tr. Bonnie S. McDougall. *Notes from the City of the Sun：Poems by Bei Dao*. Ithaca：The Cornell East Asia Papers，1983：1.

③ Bei Dao. Tr. Bonnie S. McDougall and Chen Maiping. *Old Snow：Poems by Bei Dao*. NY：New Dirction Publishing Corporation，1991：xi.

了。她进一步指出，若从比较文学研究的角度来看，中国新诗的风格的确和西方某些流派的诗学主张相类似。而且有些作家也确实提出过模仿西方文学的主张。但单从影响研究的角度还不足以说明中国新诗的全貌。因为在接受外来诗歌时，诗人是有选择性的，这种选择一方面基于诗人本身，另一方面也与本土文学的需求有关。因此，若要对此问题展开深入研究，我们就必须回归自己的文学传统。现代汉诗是诗人在面临多重选择时，依照自身和本土文学的需求追求不同形式和风格的结果。其中西方现代主义诗歌的因素可能受到外国文学的启发甚至模仿，但类似的诗歌实验部分源自本土文学的内在需要和发展。① 周蕾对宇文所安的批判也基于同样的理由，她认为宇文所安是站在古典诗歌的角度看待现代汉诗语言的，说到底是一种时空错位，是一种怀旧情绪引发的焦虑。

在中国文学空间内部，古代汉语已拥有古老的文学资本，在诗歌创作方面已有一套自己的法则和技巧，韵律、用典、字数、意象等都有严格的规定。古代日本、越南以及朝鲜等周边国家也都曾使用过古汉语并模仿古汉诗，中国就成了古代汉文化的中心区域，向周边输出文学资源，并且影响和吸引着依附于它的文学生产。中国古代文学也得到了其他文学空间学者的认可，他们对中国古典文学的研究也有很长的历史，对中国古代文学作品的翻译也从未停止过，尽管长期处于半封闭的状态之中，中国古代文学已经积累了丰厚的文学资本，古代汉语的"文学性"自然毋庸置疑。而从新文学运动开始，白话文进入文学语言的历史不过短短几十年。尽管古代也有白话文创作的历史，但这类文学作品往往登不了正统文学的殿堂。在中国古代文学体系中，白话文一直处于边缘地位。而且，白话文运动一开始就和民族/政治目标紧密相连。当时的中国必须同时取得两种形式的独立：政治独立与严格意义上的文学独立。政治独立的目的是使本民族在政治上存在，在政治上得到国际层面的认可；文学本身的独立主要在于确立民族/民众语言的地位，以自己的作品丰富文学世界。因此，为了摆脱国际范围的文学统治，作家们不得不依赖政治力量，即民族的力量，这就使新文学在某种程度上服从于当时中国政治的得失。也就是说，自新文学

---

① 奚密：《从边缘出发——现代汉诗的另类传统》，广东人民出版社，2000，第 62 ~ 73 页。

运动以来，文学自治要通过与民族问题紧密相连的非文学活动实现。只有当积累起哪怕起码的政治资源和独立时才可能进行文学本身独立的斗争。即使1949年中国赢得了民族独立，中国文学也无法确立专属于自己独立的审美和法则。作为政治和民族主义工具的现代汉语自然也就缺少了古代汉语所承载的"文学性"。对中国古典诗歌情有独钟的宇文所安来说，以这样一种缺乏"文学性"的语言为工具，现代汉诗的语言自然是苍白无力的。

不置可否，西方诗歌的影响从一开始就是新诗的重要创作资源。从某种程度上来说，现代诗歌是诗人们借用西方诗歌话语改造中国诗歌话语的必然结果，这种改造是中国诗歌走向现代化的必经之路。在中国诗歌走向现代化的过程中，作为强势话语的西方文学资源成了中国新诗颠覆中国古典诗歌的动力之一。西方话语在逐渐被中国新诗接受的过程中，也逐渐被本土化，给中国新诗赋予了现代性的特征和内涵。因此，西方资源在中国新诗形成过程中发挥了不可或缺的作用，它在为中国现代诗歌颠覆古典诗歌提供外在动力的同时，也为现代诗歌提供了新的范式。[①]

叶维廉对现代汉语诗歌的问题较为关注，他刻画出了现代白话诗语言的发展历程。他指出现代汉语诗歌的语言经历了三个阶段：早期的现代汉诗具有叙述性和说明性的特点，语言过于直白；在第二个阶段，也就是20世纪三四十年代，由于西方文学作品的大量译介，现代汉语诗歌在语言上模仿西方语言，尤其是浪漫派诗歌的语言，此时的汉语诗歌语言其实也是一种"翻译体"语言，但早期诗歌中说明性的文字逐渐被剔除在外，诗人开始注重意象的使用；第三阶段为比较成熟的阶段，他指出："直到更晚近的诗人运用更成熟的诗艺避过白话的缺陷而回到类似旧诗的境界，这些手法例如连接媒介的剧减，与外物合一的努力，反对直线追寻的结构等，显示了白话中保有的文言特性，透过好诗的提炼，可以进一步发挥旧诗的表达形态，又忠于现代激荡的节奏。"[②]也就是说，现代汉诗最终找到了适合自己的语言，使自身趋于精美。同时，这种语言还保留了古典诗歌语言

---

① 赵小琪：《西方话语与中国新诗现代化》，中国社会科学出版社，2012，第1页。
② 叶维廉：《叶维廉文集》第3册，安徽教育出版社，2004，第211页。

的纯美和本源文化特性。结合叶维廉一贯主张的文化的"模子"说，我们可以推测，在他看来现代汉语诗歌语言的生成过程就是中西文化"模子"相互碰撞、相互融合并形成新的诗歌语言的过程。

四 现代汉诗的演进历程

Brian Phillips Skerra 在其博士学位论文《中国当代诗歌与诗学的形式及其转变》（*Form and Transformation in Modern Chinese Poetry and Poetic*）中追溯了自胡适提倡白话文运动以来中国现当代诗歌的形式及历史辩证关系中的五次运动，并通过个案研究加以说明：其一，高度政治化与寻求语言透明度之间的矛盾；其二，诗歌模糊性的话语与"意义"的追寻；其三，基于诗歌的音乐性理论与强调同质而轻视差异的阅读实践；其四，不可翻译的诗歌和"业已翻译"的中国诗歌声誉之间的对立；其五，诗歌语言的讽刺暗示。①

只可惜虽然他的研究个案研究分析详尽充分，但缺乏宏观的概括和研究，在个案研究中所列举的作家的诗歌创作实践与诗学理论分析就缺乏整体性的逻辑关联，也就未达到题目中要论述的勾勒中国当代诗歌历程的目的。如当代诗歌为何曾经高度政治化，为什么高度政治化的诗歌和语言"透明"之间会存在矛盾，两者之间是否也有契合？不可翻译的诗歌是在指诗歌本身无法被翻译成外文还是诗歌中包含的不可译因素？"业已翻译"的中国诗歌是否就是宇文所安所提及的那些具有"自行翻译"本领的诗歌，如果说不可翻译的诗歌具有中国特性（Chinesness），"可翻译"的诗歌具有宇文所安所说的"世界诗歌"的特点，两者的对立究竟何在，这些问题又如何阐释本土性和普适性之间的关系？（"越是民族的越是世界的"这一命题），这五次运动之间到底有何关联，他们在中国现当代诗歌的发展进程中分别发挥了什么样的作用，作者对上述问题或未提及，或未做深入分析。

---

① Brian Phillips Skerra. *Form and Transformation in Modern Chinese Poetry and Poetic*. Doctoral Dissertation of Harvard Universit, 2013.

而要讨论现代汉诗的演进历程的研究成果，就必须提及奚密的研究。她认为现代汉诗的发展历程有两个特点：从发生的根源看，其特点是杂合性。即是说，现代汉诗是在中国古典诗歌和西方诗歌两大传统的冲突与融合中产生的，可以说现代汉诗始终在这两大传统的夹缝中去求得生存：一方面，这两大传统的冲突与相互转化源源不断地给现代汉诗注入活力；而另一方面，它自身的发展又始终处于这两大传统的压力当中，在接受其影响时又无法全盘继承，因而始终处于与之对抗又融通的艰难处境。究其根源，是因为现代汉诗的发端于特定的历史时期，经历了从传统、现代再到后现代的时代历程。正如彭松总结的那样，"不同的社会状况、文化特征深刻影响了现代汉诗的诗质，并使得其生存方式、话语策略、审美向度都不断变迁演进，时时脱颖出新的生机"[①]。

从现当代诗歌在整个文学场域中的地位演进来看，其本质特征为"边缘化"。现代汉诗自诞生之处在危机之中，面临传统社会向现代社会的转变，诗歌处在自我认同的危机之中。从中国文学发展的历程来看，诗歌在文学场域中长期处于中心地位，既是知识分子文学素养集中体现，是表达情感的最佳方式之一，也是他们踏向社会生活的基石：通过"诗"和"文"赢得社会声誉，走向政治生活（科举制度确立后尤其如此）。所以作家——官吏二者身份的重合是古代中国知识分子的重要特征之一，也是其精英地位的表征之一。而在当代社会，随着大众传媒和消费文化的兴起，精英文化逐渐曲高和寡，逐渐被边缘化。她指出，这种危机使诗人在面临挑战的同时也赋予了当代诗歌新的发展机遇：同古代文人相比，"边缘化"的处境让诗人感到强烈的失落感和疏离感，产生了认同危机；另外，新的处境迫使诗人重新定位，重新审视个体与社会的关系，有更大的空间进行自我反省和自我剖析，对人的生存状态进行严肃的反思和批判。因此"诗人挣脱了传统规范的束缚，获得更大的创作自由"[②]。

奚密的认识无疑是非常深刻的，但若我们回顾新文学运动以来的诗歌发展历程又发现，奚密的这种观点似乎与现当代诗歌的发展实际状况有自

---

① 彭松：《欧美现代中国文学研究的向度和张力》，复旦大学博士学位论文，2008，第150页。
② 奚密：《从边缘出发：现代汉诗的另类传统》，广东人民出版社，2000，第17页。

相矛盾之处。因为"白话文运动"的根本目的是打破古典文学语言和大众语言之间的不可逾越的鸿沟。现当代诗歌在近百年的发展进程中扮演了多重角色。从新文化运动、抗日战争、百家争鸣百花齐放到"文革"结束后提倡的文化解放以及 2008 年的"抗震诗",诗歌被用以启蒙、教育、灌输思想、动员、激励、解放、激发以及抚慰等各个方面。左翼诗歌提倡革命化、平民化的语言;以延安文学为代表的解放区文学提出了文学为工农兵服务的口号,也要求诗歌走出精英文学的禁区,成为平民大众审美的对象。朦胧诗的代表人物北岛的早期诗歌也有不少的"政治抒情诗",《回答》《宣告》《结局或开始》等也都是用"一种革命话语回应另一种革命话语"。"文革"结束后更是掀起了一股"诗歌崇拜"的高潮,正如北岛所说当时的诗人被视作"救世主、斗士、牧师、歌星"。诗歌积极介入社会生活,单以"边缘化"一词不足以概括中国现代诗歌的发展历程。奚密在分析这一现象时指出:"对当代中国的若干先锋诗人而言,诗歌已不仅仅是一种个人或私人性的创作活动。它已被提升为一生命和宗教信仰的至高无上的理想存在。"①在她看来当时中国的诗歌崇拜具有强烈的宗教狂热的意涵,对某些诗人而言,诗歌本身就是宗教。朦胧诗的崛起表明了是人群体偏离官方意识形态的倾向,填补了"文革"以后长期遗留的精神真空。

五　网络时代的诗歌"把关人"研究

在进入网络时代以后,文学的生态形式也发生了变化。从传播媒介的角度看,承载诗歌的传播方式既传统的纸质媒介(杂志、书籍)也有视频媒介(电影、电视)和网络媒介。其中网络媒介的力量不容小觑,它不仅仅改变了诗歌的传播方式,也颠覆了人们对"写作"和"作家"等概念的认知。任何人都可在网络平台进行"写作",也就是说任何人都可以成为"作家",通过博客、微信、QQ、网站等平台发布自己的"作品"。

---

① Michelle Yeh, "The 'Cult of Poetry' in Contemporary China," *The Journal of Asian Studies*, 1996 (1): 53.

Heather Inwood 在其文章《为人民的诗歌？网络时代的中国当代诗歌》（*Poetry for the People? Modern Chinese Poetry in the Age of the Internet*）中指出，在中国当代诗歌的场景中存在着诸多张力。张力的一极为大众媒介和能进行批量生产文化产品的网络，另一极为中国当代诗人竭力维持诗歌创作的水准、保留对诗歌的传统定义的愿望以及中国非诗歌阅读群体的保守期望。数字媒介不仅使更多的人有机会参与文学生产，也使读者有更多的机会判断诗歌的好坏。这些新媒介也使促生了新的文学"把关"（gate-keeping）方式，诗人和普通大众一样以自己的方式决定什么是"诗歌"。①

他以布迪厄的文学场理论为依据分析了中国诗歌场域中的"把关"方式，并指出除了官方的审查制度，中国网络诗歌场域自身也有"把关"方式，其发挥的作用远远大于前者。他将中国诗歌场域的"把关"方式分为三类。第一类精英式的"把关"方式，主要为专少数控制与分配文学生产的专家式的诗人，也是中国诗坛影响力较大的人物，以伊沙为代表。在有关"知识分子写作"和"民间写作"的争论中，她倡导后者。其网易微博的专栏"新世纪诗典"被新浪微博、豆瓣和其他网络转载。在每天的专栏中，伊沙选择一首当代诗歌，之后加以简单评论。在这类"把关"模式中，编辑的权威性发挥了决定性的作用，其目的是筛选一些具有高水准的诗歌作品以待日后出版。

第二类"把关"方式与面对面的聚会或大众参与相关，如诗歌朗诵会、诗歌沙龙或诗歌节。在这类方式中，"把关者"更注重诗歌情感的真实性，而更看轻诗人的权威性和专业性（尽管所谓的真实性本身也是权威性的生产者）。个人参与众多意义的生成过程，拥有任何文化场景共同的归属感。这类"把关"方式的代表为"垃圾派"诗歌，他们由诗学观点大致相近的群体组成，抵制诗坛的精英主义倾向。该群体大致形成于 2003 年，2010 年解散，其主要阵地为论坛"北京评论"，主要代表人物为老头子、皮旦和支峰，具有强烈的先锋意识，诗歌作品聚焦于人类生存方方面面，如"屎尿"，但又不同于下半身写作（往往只关注性）。在一篇阐述诗

---

① Heather Inwood, "Poetry for the People? Modern Chinese Poetry in the Age of the Internet," *Chinese Literature Today*, 2015, (5) 1: 45.

歌使命的网络文章中，老头子指出，在垮掉派诗歌没落之后，诗歌只是一堆垃圾。①"垃圾派"一般在网络发布自己的诗歌作品，群体成员对新近的诗作相互评论，对不符合其诗学标准或者攻击其诗歌标准的帖子则一律删除。

第三类"把关"方式是由网民主导的。源自轰动一时的"梨花体"事件。2006 年 11 月，有人将女诗人赵丽华的诗歌发布在论坛"两全其美"（LQQM. net）上，随后引起轰动。并将其风格成为"梨花体"。赵丽华的口语体诗歌遭到有些网民的攻击和讽刺，如有网民称她为"国家一级诗人"，也有人称之为"诗坛芙蓉"。她的诗句："诗/原来/可以/这样/写"，被讥讽为"史上最汗的诗"。Heather Inwood 认为赵丽华在中国诗坛引起轰动的主要原因是其诗歌触动了众多网民的敏感神经，他们逐渐对中国当代诗歌的成就持怀疑态度，或许他们对赵丽华口语体诗歌本身的文学语境一无所知。在他们所受的教育中，中国是诗歌的国度（尤其是古典诗歌），诗歌应当有某种标准。而他们参与到诗歌创作的传播与解构之中，其评判标准来自大众对诗歌文本的集体反应。②

他还进一步指出，在中国不论诗人还是非诗歌阅读的公众对诗歌都持有类似的观点：作为高雅文化的代表和中国民族文化身份认同的核心，诗歌应该超越表达物质欲望的刺耳声音，摆脱赚取点击率的吸引眼球的种种行为，对大众媒介做出自己的回应。网络对当代中国诗歌"水准"的影响尚待进一步观察。但有一点可以肯定：作为一种社会形式，诗歌将会继续繁荣。他预言，不论诗歌的创作者选择回归大众还是仅仅作为诗歌与在政治、文化、媒介张力的见证者，它绝不会失去其话语表达能力。③

当然，国外对中国当代诗歌的研究不仅仅限于笔者所列出的这些主题，如在谈及翻译问题时葛浩文指出了中国当代文学走出时翻译面临的问

---

① 转引自 Heather Inwood, "Poetry for the People? Modern Chinese Poetry in the Age of the Internet," *Chinese Literature Today*, 2015, (5) 1: 52.

② Heather Inwood, "Poetry for the People? Modern Chinese Poetry in the Age of the Internet," *Chinese Literature Today*, 2015, (5) 1: 52.

③ Heather Inwood, "Poetry for the People? Modern Chinese Poetry in the Age of the Internet," *Chinese Literature Today*, 2015, (5) 1: 54.

题，葛浩文认为："从翻译的角度来说，有三个障碍，第一，作家忽略了写'人的文学'，所谓人的文学，就是发掘人性，写人的成功，人的失败，这些才是文学打动人心的地方；第二，小说家写得太草率，太粗糙，应注重细节描写，才可赋予作品深刻的内蕴；第三，语言西化，缺乏创新。中国传统的诗词歌赋，意象优美，以精粹独特的语言表现，当代作品这方面落后许多。"在评价当代中国文学时葛浩文认为"中国文学还没有走出自己的道路，连作家自己都不太清楚要走向何方。我认为技巧不是最重要的，最重要的是要找到自己的声音"①。英国著名翻译家蓝诗玲也谈到英国媒体和读者对中国当代文学的接受不容乐观："这就成为一种恶性循环，大的出版公司不愿出版中国现当代文学作品，因为这些作品不仅少有人知，还常被认为缺乏文学价值，因此吸引不了读者。即使他们出版了这些作品，拙劣的编辑又常常会选到质量糟糕的译本。总之，这些现象使普通读者和其他编辑坚信中国现当代文学作品可以被毫无顾忌地忽略掉。"②

上述研究视角各不相同，我们能从这些研究和评论中洞见我们过于熟悉而容易忽略的问题，或从新视角分析老问题。但"他山之石可以攻玉"，若能反思这些问题，在创作时能意识到这些问题，则对中国当代诗歌的发展也大有裨益，也能使其更有效地在世界文学市场传播。

（作者单位：西北师范大学外国语学院）

---

① 转引自黄立《今日东学如何西渐——中国当代文学海外传播体系的建构理论探索》，《当代文坛》2016 年第 2 期，第 38 页。

② Lovell J. , "Great Leap Forward," *The Guardian*, 2005 - 06 - 11.

附　录

中国高等教育学会外国文学专业委员会

第八届荣誉理事名单（按姓氏笔画排序）

序号	姓名	性别	单位	学会职务
1	王忠祥	男	华中师范大学	荣誉理事
2	王　诺	男	厦门大学	荣誉理事
3	王智量	男	华东师范大学	荣誉理事
4	刘意青	女	北京大学	荣誉理事
5	李明滨	男	北京大学	荣誉理事
6	杨正润	男	南京大学	荣誉理事
7	杨恒达	男	中国人民大学	荣誉理事
8	汪介之	男	南京师范大学	荣誉理事
9	陈建华	男	华东师范大学	荣誉理事
10	金柄珉	男	延边大学	荣誉理事
11	孟昭毅	男	天津师范大学	荣誉理事
12	聂珍钊	男	浙江大学	荣誉理事
13	翁义钦	男	复旦大学	荣誉理事
14	郭继德	男	山东大学	荣誉理事
15	黄晋凯	男	中国人民大学	荣誉理事
16	梅晓云	女	西北大学	荣誉理事
17	傅修延	男	江西师范大学	荣誉理事
18	赖干坚	男	厦门大学	荣誉理事

中国高等教育学会外国文学专业委员会

第八届常务理事名单（按姓氏笔画排序）

序号	姓名	单位	学会职务
1	马海良	北京外国语大学	常务理事
2	王 芳	内蒙古大学	常务理事
3	王化学	山东师范大学	常务理事
4	王立新	南开大学	常务理事
5	冉东平	广州大学	常务理事
6	朱振武	上海师范大学	常务理事
7	刘 研	东北师范大学	常务理事
8	刘亚丁	四川大学	常务理事
9	刘建军	东北师范大学	常务理事
10	刘树森	北京大学	常务理事
11	刘洪涛	北京师范大学	常务理事
12	孙 建	复旦大学	常务理事
13	麦永雄	广西师范大学	常务理事
14	苏 晖	华中师范大学	常务理事
15	李正荣	北京师范大学	常务理事
16	李永平	陕西师范大学	常务理事
17	李伟昉	河南大学	常务理事
18	杨丽娟	大连大学	常务理事
19	杨金才	南京大学	常务理事
20	杨莉馨	南京师范大学	常务理事
21	杨慧林	中国人民大学	常务理事
22	吴 笛	浙江大学	常务理事
23	宋炳辉	上海外国语大学	常务理事
24	张 冰	北京大学	常务理事
25	林精华	首都师范大学	常务理事
26	郑体武	上海外国语大学	常务理事
27	查晓燕	北京大学	常务理事
28	董 晓	南京大学	常务理事
29	董洪川	四川外国语大学	常务理事
30	傅星寰	辽宁师范大学	常务理事
31	葛桂录	福建师范大学	常务理事
32	蒋承勇	浙江工商大学	常务理事

序号	姓名	单位	学会职务
33	曾思艺	天津师范大学	常务理事
34	曾艳兵	中国人民大学	常务理事
35	戴从容	复旦大学	常务理事
36	魏丽明	北京大学	常务理事

中国高等教育学会外国文学专业委员会

第八届理事名单（按姓氏笔画排序）

序号	姓名	单位	学会职务
1	马晓华	内蒙古师范大学	理事
2	马海良	北京外国语大学	理事
3	马卫红	浙江外国语学院	理事
4	王 芳	内蒙古大学	理事
5	王化学	山东师范大学	理事
6	王冬梅	北方民族大学	理事
7	王立新	南开大学	理事
8	王亚民	华东师范大学	理事
9	王旭峰	南开大学	理事
10	王春雨	东北师范大学	理事
11	王晓英	南京师范大学	理事
12	王敬慧	清华大学	理事
13	亢西民	山西师范大学	理事
14	甘丽娟	天津师范大学	理事
15	田刚建	黑龙江大学	理事
16	史锦秀	河北师范大学	理事
17	冉东平	广州大学	理事
18	朱振武	上海师范大学	理事
19	刘 研	东北师范大学	理事
20	刘 萍	安徽师范大学	理事
21	刘 锋	北京大学	理事
22	刘玉红	广西师范大学	理事
23	刘亚丁	四川大学	理事

序号	姓名	单位	学会职务
24	刘佳林	上海交通大学	理事
25	刘建军	东北师范大学	理事
26	刘树森	北京大学	理事
27	刘洪涛	北京师范大学	理事
28	江玉琴	深圳大学	理事
29	孙　建	复旦大学	理事
30	孙　超	黑龙江大学	理事
31	麦永雄	广西师范大学	理事
32	苏　晖	华中师范大学	理事
33	陈世丹	中国人民大学	理事
34	杜　娟	兰州大学	理事
35	李　娟	云南大学	理事
36	李正荣	北京师范大学	理事
37	李永平	陕西师范大学	理事
38	李先游	新疆大学	理事
39	李伟昉	河南大学	理事
40	李保杰	山东大学	理事
41	杨丽娟	大连大学	理事
42	杨金才	南京大学	理事
43	杨莉馨	南京师范大学	理事
44	杨慧林	中国人民大学	理事
45	肖锦龙	南京大学	理事
46	吴　笛	浙江大学	理事
47	吴康茹	首都师范大学	理事
48	宋炳辉	上海外国语大学	理事
49	宋素凤	中山大学	理事
50	迟宝东	高等教育出版社	理事
51	张　冰	北京大学	理事
52	张　怡	四川大学	理事
53	张　辉	北京大学	理事

续表

序号	姓名	单位	学会职务
54	张晓希	天津外国语大学	理事
55	陈 红	上海师范大学	理事
56	范 劲	华东师范大学	理事
57	林精华	首都师范大学	理事
58	尚必武	上海交通大学	理事
59	金 铖	吉林大学	理事
60	周启超	浙江大学	理事
61	郑体武	上海外国语大学	理事
62	孟 湘	山西师范大学	理事
63	赵 明	宁夏大学	理事
64	赵山奎	浙江师范大学	理事
65	赵建常	山西大学	理事
66	郝 岚	天津师范大学	理事
67	查晓燕	北京大学	理事
68	姚建彬	北京师范大学	理事
69	徐 蕾	南京大学	理事
70	梁 坤	中国人民大学	理事
71	葛桂录	福建师范大学	理事
72	董 晓	南京大学	理事
73	董洪川	四川外国语大学	理事
74	蒋贤萍	西北师范大学	理事
75	蒋承勇	浙江工商大学	理事
76	傅星寰	辽宁师范大学	理事
77	童 真	湘潭大学	理事
78	曾思艺	天津师范大学	理事
79	曾艳兵	中国人民大学	理事
80	雷武锋	西北大学	理事
81	戴从容	复旦大学	理事
82	魏丽明	北京大学	理事

中国高等教育学会外国文学专业委员会

第八届理事会领导机构名单

序号	姓名	所在单位	职务
1	刘建军	东北师范大学	会长
2	刘树森	北京大学	副会长
3	王立新	南开大学	副会长
4	郑体武	上海外国语大学	副会长
5	杨慧林	中国人民大学	副会长
6	张 冰	北京大学	副会长
7	董 晓	南京大学	副会长
8	杨金才	南京大学	副会长
9	苏 晖	华中师范大学	副会长

学会秘书处名单

序号	姓名	所在单位	职务
1	张 冰	北京大学	秘书长
2	王春雨	东北师范大学	副秘书长

学会监事会名单

序号	姓名	所在单位	职务
1	魏丽明	北京大学	监事

学会成立以来公开出版的
学术论文集一览表

1. 《外国文学研究中的新发展》，张月超主编，南京大学出版社，1986。

2. 《外国文学讲席班文选》，《国外文学》1986年第4期。

3. 《国外文学新观念》，许汝祉主编，中国人民大学出版社，1988。

4. 《外国文学与文化》，翁义钦主编，新华出版社，1989。

5. 《世纪末的反思：20世纪外国文学回顾》，贺祥麟、黄晋凯主编，广西师范大学出版社，1995。

6. 《文学史重构与名著重读》，李明滨、陈东主编，北京大学出版社，1996。

7. 《外国文学与人文精神论集》，赖干坚主编，厦门大学出版社，1999。

8. 《与巨人对话：纪念歌德、巴尔扎克、普希金、海明威》，黄晋凯主编，华文出版社，2000。

9. 《沟通与超越：素质教育与外国文学教学》，傅修延、杨正和主编，百花洲文艺出版社，2001。

10. 《阐释、比较、思考——外国文学教学与研究论集》，王守仁、方成主编，军事谊文出版社，2002。

11. 《多元文化与外国文学》，毛信德、蒋承勇主编，浙江大学出版社，2005。

12. 《对话与反思——现代化进程中的外国文学研究》，冉东平主编，安徽文艺出版社，2006。

13. 《外国文学史教学和研究与改革开放30年》，林精华、吴康茹、庄美芝主编，北京大学出版社，2009。

14.《新中国成立以来的外国文学教学与研究》，郑体武主编，上海外语教育出版社，2010。

15.《外国文学：领悟与阐释》，刘亚丁主编，北京大学出版社，2013。

16.《比较视野与经典阐释》，李伟昉主编，河南大学出版社，2013。

17.《继承与创新：新世纪以来外国文学研究和教学》，刘建军主编，吉林大学出版社，2014。

18.《向着崇高的灵的境界飞升》，刘建军主编，东北师范大学出版社，2016。

19.《文化自信与中国外国文学话语建设》，王春雨主编，社会科学文献出版社，2018。

后　记

　　2017 年 9 月，中国高等教育学会外国文学专业委员会 2017 年年会暨文化自信与外国文学研究学术研讨会在甘肃省兰州市西北师范大学成功召开，本次会议的主题为"文化自信与中国外国文学话语建设"。在为期两天的大会发言、青年专场和小组讨论中，与会代表围绕文化自信主题，就文化自信与外国文学研究中国话语建构的理论思考、外国文学具体研究领域的中国学术话语建构、外国文学教学改革与人才培养的中国立场等问题展开了富有学术含量、体现使命担当、充分沟通互动的学术研讨与学术交流，会议取得了预期的效果。

　　本次会议共收到学术论文 100 余篇，代表们以文赴会，为学会学术水平提升和学术氛围建设做出了巨大的贡献，但因篇幅有限，本书共收录其中的 35 篇论文，并根据论文内容分设了中国话语理论研究、宏面文学现象研究、外国文论研究、作家作品研究以及中外文学交流和比较研究等专栏。

　　根据相关要求，本书收录的文稿文责自负。因时间及水平所限，如有错误和不当之处，请大家多多包涵，欢迎提出宝贵意见及建议。

　　谢谢！

中国高等教育学会外国文学专业委员会

2018 年 7 月

图书在版编目（CIP）数据

文化自信与中国外国文学话语建设：中国高等教育
学会外国文学专业委员会 2017 年年会论文集／王春雨主
编 . -- 北京：社会科学文献出版社，2018.9
　ISBN 978 - 7 - 5201 - 3341 - 8

　Ⅰ . ①文…　Ⅱ . ①王…　Ⅲ . ①外国文学 - 文学研究 -
文集　Ⅳ . ①I106 - 53

中国版本图书馆 CIP 数据核字（2018）第 200854 号

文化自信与中国外国文学话语建设
——中国高等教育学会外国文学专业委员会 2017 年年会论文集

主　　编／王春雨

出 版 人／谢寿光
项目统筹／恽　薇
责任编辑／宋淑洁

出　　版／社会科学文献出版社·经济与管理分社（010）59367226
　　　　　地址：北京市北三环中路甲 29 号院华龙大厦　邮编：100029
　　　　　网址：www. ssap. com. cn
发　　行／市场营销中心（010）59367081　59367018
印　　装／天津千鹤文化传播有限公司

规　　格／开 本：787mm × 1092mm　1/16
　　　　　印 张：29.75　字 数：465 千字
版　　次／2018 年 9 月第 1 版　2018 年 9 月第 1 次印刷
书　　号／ISBN 978 - 7 - 5201 - 3341 - 8
定　　价／138.00 元

本书如有印装质量问题，请与读者服务中心（010 - 59367028）联系